普通高等教育规划教材

微机检测与控制应用系统设计

余祖俊　史红梅　朱力强　郭保青　编　著

机械工业出版社

本书从微机测控系统工程应用设计角度出发，着重介绍了传感器技术、微处理器技术、输入输出通道技术、总线接口技术、通信技术、数据存储与转储技术、抗干扰技术等方面的理论及其最新技术发展和工程设计方法，并介绍了大量的软硬件应用实例。

全书共分 10 章，内容包括：测控系统常测参数及测试方法、微机检测与控制系统的微处理器技术、输入通道信号放大技术、通道配置技术、输出通道配置技术、信号隔离技术、电机驱动技术、各种总线接口技术、并行及串行通信技术、数据存储介质与转储技术、微机系统抗干扰设计等。

本书可作为相关专业的本科生和研究生教学用书。同时，书中列举了大量作者科研成果中成熟的硬件接口实例和软件源程序，可作为科研人员和工程技术人员的参考资料。

图书在版编目 (CIP) 数据

微机检测与控制应用系统设计/余祖俊等编著. —北京：机械工业出版社，2011.2
普通高等教育规划教材
ISBN 978 – 7 – 111 – 33207 – 7

Ⅰ.①微… Ⅱ.①余… Ⅲ.①微型计算机—计算机控制系统—系统设计—高等学校—教材 Ⅳ.①TP273

中国版本图书馆 CIP 数据核字 (2011) 第 012755 号

机械工业出版社 (北京市百万庄大街 22 号 邮政编码 100037)
策划编辑：于苏华 责任编辑：于苏华
版式设计：霍永明 责任校对：张晓蓉
封面设计：王伟光 责任印制：杨 曦
北京蓝海印刷有限公司印刷
2011 年 5 月第 1 版第 1 次印刷
184mm×260mm · 23.25 印张 · 574 千字
标准书号：ISBN 978 – 7 – 111 – 33207 – 7
定价：46.00 元

前　言

随着电子技术和微机的迅速发展，微型计算机检测与控制技术（简称微机测控技术）得到了快速发展和广泛应用。微机检测与控制系统的应用已渗透到国民经济的各个部门，在工业控制系统、数据采集系统、自动测试系统、智能仪器仪表、遥感遥测、通信设备、机器人、高档家电中得到了广泛的应用。微机测控技术的开发和应用水平已逐步成为代表一个国家工业发展水平的标志之一。

本书介绍了微机测控系统的基本构成和发展趋势，以及计算机和单片机的最新发展和应用。书中系统阐述了微机测控技术，并列举了大量最新器件和软件技术以及应用实例，内容包括：微机测控系统的主要设计内容及发展趋势；测控系统中主要检测参数及传感器；微机检测与控制系统微处理器（Intel 51 及 96 系列单片机、DSP、ARM、FPGA）；微机测控系统中信号调理和前向通道配置技术；微机测控系统后向通道输出驱动技术；总线接口技术（含 SPI、I^2C、1-Wire 单总线、ISA、PCI、GPIB、PXI、VXI 等）；通信技术（含 USB、RS232、CAN、LonWorks 现场控制总线网络、ZigBee、GPRS 无线通信技术等）；数据记录及转储技术（含 IC 卡技术等）；微机检测与控制系统抗干扰技术（含型式试验、电磁兼容等）以及微机检测与控制系统应用实例等。

作者多年来一直从事相关领域的科研工作，并承担了相关课程的本科生和研究生的教学任务，因缺乏十分合适的教材，结合最新技术资料和作者多年来的科研成果，特编写此书，便于相关专业的教学。同时，书中列举了大量作者科研成果中成熟的硬件接口实例和软件源程序，可作为科研人员和工程技术人员的参考资料。

本书是在 2001 年版的基础上修订而成，与 2001 年版相比，在内容上有了大量增加，同时对原有内容进行了删减和整合，主要修订内容有：第 2 章增加了倾角传感器、位移传感器和激光测距传感器；第 3 章整章进行了修改，章名更改为微机测控系统处理器，增加了数字信号处理器 DSP、嵌入式处理器 ARM、现场可编程门阵列 FPGA；第 5 章输出通道技术的步进电动机控制技术、直流伺服电机、串行微型打印机进行了修改，增加了新内容；对第 6 ~ 8 章进行了整合，同时增加了新内容；第 9 章增加了 USB 数据转储技术；同时增加了最后一章微机检测与控制系统应用实例。

本书第 1 章、第 3 章、第 4 章由余祖俊编写；第 2 章、第 9 章由史红梅编写；第 6 章、第 7 章由朱力强编写；第 5 章、第 8 章、第 10 章由郭保青编写。在本书编写过程中，博士生许西宁、王尧以及其他研究生也参与了编写、校对及资料查找工作，同时参阅了大量文献资料，在此一并表示深深的谢意。

由于编者水平所限，加之时间仓促，书中存在缺点、错误在所难免，恳请广大读者批评指正。

编者

目　　录

第1章 概 论

电子技术和微型计算机的迅速发展，促进了微型计算机检测与控制技术的迅速发展和广泛应用。可以说，微机检测与控制系统的应用已渗透到国民经济的各个部门。国防技术、航空、航天、铁路、冶金、化工等产业自不必说，在日常生活中，微机测控技术的应用更是无处不在，如电梯、微波炉、电冰箱、电视机、电风扇、智能照相机、玩具、模糊控制洗衣机、模糊控制空调机、便携式心脏监护机等。微机技术开发和应用水平已逐步成为代表一个国家工业发展水平的标志之一。

1.1 引论

单片机具有集成度高、功能强、速度快、体积小、功耗低、可靠性高、价格便宜、实用灵活、开发周期短、适合国情等诸多优点，因此，在工业控制系统、数据采集系统、自动测试系统、智能仪器仪表、遥感遥测、通信设备、机器人、高档家电中随处可见其身影。

下面以智能机电一体化和智能仪器仪表的发展来描述微机测控技术的应用和发展趋势。

1.1.1 智能机电一体化

"机电一体化"源于"Mechatronics"，这是一个由机械学（Mechanics）和电子学（Electronics）两个词结合而成的新词，又称为机械电子学。

在以微型计算机为代表的微电子技术、信息技术的迅速发展，向机械工业领域迅猛渗透，机械电子技术深度结合的现代工业的基础上，机电一体化综合应用机械技术、微电子技术、信息技术、自动控制技术、传感测试技术、信号变换技术、电力电子技术、接口技术及软件编程技术等群体技术。它从系统的观点出发，根据系统功能目标和优化组织结构目标，以智能、动力、结构、运动和感知组成要素为基础，对各组成要素及其间的信息处理、接口耦合、运动传递、物质流动、能量变换机理进行研究。并在系统程序和微电子电路的有序信息流控制下，形成物质和能量的有规则运动，在高功能、高质量、高精度、高可靠性、低能耗意义上实现多种技术功能复合的最佳功能价值系统。目前，机电一体化正向光机电一体化（Opto-mechatronics）方向发展，应用范围愈来愈广，它代表着机械工业技术革命的前沿方向。

1. 机电一体化的基本组成要素

一个较完善的机电一体化系统，应包含以下几个基本要素：机械本体、动力与驱动装置、执行机构、传感测试部分、控制及信息处理部分。将这些部分归纳为：结构组成要素，动力组成要素，运动组成要素，感知组成要素，智能组成要素；这些组成要素内部及相互之间，通过接口耦合、运动传递、物质流动、信息控制、能量转换有机融合集成一个完整系统。

数控机床和加工中心机床是典型的机电一体化产品，同时又是用于产品制造的机电一体化生产设备。这种机电一体化生产装备，不仅自身具有很强的功能，而且以此为基础，能够形成更高级的机电一体化制造系统。数控机床和加工中心机床配备自动上下料装置，包括机床工作台自动交换设备或工业机器人，在上位计算机程序控制下实现多品种加工对象的连续自动化生产，构成柔性制造单元（FMC）；根据加工对象的类别范围，合理组织不同种类的FMC，并配置工作、工具等的自动物流传送设备，采用控制组、决策级等层次结构式的多级计算机管理与控制，实现优化自动生产过程，构成能够适应多品种、中小批量自动化生产的柔性制造系统（FMC）；而计算机集成制造系统（CIMS）则是计算机管理信息系统，简称MIS，计算机辅助设计、辅助制造、辅助工艺规划及辅助分析（CAD/CAM/CAPP/CAE），简称TIS，质量控制系统，简称QIS，以及以FMS为代表的制造自动化系统，简称MAS，通过网络及数据库两个支持系统的有机集成。

机电一体化产品和机电一体化生产系统是机电制造工业进步的必然趋势，也是现代高新技术支持下的综合技术发展的结果。

2. 机电一体化中的关键技术

机电一体化是系统技术、计算机与信息处理技术、自动控制技术、检测传感技术、伺服传动技术和机械技术等多学科技术领域综合交叉的技术密集型系统工程。

信息处理技术包括信息的交换、存取、运算、判断和决策，实现信息处理的工具是计算机，因此计算机技术与信息处理技术是密切相关的。

计算机技术包括计算机的软件及硬件技术、网络与通信技术、数据技术、人工智能技术、专家系统技术、神经网络技术等。

在机电一体化系统中，计算机信息处理部分指挥整个系统的运行。信息处理是否正确、及时，直接影响到系统工作的质量和效率。因此，计算机应用及信息处理技术已成为促进机电一体化技术发展和变革的最活跃的因素。

系统技术就是以整体的概念组织应用各种相关技术，从全局角度和系统目标出发，将总体分解成相互有机联系的若干功能单元，以功能单元为子系统进行二次分解，生成功能更为单一和具体的子功能单元。这些子功能单元同样可继续逐层分解，直到能够找出一个可实现的技术方案。深入了解系统内部结构和相互关系，把握系统外部联系，对系统设计和产品开发十分重要。

接口技术是系统技术中一个重要方面，它是实现系统各部分有机连接的保证。接口包括电气接口、机械接口、人机接口。电气接口实现系统间电信号的连接；机械接口则完成机械与机械部分、机械与电气装置部分的连接；人机接口提供了人与系统之间的交互界面。

自动控制技术的范围很广，它以控制理论为基础，对具体控制装置或控制系统的设计；设计后进行系统仿真，现场调试；最后使研制的系统可靠地投入运行。由于控制对象种类繁多，所以控制技术的内容极其丰富，例如高精度定位控制、速度控制、自适应控制、自诊断、校正、补偿、再现、检索等。随着微型机的广泛应用，自动控制技术越来越多地与计算机控制技术联系在一起，成为机电一体化的关键技术。

传感与检测装置是系统的感受器官，它与信息系统的输入端相连并将检测到的信息输送到信息处理部分。传感与检测是实现自动控制、自动调节的关键环节，它的功能越强，系统的自动化程度就越高。传感与检测的关键元件是传感器。

现代工程技术要求传感器能快速、精确地获取信息，并能经受各种严酷环境的考验。与计算机技术相比，传感器的发展显得缓慢，难以满足技术发展的要求。不少机电一体化装置不能达到满意的效果或无法实现设计的关键原因在于没有合适的传感器。因此，大力开展传感器的研究对于机电一体化技术的发展具有十分重要的意义。

3. 发展趋势

机电一体化技术通过系统级方式，对融合了机械、电子、控制系统和嵌入式软件设计的电机系统进行设计。随着科技的发展和社会经济的进步，对制造工程中的机电一体化技术提出了许多新的和更高的要求，制造工程中出现了新的概念。毫无疑问，机械制造自动化中的数控技术、CNC（计算机数控）、FMS（柔性制造系统）、CIMS（计算机集成制造系统）及机器人等都一致被认为是典型的机电一体化技术、产品及系统。

（1）机电一体化的高性能化

高性能化一般包含高速化、高精度、高效率和高可靠性。

（2）机电一体化的智能化趋势

智能化是机电一体化技术的一个重要发展方向。人工智能在机电一体化技术中的研究日益得到重视，机器人与数控机床的智能化就是重要应用。智能机器人通过视觉、触觉和听觉等各类传感器检测工作状态，根据实际变化过程反馈信息并做出判断与决定。

1）诊断过程的智能化：诊断功能的强弱是评价一个系统性能的重要智能指标之一。INC 引入了人工智能的故障诊断系统，采用了各种推理机制，能准确判断故障所在，并具有自动检错、纠错与系统恢复功能，从而大大提高了系统的有效度。

2）人机接口的智能化：智能化的人机接口，可以大大简化操作过程，这里包含多媒体技术在人机接口智能化中的有效应用。

3）自动编程的智能化：操作者只需输入加工工件素材的形状和需加工形状的数据，加工程序就可全部自动生成。

4）加工过程的智能化：通过智能工艺数据库的建立，系统根据加工条件的变更，自动设定加工参数。同时，将机床制造的各种误差预先存入系统中，利用反馈补偿技术对静态误差进行补偿。还能对加工过程中的各种动态数据进行采集，并通过专家系统分析进行实时补偿或在线控制。此外，现代 CNC 系统大都具有学习与示教功能。

（3）机电一体化的系统化发展趋势

系统化的表现特征之一是系统体系结构进一步采用开放式和模式化的总线结构。系统可以灵活组态，进行任意剪裁和组合。特征之二是通信功能的大大加强，一般除 RS-232、RS-422/485 之外，现场总线技术也越来越受到大家的重视和应用。同时，考虑通信联网需要，建立通信局部网络（LAN）。

（4）机电一体化的模块化发展趋势

模块化设计将系统划分为一系列功能模块，再将各个模块进行组合，构成新的不同功能或性能的系统。

（5）机电一体化的轻量化及微型化发展趋势

一般机电一体化产品，除了机械主体部分，其他部分均涉及电子技术，随着片式元器件（SMD）的发展，表面组装技术（SMT）正在逐渐取代传统的通孔插装技术（THT）成为电子组装的重要手段，电子设备正朝着小型化、轻量化、多功能、高可靠方向发展。因此，机电一体化中具有智能、动力、运动、感知特征的组成部分将逐渐向轻量化、小型化方向发展。

1.1.2 测控仪器仪表

自 20 世纪 70 年代以来，测量技术与仪器的不断发展进步，智能化仪器仪表、PC 仪器、虚拟仪器（VI）和互换性虚拟仪器等微机化仪器及其测控系统相继诞生。计算机与测量仪器之前的界限日益模糊，"计算机就是仪器"的理念已被广泛地应用。计算机技术与微电子技术的飞速发展，对测控技术领域的不断渗透，与计算机网络等技术的紧密结合已成为测控技术发展的主流。

计算机和仪器的密切结合是目前仪器发展的一个重要方向。粗略地说，这种结合有两种方式。一种是将计算机装入仪器，其典型的例子就是所谓智能化的仪器。随着计算机功能的日益强大及其体积的日趋缩小，这类仪器功能也越来越强大。另一种方式是将仪器装入计算机，即虚拟仪器。

作为测控系统的基本组成部分，测控仪器是对被控参数进行数据采集与检测控制的基础。测控仪器已经历了模拟仪器、数字仪器、与微机相结合的智能化仪器的阶段，而目前高速发展的虚拟仪器技术则正体现了"计算机就是仪器"、"软件就是仪器"的理念。而伴随计算机网络进一步发展完善，测控仪器的网络化也必将成为其发展趋势。NI 公司虚拟仪器开发软件 LabVIEW、LabWINDOWS/CVI，HP 公司的 VEE 等均为网络开发提供了工具包，为虚拟仪器的网络化提供了技术支持。

下面就对目前应用最普遍的智能仪器与虚拟仪器进行介绍。

1. 智能化测控仪器仪表

智能仪器是含有微型计算机或者微型处理器的测量仪器，是仪器仪表技术发展的重要阶段。智能仪器拥有对数据的存储运算逻辑判断及自动化操作等功能，既能自动测试，也具有数据处理功能。它的出现极大地扩充了传统仪器的应用范围。智能仪器凭借其体积小、功能强、功耗低等优势，迅速地在家用电器、科研单位和工业企业中得到广泛的应用。

传统测控仪表对于输入信号的测量准确性完全取决于仪表内部各功能部件的精密性和稳定性水平。其校准费时费力。智能仪器仪表采用自动校准技术来消除仪表内部器件所产生的漂移电压，这种校准方法完全基于单片机的计算与存储功能，校准时间短，操作方便，不用打开机盖，不需调整任何元件，非专业人员也可操作。自动校准是智能化测量控制仪表的一大功能特点，它可降低仪表对于内部器件（如衰减器、放大器等）稳定性的要求。智能化测量控制仪表都设置有自检功能。所谓自检，就是仪表对其自身各主要部件进行的一种自我检测过程，目的是检查各部件的状态是否正常，以保证测量结果的正确性。单片机是仪表的主体，可以充分利用单片机对于数据的处理能力，根据统计平均的方法最大限度地消除仪表的随机误差和系统误差。用单片机对于测量数据的计算处理能力，是智能化测量控制仪表提高测量和控制准确度的一个重要方法。同时，利用软件编程，可以对智能仪器进行标度变换、数字调零、非线性补偿、温度补偿等。

随着微电子技术的飞速发展及计算机应用的日益广泛，微控制器的性能逐渐提高，智能化测量控制仪表也取得了巨大的进展。从技术背景上来说，硬件集成电路的不断发展和创新是一个重要因素。各种集成电路芯片都在朝超大规模、高集成度、小型化、低功耗方向发展。目前，单片机内部一般都集成了 A/D 转换器、片内看门狗电路（WATCH DOG TIMER）、片内脉宽调制器（PWM）、芯片间串行总线（I^2C BUS）等，使对测量数据的处理、控制信号的输出更为方便。智能化测量控制仪表还可以带有串行或并行通信接口，而使之具有数据远传和远地程控的能力。专用的数字信号处理芯片的应用，如美国 TI 公司生产的 TMS320 系列数字信号处理芯片，特别适用于数字信号处理仪表，如各种分析仪等，大大提高了智能仪器仪表的硬件运算和处理能力。随着计算机功能的日益强大及其体积的日趋缩小，这类仪器功能也越来越强大，目前已经出现含嵌入式系统的仪器。利用若干台带有 GPIB、VXI 等接口的智能化测量控制仪表，可以方便地组成一个自动测控系统。

智能化测量控制仪表的应用已经十分普遍。国内市场上各种各样的智能化测量控制仪表，例如，能够进行差压补偿的智能节流式流量计，能够对各种谱图进行分析和数据处理的智能色谱仪，能够进行程序控温的智能多段温度控制仪，以及能够实现数字 PID 和各种复杂控制规律的智能式调节器等。国际上智能化测量控制仪表更是品种繁多，例如，美国 FLUKE 公司生产的直流电压标准器 5440A，内部采用了三个微处理器，其短期稳定性可达到 1ppm，线性度可达到 0.5ppm；美国 RACA-DANA 公司的 9303 型超高电平表，利用微处理消除电流流经电阻所产生的热噪声，测量电平可低达 −77dB；英国 JISKOOT AUTOCONTROL 公司生产的在线取样系统、在线调和系统，能够对原油、精炼化学品等各种非均匀液体自动取样分析，并能对两种以上形成分流，按精确的配比进行调和；法国 TE 电器公司生产的 TSX 系列可编程序控制器，能够完成各种顺序控制、定位调速、机床数控及系统识别等功能；美国 HONEYWELL 公司生产的 DSTJ-3000 系列智能变送器，能进行差压值状态的复合测量，可对变送体本体的温度、静压等实现自动补偿，其测量精度可达到 ±0.1% FS；美国 FOXBORO 公司生产的数字化自整定调节器，采用了专家系统技术，能够像有经验的控制工程师那样，根据现场参数迅速地整定调节器，这种调节器特别适用于对象变化频繁或非线性的控制系统，由于这种调节器能够自动整定调节参数，可使整个系统在生产过程中始终保持最佳品质。

2. 虚拟仪器仪表

虚拟仪器（Virtual Instrument）是现代计算机技术与仪器技术深层次结合的产物，这个概念最早由美国国家仪器公司（NI）提出，并引发了传统仪器领域的一场重大变革，从而开创了"软件即是仪器"的先河。

虚拟仪器，是通过以计算机为核心，根据用户对仪器的设计定义，用软件实现虚拟控制面板设计和测试功能的一种计算机仪器系统。用户可通过鼠标、键盘或触摸屏来操作虚拟仪器面板，就如同使用一台专用测量仪器一样，实现所需要的测量测试目的。

虚拟仪器也由硬件系统与软件系统两部分构成。

1）硬件组成：虚拟仪器的硬件平台由计算机硬件平台与 I/O 接口设备构成。计算机硬件平台一般采用 PC 或工作站。而主要完成输入信号采集、调理、A/D 转换的 I/O 接口设备一般根据总线不同，分为 PC 总线的数据采集卡/板（DAQ）、GPIB 总线仪器、VXI 总线仪器模块、PXI 总线仪器和串口总线仪器五种标准体系结构，如图 1-1 所示。

图1-1 虚拟仪器系统框图

2）软件构成：虚拟仪器的软件平台包括仪器面板控制软件、数据分析处理软件和 I/O 接口仪器驱动。仪器面板控制软件是用户与仪器之间交流信息的纽带。数据分析处理软件利用计算机强大的计算能力和虚拟仪器开发软件的函数库对采集数据进行处理,极大提高了虚拟仪器系统的数据处理能力,节省了开发时间。I/O 接口仪器驱动程序完成特定外部硬件设备的扩展、驱动与通信。

与传统仪器相比,虚拟仪器有以下几方面的特点。

(1) 高性能

虚拟仪器技术完全融合了计算机强大的硬件资源,包括功能超卓的处理器和文件 I/O 等,突破了传统仪器在数据处理、显示、存储方面的限制,功能方面大大增强。此外,不断发展的因特网和越来越快的计算机网络使得虚拟仪器技术展现其更强大的优势。

(2) 灵活性

利用开发虚拟仪器的软件资源如 LabVIEW、LabWINDOWS/CVI,可实现了部分仪器硬件的软件化,增强了系统的灵活性。通过软件技术和相应的数值算法就能实时对采集数据进行分析处理;通过图形用户界面 (GUI) 技术,做到界面友好,人机交互。

(3) 网络化与模块化

基于计算机网络技术与接口技术,虚拟仪器系统可实现方便、灵活的互联,支持 CAN、Fieldbus、Profibus 等各种工业总线标准。通过虚拟仪器,能方便地构建自动测试系统,并实现测控过程的网络化、自动化。此外,虚拟仪器软件平台为 I/O 设备提供了标准的接口,实现硬件的模块化,用户可轻松地将多个测量设备进行集成。

虚拟仪器彻底打破了传统仪器只能由生产厂家定义、用户无法改变的局面,使任何一个用户都可以方便灵活地用鼠标或按键在计算机显示屏幕上操作虚拟仪器软面板的各种"旋钮"进行测试工作,并可以根据不同的测试要求通过窗口切换不同的虚拟仪器,或通过修改软件程序来改变、增减虚拟仪器系统的功能与规模。虚拟仪器具有的这种"可开发性"和"可扩展性"等优越特点使虚拟仪器具有强大的生命力和竞争力,标志着仪器设计进入了一个新时代。

1.2 微机测控应用系统设计的主要内容

1.2.1 微机测控系统的结构

微机测控系统的结构如图 1-2 所示。它主要由控制器、应用软件、总线与接口、外围设

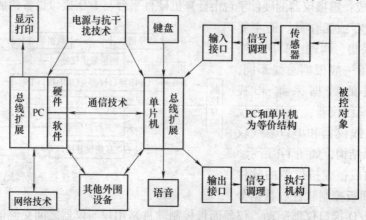

图 1-2 微机测控系统结构示意图

备、被控对象五个部分构成。此结构具有很好的灵活性和可扩充性，设计者可以根据自己的实际情况增减，其中 PC 和单片机具有同等的地位，所有的外围接口均适合 PC 和单片机。

1.2.2　微机测控系统的设计

1. PC 的总线扩展和硬件配置

PC 发展到今天，已有多种不同总线的结构，本书将介绍 ISA、PCI、GP-IB、PXI、VXI 总线。

2. PC 的软件配置

随着 PC 硬件的不断发展，PC 的软件也取得了惊人的发展，现在系统软件的功能已逐渐完善，功能越来越强大，具有友好的人机界面，同时软件的开发也越来越容易。Windows 环境下，常用软件环境的配置如下：

文字处理：Office；

电路设计：Protel 原理图、PCB 图设计软件包、Protel DXP；

应用软件：VB、VC、MATLAB、LabVIEW、LabWINDOWS/CVI 等。

3. 电源技术

电源是微机测控系统的能源系统，它的稳定性和抗干扰能力直接影响微机测控系统的正常工作，电源常是微机系统的故障多发点。本文电源部分包括：UPS 电源、微机用开关电源、DC/DC 集成电源模块、电源转换集成芯片、电源监控技术等。

4. 单片机总线扩展技术

为了对机电系统进行检测和监控，就必须对单片机的外围总线进行扩展，以满足设计要求。随着电子技术的不断进步，现在有许多特殊功能的集成芯片，可以用来满足某些特殊的要求，使接口方便、简捷、功能强大，同时也具有较强的抗干扰能力，如集成的语音芯片、FLASHRAM、各类串行接口芯片（串行显示、串行 A/D、D/A、串行 EEPROM 等）。

本书重点论述了 SPI、I^2C 及 1-Wire 等最新总线扩展技术。

5. 传感器技术

机电系统中，常用的传感器包括：压力、温度、速度、转速、位移、距离、角位移、频率、振动、流量、电流、电压、图像（视频）、倾角等传感器。

6. 信号调理技术

传感器采集到的信号，一般不能直接接入 CPU，需要对传感器的信号进行调理，对其进行放大、隔离、整形、多路切换、A/D 变换等处理。

7. 输出控制技术

微机系统通过前向通道技术和微机采集处理，对系统状态进行判断，有时需要输出控制系统状态，这样就需要采用适合的控制算法，输出相应的量，通过隔离、驱动后带动执行机构控制系统状态，常用的执行机构包括继电器、步进电动机等。

8. 人机界面设计

一个微机系统，常常需要人工输入一些参数和控制命令，以适合不同的工作条件或执行不同的功能，同时还要将一些参数和控制结果输出。常用的输出装置有信号灯显示、数码管显示、液晶显示、语音提示等。

9. 通信技术

随着控制系统的不断发展，常常采用多个 CPU 对系统进行多微机检测与监控，这样就必须采用合适的方式将多个微机连接起来，以完成多微机之间的并行或串行通信，包括 PC 和 PC、PC 和单片机、单片机之间的多机通信、无线通信设计。

10. 计算机控制网络

一个较大规模的、复杂的工业测控系统，常有几十、几百甚至更多的测量和控制对象，对系统有很多的可靠性、灵活性要求。因此引出了计算机控制网络的概念，现在最流行的是"现场控制网络"。

11. 软件设计

数据的正确采集处理是测控系统的控制前提条件，我们常常需要对数据进行非线性补偿误差修正和标度变换处理，同时还要进行数字滤波处理等。

单片机的软件设计常常采用汇编语言进行程序设计，本书中将重点介绍 96 系列单片机的汇编语言的软件方法。

PC 上的 Windows 系统具有良好的人机界面特征，常常利用 PC 来对数据进行处理显示、制表、存储、打印等。为了开发 Windows 下的程序，可利用 VB 和 VC 来编程。VB 比 VC 编程直观易学，但 VB 对 Windows 的接口、对硬件的低级访问及计算能力都很简单、笨拙和低效，常常需要利用 VC 来编写动态链接库，以便 VB 调用。

12. 微机抗干扰设计

微机系统的抗干扰能力直接影响其工作的可靠性和使用寿命。微机系统需要在硬件和软件两方面都进行抗干扰设计。本书还论述了产品型式试验和电磁兼容试验的相关内容。

1.3 微机测控系统的发展

由于微机使传统的检测手段、方法、仪器、设备发生了根本性的变化，形成了自动化、实时化、智能化的以微机为核心的测控系统。图 1-3 所示为测控系统的基本组成部分。测控系统的结构取决于硬件的配置、工作环境、系统对精度和实时性的要求等。

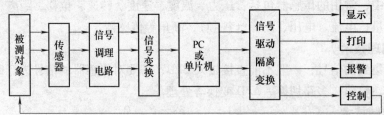

图 1-3 测控系统的基本组成部分

伴随计算机网络技术与微电子技术的发展，测控技术也日新月异。测控技术的发展主要分为以下几个阶段：模拟仪表控制系统、集中式数字控制系统、分布式测控系统、现场总线控制系统、基于交换式连接的工业以太网及分布式、测量控制管理一体化的测控系统。

1.3.1 集中型测控系统

集中型测控系统由一台计算机和单片机担当检测、控制、输出任务。如利用智能仪器对工业过程进行集中监视、对检测参数进行自动化测量、报警和闭环控制。集中型测控系统大多是专用计算机系统，其缺点是可靠性差、干扰大、开发复杂、周期长。

积木式或模块式自动测试系统也属于集中型测控系统之列：

- 建立在通用接口总线（IEEE-488、HP-Ⅰ）基础上的积木式测试系统；
- 多机并行处理结构：采用总线仲裁模式工作。

1.3.2　分布式测控系统

分布式测控系统（DMCS）成功地实现了信息集中管理、过程分散控制的有机结合，管理与控制相分离。上位机用于集中监视管理功能，若干台下位机下放分散到现场实现分布式测量与控制，上、下位机之间用控制网络互联以实现相互之间的信息传递。其网络结构如图1-4所示。其特点是：以测量为手段，网络为通信媒介，控制为目的。

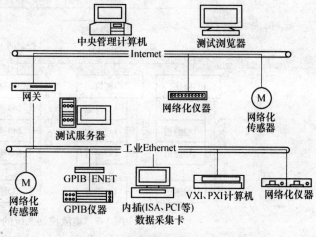

图1-4　分布式测控系统的网络结构

1.3.3　集散控制系统

集散控制系统（DCS）是以微处理机技术为基础的集中分散型综合控制系统的简称，它是在集中式控制系统的基础上发展、演变而来的，综合了计算机（Computer）、数据通信（Communication）、控制（Control）、模/数转换（Convert）、图形显示（CRT）的五"C"高新技术为一体的系统。它具有可靠性高、通用性强、系统组态灵活、控制功能完善、数据处理方便、显示操作集中、人机界面友好、安装简单规范化、调试方便、运行安全可靠的特点。其网络结构如图1-5所示。

集散控制系统初期是由上位机经网络与分散的执行器、控制微机之间进行信息交换，如美国的TDC2000。随着当今IT技术开放化、标准化、网络化、高速化、易用化的发展趋势，今天的DCS除了处理器性能大大提高之外，还实现开放式的系统通信，向上能与MAP和Ethernet接口，或通过网关与其他网络联系，构成综合管理系统；向下支持现场总线，使过程控制或车间的智能变送器、执行器和就地控制器之间实现可靠的实时数字数据通信。

DCS自19世纪80年代问世以来，经历了20多年的发展历程。在这20多年中，DCS虽然在系统的总的体系结构上没有发生重大改变，但是经过不断的发展和完善，其功能和性能都得到了巨大的提高。现在的DCS正在向着更加开放、更加标准化、更加产品化的方向发展。计算机技术的突飞猛进使得更多新技术应用于DCS之中：PLC是一种针对顺序逻辑控制发展起来的电子设备，它主要用于代替不灵活而且笨重的继电器逻辑。现场总线技术在进入90年代中期以后发展十分迅猛，以至于有些人已做出预测：基于现场总线的FCS将取代DCS成为控制系统的主角。

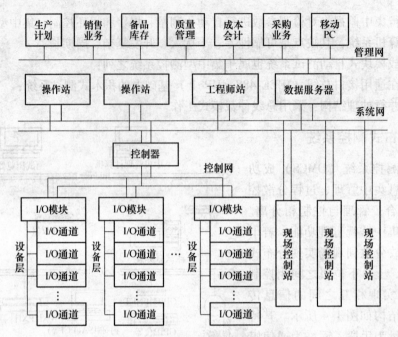

图 1-5　集散控制系统的网络结构

1.3.4　现场总线测控系统

现场总线（Field Bus）是指应用在生产现场的，测量设备之间实现双向、串行、多点通信的数字通信系统。基于现场总线的测控系统称为现场总线测控系统（FCS）。

现场总线测控系统是一种开放式的、具有互操作性的、彻底分散的分布式测控系统。它利用现场总线这一开放的、具有互操作性的网络将现场各控制器及仪器仪表设备互连，构成现场总线测控系统，同时将控制功能彻底下放到现场，降低了设备的安装成本和维护费用。

下面以现场控制网络（LonWorks）技术为例，介绍现场总线测控系统。

1990 年 12 月，美国 Echelon 公司发布了 LonWorks 测控技术，它提供了一个开放的、可互操作的、无专利权的低（下）层设备控制网络——局部操作网络（简称 LON）。LonWorks是实现跨越式发展的新一代 FCS 控制网技术。在诸多现场总线中，LonWorks 是唯一遵守ISO/OSI 全部七层模型的网络协议，涵盖传感器总线（Sensor Bus）、设备总线（Device Bus）和现场总线（Field Bus）三种应用层次的总线技术，是目前各种现场总线中技术最完整、应用领域最广泛的一种高新技术。

LON 网络系统由智能节点组成，其技术的核心之一就是 Neuron 芯片，智能节点是基于Neuron 芯片开发的，每个智能节点可具有多种形式的 I/O 功能，节点之间可通过不同的传输媒介进行通信，并遵守 ISO/OSI 的七层模型，采用 LonWorks 技术的通信协议标准 LonTalk。LonWorks 节点的构成如图 1-6 所示。

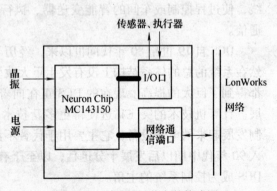

图 1-6　LonWorks 节点的构成图

LonWorks 技术的特点及网络组成简述如下。

1. LonWorks 的特点

1）无中心机控制的真正分散控制，使职能节点尽可能靠近对象；

2）开放式系统结构，各传感器、变送器、执行器直接挂在总线上，组态灵活、增减容易；

3）节点之间的通信媒介有：双绞线、电源线、电话线、动力线、光纤、无线射频等；

4）可靠性高；

5）网络通信协议固化在节点内部；

6）节点编程容易、简单、可用 C 语言编程。

2. LonWorks 的网络组成

LonTalk 协议支持各种规模的网络，每个域最多可连接 3.2 万个节点，可有 3.2 万个域。节点可以组成总线型、环型、树型等多种拓扑网络结构，特别值得一提的是，还可以组成自由拓扑结构，它是各种常规拓扑结构的组合，其拓扑结构如图 1-7 所示。

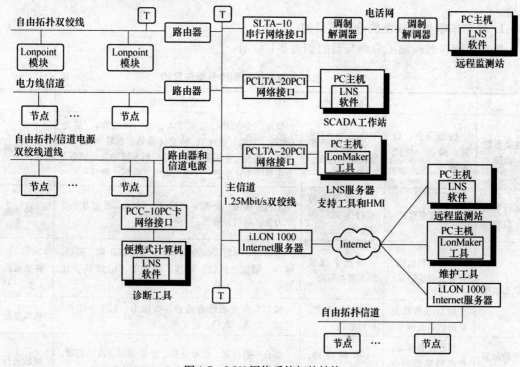

图 1-7　LON 网络系统拓扑结构

习题与思考题

1-1　简述机电一体化技术的发展趋势。

1-2　简述虚拟仪器与传统仪器的区别。

1-3　画图说明微机测控应用系统的构成。

1-4　简述微机测控系统的类型。

第2章 微机测控系统主要检测参数及传感器

2.1 微机测控系统中主要检测参数

在微机测控系统中，常测的参数包括：温度、湿度、应力、扭矩、振动、照度（光强）、速度（含转速）、位移、加速度、流量及流速、物位、气体、图像、电流、电压等，而在不同行业的不同测控系统中，需要检测和监控的参数各不相同。在实际中，必须根据不同的任务选取对应的检测参数和合适的传感器。下面以铁路运输企业中的微机应用为例加以叙述。

1. 机车车辆参数检测的分类与目的

机车车辆参数检测的分类与目的如表2-1所示。

表2-1 机车车辆参数检测的分类与目的

分 类	用 途	目 的	主要检测参数	方 式
性能参数检测	性能分析、监视、保护、性能控制	实现预期性能，保护监视	机车，柴油机：温度（水、油、排气管）、压力（燃油、机油、燃气）、转速（曲轴、涡轮）；传动：电流、电压（牵引发电机、励磁机、辅助发电机等）及主整功率；车辆：发电机电流、电压，轴温	在线检测
运行参数检测	运行安全监控	实现规定的运行方式、保证安全	走行：速度、距离、加速度、时分、制动力、牵引力及区间信号等	在线检测
状态监测	工作过程监测、分析、辨识记录	预测事故发展及潜在危险	故障特征参数，如油耗率、主发电机功率、振动、噪声、轴温、铁谱、烟度、明火等，记录其变化情况	在线检测
	综合参数检测设备状态分析	预防修理，故障处理	机车车辆全面综合检测，如压力、温度、油耗、转速、烟火、电量、磨耗等	离线进行
智能故障诊断	判断设备状态，找出故障原因及部位	预测寿命，状态修理	综合参数检测、信号分析、专家知识、故障机理、状态信息处理、知识信息处理等智能诊断方法	离线进行

2. 机车车辆中常测量参数

机车车辆中常测量参数以内燃机车为例，分机车状态参数和机车运行参数，叙述如下。

（1）机车状态参数

主发电机轴承温度　　　－20～150℃；

牵引电机轴承温度　　　－20～150℃；

增压压力　　　　　　　0～2.0kgf/cm²（1kgf/cm² = 0.098MPa，后同）；

静液压马达转速　　　　20000r/min；

柴油机转速	$0 \sim 2000$ r/min；
滑油压力	$0 \sim 8.0$ kgf/cm^2；
燃油压力	$0 \sim 5.0$ kgf/cm^2；
水温	$0 \sim 150$℃；
油温	$0 \sim 150$℃；
牵引电机电流	工作电压 $0 \sim 75$mV 代表 $0 \sim 1000$A
总管温度	$0 \sim 1000$℃；
进油	$0 \sim 27$L/min；
回油	$0 \sim 25$L/min；
主发电机电流	$0 \sim 10$A 代表 $0 \sim 10000$A 或 $0 \sim 75$mV 代表 $0 \sim 8000$A；
主发电机电压	$0 \sim 1000$V；
火情报警	温度、烟度、明火；
时间	年、月、日、时、分、秒、1/100 秒。

（2）机车运行参数

机车速度	$0 \sim 250$km/h；
距离前方信号机距离	$0 \sim 50000$m；
列车管压力	$0 \sim 500$（600）kPa；
信号机颜色	红、黄、绿、红黄、双黄、白等；
时间	年、月、日、时、分、秒、1/100 秒。

2.2　传感器技术

在测控系统中，被控对象的状态信息经由输入通道进入单片机系统，在单片机做必要处理之后，通过输出通道送至外部控制元件，实现对被控对象的控制作用和外部显示等处理。许多状态信息参量，如流量、压力、温度、位移、速度、气体成分、声音和光谱等都是非电参量，而目前单片机内部只能处理电参量。因此，将这些非电参量转换成电参量就成为单片机测控系统运作之必需。将非电参量转换成电参量是一个非常重要的技术课题。完成这种转换的器件就是我们要讨论的传感器。传感器也称为换能器或变换器，它能将被测的某一物理量按一定规律转换成与其对应的另一种（或同种）物理量。通常所指的传感器，是指能将被测量的非电物理量如压力、温度、流量、转速等转换成与之对应的、易于精确处理的电量或电参量（如电流、电压、电阻、频率等）的一种输出装置。

2.2.1　温度传感器

常用的温度传感器有：热电偶、热电阻、半导体集成温度传感器和红外测温仪（热辐射式温度传感器）等。下面将分别对其进行介绍。

1. 热电偶

热电偶是温度测量领域应用最广泛的传感器之一，测量温区宽，在 $-180 \sim 2800$℃ 范围内均可使用；测量的精确度和灵敏度都较高，尤其在高温区范围内使用，有比其他类型传感器更高的测量精度。在一般的测量和控制系统中，常用热电偶作为中高温区的测温传感器。

在介绍热电偶使用方法之前，先简单介绍热电偶的基本工作原理和定律，这对正确使用热电偶会有很大帮助。

（1）**热电效应**

两种不同导体构成一个闭合回路时，如果两节点 a、b 存在温差，则回路中就会有电流产生，如图 2-1a 所示。这种由于温度不同而产生电势的现象称为热电效应（赛贝克效应），这两种不同导体的组合称为热电偶，其中节点 a 通常焊在一起，置于被测温区，称为测温端或工作端；另一端如节点 b 则要求恒定在某一温度，称为参考端或自由端。当热电偶的自由端和工作端温度相同时，其热电势为零。

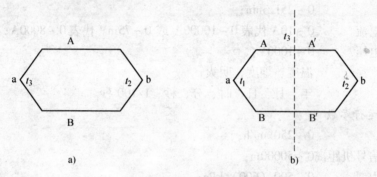

图 2-1　热电效应和中间温度定理示意图

a）热电效应　b）中间温度定律

（2）**基本定律**

1）均质导体定律：由一种均质导体组成的闭合回路，不论导体的截面和长度如何，均不产生热电势。

2）中间导体定律：如果中间导体两端温度相等，则不会改变回路总电势。

3）连接导体定律和中间温度定律：如图 2-1b 所示。当 A′、B′分别与 A、B 材料相同时，有

$$e_{t1,t2} = e_{t1,t3} + e_{t3,t2}$$

如果 $t_3 = 0℃$，则

$$e_{t1,t2} = e_{t1,0} + e_{0,t2}$$
$$e_{t1,0} = e_{t1,t2} + e_{t2,0}$$

其中 $e_{t1,t2}$ 可测，$e_{t2,0}$ 常温可测后查表可得。

（3）**常用热电偶**

常见的热电偶其形状一般为棒形，整体主要由热电极、绝缘管、保护管、接线盒等各部分组成，其中热电极是测温的敏感器件，因而热电偶常以热电极的材料来命名，如铂铑-铂热电偶、镍铬-镍硅热电偶、铜-铜镍热电偶等，而习惯利用热电偶的分度号来称呼，如 K 偶、J 偶等。热电偶的直径主要由其导电率、机械强度、热电偶的用途及测量范围等因素决定，一般贵重金属热电偶热电极直径为 0.015 ~ 0.5mm，普通金属热电偶为 0.2 ~ 3.2mm；热电偶长度一般由工作端在介质中插入的深度及安装条件决定。绝缘管、保护管、接线盒等主要为了对热电偶起绝缘、保护等作用。

2. 热电阻

热电阻在常温区和较低温区范围内有比热电偶更高的灵敏度，因此在 −200 ~ +650℃ 范

围内的温度测量，常用热电阻作为温度传感器。热电阻阻值随温度变化而变化，按其制作的材料来分，可分为铂电阻、铜电阻、半导体热敏电阻等几种。

（1）铂电阻

由于铂在氧化性介质或高温中有较好的物理和化学性质的稳定性，因此，利用铂制作的铂电阻温度传感器有较高的精度，它不仅作为工业上精密测温元件，也可作为复现热力学温标的基准（−200 ~ +500℃）。

（2）铜电阻

尽管铜电阻的精度较铂电阻低，使用温区也较窄，但由于其制作容易、价格低廉，因此在一些测量精度不高的场合，往往采用铜电阻来测量温度。铜电阻的电阻值与温度的关系可近似用下式来表示：

$$R_t = R_0(1 + \alpha t)$$

式中，R_t、R_0 分别为铜电阻在 t℃ 和 0℃ 时的电阻值；α 为铜电阻的温度系数，其值一般在 $4.25 \times 10^{-3} ~ 4.28 \times 10^{-3}/$℃ 之间。

由于铜电阻的化学性质较活泼，在稍高温度就容易被氧化，因而一般适合在常低温、无腐蚀性介质中使用，工作温区一般为 −50 ~ +150℃。

（3）半导体热敏电阻

热敏电阻是利用一些金属氧化物（半导体）按一定比例混合压制和烧结而成的固态感温器件，利用其电阻随温度变化而变化的特性来测量温度。热敏电阻的特点是有较高的灵敏度，即电阻随温度变化会有显著的变化，具有体积小、响应快（适合快速测量）、使用寿命长、价格低等特点。

但热敏电阻与温度的关系呈较强的非线性，这给较宽温区的标度变换带来一定的困难；热敏电阻之间互换性较差；测温范围一般在 −50 ~ +300℃。

3. 半导体集成温度传感器

前面介绍的热电偶由于热电势小、灵敏度低，因此在常温区温度测量精度不高；热敏电阻尽管反应灵敏，但其非线性太大而影响测量精度，并且上述传感器其温度的变化一般表现为电压的变化，因而不宜在有强电磁干扰环境中实现信号传送；如果采用温度变送器，价格又很昂贵。为此，在这里以美国 Analog Devices 公司生产的 AD590 集成温度传感器（见图2-2）为例，介绍半导体集成温度传感器。

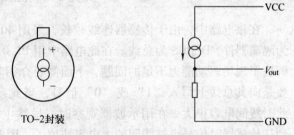

图 2-2 AD590 集成温度传感器连接图

AD590 是一种两端式的集成温度传感器，封装形式为 TO-2，其特点是：

1）体积小、质量轻。

2）线性度好，1μA/K。

3）性能稳定。

4）测温范围 −50 ~ +150℃。

5）温度—电流变换，适于远距离测量。

6）精度可达 ±0.5℃。

7）电源电压范围为 4～30V，电阻采用激光修刻工艺，+25℃（298.2K）时，输出电流为 298.2μA。

8）成本低，实用性强。

4. 单总线数字式温度传感器 DS1820

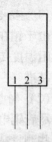

图 2-3　DS1820
的管脚定义图
1—GND　2—DATA
3—VCC

DS1820（DS18B20）是 DALLAS 公司的新一代单总线数字温度传感器，测温范围为 −55～125℃，DS1820 的测量精度为 ±0.5℃，DS18B20 的测量精度为 0.0625℃。其内部有集成的 A/D 转换部分，输出即为数字信号，无需增加 A/D 变换的芯片。其最大的优点是一线制结构，所有的信号可以共用同一条总线。

（1）DS1820 硬件电路

1）DS1820（DS18B20）的管脚定义如图 2-3 所示。

2）DS1820（DS18B20）采用 5V 电源供电，其电路连接如图 2-4 所示。

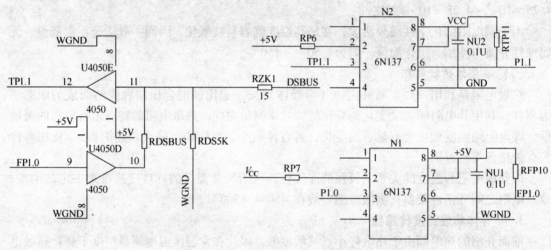

图 2-4　DS1820 电路连接图

在该电路中，由于传感器连线较长，采用 4050 为驱动器，采用高速光电耦合器 6N137 为隔离器件，DSBUS 为总线。在此电路中用 P1.0 口写入数据，用 P1.1 口读出数据，很好地解决了现场驱动能力不足的问题，下面简要介绍其原理。在对 DS1820 进行读写操作时，主要是向其总线上写入"1"或"0"信号，当此系统安装到机车上时，总线就会拉得很长，此时线间电容很大，在用示波器观察时，虽然主机向总线上写入了"1"或"0"信号，但到达传感器时信号已被线间的大电容滤掉了。因此要增加驱动能力，必须增加信号停留在总线上的时间，使总线实实在在接收到信号，此时 CD4050 恰恰起到了信号缓冲的作用，因而加强了系统的驱动能力。

（2）多点测温原理

多点测温时，总线上同时挂接了多个 DS1820（DS18B20），系统之所以能够识别出每个 DS1820（DS18B20），主要是根据每个 DS1820（DS18B20）中存有的全球唯一的地址码。在进行温度测量时，先要启动所有的 DS1820（DS18B20）作温度转换，等其转换完毕后，再向总线上发送某个 DS1820（DS18B20）的地址码，然后就可以从总线上读出该

DS1820（DS18B20）测量出的温度值。因此，多点测温时必须清楚每个测量点处 DS1820（DS18B20）的地址码，所以在测温前一个很重要的工作就是读出所有测量点处 DS1820（DS18B20）的地址码，即对所有传感器进行编码。DS1820 读出的温度值的单位是 0.5℃，因此要将读出的值除以 2。由于 DS18B20 为 12 位温度传感器，因此要将读出的值除以 16。

（3）读码方式

这里采用的是单独读码方式，总线上只挂接一个 DS1820（DS18B20），由单片机读出码值后，单片机将得到的码值存到非易失 RAM 相应的位置，读温度时，再到指定的位置处取码。读地址码程序流程如图 2-5 所示。

初始化 DS1820 的方法是：先送低电平至总线，等待 480 ~ 960μs；再送高电平至总线，等待 480 ~ 960μs，即初始化完毕。

（4）多点测温程序流程图

图 2-6 所示为多点测温程序流程图。

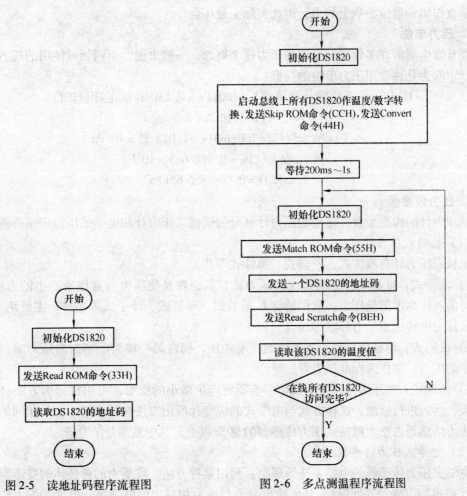

图 2-5　读地址码程序流程图　　　图 2-6　多点测温程序流程图

5. 其他温度传感器

其他温度传感器有热辐射温度传感器和光感纤维温度传感器两种，分述如下。

（1）热辐射温度传感器

这类传感器利用测量高温物体的热辐射而获得其温度值，常用的有光学高温计、光电比色高温计、红外高温计等。其温度采集主要是利用光学方法，通过光学准直系统采集和传送被测温区的辐射能，利用亮度比较、色度比较等方法确定被测物体的温度。这类测量仪器主要用于高温的测量中。

（2）光导纤维温度传感器

其测量原理基本上与辐射式高温计相同，只是利用光纤取代光学聚光系统，入射辐射光滤波后进入光电转换器变成电信号输出。由于光纤不仅具有抗振动、抗电磁干扰、轻便价廉等特点，而且较容易地靠近被测物体，因此精度也较一般的辐射式高温计高。目前在高温非接触测量和控制领域已有广泛的应用。

2.2.2 压力传感器

在工业测控系统中，压力是最常用的测量参数之一。需要说明的是，这里所指的压力，是指垂直作用于单位面积上的力，因此实际上是压强。

1. 压力单位

在日常生活的许多领域都要用到压力这个概念，一般来说，不同领域使用的压力单位不相同。下面为几种常用压力单位的换算：

$$1 \text{kgf/cm}^2（非法定计量单位） = 100 \text{kPa} = 0.1 \text{MPa}（法定计量单位）$$
$$1 \text{Pa} = 1(\text{N/m}^2)$$
$$一个标准大气压 = 760 \text{mmHg} = 1.013\ 25 \times 10^5 \text{Pa}$$
$$一个工程大气压 = 0.980\ 665 \times 10^5 \text{Pa}$$
$$1 \text{mmH}_2\text{O} = 0.009\ 806\ 65 \text{kPa}$$

2. 压力传感器

从压力计的构造来看，常用的压力计可分为机械式压力计和电学式压力传感器两大类。

（1）机械式压力计

机械式压力计有液注式、砝码式、弹性式等几类。

1）液注式：这是一种传统传统的压力计，其原理是使压力与液注所产生的力相平衡，用此时的液注高度测量压力，常用的有 U 形管式、单管式、浮子式等多种，主要用于表压、差压及压力电传送或压力标准等场合，如风压表、水压表等。

2）砝码式：将砝码放置于连通管的一端加压，而在另一端为一密封的压力室，从而测出其中的压力。多作为标准压力发生器。

3）弹性式：在压力作用下，流体的容器将产生微小的变形，可用机械的方法将这种形变放大，然后进行检测。这种方式与电学式的应变片所用方法在基本结构上是相同的。这种弹性压力传感器占整个机械式压力传感器的90%以上，其中最多是波登管。

（2）电学式压力传感器

电学式压力传感器的主要工作原理是：利用某种方法，将受力的弹性体的变形变换成电信号（或再加以放大等处理），从而输出一个与压力相对应的电学量。电学式压力传感器从其工作原理来分主要有：电阻式（应变）金属箔、金属丝、半导体式、磁式、电容式、差动变压器式、压电式、表面弹性波式和光电式等多种，下面做一简要介绍。

1）金属应变片式。利用金属丝的伸缩与电阻变化，可测范围为 0.5~100kgf/cm²，精度为 0.5%~2%。

2）静电容式。检测两个物体之间的静电容变化，测量出它们之间的距离变化，从而得到对应的压力值，常用测量范围在 10~10 000mmH₂O，精度在 0.2% 左右。

3）差动变压器式。移动线圈中的强磁性铁心，就会引起电感的变化，从而使流过线圈的电流发生变化。可测范围可达 10⁵Pa，精度在 0.5% 左右。

4）表面弹性波式。频率随石英晶振应力变化而变化，一般用于 1~50kgf/cm² 范围内表压的测量。

5）半导体压力传感器、扩散硅压力传感器。以单晶硅的压阻效应为基础，采用集成电路制造工艺技术，在单晶硅片的正面做出电阻并组成惠斯顿电桥，其灵敏度高，动态响应好，测量精度高，稳定性好，温区宽，可测范围在 10kPa~60MPa，温度为 -10~+50℃，如 SHY811BF 型机车压力变送器：可测范围 0~1MPa，精度等级 1 级，电源电压为 +15V，0~5V 的直流输出。

2.2.3 转速及线速度传感器

转速及线速度传感器有磁电式、光电式等，下面分别介绍。

1. 磁电式转速传感器

利用磁场变化获得电流的现象叫做电磁感应现象。不管由于什么原因使通过回路面积的磁通发生变化，在回路总会产生感应电动势，其大小与磁通量的变化率成正比，即

$$e = \Delta\phi / \Delta t$$

如果有 N 匝线圈，则线圈的感应电动势为

$$e = N\Delta\phi / \Delta t$$

从上式可以看出，产生感应电动势的必要条件是磁通量的变化。磁通量变化越大，产生的感应电动势越大。使磁通量发生变化的方法一般有两种：一种是改变线圈中电流的大小；另一种是切割磁力线。磁电式转速传感器就是利用电磁感应原理，采用切割磁力线方法，把物体转动速度的非电量转换成感应电动势来进行测量的。

磁电式转速传感器的结构如图 2-7 所示。它由永久磁铁、线圈、磁盘等组成。在磁盘上加工有齿形凸起，磁盘装在被测转轴上，与转轴一起旋转。当转轴旋转时，磁盘的凸凹齿形将引起磁盘与永久磁铁间气隙大小的变化，从而使永久磁铁组成的磁路中磁通量随之发生变化。有磁路通过的感应线圈，当磁通量发生突变时，会感应出一定幅度的脉冲电动势，其频率 f 为

$$f = Z \cdot n$$

式中，Z 为磁轮的齿数；n 为磁轮的转速。

根据测定的脉冲频率，即可知被测物体的转速。如果磁电式转速传感器配接上数字电路，便可组成数字式转速测量仪，可直接读出被测物体的转速。

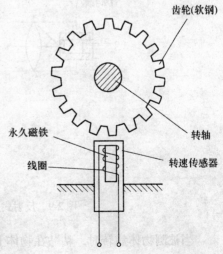

图 2-7　磁电式转速传感器结构示意图

应该指出，磁电式转速传感器输出的感应电脉冲幅值的大小取决于线圈匝数和磁通量变化的速率。而磁通变化速率又与磁场强度、磁轮与磁铁的气隙大小及切割磁力线的速度有关。当传感器的线圈匝数、气隙大小和磁场强度恒定时，传感器输出脉冲电动势的幅值仅取决于切割磁力线的速度，该速度与被测转速成一定的比例。当被测转速很低时，输出脉冲电动势的幅值很小，以致无法测量出来，所以，这种传感器不适合测量过低的转速，其工作频率的下限一般为 50Hz 左右，上限可达数百千赫兹。

2. 光电式转速传感器

（1）直射式光电转速传感器

直射式光电转速传感器的结构如图 2-8 所示。它由开孔圆盘、光源、光敏元件及缝隙板等组成。开孔圆盘的输入轴与被测轴相连接，光源发出的光，通过开孔圆盘和缝隙板照射到光敏元件上被光敏元件所接收，将光信号转换为电信号输出。开孔圆盘上有很多小孔，开孔圆盘旋转一周，光敏元件输出的电脉冲的个数等于圆盘的开孔数，因此，可通过测量光敏元件输出的脉冲频率得知被测转速，即

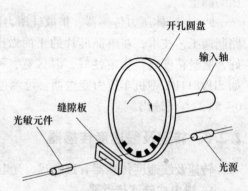

$$n = f / N$$

式中，n 为转速；f 为脉冲；N 为圆盘开孔数。

图 2-8 直射式光电转速传感器结构示意图

（2）反射式光电转速传感器

反射式光电转速传感器的结构及工作原理如图 2-9 所示。它由红外发射管、红外接收管、光学系统等构成，光学系统由透镜及半透镜组成。红外发射管由直流电源供电，工作电流为 20mA，只要保证它的工作电流，便可发射出不可见的红外光。半透镜既能使发射的红外光射向转动的物体，又能使从转动的物体反射回来的红外光穿过半透镜射向红外接收管。测量转速时，需在被测物体上粘贴一小块红外反射纸，这种反射纸是一种涂有玻璃微珠的反射膜，它是将直径为 1~2μm 的玻璃微粒粘在纸上制成的，具有定向反射作用。

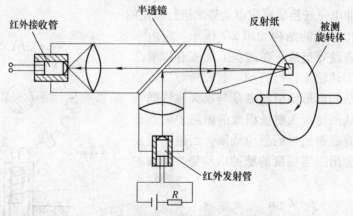

图 2-9 反射式光电转速传感器结构及工作原理图

当被测物体旋转时，粘贴在物体上的反射纸和物体一起旋转，红外接收管则随感受到反射光的强弱而产生相应变化的电信号，该信号经电路处理，便可由显示电路显示被测转速的

大小。

反射式光电转速传感器由于接收的是自身发射返回的红外光，因此不会对旋转物体的运动有任何影响，并可测得伸缩在机壳内部的旋转体的转速。由于发射和接收的都是红外光，所以不受可见光的干扰，可保证转速测量的准确性。

3. 电涡轮式转速传感器

利用电涡轮式传感器和输入轴可组成电涡轮式转速传感器，其工作原理如图 2-10 所示。在软磁材料制成的输入轴上加工一键槽，在距输入轴表面 d_0 处设置电涡轮式传感器，输入轴与被测旋转轴相连。

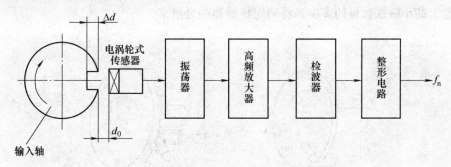

图 2-10　电涡轮式转速传感器工作原理示意图

当旋转轴转动时，输入轴跟随转动，从而使传感器与输入轴的距离发生 $d_0 + \Delta d$ 的变化。由于电涡轮效应，这种变化将导致振荡谐振回路的品质因数变化，使传感器线圈电感随 Δd 的变化也发生变化，它们将直接影响振荡器的电压幅值和振荡频率。因此，随着输入轴的旋转，从振荡器输出的信号中包含有与转速成正比的脉冲频率信号。该信号经检波器检测出电压幅值的变化量，然后经整形电路输出脉冲频率信号 f_n。该信号经电路处理便可得到被测转速。

这种转速传感器可实现非接触式测量，其抗污染能力很强，可安装在轴近旁，长期对被测转速进行监测。最高测量转速可达 600 000r/min。

4. 电动式速度传感器

图 2-11 所示是电动式速度传感器的结构原理图，它由轭铁、永久磁铁、线圈及支撑弹簧等组成。永久磁铁和轭铁产生一个均匀磁场，线圈安装在这个磁场中。

根据电磁感应定律，穿过线圈的磁通量随时间发生变化时，在线圈两端将产生与磁通量 φ 的减少速率成正比的电压 V，即

$$V = -\mathrm{d}\phi/\mathrm{d}t$$

如果传感器中的线圈沿与磁场垂直方向运动，在线圈中便可产生与线圈速度成正比的感应电压，便可从输出电压中测得速度。

传感器的灵敏度与磁通密度、线圈匝数及其展开面积的乘积成正比。但线圈的面积越大，传感器的体积也越大，且会使其动特

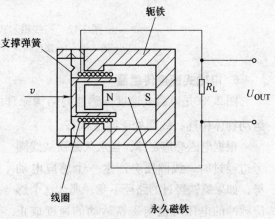

图 2-11　电动式速度传感器结构原理图

性变坏。当接入负载电阻 R_L 时，线圈位移产生的电流会产生与磁场作用的反作用力，这种反作用力可用在测量中起阻尼作用。

这种传感器的测速范围为 $10^{-4} \sim 10^2 \mathrm{m/s}$。

5. 霍尔式转速传感器

利用霍尔开关集成传感器和磁性转盘可组成霍尔式转速传感器，广泛应用于转速的监视和测量。图 2-12 是一些不同结构的霍尔式转速传感器。磁性转盘的输入轴与被测转轴相连，当被测转轴转动时，磁性转盘便随之转动，固定在磁性转盘附近的霍尔开关集成传感器便可在每一个小磁铁通过时产生一个相应的脉冲，检测出单位时间的脉冲数，便可知被测转速。磁性转盘上的小磁铁数目的多少，将确定传感器的分辨率。

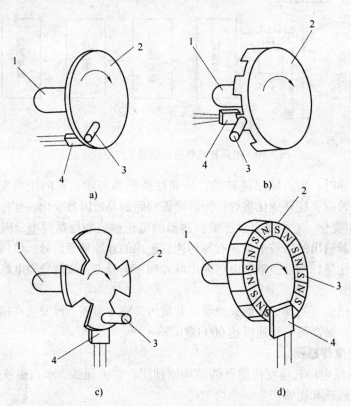

图 2-12　一些霍尔式转速传感器的结构图
1—输入轴　2—磁性转盘　3—永久磁铁　4—霍尔传感器

6. 电磁式速度传感器

图 2-13 是电磁式速度传感器的结构原理图，它由永久磁铁和线圈等构成。永久磁铁和运动物体相连，线圈处于固定状态。

根据电磁感应定律，当永久磁铁从线圈旁边经过时，线圈便会产生一个感应电动势，如果磁铁经过的路径不变，那么这个感应脉冲的电压峰值与磁铁运动的速度成正比。因此，可以通过这个脉冲电压的峰值

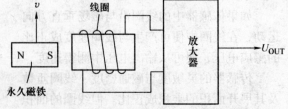

图 2-13　电磁式速度传感器结构原理图

来确定永久磁铁的运动速度。把永久磁铁固定在被测物体上，就可测得物体的运动速度。

2.2.4　振动传感器

机械振动的测量一般有机械方法、光学方法和电测法。机械方法由于机械传动部分的惯性较大、放大倍数有限，一般仅用于测低频振动及振幅大、精度要求不高的场合。光学测量可利用激光技术（激光干涉测振仪）制成测量范围宽、精度高的测振仪器，一般用于测量基准（用于标定）。电测法是通过振动传感器将振动转换为电量进行测量，或可配用专门的运算分析器和计算机，对测量结果做进一步的分析和处理。在上述三种振动测量中，电测法是最常用的。

在电测振动方法中，涉及振动的频率范围（频谱）、振幅及振动加速度等参数。通过加速度的测量并经过数学运算（积分），可以求出振动的速度及位移（振幅），所以振动传感器一般用的是加速度传感器。常用的振动加速度传感器有压电式、压阻式和电涡流式等。

压电式加速度传感器的基本工作原理是以压电效应为基础的。某些物质在机械力的作用下发生变形时，内部产生极化现场，而在其上、下两表面产生符号相反的电荷，去掉外力时电荷立即消失，这种现象称为压电效应。常用的压电式振动加速度传感器，如 E-1、E-2 型磁力吸附式振动传感器，传感器的输入信号为电荷量，其前向通道如图 2-14 所示。

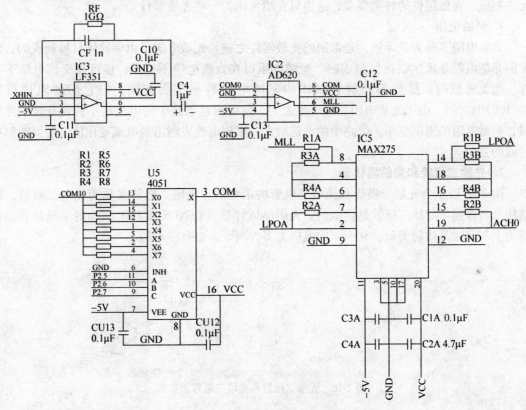

图 2-14　电荷信号的前向通道

注：MAX275 可由专门的软件计算设定为低通、高通、带通滤波器，频率可以自己设定，例如可以将其设定为 8 阶切比雪夫低通滤波器。

2.2.5 烟度（气敏）传感器

气敏传感器是一种把气体（多数为空气）中的特定成分检测出来，并将它转化为电信号的器件，以便提供有关待测气体的存在及其浓度大小的信息。目前最常用的几种气敏传感器，其中主要是半导体式和接触燃烧式。半导体气敏元件均为电阻式元件，其阻值随环境气体成分、浓度的变化而变化。可测范围为可燃气体（燃气、煤气、液化石油气、一氧化碳等）、汽油、煤油、柴油、氨类、醇、醚类及蒸气、烟雾等。图2-15所示为QM-N5型半导体气敏传感器的连接图。

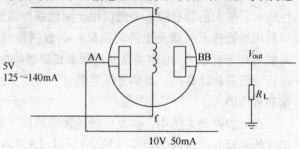

图2-15　QM-N5型半导体气敏传感器连接图

2.2.6 光电（明火）传感器

光敏器件是一种能将光照的变化转换成电信号的元件，它们都是利用半导体材料制成的，属于半导体传感器。光敏器件的工作原理都基于内光电效应。光电传感器主要利用光敏元件制成。光敏器件的种类很多，这里只介绍常用的一些光敏器件。

1. 光敏电阻

光敏电阻又称为光导管，是常用的光敏器件之一。光敏电阻是由半导体材料制成的，常见的光能电阻是硫化镉材料制成的。光敏电阻可在直流电压下工作，也可在交流电压下工作。当无光照时，虽然不同材料制作的光敏电阻数据不太相同，但它们的阻值可在$1\sim100M\Omega$之间，由于光敏电阻的暗电阻太大，使得流过电路中的电流很小；当有光线照射时，光敏电阻的阻值变小，电路中的电流增大。根据电流表测出的电流变化值，便可知照射光线的强弱。

2. 光敏二极管和光敏晶体管

图2-16所示为光敏二极管和光敏三极管的示意图。光敏二极管又称为光电二极管，在结构上与普通半导体二极管是类似的。光敏晶体管是具有NPN或PNP结构的半导体管，在结构上与普通晶体管类似。它引出的电极大多为两个，也有三个的。

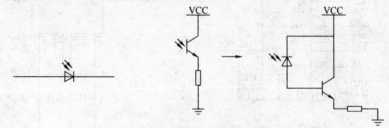

图2-16　光敏二极管和光敏三极管示意图

2.2.7 电流、电压传感器

用霍尔器件可以进行非接触式电流测量。

1. 霍尔器件工作原理

霍尔器件工作原理如图 2-17 所示，长方形半导体水平方向流过电流 I_c。在纵向磁场 H 的作用下，将形成垂直于 I_c 方向的霍尔电压 V_h，关系式如下：

$$V_h = k \cdot |H \cdot I_c|$$

式中，k 为霍尔系数。

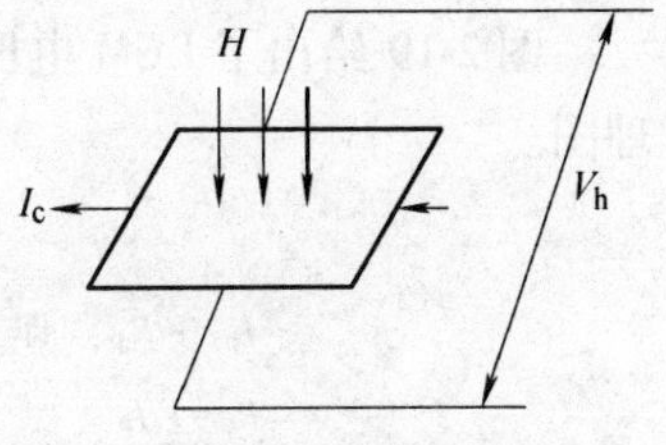

图 2-17　霍尔原理

2. LEM 模块

LEM 模块是由瑞士 LEM 公司利用最新技术——"磁补偿原理"制作而成的，具有符合现代控制系统要求的功能。LEM 模块具有以下特点：

1）LEM 模块可以测量任意波形的电流和电压，如直流、交流、脉冲波形等，甚至对瞬态峰值的测量。二次电流忠实地反映一次电流的波形。而普通互感器则是无法与其比拟的，它一般只适用于测量 50Hz 的正弦波。

2）一次电路与二次电路之间完全电绝缘，绝缘电压一般为 2～12kV，特殊要求可达 20～50kV。

3）精度高：在工作温度区内精度优于 1%，该精度适合任何波形的测量。而普通互感器一般精度为 3%～5%，且适合于 50Hz 正弦波形。

4）线性度好：优于 0.1%。

5）动态性能好：响应时间小于 1μs，跟踪速度 dI/dt 高于 50A/μs，LEM 模块这种优异的动态性能为提高现代控制系统的性能提供了关键的基础。与此相比，普通的互感器响应时间为 10～12ms，它已不能适应工业控制系统发展的需要。

6）工作频带宽：在 0～100kHz 频率内精度为 1%，在 0～5kHz 频率范围内精度为 0.5%。

7）测量范围：LEM 模块为系列产品，电流测量可达 50kA，电压测量可达 6400V。

8）过载能力强：当一次电流超负荷时，模块达到饱和，可自动保护，即使过载电流是额定值的 20 倍时，LEM 模块也不会损坏。

9）LEM 模块尺寸小，质量轻，易于安装，它在系统中不会带来任何损失。

10）LEM 模块的初级和次级之间的"电容"是很弱的，在很多应用中，共模电压的各种影响通常可以忽略，当达到几千伏/微秒的高压变化时，LEM 模块有自身屏蔽作用。

11）LEM 模块的高灵敏度，使之能够区分在"高分量"上的弱信号，例如，在几百安的直流分量上区分出几毫安的交流分量。

12）可靠性高：失效率 $\lambda = 0.43 \times 10^{-6}/h$。

13）抗外磁场干扰能力强：在距 LEM 模块 5～10cm 处有一个两倍于工作电流的电流所产生的磁场干扰而引起的误差小于 0.5%，这对大多数应用抗外磁场干扰是足够的，但对很强磁场的干扰要采取适当的措施：① 调整 LEM 模块方向，使外磁场对霍尔元件没有作用；② 用一个外磁场屏蔽罩；③ 选用两个或几个补偿电路的模块以抵消外磁场的影响。

图 2-18 给出了 LEM 电流模块的一般连接图（LA 系列）。

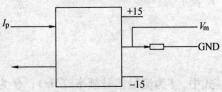

图 2-18　LEM 电流模块连接示意图

图 2-19 给出了 LEM 电压模块的一般连接图（LV 系列）。图 2-20 是 LEM 模块的工作原理图。

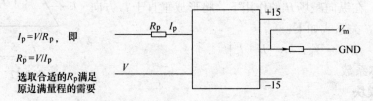

$I_p = V/R_p$，即

$R_p = V/I_p$

选取合适的 R_p 满足原边满量程的需要

图 2-19　LEM 电压模块连接示意图

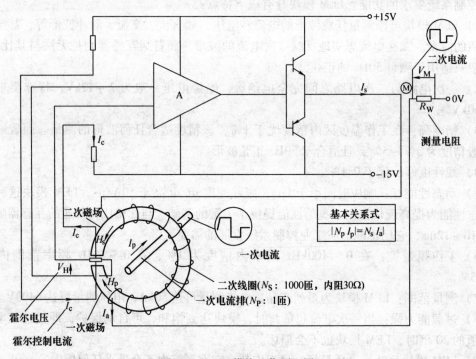

基本关系式

$|N_p I_p| = N_s I_a|$

二次线圈（N_S：1000匝，内阻30Ω）
一次电流排（N_P：1匝）

霍尔电压
一次磁场
霍尔控制电流

图 2-20　LEM 模块工作原理图

2.2.8　流量传感器

LWGY 型涡轮流量传感器，其工作原理是：被测液体流经传感器时，传感器内叶轮借助于液体的动能而旋转。此时，叶轮叶片使检测装置中的磁路磁阻发生周期性变化，因而在检测线圈两端就感应出与流量成正比的电脉冲信号，经前置放大器放大后送至显示仪表。

在测量范围内，传感器的流量脉冲频率与体积流量成正比，这个比值即为仪表系数，用 K 表示为：

$$K = \frac{f}{Q} \quad 或 \quad K = \frac{N}{V}$$

式中，f 为流量信号频率（Hz）；Q 为体积流量（m^3/h 或 L/h）；N 为脉冲数；V 为体积总量（m^3 或 L）。

每台传感器的仪表系数由制造厂填写在鉴定证书中。

2.2.9　CCD 图像传感器

图像传感器是采用光电转换原理，用来摄取平面光学图像并使其转换为电子图像信号的器件，图像传感器必须具有两个作用：一是具有把光信号转换为电信号的作用；二是具有将平面图像上的像素进行点阵取样，并把这些像素按时间取出的扫描作用。

由于 CCD（Charged Coupled Device，电子耦合器件）图像传感器具有尺寸小、工作电压低（DC：7～12V）、寿命长、坚固耐冲击及电子自扫描等优点，促进了各种视频系统和自动化办公设备的普及和微型化。加之无图形扭折、信息容易处理的突出特点，非常适用于工业自动化检测和机器上的视觉系统，而且便于与计算机接口实现各种高速图像处理。CCD 是一种无增益器件，它具有存贮电荷的能力，因而能完成有源器件不能实现的功能。CCD 图像传感器工作示意图如图 2-21 所示。由光学信息输入传感器，经光电变换电荷存贮形成电信号。

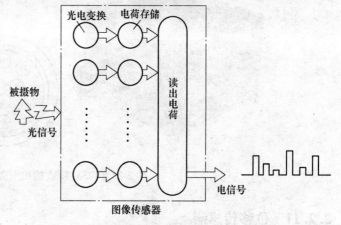

图 2-21　CCD 图像传感器工作示意图

2.2.10　倾角传感器

倾角传感器是用于姿态检测与控制的传感器，在各个领域都得到了广泛的应用。从工作原理上可分为固体摆式、液体摆式、气体摆式、电容式、电感式等。根据测量需要，也有单轴、双轴传感器之分。传统的倾角传感器尺寸较大，不适用于对体积和质量有一定限制的领域，且不便于携带。随着硅微机械传感器测量（MEMS）技术的发展，实现了传感器的轻小型化。

T233/T235 是英国 Sherborne 公司设计制造的 Schaevitz 系列高精度闭环倾角传感器，广泛应用于桥梁、地震监测、钻孔测绘、水平控制、卫星天线平台水平等各个方面，其输出引脚定义如图 2-22 所示。

T233/T235 是一个高精度双轴（x 轴、y 轴）重力参考倾角传感器，它由非接触位移传感器、力矩马达、误差、反馈电路和悬臂质量块组成。当整个传感器发生倾斜时，悬臂质量块便离开原来的平衡位置，非接触位移传感器检测出该变化后，将位置信号送入误差和放大电路。一方面传感器输出与倾角成一定比例的模拟信号；另一方面，该信号经反馈电路送入力矩马达的线圈。此时，力矩马达会产生一个与悬臂质量块运动方向相反、大小相等的力矩，力图使悬臂质量块回到原来的平衡位置。这样经过一定时间后，悬臂质量块就停留在一个新的平衡位置。这时，传感器输出的信号才是真正有效的信号。该传感器的特点如下：

1）紧凑双轴组合（x、y）；

2）每个轴能提供一个完整的工作系统，且具有自测功能；

3）双轴间完全电绝缘；

4）高精度测量；

5）交叉轴灵敏度 FRO：2%；

6）50*g* 高过载能力；

7）供电电压：±12 ~ ±18 V DC，一般使用 ±15 V DC；

8）量程 ±1° ~ ±90°，满量程输出 ±5VDC；

9）输出阻抗：小于 10Ω。

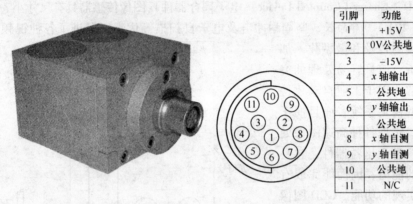

引脚	功能
1	+15V
2	0V公共地
3	−15V
4	*x*轴输出
5	公共地
6	*y*轴输出
7	公共地
8	*x*轴自测
9	*y*轴自测
10	公共地
11	N/C

图 2-22　T233/T235 输出引脚定义

2.2.11　位移传感器

位移传感器又称为线性传感器，根据工作原理不同，可分为电涡流式、光纤、光栅式、拉线式、超声波式、霍尔式等位移传感器。下面对其进行介绍。

1. 电涡流式位移传感器

电涡流式位移传感器能准确测量被测金属器件与探头端面之间静态和动态的相对位移变化，具有灵敏度高、分辨率高、响应速度快、抗干扰力强、不受油污等介质的影响等特点。其测量精度能达到微米级，量程为毫米级。电涡流式位移传感器结构如图 2-23 所示，主要由探头线圈与前置器电路构成，它是基于电涡流效应原理，将导体与探头线圈的间距转换成线圈的等效阻抗，再通过前置器电路处理转换成电压/电流信号输出，属于非接触式测量传感器。

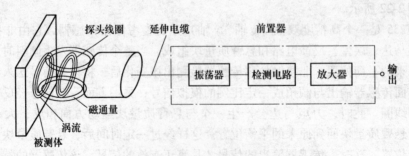

图 2-23　电涡流式位移传感器结构

2. 光纤位移传感器

光纤位移传感器较传统的传感器有许多优点，如不受电磁干扰、体积小、质量轻、可弯曲等。反射式光纤位移传感器是一种传输型光纤传感器，采用非接触的方式测量，其工作原理如图 2-24 所示。传感器采用 Y 形结构，两束多模光纤分别用于传递发射电路发出的光及接收传递物体反射回的光强，两束光纤一端合在一起组成光纤探头。光从光源耦合到光源光纤，进入光纤传输到探头发射到被测物体表面，反射光再由接收光纤接收，传递至光电转换器。由于接收到的反射光光强只与探头与被测面距离有关，因此当反射光经光电变换、放大后将输出与距离信息相关的电参量。

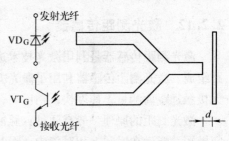

图 2-24　光纤位移传感器工作原理图

反射式光纤位移传感器具有响应速度快、小位移内测量线性化等优点，可在小位移范围内进行高速位移检测。

3. 拉线式位移传感器

拉线式位移传感器属于接触式测量的位移传感器，它将机械位移量转换成可计量的、成线性比例的电信号。当被测物体产生位移时，拉动与其相连接的传感器绳索，绳索带动传感器传动机构与编码器同步转动；当位移反向移动时，传感器内部的自动回旋装置将自动收回绳索，并在绳索伸收过程中保持其张力不变，从而输出一个与绳索移动量成正比例的电信号。

美国 CELESCO 公司是世界最大的专业拉线式位移传感器生产商。下面简要介绍 CELESCO 公司的拉线式位移传感器 PT8420。PT8420 是一款可用于防爆等危险场合的中小量程位移传感器，具有测量精度高、可靠性好、防护等级高、寿命长、维护少等特点。拉绳采用高柔性的不锈钢芯，测量范围根据型号不同由 2in 到 60in（50.8～1524mm）。该传感器适合于安装位置狭小的应用场合，并能提供多种类型的高精度位置反馈信号。PT8420 的外观及接口定义如图 2-25 所示。

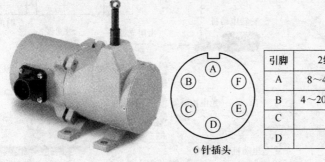

引脚	2线制	3线制
A	8～40V DC	8～40V DC
B	4～20mA输出	公共地
C	-	0～20mA输出
D	地	-

6针插头

图 2-25　PT8420 外观及接口定义

PT8420 的性能参数如下：

1）输出信号：4～20mA（2线），0～20mA（3线）；
2）精度：±0.28%～±0.15%FS；
3）重复性：±0.05%FS；
4）供电电压：8～40V DC（2线），14～40V DC（3线）；
5）电位计循环寿命：2.5×10^6 次；

6）工作温度：-40~90℃。

2.2.12 激光测距传感器

激光测距传感器是利用激光技术进行测量的传感器。它由激光器、激光检测器和测量电路组成。激光测距传感器利用了激光方向性好、单色性好、高功率的特点，其优点是能实现无接触远距离测量，速度快，精度高，量程大，抗光、电干扰能力强等。

激光测距的原理一般有两种：脉冲法与相位法。脉冲式激光测距是利用激光脉冲连续时间极短、能量在时间上相对集中、瞬时功率很大的特点进行测距。由脉冲激光器向目标发出一束持续时间极短的激光，称之为主波，经过待测距离后射向被测目标，被反射回来的脉冲激光称之为回波，回波返回测距仪，由光电探测器接收，根据主波信号和回波信号的时间间隔，即激光脉冲从激光器到被测目标往返时间，就可算出待测目标的距离。相位法用无线电波段的频率，对激光束进行幅度调制并测定调制光往返测线一次所产生的相位延迟，再根据调制光的波长，换算此相位延迟所代表的距离，即用间接方法测定出光经往返测线所需的时间。

本节介绍的是德国施克 SICK 室内激光扫描仪 LMS200，如图 2-26 所示，它是基于光传播时间测量原理的二维平面测距传感器。测量原理如图 2-27 所示，激光器发射一个激光脉冲时，脉冲的出射角度由旋转电动机控制。当激光脉冲碰到障碍物发生漫反射，反射脉冲由光电传感器接收，输出一个电脉冲信号。控制处理单元将出射脉冲与反射脉冲的时间差的一半乘以光速，即可获得传感器与障碍物之间的距离。当旋转电动机以一定角速度旋转时，激光脉冲可以扫描不同角度上的障碍物，进行二维空间的扫描。该传感器采用的是波长 905nm 的红外激光，可通过 RS232 或者 RS422 接口与 PC 进行通信。

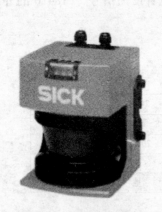

图 2-26　LMS200 外观图

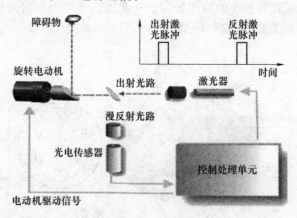

图 2-27　LMS200 测量原理图

LMS200 的主要技术参数如下：

1）角度分辨率：0.25°、0.5°、1°可调；

2）扫描频率：18.7Hz/37.5Hz/75Hz；

3）通信速率：9.6(kbit/s)/19.2(kbit/s)/38.4(kbit/s)加高速卡 500(kbit/s)；

4）分辨率/系统误差：最大 15mm，最小 5mm，典型值 10mm；

5）扫描距离：最大 80m（10% 反射率时为 10m）；

6）扫描范围：0°~180°、0°~100°可调；

7）供电电压：24V DC，功耗 20W。

LMS200 可对二维平面进行 0°~180°的扫描，可以设置三个保护区域，任意集合图形，并且具有滤波功能，在雨雪等干扰物体存在时仍可正常测量。

习题与思考题

2-1　微机测控系统的主要检测参数一般包括哪些？

2-2　常用的温度传感器有哪些？各自的测温范围是多少？

2-3　画图说明如何利用转速传感器测量列车的行进距离。

2-4　画图说明如何检测 0~1000V 的电压信号及 0~100A 的电流信号。

2-5　举例说明 CCD 图像传感器的应用。

2-6　请利用相应的传感器设计运行中的车体姿态测量系统。

第3章　微机检测与控制系统微处理器

微处理器具有集成度高、体积小、功耗低、可靠性高、成本低等特点，因此广泛应用于各类微机测控系统，特别是便携式测控系统。微处理器是微机测控系统的核心，通常负责各种检测信号的采集、处理，控制指令的产生等。目前，微处理器的种类繁多、各有特点，本章将简要介绍几类常用微处理器的基本原理、结构等，并着重介绍各类微处理器的特点，以便读者在设计微机测控系统时能够正确选用合适的微处理器。

3.1　Intel 51 系列及 96 系列单片机

单片机是单片微型计算机的简称，它是微型计算机的一个重要分支。单片机将微型计算机的基本功能部件：中央处理器（CPU）、存储器和 I/O 接口等集成在一片集成电路芯片上。因此，单片机具有体积小、灵活方便等特点，可以方便地嵌入到各种设备中，特别适合应用于检测与控制领域。

在微机测控系统中，单片机是被采用最早且最为广泛的一类微处理器。目前，虽然出现了大量的高性能微处理器，但是由于单片机具有成本低、可靠性高、使用方便等优点，依然在测控系统开发中占据重要的地位。

目前，生产单片机的厂商众多，市场上销售的单片机产品系列繁多，主要可以分为 8 位单片机、16 位单片机和 32 位单片机等。在微机测控系统中最常用的是 8 位及 16 位单片机，并分别以 Intel 公司生产的 MCS-51 和 MCS-96 系列单片机为代表。许多其他公司生产的单片机也多以这两种系列为基础，因此本节将就这两个系列的单片机为例进行介绍。

3.1.1　MCS-51 系列单片机

MCS-51 系列单片机是 Intel 公司生产的高性能 8 位单片机系列，是我国目前应用最广的一种单片机，也是目前我国高校单片机教学采用的主要机型。该系列产品都是以 8051 为核心电路发展起来的，8051 的主要功能包括：4KB 的片内 ROM、128B 的片内 RAM、32 个 I/O 端口、2 个定时计数器、包含 5 个中断源的两级中断系统、1 个全双工串行口、片内振荡电路和时钟产生电路，最大时钟频率为 12MHz。除 8051 外，MCS-51 系列还包括 8031、8052 及 8032 等型号，其中 8031 为在 8051 基础上去掉片内 ROM 的简化版本；而 8052 则为 8051 的加强版本，其内部拥有 8KB 的片内 ROM 和 256B 的片内 RAM，并增加了一个定时计数器；8032 则是 8052 的无 ROM 版本。

1. MCS-51 单片机内部结构

目前，很多半导体厂商推出了大量与 MSC-51 相兼容的改进型单片机，这些单片机比传统的 MSC-51 系列具有更快的运行速度，并在片内集成了更多的外设，提供了更加丰富的功能。但是这些单片机的核心仍是 8051，或者是重新设计但与 8051 相兼容的 CPU，其指令系统、存储空间、引脚功能等与 8051 一致。下面就以 8051 为例介绍 MCS-51 系列单片机的内部结构，如图 3-1 所示。

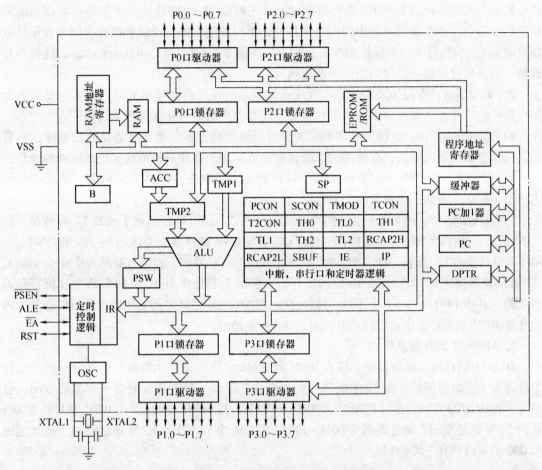

图 3-1 MCS-51 系列单片机的内部结构图

8051 内部主要由运算器（ALU）、控制器、存储器、专用寄存器组及 I/O 端口组成。

（1）运算器

运算器主要是对数据进行数学运算和逻辑运算的部件，同行还可以进行数据的传送、移位、判断和程序转移等。8051 拥有一个高性能的运算器，它具有很高的执行速度，当使用 12MHz 晶振时，大部分指令的执行时间是 $1\mu s$，乘法指令的执行时间是 $4\mu s$。

（2）控制器

控制器的主要功能是根据指令产生控制信号，以控制单片机内部各部件的工作。8051 的控制器由定时控制逻辑、指令寄存器和振荡器等组成。其中，振荡器是产生时钟的部件，为定时控制逻辑提供时钟信号。指令寄存器用于暂时存储从 ROM 中取出指令码。定时控制逻辑则对指令寄存器中的指令进行译码，并产生相应的控制信号，以完成相应的操作。

（3）专用寄存器组

专用寄存器组主要用来指示当前要执行指令的内存地址、存放操作数和指示指令执行后的状态等。在 8051 中，专用寄存器组主要包括程序计数器 PC、累加器 A、程序状态字 PSW、堆栈指针 SP、数据指针 DPTR 和通用寄存器 B 等。

1）程序计数器 PC：它是一个 16 位的寄存器，其专门用来存放下一条需要执行指令的内存地址，并能自动加 1。CPU 执行指令时，首先根据 PC 中的地址从存储器中取出当前需要执行的指令，并存入控制器中的指令寄存器，再由控制器进行译码和执行。同时程序计数器自动加 1，为执行下一条程序做准备。当下一条指令读取后，PC 再次自动加 1，这样单片机就可以按照存储器中存储的指令不断地执行。

2）累加器 A：专门用来存放操作数或运算结果。在进行某项运算时，通常需要将两个操作数中的一个存入累加器中，再进行运算，运算完成后结果就保存在累加器中。

3）通用寄存器 B：专门为乘法和除法运算设置的寄存器。该寄存器在乘法或除法运算前，用来存储乘数或除数，在乘法或除法运算完成后用于存储乘积的高 8 位或除法的余数。

4）程序状态字 PSW：用来存储指令执行后的有关状态，包括进位标志、辅助进位标志、溢出标志、奇偶位标志及通用寄存器选择位等。

5）堆栈指针 SP：用来指示堆栈栈顶地址的寄存器，其可以自动加 1 或减 1。堆栈是一种"先进后出"的存储结构，在 8051 中片内的 128 字节 RAM 的任何一个区域都可以用做堆栈区。8051 的堆栈是向上"生长"的，即当数据压入堆栈时 SP 自动加 1，而当数据弹出时 SP 自动减 1。

6）数据指针 DPTR：一个 16 位的寄存器，实际上它是由 DPH 和 DPL 两个 8 位寄存器拼成的，其中 DPH 为高 8 位，DPL 为低 8 位。DPTR 用来存储数据的地址，既可以存放片内或片外 ROM 的地址，也可以用来存放片外 RAM 的地址。

2. MCS-51 的存储器结构

MCS-51 的存储空间较复杂，既有 ROM 和 RAM 之分，又有片内和片外之分，因此实际上存在多个寻址空间。MCS-51 的地址分配如图 3-2 所示。存储器分配有三个地址空间，分别是：ROM 地址空间，地址范围为 0000H ~ FFFFH，共 64KB，包括片内 ROM 和片外 ROM；片内 RAM 地址空间，地址范围为 00H ~ FFH，共 256 字节；片外 RAM 地址空间，地址范围为 0000H ~ FFFFH，共 64KB。

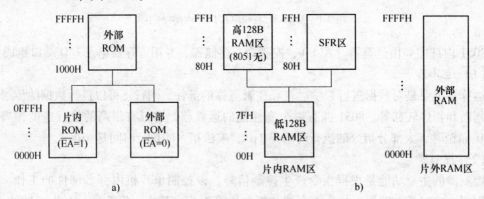

图 3-2　MCS-51 存储器结构

a）ROM 存储器地址分配　b）RAM 存储器地址分配

（1）ROM 地址空间

ROM 用来存放程序和常量，MSC-51 的 ROM 存储空间又可以分为片内和片外两个子空间。MCS-51 系列中，8031 没有片内 ROM；8051 有 4KB 的片内 ROM，地址范围为 0000H ~ 0FFFH；而 8052 有 8KB 的片内 ROM，地址范围为 0000H ~ 1FFFH。同时所有型号的 MSC-51

系列单片机都可以连接片外 ROM,最大可使用 64KB 的空间,地址范围为 0000H ~ FFFFH。这样当 8051 连接片外 ROM 时,片外 ROM 和片内 ROM 的地址将在低 4KB 的地址空间发生重叠。为了指示使用的存储器,8051 提供了一条专用的控制引脚 EA。当 EA 接高电平时,单片机使用片内 ROM;若 EA 接低电平,则单片机使用片外 ROM。

(2)片外 RAM 地址空间

MCS-51 片内提供了 128 字节的 RAM,容量较小。当需要大量存储数据时,就需要在片外连接外部 RAM 来扩展存储空间,最大可扩展的存储容量为 64KB。

(3)片内 RAM 地址空间

MCS-51 的片内 RAM 地址空间可以分为低 128 字节和高 128 字节两个子空间。其中低 128 字节,即地址为 00H ~ 7FH 的空间为通用 RAM 区,可以用来存放操作数、操作结果及实时数据等;而高 128 字节,即地址为 80H ~ FFH 的空间为特殊功能寄存器(SFR),它是具有特殊功能的寄存器的集合,其具体个数和单片机的具体型号有关。8051 或 8031 有 21 个 SFR,8052 则有 26 个。每个 SFR 占用一个 RAM 单元,它们离散地分别在 80H ~ FFH 地址范围内,其分布和初始值如图 3-3 所示。如前所述,8052 片内有 256 字节的 RAM,这样其高 128 字节的地址和特殊功能寄存器的地址相冲突,此时需要采用不同的寻址方式来进行区分。当访问 8052 的高 128 字节片内 RAM 时,必须采用间接寻址方式,若采用直接寻址方式,则访问的是特殊功能寄存器。

0F8H									0FFH
0F0H	B 00000000								0F7H
0E8H									0EFH
0E0H	ACC 00000000								0E7H
0D8H									0DFH
0D0H	PSW 00000000								0D7H
0C8H	T2CON 00000000	T2MOD ×××××00	RCAP2L 00000000	RCAP2H 00000000	TL2 00000000	TH2 00000000			0CFH
0C0H									0C7H
0B8H	IP ××000000								0BFH
0B0H	P3 11111111								0B7H
0A8H	IE 0×000000								0AFH
0A0H	P2 11111111								0A7H
98H	SCON 00000000	SBUF ××××××××							9FH
90H	P1 11111111								97H
88H	TCON 00000000	TMOD 00000000	TL0 00000000	TL1 00000000	TH0 00000000	TH1 00000000			8FH
80H	P0 11111111	SP 00000111	DPL 00000000	DPH 00000000				PCON 0×××0000	87H

图 3-3 MCS-51 特殊功能寄存器分布及初始值

3. MCS-51 的输入输出端口

输入输出端口是单片机和外部进行数据交换和控制的通道，也称为 I/O 端口或 I/O 接口。MCS-51 有 4 个并行 I/O 接口和一个串行 I/O 接口。

MCS-51 的 4 个 8 位并行 I/O 接口，分别命名为 P0、P1、P2 和 P3，在这四个并行端口中，每个端口都有双向 I/O 功能。每个 I/O 端口内部都有一个 8 位数据输出锁存器和一个 8 位数据输入缓冲器，4 个数据输出锁存器与端口号 P0、P1、P2 和 P3 同名，都为特殊功能寄存器。

MCS-51 的 4 个并行 I/O 端口在结构上各不相同，在功能和用途上存在很大的差异。P0 和 P2 两个端口除作为通用 I/O 端口外，还作为单片机读取外部存储器时的地址线和数据线，其中 P0 为低 8 位地址和数据的复用端口，而 P2 口则为高 8 位地址端口。P1 口通常作为通用 I/O 端口使用。P3 口除作为通用 I/O 端口外，还有第二功能，见表 3-1。

表 3-1　P3 口的第二功能

P3 口的位	第二功能	注　释
P3.0	RXD	串口数据接收
P3.1	TXD	串口数据发送
P3.2	INT0	外部中断 0 输入
P3.3	INT1	外部中断 1 输入
P3.4	T0	计数器 0 输入
P3.5	T1	计数器 1 输入
P3.6	WR	外部 RAM 写使能信号
P3.7	RD	外部 RAM 读使能信号

8051 有一个全双工的可编程串行 I/O 端口，它是一个标准的通用非同步串行收发器（UART）。串口的收发使用了 P3 口的第二功能（见表 3-1），用户可以通过相关的特殊功能寄存器，包括 SCON、PCON 等，对串口的工作方式、波特率等进行设置，并可利用 SBUF 实现收发数据的缓冲。

4. MCS-51 的中断系统

中断是现代计算机的一个重要功能。中断就是 CPU 暂停执行原来的程序转而执行中断服务程序，并在完成后返回原程序继续执行的过程。8051 有五个中断源，包括两个外部中断、两个定时/计数器中断和一个串口中断。外部中断由 P3.2 和 P3.3 引脚输入，可以设置为电平或边沿触发；定时/计数器在计数值溢出时，即由全"1"变为全"0"时，将自动向中断系统提出中断请求；串口在发送或接收完一个数据时也将自动向中断系统提出中断请求。8051 中断源和入口地址见表 3-2。

表 3-2　8051 中断源及入口地址

中　断　源	中断服务程序入口地址
INT0	0003H
定时器 T0	000BH
INT1	0013H
定时器 T1	001BH
串行口中断	0023H

8051 的中断系统主要由中断使能寄存器 IE 和中断优先级寄存器 IP 控制。IE 用于使能和禁止五个中断源的中断请求，IP 则设置中断源的优先级。

3.1.2　MCS-96 系列单片机

MCS-96 系列单片机是 Intel 公司生产的 16 位微控制器。MCS-96 家族成员众多，现在用得最多的是 80C196，它是标准的 16 位单片机，但是我们也可以将系统设计成内部 16 位/外部 8 位的数据总线模式，如准 16 位的 8098 芯片一样使用。现在设计时主要选用 80C196KB 及 8098 单片机，其引脚如图 3-4 所示。8098 和 80C196KB 的主要区别如下：

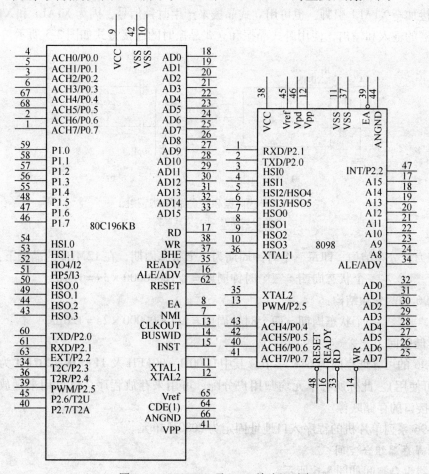

图 3-4　80C196KB 及 8098 单片机引脚

1）80C196 的内、外数据总线均为 16 位；8098 为"内 16、外 8"结构。

2）8098 无 P1 口等引脚，为 DIP48 封装形式；80C196KB 为 PLCC68 封装形式。

3）802C196KB 具有 8 路 10 位 A/D，8908 只有 4 路；但 80C98 为 22μs、80C196KB 为 42μs（12MHz 晶振下）。

4）80C196 KB 为二分频结构，运算速度快；8098 为 3 分频结构，运算速度远低于 80C196KB。

5）80C196KB 为 CMOS 结构，功耗低、发热小，工作可靠；8098KB 为非 CMOS 结构，

功耗大、发热高、可靠性差。

MCS-96 系列单片机和 MCS-51 系列的主要区别如下：

MCS-96 系列单片机取消了"累加器"结构，而采用直接对寄存器组合及专用寄存器构成的 256 字节地址空间进行操作。CPU 通过专用寄存器直接控制 I/O，可使 I/O、A/D、PWM 和串行口的工作效率大大提高。这种结构的主要优点在于具有上、下文迅速切换的能力，无累加器不足的"瓶颈"困扰，以及数据吞吐和 I/O 的快速性等。

1. 内部定时

96 系列单片机需要有 6～12MHz 间的输入时钟频率才能正常工作。时钟可以由卧式晶振提供，直接加至 XTAL1 引脚，也可用立式晶振来产生时钟信号，因为 XTAL1 和 XTAL2 分别为一反向器的输入和输出，使用卧式晶振和立式晶振时的连接方式如图 3-5 所示。

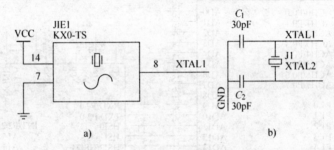

图 3-5　卧式晶振和立式晶振的连接图

a）卧式晶振　b）立式晶振

8098 为三分频结构，即每三个时钟周期为一个状态周期，在 12MHz 的晶振下：

$$一个状态周期 = 三个时钟周期 = 1/12000000 \times 3s = 1/4\mu s$$

80C196 为两分频结构：

$$一个状态周期 = 两个时钟周期 = 1/12000000 \times 2s = 1/6\mu s$$

2. 存储空间

MCS-96 的可寻址空间为 64K 字节。其中 0000H～00FFH 及 1FFEH～207FH 为专用空间（用户也可使用）。此外所有单元均归用户分配，可用来存放程序，也可用来存放数据，或作为外设接口的存储映像。

MCS-96 系列单片机的程序入口地址固定为 2080H 单元。

（1）寄存器组合空间

寄存器组合空间如图 3-6 所示。

（2）专用寄存器空间

MCS-96 系列的所有 I/O 均由专用寄存器控制。许多专用寄存器具有两种功能，对其进行读或写时，功能有所不同。

1）R0：0 寄存器，读时恒为 0，可作为变址寻址的基地址，也可作为计数和比较时的常数。

2）AD_RESULT：A/D 结果寄存器，存放 A/D 转换结果的高、低字节，字节只读。

3）AD_COMMAND：A/D 命令寄存器，用以控制 A/D 转换。

4）HSI_MODE：高速输入方式寄存器，负责设置高速输入的运行方式。

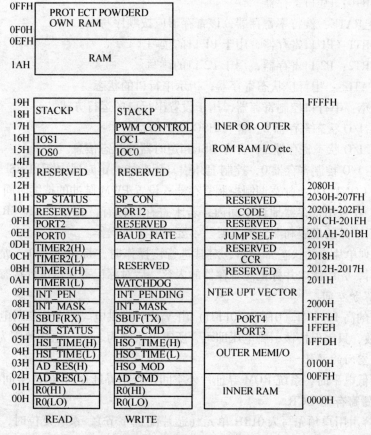

图 3-6　寄存器组合空间图

5）HSI_TIME：高速输入时间寄存器，存放 HSI 定时的高、低字节，用以记录高速输入单元的触发时间，只读。

6）HSO_TIME：高速输出定时的高、低字节，用以设定高速输出单元执行命令寄存器中命令的时间或次数，字只写。

7）HSO_COMMAND：HSO 命令寄存器，负责确定在装入 HSO_TIME 的时间过后该发生什么情况。

8）HSI_STATUS：HSI 状态寄存器，负责指示在 HSI_TIME 寄存器所记录的时刻哪个 HSI 引脚上发生了事件以及这些高速输入引脚的现行状态。

9）SBUF（TX）：串行口发送缓冲器，用以保存要发送的内容。

10）SBUF（RX）：串行口接收缓冲器，其任务在于保存刚刚接收到的字节。

11）INT_MASK：中断屏蔽寄存器，用以单独开放或关闭各源之中断。

12）INT_PENDING：中断挂号寄存器，表示中断源中某请求有效，但仍未获得响应。

13）WATCHDOG：监视定时寄存器，程序正常运行时，定期改写其内容使之永不溢出；程序发生故障时，监视定时器就会溢出，使 8098 复位，这样可保证程序安全运行。

14）TIMER1：定时器 1 的高、低字节，字只读。

15）TIMER2：定时器 2 的高、低字节，字只读。

16）IO PORT0：P0 口寄存器。

17）BAUD_RATE：波特率寄存器，该寄存器应按顺序写入。

18）IO PORT1：P1 口寄存器，用于 P1 口的读写。

19）IO PORT2：P2 口寄存器，用于 P2 口的读写。

20）SP_STATUS：串行口状态寄存器；指示串行口的状态。

21）SP_CON：串行口控制寄存器，用于设置串行口的运行方式。

22）IOS0：I/O 状态寄存器 0，含有 HSO 状态信息。

23）IOS1：I/O 状态寄存器 1，含有 HSI 和定时器的状态信息。

24）IOC0：I/O 控制寄存器 0，控制 HSI 引复用功能、定时器中断和 HSI 中断。

25）PWM_CONTROL：脉宽调制控制寄存器，设置 PWM 脉冲的持续时间。

应当指出，在专用寄存器地址空间内，若干寄存器标有"保留"RESERVED 字样，目的在于满足今后产品的发展和测试的需要。不要对其进行操作。

MCS-96 系列单片机的状态寄存器，对其进行读操作时，将使之清 0，所以在对状态寄存器进行操作时，先应读取并标记此寄存器的内容，后对标记寄存器进行状态判断。

（3）掉电保护空间

片内 RAM 的高 16 字节（0F0H ~ 0FFH）由 Vpd 引脚供电。若希望在断电期间保持这些单元的内容有效，只需保持该引脚电压即可，所需电流约为 1mA，电压范围为 4.5 ~ 5.5V。

（4）ROM 空间的寻址

EA 引脚为低电平时，系统 ROM 寻址片外空间，否则寻址片内 ROM 空间。

3. 芯片配置寄存器 CCR

CCR 的内容由用户预先写入 018H 单元（芯片配置字节），系统复位时，该芯片配置字节被自动送入 CCR 寄存器。CCR 是一个非存储映像单元，它只能在复位时接受写操作，且所写数据直至下次复位前不可改变，其定义如图 3-7 所示。

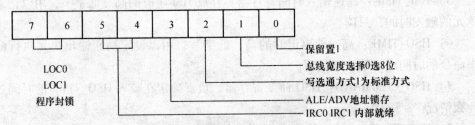

图 3-7　芯片配置寄存器 CCR 定义

其中各位含义为

CCR. 0：保留位。固定置 1。

CCR. 1：总线宽度。CCR. 1 =0 或 BUSWIDTH =0 时采用 16 位地址/8 位数据总线，CCR. 1 = 1 且 BUSWIDTH =1 时采用 16 位地址/16 位数据总线。即当 CCR. 1 =1 时，总线实质上靠 BUSWIDTH 来控制，若要采用 8 位总线方式，此位应选"0"。

CCR. 2：写选通方式选择。该位为"1"时采用标准方式，为"0"采用写选通方式。通常选用标准方式。

CCR. 3：地址有效选通信号选择。该位为"1"时采用 ALE 引脚作为地址有效信号，为

"0" 采用则 ADV 引脚。

CCR.4 ~ 5：内部就绪控制方式。

> CCR.5 CCR.4　等待状态限制一般选 "00"
> 　0　　0　　最多 1 个等待状态
> 　0　　1　　最多 2 个等待状态
> 　1　　0　　最多 3 个等待状态
> 　1　　1　　禁止内部就绪控制

CCR.6：LOC0 位置成 "0"，即选择了写保护方式。写保护的区域为 2000H ~ 3FFFH。

CCR.7：LOC1 位置成 "1"，即选择了读非保护方式。

4. I/O 状态和控制寄存器

8098 有两个 I/O 控制寄存器 IOC0 和 IOC1。IOC0 控制定时器 2 和高速输入线。IOC1 控制某些引脚功能、中断源和两个 HSO 引脚，其定义分别如图 3-8a 和图 3-8b 所示。

	a)			b)
0	HSI.0 输入/分断		0	PWM/P2.5 选择
1	定时器2复位，写1使之复位		1	ACH7/EXTINT 选择
2	HSI.1 输入/分断		2	定时器1溢出中断允许/禁止
3	定时器2外部复位允许/禁止		3	定时器2溢出中断允许/禁止
4	HSI.2 输入/分断		4	HS0.4 输出允许/禁止
5	定时器2复位源HSI.0/T2RST		5	TXD/P2.0 选择
6	HSI.3 输入/分断		6	HS0.5 输出允许/禁止
7	定时器2时钟源HSI.1/T2CLK		7	HIS中断源选择FIFO满/保持寄存器已有数据

	c)			d)
0	HS0.0 现行状态		0	软件定时器0到时
1	HS0.1 现行状态		1	软件定时器1到时
2	HS0.2 现行状态		2	软件定时器2到时
3	HS0.3 现行状态		3	软件定时器3到时
4	HS0.4 现行状态		4	定时器2溢出
5	HS0.5 现行状态		5	定时器1溢出
6	CAM或保持寄存器满		6	HSI FIFO 已满
7	HSO 保持寄存器满		7	HSI保持寄存器数据可用

图 3-8　I/O 控制和状态寄存器定义

a) I/O 控制寄存器 0　b) I/O 控制寄存器 1　c) I/O 状态寄存器 0　d) I/O 状态寄存器 1

8090 还有两个 I/O 状态寄存器 IOS0 和 IOS1，其定义如图 3-8c 和图 3-8d 所示。

5. 中断结构

8098 有 8 个中断类型的 21 个中断源，其中断向量和优先级见表 3-3。

表 3-3　8098 中断源中断向量和优先级

中　断　源	中断向量地址	优先级别
软件	2011H 2010H	用户不可用
外部中断	200FH 200EH	7（最高）
串行口	200DH 200CH	6
软件定时器	200BH 200AH	5
HS1.0	2009H 2008H	4
高速输出	2007H 2006H	3
HSI 数据	2005H 2004H	2
A/D 转换完成	2003H 2002H	1
定时器溢出	2001H 2000H	0（最低）

　　程序设计人员必须对中断向量表进行初始化，把各中断服务程序的首地址填入相应的向量地址中。建议把未用中断的向量地址中写入出错处理程序段的首地址。

　　中断控制系统中有两个中断控制寄存器：中断挂号寄存器和中断屏蔽寄存器，以及位于 PSW 中的总体中断开关。

　　1）中断挂号寄存器，各位的定义正好与其中断优先级别代码相同，即 INT_PEN.0 代表有无定时器溢出中断产生，INT_PEN.1 代表有无 A/D 转换完成中断产生，依此类推。当硬件监测到某中断源上出现的正跳变时，即把中断挂号寄存器 INT_PENDING（地址为 09H）中的相应位置 1。

　　2）中断屏蔽寄存器，各类中断源均可单独开放或禁止，为此应将中断屏蔽寄存器的相应位置 1 或清 0，"1" 为开放，"0" 为禁止。各位的分布与中断挂号寄存器相同。

　　3）总体中断开关，PSW.9 = 1，总体开放，各中断源靠中断屏蔽寄存器控制，PSW.9 = 0，全部中断关闭。

6. 定时器

　　系统中有两个 16 位定时器：定时器 1 和定时器 2，在此只介绍定时器 1。

　　定时器 1 作为实时时钟用来同步其他事件。它自由运行，每 8 个状态周期加 1（在 12MHz 晶振下）：

$$\text{"T1 + 1"} = 8 \times T = 8 \times 1/4\mu s = 2\mu s \qquad \text{（三分频系列，如 8098）}$$

$$\text{"T1 + 1"} = 8 \times T = 8 \times 1/6\mu s = 4/3\mu s = 1.333\mu s \quad \text{（二分频系列，如 80C196）}$$

　　该计数器在任何时刻均可读出，但一般不可改写，且除芯片复位之外也没有其他手段使其停止计数并恢复为 0。

　　定时器 1 产生高速输入单元 HSI 和高速输出单元 HSO 的基准时间。

　　定时器溢出时可用来产生中断，溢出间隔时间（在 12MHz 晶振下）：

$$\text{"T1 溢出"} = 0\text{FFFFH} \times 8 \times T = 65535 \times 8 \times 1/4\mu s \approx 131\text{ms} \quad \text{（三分频系列，如 8098）}$$

"T1 溢出" = 0FFFFH × 8 × T = 65535 × 8 × 1/6μs ≈ 87ms（二分频系列，如 80C196）

定时器 1 溢出中断允许 IOC1.2 控制，IOS1.5 为其状态。

有关控制包括 IOC0、IOC1、INT_MASK、INT_PENDING、中断向量等。

7. 高速输入单元

高速输入单元 HSI 可用定时器 1 作为实时时钟来记录外部事件发生的时间。"高速"表示事件的获取无需 CPU 的干预。该单元有 4 条高速输入线（HSI.0-3），其中 HSI.2-3 为双向引线，和 HSO.4~5 共用同一引脚，由 IOC0 和 IOC1 确定。

（1）HSI 运行方式（方式选择位定义如图 3-9 所示）

方式选择位	事件定义
00	8 个正跳变为一个事件
01	每个正跳变为一个事件
10	每个负跳变为一个事件
11	每个跳变（正和负）均为事件

（2）HSI 状态寄存器（HSI_STATUS）

各位的定义与 HSI_MODE 寄存口相同，其中低位表示本引脚上是否有事件发生；高位表示本引脚的现行状态。

（3）HSI 的控制和操作

1）有关控制见 HSI_MODE、IOC0、IOC1、INT_MASK、INT_PENDING以及中断向量。

2）中断发生后，先读 HSI 的状态，后读其中断时间。

8. 高速输出单元

高速输出单元 HSO 的功能在于在预定的时刻触发某一事件，基本不要 CPU 干预。这些事件包括：

1）启动 A/D 转换。

2）使定时器 2 复位。

3）置 4 个软件定时器标志。

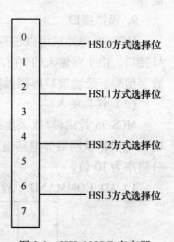

图 3-9　HSI_MODE 寄存器

4）改变六条输出线（HSO.0-HSO.5）上的电平信号。

前三种为内部事件触发，最后一种为外部事件触发。

在某一时刻可有 8 个事件挂号，任一事件的触发均可产生中断。

HSO 单元可触发两类中断。第一类称为 HSO 执行中断（中断向量地址为 2006H），用于 HSO 命令，控制六个输出引脚的一个或多个。第二类 HSO 中断为软件定时器中断（中断向量地址为 200AH），由任何其他 HSO 命令引起，如 A/D 触发、定时器 2 复位或软件定期延时命令。

（1）高速输出单元 HSO 输出控制

一般对 HSO 的操作包括：

HSO 的命令格式如图 3-10 所示。

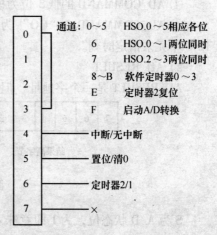

图 3-10　HSO 命令格式

LDBHSO_COMMAND，#WHAT_TO_DO

ADDHSO_TIME，TIMER1，#WHEN_TO_DO_IT

（2）高速输出单元 HSO 操作注意事项

1）需要把以上两句连续写入，此 HSO 才能连续输出。

2）软件定时器中断的向量地址为 200AH。

3）HSO 输出中断的向量地址为 2006H。

4）置位和清 0 只对外部事件 HSO 口线起作用。

5）为保证同步，最小时间为其现行值 +2。

6）通过程序设定可使 HSO 在预定的时间产生中断。每次最大允许 4 个这样的"软件定时器"同时运行。程序通过检查 I/O 状态寄存器 1（IOS1），确定每次中断为何软件定时器到时所致。

7）有关控制参见：HSO_COM、IOC0、IOC1、INT_MASK、INT_PENDING 和向量地址等。

9. 模拟接口

MCS-96 单片机可以很容易地通过其模/数转换器、脉冲调制输出及 HSO 单元与模拟信号接口。由 4 路输入的 10 位 A/D 转换器接收模拟信号。脉宽调制输出和 HSO 单元负责提供数字信号，经滤波后即用做模拟输出。

（1）模拟输入

MCS-96 片内模/数采集系统是由一个单调逐步逼近式转换器及采样保持、多路开关和 D/A 电阻梯状网络等电路组成的。可对 4 路（98）或 8 路（96）进行多路切换采集，转换分辨率为 10 位。

1）AD_COMMAND（A/D 命令寄存器，如图 3-11 所示）

7	6	5	4	3	2	1	0
×	×	×	×	GO	CH#		

图 3-11　A/D 命令寄存器

① AD_COMMAND 的低 3 位为模拟通道选择位，98 为 ACH4 ~ 7，96 为 ACH0 ~ 7；

② AD_COMMAND.3 "GO" 为 1，立即启动 A/D 变换；为 0，则 A/D 转换的启动由 HSO 单元来指定时刻。

2）AD_RESULT

AD_RESULT 是一个字地址，但必须分字节两次读出，如图 3-12 所示。

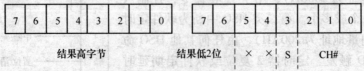

7	6	5	4	3	2	1	0		7	6	5	4	3	2	1	0
结果高字节									结果低2位		×	×	S	CH#		

图 3-12　A/D 结果寄存器

S 为 A/D 状态位，为 1 即意味着 A/D 转换正在进行中，为 0 则表明此刻无转换进行，注意：在 GO 命令发出不到 8 个状态周期，S 位可能尚未置 1。因此，在对 S 进行测试前，必须等待 8 个状态周期。可用查询法也可用中断法，一般采用查询法。

（2）脉冲宽度调制输出（PWM）

数/模变换可以通过脉冲宽度 PWM 输出来实现，PWM 输出波形是一个方波信号，其周期长度为 256 个状态周期，占空比可变，通过向 PWM 寄存器写入新值来实现占空比的变化。对此波形进行积分，那么就可得到一个直流电平，通过改变占空比，可使该电平分 256 个阶梯变化。

PWM 输出借用 P2.5 引脚，IOC1.0 为 1 即选定 PWM 功能，否则 P2.5 作为标准口的一条 I/O 线用。

10. 串行口

MCS-96 单片机的串行口有三种异步和一种同步方式。异步者为全双工方式，即发送和接收可以同时进行。接收器是双缓冲的，故在第一个字节尚未被读取之前，第二个字节的接收过程即可开始。MCS-96 系列的串口功能与 51 系列兼容，但控制软件不同。

（1）方式 0

方式 0 为同步方式，通常用在以移位寄存器为基础的 I/O 扩展方面。在这种方式下，TXD 引脚输出同步脉冲，RXD 引脚或接收或发送数据。数据传送每帧 8 位，最低有效位居先。在此从略。

（2）方式 1

方式 1 是标准异步通信方式。此方式所用的数据帧格式如图 3-13 所示。每帧包括 10 位：1 个起始位（0），8 个数据位（最低位居先）和 1 个停止位（1）。若启用奇偶校验，即 PEN 置 1，则最高位用以传送偶校验位，且接收端需要对奇偶性进行检查。

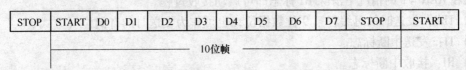

图 3-13　方式 1 的数据帧格式

（3）方式 2 和方式 3

方式 2 和方式 3 用于多机通信。

方式 2 为异步第 9 位识别方式。数据格式如图 3-14 所示。

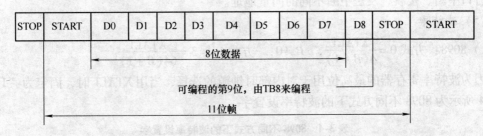

图 3-14　串行口方式 2 和方式 3 数据帧格式

1）可编程的第 9 位由 TB8 来编程，在向 SBUF（TX）写入数据之前，把控制寄存器中的 TB8 置成 1，发送时第 9 位即为 1，每次发送后，TB8 位均被清成 0。因此，每次向 SBUF（TX）写数据前均应将 TB8 置 1。

2）在方式 2 接收过程中，除非被接收的第 9 位为 1，否则串行口中断和接收中断位 RI 是不会置 1 的。

3）在方式 3 下，接收一帧数据总要引起中断，这与第 9 位的状态无关。

4）若 PEN 为 0，则所接收的第 9 位要被存入 RB8 中，事后可以读取。

5）在方式 3 下，可以启动奇偶校验，PEN 置为 1 即可，此时，RB8 即作为接收奇偶错误标志（RPE）。

（4）串行口的控制

串行口的控制通过串行口控制 SP_CON 和串行口状态 SP_STAT 两寄存器实现，如图3-15所示，地址均为 11H。写操作将访问 SP_CON，而读操作则访问 SP_STAT，此时低 5 位为不定值。

SP_STAT(只读)			SP_CON(只写)				
7	6	5	4	3	2	1	0
RB8/RPE	RI	TI	TB8	REN	PEN	M2	M1

图 3-15　串行口控制/状态寄存器

1）M2、M1：方式选择位：00 = 方式 0；01 = 方式 1；10 = 方式 2；11 = 方式 3。

2）PEN：奇偶校验允许位（偶校验）。

3）REN：接收允许位，实际控制 RXD/P2.1 的多功能口，同时控制同步方式 0 的收发操作，若 REN = 0，则对 SBUF（TX）的写操作将启动发送过程，在 REN 上产生一个上升沿，或在 REN = 1 的情况下清除 RI 标志即可启动接收过程。

4）TB8：发送时的可编程第 9 位数据位，也可作为发送时的奇偶位（方式 3）。

5）TI：发送中断标志。

6）RI：接收中断标志。

7）RB8：接收时的第 9 位数据位。

8）RPE：若启用奇偶校验功能，则此位作为奇偶错误标志。

9）串行口中断是 TI 和 RI 两位逻辑相"或"的结果，可通过 TI 和 RI 进行区分，但在判断之前应对 TI 和 RI 进行标记，同时判断之前确保 TI 和 RI 已经清 0；96 系列单片机分别有串行口中断、接收、发送中断不同的向量地址。

（5）波特率

1）8098：方式 0 $= \dfrac{XTAL1}{4(B+1)}$，$B \neq 0$；　方式 1、2、3 $= \dfrac{XTAL1}{64(B+1)}$。

因为波特率寄存器的最高位用于对内部时钟源的选择，当用 XTAL1 时，固定为"1"如表 3-4 所示为 8098 不同方式下的波特率设置字。

表 3-4　8098 不同方式下的波特率设置字

波　特　率	方式 0	方式 1、2、3	
		12M	6M
9600	137H	8013H	8009H
4800	8270H	8026H	8000H + 19

2）80C196KB：方式 $0 = \dfrac{XTAL1}{2(B+1)}$，$B \neq 0$；方式 1、2、3 $= \dfrac{XTAL1}{16(B+1)}$。

因为波特率寄存器的最高位用于对内部时钟源的选择，当用 XTAL1 时，固定为"1"如表 3-5 所示为 80C196 不同方式下的波特率设置字。

表 3-5　80C196 不同方式下的波特率设置字

波　特　率	6M	8M	10M	12M
9600	38	51	64	77
4800	77	103	129	155

（6）多机通信

串行口方式 2 和方式 3 是提供给多级通信用的。在方式 2 下，若接收到的第 9 位数据非 1，则不会发生串行口中断。

在多机系统中，当主机欲向某从机发送数据时，它首先发出一帧地址以确定目的从机。地址帧和数据帧的不同点在于：前者的第 9 位数据位为 1，后者的该位为 0。在方式 2 下，数据帧不会引起任何从机中断。然而，地址帧却将在所有从机中激发中断。这样，各从机便在各自的中断服务程序中检查所接收到的字节是否等于自己的地址。相等者即为被呼叫的从机，于是它便切换到方式 3 下运行，以接收此后主机发来的数据；未被呼叫的从机则仍留在方式 2 下继续自己的作业。

11. 监视定时器

监视定时器 WDT 是解脱软件故障的一个有利手段。一旦它启动之后，其值每状态周期增 1。因此，若不及时将其清 0，它就会在 64K 状态周期后溢出并引起芯片硬件复位。在 12MHz 晶振下：

98：WATCHDOG 溢出时间为 16ms；

96：WATCHDOG 溢出时间为 10.67ms。

监视定时器的驱动：

LDB　WATCHD，#1EH

LDB WATCHD，#0E1H

运行过程中要在溢出时间之内循环写以上两句，#1EH 在前，#0E1 在后，这样分两次写入的好处在于防止程序跑飞后对此单元的清 0 操作，提高了系统在混乱时自动复位的可靠性。

12. 复位和掉电保护

在电源处于正常范围且振荡器稳定后，RESET 引脚上至少保持两个状态周期的低电平就可使系统复位。

RESET 引脚电压升高后，系统将执行 10 个状态周期的内部复位序列。在此期间，芯片配置字节 CCR 从 2018H 单元读出并进而写入芯片 CCR 寄存器。

上电复位可用电容、单稳或其他方法实现，条件是它们能够提供一个宽度要比 VCC 和振荡器稳定下来所需的时间至少长两个状态周期的负脉冲。对于 96 系列单片机，复位电平是低电平有效的

3.2 数字信号处理器 DSP

DSP（Digital Signal Processor）是一类专门针对数字信号处理算法而进行了优化设计的微处理器，以提高算法运算的实时性和计算精度等。通用的 DSP 器件通常有较高的运算速度及很强的浮点数运算能力，并设计了特殊的硬件结构来实现常用的处理算法，还采用了特殊的架构来提高数据读取的速度，因此特别适合应用于数字信号处理及数字图像处理等应用。

3.2.1 DSP 特殊功能与特点

在典型的 DSP 应用中，输入数据的采样周期通常是固定的。在获得采样数据后，DSP 器件采用一定的算法进行计算并同样在固定的时间后输出计算结果。显然，DSP 的计算速度必须足够快，以保证在新的数据来到之前完成计算。因此，在实现 DSP 算法时，无论采用什么器件实时性都是最重要的。

为了保障数字信号处理算法执行的实时性，DSP 采用了多项技术来提高 DSP 算法计算的效率，主要包括以下 5 项。

1. 专门数字处理能力

DSP 提供了一些特殊功能来提高数字信号处理算法中常用运算计算效率。例如，在许多基础的 DSP 算法中常采用乘法累加运算，即先将两组数据中对应数据相乘求积，再将结果累加的运算，也称为"积之和"运算。大部分 DSP 都提供了专门的硬件来实现 16 位或 32 位的乘法运算和乘法累加运算，乘法运算可以在一个周期内完成，并自动对结果进行累加。而一般的通用微处理器在进行乘法运算时通常调用微代码来实现，需要消耗大量的时钟周期，并且消耗的时间随着数据位数的增加而增加。

2. 高速数据存取

数据存储速度是限制微处理器实际运算效率的主要瓶颈之一。通常 DSP 必须能够以尽可能高的效率来对存储器进行存取，以避免处理器因等待数据而浪费时间。例如在进行乘法累加计算时，处理器在一段时间内将快速地反复进行乘法操作，这样被操作的数据如果不能及时读取将大大影响执行效率。为了提高数据存取效率，DSP 采用了多项技术来对传统微处理器的机构、数据存取和寻址方式进行改进。

首先，大多数 DSP 采用了哈佛结构，而非传统微处理器采用的冯·诺依曼结构。如图 3-16 所示，传统的冯·诺依曼结构中，程序指令和数据共享同一个存储空间，因此都使用相同的地址和数据总线。这种结构指令和数据只能先后读取，降低了执行的效率，因为当 CPU 读取一条指令后，必须等待相应的操作数被读取后才能执行。哈佛结构则将程序指令和数据分别存放在不同的存储空间中，采用独立的地址总线和数据总线进行存取。这样指令和数据可以同时存取，从而较传统结构的 CPU 有一定的速度优势。目前，典型的 DSP 大都采用双哈佛结构，如图 3-17 所示，该 DSP 有两个数据存储空间 X、Y 及一个指令存储空间。

另外，DSP 还增加了一些特殊的寻址方式来进一步提高执行数字信号处理算法时的数据存取速度。这项功能主要是由地址生成单元（AGU）实现的，AGU 可以根据不同的寻址方式计算当前数据地址，典型的有模寻址（Modulo Addressing）和位反转寻址（Bit-reversed

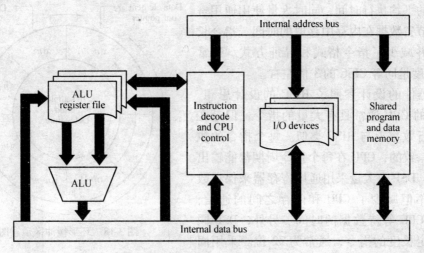

图 3-16 冯·诺依曼结构

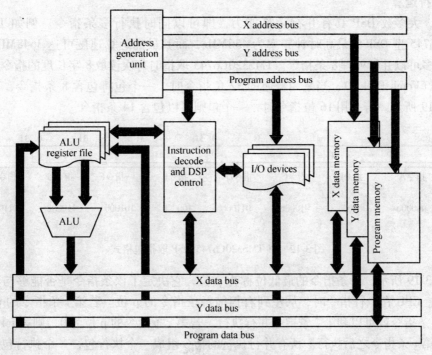

图 3-17 双哈佛结构

Addressing）。模寻址常用来实现环形缓冲区，如图 3-18 为环形缓冲区的示意图。环形缓冲区通常用来实现数据的延时，而位反转寻址则用来整理 FFT 算法产生的数据。利用 AGU 可以实现这些复杂的寻址方式，就不需要执行额外的软件，从而减轻了 CPU 的负担。

3. 类 RISC 指令集

精简指令集计算机（Reduced Instruction Set Computers，RISC）是一类新型的计算机体系，其与传统的复杂指令集计算机（Complex Instruction Set Computer，CISC）相比简化了指令功能，减少了指令的数量，只保留了功能简单的、可以在一个周期内完成的指令，从而提高了指令的平均执行时间。同时大量使用通用寄存器，以节省数据在内存中存取的时间。指令长度固定，并减少了指令格式和寻址方式。通常RISC 的速度是同等 CISC 的 3 倍左右。

DSP 器件的设计参照了 RISC 的设计思想。虽然 DSP 的 CPU 通常具有大量的指令，但是在指令的执行效率上与 RISC 类似。每个指令的执行周期是一致的，CPU 在每个指令周期都能输出处理结果。DSP 也大量采用通用寄存器来保存数据，这样不但减少了 CPU 和内存之间的通信，也减少了 CPU 等待数据的时间。另外，DSP 同样采用固定长度的指令，通常为 32 位。采用固

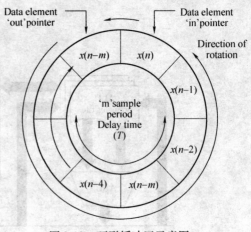

图 3-18　环形缓冲区示意图

定长度的指令，可以减少对程序存储器的访问并保证每一条指令能在一个周期内有效读取。

4. 并行运算

目前，大多数 DSP 具有并行运算能力，即可以同时执行多条指令。例如 TI 公司的 TMS320C6745 型 DSP 的最高时钟频率为 456MHz，而其最高运算速度可达 3648MIPS，这是因为其最多可以并行处理 8 条指令。TMS320C6745 取指时每次读取 8 字长度的指令，组成一个取指包（Fetch Packet），当采用普通的 32 位指令时，一个包将包含 8 条指令，其基本格式如图 3-19 所示。若采用 16 位指令时，一个包则可以包含 14 条指令。

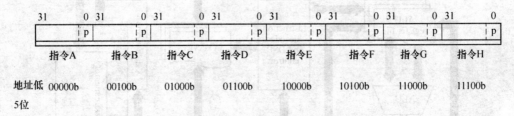

图 3-19　TI TMS320C6745 DSP 取指包格式

如图 3-19 所示，每条指令的最低位称为 p 位，它决定了该条指令是否能够与其他指令并行执行。CPU 在执行指令时，从左到右扫描每条指令的 p 位。若第 i 条指令的 p 位为 1，则第 $i+1$ 条指令就可以和第 i 条指令并行执行。若第 i 条指令的 p 位为 0，则第 $i+1$ 条指令就必须在第 i 条指令之后执行。所有并行执行的指令组成一个执行包，一个执行包最多可以有 8 条指令，每一条指令必须使用不同的功能单元。

根据不同的 p 位的形态，大致可以分为三种情况，即完全串行执行、完全并行执行和部分并行执行，分别如图 3-20 ~ 图 3-22 所示。

5. 硬件循环

许多 DSP 器件还引入了一些硬件来实现指令循环，只要设置好相关参数，一条或一段指令就可以高效地自动循环执行，而无需软件控制。这在 DSP 器件中是非常实用的，因为一些重要的数字信号处理算法，如数字滤波、FFT 等，都需要进行高速的循环操作。

取指包:

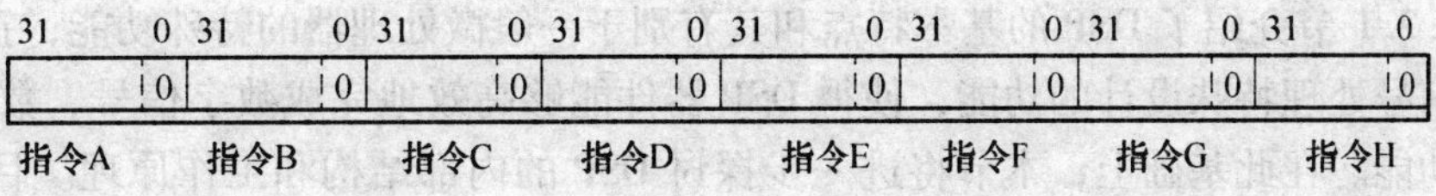

31 0 31 0 31 0 31 0 31 0 31 0 31 0 31 0

|0 |0 |0 |0 |0 |0 |0 |0

指令A   指令B   指令C   指令D   指令E   指令F   指令G   指令H

指令执行顺序:

执行包	指令
1	A
2	B
3	C
4	D
5	E
6	F
7	G
8	H

图 3-20 完全串行执行

取指包:

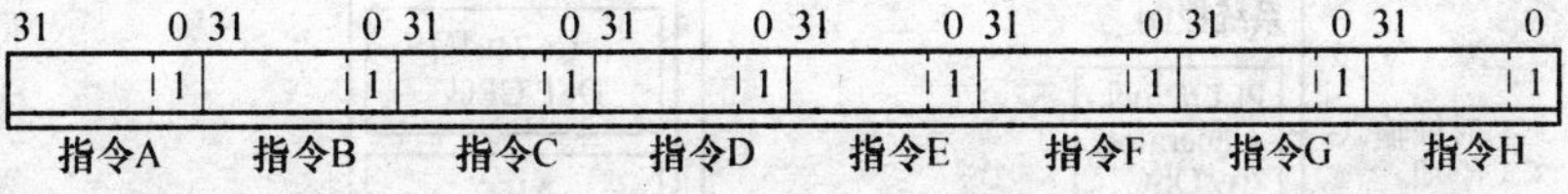

31 0 31 0 31 0 31 0 31 0 31 0 31 0 31 0

|1 |1 |1 |1 |1 |1 |1 |1

指令A   指令B   指令C   指令D   指令E   指令F   指令G   指令H

指令执行顺序:

执行包	指令							
1	A	B	C	D	E	F	G	H

图 3-21 完全并行执行

取指包:

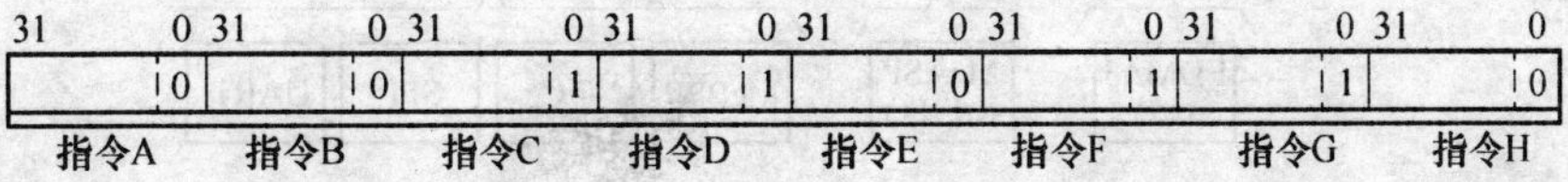

31 0 31 0 31 0 31 0 31 0 31 0 31 0 31 0

|0 |0 |1 |1 |0 |1 |1 |0

指令A   指令B   指令C   指令D   指令E   指令F   指令G   指令H

指令执行顺序:

执行包	指令		
1	A		
2	B		
3	C	D	E
4	F	G	H

图 3-22 部分并行执行

3.2.2 DSP 内部结构

3.2.1 节介绍了 DSP 的基本特点和其有别于一般微处理器的特殊功能，正是有了这些为数字信号处理特殊设计的功能，使得 DSP 器件能够高效地完成数字信号、数字图像/视频等处理功能。在此基础上，本节将进一步探讨 DSP 的内部结构和工作原理。目前生产 DSP 器件的厂商众多，市场上的 DSP 产品也较多，本节将以比较有代表性的高性能 DSP 器件，即 TI 公司生产的 TMS320C674x 系列 DSP 为例介绍 DSP 内核的基本结构。

图 3-23 为 TMS320C6742 型 DSP 的内部结构框图，其内部主要由 4 部分组成，即 DSP 子系统、系统控制单元、JTAG 调试接口及片上外设。DSP 子系统是 DSP 器件的核心，其内部主要包括 CPU、一级缓存、二级缓存等微处理器的核心设备；系统控制单元则实现一些重要的系统功能，其包含了电源控制器、时钟发生器、通用定时器、实时时钟、引脚复用控制器等 DSP 系统不可或缺的重要设备；JTAG 调试接口用于系统的调试、程序下载等；TMS320C6742 还集成了大量的片上外设，主要包括多种串行接口、外部存储器接口、音频接口、定时器等，以方便用户实现各种应用和扩展功能。所以有设备在 DSP 内部通过中央资源交换器（Switched Central Resource，SCR）进行数据交换，SCR 建立了主从设备间的低延时连接，并提供了具有优先级的总线仲裁，具有较高的传输效率。

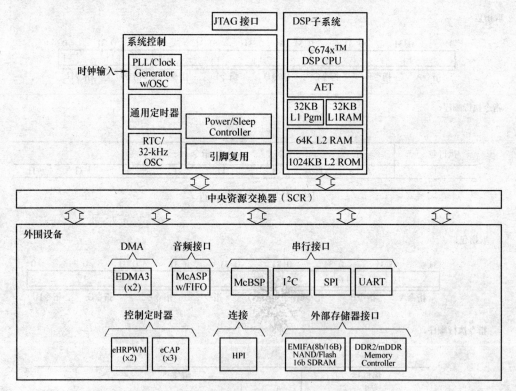

图 3-23　TMS320C6742 型 DSP 内部结构框图

DSP 子系统是 TMS320C6742 型 DSP 器件的核心，所有的运算和处理功能都由其完成，其内部结构框图如图 3-24 所示。DSP 子系统的内部结构和通用微处理器相似，都包含有 CPU、一级及二级缓存和一些控制逻辑。与通用处理器不同的是其 CPU 的特殊设计，

TMS320C6742 的 CPU 包含 A、B 两个数据通道，每个通道包含 4 个功能单元：. L、. S、. M 和 . D，在访问的资源（如内存单元、寄存器等）互不冲突的情况下，所有的功能单元可以同时执行。每个数据通道还各包含一个由 32 个 32 位寄存器组成的寄存器组，用于操作数和结果的保存。相应通道的功能单元只能访问对应通道的寄存器组。

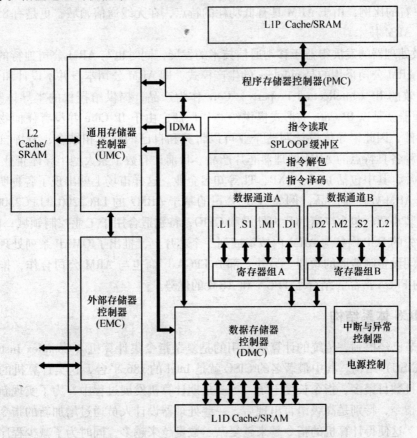

图 3-24　TMS320C674x CPU 内部结构框图

　　4 个功能单元类似通用处理器的 ALU，但每个功能单元所具有的功能各有不同，分别负责不同类型的操作。其中 . L 单元用来进行算术、比较、逻辑、归一化等运算；. S 单元同样可以进行算术和逻辑运算，除此之外还可以进行位移操作、寄存器之间的数据传输操作及分支操作等；. M 单元专门用来进行乘法操作；而 . D 单元则用来进行内存的存取操作和复杂地址生成运算。

　　3.2.1 节已经介绍 TMS320C674x 系列 DSP 一次可以取 8 条 32 位长度的指令，CPU 在对指令进行解包和译码后将根据指令的功能和资源访问情况等分配其具体执行的功能单元，从而在最大程度上实现并行运算，用户在编写汇编程序时也可以在指令的左边加上"‖"符号来表示并行执行。

3.3　嵌入式微处理器 ARM

　　ARM 是高级精简指令集计算机（Advanced RISC Machines）的简称，它既是指一种采用

RISC 技术的 32 位微处理器，同时也是设计该处理器的公司的名称。由于采用 RISC 体系，ARM 处理器具有体积小、成本低、功耗低、执行效率高等特点。

目前 ARM 处理器已经形成了庞大的系列，被广泛地应用于各类嵌入式系统中，如无线通信、工业控制、消费类电子产品等。据统计，ARM 系列处理器占到了所有 32 位嵌入式处理器 75% 左右的比例，由于 ARM 具有低功耗的特点，在无线通信领域，更是有 85% 以上的设备采用了 ARM 技术。

ARM 微处理器的发展得益于移动通信技术的发展，同时也与 ARM 公司独特的经营模式密不可分。ARM 公司采用的是 chipless 的生产模式，即 ARM 公司本身并不设计和生产芯片，而是设计高效的 IP（Intellectual Property）Core 作为产品，提供给授权的半导体制造企业。ARM 微处理器就是以 IP Core 的形式提供给芯片厂商，由于 IP Core 并没有任何物理意义上的硬件或软件，因此半导体设计制造企业可以将其和自己的技术相结合，发挥自身技术优势，推出各种各具特点的 ARM 处理器芯片产品。目前，有数十家大型半导体企业生产 ARM 微处理器芯片，其中包括 Intel、NXP、TI 等知名企业。这样市场上就出现了各种明显带有各厂商特点的 ARM 处理器产品，例如 NXP 公司的基于 ARM7 的 LPC2200、LPC2300 等系列，功耗低、封装小巧、包含丰富的片内外设和 GPIO，特别适合用于工业控制领域；而 TI 公司将其业界领先的 DSP 内核与 ARM 内核集成到一个芯片上，推出了 OMAP 系列处理器，深受移动通信终端设备制造商的欢迎。另外，部分 FPGA 厂商也与 ARM 公司合作，推出了带有 ARM 硬核的 FPGA 产品，结合了 FPGA 和 ARM 的优势。

3.3.1　RICS 体系结构

在 3.2 节已经提到，传统的计算机采用的是复杂指令集计算机（Complex Instruction Set Computer，CISC）结构。其中最著名的 CISC 就是 Intel 的 x86 平台，这类计算机的显著特点是指令复杂且数目繁多、指令长度不统一等。早期计算机发展过程中，为了实现新的功能不断引入新的指令，特别是高级语言出现后，一些处理器设计人员通过增加新的指令来支持高级程序控制。这使得计算机的指令越来越复杂、数量越来越多，同时为了减少程序代码的空间，设计人员又不断压缩指令的长度，使得每条指令的长度不一。这些特点也使得 CISC 内部结构变得非常复杂，体积、功耗、成本等都较高。另外一些研究表明，CISC 的执行效率较低，相比使用一条复杂的指令，使用一段简单的指令来实现相同的功能速度反而更快。

20 世纪 70 年代，精简指令集计算机（Reduced Instruction Set Computer，RICS）的概念被提出，其基本思想就是简化计算机的指令集，将复杂功能的指令删除，只保留一些简单的、能在一个周期内完成的指令，并简化指令的格式使得每条指令的长度一致、同时使用大量的通用寄存器来减少对内存的访问。这样计算机的主频得到了提高，程序的执行速度也不断提高。

RICS 的特点主要有：

1）采用统一的指令格式，操作码的长度及其在指令中的位置固定，从而简化了译码电路。

2）所有指令的执行时间一致，便于实现流水线。

3）使用大量通用寄存器，并且运算器可以对每一个寄存器中的数据直接进行操作，可将结果存放到任何一个寄存器中。

4）简单的寻址方式，复杂的寻址方式可以利用一系列算术运算和加载/存储操作实现。

目前很多微处理器，特别是嵌入式微处理器都采用了 RISC 体系。其中比较有代表性的 RISC 微处理器除了本节将要介绍的 ARM 外，还有 IBM 公司的 PowerPC、Atmel 公司的 AVR 单片机、MIPS 公司的 MIPS line 等。RISC 相比 CISC 有许多优点，但是也存在一些缺点，比如程序代码占用空间较大等，未来的发展趋势是 RISC 和 CISC 相融合。

3.3.2　ARM 处理器系列

目前 ARM 已经推出了多种系列的微处理器，各个系列的 ARM 处理器都有各自的特点和应用领域。ARM 微处理器主要系列及其特点见表 3-6。

表 3-6　ARM 微处理器主要系列及其特点

系　列	构　架	主要特点	速　度
ARM7	ARMv4	3 级流水线，功耗极低	130MIPS
ARM9	ARMv4T	5 级流水线，全性能的 MMU，支持指令和数据 Cache	200MIPS
ARM9E	ARMv5	5 级流水线，支持 DSP 指令集，全性能的 MMU，支持指令和数据 Cache	300MPIPS
ARM10E	ARMv5	6 级流水线，支持 DSP 指令集，支持 VFP10 浮点处理协处理器，全性能的 MMU	400MIPS
Xscale	ARMv5TE	7 级流水线，支持 DSP 指令集，Intel 目前主要推广的 ARM 微处理器	800MIPS
ARM11	ARMv6	8 级流水线，SIMD 构架，支持多核，全性能的 MMU	1000MIPS
Cortex	ARMv7	13 级流水线，支持 Thumb-2 指令集，全性能的 MMU，支持指令和数据 Cache	2000MIPS

3.3.3　ARM7 体系结构

1. ARM7TDMI 基本结构

前面介绍了 ARM 系列处理器的基本情况，本节将以目前应用最为广泛的 ARM 处理器内核 ARM7TDMI 为例详细介绍 ARM 体系结构。ARM7TDMI 内核的基本结构如图 3-25 所示。ARM7TDMI 内核由扫描控制、指令译码器和控制逻辑器及运算器（ALU）组成。其中扫描控制器为内核的调试接口。

（1）译码和控制逻辑

ARM7 的译码和控制逻辑还包括指令流水线、Thumb 指令译码器。ARM7 采用了三级流水线结构，其将一条指令的执行过程分为三个子过程，分别为取指令、译码及执行，如图 3-26所示。三个子过程相对独立，每个子过程可以和其他子过程同时进行，实现 3 条指令的并行处理，其执行过程如图 3-27 所示。控制逻辑完成第 1 条指令的取指令操作后，在对其进行译码操作的同时，便进行第 2 条指令的取指令操作；当第 1 条指令完成译码操作，进入执行操作时，第 2 条指令进行译码操作，与此同时第 3 条指令进行取指令，这样 3 条指令在执行时间上重叠起来，从而提高了执行速度。

流水线的级数越多，执行的效率就越高。这是因为级数越多，同时执行的指令数就越多；另外指令的执行过程分得更细，每一步所需的时间就越少，时钟频率就可以更高。ARM 系列中 ARM7 采用三级流水线，ARM9 采用五级流水线，分别是取指、译码、执行、存储和回写。ARM10 采用的是六级流水线，ARM11 则为八级流水线。

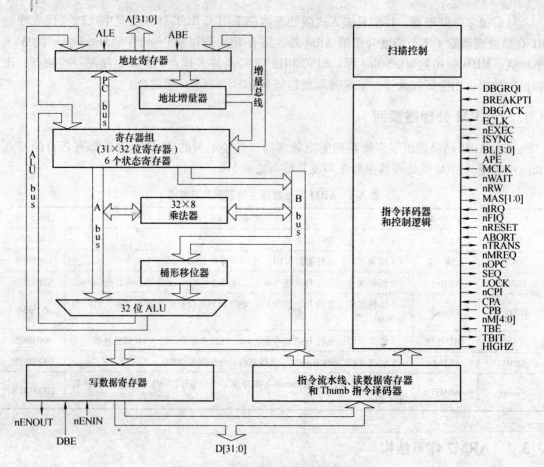

图 3-25　ARM7TDMI 内核基本结构框图

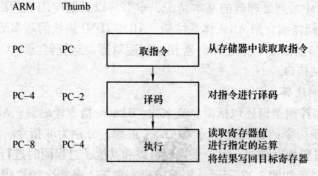

图 3-26　ARM 指令执行过程示意图

图 3-27　ARM 流水线执行过程示意图

采用流水线结构的一个问题是当遇到跳转指令时，流水线中的指令必须清空，重新读取待执行的指令重建流水线。这样就降低了执行效率，并且流水线的级数越多，效率损失越严重。为了减少效率损失，ARM 指令都采用条件执行，执行含有条件的指令时，若条件不满足，则相对于执行一条 NOP 指令，流水线不必清空。

由于 ARM 指令的长度为 32 位，因此程序代码占用空间较大。为了节省存储空间，ARM 还支持 16 位的 Thumb 指令集，它是 ARM 指令集的一个子集，采用 Thumb 指令集可以大大减少代码的存储空间，其代码空间通常为采用 ARM 指令的 60% ~ 70%，但是采用 Thumb 指令集将影响程序的执行速度。虽然 Thumb 指令集中指令长度为 16 位，但是其操作数仍为 32 位，指令地址也是 32 位的。由于 ARM 内核只能执行 32 位指令，因此在采用 Thumb 指令时，ARM 将利用 Thumb 指令译码器把 16 位的 Thumb 指令转为其对应的 32 位 ARM 指令。

（2）运算器（ALU）

ARM7 的 ALU 还包括寄存器组、乘法器、桶形移位器和 32 位运算器。32 位运算器不仅可以实现所有的算术和逻辑运算，还可以计算访问存储器的地址、跳转地址等，由于采用 RISC 结构，ARM 内核的所有运算都采用硬件布线逻辑实现，并不采用微代码。桶形移位器可以实现操作数的移位操作，其设计上采用了交叉开关，提供了实现移位的硬件设备，减少了数据的延时，提高了指令的执行速度。ARM7 的乘法器可以支持 64 位结果乘法指令，其采用了著名的 Booth 改进电路，能够有效提高运算速度。

2. ARM7 工作状态与工作模式

（1）工作状态

前面已经提到 ARM7 支持两种指令集，即 ARM 指令集和 Thumb 指令集。那么 ARM7 同样有两种工作状态与之对应，分别为 ARM 和 Thumb 两种状态。两种状态之间可以通过 BX 指令进行切换，当 ARM 微处理器启动时首先会进入 ARM 状态，用户可以通过执行 BX 指令，将操作数寄存器的最低位设为 1，可以进入 Thumb 状态；反之，在执行 BX 指令时，若操作数寄存器的最低位设为 0，处理器将进入 ARM 状态。

（2）工作模式

除了两种工作状态，ARM 还有 7 种工作模式。其中包括用户模式、系统模式和 5 种异常模式，即快速中断模式、外部中断模式、管理模式、数据访问终止模式和未定义指令模式。除用户模式外的其他 6 种模式称为特权模式。ARM 各种工作模式见表 3-7。

表 3-7　ARM 各种工作模式

工作模式		模式代码	描　述
用户模式	usr	0b10000	正常程序执行模式
快速中断模式	fiq	0b10001	用于支持高速数据传输或通道处理
外部中断模式	irq	0b10010	用于一般中断处理
管理模式	svc	0b10011	用于支持操作系统的保护模式
访问终止模式	abt	0b10111	实现虚拟内存及内存保护
未定义指令模式	und	0b11011	用于支持硬件协处理器的软件仿真
系统模式	sys	0b11111	执行操作系统的保护任务

异常模式都是由某种异常的发生而进入的，每一种异常模式都有一些额外的寄存器，用来避免异常方式时破坏用户模式下的寄存器状态。

ARM 工作模式的切换可以由软件控制，也可能由外部中断或异常引起。大多数应用程序在用户模式下运行，当处理器在用户模式下运行时，被执行的程序是无法访问某些被保护的系统资源的；而特权模式下，所有的系统资源都是可以被访问的，并可以随意改变工作模式。这些机制有利于操作系统对系统资源的控制。

3. ARM7 寄存器

ARM 微处理器共有 37 个 32 位寄存器，其中包括 31 个通用寄存器和 6 个状态寄存器，ARM 寄存器的结构如图 3-28 所示。这些寄存器被部分重叠地分为 6 个组，并与 ARM 的工作模式相应。每个工作模式下，只能使用与其对应的寄存器组，包括 15 个通用寄存器 R0 ~ R14、1 个程序计数寄存器 R15（PC）及 1 ~ 2 个状态寄存器。其中用户模式和系统模式使用同一组寄存器。

System and User	FIQ	Supervisor	Abort	IRQ	Unde fined
R0	R0	R0	R0	R0	R0
R1	R1	R1	R1	R1	R1
R2	R2	R2	R2	R2	R2
R3	R3	R3	R3	R3	R3
R4	R4	R4	R4	R4	R4
R5	R5	R5	R5	R5	R5
R6	R6	R6	R6	R6	R6
R7	R7	R7	R7	R7	R7
R8	R8_fiq	R8	R8	R8	R8
R9	R9_fiq	R9	R9	R9	R9
R10	R10_fiq	R10	R10	R10	R10
R11	R11_fiq	R11	R11	R11	R11
R12	R12_fiq	R12	R12	R12	R12
R13	R13_fiq	R13_svc	R13_abt	R13_irq	R13_und
R14	R14_fiq	R143_svc	R143_abt	R14_irq	R14_und
R15 (PC)	R15 (PC)	R15 (PC)	R15 (PC)	R15 (PC)	R15 (PC)

ARM state program status registers

CPSR	CPSR	CPSR	CPSR	CPSR	CPSR
	SPSR_fiq	SPSR_svc	SPSR_abt	SPSR_irq	SPSR_und

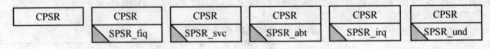 —独立寄存器

图 3-28 ARM 寄存器的结构

（1）通用寄存器

处理器在每个模式下可以访问 16 个通用寄存器 R0 ~ R15。任何一个通用寄存器可以存放操作数或运算结果。根据不同的用途和分组情况，通用寄存器可以分为 3 类：未分组寄存器 R0 ~ R7、分组寄存器 R8 ~ R14 及程序计数器 R15（PC）。

寄存器 R0 ~ R7 之所以被称为未分组寄存器，是因为无论在哪一种工作模式下，R0 ~ R7 都分别指向相同的物理寄存器。它们都是完全通用的寄存器，没有任何特殊功能。

与未分组寄存器不同，寄存器 R8 ~ R14 根据工作模式的不同将指向不同的物理寄存器。其中寄存器 R8 ~ R12 只有在快速中断（FIQ）模式下才有单独的物理寄存器，即在 FIQ 模式下访问寄存器 R8 ~ R12 和其他工作模式下访问相同名称的寄存器，实际上访问的是不同的物理寄存器。这样设计的目的是 FIQ 服务程序可以省去保护和恢复寄存器数据的时间，从而提高了 FIQ 的响应速度。寄存器 R13、R14 通常不作为通用的寄存器使用，其中寄存器 R13 通常作为堆栈指针（SP）来使用，寄存器 R14 也称为链接寄存器（LR）。R13 和 R14 都有 6 个不同的物理寄存器，用户模式和系统模式共用一个，其他 5 个异常模式则分别有一个单独的物理寄存器。

（2）程序寄存器

寄存器 R15 为程序计数器（PC），由于 ARM 采用的是流水线结构，因此 PC 保存的不是当前执行指令的地址，而是当前指令后第二条指令的地址。具体地址由工作状态决定，当使用 ARM 指令集时，PC 的值为当前指令地址加 8，此时 PC 的低两位始终为 0，因为 ARM 指令的地址是按字对齐的；当使用 Thumb 指令时，PC 的值为当前指令地址加 4，此时 PC 的最低位始终为 0，因为 Thumb 指令的地址是按半字对齐的。

（3）链接寄存器

R14 称为链接寄存器（LR），它有两个特殊功能。在某个工作模式下，该模式对应的 R14 用来保存子程序的返回地址。当子程序调用指令 BL 或 BLX 调用一个子程序时，R14 被设置为子程序的返回地址，当子程序执行完成后，只要将复制 R14 的值到 PC 即可以实现子程序的返回。另外，当有异常发生时，对应的异常模式的 R14 将保存异常发生前程序指令地址，异常模式的返回和子程序的返回类似，但是需要使用不同的指令来保证程序状态的恢复。

（4）程序状态寄存器

程序状态寄存器用来记录和设置 CPU 的工作状态，包括条件代码标志、中断使能、当前工作模式以及其他一些状态和控制信息。ARM 的状态寄存器有两类：一类为当前程序状态寄存器（Current Program Status Register，CPSR）；另一类为备份程序状态寄存器（Saved Program Status Register，SPSR）。CPSR 只有一个物理寄存器，所有的工作模式都可以访问 CPSR，并且访问的是同一个物理寄存器，而每一个异常模式都有一个独立的 SPSR，用户模式和系统模式下则没有 SPSR。每个异常模式下的 SPSR 是对应的异常发生时 CPSR 的备份，用于在异常返回时恢复程序的状态。CPSR 和 SPSR 的格式相同，如图 3-29 所示。

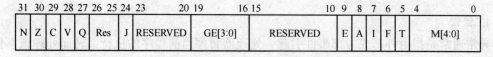

图 3-29　ARM 程序状态寄存器格式

程序状态寄存器（PSR）的各位定义如下。

N、Z、C、V 为条件执行代码标志位，其值可因算术运算、逻辑运算及比较指令的结果而改变，大多数指令可以根据这些位的状态来决定是否被执行。

条件标志位的具体定义如下。

N：和运算结果的第 31 位相同。若结果被看成是用补码表示的有符号整数时，则当 N = 1 时，结果为负数，而 N = 0 时，结果为正数或 0；

Z：当运算结果为 0 时，Z = 1，否则 Z = 0；

C：进位标志，如下 4 种情况可以影响 C 的值：

- 当进行加法运算时（包括比较指令 CMN），若该运算产生了进位，则 C = 1，否则 C = 0。
- 当进行减法运算时（包括比较指令 CMP），若该运算产生了借位，则 C = 1，否则 C = 0。
- 对于包含移位操作的非加法/减法运算指令，C 为移位器最后移出的那一位的值。
- 对于其他非加法/减法运算指令，C 的值通常不改变。

V：溢出标志，如下两种情况可以影响 V 的值：

- 当进行加法/减法运算时，若运算产生了溢出，则 V = 1，否则 V = 0；
- 当进行非加法/减法运算时，V 通常不变。

I、F 为中断禁止位，设置 I = 1，则禁止 IRQ 中断；设置 F = 1，则禁止 FIQ 中断，中断禁止位只能在特权模式下进行修改。

M [4:0] 为工作模式控制位。它决定了处理器当前的工作模式，M [4:0] 的值与模式的对应关系见表3-8。M [4:0] 的值也只能在特权模式下更改，即用户模式下程序不能直接改变处理器工作模式。

表 3-8 M [4:0] 的值与模式的对应关系

M [4:0]	工 作 模 式	可访问的寄存器
0b10000	用户模式	PC，R0 ~ R14，CPSR
0b10001	快速中断模式	PC，R0 ~ R7，R8_fiq ~ R14_fiq，CPSR，SPSR_fiq
0b10010	外部中断模式	PC，R0 ~ R12，R13_irq，R14_irq，CPSR，SPSR_irq
0b10011	管理模式	PC，R0 ~ R12，R13_svc，R14_svc，CPSR，SPSR_svc
0b10111	访问终止模式	PC，R0 ~ R12，R13_abt，R14_abt，CPSR，SPSR_abt
0b11011	未定义指令模式	PC，R0 ~ R12，R13_und，R14_und，CPSR，SPSR_und
0b11111	系统模式	PC，R0 ~ R14，CPSR

T 为工作状态标志位。当 T = 1 时，表示处理器当前处于 Thumb 状态；当 T = 0 时，则处于 ARM 状态。

PSR 的其他位为保留位，这些位预留给 ARM 其他版本的扩展，用户不能对其进行写操作。

4. 异常

异常通常是指由外部或内部事件引起，处理器暂停当前程序的执行，转而处理该事件的过程。例如，中断、复位等都可以称为异常。当处理异常前，处理器的当前状态将被保护起来，以便异常处理完毕时，可以恢复原程序的执行。多个异常可以同时发生，但是处理器将按一定的优先级依次进行处理。

ARM 体系结构支持 7 种异常，表3-9 给出了这些异常的种类、处理器进入的工作模式及异常向量的地址。当某种异常发生时，处理器将转到与该异常相对应的一个固定地址执行程序，这个地址就称为该异常的异常向量。

表 3-9 ARM 异常种类和向量

异 常 类 型	工 作 模 式	异 常 向 量	高地址异常向量
复位	管理模式	0x00000000	0xFFFF0000
未定义指令	未定义指令模式	0x00000004	0xFFFF0004
软件中断	管理模式	0x00000008	0xFFFF0008
预取指令终止	终止模式	0x0000000C	0xFFFF000C
数据终止	终止模式	0x00000010	0xFFFF0010
IRQ	IRQ	0x00000018	0xFFFF0018
FIQ	FIQ	0x0000001C	0xFFFF001C

当一个异常发生后，处理器转入服务程序前将进行一系列操作，主要包括保护现场、设置工作模式和状态寄存器等，其具体过程如下：

1）将返回地址存入对应模式的 R14。

2）将 CPSR 存入对应模式的 SPSR。

3）将 CPSR［4：0］设置为对应的工作模式代码。

4）将 CPSR［5］设为 0，进入 ARM 工作状态。

5）若为复位或 FIQ 异常，则将 CPSR［6］设为 1，禁止 FIQ 中断。

6）将 CPSR［7］设为 1，禁止 IRQ 中断。

7）将 PC 设为异常向量地址，转到异常服务程序入口。

当异常处理完毕需要返回时，用户可以使用指令复制 SPSR 和 R14 的值分别写回 CPSR 和 PC 中，就可以返回原程序继续执行。不同的异常由于进入时在 R14 中保存的地址不同，因此返回时采用的指令也有所区别。下面详细介绍 ARM 中的各种异常。

（1）复位

当处理器的复位信号有效时，ARM 处理器将立即停止当前指令的执行，转而执行复位操作。ARM 处理器复位后将进入管理模式，并自动进入 ARM 工作状态，同时禁止所有中断，然后转到地址 0x00000000 或 0xFFFF0000 执行程序。复位异常不能返回，此时 R14 和 SPSR 的值是不确定的。

（2）未定义指令异常

当 ARM 处理器执行一条没有定义的指令，或者是执行一条协处理器指令而没有协处理器相应时，ARM 将产生未定义指令异常。未定义指令异常可以用来在一个没有物理协处理器的系统中实现协处理器的软件模拟，也可以实现通用指令集的扩展。

当未定义指令异常发生时，R14 将保存该未定义指令之后的指令地址，进入未定义指令异常模式，并切换到 ARM 工作状态，同时禁止 IRQ 中断，然后跳转到异常向量地址。

当异常处理完成后，可以使用如下指令返回：

MOVS PC, R14

该指令将 R14 的值复制到 PC 中，同时恢复 CPSR 的值。这样处理器就返回到未定义指令的下一条指令。

（3）软件中断

软件中断时由程序通过执行软件中断指令 SWI 引起的异常。软件中断发生后 ARM 处理器将进入管理模式，因而常用于执行一些特定的管理功能。由于在用户模式下程序不能访问部分系统资源，因此软件中断是用户模式下访问系统功能的重要途径。

当软件中断产生时，R14 将保存 SWI 指令下一条指令的地址，处理器进入管理模式，并切换到 ARM 工作状态，同时禁止 IRQ 中断，然后跳转到软件中断异常向量地址。

当软件中断处理完成，用户可以使用如下指令返回：

MOVS PC，R14

（4）预取指令终止

预取指令终止异常是由存储系统产生的异常，通常是由于处理器预取指令的地址不存在或者该地址不允许访问，存储系统将向处理器发出终止信号，预取的指令将被认为无效。但只有当处理器试图执行该指令时，预取指令终止异常才会产生，若该指令没有被执行，例如在该指令进入流水线或发生了跳转，则预取指令终止异常不会产生。

当预取指令终止异常产生时，R14 保存的是终止指令地址 +4，处理器进入终止模式，并切换到 ARM 工作状态，同时禁止 IRQ 中断，然后转到预取指令终止异常向量地址。

预取指令终止异常的返回可采用如下指令：

SUBS PC，R14，#4

这条指令是将 R14 中的值减去 4 后赋给 PC，并同时从 SPSR 中恢复 CPSR。此时处理器还将执行之前导致预取指令终止的指令。

（5）数据终止

数据终止异常与预取指令终止异常类似，也是由存储系统产生的异常。只是数据终止异常是由于访问数据的地址不存在或地址不能访问引起的。

当数据终止异常产生时，R14 保存的是终止指令地址 +8，处理器进入终止异常模式，并切换到 ARM 工作状态，同时禁止 IRQ 中断，然后转到数据终止异常向量地址。

当被终止的指令需要再次执行时，可采用如下指令返回：

SUBS PC，R14，#8

若被终止的指令不需要再次执行，则可采用如下指令返回：

SUBS PC，R14，#4

（6）快速中断（FIQ）

FIQ 异常是由外部电路向处理器的 FIQ 输入端输入有效电平而引起的，FIQ 被设计用来支持数据传输或通道处理，并有足够的专用寄存器来减少寄存器保存的需要，因此节省了系统切换的时间。

当 CPSR 中的 F 位为 1 时，FIQ 将被禁止。当 F 位为 0 时，ARM 处理器将在两条指令执行的间隙检查 FIQ 请求。F 位只能在特权模式下更改。

当 FIQ 异常产生时，R14 保存下一条指令的地址 +4，处理器进入 FIQ 工作模式，并切换到 ARM 工作状态，同时禁止 FIQ 中断和 IRQ 中断，最后转到 FIQ 异常向量地址。

当中断服务程序执行完毕，可使用如下指令返回：

SUBS PC，R14，#4

该指令将 R14 中的值减去 4 后赋给 PC，同时从 SPSR 中恢复 CPSR。FIQ 的异常向量是所有异常向量中最后一个，这样可以将中断服务程序直接放在异常向量地址处，而不需要进行跳转。

(7) 中断请求（IRQ）

中断请求外部电路是向处理器的 IRQ 输入端输入有效电平而引起的，它的优先级比 FIQ 低，并且在进入 FIQ 服务程序时 IRQ 将被屏蔽。IRQ 适合用于普通的中断请求，响应速度较 FIQ 低。

当 IRQ 异常产生时，R14 保存下一条指令的地址 +4，处理器进入 FIQ 工作模式，并切换到 ARM 工作状态，同时禁止 IRQ 中断，最后转到 IRQ 异常向量地址。

当中断服务程序执行完毕，可使用如下指令返回：

SUBS PC, R14, #4

3.4　现场可编程门阵列

现场可编程门阵列（Field-Programmable Gate Arrays, FPGA）与前面介绍的微处理器有本质的区别，它是一种新型的高密度可编程逻辑器件（Programmable Logic Device, PLD）。FPGA 内部有许多独立的可编程逻辑模块，逻辑块之间可以灵活地相互连接，用户可以通过配置来使 FPGA 实现不同的逻辑功能。与传统的 PLD 相比，FPGA 的构架更加复杂并包含大量的触发器资源，适合用来实现各种中、大规模的数字电路。

目前，FPGA 发展较为迅速，各厂商推出了大量的 FPGA 产品，这些产品的区别主要包括构架、门数、编程机制、程序易失性、速度及功耗等。

由于 FPGA 具有密度高、速度快、可重复编程等特点，同时随着 FPGA 技术的不断发展，性能不断提高，其在微机测控系统中也得到了广泛的应用。在微机测控系统中，FPGA 通常作为 CPU 的外设完成某些特别高速的功能，如高速信号采集、视频图像采集、实时图像处理等。但是，FPGA 设计要求开发者有较丰富的复杂数字电路设计经验，并且对于较复杂的功能实现难度较大。

3.4.1　FPGA 结构

目前，有多家厂商生产 FPGA 产品，其中以 Altera、Xilinx 为代表的世界知名厂商推出了多种型号系列的 FPGA 器件，典型的系列有 Altera 公司的 Stratix 系列、Cyclone 系列，Xilinx 公司的 Virtex 系列、Spartan 系列等。这些器件的结构各有不同，但是其基本组成和原理是相同的。下面以 Altera 公司的 Stratix-Ⅱ 系列 FPGA 为例介绍 FPGA 内部结构。Stratix-Ⅱ 的内部结构如图 3-30 所示。

Stratix-Ⅱ 的内部是由二维的行列结构来实现用户逻辑的。其内部资源主要包括了逻辑阵列块（Logic Array Block, LAB）、存储块（M512 RAM 块、M4K RAM 块、M-RAM 块）、DSP 块及 I/O 单元，所有这些资源在二维平面上以行列的形式整齐地排列，一系列的不同长度和速度的行列连接线将这些资源连接起来。用户可以通过配置这些资源和连接线来实现各种数字电路设计。

1. 逻辑阵列块

逻辑阵列块（LAB）是 Stratix-Ⅱ 内实现逻辑的主要单元，其内部包含 8 个自适应逻辑模

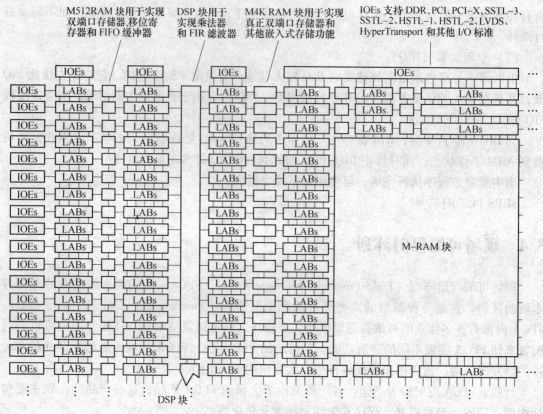

图 3-30 Stratix-Ⅱ的内部结构

块（Adaptive Logic Module，ALM）、进位链、共享算术链、LAB 控制信号、本地连接线及寄存器链连接线，如图 3-31 所示。其中本地连接线传输同一个 LAB 内不同 ALM 之间的信号，

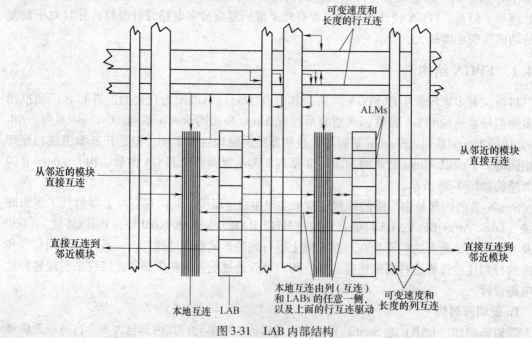

图 3-31 LAB 内部结构

而寄存器链连接线则传输从一个 ALM 寄存器的输出端到相邻 ALM 寄存器的信号。

ALM 是 Stratix-Ⅱ中最基础的逻辑单元，它提供了各种高级功能并具有高效的逻辑利用，其内部结构如图 3-32 所示。每一个 ALM 包括一个基于查找表（Look-Up Table，LUT）的组合逻辑资源，其内部包含两个自适应查找表（ALUT），并拥有 8 个输入端，可以实现两个功能的多种组合，这使得 ALM 具有较好的向后兼容 4 输入 LUT 结构的能力。一个 ALM 可以实现 6 个输入的任意组合逻辑功能和 7 个输入的特定功能。除了组合逻辑资源，ALM 还包含两个可编程寄存器、两个专用加法器、一个进位链、一个共享的算术链和一个寄存器链。通过这些专用资源 ALM，可以高效地实现各种算术功能和移位寄存器等时序逻辑功能。可见，ALM 包含了组合逻辑资源和时序逻辑资源，通过正确地使用和配置这些资源，用户就可以实现各种数字逻辑功能。

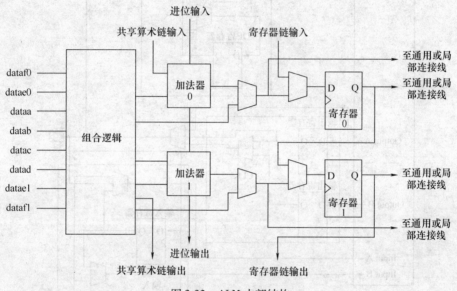

图 3-32　ALM 内部结构

2. TriMatrix 存储块

Stratix-Ⅱ器件的 TriMatrix 存储块包括三种 RAM 块，即 M512、M4K 和 M–RAM。虽然三种 RAM 块有所不同，但是它们都可以实现多种类型的存储器，包括真双口 RAM、单口 RAM、ROM 及 FIFO 等。M512 RAM 块是简单的双口存储模块，适合用来实现小容量 FIFO。每一个 M512 RAM 块的存储容量是 512 位，加上校验位一共是 576 位，其最大读写时钟频率为 500MHz，最大数据宽度为 18 位。M4K RAM 块可以支持真双口 RAM，可用于实现多种应用，例如存储处理器代码、实现查找表以及实现大容量存储应用等。每个 M4K RAM 块的容量为 4Kbit，加上校验位一共为 4608 位，其最大读写时钟频率为 550MHz，最大数据宽度为 32 位。M–RAM 块是 TriMatrix 存储结构中最大的存储块，适合需要在片上大量存储数据的场合，每个 M-RAM 块的容量是 512Kbit，加上校验位一共为 589824 位，其最大读写时钟频率为 420MHz，最大数据宽度为 144 位。

3. DSP 块

Stratix-Ⅱ提供了 DSP 块来实现常用的 DSP 算法，例如 FIR 滤波器、IIR 滤波器、FFT、DCT 等。这些算法都是以乘法运算为基础的，有些算法还使用乘法累加等专门运算，Stratix-Ⅱ的每个 DSP 块包含了 8 个 9×9 位乘法器、4 个 18×18 位乘法器及 1 个 36×36 位乘法器。

4. I/O 单元

I/O 单元分别在逻辑单元的外围，可以实现内部信号和芯片外部信号的互连。Stratix-Ⅱ 的 I/O 单元支持多种输入输出功能，包括差分和单端 I/O 缓冲、兼容 PCI 标准、支持 DDR 标准、可编程上拉、可编程输入输出延时等。每一个 I/O 单元包含 1 个双向 I/O 缓冲、6 个寄存器、1 个锁存器，其结构如图 3-33 所示。

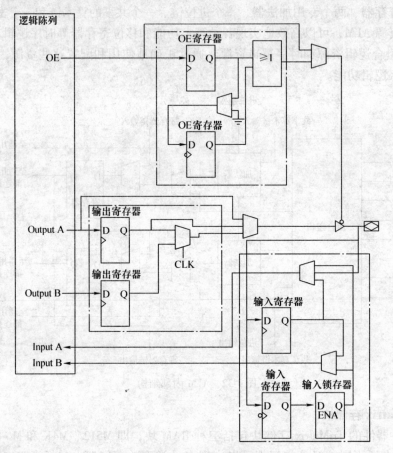

图 3-33　I/O 单元结构

3.4.2　FPGA 设计方法简介

实际上 FPGA 设计的主要任务就是数字电路的设计，因此其设计方法和通用的数字电路设计方法是一致的。目前 FPGA 的设计方法主要有两种：一种是基于电路原理图的设计方法，这种方法在设计简单数字电路时比较方便；另一种是基于硬件描述语言（Hardware Description Languages，HDL）的设计方法，这种方法适用于设计复杂数字电路。

由于 FPGA 性能的不断提高，能够实现的电路也越来越复杂，因此目前在设计 FPGA 时，通常采用基于 HDL 的设计方法。HDL 是一种用来描述电路的语言，可用于数字电路的设计、仿真及验证等。基于 HDL 的设计方法具有较好的可移植性，并且与实现技术无关，用户可以方便地修改和重用以往的设计。HDL 最大的优点是实际电路可以由计算机根据

HDL 描述自动生成，省去了过去复杂的手工设计步骤。目前常用的 HDL 有 Verilog 和 VHDL 两种，它们都是 IEEE 标准，大多数设计工具都同时支持这两种语言。

基于 HDL 的 FPGA 设计流程如图 3-34 所示，其表示了一个系统从功能设计开始到完成系统产品的全过程。下面分别介绍各步骤的具体工作。

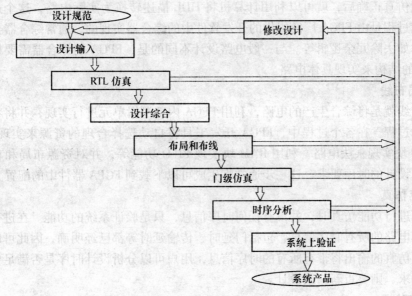

图 3-34　基于 HDL 的 FPGA 设计流程

1. 设计要求

FPGA 设计的第一步是要给出设计的要求，设计要求通常包括设计的功能、时序、资源使用、功耗、可测试性等。这一步要求用户详细描述系统的功能，例如利用状态转移图、时序图等来描述时序电路。

2. 设计分割

目前 FPGA 实现的电路通常十分复杂，将大型的数字电路进行分割是一种简化设计的重要手段，也是自顶向下设计方法的基本思想之一。这种方法的基本过程是将一个复杂的电路分割为一些规模较小、较简单的子电路，对这些子电路分别进行设计、仿真和验证，最后再将这些子电路组成完整的系统进行仿真和测试。由于每个子电路的功能和规模都较整个系统简单，因此设计相对容易，并且可以同时进行多个子电路的设计，从而缩短了设计周期。

3. 设计输入

设计输入就是根据设计要求编写 HDL 代码并输入计算机的过程。这里编写的代码就是对所设计的电路的描述。值得注意的是，不是所有符合语法规范的 HDL 都可以在这里使用，这一步只能使用所谓的可综合代码，即可以由计算机转换为实际电路的代码。而不可综合的代码只能在仿真或验证时使用。

4. 功能仿真

功能仿真也称为 RTL 仿真，其目的是验证设计输入时编写的代码是否正确、是否能够实现设计要求中描述的功能。这一步可利用 FPGA 厂商提供的仿真工具，也可以使用 Model-sim 等专门的仿真软件。通常用户需要利用 HDL 编写称为 Testbench 的文件来生成一些输入信号的波形，然后将其作用到被测试电路模块，最后测试输出是否满足设计预期。如果仿真结果表明电路功能符合设计要求，就可以进入下一步，否则就要重新修改设计、再次进行仿真。

5. 设计综合

当功能仿真正确后，就可以利用计算机将 HDL 描述转换为实际电路，这个过程通常称为综合。该过程是由 FPGA 厂商提供的开发软件中的综合器实现的，通常综合器会优化 HDL 设计代码，如去除冗余逻辑等。与一般电路设计不同的是，FPGA 的综合器需要根据使用的 FPGA 器件的结构来实现具体电路。

6. 布局布线

布局布线就是将综合生产的电路，利用 FPGA 内部逻辑单元进行实现，并将各逻辑单元连接起来的过程。在各个过程中，FPGA 开发工具将自动选择合理的资源来实现特定电路，如利用 DSP 块实现乘法电路、利用 RAM 块实现 FIFO 功能等，并对资源布局和布线进行优化，来满足设计的时序要求。这一步通常将生成可以下载到 FGPA 器件中的配置文件。

7. 时序仿真

在前面进行功能仿真时，并没有任何时序信息，只是验证系统的功能。在进行综合及布局布线后，电路的所有时序信息，包括门延时、传输延时等都已经明确，因此可以进行时序方针。此时仿真的输出将带有所有的时序信息，用户可以分析设计时序是否满足要求。若时序不满足要求，则要重新修改设计。

8. 系统验证

若时序仿真通过，就可以将配置文件下载到 FPGA 器件中来验证其工作是否正常。

习题与思考题

3-1 MCS-51 单片机的 PC 寄存器的作用是什么？它由几位二进制数组成？

3-2 MCS-51 单片机的存储器结构有什么特点？

3-3 8051 单片机有几个中断源？其中断系统有几个优先级？

3-4 MCS-51 单片机在访问片外 ROM 或 RAM 时，P0 口和 P2 口分别传送什么信号？

3-5 MCS-96 系列单片机和 MCS-51 系列单片机的主要区别是什么？

3-6 DSP 采用的哈佛结构有什么特点？

3-7 为什么说 DSP 采用的是类 RISC 指令集？

3-8 请简述 RICS 体系结构的特点。

3-9 ARM7 采用几级流水线？采用流水线的优点是什么？

3-10 ARM7 的 FIQ 和 IRQ 中断有何区别？

3-11 FPGA 的基本逻辑单元是什么？与传统 PLD 相比，FPGA 有何特点？

3-12 请简述基于 HDL 的数字电路设计方法及其特点。

3-13 某一测控系统，需要采集一路模拟信号和两路数字信号，并控制一无刷电机，可选用哪种微处理器？并讨论使用该处理器的优缺点。

第4章 输入通道技术

输入通道技术是将传感器采集到的各种信号，通过调理、放大、整形、隔离等处理后输入计算机获取信号的通道配置技术。传感器输出的信号类型有：电压信号（包括 mV 级和 V 级信号）、电流信号、频率信号、开关信号和电阻变化信号等。下面分别讲述对不同信号处理的前向通道配置技术。

4.1 电阻变化信号提取技术

电阻变化信号提取技术包括恒流供电检测技术和电桥法检测技术。

4.1.1 恒流供电检测技术

图 4-1 所示为恒压和恒流式传感器输出电路图。

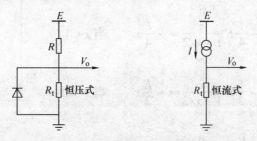

图 4-1 恒压和恒流式传感器输出电路图

1. 恒压式

$$V_o = ER_t / (R_t + R)$$

则

$$dV_o = \frac{R}{(R + R_t)^2} E dR_t$$

它为非线性测量。

2. 恒流式

$$V_o = IR_t$$

则

$$dV_o = I dR_t$$

它为线性测量。

3. 恒流源的获得

可用专用恒流芯片 LM317 是三端可调式正电压调节器，能够在 1.2～37V 输出电压范围内提供大于 1.5A 的输出电流。此电压调节器仅需两个外接电阻就能设定输出电压，且调节器使用了内部限流、热关断和安全区域补偿，可防止被烧坏，其管脚图如图 4-2 所示。在工作时，LM317 的输出和调节端之间产生并保持标称值为 1.25V 的基准电压（V_{ref}），这个基准电压加在电阻器 R_1 上转换成一个电流，将这一电流引出，即为我们要用到的精密输出电流（I_{out}），其电路原理如图 4-3 所示。

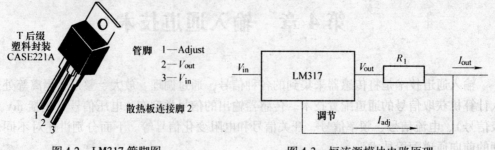

管脚 1—Adjust
    2—V_{out}
    3—V_{in}

散热板连接脚 2

图 4-2　LM317 管脚图　　　　　图 4-3　恒流源模块电路原理

在图 4-3 中，基准电压经过 R_1 转换成电流，同时从调节端流出的电流（I_{adj}）小于 100μA 并保持恒定，因此得到的电流输出为

$$I_{out} = (V_{ref}/R_1) + I_{adj} = 1.25\text{V}/R_1$$

4.1.2　电桥法检测技术

图 4-4 所示为直流电桥电路图。

1. 单电桥

$$V_o = -\frac{1}{4}E\frac{x}{1+x/2} \approx -\frac{E}{4}x \qquad 当\ x \ll 1$$

2. 双电桥（对桥）

$$V_o = -\frac{1}{2}E\frac{x}{1+x/2} \approx -\frac{E}{2}x \qquad 当\ x \ll 1$$

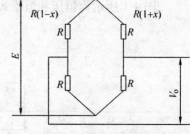

3. 全电桥

$$V_o = -Ex$$

图 4-4　直流电桥电路

从以上三种电桥分析可得，全桥时所获得的信号分辨率最高。

4.2　电压信号放大技术

电压信号放大技术是将传感器输出的弱信号，如毫伏级信号进行放大的技术。

4.2.1　基本电路及理想特征

1. 理想特性

1）开环放大倍数 $A_v = \infty$。

2）输入阻抗 $R_i = \infty$，输出阻抗 $R_o = 0$。

3）频带宽度 Bw $= \infty$。

4）当 $V_n = V_p$ 时，$V_o = 0$。

5）没有温漂。

由以上可推出：

1）运放两输入端之间的电压差为 0（讲 I 时"绝对开路"）。

2）运放两输入端电流 $I_s = 0$（讲 V 时"绝对短路"）。

2. 反相放大器

其基本电路如图 4-5 所示。

$$\frac{V_i - V_n}{R} = \frac{V_n - V_o}{R_f}$$

则

$$V_o = -\frac{R_f}{R} V_i$$

所以

$$A_v = -\frac{R_f}{R}$$

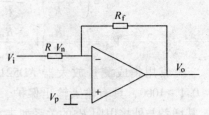

图 4-5 运算放大器基本电路

3. 同相放大器

其基本电路如图 4-6 所示。

$$\frac{V_p - 0}{R} = \frac{V_n - 0}{R} = \frac{V_o - V_n}{R_f} = \frac{V_o - V_p}{R_f}$$

则

$$V_o = \left(1 + \frac{R_f}{R}\right) V_i$$

所以

$$A_v = 1 + \frac{R_f}{R}$$

4. 跟随器

其基本电路如图 4-7 所示。

$$V_o = V_i$$

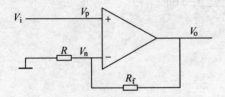

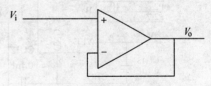

图 4-6 同相放大器基本电路   图 4-7 跟随器基本电路

4.2.2 常用运算放大器

常用运算放大器可分为通用型和专用型，也可分为高精度型或高输入阻抗型等。

1）通用型：如 F124、F224、F324 等。

2）高精度集成运算放大器：如 OP-07、09、11、27、AD508 等。

3）高输入阻抗型：如 LF347、MC34004、F355、LF155 等。

4）专用运算放大器：如视频放大器 MAX457 等。

4.2.3 仪表放大器

仪表放大器（抑制共模干扰）基本电路如图 4-8 所示。

$$V_o = -\frac{R_f}{R}(V_{o1} - V_{o2}) = \frac{R_f}{R}\left(1 + \frac{R_{f1} + R_{f2}}{R_w}\right)(V_2 - V_1)$$

$$V_{o1} = \left(1 + \frac{R_{f1}}{R_w}\right)V_1 - \frac{R_{f1}}{R_w}V_2$$

$$V_{o2} = \left(1 + \frac{R_{f2}}{R_w}\right)V_2 - \frac{R_{f2}}{R_w}V_1$$

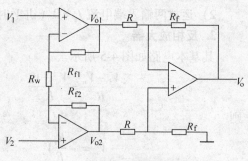

图4-8　仪表放大器基本电路

常用集成测量放大器 AD521 的增益范围为 0.1～1000，具有输入输出保护、强过载的特点，其增益与外接电阻 R_G 的关系如表4-1所示。

表4-1　仪表放大器增益

增益	1MΩ	100kΩ	10kΩ	1kΩ	100Ω
R_G	0.1	1	10	100	1000

4.2.4　增益可编程控制集成运算放大器

图4-9所示为模拟开关4051和AD620组成的可控增益运算放大器，利用改变反馈电阻的方法可改变集成运算放大器的增益。

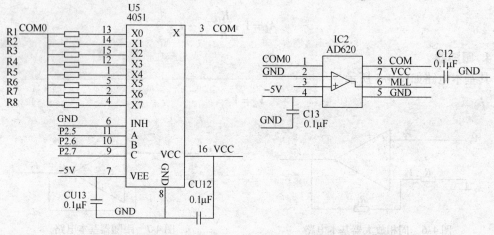

图4-9　模拟开关4051和AD620组成的可控增益运算放大器

常用集成增益可编程控制测量放大器有 AD524、AD624、AD625 等。可控增益运算放大器的增益和反馈电阻的关系为

$$R = \frac{49.4\text{k}\Omega}{G-1}$$

4.2.5　AD620 低价格、低功耗仪器用放大器

AD620 是低价格、高精度仪器用放大器，其尺寸比离散设计的电路更小，而且功耗低（最大的电源电流仅有 1.3mA），所以它非常适合于电池供电、便携式（或远程）应用。

AD620 由于具有很高的精度（最大非线性为 40ppm，最大值为 50μV 的失调电压，最大失调偏移为 0.6μV/℃），因此，把它用于精确的数据采集系统（如称重和传感器接口）是比较理想的。而且，由于 AD620 的低噪声、低输入偏置电流和低功耗的特性，使它非常适合于医疗仪器的应用系统。AD620 的特性如下：

1）仅需一个外接电阻即可得到 1 ~ 1000 内的任意增益范围。

2）极宽的电源工作范围（ ±2.3 ~ ±18V）。

3）比三片运放组成的电路性能高。

4）8 引脚 DIP 或 SOIC 封装。

5）带宽为 120kHz（ $G = 100$ ）。

6）建立时间为 15μs（0.01%）。

4.3　输入通道配置技术

输入通道将被测对象状态信息传递到单片机总线，其结构形式取决于被测对象的环境，信号的类型、数量、幅值大小等。

4.3.1　输入通道的基本形式

输入通道的基本形式可分为以下 11 种：

形式 1：大信号模拟电压→A/D→单片机；

形式 2：V→V/F→单片机；

形式 3：小信号模拟电压→放大→A/D→单片机；

形式 4：小信号模拟电压→放大→V/F→单片机；

形式 5：大信号电流（0 ~ 10mA，0、4 ~ 20mA）→I/V→A/D→单片机；

形式 6：大信号电流（0 ~ 10mA，0、4 ~ 20mA）→I/V→V/F→单片机；

形式 7：小信号电流（mA、μA）→I/V→放大→A/D→单片机；

形式 8：小信号电流（mA、μA）→I/V→放大→V/F→单片机；

形式 9：小信号 f→放大→整形→单片机；

形式 10：TTL 电平的频率信号→单片机；

形式 11：非 TTL 电平的开关信号→防抖→电平变换→整形→单片机。

4.3.2　信号隔离技术

这里主要介绍两种基本的信号隔离技术。

1. 开关量（f）隔离技术

（1）开关量隔离基本电路

其原理图如图 4-10 所示。

注意：光耦原边的电阻可以采用 DIP 封装的双排排阻（由于信号的不同而无公共端）；次边的电阻可以采用有公共端的单排排阻。

（2）开关量隔离的两种基本的驱动方式

正向驱动和反向驱动（即高电平驱动和低电平驱动，对于传感器输出而言来驱动光耦的方式）。

1）正向驱动，可将同类信号的 V－端相接，V＋端独立。

2）反向驱动，可将同类信号 V + 端上拉，V – 端独立（如 OC 门输出的传感器），如图 4-10 所示。

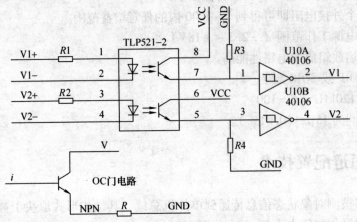

图 4-10　开关量隔离基本电路

（3）–18 ~ –10V 正弦信号的频率值的光耦提取方法

如图 4-11 所示，信号以"正向"方式来驱动光耦，光耦"负端"接 – 14V，选取合适的限流电阻即可。

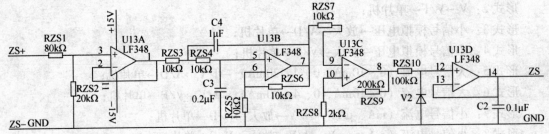

图 4-11　正弦波转换成方波电路

（4）频率（开关量）的获取方法

1）查询法（慢速、频率低）；

2）中断法：可用 HSI 和外部中断口进行采集。

2. 模拟量隔离技术

（1）采用 AD202 隔离放大器（还有 TD290、TD260 等）

信号和电源双隔离，可不用其内部的 ±7.5V，直接供隔离电源。应用举例如图 4-12 所示。

（2）采用精密线性光耦

典型芯片如 TIL300，封装

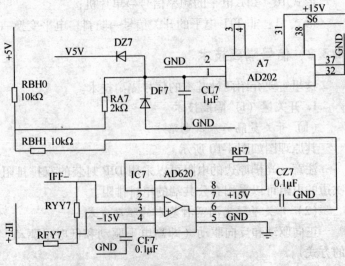

图 4-12　隔离放大器应用电路

型式为 DIP8，隔离电压峰值为 3.5kV。

4.3.3 多路切换技术

多路切换开关应注意的基本参数有：通道数、开关电阻、漏电流、输入电压及方向。

1. 单端 8 通道

常用的单端 8 通道多路切换开关有 AD7501、AD4051。

（1）AD7501

导通电阻：$R_{on} = 170\Omega$；

输入电容：$C_i = 3pF$；

开关时间：$T_{on} = 0.8\mu s$，$T_{off} = 0.8\mu s$；

极限电源电压：$V_{dd} = +17V$，$V_{ss} = -17V$。

（2）AD4051

有片选端 INH = 1 时，全部不通。连接电路如图 4-13 所示。

2. 单端 16 通道

常用的单端 16 通道多路切换开关有 AD7506（如图 4-14 所示）、AD4067（有 INH 端）。

导通电阻：$R_{on} = 300\Omega$。

在图 4-14 中，U？为元件代号，在此不指定，根据实际电路指明。

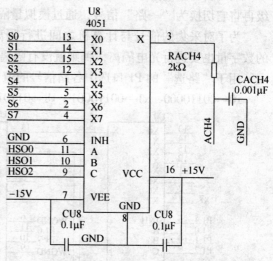

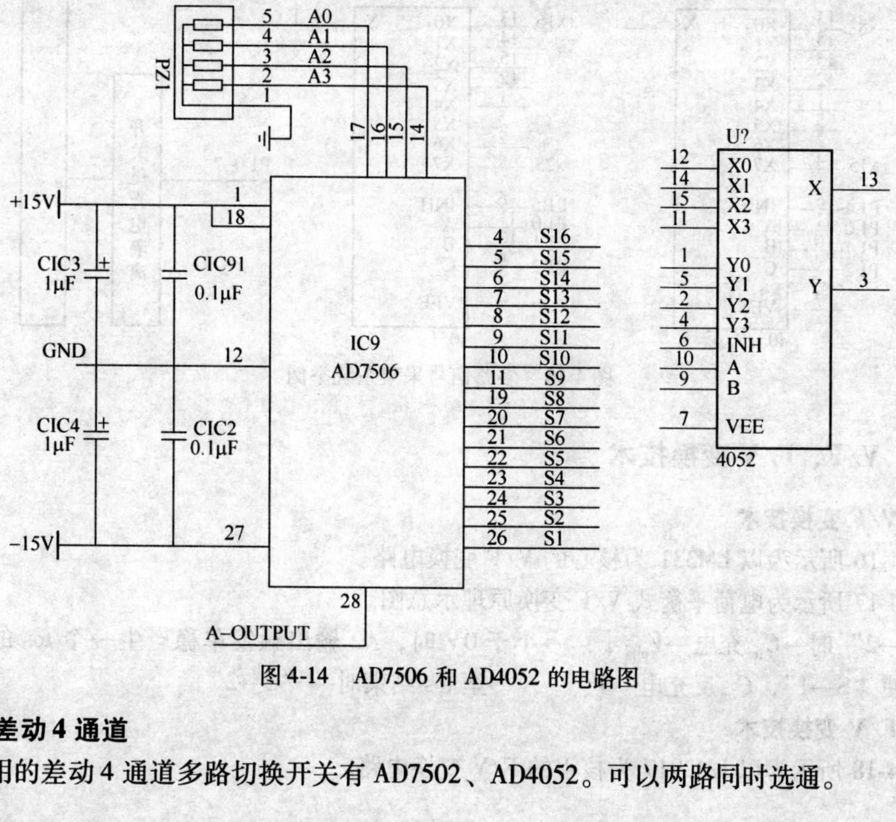

图 4-13　AD4051 的连接电路图

图 4-14　AD7506 和 AD4052 的电路图

3. 差动 4 通道

常用的差动 4 通道多路切换开关有 AD7502、AD4052。可以两路同时选通。

4. 差动 8 通道

常用的差动 4 通道多路切换开关有 AD7507、AD4097。

4.3.4 多路信号采集系统应用举例

图 4-15 中多路信号切换分为两级切换,第一级将 x0 ~ x23 切换为"三路"信号,第二级再将它切换为"一路"信号,通过模拟量隔离器件后进入计算机的 A/D 口进行分时采集。

为了对采集的信号与计算机之间进行隔离,除了模拟量需要隔离之外,用于"路选"的数字量也要进行光电隔离,否则就没有隔离可言。

用于"路选"的 P1 口选中各路信号的值分别为

x0→00110000,x1→00110001,x8→01101000,x9→01101001,x23→10011111

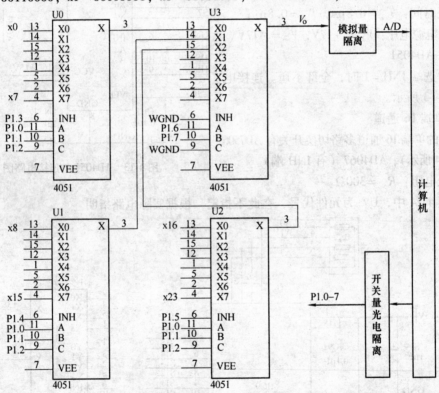

图 4-15 多路信号采集系统举例

4.3.5 V/F、F/V 变换技术

1. V/F 变换技术

图 4-16 所示为以 LM331 为核心的 V/F 变换电路。

图 4-17 所示为电荷平衡式 V/F 变换原理示意图。

"S→2"时→C_{int} 充电→V_{olts}↓,→小于 0V 时,A2 输出触发单稳产生一个 tos 的脉冲→此脉冲使"S→1",C_{int} 反充电→V_{olts}↑,→至 tos 结束时→"S→2"。

2. F/V 变换技术

图 4-18 所示为以 LM2917 为核心的 F/V 变换电路。

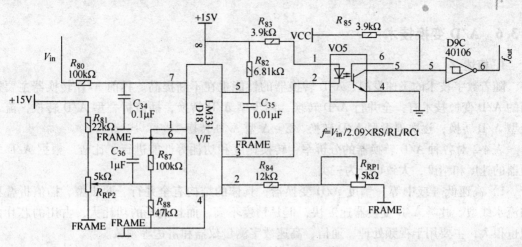

图 4-16　LM331 V/F 变换电路

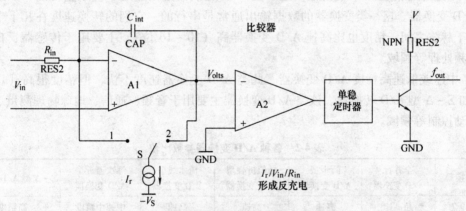

图 4-17　电荷平衡式 V/F 变换原理示意图

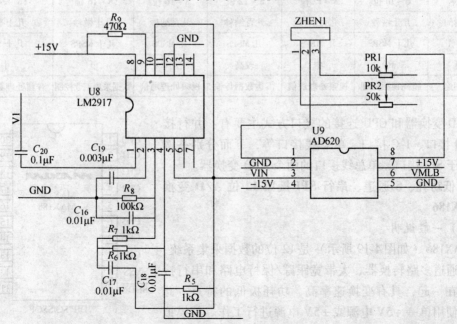

图 4-18　LM2917 F/V 变换电路

4.3.6 A/D 变换技术

1. 概述

随着数字技术的飞速发展，A/D 转换器的性能也在不断提高。目前 A/D 转换器主要采用的 A/D 变换技术有：全并行 A/D 转换，两步型 A/D 转换，插值折叠型 A/D 转换，流水线型 A/D 转换，逐次逼近型 A/D 转换，$\Sigma - \Delta$ 型 A/D 转换。

表 4-2 对各种 A/D 转换器的分辨率、转换速度和功耗等性能进行了比较。根据 A/D 变换器的速度和精度，大致可分为三类。

1）高速低（或中等）精度 A/D 变换器，具体的结构有全并行、两步型、插值折叠型和流水线型。此类 A/D 变换器速度快，但是精度不高，而且消耗的功耗大，占用的芯片面积也很大，主要用于视频处理、通信、高速数字测量仪器和雷达等领域。

2）中速中等精度 A/D 变换器。这一类 A/D 变换器是以速度来换取精度的，如逐次逼近型 A/D 变换器。这一类变换器的数据输出通常是串行的，它们的转换速度在几十千赫兹到几百千赫兹之间，精度也比高速 A/D 变换器高（10 ~ 16 位），主要用于传感器、自动控制、音频处理等领域。

3）中速或低速高精度 A/D 变换器。此类 A/D 变换器速度不快，但精度很高（16 ~ 24 位），如 $\Sigma - \Delta$ 型 A/D 转换器。该类 A/D 变换器主要用于音频、通信、地球物理测量、测试仪、自动控制等领域。

表 4-2　各种 A/D 变换器参数比较

A/D 变换器	全并行 A/D 变换器	两步型 A/D 变换器	插值折叠型 A/D 变换器	流水线型 A/D 变换器	逐次逼近型 A/D 变换器	$\Sigma - \Delta$ 型 A/D 变换器
主要特点	超高速	高速	高速	高速	中速中精度	高精度
分辨率	6 ~ 10 位	8 ~ 12 位	8 ~ 12 位	8 ~ 16 位	8 ~ 16 位	16 ~ 24 位
转换时间	几十纳秒	几百纳秒	几百纳秒	几百纳秒	几十微秒	几十毫秒
采样率	几十 MSPS	几 MSPS	几 MSPS	几 MSPS	几十 KSPS	几十 SPS
功耗	高	中	较高	中	低	中
主要用途	超高视频处理	视频处理通信	雷达数据传输	视频处理通信	数据采集工业控制	音频处理数字仪表

A/D 变换器和 CPU 连接的接口方式主要有：并行接口、SPI 接口、I^2C 接口、单总线接口等，下面分别举例介绍基于 SPI 接口、单总线接口的两个 A/D 变换器。

2. 低功耗、8 通道、串行 SPI 接口 12 位 A/D 变换器 MAX186

（1）一般说明

MAX186（如图 4-19 所示）是 12 位的数据采集系统，它把 8 通道多路转换器、大带宽跟踪/保持电路和串行接口组合在一起，具有变换速率高、功耗极低的特点。此期间可使用单一 +5V 电源或 ±5V 电源进行工作。其模拟输入可由软件设置为单极性/双极性和单端/差动工作方

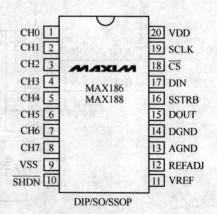

图 4-19　MAX186 数据采集系统

式。系统还有如下特点：

1）系统使用内部时钟或外部串行接口时钟以完成逐次逼近模数转换，当使用内部时钟时，串行接口可工作到 4MHz 以上。

2）系统具有 4.096V 的内部基准电压，而 MAX188 要求一个外部基准。这两种器件都带有基准缓冲放大器，它可使增益的微调简单化。

3）系统提供一个硬件上的引脚 SHDN 和两种可用软件选择的断电方式。对串行接口进行存取将自动地给器件上电，同时，由于器件接通很快，在两次变换之间可以把 MAX186 关断。采用这种在两次变换之间断电的技术，在降低变换速率的情况下，电源电流可降至 10μA 以下。

4）系统的封装形式有 20 个引脚双列直插式封装（DIP）和小型（SO）封装以及紧缩的小型封装（SSOP），它比 8 引脚的双列直插式封装少占 30% 的面积。

对需要使用并行接口的应用场合，可参见 MAX180/MAX181 的数据。关于抗干扰滤波器，可参阅 MAX274/MAX275 的资料。

（2）应用范围

应用范围为：便携式数据记录，数据采集，高精度过程控制，自动测试，自动装置，电池供电仪器，医用仪器。

（3）特点

1）8 通道单端或 4 通道差分输入。

2）单 +5V 或 ±5V 工作电压。

3）低功耗：1.5mA（工作方式），2μA（断电方式）。

4）内部跟踪/保持电路，133kHz 采样速率。

5）内部 4.096V 基准电压（MAX186）。

6）与 SPI、QSPI、Micorwire、尺寸 TMS320 兼容的 4 线串行接口。

7）可用软件设置的单极性或双极性输入。

8）20 引脚的双列直插式（DIP）、小型（SO）、紧缩的小型（SSOP）封装。

9）有测试组件可供使用。

（4）MAX186 引脚说明

MAX186 引脚说明如表 4-3 所示。

表 4-3　MAX186 引脚说明

引　脚	名　称	功　能
1～8	CH0～CH7	取样模拟输入
9	VSS	负电源电压
10	SHDN	三电平的关断输入。把 SHDN 拉至低电平可关闭 MAX186/MAX188，使电源电流降至 10μA（最大值），否则 MAX186/MAX188 处于全负荷工作状态。把 SHDN 拉至高电平使基准缓冲放大器处于内部补偿方式。悬空 SHDN 使基准缓冲放大器处于外部补偿方式
11	VREF	用于模/数变换的基准电压，同时也是基准缓冲放大器的输出（MAX186 为 4.096V，MAX188 为 $1.638 \times$ REFADJ）。使用外部补偿方式时，在此端与地之间加一个 4.7μF 的电容器。使用精密的外部基准时，也可作为输入
12	REFADJ	基准缓冲放大器输入。要禁止基准缓冲放大器，可把 REFADJ 接到 V_{DD}

（续）

引脚	名称	功能
13	AGND	模拟地。也是单端变换的 IN－输入端
14	DGND	数字地
15	DOUT	串行输入输出，数据在 SCLK 的下降沿输出。当 CS 为高电平时处于高阻态
16	SSTRB	串行选通脉冲输出，处于内部时钟方式时，当 MAX186/MAX188 开始 A/D 变换时，SSTRB 变为低电平，在变换完成时变为高电平。处于外部时钟方式时，在决定 MSB 之前，SSTRB 保持一个时钟周期的脉冲高电平。当 CS 为高电平时，处于高阻状态（外部方式）
17	DIN	串行数据输入，数据在 SCLK 的上升沿打入
18	CS	低电平有效芯片选择。除非 CS 为低电平，否则数据不能被时钟打入 DIN，当 CS 为高电平时，DOUT 为该阻抗状态
19	SCLK	串行时钟输入。为串行接口数据输入和输出定时。处于外部时钟方式时，SCLK 同时设置变换速率（其占空比必须是 45%～55%）
20	VDD	正电源电压，5（1±5%）V

（5）MAX186 详细说明

1）怎样启动一次变换：把一个控制字节与时钟同步送入 DIN，可启动 MAX186/MAX188 的一次变换。CS 为低电平时，SCLK 每一个上升沿把一个位从 DIN 送入 MAX186/MAX188 的内部移位寄存器。在 CS 变低以后，第一个到达的逻辑"1"位定义控制字节的最高有效位。在这第一个"起始"位到达之前，与时钟同步送入 DIN 的任何个数的逻辑"0"位均无效。表4-4 示出了控制字节的格式。

表4-4　控制字节的格式

位7（最高有效位）	位6	位5	位4	位3	位2	位1	位0（最低有效位）
START	SEL2	SEL1	SEL0	UNI/BIP	SGL/DIF	PD1	PD0

位	名称	说明
7（最高有效位）	START	CS 变低以后的第一个逻辑"1"位定义控制字节的起始
6 5 4	SEL2 SEL1 SEL0	这三位选择 8 个通道中的哪一个用于变换。见表4-5 和表4-6
3	UNI/BIP	1＝单极性，0＝双极性。选择单极性或双极性变换方式。在单极性方式下，可变换 0V 至 VREF 的模拟输入信号；在双极性方式下，信号的范围是从－VREF/2 到＋VREF/2
2	SGL/DIF	1＝单端，0＝差分，选择单端或差分变换。在单端方式下，输入信号电压以 AGND 作为参考点。在差分方式下，测量两个通道的电压差。见表4-5 和表4-6
1 0 （最低有效位）	PD1 PD0	选择时钟和关断方式： PD1　PD0　　方式 0　　0　　全关断（IQ＝2μA） 0　　1　　快速关断（IQ＝30μA） 1　　0　　内部时钟方式 1　　1　　外部时钟方式

MAX186/MAX188 是与 Microwire 和 SPI 器件全兼容的。对于 SPI，在 SPI 控制寄存器（见表4-4）内选择正确的时钟极性和取样边沿：设置 CPOL＝0 和 CPHA＝0。Microwire 和 SPI 两者同时发送一个字节和接收一个字节。使用典型运用电路，最简单的软件接口只需要传送三个 8 位即可完成一次变换（传送一个 8 位来配置 ADC，另外两个 8 位用以与时钟同步地输出 12 位变换结果）。

单端方式下通道选择如表 4-5 所示，其中"+"代表所选通道为信号正端。

表 4-5 单端方式下通道的选择（SGL/DIF = 1）

SEL2	SEL1	SEL0	CH0	CH1	CH2	CH3	CH4	CH5	CH6	CH7	AGND
0	0	0	+								−
1	0	0		+							−
0	0	1			+						−
1	0	1				+					−
0	1	0					+				−
0	1	1						+			−
0	1	1							+		−
1	1	1								+	−

差分方式下通道选择如表 4-6 所示，其中"+"代表所选通道为信号正端，"−"代表所选通道为信号负端。

表 4-6 差分方式下通道的选择（SGL/DIF = 0）

SEL2	SEL1	SEL0	CH0	CH1	CH2	CH3	CH4	CH5	CH6	CH7
0	0	0	+	−						
0	0	1			+	−				
0	1	0					+	−		
0	1	1							+	−
1	0	0	−	+						
1	0	1			−	+				
1	1	0					−	+		
1	1	1							−	+

2）内部时钟方式：如图 4-20 所示，在内部时钟方式下，MAX186/MAX188 在内部产生它们自己的变换时钟，这使微处理器免除了运行 SAR 变换时钟的负担，并允许在处理器方便时，以从 0 到典型值为 10MHz 的任何时钟速率，读回变换结果。SSTRB 在变换开始时变为低电平，然后在变换完成时变为高电平。SSTRB 保持最长为 10μs 低电平，为了得到最佳的噪声性能，在此期间 SCLK 应当保持低电平。在变换进行期内，一个内部的寄存器存储数据。在变换完成以后的任何时刻，SCLK 可从此寄存器读出数据。在 SSTRB 变为高电平之后，下一个时钟下降沿将在 DOUT 端产生变换的最高有效位，其后是变换的其余位（其格

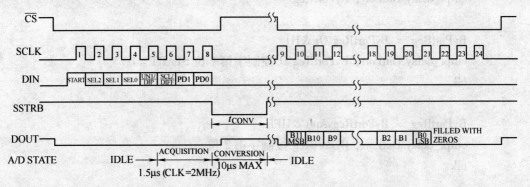

图 4-20 内部时钟方式定时图

式是最高有效位在前，如图 4-20 所示）。一旦变换开始，CS 不再需要保持低电平。把 CS 拉至高电平，可防止数据与时钟同步地送入 MAX186/MAX188，并可以使 DOUT 为三态，但这并不对已在进行的内部时钟方式的变换有不利的影响。若选择内部时钟方式，当 CS 变为高电平时，SSTRB 并不变为高阻状态。

3）MAX186 典型应用电路：在图 4-21中，PB2、PB1、PB0 和 PA0 是 8255 的 I/O 口。

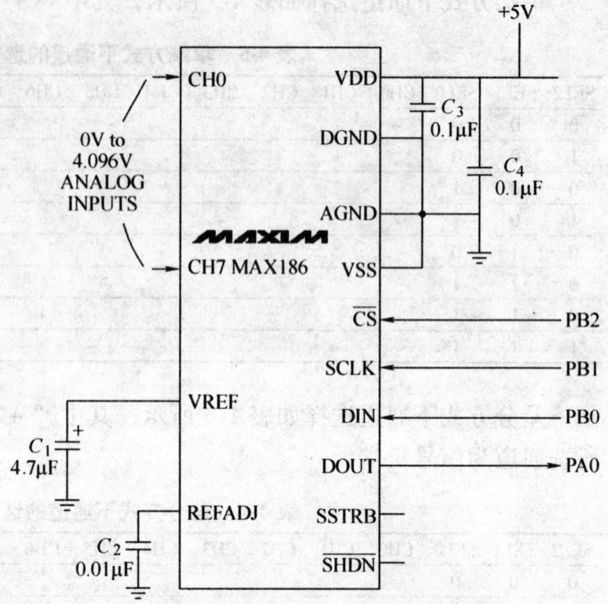

对通道 0 的变换程序如下：

图 4-21　MAX186 典型应用电路

```
Public Function ADPick( )
Dim nInput As Integer
Dim nTemp As Integer
Dim byIn As Byte
Dim i, j As Long
Dim ByPortReg As Byte
Const OutPort = &H181'8288PB 口地址
Const InPort = &H180'PA 口地址
outpt_delay (&H183), &H90'8255 控制字，A 口入，B 口出
nInput = 0
ByPortReg = &H4 'cs = 1
outpt_delay OutPort, ByPortReg

ByPortReg = ByPortReg And &HFB'cs = 0
outpt_delay OutPort, ByPortReg

ByPortReg = ByPortReg Or &H1
outpt_delay OutPort, ByPortReg'D'控制字第 1 位 START = 1
clk

ByPortReg = ByPortReg And &HFE
outpt_delay OutPort, ByPortReg'控制字第 2 位
clk

ByPortReg = ByPortReg And &HFE 'sel1
outpt_delay OutPort, ByPortReg '
```

```
clk

ByPortReg = ByPortReg And &HFE 'sel0
outpt_delay OutPort, ByPortReg '控制字第 4 位 Sel0 1 = 0, CS = 0, SCLK = 0
clk

ByPortReg = ByPortReg Or &H1
outpt_delay OutPort, ByPortReg 'D '控制字第 5 位 UNI/BIP = 1（单极性）
clk

ByPortReg = ByPortReg Or &H1
outpt_ delay OutPort, ByPortReg 'D '控制字第 6 位 SGL/DIF = 1（单端）
clk

ByPortReg = ByPortReg Or &H1
outpt_delay OutPort, ByPortReg '控制字第 7 位 PD1 = 1 选择内部时钟
clk

ByPortReg = ByPortReg And &HFE
outpt_delay OutPort, ByPortReg '控制字第 8 位 PD0 = 0
clk

ByPortReg = ByPortReg Or &H4
outpt_delay OutPort, ByPortReg ' cs 拉高开始变换
Sleep（1）

'读进模拟量
ByPortReg = ByPortReg And &HFB 'cs = 0
outpt_delay OutPort, ByPortReg
clk

byIn = inpt(InPort)
nTemp = byIn
nTemp = （nTemp And &H1）* （2 ^ 11）
nInput = nInput + nTemp
clk

byIn = inpt(InPort)
nTemp = byIn
```

```
nTemp = (nTemp And &H1) * (2 ^ 10)
nInput = nInput + nTemp
clk

byIn = inpt(InPort)
nTemp = byIn
nTemp = (nTemp And &H1) * (2 ^ 9)
nInput = nInput + nTemp
clk

byIn = inpt(InPort)
nTemp = byIn
nTemp = (nTemp And &H1) * (2 ^ 8)
nInput = nInput + nTemp
clk

byIn = inpt(InPort)
nTemp = byIn
nTemp = (nTemp And &H1) * (2 ^ 7)
nInput = nInput + nTemp
clk

byIn = inpt(InPort)
nTemp = byIn
nTemp = (nTemp And &H1) * (2 ^ 6)
nInput = nInput + nTemp
clk

byIn = inpt(InPort)
nTemp = byIn
nTemp = (nTemp And &H1) * (2 ^ 5)
nInput = nInput + nTemp
clk

byIn = inpt(InPort)
nTemp = byIn
nTemp = (nTemp And &H1) * (2 ^ 4)
nInput = nInput + nTemp
clk
```

```
        byIn = inpt(InPort)
        nTemp = byIn
        nTemp = (nTemp And &H1) * (2 ^ 3)
        nInput = nInput + nTemp
        clk

        byIn = inpt(InPort)
        nTemp = byIn
        nTemp = (nTemp And &H1) * (2 ^ 2)
        nInput = nInput + nTemp
        clk

        byIn = inpt(InPort)
        nTemp = byIn
        nTemp = (nTemp And &H1) * (2 ^ 1)
        nInput = nInput + nTemp
        clk

        byIn = inpt(InPort)
        nTemp = byIn
        nTemp = nTemp And &H1
        nInput = nInput + nTemp
        clk
'- - - - - - - - - - - - - - - - - - - - - - - -
        clk
        clk
        clk
        clk
        ByPortReg = ByPortReg Or &H4    'cs = 1
        outpt_delay OutPort, ByPortReg

        ADPick = nInput And &HFFF


End Function
Public Sub outpt_delay(port As Integer, data As Byte)
        outpt port, data
End Sub
```

4.3.7　开关量输入的 CPU 接口

1. HSI 口与 EXINT 口

HSI 口接收开关量的输入信号，可用中断和查询两种方式；EXINT 口可用于采集重要的实时信息（因为它的中断优先级别最高）。

2. 并行 I/O 接口

常用的并行 I/O 接口芯片有 8255、8155、8253，如图 4-22 所示。

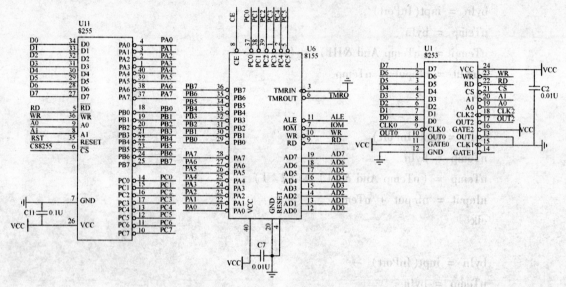

图 4-22　8255、8155、8253 芯片的连接示意图

（1）8255 并行接口

如果 −CE 片选区为 8000 ~ 9FFFH 区，则

A 口地址为：8000H

B 口地址为：8001H

C 口地址为：8002H

COM 口地址为：8003H

1）定义寄存器地址

20H

STATA25	DSB	1
STATB25	DSB	1
STATC25	DSB	1
STATCOM	DSB	1

2）定义常数（定义各口的地址）

ADDA25	EQU	8000H
ADDB25	EQU	8001H
ADDC25	EQU	8002H
ADDCOM	EQU	8003H

将指定位置 "1" 用指令：   OR

将指定位清 "0" 用指令：   AND

将指定位取反用指令：   XOR

8255 的控制字各位的定义如图 4-23 所示。

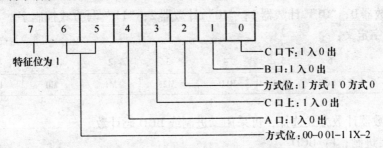

图 4-23   8255 的控制字各位的定义

一般用方式 0：基本输入输出，若 A 口和 C 口上半部为输入，B 口和 C 口下半部为输出，则控制字为 10011000B。

(2) 8155 并行接口

表 4-7 为 8155 地址分配表。

表 4-7   8155 地址分配表

A2	A1	A0	寄 存 器
0	0	0	命令/状态寄存器
0	0	1	A 口
0	1	0	B 口
0	1	1	C 口
1	0	0	定时器低 8 位
1	1		定时器高 6 位和 2 位计数器方式位

命令状态寄存器的定义：

7	6	5	4	3	2	1	0
TM2	TM1	IEB	IEA	PC2	PC1	PB	PA

PA："0"   A 口输入；"1"   A 口输出

PB："0"   B 口输入；"1"   B 口输出

PC2、PC1 口：

   "00" = ALT1：A 口，B 口基本输入输出，C 口输入

   "11" = ALT2：A 口，B 口基本输入输出，C 口输出

   "01" = ALT3：A 口选通输入输出，B 口基本输入输出

PC0：AINTR，PC1：ABF，PC2：-ASTB，PC3-PC5 输出

   "10" = ALT4：A 口，B 口选通输入输出

PC0：AINTR, PC1：ABF, PC2：-ASTB, PC3：BINTR, PC4：BBF, PC5：-BSTB

（3）8253 定时器/计数器

其中有三个相同的定时/计数器 0、1、2；由 A1、A0 地址分别选择，其定义如下：

A1、A0：

"00" 计数器 0；"01" 计数器 1；"10" 计数器 2；"11" 写方式控制字

方式控制字定义：

7	6	5	4	3	2	1	0
SC1	SC0	RL1	RL0	M2	M1	M0	BCD

BCD：计数器计数方式选择，可采用二进制或 BCD 码计数

    0：二进制；1：BCD

M2 M1 M0 工作方式：

    000 方式 0；001 方式 1；X10 方式 2；X11 方式 3；100 方式 4；101 方式 5

RL1、RL0 计数器读写操作长度选择：

    00：将计数器中的数据锁存到缓冲器

    01：选计数器的低 8 位进行写或读

    10：选计数器的高 8 位进行写或读

    11：对计数器进行两次读/写操作，先低字节，后高字节

SC1、SC0 选择计数器：

    00：选计数器 0

    01：选计数器 1

    10：选计数器 2

    11：非法

当对 8253 写入控制字后，就要给计数器赋值了。

当控制字 D0 = 0 时，即二进制计数，初值可在 0000H ~ FFFFH 之间选择，当控制字 D0 = 1 时，则装入计数器的初值应选十进制方式，其值可在 0000 ~ 9999 之间选择。当初值为 0000 时，计数器的计数值最大。

如果选择方式 0，计数结束产生中断方式，当写入方式 0 控制字后，计数器输出立即变成低电平，当赋值后，计数器马上开始计数，并且输出一直保持低电平，当计数结束时变成高电平，并且一直保持到重新装入初值复位时为止。GATE = 0 时禁止计数；GATE = 1 时允许计数。

4.3.8 MCS-96 系列单片机 HSI 中断子程序和 A/D 变换子程序

1. HSI 中断子程序

```
HSIINT:PUSHF
        LDB HSISTABJ,HSISTA
        JBS  HSISTABJ,0,HI0
        JBS  HSISTABJ,2,HI1
        JBS  HSISTABJ,4,HI2
```

```
        JBS HSISTABJ,6,HI3
HI0：   ST  HSITIM,[HI0T]
        POPF
        RET
```

2. A/D 变换子程序

```
ADBH：  LDB TDHAO,ACHTDH
        ORB TDHAO,#00001000B    （立即启动）
        LDB ADCOM,TDHAO
        NOP
        NOP
        NOP
ADDD：  LDB ADSTAT,ADL
        JBS  ADSTAT,3,ADDD
        LDB BL,ADL
        LDB BH,ADH
        SHR BX,#6
        RET
```

4.3.9　单总线 4 通道 A/D 变换器 DS2450

单总线的分级操作如图 4-24 所示。

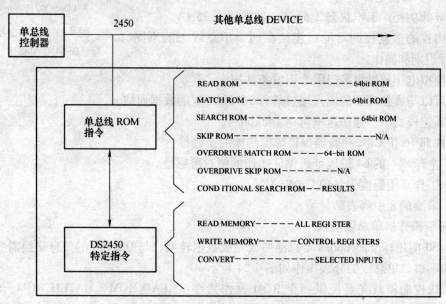

图 4-24　单总线的分级操作

1. 概述

DS2450——单总线 4 通道 A/D 变换器，通过 4 路到 1 路模拟复用器逐步逼近完成转换。每个输入通道具有单独的幅值电压、转换结果及报警门限设置寄存器，并且每个通道有上、下超限两个标志寄存器，当电压过高或过低时，无需总线干预比较即可使相应寄存器置位。

每个通道由总线管理器启动，不作为模拟量输入的通道可以作为数字量输出。当引脚的输入功能失效后，总线可直接对晶体管被选通道的输出通道进行开关控制。芯片通过单总线或它的 VCC 引脚供电以后，芯片所有的设置均被保存在掉电遗失的 SRAM 中，当接到上电复位信号后，总线管理器在继续正常操作之前先要重新获取芯片设置信息。所有的芯片配置寄存器以及结果读出寄存器被组织成 3 页，每页有 8Byte 数据。16 位 CRC 校验器可防止读取所有数据和对单个字节写入时出错。

DS2450 具有内在不可变寄存器，它包含 48 位唯一数据串、8 位 CRC 校验码、8 位类型标识码（DS2450 为 20H）。DS2450 的 64 位 ROM 区不仅用于器件本身身份的唯一识别，而且用于器件的寻址和定位以便进行相应的操作。

该芯片既可通过总线也可通过 VCC 引脚获取能量。在没有 VCC 时，芯片内部电容在总线为高电位期间存储能量，并在总线为低电位期间消耗这些寄生能量，直到总线再次产生高电位来补充。但是，它只能为通信提供必要能量，进行 A/D 变换时，必须对总线进行强上拉或通过 VCC 引脚提供能量。

2. 特点

DS2450 的引脚如图 4-25 所示，其特点简述如下：

1）单总线模拟电压输入通道 4 路。

2）输入参考幅值（2.56V/5.12V）、转换结果分辨率（1~16bit）、报警门限编程可选。

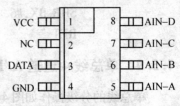

图 4-25 A/D 变换器 DS2450 引脚图

3）5V 单极性电源供电。

4）极低功耗：工作状态 2.5mW，休眠状态 25μW。

5）内置的多点控制器可对连接在同一单总线上的不同 2450 进行识别和操作。

6）模拟电压超过报警门限会引发条件搜索。

7）可以与微处理器的输入端口进行 16.3kbit/s 的数据通信。

8）高速模式下，通信速率可达 142kbit/s。

9）内部 16 位 CRC 校验器保证数据传输的正确性。

10）全球唯一的 64 位地址码保证操作的绝对可靠性。

11）工作环境温度为 -40℃ ~85℃。

12）紧凑的 8 引脚表贴封装。

3. 分级操作的单总线协议

DS2450 应用标准的 Dallas 单总线协议完成数据转换，与 DS2450 的信息交换需要一个典型的双向端口，单总线的分级操作如图 4-24 所示。

单总线控制器首先要提供一个 ROM 操作指令：READ ROM、MATCH ROM、SEARCH ROM、CONDITIONAL SEARCH ROM、SKIP ROM、OVERDRIVE-SKIP ROM、OVERDRIVE MATCH ROM 之一。在正常速度下执行完一条 OVERDRIVE ROM 指令以后，芯片随后将进入高速通信模式之下。在正确执行一条 ROM 指令以后，存储器和控制器指令将会起作用并由总线控制器提供合适的指令。所有数据的读写都是从最低位开始的。

DS2450 的 64 位地址码中，最低 8 位为类型码（20H），其次为 48 位唯一序号，最高 8

位为 CRC 校验码，如下：

MSB		LSB
8bit CRC CODE	48bit SERIAL NUMBER	8bit FAMILY CODE (20H)

4. 芯片寄存器

（1）读出结果寄存器

DS2450 的寄存器为依次相邻的 24 字节，这些寄存器被组织为 3 页，每页有 8 字节。第一页为转换结果读出寄存器，芯片自动将转换结果放到这一存储区域以供总线读出。A 通道的结果放在最低位，每个通道结果占两字节 16bit，上电以后这一存储区的默认值为全零。除非特别设置转换结果位数，否则结果的最高位应该在同一位置，如果要求转换结果的位数小于 16 位，高位将以 0 补足。在应用时，如果模拟输入通道少于 4，应该以 D 通道为第一通道，C 通道为第二通道，以此类推。这样的优点是读出结果时可以顺序到达页末，并且 CRC 校验给总线带来的负担最小。读出结果寄存器表如表 4-8 所示。

表 4-8　读出结果寄存器表

地　　址	BIT7	BIB6	BIT5	BIT4	BIT3	BIT2	BIT1	BIT0
00	A	A	A	A	A	A	A	LSB A
01	MSB A	A	A	A	A	A	A	A
02	B	B	B	B	B	B	B	LSB B
03	MSB B	B	B	B	B	B	B	B
04	C	C	C	C	C	C	C	LSB C
05	MSB C	C	C	C	C	C	C	C
06	D	D	D	D	D	D	D	LSB D
07	MSB D	D	D	D	D	D	D	D

（2）控制与状态寄存器

所有通道的控制和状态信息都存在第一页存储区，每个通道信息占两字节 16 位。其中最低 4 位为 RC3 ~ RC0，用来标示转换结果的位数，1111 代表 15 位，0000 代表 16 位，以此类推；RC3 之后的两位恒为 0，没有指令可使其置 1；接下来的两位：OC（output control 输出控制）和 OE（output enable 输出使能）控制通道替代功能作为输出，当通道正常作为模拟输入通道时，OE 应该为 0，OC 无影响；当 OE 为 1 时，OC 为 0，输出功能启动，OC 为 1，关闭输出通道。例如，当 OC 通过上拉电阻接电源正时，OC 将被转换成相应的逻辑电平 1。输出工作时输入并未被关闭，转换仍可进行，但是会导致结果接近于 0。

控制与状态存储区第二字节的 IR 位选择输入电压的幅值，IR 位为 0，模拟电压最大输入幅值为 2.55V，为 1 时最大输入幅值为 5.10V。IR 之后一位恒为 0，不能置 1。

下两位为低限报警 AEL 和高限报警 AEH，决定当转换结果超出高限或低于报警低限时芯片是否对条件搜索命令响应。报警标记 AFL 和 AFH 标示最近一次转换是否超限，当一次新的非超限转换完成时，报警标记位自动清零。在没有转换的情况下，这些值可由总线置 0。下一位恒为 0 不能置 1。

当芯片执行一个复位脉冲后 POR 位置 1，只要它被置 1，芯片总要执行条件搜索指令以通知总线控制和数据信号不再有效。上电以后，POR 位要由总线来写入 0，这可以与恢复控制和数据信号一起完成。这一位也可以由总线来置 1，此时，芯片将进行条件搜索但不产生复位脉冲。由于 POR 位和芯片有关而不是通道特有的属性，所以不能与输入的幅值和报警门限一起写入。上电以后控制状态寄存器被写入默认值，每一通道第一字节为 08H，第二字节为 8CH。

控制与状态寄存器表如表 4-9 所示。

表 4-9 控制与状态寄存器表

地址	BIT7	BIB6	BIT5	BIT4	BIT3	BIT2	BIT1	BIT0
08	OE-A	OC-A	0	0	RC3-A	RC2-A	RC1-A	RC0-A
09	POR	0	AFH-A	AFL-A	AEH-A	AEL-A	0	IR-A
0A	OE-B	OC-B	0	0	RC3-B	RC2-B	RC1-B	RC0-B
0B	POR	0	AFH-B	AFL-B	AEH-B	AEL-B	0	IR-B
0C	OE-C	OC-C	0	0	RC3-C	RC2-C	RC1-C	RC0-C
0D	POR	0	AFH-C	AFL-C	AEH-C	AEL-C	0	IR-C
0E	OE-D	OC-D	0	0	RC3-D	RC2-D	RC1-D	RC0-D
0F	POR	0	AFH-D	AFL-D	AEH-D	AEL-D	0	IR-D

（3）报警门限设置寄存器

各通道报警门限设置寄存器在存储区的第 2 页，低字节为低限。上电默认值为低限 00H，高限 FFH。报警设置总为 8 位，如果转换结果的高八位高于高限报警寄存器中设定的值或低于低限报警设置寄存器中设定的值，相应的报警标记寄存器将会置位，转换结果的低八位将被忽略。报警门限设置寄存器表如表 4-10 所示。

表 4-10 报警门限设置寄存器表

地址	BIT7	BIB6	BIT5	BIT4	BIT3	BIT2	BIT1	BIT0
10	MSBL-A	A	A	A	A	A	A	LSBL-A
11	MSBH-A	A	A	A	A	A	A	LSBH-A
12	MSBL-B	B	B	B	B	B	B	LSBL-B
13	MSBH-B	B	B	B	B	B	B	LSBH-B
14	MSBL-C	C	C	C	C	C	C	LSBL-C
15	MSBH-C	C	C	C	C	C	C	LSBH-C
16	MSBL-D	D	D	D	D	D	D	LSBL-D
17	MSBH-D	D	D	D	D	D	D	LSBH-D

第 4 页存储区 18H 到 1FH 寄存器区用于出厂校准，这一页用户可通过读存储器或写存储器命令来访问。随意更改这一页的数据会使 A/D 转换器失去基准或使期间功能失效，但是从新的复位脉冲可以使其复位。若芯片为 VCC 供电，上电以后必须将 40H 写入 1CH 地址中以保持电路的持久性。

5. 指令

（1）读存储区指令（AAH）

读指令用来读转换结果，控制状态寄存器和报警设置寄存器。在这一指令之后，总线提供两字节的地址码（（TA1 =（T7：T0），TA2 =（T15：T8）），表明要读存储区的起始位置。随后的每个读时间间隙内，总线从指定的地址开始读取 DS2450 的数据，直到所在的八字节页的内容被读完为止，这时总线将会收到指令、地址和数据的 16 位 CRC 校验码。这个校验码由 2450 计算，由总线接收以验证命令码、地址码、数据是否正确接收。如果总线读出的校验码错误，必须执行一个复位指令，然后重复前面的过程。

注意：从读指令开始会产生 16 位 CRC 校验码，首先 CRC 校验器清零，然后将命令码移入校验器，随后是两字节的起始地址码，最后是从首地址开始直到页末的数据。随后的校验码是校验器清零、从下一页的首地址开始的新数据作 CRC 校验的结果。

（2）写存储区指令（55H）

写存储区指令用于对存储区第 1 页和第 2 页写入数据，以对各通道控制和报警门限进行设置。在这个指令之后，总线上会发出两字节的起始地址码（TA1 =（T7：T0），TA2 =（T15：T8））和一字节的数据（D7：D0）。DS2450 对指令码、地址码和数据码作 16 位 CRC 校验，并由总线读回以确认指令码、地址码和数据是否被正确接收，然后 DS2450 将接收到的数据写入到特定的存储地址区。随后的 8 个时间周期内总线将接收到存储区的一份副本以进行确认，如果确认错误，则执行复位指令并重复前面操作。

如果总线控制器没有发出复位脉冲且存储区没有到达末尾，DS2450 将会自动地增加地址指针的值到下一个存储单元。新的两字节的地址也会作为初始值装入 16 位 CRC 校验器。总线控制器将会利用接下来的 8 个时间周期发送下一个字节。2450 收到这个字节后仍将其作 CRC 校验，结果将是新的地址和数据作 CRC 的结果。接下来的 16 个周期内，总线控制器从 2450 读出 16 位 CRC 校验结果，验证地址增加是否正确和数据是否正确接收。如果 CRC 错误，则执行复位指令并重复前面操作。

当接收到一个错误的 CRC 或确认错误时，决定权完全归总线控制器所有。向转换结果寄存器内写入是不可能的，这样，接收到正确的 CRC 但确认结果总是错误的。写寄存器指令可以在任何时候由复位脉冲来中止。

（3）转换指令（3CH）

转换指令用于启动转换器，将模拟输入转换成数字结果，模拟输入的通道由第一页控制和状态寄存器中的内容来决定。转换需要的时间这样计算：每位需要 $60 \sim 80\mu s$，加上一个每次转换命令之后的下拉脉冲时间——最大为 $120\mu s$。例如 4 通道，每通道为 12 位，转换时间不会超过 $4 \times 12 \times 80\mu s$ 加上 $160\mu s$ 的下拉脉冲时间，共 4ms。如果 2450 通过 VCC 引脚获得能量，当 2450 进行 A/D 变换时总线控制器可以和其他的单总线装置进行通信。如果 2450 仅从总线上吸收能量，总线必须提供一个强上拉到 5V 为转换提供必要的能量。

转换由输入选择屏蔽字和读出控制字决定，输入选择字节决定哪个通道参加转换，如果与通道相关位置 1，该通道被选中。如果不止一个通道被选中，则转换按 A、B、C、D 的次序顺序进行，跳过其中没选的通道。在剩余通道转换结束之前，总线控制器可以读出转换结果。读出控制字用于区分前面的结果和新的值，这个字节可以将结果读出寄存器的值预先置为全 0 或全 1。如果预期结果接近于 0，则应置为全 1，如果全为"1"，则置为全 0。在应用时，若等所有通道转换都结束才去读结果，则读出控制字节没有必要。如果输入选择中相应的通道没有选中，则相应通道读出控制无效。

输入选择字：

BIT 7	BIT 6	BIT 5	BIT4	BIT 3	BIT 2	BIT 1	BIT0
Don't care				D	C	B	A

读出控制字：

BIT7	BIB6	BIT5	BIT4	BIT3	BIT2	BIT1	BIT0
Set A	Clear A	Set B	Clear B	Set C	Clear C	Set D	Clear D

Set	Clear	Explanation
0	1	不预置
0	1	预置全 0
0	1	预置全 1
0	1	非法操作

在转换命令之后，总线控制器发送输入选择和读出控制字。总线读出命令、输入选择和读出控制字的 CRC 结果，总线收到 CRC 结果最高位的 $10\mu s$ 之内会启动转换器。

若为寄生电源供电，总线必须在这 $10\mu s$ 之内要有一个上拉过程。之后，数据线返回到空闲的高电平状态，总线上的通信得到恢复。正常情况下，总线控制器发出复位脉冲结束转换过程。在强上拉之后，复位脉冲之前为读数据时间间隙，如果转换正确，复位脉冲将会将结果寄存器置为全 1。

若为 VCC 引脚供电，要退出转换状态，总线控制器既可以发复位脉冲，也可以不断产生读数据时间间隙。只要 2450 在进行转换，总线控制器读到的总是 0，转换结束，总线控制器读到 1。由于在开放式总线结构中，一个 0 可以覆盖掉其他的 1，所以总线控制器可以在最后一个器件转换结束的同时立即知道转换结束。而在为寄生电源供电情况下，总线必须发复位脉冲来退出转换状态。

6. 单总线端口的操作

单总线端口的操作包括以下内容：初始化，ROM 操作指令，存储器/转换指令，处理数据。

（1）初始化

单总线上所有的处理都是从初始化序列开始的。初始化序列包括总线控制器发出的复位脉冲和器件发出的就绪脉冲。就绪脉冲使总线知道总线上有 2450 存在并且已经处于就绪状态。

（2）ROM 操作指令

一旦总线控制器发现了就绪脉冲，它将开始执行与 ROM 有关指令，所有这些指令都是 8 位指令，详述如下。

1）READ ROM（33H）：这以指令使总线读取 2450 的 64 位全球唯一编码，这一指令只有在总线上存在一个 2450 时才能使用。若总线上不止一个 2450，不同的期间在同一时刻向总线发数据将会产生数据冲突（开放式总线为相"与"的结果），合成的类型码和 48 位唯一编码将与 CRC 结果不符。

2）MATCH　ROM（55H）：这一指令后加 64 位 ROM 地址码序列，将使总线控制器在复合总线上寻找到某一特殊的 2450，只有和 64 位 ROM 地址码相同的 2450 继续下面的存储器/转换指令。其他不符的器件将等待复位脉冲，这一指令可用于总线上有单个或多个器件的情况。

3）SKIP　ROM（CCH）：这一指令在单节点的系统中无需提供 64 位地址码，直接应用存储器/转换指令以节省时间。如果总线上不止一个器件，将会因数据冲突而出错。

4）SEARCH　ROM（F0H）：当一个系统刚刚建立，总线上器件的数目和它们的 64 位地址码都是未知的，SEARCH ROM 指令使总线控制器应用排除法确定总线上所有器件的 64 位地址码。这一指令是一个简单三步处理的重复过程：读取一位编码，读取这一位的补码，然后确定这一位的确切值。总线控制器重复执行这一简单的三步处理过程就可以确定 64 位码的每一位，重复执行 64 次，就可以知道一个器件的 64 位唯一编码。剩下的器件编码可以同样确定。

5）CONDITIONAL　SEARCH（ECH）：除了符合搜索条件的器件参加以外，条件搜索和搜索指令几乎相同，只有当 2450 的通道报警允许标记位（AEL、AEH）置位且转换值符合报警条件的器件才参与条件搜索。

6）OVERDRIVE　SKIP　ROM（3CH）：这一指令将使 2450 工作于高速模式之下，所有的操作均为高速进行，直到有一个 480μs 的复位脉冲。

7）OVERDRIVE　MATCH　ROM（69H）：这一指令及之后 64 位 ROM 地址码在高速模式下传送，总线在高速模式下对总线上所有传感器进行搜索与定位，只有符合 64 位地址码的传感器响应其后指令。在一个 480μs 的复位脉冲之后，芯片可以返回到正常工作模式之下。

存储器/转换指令和处理数据指令不同，但操作过程相同。

7. 单总线端口操作应用实例

总线上有 VCC 供电的一个 DS2450，设置 D 通道为 12 位，5.12V 幅值报警门限为 2.0V（64H）和 3.0V（96H）的转换，当低限报警时，A 通道输出；当高限报警时，B 通道输出。

单总线端口操作过程如表 4-11 所示。

表 4-11　单总线端口操作过程

总 线 模 式	数据（低位在先）	内　容	
发	复位	复位脉冲（480～960μs）	
收	就绪	就绪脉冲	
发	CCH	SKIP　ROM 指令	
发	55H	WRITE　MEMORY 指令	
发	08H	TA1，起始地址	
发	00H	TA2，地址 = 0008H	
发	C0H	数据字节（地址 0008H）	CH-A
收	CRC16	指令，地址，数据的 CRC	
收	C0H	回读确认	

（续）

总 线 模 式	数据（低位在先）	内　　容	
发	00H	下一数据字节（地址 0009H）	
收	CRC16	地址、数据的 CRC	
收	00H	回读确认	
发	C0H	数据字节（地址 000AH）	CH-B
收	CRC16	地址、数据的 CRC	
收	C0H	回读确认	
发	00H	下一数据字节（地址 000BH）	
收	CRC16	地址、数据的 CRC	
收	00H	回读确认	
发	C0H	数据字节（地址 000CH）	CH-C *
收	CRC16	地址、数据的 CRC	
收	C0H	回读确认	
发	00H	下一数据字节（地址 000DH）	
收	CRC16	地址、数据的 CRC	
收	00H	回读确认	
发	0CH	数据字节（地址 000EH）	CH-D
收	CRC16	地址、数据的 CRC	
收	0CH	回读确认	
发	0DH	下一数据字节（地址 000FH）	
收	CRC16	地址、数据的 CRC	
收	0DH	回读确认	
发	复位	复位脉冲（480~960μs）	
收	就绪	就绪脉冲	
发	CCH	SKIP　ROM 指令	
发	55H	WRITE　MEMORY 指令	
发	16H	TA1，起始地址	
发	00H	TA2，地址 = 0016H	
发	64H	数据字节（地址 0016H）	CH-D
收	CRC16	指令、地址、数据的 CRC	
收	64H	回读确认	
发	96H	下一数据字节（地址 0017H）	
收	CRC16	地址、数据的 CRC	
收	96H	回读确认	
发	复位	复位脉冲（480~960μs）	CH-D
收	就绪	就绪脉冲	
发	CCH	SKIP　ROM 指令	

（续）

总 线 模 式	数据（低位在先）	内　　　　容
发	3CH	CONVERT 指令
发	08H	输入选择屏蔽字
发	40H	输出控制字
收	CRC16	指令、地址、数据的 CRC
收	数据字节	读，直到 FFH
发	复位	复位脉冲（480～960μs）
收	就绪	就绪脉冲
发	CCH	SKIP　ROM 指令
发	AAH	READ　MEMORY 指令
发	0FH	TA1，起始地址
发	00H	TA2，地址＝000FH
收	状态字节	状态字＊ CH-D
收	CRC16	指令、地址、数据的 CRC
发	复位	复位脉冲（480～960μs）
收	就绪	就绪脉冲
发	CCH	SKIP　ROM 指令
发	55H	WRITE　MEMORY 指令
发	08H	TA1，起始地址
发	00H	TA2，地址＝0008H
发	80H if AFL＝1/C0H if AFL＝0	数据（地址 0008H）　　　　CH-A
收	CRC16	指令、地址、数据的 CRC
收	数据	回读确认
发	00H	下一字节（0009H）＊
收	CRC16	地址、数据的 CRC
收	00H	回读确认
发	80H if AFH＝1/C0H if AFH＝0	数据（地址 000AH）　　　　CH-B
收	CRC16	指令、地址、数据的 CRC
收	数据	回读确认
发	复位	复位脉冲（480～960μs）
收	就绪	就绪脉冲

注：1. 在多通道的环境下，对某一通道进行设置比跳过它更节省时间；
　　2. 通道 D 的状态字节的报警标志位 AFH 和 AFL 用于控制通道 A、B 的输出；
　　3. 在多通道环境下，执行一个内容不变的写操作比跳过这一字节更节省时间。

8. 单总线的信号

DS2450 要求严格的时序来保证数据的完整。这些时序包括单总线上的 4 种类型的信号：产生复位脉冲和就绪脉冲的初始化序列、写 0、写 1 和读数据序列，除了就绪脉冲以外，所有的信号都是由总线控制发出的。DS2450 可以以两种不同的速率进行通信：正常模式和高速模式，如果没有特别设定在高速模式下，DS2450 将工作在正常模式下。

初始化序列用于启动任何与 DS2450 的通信，其时序图如图 4-26 ~ 图 4-29 所示。复位脉冲之后的就绪脉冲表明 2450 已经做好接收 ROM 指令或寄存器/转换指令。总线控制器发出一个复位脉冲（Trst1，普通模式下为 480μs，高速模式下为 48μs），随后总线控制器释放控制权，进入接收状态，总线借助于上拉电阻作用维持高电平状态。当 DS2450 发现数据引脚有上升沿时，DS2450 在等待 Tpdh（普通模式下为 15 ~ 60μs，高速模式下为 2 ~ 6μs），然后发出就绪脉冲 Tpd1（普通模式下为 60 ~ 240μs，高速模式下为 8 ~ 24μs）。

一个不小于 480μs 的复位脉冲可以使 DS2450 退出高速模式而进入普通模式，不长于 80μs 的复位脉冲不会改变 DS2450 的高速工作模式。

读写时序的定义如图 4-26 ~ 图 4-28 所示，所有时序均以总线上的数据下降沿开始。数据线上的下降沿通过触发 DS2450 内的延时电路来与总线控制器同步。在写数据时，延时电路决定 DS2450 何时对数据线取样。在读数据时，如果数据位为 0，DS2450 决定数据线上的 0 覆盖总线上 1 的时间长短；如果数据位为 1，芯片将在读时间内维持高电平不变。

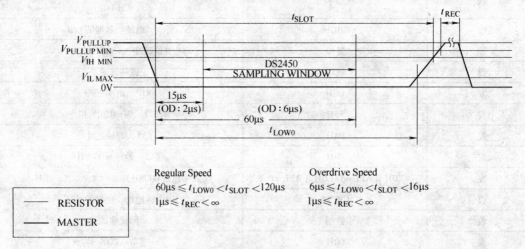

图 4-26 读数据时序图

图 4-27 写 "1" 时序图

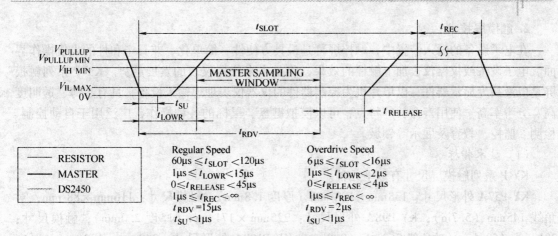

图 4-28 写 "0" 时序图

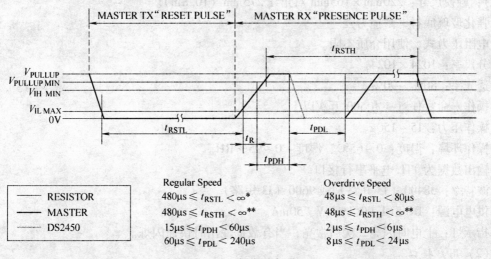

图 4-29 复位时序图

4.3.10 键盘输入技术和触摸屏技术

1. 键盘输入技术

键盘输入技术主要介绍矩阵式键盘（如图 4-30 所示）。

1）无按键时 Out = "0"，In = "1"（全为 1）。

2）有按键按下时 Out = "0"，In 不全为 "1"，不为 "1" 的 "L" 即为按键所在 "L"，其中 "L" 代表所在键盘列，即 L0 ~ L3。

3）不全为 "1" 时，依次使 h0 ~ h3 为 "0"，而其他 "h" 为 "1"，读入 "L"。若全为 "1"，则不在此行。若不全为 "1"，则在此行，其中 "h" 代表所在键盘行，即 h0 ~ h3。

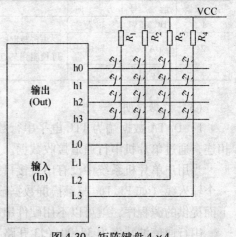

图 4-30 矩阵键盘 4×4

2. 触摸屏技术

在电子设备的输入装置中，触控屏幕是最具方便性、简单化、兼具亲和性的人机操作界面。电子设备或仪器仪表加上触控的效果，将是未来仪器仪表的发展趋势。KY-P 系列触摸屏是以液晶为显示器件，以单片机为控制器件的仪器仪表理想输入设备，具有超薄、透明度高、分辨率高、使用寿命长等特点，可以模拟键盘、鼠标的各种操作，广泛用于自动控制、检测、监控、教育及展示等领域。

（1）技术指标

KY-P 系列触摸屏尺寸有以下几种。

KY-P57A 外形尺寸：138mm×108 mm（厚度 1.8mm）；触摸尺寸：116mm×88 mm，对角线 145mm（5.7in）；KY-P98A 外形尺寸：225mm×171 mm（厚度 2.0mm）；触摸尺寸：201mm×153 mm，对角线 253mm（9.8in）；KY-P108A 外形尺寸：240mm×182 mm（厚度 2mm）；触摸尺寸：220mm×165mm 对角线 275mm（10.8in）。

强化玻璃底材，耐撞力强。

电阻压力式，使用介质不限。

分辨率：$1024×1024$。

透光率：80%~90%。

操作寿命：任意一点 500 万次以上。

操作压力：15~150g。

操作环境：温度：0~65℃，湿度：0~95% RH。

输出数据为 TTL 电平串行接口。

波特率：38400（J3 开路）或 9600（J3 短路）。

供电电源：DC 5（1±0.1%）V，50mA。

指示灯：上电时闪亮 2 次后常亮，当有数据输出时快速闪烁。

（2）用户接口

用户接口为 3 芯单排插座（间距 2.54mm），其引脚定义如表 4-12 所示。

表 4-12　3 芯单排插座引脚定义表

引　脚	信　号	方　向	说　明
1	DC +5V	输入	直流电源输入端
2	DATA	输出	串行数据输出端，与用户单片机的串行数据输入端相连（TTL 电平）；当触摸屏检测到某点有输入压力时，将该点的 X、Y 坐标由此端输出
3	GND		GND

（3）数据说明

1）DATA 数据端为 TTL 电平串行数据输出端，可与各种单片机的串行数据输入端直接相连，通过单片机串行通道接收数据。

当用户单片机系统中没有串行接口或者串行接口被其他设备占用时，用户可以使用任意一个输入线（如 P1.1）与触摸屏数据输出端相连，并将串行通信波特率设置为 9600，参考下面提供的源程序，就可以不用硬件串口接收串行数据了。

串行通信波特率为 38400（J3 开路）或 9600（J3 短路）。

数据格式：每字节共 11 位：一个起始位（0）、8 个数据位（第 1 位是最低位）、奇偶校验位 D8 和 1 个停止位（1）。当有数据输出时，指示灯快速闪亮。

2）当手指按压屏幕后，触屏的控制电路即每隔 12ms 发出 5 个字节，一直到手指离开屏幕。这 5 个字节含义如下。

第 1 字节：为 A0H 或 80H，手指按下后每组数据的第 1 字节均为 A0H，抬起时发最后 1 组数据，其第 1 字节为 80H。

第 2 字节：高 4 位为 0，低 4 位为 X 坐标的 D9 ~ D6 位。

第 3 字节：高 2 位为 0，低 6 位为 X 坐标的 D5 ~ D0 位。由第 2、3 字节组合形成 10 位（分辨率 1024）X 坐标（D9 ~ D0）。

第 4 字节：高 4 位为 0，低 4 位为 Y 坐标的 D9 ~ D6 位。

第 5 字节：高 2 位为 0，低 6 位为 Y 坐标的 D5 ~ D0 位。由第 4、5 字节组合形成 10 位（分辨率 1024）Y 坐标（D9 ~ D0）。

MCS196-KB 单片机接收触摸屏发出字节的程序如下（用 80C196 的 P1.1 口接收）。

触摸点的坐标值分别放在寄存器 MX（MXH，MXL）、MY（MYH，MYL）中，MXH 中存放 X 坐标的高字节，MXL 存放 X 坐标的低字节；MYH 存放 Y 坐标的高字节，MYL 存放 Y 坐标的低字节。

```
REBYS：                          ; 收触摸屏发出的 5 个字节
          LCALL     RECHAR
          CMPB      BL,#80H
          JNE       CMP2
          LDB       ENDO,BL
          SJMP      CMP3
CMP2：    CMPB      BL,#0A0H
          JNE       REBYS
          LDB       ENDO,BL
CMP3：    LCALL     WHOLE
          LCALL     WHOLE
          LCALL     HALF
          LCALL     RECHAR
          STB       BL,MXH          ; 接收 X 高字节
          LCALL     WHOLE
          LCALL     WHOLE
          LCALL     HALF
          LCALL     RECHAR
          STB       BL,MXL          ; 接收 X 低字节
          LCALL     WHOLE
          LCALL     WHOLE
          LCALL     HALF
          LCALL     RECHAR
```

```
          STB         BL,MYH          ; 接收 Y 高字节
          LCALL       WHOLE
          LCALL       WHOLE
          LCALL       HALF
          LCALL       RECHAR
          STB         BL,MYL          ; 接收 Y 低字节
          CMPB        ENDO,#80H       ; 判断是否结束，80H 结束
          JE          REOUT
          SJMP        REBYS
REOUT:    RET
;_____
RECHAR:   LDB         AH,#08H         ; 接收触摸屏发出的一个字节
HR:       LDB         AL,#02H
          STB         AL,PORT1
          LDB         AL,PORT1
          JBS         AL,1,HR
          LCALL       HALF
AG:       LCALL       WHOLE
          SHRB        BL,#01H
          LDB         AL,#02H
          STB         AL,PORT1
          LDB         AL,PORT1
          ORB         BL,#80H
          JBS         AL,7,RE11
          ANDB        BL,#7FH
RE11:     DJNZ        AH,AG
          RET
;_____
WHOLE:    LDB         DH,#19          ; 延时一个时间周期
LP0:      NOP
          DJNZ        DH,LP0
          NOP
          NOP
          RET                         ; 263（262）状态
;_____
HALF:     LDB         DH,#12          ; 延时半个周期
LP1:      NOP
          DJNZ        DH,LP1
          RET                         ; 176（174）状态
```

（4）"三键"或"五键"式输入

"三键"："左右"、"上下"和"确认"键；

"五键"："左"、"右"、"上"、"下"和"确认"键。

"三键"和"五键"的输入基本相同，只是"三键"在"左右"和"上下"时，只能循环进行。

特点如下：

1）只能顺序输入数据（不需输入时，可以默认按"确认"键）。

2）对于特殊输入时，也可按"组合"键输入。

3）键盘键的判断周期要合适，防止数据多动或不动。

4.4　单片机采集系统举例

在此举两个例子，即单片机对频率量和多路模拟量的采集。

4.4.1　单片机对频率量的采集

输入微机测控系统的量不是频率信号就是模拟信号，对于模拟信号 v，现大都是进行 v/f 变换后，以频率信号的方式输入微机进行测量。由此可见，精确测量频率信号在微机测控系统中的重要性。目前，在机车车辆领域非电参数的电测量中，越来越多地采用数字传感器，将非电参数转换为脉冲频率的变化来进行测量。在超速防护系统中，机车运行速度、加速度、走行距离等参数的检测，就是建立在频率测量法基础上的。现对于频率信号的测量有两种基本方法，即周期法（简称"T"法）和频率法（简称"F"法），还有多倍精度周期法（简称"MT"法）及定时多倍精度周期法（简称"M/T"法）。以上方法都存在一定的局限性，且计算的准确性和灵活性较差。本书编著者在总结以上方法各自优缺点的基础上，利用8098 单片机的高速输入功能，提出了一种即兼顾周期法和频率法各自优点又避免它们各自缺点的新的测频方法——频率周期法（简称"FT"法），并将其应用于机车速度的高精度测量，可以精确测量并计算出输入脉冲的频率及相应的速度值，以减小测速系统的静态误差。

1. "F"法、"T"法、"MT"法及"M/T"法简介

（1）"F"法

"F"法是定时累计被测频率脉冲个数的方法。它需要设置一个时间闸门 T，然后在 T 范围内对被测频率信号脉冲计数。

"F"法的误差 $E \propto 1/(f_m \cdot T)$，减小误差方法有：① 加大时基 T，② 因为"F"法存在较大的被测脉冲计数误差，所以要提高精度就得提高信号频率 f_m。因此"F"法主要用于测量高频信号。

（2）"T"法

"T"法是测量被测脉冲宽度的方法。

"T"法的误差 $E \propto 1/(f_c \cdot T_m)$，减小误差方法有：① 提高时钟频率 f_c，② 加大信号周期 T_m。因此"T"法主要用于测量低频信号。

（3）"MT"法

"MT"就是根据 f_m 的不同，选择不同的被测信号周期数的方法。

为了保证低频和高频的测量精度，可以采用以下方法：

速度很低时，取 $\Delta T = T_m = t_m - t_{m-1}$，即以一个脉冲信号周期作为一个计算单元；速度较高时，取 $\Delta T = 2T_m = t_m - t_{m-2}$，即以两个脉冲信号周期作为一个计算单元；速度再高时，取 $\Delta T = nT_m = t_m - t_{m-n}$，即以 n 个脉冲信号周期作为一个计算单元。

也就是说，应根据测量精度的要求，确定处理信号的个数 n（即周期数）与被测信号频率 f_m 的正比系数 k，使 $n = k \cdot f_m$。其误差来自时钟脉冲的计数误差，测量精度高。由于要实时修改系数 k，所以不宜编制统一的程序。

（4）"M/T"法

设微机系统设定的速度采样定时为 T_0，而定时结束到下一个转速传感器脉冲前沿的间隔为 ΔT，则实际测速时间 T 为 T_0 和 ΔT 之和。P_1 为在 T 时间内检测的测速传感器产生的脉冲数，P_2 为 T 时间内微机参考时钟脉冲的计数值。可见，其误差来自时钟脉冲的计数误差，测量精度高。

"M/T"法所需的硬件有定时计数器、触发器、CPU 等，性能价格比较低。

2．"FT"法原理及误差分析

如图 4-31 所示，"FT"法是设置一个时间闸门 T，应用 8098 的高速输入功能在时间 T 内记下每一个脉冲的输入实时时间 t_m 及输入脉冲的个数，用最后一个脉冲输入实时时间减去第一个脉冲输入的实时时间就得到实际的时间闸门 T'。

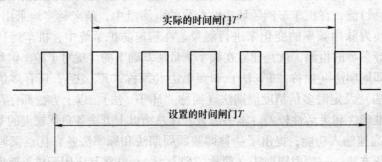

图 4-31　"FT"法

因可设软件定时中断每隔 T 时间来处理一次脉冲（相似于"F"法），而实际处理时采用精确的 T 和 T' 时间内准确的脉冲个数 $(n-1)$ 来计算脉冲频率（相似于"T"法），故称此法为频率周期法（"FT"法）。

"FT"法的误差无论是低频还是高频信号都只有时钟频率 f_c 的计数误差，且同时适于低频和高频测量。如果采用 12MHz 的时钟频率，8098 实时时钟 TIME1 的 ± 1 误差为 $\pm 2\mu s$。如果软件定时 100ms 处理一次脉冲，因为 $T' \approx T$，所以"FT"法的相对误差约为 $2\mu s/100ms$，即 2×10^{-5}，可以忽略不计，所以称"FT"法为微机检测中频率信号的精确测量法。

"FT"只需一片 8098CPU，传感器输出脉冲只需经过光电隔离和整形，即可与 8098 接口。硬件电路简单，性能价格比高，且编程简单、灵活多样。

3．实现"FT"法的硬件简介

"FT"法主要利用了 8098 的高速输入功能，它的高速输入器可以相对于内部定时器产生的实时脉冲，记下某个事件发生的时间，一共可以记下 8 个事件，且有多种高速输入中断方式可供选择，其中"高速"指这些功能是"自动的"（相对于定时器实现的），无需 CPU

的干预。高速输入的分辨力可分辨高达 2μs 的脉冲（如果采用 12MHz 的晶振）。

4. "FT" 法在机车测速中的应用实例

（1）问题及其对策

为了实现高精度的机车测速测距，在 "FT" 法基础上，为进一步减小静态误差，采取了下列对策：

1）选用高精度的转速传感器；

2）对动轮直径进行硬件 16 挡修正；

3）采用浮点运算减小计算误差；

4）采用软件换挡提高精度；

5）改变软件定时中断次数，扩大低速测量范围及精度等。

设采用每转 120 个脉冲的光栅速度传感器，机车轮径为 1m，用 8098 来测速度，精度要求为 10^{-2} km/h，最低可测速度为 2km/h。数学公式为

$$v = \pi \times D \times N/120 \times 3.6 \quad (km/h) \tag{1}$$

其中，D 为机车轮径；N 为每秒输入的脉冲次数，即用 "FT" 法求得的脉冲频率。

设软件定时 100ms 中断，100ms 内的最后一个脉冲和第一个脉冲的实时时差为 T'（设定时计数器 1 中的计数差为 t），且设 100ms 内完整的脉冲个数为 $(n-1)$ 个，n 为 100ms 内高速输入中断次数，时钟频率为 12MHz，则定时器 1 中的每个计数单位代表 2μs，则 $T' = t \cdot$ 2μs。由以上假设可改写公式（1）为

$$v = \pi \times D \times 106 \times (n-1) \times 3.6/120/(2t) \quad (km/h) \tag{2}$$

为了保证精度为 10^{-2} km/h，因此采用浮点运算方法，并使以上值乘以 100 后取整，则公式（2）可改写为

$$v = \left[\pi \times D \times 1000/0.12 \times (n-1)/t \times 180\right] \times 10^{-2} \quad (km/h) \tag{3}$$

为了测量尽可能高的速度（即对于高频的测量），本程序中规定 $v \leqslant 40$ km/h 时采用每个正跳变中断一次的方式来对脉冲计时记数，则可利用式（3）来计算速度，当 $v > 40$ km/h 时采用每 8 个正跳变中断一次的方式来对脉冲计时记数，则应采用下面公式：

$$v = \left[\pi \times D \times 1000/0.12 \times (n-1)/t \times 1440\right] \times 10^{-2} \quad (km/h) \tag{4}$$

（2）可测机车速度范围

1）最低可测速度：采用以上的测速方法时，100ms 内至少要有两个正脉冲才可精确测量速度，最低可测频率为 20Hz，因此由式（3）可得最低可测速度为：$v_{min} = 1.88$ km/h。

采用软件定时 100ms 中断 5 次（即 0.5s）后再来处理脉冲，则最低可测频率为 $(20/5)$ Hz = 4Hz，则 $v_{min} = (1.88/5)$ km/h = 0.37km/h。如果采用每转 200 脉冲的传感器，则 $v_{min} = 0.22$ km/h。

2）最高可测速度：因为本程序中将速度值扩大了 100 倍，且浮点运算的结果取整后只存放于两个字节中，因此，0FFFFH 除以 64H 可得 $v_{max} = 655.35$ km/h。v 取 0.37 ~ 655.35 km/h 已完全满足机车测速的需要。

但这并非实际的最大可测频率，因为 8098 采用 12MHz 晶振时可以分辨高达 2μs 的脉冲，所以理论上的最大可测频率为 1s/2μs = 500kHz。用户可以根据自己的需要来修改源程序。

在 "八五" 国家科技攻关项目 "列车超速防护系统研究" 的子课题 "高可靠、高精度

列车测速测距微机系统的研究"中采用了"FT"法及相应措施,以提高系统的静态测试精度。在此基础上,还必须对机车运行中由于轮轨黏着、蠕滑、滑行等产生的随机干扰进行实时修正,以提高测速测距系统的动态测试精度。此外,系统可靠性设计则是实现高精度测速测距的先决条件。

4.4.2 单片机对于多路模拟量的循环采集

输入单片机的模拟量超过单片机 A/D 接口采集路数时,或者由于模拟量要求进行隔离等原因,需要将模拟信号进行多路切换采集时,我们就需要编写单片机循环采集信号的程序。

根据可靠性规则,一般将循环采集任务在系统程序主循环中进行,采用软件定时来控制循环采集的时序过程。

如图 4-32 所示,软件定时中断中不断将定时时钟标记 Tad 加 1,主循环中判断 Tad 值的特性,即将 Tad 除以 2,得到 Ts(商)和 Ty(余数),商即为对第几路进行处理,余数即为如何处理。

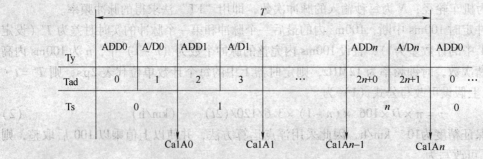

图 4-32　单片机对多路模拟量循环采集时序图

4.5　实时时钟技术

实时时钟技术是用来为系统提供实时的年、月、日、时、分、秒等时钟信息的技术。下面从 RAM 插座 DS1216B、实时时钟集成电路 DS1287 和 DS12887 以及实时时钟芯片 DS1302 三部分分别叙述。

4.5.1　RAM 插座 DS1216B

1. DS1216B 概述

DS1216B 是一个 16/64KB 28 脚、600mil 宽的 DIP 插座。它带有一个内部 CMOS 实时时钟、一个非易失性 RAM 的控制电路和一个嵌入式锂电池。它适用于任何 24 脚 2K×8 位的 JEDEC 宽的 CMOS 静态 RAM。当它与一个 CMOS 静态 RAM 配对时,它使用一个普通的能源来保持时间和数据,完全可以解决关于存储器易失性的问题。实时时钟的主要特点是:它的时间功能和 RAM 保持透明。实时时钟监视 VCC 是否超出容限。当这种情况出现时,内部锂电池自动接通,同时写保护无条件地使能,以避免时间和 RAM 数据的丢失。

使用本插座可以节约 PC 底板的空间,因为实时时钟与配对的 RAM 芯片组合并不比单独的存储器多占空间。本插座使用 VCC、DQO、CE、OE 和 WE 控制 RAM 和时间的操作。

所有其他各脚都是直接通到插座的。

实时时钟提供的计时信息包括百分之一秒、秒、分、时、星期、日期、月和年。

对那些少于 31 天的月份的最后日期是自动调整的，包括闰年的修正。实时时钟可以工作于 24 小时制或有 AM/PM 指示的 12 小时制。

2. DS1216B 引脚说明

引脚图如图 4-33 所示。

除 20、26、28 脚外其余都直通。

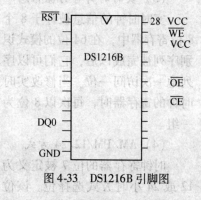

图 4-33　DS1216B 引脚图

1 脚 $\overline{RST}$　　　　复位

11 脚 DQ0　　　　数据 I/O0

14 脚 GND　　　　地

20 脚 $\overline{CE}$　　　　条件片使能

22 脚 $\overline{OE}$　　　　输出使能

26 脚 VCC　　　　24 脚 RAM 接 VCC

27 脚 $\overline{WE}$　　　　写使能

28 脚 VCC　　　　28 脚 RAM 接 VCC

3. DS1216B 的操作

（1）模式识别

可以通过对 64 位串行位的模式识别来建立与实时时钟的通信，这 64 位必须与在 DQ0（11 脚）上执行 64 次连续写入周期中所包含的适当的数据相匹配。在 64 位模式识别之前所发生的所有访问都是直接针对存储器的。

在模式识别建立以后，接着的读或写周期无论是提取或修改数据都是针对实时时钟的，而存储器的访问被禁止。

在片使能（$\overline{CE}$ 20 脚）、输出使能（$\overline{OE}$ 22 脚）和写使能（$\overline{WE}$ 27 脚）的控制下，用一个串行位的数据流来完成计时功能的数据输入或输出。

首先，用实时时钟的 $\overline{CE}$ 和 $\overline{OE}$ 控制对任一存储单元的读周期来开始模式识别，把指针移到 64 位比较寄存器的首位。其次，用实时时钟的 $\overline{CE}$ 和 $\overline{WE}$ 控制来执行 64 个连续的写周期。这 64 个写周期只是用来获得对实时时钟进行访问。所以，对在插座上的存储器的任何地址都是可接受的。但是，用来获得对实时时钟进行访问所产生的写周期，把数据写入配对 RAM 的一个单元中。更好的方法是不采取在 RAM 中只有一个地址单元作为实时时钟暂存区。当执行了第一个写周期后，把所写内容与 64 位比较寄存器的 0 位比较。如果匹配，指针加一指向比较寄存器的下一位并等待下一个写周期。如果不匹配，指针不前进且把所有的写周期系列忽略掉。如果在模式识别过程中发生一个读周期，则当前系列被作废且将比较寄存器复位。如上述的模式识别连续进行 64 个写周期直到在比较寄存器中所有位都匹配。在 64 位都正确匹配后，实时时钟被使能，而且把数据传向或传出时间保持寄存器的操作可以进行。接着的 64 个周期将是实时时钟接收或是发出数据，这取决于 $\overline{OE}$ 脚或 $\overline{WE}$ 脚的电平。对存储器块以外的其他位址的访问，可以用 $\overline{CE}$ 周期交替地存取，而不中断对实时时钟的模式识别系列或数据传输系列。

（2）非易失性控制器的工作

DS1216B 的实时时钟要能完成电路功能，需要使 CMOS RAM 为非易失性。首先，一个开关电源端接到电池或是 VCC，这取决于哪个电压更高一些。这个开关有一个小于 0.2V 的电压降。第二个功能是提供掉电检测。掉电检测发生在接近于 4.0V 时。当 VCC 超出容限时，比较器输出一个掉电信号到片使能逻辑。第三个功能是在 Vcc 或电池的 0.2V 范围内保持对存储器的片使能以完成写保护。当在标称的电源条件下，存储器片使能信号与插座上的片使能信号将有最大 20ns 的传输时延。

（3）实时时钟寄存器信息

实时时钟的信息被存于 8 个 8 位寄存器中，在 64 位的模式识别序列被完成以后，它们可以序列地一次访问一位。当修改实时时钟的寄存器时，每次以 8 位为一组。

（4）AM/PM/12/24 方式

时钟寄存器的位 7 被定义为 12 或 24 小时方式选择位。该位高，则选择 12 小时方式。在 12 小时方式中，位 5 是 AM/PM 位，该位高则为 PM。在 24 小时方式中，位 5 是第二个 10 小时（20 ~ 23）的位。

4. DS1216B 实时时钟操作

DS1216B 实时时钟比较寄存器的定义及操作顺序如图 4-34 所示。

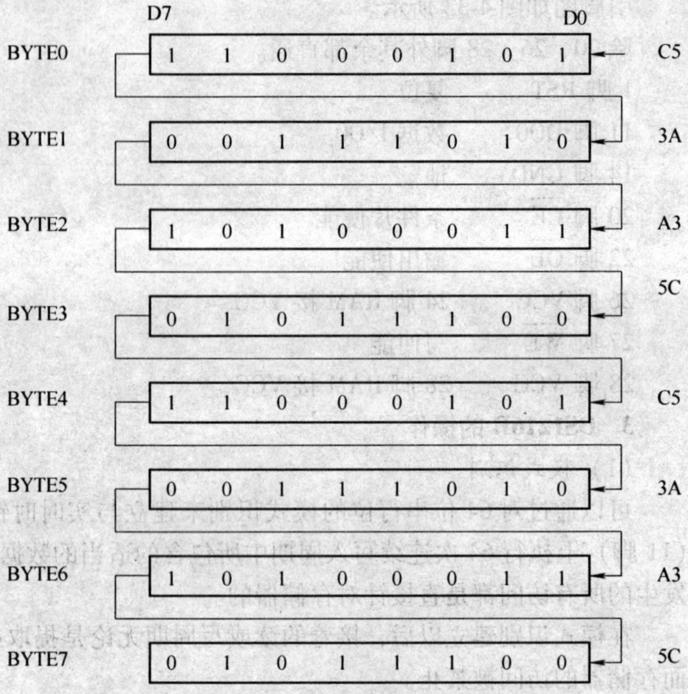

图 4-34　DS1216B 实时时钟比较寄存器

5. DS1216B 实时时钟操作程序

```
;实时时钟子程序
SSSZ:       DI                              ;调用写入识别码
            ldb         sz_ clk,SZCLKBJ[0]
            cmpb        sz_clk,#55h
            je          aa0
            LCALL       TM_CLK

lcall       rd_clk                          ;读出时间
            sjmp        bb0
AA0:        LCALL       TM_CLK
            lcall       wr_clk              ;写入时间
            LDB         SZ_CLK,#0AAH
            STB         SZ_CLK,SZCLKBJ[0]
BB0:        EI
            LCALL       SZBCDBH
```

```
            LDB         SZ_CLK,#0AAH
            STB         SZ_CLK,SZCLKBJ[0]
            RET
;
TM_CLK:     NOP
            LD          AX_CLK,#TIMADD
            LDB         DL_CLK,[AX_CLK]
            LD          CX_CLK,#0
            LDB         R1_CLK,#08H
L0_CLK:     LDB         R2_CLK,#08H
            LDB         DL_CLK,TAB_CLK[CX_CLK]
L1_CLK:     STB         DL_CLK,[AX_CLK]
            SHRB        DL_CLK,#1
            DJNZ        R2_CLK,L1_CLK
            INC         CX_CLK
            DJNZ        R1_CLK,L0_CLK
            ret

WR_CLK:     LD          BX_CLK,#SSSZDZ
            LDB         R1_CLK,#08H
L2_CLK:     LDB         R2_CLK,#08H
            LDB         DL_CLK,[BX_CLK]+
L3_CLK:     STB         DL_CLK,[AX_CLK]
            SHRB        DL_CLK,#01H
            DJNZ        R2_CLK,L3_CLK
            DJNZ        R1_CLK,L2_CLK
            ret
;
RD_CLK:     NOP
            LD          BX_CLK,#SSSZDZ
            LDB         R1_CLK,#08H
I4_CLK:     LDB         R2_CLK,#08H
            LDB         DH_CLK,#00H
L5_CLK:     NOP
            SHRB        DH_CLK,#1
            LDB         DL_CLK,[AX_CLK]
            JBC         DL_CLK,0,L6_CLK
            ORB         DH_CLK,#80H
L6_CLK:     DJNZ        R2_CLK,L5_CLK
```

```
        STB         DH_CLK,[BX_CLK]+
        DJNZ        R1_CLK,L4_CLK
        RET
```

; -
; 64 位的时间顺序为：从上到下，从 D0 ~ D7，读和写的顺序相同（包括 64 位的识别码）

```
;00-99 0.01S                  b0H
;00-59 1S                     b1H
;00-59 1MIN                   b2H
;00-24 1HOUR                  b3H
;01-07 DAY OF WEEK            b4H
;01-31 DATE                   b5H
;01-12 MONTH                  b6H
;00-99 YEAR                   b7H
TAB_CLK:DCB      0C5H,3AH,0A3H,5CH
        DCB      0C5H,3AH,0A3H,5CH
```

4.5.2 实时时钟集成电路 DS1287 和 DS12887

DS1287 和 DS12887 都是内部带有不易失性 RAM 的实时时钟集成电路。DS1287 和 DS12887 的功能和用法相同，其差别只在于 DS12887 的 RAM 比 DS1287 多 64 个字节。可以用 DS12887 直接代替 DS1287。下面只介绍 DS12887。其实时时钟寄存器定义如图 4-35 所示。

1. DS12887 的特点和功能

如图 4-36DS12887 所示是 24 脚双列直插封装组件，在一个组件内有石英晶体、锂电池和一个集成电路。集成电路内包括振荡器、多级分频器、周期中断选择器、方波发生器、方波输出电路、日历时钟、警报时钟、实时时钟、总线接口、电源开关、写保护电路、计数器、4 个寄存器（寄存器 A、B、C 和 D）以及 114 字节的用户 RAM。上述所有原件和集成电路封装在一起组成 DS12887，它具有以下功能和特点：

1）即使掉电也保证内部 RAM 内容和内部时钟正常工作：

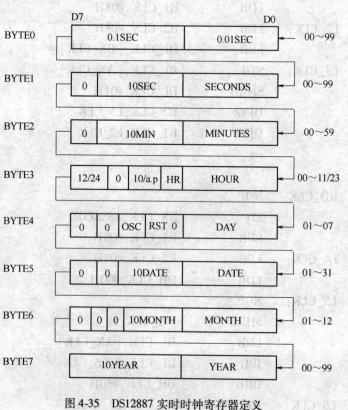

图 4-35　DS12887 实时时钟寄存器定义

当外部供电不低于 4.25V 时，DS12887 一切工作正常，具有所有功能。当外部供电低于
4.25V 时，此时虽然电路仍能正常工作，写保护起作用，外部不可能改变内部 RAM 的内容，
但各输出引脚均为高阻抗。当外部供电低于 3V 时，DS12887 内部的电源开关切断外部供电，
而由其中的锂电池供电。在由锂电池供电的情况下，时钟仍能正常工作，并保证内部 128 字
节 RAM 的内容在 10 年内不丢失。这 128 个字节包括 DS12887 工作所需要的 124 字节和用户
可使用的 114 字节。

2）有永不停止的计时功能：DS12887 可进行年、月、星期、时、分、秒计时功能，还
有闰年补偿功能。通过写控制字，可以采用夏令时功能，也可不用此功能。通过对控制位编
程，可以采用二进制或 BCD 码表示时间、日历。可以采用 12 小时或 24 小时时钟。在采用
12 小时模式时，带有 PM（下午）和 AM（上午）指示。因为内部有锂电池作为后备电源，
因此，不管外部供电电压为何值，只要在 10 年之内（电池使用寿命），这些计时操作均可
正常进行，并且在 25℃情况下，计时功能保持 ±1 分钟/月的精度。

3）DS12887 引脚（如图 4-36 所示）与 MC1464148 的引脚
兼容。

4）有可编程方波输出功能：通过对 DS12887 内部寄存器的
SQWE 位的编程，可以允许或不允许 SQW 引脚输出连续方波，方
波周期可在 500μs 到 122.07μs 共 13 种周期中选择一种，这可通
过对寄存器 A 的 RS3～RS0 这四位编程实现。当不允许 SQW 引脚
输出方波时，SQW 引脚为低电平。

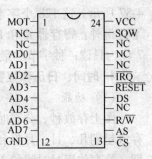

图 4-36 DS12887 引脚图

5）可发出三种中断请求：可通过对 DS12887 内部寄存器 A、
B、C 的编程，提供三种中断源。当满足时间或条件时，便自动请
求中断。当引脚 IRQ 变为低电平时，表明请求中断，这三个中断是警报中断、周期中断和
更新结束中断。每一个中断均有自己的中断控制位和中断标志位，虽然任何一个中断源引起
的中断请求的表现都是使 IRQ 引脚变为低电平，但通过查询这三个中断标志位便可知是哪
一个中断，从而决定程序的转向。

6）可选择两种总线模式：为了使 DS12887 很方便地与 MOTOROLA 公司生产的微机接
口，也可方便地与 INTEL 公司生产的微机接口，可通过对模式选择引脚 MOT 的不同接法
（接电源正 VCC 或接地 GND），使 DS12887 的总线与两种微机的一种总线兼容。例如，如果
把引脚 MOT 接 GND，则 DS12887 的总线便与单片机 8051 的总线兼容，这时只要把 8051 的
P0.7～P0.0 接 DS12887 的 AD7～AD0，把 8051 的 ALE、RD 和 WB 引脚分别接 DS12887 的
AS、DS 和 R/W 引脚即可。

2. DS12887 引脚排列与功能

DS12887 采用 24 引脚双列直排式封装，其引脚排列如图 4-36 所示，各引脚功能叙述
如下：

1）VCC 和 GND：VCC = +5V（以 GND 为参考点）。GND 为地，所有电平均以此为参
考点。

2）MOT：两种总线模式选择引脚。

3）SQW：方波输出引脚。

4）IRQ：中断请求引脚，低电平有效。

5) $\overline{\text{RESET}}$：复位输入。

6) AD0 ~ AD7：数据/地址复用总线，双向。

7) AS（ALE）：地址选通输入，正脉冲，用于实现总线信号分离。

8) DS：数据选通或输入，正脉冲。

9) R/$\overline{\text{W}}$：读（高电平时）或写（低电平时）控制信号。

10) $\overline{\text{CS}}$：片选信号，输入，低电平有效。

3. DS12887 地址分配

DS12887 内部有 128 字节 RAM。其中 4 字节为寄存器，10 字节用于存放实时时钟、日历和警报，114 字节为用户 RAM。它们的地址分配如图 4-37 所示。这 128 个字节都可直接读或写，只有下述例外：寄存器 C 和 D 为只读；寄存器 A 的第 7 位为只读；秒字节的最高位为只读。

4. 时间、日历和报警单元的应用方法

（1）功能

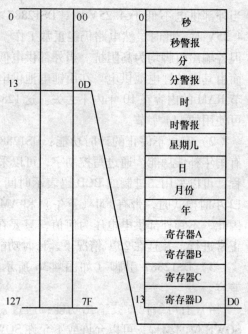

图 4-37 DS12887 寄存器地址分配图

图上存放秒、分、时的单元（地址分别为00H、02H、04H）的内容始终表明现时时间。存放星期几、日、月份和年的单元（地址分别为06H、07H、08H 和 09H）始终表明现时日期。这存放现时时间的 3 个单元和存放现时日期的 4 个单元组成全部存放实时时钟的存放单元组。为了使这 7 个单元时钟表明准确的实时时钟，就需根据现时时间不断地对它们进行更新。DS12887 每秒对实时时钟更新一次。更新操作还考虑到闰年。遇到闰年时，二月份按 29 天更新。实时时钟存放单元内容的初值可由程序设定。一旦设定（写入）初值后，随着时间的推移，这些单元的内容便每秒更新一次，与 Vcc 无关。

秒警报、分警报和时警报这 3 个单元存放发出警报的时刻，它们的地址分别为01H、03H 和05H。这 3 个单元内容由程序设定。一旦写入就不会改变，与实时时钟和 Vcc 无关，除非重新设定。实时时钟存放单元秒更新时，还把当时时间与警报时刻 3 个存放单元内容相比较，如果二者相等，且允许中断，即警报中断条件满足，便使 IRQ 引脚变为低电平，发出警报中断。警报中断定时发生，而不像周期中断那样定时时间间隔发生。

（2）正确读写时间、日历和警报单元

存放时间、日历和警报的 10 个字节（内部 RAM 地址为 00H ~ 09H）随时可读可写（03H 的最高值除外）。虽然由于它们的结构是双缓冲的，任何时候对它们读写不会影响实时时钟的精确性，但是，在进行数据更新时所读取的结果可能是不正确的。为了保证所读取的数据是正确的，应该在两次数据更新的中间空闲时间读取数据，方法有以下三种。

1) 采用更新结束中断方法，即在相应结束中断时读取数据。

2) 利用寄存器 A 的更新进行标志位 UIP 来判断更新是否正在进行。如果 UIP = 1，说明一次更新即将进行，不可读取数据；如果 UIP = 0，说明在 244μs 内不会发生更新，此时可以读取数据。

3) 在一次周期中断请求（IRQ 为低电平）之后的一段时间内可以正确读取数据。这段时间长度不小于两次周期中断请求时间间隔的一半。

（3）数据格式

上述时间、日历和警报单元这 10 个字节在设置初值时，可按二进制形式，也可按二进制 BCD 码形式设置。如果置寄存器 B 的 DM 位为 1，则为二进制数；若 DM = 0，则为 BCD 码。采用 BCD 码格式时，是压缩的 BCD 码，每字节两位 BCD 码，高位在前（左）。

为了保证在写字节过程中不发生数据更新，在写时间、日历和警报寄存器之前，应先把寄存器 B 的 SET 位置 1，写完数据后立即把 SET 清 "0"。

5. 控制和状态寄存器

DS12887 有 4 个寄存器，下面说明它们的功能和用法。

（1）寄存器 A（控制寄存器）

寄存器 A 的格式如下所示。其中 D7 为最高位。各位功能和用法如下：

位	D7	D6	D5	D4	D3	D2	D1	D0
符号	UIP	DV2	DV1	DV0	RS3	RS2	RS1	RS0

1）UIP：更新正在进行标志位，只可读。

2）DV0、DV1、DV2：晶振和复位分频链控制位。DS12887 在出厂时内部晶振是关闭的，实时时钟不工作，不消耗内部锂电池。若把 DV0DV1DV2 这三位置为 010，将打开晶振，实时时钟开始计时。如果把 11X（X 为任意值）写入 DV0、DV1、DV2，则数据更新停止，500ms 以后才开始下一次更新，这称为分频链复位。DV0、DV1、DV2 的其他组合均关闭晶振。

3）RS3、RS2、RS1、RS0：分频器抽头选择（选择分频系数）控制位。

（2）寄存器 B（控制寄存器）

寄存器 B 的格式如下所示。该寄存器的所有位均可读可写，不受芯片内部功能影响。各位功能如下：

位	D7	D6	D5	D4	D3	D2	D1	D0
符号	SET	PIE	AIE	UIE	SQWE	DM	24/12	DSE

1）SET：数据更新控制位，可读可写，不被 RESET 复位修改。若把 SET 位置为 "1"，禁止时间和日历字节更新，此时可对这些字节读或写。若把 SET 位清零，则更新正常进行，每秒更新一次。

2）PIE：周期中断允许控制位，可读写。若置 PIE = 1，则允许周期中断发生。RESET 复位将把 PIE 位清 "0"。

3）AIE：警报中断允许控制位，可读可写。每次数据更新时，都自动把三个时间字节（时、分、秒）和三个警报字节（时警报、分警报、秒警报）进行比较。若各个字节对应相等，则把寄存器 C 的 PF 位置 1，表示警报时间到。如果时警报为不关心字节，则把分和秒与分警报和秒警报字节进行比较，如果比较结果对应相等，则置 PF 位为 "1"。如果置 AIE 位为 "1"，并且 PF 位也为 "1"，则立即把 IRQ 引脚拉低，申请警报中断。RESET 复位将把 AIE 位清 "0"。

4）UIE：更新结束中断允许控制位，可读可写。如果 UIE 位被置"1"，则在寄存器 C 的 UF 位变为"1"时，立即把 IRQ 引脚拉为低电平，请求更新结束中断。RESET 引脚的低电平和 RESET 位置"1"均把 UIE 位清"0"。

5）SQWE：方波输出允许控制位。若置该位为"1"，则允许在 SQW 引脚输出方波。方波频率由频率选择位 RS3～RS0 决定。若置 SQWE 为"0"，则 SQW 引脚保持为低电平。

6）DM：数据模式控制位，可读可写。若把该位置为"1"，则 10 个字节的时间、日历和警报信息是二进制数；若把该位置为"0"，则为 BCD 码。DM 位不会被 RESET 引脚的复位信号所修改。

7）24/12：小时格式控制位，可读可写。若把该位置为"1"，则为 24 小时模式。把该位置为"0"，为 12 小时模式。RESET 引脚的复位信号不影响该位。

8）DSE：夏令时允许控制位。当 DSE 位置"1"时，允许两种特殊更新。在四月份的第一个星期日，时间从 1：59：59AM（上午 1 时 59 分 59 秒）增加至 3：00：00AM。在十月份的最后一个星期日，把时间从 1：59：59AM 改为 1：00：00AM。当 DSE 为"0"时，这种特殊修改不会发生。此位不受 RESET 引脚的复位信号影响。

（3）寄存器 C（状态寄存器，只读）

寄存器 C 的格式如下所示。寄存器 C 的 D7～D4 已定义为状态位。读寄存器 C 或引脚 RESET 的复位信号均使这些位清"0"。D3～D0 未定义，读之总为"0"。各位功能如下：

位	D7	D6	D5	D4	D3	D2	D1	D0
符号	IRQF	PF	AF	UF	0	0	0	0

1）PF：周期中断标志位。

2）AF：警报中断标志位。

3）UF：更新结束标志位。

4）IRQF：发出中断标志位。

（4）寄存器 D（内部锂电池状态标志，只读）

寄存器 D 的格式如下所示。寄存器 D 的所有位只读不可写。其中 D6～D0 未被定义，读之总为"0"。VRT 位功能如下：

位	D7	D6	D5	D4	D3	D2	D1	D0
符号	VRT	0	0	0	0	0	0	0

VRT：电池状态标出位，只读。这一位在出厂时已由 DALLAS 公司置为"1"，读取时总为"1"。若读出为"0"，说明内部锂电池已耗尽，此时内部 RAM 和各时间单元的数据已不可信。

4.5.3　微电流充电式实时时钟芯片 DS1302

1. DS1302 概述

DS1302 是微电流充电的实时时钟芯片，它含有一个实时时钟（日历）和 31 字节静态 RAM，可通过一个简单的串行接口实现与微信息处理机之间的通信。此时钟提供的计时信息包括秒、分、时、星期、日期、月和年，对那些少于 31 天的月份的最后日期是自动调整的，包括闰年的修正。实时时钟可工作于 24 小时制或有 AM/PM 指示的 12 小时制。

利用同步串行接口可以简化 DS1302 与微信息处理器的连接，只需 3 根口线即可与时钟和 RAM 进行通信：① RST（Reset）重启；② I/O（Date line）数据线；③ SCLK（Serial clock）串行时钟。显示时钟（RAM）信息可在一次显示 1Byte 或 31Byte 两种模式之间来回变换。DS1302 被设计为在低功耗下工作，能在低于 1mW 条件下保持时钟信息。

DS1302 在性能上优于 DS1202，除了 DS1202 基本的时钟保持功能外，DS1302 还具备其他一些特点，如主电源/后备电源双电源引脚，VCC1 提供微电流充电能力和增加的 7 字节高速缓冲存储器。

2. DS1302 工作原理

串行实时时钟的主要组成部分包括：移位寄存器，逻辑控制器，时钟振荡器，实时时钟和 RAM 寄存器。要启动数据传输，必须拉高 RST 才能将载有地址和命令信息的八位数字锁入移位寄存器。数据在时钟的上升沿被逐次输入，其中的前八位数字具体指明了是 40 个字节中的哪一个将被存取，决定是读操作还是写操作，以及是以单字节模式还是突发模式工作。在前八个时钟周期到达之后，命令字被送入移位寄存器，数据的读出或写入操作将随接下来的时钟产生。时钟脉冲数在单字节模式下为 8 个加 8 个，在突发模式下总计为 248 个。

3. DS1302 特点

1）实时时钟可对年、月、日、周日、时、分、秒进行计时，且具有至 2100 年的闰年补偿。

2）用于数据暂存的 31×8RAM 寄存器。

3）最少引脚数的串行 I/O 口。

4）工作电压宽达 2.5~5.5V。

5）2.0V 时电流在 300nA 以下。

6）对时钟或 RAM 进行数据读写可采用单字节或多字节（突发模式）数据传输模式。

7）提供 8 引脚 DIP 或 SOIC 封装。

8）方便的三线接口。

9）使用 TTL 电平（VCC=5V）。

10）可选择 -40℃到 +85℃的工业温度范围。

11）与 DS1202 兼容。

12）较 DS1202 增加的特点：VCC1 提供微电流充电能力；主电源/后备电源双电源引脚；后备电源引脚可接电池或其他备份输入；增加了高速缓冲存储器（7Byte）。

4. DS1302 引脚说明

DS1302 引脚名称和功能说明如表 4-13 所示。

表 4-13　DS1302 引脚名称和功能说明

引 脚 号	引脚名称	功 能
1、8	VCC1，VCC2	电源
2、3	X1，X2	32.768kHz 晶振
4	GND	地线
5	RST	复位线
6	I/O	数据输入/输出端
7	SCLK	串行时钟输入端

5. 命令字节

命令字节字义如图 4-38 所示，每一个命令字节启动一次数据传输。其最高有效位（位 7）必须为逻辑 1，如为 0，则不能把数据写入到 DS1302 中；位 6 如果为 0，则表示存取日历时钟数据，为 1 则表示存取 RAM 数据；位 5 至位 1 指示操作单元的地址；最低有效位（位 0）如为 0，表示要进行写操作（输入），为 1 表示进行读操作（输出）。命令字节总是从最低位开始输出的。

7	6	5	4	3	2	1	0
1	RAM/CK−	A4	A3	A2	A1	A0	RD/W−

图 4-38　命令字节定义

6. 复位与时钟控制

通过把 RST 输入驱动置高电平来启动所有的数据传输。RST 输入有两种功能：首先，RST 接通逻辑控制，允许地址/命令序列送入移位寄存器；其次，RST 提供了终止单字节或多字节数据的传输手段。

一个时钟周期是一个下降沿再紧跟一个上升沿的序列。对于数据输入来说，在时钟上升沿期间，数据必须有效，数据位必须在时钟的下降沿输出。如果 RST 输入为低电平，所有的数据传输被终止，同时 I/O 引脚进入高阻态。数据传输过程时序图如图 4-39 所示。上电运行时，在 VCC ≥ 2.0V 之前，RST 必须保持低电平。只有在 SCLK 为低电平时，才能将 RST 置为高电平。

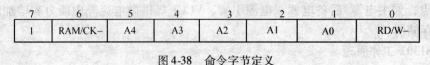

图 4-39　数据传输过程时序图

7. 数据输入

如图 4-39a 所示，随 8 个时钟周期输入一个写命令字节后，在紧跟的 8 个时钟周期的上升沿一个数据字节被输入，其他附加产生的时钟周期将被忽略，数据从位 0 开始输入。

8. 数据输出

如图 4-39b 所示，随 8 个时钟周期输入一个读命令字节后，在紧跟的 8 个时钟周期的下降沿一个数据字节被输出。注意，第一个被传输的数据位产生于命令字节的最后一位被写入后的第一个下降沿。如果不小心产生了多余的时钟周期，只要 RST 仍保持高电平，它将继续对数据字节进行传输，这种工作方式使其具备在突发模式下的连续读数能力；而且，I/O 引脚的传输数据在每个时钟的上升沿之前是已确定的。数据从位 0 开始输出。

9. 突发模式

不论是日历时钟还是 RAM 寄存器，都可以通过对 31（十进制）进行寻址来设置突发模式（地址/命令字节的位 1 至位 5 为逻辑 1），跟前面一样，位 6 选择时钟或 RAM，位 0 选择读出或写入。日历时钟寄存器的地址 9 至 31 或 RAM 寄存器的地址 31 是没有数据存储功能的。在突发模式下，读操作和写操作是从 0 地址的 0 位开始的。

如果是 DS1202，当在突发模式下对其时钟寄存器进行写操作时，必须将被传输的数据依次写入前八个寄存器。但是在对 RAM 进行突发模式下的写操作时，却不需要将被传输数据写入所有的 31 个字节，不论是否对所有 31 字节都进行了写操作，被写入的每一个字节仍将被传输到 RAM。

10. 时钟/日历

如图 4-40 所示，时钟/日历数据以 BCD 码形式存储在 7 个读写寄存器内。

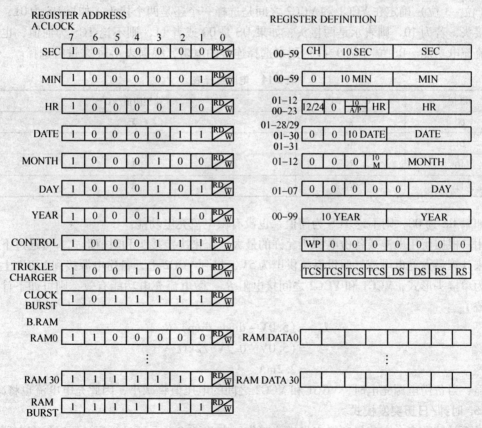

图 4-40　寄存器数据格式

11. 时钟停止标志位

定义秒寄存器的第七位为时钟停止标志位，当这一位被置为逻辑 1 时，时钟振荡器被关闭，DS1302 被置于低功耗备用模式下，此时只需低于 100nA 的微电流。当这一位被写入逻辑 0 时，时钟才开始工作，对此状态下的起始功率不做限定。

12. AM/PM 及 12/24 小时制模式选择

定义小时寄存器的第七位为 12 或 24 小时制模式选择位，为 1 时选择 12 小时制，在此模式下，第五位指示 AM/PM，逻辑 1 时表示 PM。在 24 小时制模式下，第五位作为第二个 10 小时位（20 时～23 时）。

13. 写保护位

控制寄存器的第七位为写保护位。在进行读操作时，前七位如被设置为 0，则读出的数恒为 0。在对时钟或是 RAM 进行写操作前，第七位必须是 0，如为 1，则不能对任一寄存器进行写操作。对此状态下的起始功率不做限定。因此，在试图对设备进行写操作之前，应先将此位清"0"。

14. 微电流充电寄存器

这一寄存器控制着 DS1302 的微电流充电功能，微电流充电选择位（TCS 4 位～7 位）控制着此功能选择。为防止意外触发，只有 1010 这种形式才能开启微电流充电功能，其他所有形式均无效。当对 DS1302 上电时，微电流充电功能也是不起作用的。双接头选择位（DS 2 位～3 位）确定在 VCC1 和 VCC2 之间是选择一个还是两个接头；如果 DS 为 01，表示是单接头，若为 10，则表示是两接头；如果 DS 是 00 或者 11，则不论 TCS 为何值，也没有微电流充电功能。RS 位（位 0～1）用来选择连接的电阻，根据表 4-14 来进行选择。

表 4-14　电阻选择表

RS 位	电　阻	典型阻值/kΩ
00	无	无
01	R_1	2
10	R_2	4
11	R_3	8

如果 RS 为 00，则不论 TCS 为何值，也没有微电流充电功能。

用户根据所用电池或备份电源所允许的最大电流来决定接头和阻值形式，可通过下面的例式来计算最大充电电流。假设系统供电为 5V，接到 VCC2 上，备份电源接到 VCC1 上，再假设为单接头形式，VCC1 和 VCC2 之间接电阻 R_1，微电流充电功能有效，则可如下计算最大电流 I_{max}：

$$I_{max} = (5.0V - diode\ drop)/R_1$$
$$= (5.0V - 0.7V)/2k\Omega$$
$$= 2.2mA$$

很明显，当备份电源充电时，VCC1 和 VCC2 之间的电压值将减小，因此充电电流也将减小。

15. 时钟/日历突发模式

日历时钟的命令字节指定以突发模式工作，在此模式下，可对八个日历时钟寄存器进行从零地址的零位开始的连续读写操作。

当设定对日历时钟的写操作为突发模式时，如果写保护位被置为 1，则八个日历时钟寄存器（包括控制寄存器）中任何一个都不能进行数据传输。在突发模式下，也不能进行微电流充电。

16. RAM

31×8 字节的静态 RAM 内部地址空间是连续的。

17. RAM 突发模式

RAM 命令字节指定以突发模式工作，在此模式下，可对 31 个 RAM 寄存器进行从零地址的零位开始的连续读写操作。

18. 寄存器概要

寄存器数据格式如图 4-40 所示。

19. 晶振选择

可将 32.768kHz 的晶振直接连接到 DS1302 的引脚 2 和 3 之间（X1、X2），选用的晶振应该与一个 6pF 的负载电容（CL）配合使用。如需晶振选择和布局的更多资料，请参阅应用注解 58 "晶振在 Dallas 实时时钟应用上的考虑因素"。

20. 电源控制

VCC1 在单电源与电池供电的系统中提供低电源并提供低功率的电池备份。

VCC2 在双电源系统中提供主电源，在这种运用方式下 VCC1 连接到备份电源，以便在没有主电源的情况下能保存时间信息及数据。

DS1302 由 VCC1 和 VCC2 两者中的较大者供电。当 VCC2 大于 VCC1 + 0.2V 时，VCC2 给 DS1302 供电。当 VCC2 小于 VCC1 时，DS1302 由 VCC1 供电。

习题与思考题

4-1　简述运算放大器虚短和虚断的概念，并分析其成立的条件。

4-2　试设计电路，使用光耦实现模拟量信号的隔离。

4-3　采用单片机的 8 个 I/O 口实现 4×4 键盘的检测，试绘制电路图，并编写 8051 单片机汇编语言程序。

4-4　简述 V/F、F/V 变换在电子系统设计中的主要用途。

4-5　设计 8051 单片机和 MAX186 的电路连接图，并编写 A/D 采集的汇编语言程序。

4-6　单片机采集频率量的方法有哪些？试分析各种方法的优缺点。

第 5 章　输出通道技术

输出通道技术是 CPU 输出信号控制外部设备的通道配置技术，即计算机按人的意志去控制外部设备的动作。因此，一个计算机应用系统必须配置能将 CPU 指令传递到外设的输出通道。本章重点介绍输出通道的基本结构、输出隔离、驱动以及显示、语音等相关配置技术。

5.1　输出通道基本结构

1. 结构
根据 CPU 输出信号的形式和控制对象的不同，输出通道有以下 5 种基本结构：
1）单片机→开关量→光耦隔离→功放→开关量控制装置；
2）单片机→数字量→光耦隔离→D/A→模拟控制装置；
3）单片机→数字量→光耦隔离→数字量调节→数字量控制装置；
4）单片机→频率量→光耦隔离→F/V→功放→模拟控制装置；
5）单片机→频率量→光耦隔离→频率信号调节→频率调节系统。

2. 各结构应用举例
以上 5 种基本结构的典型应用实例分别为：
1）开关量控制照明灯；
2）模拟量驱动的各种模拟仪表；
3）为其他的数字（智能）设备提供的数字信息；
4）用 PWM 或 HSO 口驱动模拟仪表；
5）变频调速器。

5.2　输出接口隔离技术

计算机输出的量首先是数字量形式，模拟量必须通过数/模变换才能得到，在此只介绍数字量隔离，模拟量的隔离和输入通道的模拟量隔离相似。

5.2.1　正向驱动

1. 正向输出驱动
（1）输出口正向驱动光耦（如图 5-1 所示）
1）所用的 I/O 口必须有足够的正向驱动能力；
2）C196 的 P1 口正向驱动能力差，一般只能用做地址线；
3）8255 的各口均有此驱动能力；
4）377 有此驱动能力。

（2）74HC377 的连接电路（如图 5-2 所示）

1）74HC377 输出 8 位并行 I/O；

2）其 CLK 线接 CPU 的写 WR 线；

3）–E 片选线。

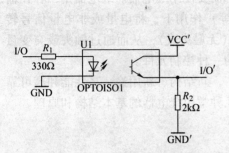

图 5-1　输出口正向驱动光耦

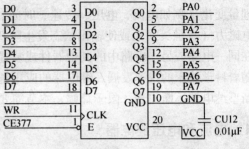

图 5-2　74HC377 连接电路图

2. 正向驱动能力的提供方法

如图 5-3 所示，所用输出口必须有反向吸收的能力。正向驱动电流 $I_{RT} < I_{反向吸收}$。

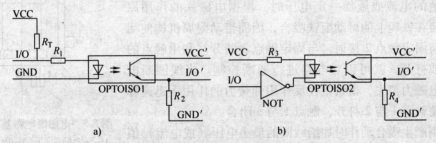

a)　　　　　　　　　　　　　　b)

图 5-3　两种不同驱动电路的连接图

5.2.2　反向驱动（输出为 OC 门）

输出信号常常用于控制继电器以驱动被控对象，继电器的控制电流有时需要几十毫安，而一般元件的正向驱动能力在 10mA 以下，但有些器件的反向驱动能力可达几百毫安。因此输出通道常常采用反向驱动技术。如 MC1413/16 等达林顿管式的反向驱动器。MC1413（如图 5-4 所示）的吸收能力为 100mA/路，MC1416 的吸收能力为 200mA/路。

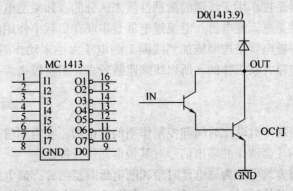

图 5-4　MC1413/16 引脚原理图

MC1413/16 内置续流二极管，所以需将其第 9 脚 D0 接控制电源的正端。

5.3 继电器输出驱动技术

在电气控制领域，凡是需要逻辑控制的场合几乎都需要使用继电器。继电器是一种在输入物理量变化（例如电流、电压、转速、时间、温度等）作用下，将电量或非电量信号转化为电磁力（有触头式）或使输出状态发生阶跃变化（无触头式），从而通过触头或突变量促使在同一电路或另一电路中的其他器件或装置动作的一种控制元件。

随着科学技术的快速发展，继电器的应用越来越广，新结构、新用途、高性能和高可靠性的新型继电器不断出现。限于篇幅，本节简要介绍几种常用继电器的基本结构和原理。

5.3.1 电流和电压继电器

电流和电压继电器属于常用的电磁继电器之一。其基本结构如图 5-5 所示，由触点、线圈、磁路系统（包括铁心、衔铁、铁轭、非磁性垫片）及反作用弹簧等组成。当在线圈中通入一定数值的电流或施加一定电压时，根据电磁铁的作用原理，可使装在铁轭上的可动衔铁吸合，因而带动附属机构使活动触点 1 与固定触点 2 接通，与固定触点 3 断开。利用触点的这种闭合或打开，就可以对电路进行通断控制。当线圈断电时，由于电磁力消失，衔铁就在反作用弹簧力的作用下迅速释放，因而使触点 1 与 2 打开，触点 1 与 3 闭合。

衔铁刚产生吸合动作时加给线圈的最小电压（或电流）值称为吸合值；衔铁刚产生释放动作时加给线圈的最大电压（或电流）值称为释放值。欲使继电器动作，吸合值总是大于释放值，也就是说继电器具有迟滞特性。

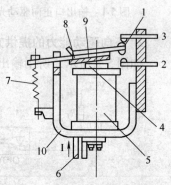

图 5-5 电磁继电器基本结构
1—活动触点 2、3—固定触点
4—铁心 5—线圈 6—线圈引线
7—弹簧 8—非磁性垫片 9—衔铁
10—铁轭

上述像 1 与 2 这样的触点，在线圈断电时是打开的，而在线圈通电时闭合，称之为常开触点；相反地，触点 1 与 3 称为常闭触点。图 5-5 所示的继电器是具有一对使常开（1 与 2）、常闭（1 与 3）同时进行切换的触点，称为切换式触点。根据不同需要，继电器的触点可有不同的数目和形式（常开、常闭、切换式）。

电流和电压继电器是按作用于线圈的激励性质来区分的。如果继电器是按照通入线圈电流的大小而动作的，就是电流继电器。电流继电器是串联在负载中使用的，因此其线圈匝数较少，内阻很低。如果继电器是按照施加到线圈上的电压大小来动作的，就是电压继电器。电压继电器是与负载电路并联工作的，所以线圈匝数较多，阻抗较高。

5.3.2 时间继电器

时间继电器是在电路中对动作时间起控制作用的继电器。它得到输入信号后，需经过一定的时间，其执行机构才会动作并输出信号对其他电路进行控制。

时间继电器按延时方式可分为通电延时型和断电延时型两种。通电延时型时间继电器在获得输入信号后，立即开始延时，需待延时间 t 完毕后，其执行部分输出信号以操纵控制电路；而在输入信号消失后，继电器立即恢复到动作前的状态。断电延时型时间继电器在获得输入信号后，执行部分立即输出信号，而在输入信号消失后，继电器却需要延时时间 t 才能恢复到动作前的状态。

时间继电器的种类较多，电磁式、空气阻尼式和机械阻尼式时间继电器延时时长较短，延时精度不高，只适用于一般场合。电动机和电子式时间继电器延时范围宽，重复精度也较高。尤其是电子式时间继电器具有延时范围广、精度高、体积小、耐冲击振动、调节方便及寿命长等优点，已成为时间继电器的主流产品。

5.3.3　热（温度）继电器

热继电器是一种通过电流间接反映被控电器发热状态的防护器件，广泛用于电动机绕组、大功率晶体管等的过热过载保护，以及对三相电动机和其他三相负载进行断相保护。

热继电器的工作原理如图 5-6 所示。两种线膨胀系数不同的金属片用机械碾压方式使之形成一体，线膨胀系数大的金属片在上层，称为主动层；线膨胀系数小的在下层，称为被动层。双金属片安装在加热元件附近，加热元件则串联在电路中。当被保护电路中的负载电流超过允许值时，加热元件对双金属片的加热也就超过一定的温区，使双金属片向下弯曲，触压到压动螺钉，锁扣机构随之脱开，热继电器的常闭触点也就断开，切断控制电路使主电路停止工作。热继电器动作后一般不能自动复位，要等双金属片冷却后，按下复位按钮才能复位。继电器的动作电流设定值可以通过压动螺钉调节。

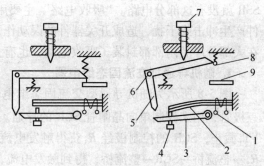

图 5-6　热继电器的工作原理
1—加热元件　2—双金属片　3—扣板　4—压动螺钉
5—锁扣机构　6—支点　7—复位按钮
8—动触点　9—静触点

热继电器中双金属片的加热方式有三种：间接加热、直接加热和复合加热。间接加热时电流不流经双金属片，而靠加热元件产生的热量加热金属片。直接加热时，电流流过双金属片，由于双金属片本身具有一定的电阻，电流流过时产生热效应使之被加热、复合加热则是间接加热和直接加热两种方式的结合。

5.3.4　固态继电器

固态继电器（Solid State Relay，SSR）是一种全部由固态电子元件（如光电耦合器、晶体管、晶闸管、电阻、电容等）组成的无触头开关器件。由于其结构紧凑、开关速度快、无机械触点，通断时没有火花和电弧，驱动电压低，电流小，能与微电子逻辑电路兼容，因此被广泛应用于各种自动控制仪器设备、计算机数据采集与处理、交通信号管理等领域。

与电磁继电器一样，固态继电器也有直流固态继电器（DCSSR）和交流固态继电器（ACSSR）之分。直流固态继电器内部的开关元件是功率晶体管，用于接通或断开直流电源供电的电路；交流固态继电器内部的开关元件是晶闸管，用于接通或断开交流电源供电电路。ACSSR 又有零压开关型（也称为过零型）和非零压开关型（也称为非过零型或调相型）两种。过零型 SSR 不论外加控制信号的相位如何，总在交流电源电压为零附近时输出端才导通，导通时产生的射频干扰很小。非过零型是在交流电源的任意相位上开启或关闭的。

图 5-7 为固态继电器的结构框图，它由耦合电路、触发电路、开关电路、过零控制电路和吸收电路五部分组成。这五部分被密封在一个六面体外壳内成为一个整体，外面只有连接引脚，

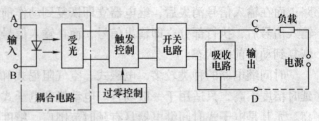

图 5-7　固态继电器的结构框图

其中，ACSSR 为四端器件（两个输入端、两个输出端），DCSSR 为五端器件（两个输入端、两个输出端、一个负载端）。如果是过零型 SSR 就包括"过零控制电路"部分，非过零型 SSR 就没有这部分电路。"吸收电路"主要用来防止从电源传来的尖峰和浪涌电压对开关器件产生冲击或干扰，造成开关器件的误动作，一般由"R-C"串联电路和压敏电阻组成。现在大部分产品内部都封装了吸收电路，也有少数产品需要用户自己外接，选用时应该注意。

1. 随机导通型交流固态继电器

图 5-8 所示为随机导通型交流固态继电器原理图，图中 GD 为光电耦合器，VT_1 为开关三极管，用来控制单向晶闸管 SCR 的导通。当输入端加上信号时，GD 的三极管饱和导通，VT_1 截止，SCR 的控制极经 R_3 获得触发电流，SCR 导通，双向晶闸管 TRIAC 的控制极通过 R_5→整流桥→SCR→整流桥，得到触发电流，故 TRIAC 导通，将负载与电源接通。

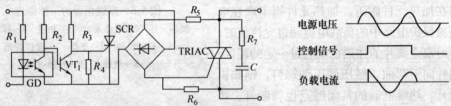

图 5-8　随机导通型交流固态继电器原理图

输入信号撤除后，GD 截止，VT_1 进入饱和状态，它旁路了 SCR 的控制极电流。因此，在 SCR 电流过零的瞬间，SCR 将截止。一旦 SCR 截止后，TRIAC 也在其电流减小到小于维持电流的瞬间自动关断，切断负载与电源间的电流通路。

图 5-8 中的 R_1 和 R_5 分别是 GD 和 SCR 的限流电阻；R_4 和 R_6 为分流电阻，用来保护 SCR 和 TRIAC 的控制极；R_7 和 C 组成浪涌吸收网络，用来保护双向晶闸管 TRIAC。

2. 过零触发型交流固态继电器

图 5-9 所示为过零触发型交流固态继电器原理图，该电路具有电压过零时开启和关断的特性，因此可以使射频及传导干扰的发射减到最低程度。无信号输入时，VT_1 饱和导通，旁路了 SCR 的控制电流，SCR 处于关断状态，因此，固态继电器也呈断开状态。

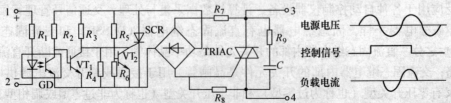

图 5-9　过零触发型交流固态继电器原理图

信号输入时，GD 的三极管导电，它旁路了 VT_1 的基极电流，使 VT_1 截止。此时 SCR 的工作取决于 VT_2 的状态。VT_2 在这里称为负载电源的零点检测器，只要 R_5、R_6 的分压超过 VT_2 的基、射极压降，VT_2 将饱和导通，它也能使 SCR 的控制极箝在低电位上而不能导通。只有当输入信号加入的同时，负载电压又处于零电压附近，来不及使 VT_2 进入饱和导通时，SCR 才能通过 R_3 注入控制电流而导通。过零触发型交流固态继电器在此后的动作与随机型交流固态继电器相同，这里不再重述。

综上所述，过零触发型交流固态继电器并非正在电压为 0V 处导通，而有一定电压，一般在 $\pm 10 \sim \pm 20$ V 范围内。

3. 直流固态继电器

直流固态继电器有两种形式：一种是输出端为三根引线的（如图 5-10 所示）；另一种是输出端为两根引线的（如图 5-11 所示）。

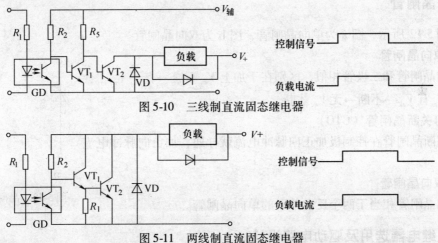

图 5-10 三线制直流固态继电器

图 5-11 两线制直流固态继电器

在图 5-10 中，GD 为光电耦合器，VT_1 为开关三极管，VT_2 为输出管，VD 为保护二极管。当信号输入时，GD 饱和导通，VT_1 截止，VT_2 基极经 R_2 注入电流而饱和，负载与辅助电源接通。反之，负载与辅助电源断开。

三线制直流固态继电器的主要优点是 VT_2 的饱和深度可以做得较大。如果辅助电源用 $10 \sim 15$V 时，VT_2 可改用 VMOS 管。三线制直流固态继电器的主要缺点是多用了一组辅助电源，当负载的电压不高时，辅助电源与负载电源可以合用，省去一组电源。

在图 5-11 中，当控制信号未加入时，GD 不导电，VT_1 也无电流流过，所以，VT_2 截止不导通，负载与电源断开。

加入控制信号后，GD 导电，VT_1 有基极电流流过，VT_1 导电使 VT_2 的基极有电流流过，VT_2 饱和导通。VT_2 要用达林顿管，以便在较小的基极电流注入下也能进入饱和导通状态。

二线制直流固态继电器的突出优点是使用方便（几乎与使用交流固态继电器一样方便）。但是线路结构决定了 VT_2 的饱和深度不可能太深，即 VT_2 的饱和压降不可能太低。同时，受光电耦合器和 VT_1 耐压所限，二线制直流固态继电器切换的负载电压不能太高。

4. SSR 使用时应注意的问题

1）DCSSR 与 ACSSR 的用途不同，不能用错；直流 SSR 使用时原边和次边都有方向性。

2）ACSSR 有零压开关型和非零压开关型两种，在要求射频干扰小的场合选用零压开关型。

3）使用 ACSSR 应有吸收电路，以防电压浪涌对电路的危害。

4）SSR 输入端均为发光二极管，可直接由 TTL 驱动，也可以用 CMOS 电路再加一级跟随器驱动。驱动电流为 5 ~ 10 mA 时输出端导通，1mA 以下时输出端断开。

5）ACSSR 均按工频正弦波设计，$f = 40 ~ 60Hz$。若实际条件与此不符，应区别对待。

6）选用 SSR 时，电压和电流是两个最重要的参数，使用时应低于额定值。在开关频繁或重电感负载的情况下，可按额定值的 0.3 ~ 0.5 倍使用。温度越高，允许工作电流越小，一般电流大于 15A 时应把 SSR 安装在散热器上。一般 SSR 和晶闸管允许额定电流 10 倍的浪涌值，且一般选用保险或快速熔断器进行保护。

7）为了减少 SSR 的射频干扰，可在电源变压器一次侧与电源引线并联约 0.047μF 的电容。切忌负载短路，否则将造成 SSR 永久损坏。

5.3.5 晶闸管

如图 5-12 所示，图 a 为单向晶闸管，图 b 为双向晶闸管。

1. 单向晶闸管

单向晶闸管和二极管相似，区别在于加上 V_{ak} 不通→有了 V_{ga} 才会通→无 V_{ga} 有 V_{ak}→不断→无 V_{ak} 才断。

2. 可关断晶闸管（GTO）

可关断晶闸管在控制极加正向脉冲电流就导通，加负向脉冲电流就关断。

3. 双向晶闸管

双向晶闸管相当于两个反向并联的单向晶闸管。

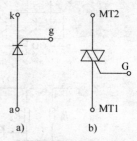

图 5-12　晶闸管的符号

5.3.6 继电器选用及驱动电路设计

1. 继电器的选用原则

机械式继电器是应用最为普遍的继电器，选用时需要注意以下几点：

1）需根据需要选用不同组合的常开和常闭触点继电器。

2）需要事先确定一次侧所需驱动电压和电流。

3）需要考虑二次侧可驱动的电流和电压。

4）有些继电器的一次侧具有方向性，接反无效。

5）常闭触点通常用于连锁控制。

图 5-13 所示为 DSIE-S-DC5V 型双路常闭式继电示意图，其主要电气参数为：一次侧 5V、20mA；二次侧 DC30V、2A；DC125V、0.6A；AC125V、0.6A。

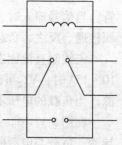

图 5-13　双路常闭式继电器示意图

2. 继电器驱动电路

作为执行元件的继电器通常由单片机 I/O 口进行控制，由于单片机 I/O 口的驱动能力一般都在 10mA 以下，而继电器的控制电流有时需要几十甚至上百毫安，因此不能直接利用单片机 I/O 口连接继电器的控制引脚。有些器件的反向驱动能力可达几百毫安，因此继电器通常采用反向驱动。

MC1413/16 是常用的达林顿管式反向驱动器。MC1413 是高耐压、大电流达林顿阵列反向驱动器，由 7 个硅 NPN 达林顿管组成，每一对达林顿都串联一个 2.7kΩ 的基极电阻，在 5V 的工作电压下能与 TTL 和 CMOS 电路直接相连，可以直接处理原先需要标准逻辑缓冲器来处理的数据，其等效原理图如图 5-14a 所示。MC1413 工作电压高，工作电流大，灌电流可达 500mA，并且能够在关态时承受 50V 的电压，输出还可以在高负载电流并行运行。其引脚图如图 5-14b 所示。

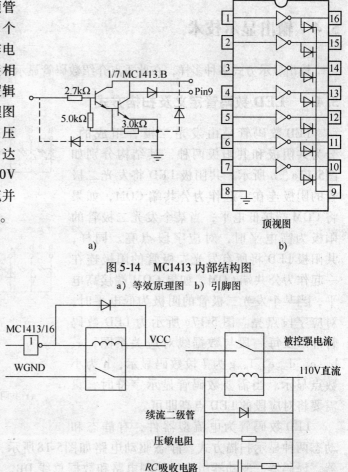

图 5-14　MC1413 内部结构图
a）等效原理图　b）引脚图

图 5-15 为利用 MC1413 控制两级继电器实现强电流控制的电路连接图。由于继电器在断开时产生反电势，容易破坏 CPU 系统和相关电路，因此，实用系统应设计相应的续流电路。

图 5-16 为利用 8051 单片机 P1.0 和 P1.1 控制两路单刀单置继电器的 MC1413 电路原理图。当单片机 P1.0 和 P1.1 输出高电平时，MC1413 输出端 P10 和 P11 为低电平，吸入电流控制继电器常开触点吸合，从而使被控强电流导通。图中的 VD_1 和 VD_2

图 5-15　继电器电路连接图

为续流二极管，用于防止继电器断开时产生的反电势对电路造成损害。

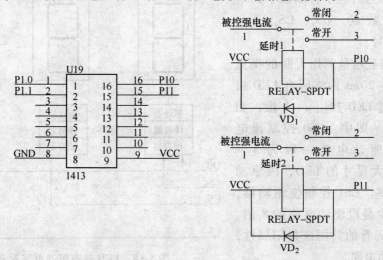

图 5-16　MC1413 电路原理图

5.4 输出显示技术

输出显示方式多种多样，在此重点介绍数码管显示和液晶显示两种。

5.4.1 LED 数码管定义及扫描方式

LED 数码管是由发光二极管组成的，分为共阴极和共阳极两种，其结构分别如图5-17a、b 所示。共阴极 LED 将发光二极管的阴极连在一起作为公共端 COM，如果将 COM 端接低电平，当某个发光二极管的阳极为高电平时，对应字段点亮。同样，共阳极 LED 将所有发光二极管的阳极连在一起作为公共端 COM，如果 COM 端接高电平，当某个发光二极管的阴极为低电平时，对应字段点亮。图 5-17c 所示为 LED 数码管外形及每一段与数据线对应关系图，a、b、c、d、e、f、g 为 7 段数码显示，h 为小数点显示。当需要数码管显示字符时，只需要将对应段的 LED 点亮即可。

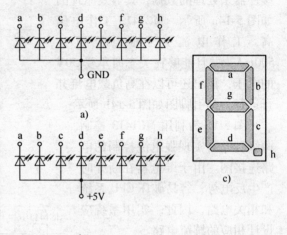

图 5-17　数码管结构图
a）共阴极 8 段数码管　b）共阳极 8 段数码管
c）8 段数码显示

LED 数码管为电流型器件，有静态和动态两种显示扫描方式。静态驱动电路如图5-18所示，每一位 LED 数码管包括由锁存器、译码器、驱动器组成的控制电路和数据总线 DB。当控制电路中包含译码器时，通常只用 4 位数据总线，由译码器实现 BCD 码到七段码的译码，但一般不包括小数点，小数点需要单独的电路；当控制电路中不包含译码器时，通常需要 8 位数据总线，此时写入的数据为对应字符或数字的字模，包括小数点。CS_0、CS_1、…、CS_n为片选信号。

动态扫描显示是利用人眼的视觉停滞现象，在 20ms 内将所有 LED 扫描一遍，所有 LED 共用 a～h 段，如图 5-19 所示。图中，CS0 控制段电流驱动器，驱动电流一般为 5～10mA，对于大尺寸的 LED，段驱动电流会大一些。CS1 控制位驱动器，驱动电流至少是段驱动电流的 8 倍。根据 LED 数码管的共阴或共阳属性，需要改变驱动电路。

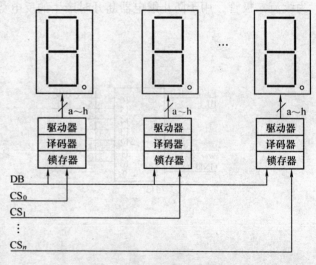

图 5-18　LED 静态驱动电路示意图

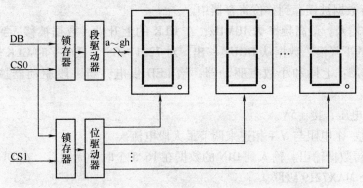

图 5-19　LED 动态扫描电路示意图

5.4.2　LED 显示器驱动实例

1. 用 Intel 8255 扩展的 LED 接口电路

图 5-20 为利用 Intel 公司的并行口扩展芯片 8255 扩展的 LED 接口电路示意图，其中 PA 口用于各个数码管 a~h 段的共同驱动，PB 口用于 L0、L1、…、L7 的位选。当需要某位 LED 发送显示数据时，先发 PB 口的值，对应位为"1"，选中要操作的 LED，然后发送 PA 口的显示值。

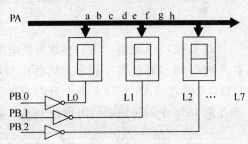

发送过程中，必须对 7 位数码管依次循环动态刷新，并要求循环周期控制在 20ms 左右，否则就会闪烁。该种方式下需要 CPU 不停地对 8255 的 PA、PB 口进行动态操作，极大地占用了 CPU 的资源。

图 5-20　8255 扩展的 LED 接口电路示意图

2. 新型数码驱动芯片 MAX7219 及应用

（1）MAX7219 简介

MAX7219/7221 是集成的串行输入/输出共阴极显示驱动芯片，可驱动 8 位七段数字型 LED 或 64 只独立发光二极管。MAX7219/7221 内置一个 BCD 码译码器、多路扫描电路、段驱动器和一个静态 RAM 区。对所有的 LED 来说，只需外接一个电阻，即能控制段电流。

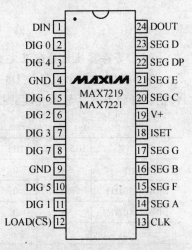

MAX7219、7221 采用 24 脚窄 DIP 封装和宽 DIP 封装，其引脚如图 5-21 所示。引脚说明如下：

DIN：串行数据输入，在 CLK 的上升沿将数据加载到内部 16 位移位寄存器中。

DIG0 ~ DIG7：8 位数字驱动线，它从共阴极显示器吸收电流。

GND：地，两引脚必须连接起来。

LOAD（$\overline{\text{CS}}$）：装载数据输入，在 LOAD 的上升沿，串行数据的最后 16 位被锁定；对 7221 为片选输入，当 CS 为

图 5-21　MAX7219/7221 引脚图

低电平时，串行数据被锁存到移位寄存器中。

CLK：时钟输入。最高频率为 10MHz，在 CLK 的上升沿，数据被移入到内部移位寄存器中；在 CLK 的下降沿，数据从 DOUT 移出。对 7221，CS 为低电平时 CLK 输入才有效。

SEGA ~ SEGG：七段和小数点驱动器，给 LED 供电，当一段驱动器被关掉时，它被接地。

V +：电源电压，接 +5V。

ISET：通过一个电阻与 V + 相连来调节最大段电流。

DOUT：串行数据输出。输入到 DIN 的数据在 16.5 个时钟周期后，在 DOUT 端有效。此引脚仅用于几个 MAX7219 级联。

（2）串行数据格式及操作时序

MAX7219 的数据是以 16 位的字串行输入给芯片的，串行数据格式见表 5-1。发送顺序为高位在前，低位在后。

表 5-1　MAX7219 发送的 16 位串行数据格式

D15、D14、D13、D12	D11、D10、D9、D8	D7、D6、D5、D4、D3、D2、D1、D0
任意值（0 或 1）	地址	数据

对 MAX7219 来说，当 LOAD 为低电平时，在 CLK 的上升沿将 16 位数据通过 DIN 端口移入内部 16 位移位寄存器中，然后在 LOAD 的上升沿将数据锁存在数据或控制寄存器中。LOAD 必须在第 16 个 LCK 的上升沿或之后，但在下一个 CLK 的上升沿之前拉高。DIN 的状态在第 16.5 个时钟周期后出现在 DOUT 端。16 位数据串行移入的时序如图 5-22 所示。

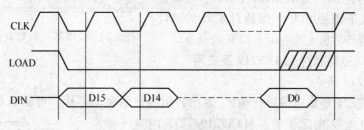

图 5-22　MAX7219 数据发送时序图

（3）寄存器地址分配及定义

表 5-2 中的 4 个地址位 D8 ~ D11 定义了 14 个可寻址的数字和控制寄存器。控制寄存器包括：译码方式、显示亮度、扫描界限、停机和测试显示。其地址分配及含义如下。

表 5-2　寄存器地址分配及定义

定义	D15 ~ D12	D11	D10	D9	D8	D7 ~ D0
空操作	×	0	0	0	0	
DIGIT0（01H）	×	0	0	0	1	显示的数字（BCD 或 BIN 码）
DIGIT1（02H）	×	0	0	1	0	显示的数字
…	…	…	…	…	…	…
DIGIT7（08H）	×	1	0	0	0	显示的数字

（续）

定　义	D15 ~ D12	D11	D10	D9	D8	D7 ~ D0
译码模式（09H）	×	1	0	0	1	对应位为 0→不译码 1→BCD 译码
亮度（0AH）	×	1	0	1	0	0 ~ 31 级亮度软件可控
扫描界限（0BH）	×	1	0	1	1	0 ~ 7 位数字可选（从 0 开始）
掉电（0CH）	×	1	1	0	0	D0: 0→SHUTDOWN, 1→NORMAL OP
显示测试（0FH）	×	1	1	1	1	D0: 0→ "N – O", 1→ "TEST" 全亮

1）译码方式寄存器（地址 09H）：对 MAX7219 来说，8 位数码管中的每一位可单独设置为 BCD 译码或不译码方式，具体设置由译码方式寄存器（地址为 09H）决定。该寄存器中的每一位与一位数码管相对应。对应位为 1 代表该数码管为 BCD 译码方式，为 0 代表不译码方式。

当采用 BCD 译码方式时，每个数码管可以显示 16 种码型，数据与 BCD 码型的对应关系见表 5-3。

表 5-3　数据与 BCD 码型的对应关系

数据（D0 ~ D6）	BCD 码型
0 ~ 9（00H ~ 09H）	"0 ~ 9"
10（0AH）	"—"
11（0BH）	"E"
12（0CH）	"H"
13（0DH）	"L"
14（0EH）	"P"
15（0FH）	BLACK（全黑）

不译码时，数码管根据 D0 ~ D7 位的值点亮 a ~ h 对应的 8 段 LED 灯，该方式可以显示多达 256 种组合状态的字符，在作自定义显示字符时常用不译码方式。

无论是 BCD 译码还是不译码方式，最高数据位 D7 用来控制各数码管的小数点，此位为 1 时小数点点亮，为 0 时小数点熄灭。

2）亮度控制寄存器（地址 0AH）：MAX7219/7221 允许通过在 V + 和 ISET 引脚间外接电阻（R_{SET}）来控制显示亮度。段驱动器的峰值电流刚好是进入 ISET 电流的 100 倍。该电阻既可以是固定值也可以是可变阻值，以通过硬件调节显示亮度。一般外接电阻 R_{SET} 的最小值设为 9.53kΩ，此时段电流为 40mA。

显示亮度还可以通过使用亮度寄存器来进行数字控制。数字控制由一个内部的脉宽调制器提供，它通过亮度寄存器的低四位将段电流平均值分 16 级，把由 R_{SET} 设置的峰值电流从最大的 31/32 降到 1/32。

3）扫描界限寄存器（地址 0BH）：该寄存器设置显示的数码管位数，可从 1 到 8。如果扫描界限寄存器被设置为 3 个数字或更少，各个数字驱动器将消耗过量的功率。因此 R_{SET} 必须调节到和位显示器数目相匹配的阻值，以限制各个数字驱动器的功耗。

4）掉电模式（地址 0CH）：MAX7219 工作于掉电模式时，扫描振荡器挂起。此时所有段电流被接地，所有数字驱动器被拉到 V + ，显示器不显示。掉电模式下数字与控制寄存器中数据保持不变，该模式用来节电或者通过进入与退出掉电模式显示闪烁的报警信息。典型情况下，MAX7219 需要 250μs 来脱离掉电模式。

5）显示测试寄存器（0FH）：显示测试寄存器有两种工作模式：正常显示和显示测试。显示测试方式在不改变所有控制和数字寄存器的情况下接通所有 LED，扫描 8 位数字。当在寄存器中写入 01H 时，为测试模式；写入 00H 时，为正常显示模式。

6）非工作寄存器（NO-OPERATION，地址：00H）：当 MAX7219 级联时，使用非工作寄存器把所有器件的 LOAD 输入连接在一起，而把 DOUT 连接到相邻 MAX7219 的 DIN 上。例如，如果 4 片 MAX7219 级联，那么对第 4 片芯片写入时，发送所需的 16 位字，其后跟 3 个非工作代码（十六进制数 XXH），当 LOAD/CS 变高时，数据被锁存在所有器件中。前 3 个芯片接收非工作指令，而第 4 个芯片接收预期数据。

7）电源旁路及布线注意事项：要使由峰值数字驱动器电流引起的纹波减到最小，需在 V + 和 GND 间尽可能靠近芯片处外接一个 10μF 的电解电容和一个 0.1μF 的陶瓷电容。芯片应放置在靠近 LED 的地方，保证对外引线尽量短，以减小引线电感和电磁干扰。

（4）应用实例

图 5-23 所示为应用单片机扩展 MAX7219 显示驱动器的实例，MAX7219 驱动了 6 个 LED 数码管和 9 只独立的发光二极管，6 个 LED 数码管连接到扫描的前 6 段，9 个发光二极管中的 6 只连接到第 7 段，3 只连接到第 8 段，也就相当于 MAX7219 共驱动八段数码管。

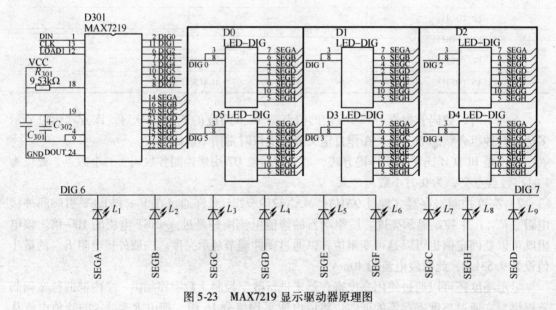

图 5-23 MAX7219 显示驱动器原理图

图中 MAX7219 的 LOAD、DIN 和 CLK 分别接到单片机的 P1.0、P1.1 和 P1.2。基于单片机 C 语言的程序设计如下：

1）预定义

```
#define        LOAD        P1.0
#define        DIN         P1.1
```

```
#define        CLK P1.2
byte           disarm[8];  // 显示缓冲区数组, 用于存储 8 个数码管要显示的内容
void Write_word(uint dis_data)  // 向 MAX7219 串行发送 16 位数据子程序
{
    byte i;
    LOAD = 1;                           //片选拉高
    CLK = 1;                            // 时钟拉高
    LOAD = 0;                           // 片选拉低
    for(i = 0;i < 16;i ++)              // 串行发送 16 位数据
    {
        CLK = 0;                        // 时钟拉低
        if((dis_data&0x8000) = = 0x8000)//判断最高位是否为1
            DIN = 1;                    //为 1, 数据线拉高
        else
            DIN = 0;                    //为 0, 数据线拉低
        CLK = 1;                        // 时钟拉高, 数据在上升沿移入内部移位寄存器
        dis_data = dis_data≪1;          // 数据左移 1 位, 为下一位做准备
    }
    LOAD = 1;                           //片选拉高, 16 位数据写入完毕
}
```

2) MAX7219 初始化程序

```
Void init_MAX7219()                     //初始化 MAX7219 控制寄存器
{
    Write_word(0x093f);                 // 设置前 6 段为 BCD 译码方式, 第 7、8 段不
                                           译码
    Write_word(0x0a09);                 // 设置亮度, 19/32 亮度
    Write_word(0x0b07);                 // 扫描 0~7 共 8 个数码管
    Write_word(0x0c01);                 // 设置正常工作方式
    Write_word(0x0f00);                 // 设置为非测试状态
}
```

3) MAX7219 显示子程序

```
Void Display(void)                      //将显示缓冲区 disram[8] 内的数据发送到
                                           相应数码管
{
    byte j;
    word dis_byte;
    for(j = 1;j < 9;j ++)
```

```
    }
    dis_byte = j≪8;                        // 数码管段号
    dis_byte = dis_byte|disram[j-1];       // 组合数码管段号和显示内容
    show(dis_byte);                        // 串行发送16位组合数据
  }
}
```

5.4.3 FYD12864 液晶显示模块

1. FYD12864 概述

FYD12864 是一种具有 4 位/8 位并行、2 线或 3 线串行多种接口方式，内部含有国标一级、二级简体中文字库的点阵图形液晶显示模块，其显示分辨率为 128×64，内置 8192 个 16×16 点阵汉字和 128 个 16×8 点 ASCII 字符集。它可以显示 8×4 行 16×16 点阵的汉字，也可完成图形显示。图 5-24 为 FYD12864 液晶显示模块的框图。

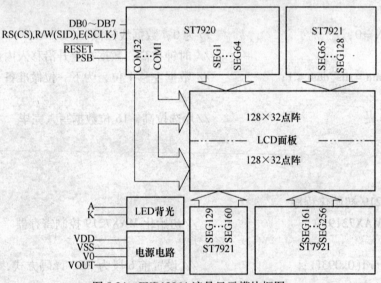

图 5-24 FYD12864 液晶显示模块框图

2. 模块接口

FYD12864 液晶显示模块可以选择串行、并行两种通信模式，串行接口引脚信号说明见表 5-4，并行接口引脚信号说明见表 5-5。

表 5-4 FYD 12864 的串行接口引脚信号说明

引脚号	引脚名称	电 平	功 能
1	VSS	0V	电源地
2	VDD	+5V	电源正（3.0~5.5V）
3	V0	—	对比度（亮度）调整
4	CS	H/L	片选端，高电平有效
5	SID	H/L	串行数据输入端
6	SCLK	H/L	串行同步时钟：上升沿时读取 SID 数据

（续）

引脚号	引脚名称	电　平	功　　能
15	PSB	L	L：串口方式（如在实际应用中仅使用串口通信模式，可将 PSB 接固定低电平，也可以将模块上的 J8 和"GND"用焊锡短接）
17	/RESET	H/L	复位端，低电平有效（模块内部接有上电复位电路，因此在不需要经常复位的场合可将该端悬空）
19	A	VDD	背光源电压 +5V（如背光和模块共用一个电源，可以将模块上的 JA、JK 用焊锡短接）
20	K	VSS	背光源负端 0V（同上）

表 5-5　FYD 12864 的并行接口引脚信号说明

引脚号	引脚名称	电　平	功　　能
1	VSS	0V	电源地
2	VCC	3.0~5V	电源正
3	V0	—	对比度（亮度）调整
4	RS（CS）	H/L	RS = "H"，表示 DB7~DB0 为显示数据 RS = "L"，表示 DB7~DB0 为显示指令数据
5	R/W（SID）	H/L	R/W = "H"，E = "H"，数据被读到 DB7~DB0R/W = "L"，E = "H→L"，DB7~DB0 的数据被写到 IR 或 OR
6	E（SCLK）	H/L	使能信号
7	DB0	H/L	三态数据线
8	DB1	H/L	三态数据线
9	DB2	H/L	三态数据线
10	DB3	H/L	三态数据线
11	DB4	H/L	三态数据线
12	DB5	H/L	三态数据线
13	DB6	H/L	三态数据线
14	DB7	H/L	三态数据线
15	PSB	H/L	H：8 位或 4 位并口方式，L：串口方式
16	NC	—	空脚
17	/RESET	H/L	复位端，低电平有效
18	VOUT	—	LCD 驱动电压输出端
19	A	VDD	背光源正端（+5V）
20	K	VSS	背光源负端

3. 模式选择

R/S、R/W 的配合选择决定控制界面的 4 种模式，见表 5-6。

表 5-6　R/S、R/W 配合选择决定的 4 种控制界面的模式

RS	R/W	功能
L	L	MPU 写指令到指令暂存器（IR）
L	H	读出忙标志（BF）及地址计数器（AC）的状态
H	L	MPU 写入数据到数据暂存器（DR）
H	H	MPU 从数据暂存器（DR）中读出数据

4. 指令说明

FYD12864 液晶显示模块控制芯片提供两套控制命令，其中基本指令见表 5-7，扩充指令见表 5-8。

表 5-7　指令表 1（RE = 0：基本指令）

指　令	指令码									功　能
	RS	R/W	D7	D6	D5	D4	D3	D2	D1	D0	
清除显示	0	0	0	0	0	0	0	0	0	1	将 DDRAM 填满 "20H"，并且设定 DDRAM 的地址计数器（AC）到 "00H"
地址归位	0	0	0	0	0	0	0	0	1	X	设定 DDRAM 的地址计数器（AC）到 "00H"，并且将游标移到开头原点位置；这个指令不改变 DDRAM 的内容
显示状态开/关	0	0	0	0	0	0	1	D	C	B	D = 1：整体显示 ON; C = 1：游标 ON; B = 1：游标位置反向允许
进入点设定	0	0	0	0	0	0	0	1	I/D	S	指定在数据的读取与写入时，设定游标的移动方向及指定显示的位移
游标或显示移位控制	0	0	0	0	0	1	S/C	R/L	X	X	设定游标的移动与显示的移位控制位；这个指令不改变 DDRAM 的内容
功能设定	0	0	0	0	1	DL	X	RE	X	X	DL = 0/1：4/8 位数据; RE = 1：扩充指令操作; RE = 0：基本指令操作
设定 CGRAM 地址	0	0	0	1	AC5	AC4	AC3	AC2	AC1	AC0	设定 CGRAM 地址
设定 DDRAM 地址	0	0	1	0	AC5	AC4	AC3	AC2	AC1	AC0	设定 DDRAM 地址（显示位址）; 第一行：80H ~ 87H; 第二行：90H ~ 97H
读取忙标志和地址	0	1	BF	AC6	AC5	AC4	AC3	AC2	AC1	AC0	读取忙标志（BF）可以确认内部动作是否完成，同时可以读出地址计数器（AC）的值
写数据到 RAM	1	0	数据								将数据 D7 ~ D0 写入到内部的 RAM（DDRAM/CGRAM/IRAM/GRAM）
读出 RAM 的值	1	1	数据								从内部 RAM 读取数据 D7 ~ D0（DDRAM/CGRAM/IRAM/GRAM）

表 5-8 指令表 2（RE = 1：扩充指令）

指　　令	指　令　码										功　　能
	RS	R/W	D7	D6	D5	D4	D3	D2	D1	D0	
待命模式	0	0	0	0	0	0	0	0	0	1	进入待命模式，执行其他指令都可终止待命模式
卷动地址开关开启	0	0	0	0	0	0	0	0	1	SR	SR = 1：允许输入垂直卷动地址 SR = 0：允许输入 IRAM 和 CGRAM 地址
反白选择	0	0	0	0	0	0	0	1	R1	R0	选择两行中的任一行作反白显示，并可决定反白与否。初始值 R1R0 = 00，第一次设定为反白显示，再次设定变回正常
睡眠模式	0	0	0	0	0	0	1	SL	X	X	SL = 0：进入睡眠模式 SL = 1：脱离睡眠模式
扩充功能设定	0	0	0	0	1	CL	X	RE	G	0	CL = 0/1：4/8 位数据 RE = 1：扩充指令操作 RE = 0：基本指令操作 G = 1/0：绘图开关
设定绘图RAM 地址	0	0	1	0 AC6	0 AC5	0 AC4	AC3 AC3	AC2 AC2	AC1 AC1	AC0 AC0	设定绘图 RAM 先设定垂直（列）地址 AC6AC5…AC0，再设定水平（地址）AC3AC2AC1AC0，将以上 16 位地址连续写入即可

5.5 模拟仪表驱动技术

模拟仪表可以利用 PWM 口和 HSO 口驱动（在此从略），下面主要介绍如何利用 D/A 变换驱动模拟仪表。

5.5.1 D/A 变换器 AD558

如图 5-25 所示，D/A 变换器 AD558 只有一级锁存器，所以称为单缓冲形式，其输出增加了一个电压放大器，故属于电压输出型。它的片内设有精密参考电压源，电压输出范围有两种：0 ~ 2.56V 和 0 ~ 10V，改变输出电路的接法，即可改变输出模拟电压的量程。其稳定时间小于 $1\mu s$，即使是 10V 输出，稳定时间仍小于 $2.5\mu s$。转换精度为 ± 1/4LSB。此种 D/A 变换器使用方便，不用调整。使用时，只要控制片选端 CS 和片允许端 CE 即可。当 CS、CE 均为低电平时，数据输入锁存器，只要两者之中的任何一个转为高电平，数据便被保持。AD558 的连接如图 5-25 所示。

AD558 具有如下特点：

1）8 位 D/A 变换，自带输出电压检测传感器（VOUT SENSOR），可根据负载的变化自动调整输出电压的大小，使之和理论值始终相等；

2）若 VOUTSENSOR 连至输出电压，则 VOUTMAX = 2.56V；

若 VOUTSENSOR 连至 GND，则 VOUTMAX = 10V。

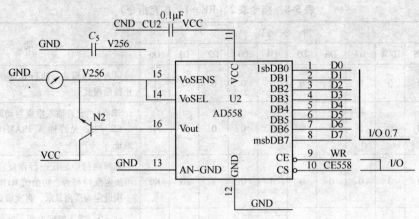

图 5-25　AD558 连接图

5.5.2　MAX528/529 串行 D/A 变换器

如图 5-26 所示，MAX528 是带输出缓冲器的 8 路 8 位串行 D/A 变换器。

1. MAX528/529 的一般说明

MAX528 是单片器件，它把 8 路 8 位数字模拟转换器（DAC）、8 个输出缓冲器及串行接口逻辑组合在节省空间的紧凑小型封装（SSOP）内。MAX528 可用高达 15V 的单电源工作，也可用分开的总电压值达 20V 的电源（包括 +5V/ -15V，+12V/ -5V 及 +15V/ -5V）工作。器件的关闭（Shutdown）引脚均可把电流消耗至 50μA 以下，同时可保持内部 DAC 的数据。

对于 8 个模拟输出端的每一对可编程为 3 种输出方式。非缓冲方式把内部 R - 2R DAC 网络直接连接到输出引脚，这减少了功率损耗并避免了缓冲器的直流误差。

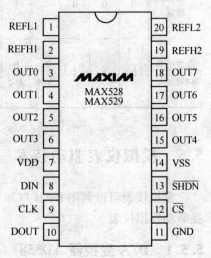

图 5-26　MAX528/529 引脚图

全缓冲方式把缓冲器插在 R - 2R 网络和输出之间，提供 +5mA/ -2mA 输出驱动能力。半缓冲输出方式与此类似，但消耗较少的功率，在单极性输出配置情况下仍能提供高达 15mA 的输出驱动能力。

串行数据可用"菊花链"（Daisy-chained）方式从一个器件传递到另一个器件。上电时，所有数据位复位至 0，而模拟输出端进入非缓冲方式。

2. MAX528/529 的特点及封装

（1）特点

1）节省安装空间的 SSOP 封装可供使用；

2）8 缓冲非反相输出端；

3）缓冲器禁止控制；

4）两对差分基准输入；

5）3 线串行接口；

6）低功率的关闭方式。

（2）封装与引脚说明

MAX528 串行 D/A 变换器的封装与引脚说明见表 5-9。

表 5-9　MAX528 串行 D/A 变换器的封装与引脚说明

引　脚			名　称	功　能
SSOP	DIP	SO		
5，7，18，20	–	1，12，13，24	N. C.	空脚。这些引脚内部未连接
1	1	2	REFL1	基准 1 输入低端。必须比 REFH1 更负，而比 V_{SS} 更正
2	2	3	REFH1	基准 1 输入高端。必须比 REFL1 更正，而比 V_{DD} 更负
3	3	4	OUT0	输出电压 0，通道 0 数字代码与（REFH1 – REFL1）的乘积，以 REFL1 为基准
4	4	5	OUT1	输出电压 1，通道 1 数字代码与（REFH1 – REFL1）的乘积，以 REFL1 为基准
6	5	6	OUT2	输出电压 2，通道 2 数字代码与（REFH1 – REFL1）的乘积，以 REFL1 为基准
8	6	7	OUT3	输出电压 3，通道 3 数字代码与（REFH1 – REFL1）的乘积，以 REFL1 为基准
9	7	8	VDD	正模拟与数字电源
10	8	9	DIN	数字输入端。CMOS 和 TTL 兼容的串行编程输入
11	9	10	CLK	时钟输入端。CMOS 和 TTL 兼容的时钟输入
12	10	11	DOUT	数字输出端。漏极开路，N 沟道，FET 输出，要求外部上拉电阻。串行数据输出，相对于 DIN 移动 16 位
13	11	14	GND	数字地。连接到 0V（模拟信号以各自的 REFL 电压为基准，不以 GND 为基准）
14	12	15	$\overline{CS}$	芯片选择。串行编程连接到逻辑低电平。连接到逻辑高电平，将锁存数据并关闭内部移位寄存器。CS 的上升沿把新数据送入数据寄存器并改变 DAC 的输出
15	13	16	$\overline{SHDN}$	关闭。正常运用时连接至高电平
16	14	17	VSS	负模拟电源。单电源运用时连接到 GND
17	15	18	OUT4	输出电压 4，通道 4 数字代码与（REFH2-REFL2）的乘积，以 REFL2 为基准
199	16	19	OUT5	输出电压 5，通道 5 数字代码与（REFH2-REFL2）的乘积，以 REFL2 为基准
21	17	20	OUT6	输出电压 6，通道 6 数字代码与（REFH2-REFL2）的乘积，以 REFL2 为基准
22	18	21	OUT7	输出电压 7，通道 7 数字代码与（REFH2-REFL2）的乘积，以 REFL2 为基准
23	19	22	REFH2	基准 1 输入高端。必须比 REFL2 更正，而比 V_{DD} 更负
24	20	23	REFL2	基准 1 输入低端。必须比 REFH2 更负，而比 V_{SS} 更正

3. MAX528 的详细说明

（1）电路运用

MAX528 包括 8 个锁存的 DAC、8 个缓冲放大器、2 个基准输入端及串行控制逻辑。缓冲放大器也可由内部开关旁路，从而有 3 种输出方式：非缓冲方式、全缓冲方式及半缓冲方式。

8 个电压输出的任一个或全部可用 16 个串行数据位编程。

（2）DAC 的输出范围

MAX528 由两个基准输入给出 8 个电压输出（OUT0 ~ OUT7）。每个基准电压有两个引脚：REFH 和 REFL。OUT0 ~ OUT3 输出电压由 REFH1 和 REFL1 给出，OUT4 ~ OUT7 则来自 REFH2 和 REFL2。对于每一个基准，REFH 必须比 REFL 高。DAC 的输出电压是它的编程 8 位代码与其基准输入电压的乘积。例如，OUT5 的输出电压为

$$OUT5 = (REFH2 - REFL2)nn/256 + REFL2$$

其中 nn 为 OUT5 的 8 位代码，范围为 0 ~ 255（00 至 FF，十六进制）。

4. MAX528 数字接口

（1）串行接口

当 CS 为低电平且 SHDN 为高电平时，DIN 端的串行数据由时钟同步在 CLK 的上升沿送入。数据可以用高达 6.25MHz 的速率装入。逻辑输入端是 CMOS 和 TTL 兼容的。串行输出 DOUT 是漏极开路 N 沟道 FET，它吸收高达 5mA 的电流，且要求外部连至 VDD 的上拉电阻（典型值为 4.7kΩ）。输出数据在 CLK 上升沿改变。

（2）DAC 编程

可以用 16 个数据位对 MAX528 编程，这 16 个数据位包含在两个 8 位的字节内，地址指针位（A7 ~ A0）后继以数据字节（D7 ~ D0）。这些位通过 DIN 串行进入移位寄存器（A7 最先，D0 最后）。16 个时钟周期后数据以同样的顺序从 DOUT 送出。

当 CS 保持低电平且 SHDN 为高电平时，在 CLK 上升沿 DIN 处的数据移入第一个寄存器（同时所有 16 个寄存器位向前移动一级）。为了把全部数据位装入移位寄存器，就必须进行 16 次。在 CS 的上升沿，16 个移位寄存器内的数据按地址传送且 CLK 被禁止。

有 3 种类型的指令：NOP、SET DAC 及设置缓冲方式。

1）空操作：空操作输出结果见表 5-10。当所有 8 个地址指针位（A7 ~ A0）和数据位 D7 为逻辑 0 时执行空操作。D6 ~ D0 数据被忽略。当与时钟同步送入此指令时，没有寄存器被更新，所有输出保持不变。

表 5-10　空操作输出结果

功　能	地址指针位								数 据 字 节							
	A7	A6	A5	A4	A3	A2	A1	A0	D7	D6	D5	D4	D3	D2	D1	D0
设置 DAC 输出	0	0	0	0	0	0	0	0	0	X	X	X	X	X	X	X

2）设置 DAC（SET DAC）：当 8 个地址指针位（A7 ~ A0）中至少有一个是逻辑 1 时，执行设置 DAC（SET DAC）指令。SET DAC 更新任何一个或所有的 DAC 寄存器的数字代码（以及它们相应的 DAC 输出）至单一新的数值。此新的数值包含在数据字节（D7 ~ D0）中。每一个地址指针位（A7 ~ A0）选择 DAC 输出。用一个 16 位指令可同时更新输出的任

何组合。

SET DAC 不改变缓冲器方式。

3）设置缓冲方式：当所有 8 个地址指针位（A7 ~ A0）为逻辑 0 且数据位 D7 为 1 时，执行设置缓冲方式指令。D6 数据被忽略。当发出此指令时，仅数据位 D5 ~ D0 传送至方式寄存器；DAC 寄存器不变。

由数据位 D1、D2、D4 和 D5 以成对（四对）的方式使能和禁止 8 个缓冲器。D1 控制缓冲器 6 和 7，D2 控制缓冲器 4 和 5，D4 控制缓冲器 2 和 3，D5 控制缓冲器 0 和 1。逻辑 1 使缓冲器对能工作（全缓冲或半缓冲方式）；逻辑 0 禁止缓冲器对（非缓冲方式）。

全缓冲和半缓冲方式由两个数据位 D0 和 D3 设置。D0 控制 OUT4 ~ OUT7；D3 控制 OUT0 ~ OUT3。逻辑 1 使全缓冲方式能工作；逻辑 0 使半缓冲方式能工作。仅当 D1、D2、D4 或 D5 使缓冲器输出对能工作时，才应用这些数据位。

设置缓冲方式指令不更新 DAC 寄存器。

5. 编程举例

例 5-1　见表 5-11，设置 OUT0、OUT2、OUT7 至二进制 0100 1110（4E，十六进制）；保持 OUT1、OUT3、OUT4、OUT5 及 OUT6 不变，且保持缓冲器状态不变。

表 5-11　编程举例 1

A7	A6	A5	A4	A3	A2	A1	A0	D7	D6	D5	D4	D3	D2	D1	D0
1	0	0	0	0	1	0	1	0	1	0	0	1	1	1	0

例 5-2　见表 5-12，禁止所有缓冲器（非缓冲方式）；保持 DAC 数据不变。

表 5-12　编程举例 2

A7	A6	A5	A4	A3	A2	A1	A0	D7	D6	D5	D4	D3	D2	D1	D0
0	0	0	0	0	0	0	0	1	X	0	0	X	0	0	X

5.6　语音技术

5.6.1　概述

随着集成电路制造技术的发展，语音处理器已层出不穷，并且性能越来越高，应用范围也越来越广，可用于微型录音机、通信、电话、车船、飞机黑匣子、有声电子信函、语音信箱、高级玩具等，应用前景十分广泛。美国 ISD 公司利用本公司的专利"直接模拟存储技术"（DAST），把模拟数据成功地存入半导体存储器中。这种突破性的 EEPROM 存储方法可以在每次取样后，将数据暂存在取样保持电路中，并最终将数据写入 EEPROM 存储单元，而不需要 A/D 或 D/A 的变换。这种技术产生如下效果：① 比同等的数字存储方式增加了集成度。② 模拟数据的存储是不挥发的，因此可多次进行录放。在机车随车质量状态诊断报警装置中，采用了 ISD 公司的 ISD4003 系列语音芯片，用于对司机进行随车故障定点定性报警和应急故障处理提示。

5.6.2　串行大容量 ISD 语音芯片的功能原理

图 5-27 为 ISD 串行接口产品的基本框图。在一块芯片上集成有麦克风前置放大器、自动增益控制电路、抗混淆和平滑滤波器、模拟存储阵列、扬声器驱动器、控制接口和内部精确的参考时钟。其外部元件包括：麦克风、扬声器、开关和少数几个电阻、电容，再加上电源或电池，就可构成一个完整的语音录放系统。在只需要播放语音信息的应用系统中，可直接外接扬声器，而无需外接其他器件。

录音过程中，ISD 系列器件在进行存储操作之前，要分几个阶段对信号进行调整。首先要将输入信号放大到存储电路动态范围的最佳电平，这个阶段由前置放大器、放大器和自动增益控制部分来完成。

前置放大器通过隔直流电容与麦克风连接，隔直流电容用来去掉交流小信号中的直流成分（大约 2~20mV）。信号的放大分两步完成：首先经过输入前置放大器，然后经过固定增益放大器。完成信号的通路要在模拟输出端（ANA OUT）和模拟输入端（ANA IN）两个引脚之间连接一个电容。这种结构使得系统设计更加灵活，尤其对于非语音信号的应用。同时提供了一个用于截止低频的端口。自动增益控制电路动态地监控放大器输出的信号电平并发送增益控制电压到前置放大器。前置放大器增益自动调节，以便维持进入滤波器的信号为最佳电平。这样录音的信号能得到最高电平又使削波减至最小。我们可以通过选择连接到 AGC 引脚的电阻和电容值来调节描述自动增益电路特性的两个时间常量，即响应时间和释放时间。

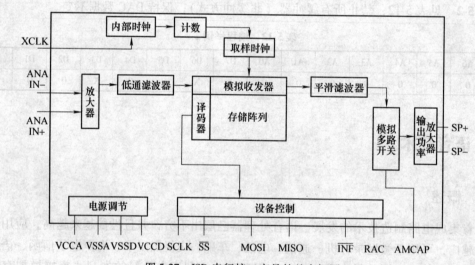

图 5-27　ISD 串行接口产品的基本框图

下一个阶段的信号调整是由输入滤波器完成的。由于模拟信号的存储仍然是采用取样技术，因此还需要一个抗混淆滤波器以去掉（或至少减到可忽略不计的程度）取样频率 1/2 以上的输入频率分量。这样就满足了所有数据采集系统都遵循的奈奎斯特取样定律。语音的质量要想优于电话的音质，取样频率要用 8kHz。低通滤波器的高频频限选在 3.4kHz，可满足奈奎斯特取样定律，而且仍有足够宽的频带以得到高音质的语音。滤波器是一个连续时间无极点低通滤波器，在 3.4kHz 每个倍频程衰减 40dB。

信号的调整至此已告完成。然后将输入波形通过模拟收发器写入存储阵列中。由 8kHz 取样时钟取样，并且经过电平移位而产生不挥发写入过程所需要的高电压，同时补偿与 Fowler-Nordheim 隧道效应相关的一些实际因素。取样时钟也用于存储阵列的地址译码，以便输入信号顺序的写入存储阵列。

放音时，录入的模拟电压在取样时钟的控制下顺序地从存储阵列中读出，恢复成原来的取样波形。输出通道上的平滑滤波器去掉取样频率分量并恢复原始波形。平滑滤波器的输出通过一个模拟多路开关连接到输出功率放大器。两个输出引脚直接驱动扬声器。

ISD 系列器件的线路设计基于每个 EEPROM 存储单元等效于 8 位存储器。信息写入存储单元采用闭环方式。取样保持电路在编程周期内保持数据并将存储的模拟电压提供给比较器的一个输入端。比较器的另一个输入是存储单元本身的输出。在多次写入中，电子被"泵入"存储单元，并使存储电平反馈到比较器，当比较器的信号（也就是存储单元的输出电压）等于取样保持电平时，该存储单元的编程停止。

以上所有这些处理过程都是基于 EEPROM 浮置栅技术的。写入数据的保存年限可达 10 年到 100 年。

5.6.3　ISD4003 系列语音芯片分段录放功能的开发

1. ISD4003 芯片特点

ISD4003 系列语音芯片的工作电压为 3 ~ 5.5V，单片录放语音时间为 4 ~ 8min，音质好。芯片采用 CMOS 技术，内含振荡器、防混淆滤波器、平滑滤波器、自动静噪、音频放大器及高密度多电平闪烁存储阵列。芯片设计是基于所有操作必须由微控制器控制，操作命令通过串行通信接口（SPI 或 Microwire）送入。芯片采用多电平直接模拟量存储技术，每个采样值直接存储在片内的闪烁存储器中，因此能够非常真实、自然地再现语音、音乐、音调和效果声，避免了一般固体录音电路固置化与压缩造成的量化噪声和金属声。不耗电保存信息 100 年，具有 10 万次的录音周期，片内免调整时钟。

2. SPI 接口协议

ISD4003 工作于 SPI 串行接口。其 SPI 接口协议时序图如图 5-28 所示。SPI 协议是一种同步串行数据传输协议，协议假定微控制器的 SPI 移位寄存器在 SCLK 的下降沿动作，因此对 ISD4003 而言，在时钟上升沿锁存 MOSI 引脚数据，在下降沿将数据送至 MISO 引脚。控制器串行发送 16 位控制指令时，低位在前，高位在后。

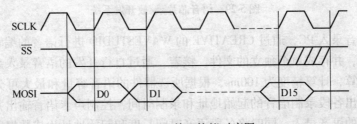

图 5-28　SPI 接口协议时序图

3. ISD 串行控制指令表

ISD 串行控制指令见表 5-13。

表 5-13　ISD 串行控制指令

指　令	5 位控制码 11 位地址	操作摘要
POWERUP	00100 < ×××××××××× >	上电：等待 TPUD 后可以工作
SET PLAY	11100 < A10 ~ A0 >	从指定地址放音，后需 PLAY 继续
PLAY	11110 < ×××××××××× >	从当前地址开始放音
SET REC	10100 < A10 ~ A0 >	从指定地址录音，后需 REC 继续
REC	10110 < ×××××××××× >	从当前地址开始录音
SET MC	11101 < A10 ~ A0 >	从指定地址快进，后需 MC 继续
MC	11111 < ×××××××××× >	执行快进
STOP	0 ×110 < ×××××××××× >	停止当前操作
STOP PWRDN	0 ×01 × < ×××××××××× >	停止当前操作并掉电
RINT	0 ×110 < ×××××××××× >	读状态：OVF 和 EOM

5.6.4　基于 PC 的 ISD 语音开发装置简介

为了便于实现多片语音芯片的非定长分段录入及语音的编辑处理，我们开发了基于 PC 的 ISD 语音开发装置，其原理框图如图 5-29 所示

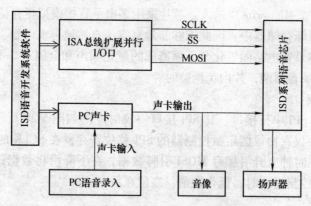

图 5-29　语音芯片录/放开发系统

首先，将语音录入 PC，通过 CREATIVE 的 WAVESTUDIO 进行语音的编辑和处理，对语音进行分段处理，并存成单个独立的文件。接着，通过自行开发的语音录入系统，对分段的语音长度进行计算，计算精度为 100ms，根据所选器件的语音容量和最大可分段数以及各段语音的长度计算出各段录制语音的起始地址和录制时间，控制声卡语音输出并控制 ISD 语音芯片的指定地址的语音录入，同时将各段语音时间长度和起始地址生成数据库表，写入到应用系统的 ROM 中，便于应用系统根据需要进行非定长语音组合，防止语音组合播放时的停顿。

语言芯片 ISD4003 和语言放大电路 386 如图 5-30 所示。

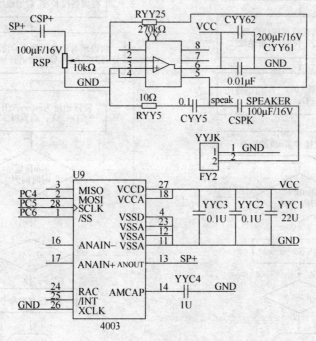

图 5-30　语言芯片 ISD 4003 和语音放大电路 386

5.6.5　ISD 语音芯片的应用

在"机车随车质量状态诊断报警装置"中，我们应用了 ISD 公司的 ISD4003 – 8M（8 分钟）的语音芯片，用于车载定点定性的语音报警和故障应急处理提示。

1. 硬件接口

ISD 串行语音芯片接口及放大电路示意图如图 5-31 所示。

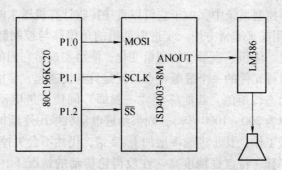

图 5-31　ISD 串行语音芯片接口及放大电路示意图

2. ISD 串行语音芯片的录放过程

图 5-32 为 PC 控制录音的流程图，图 5-33 为单片机对多段语音的组合播放流程图。

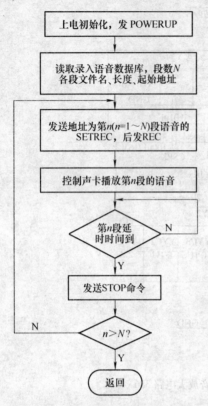

图 5-32 PC 控制录音的流程图

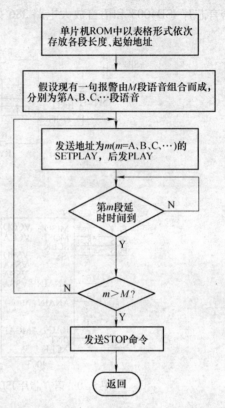

图 5-33 单片机对多段语音的组合播放流程图

5.7 步进电动机控制技术

步进电动机是工业过程控制及仪表中的主要控制元件之一。例如，在机械结构中，可以用丝杠把角度变成直线位移，也可以用它带动螺旋电位器，调节电压和电流，从而实现对执行机构的控制。在数字控制系统中，由于它可以直接接收计算机送来的数字信号，而不需要进行数/模变换，所以用起来非常方便。步进电动机的角位移与控制脉冲同步，若将角位移转变为线性位移、位置、体积、流量等物理量变化，便可实现对它们的控制。

步进电动机作为执行元件的一个显著特点，就是具有快速起、停能力。如果负荷不超过步进电动机所提供的动态转矩值，就能够在"一刹那"间使步进电动机起动或停转。一般步进电动机的步进速率为 200～1000 步/s，如果步进电动机采用逐渐加速到最高转速，然后再逐渐减速到零的方式工作，其步进速率增加 1～2 倍，仍然不会失掉一步。

步进电动机的另一显著特点是精度高。在没齿轮传动的情况下，步距角（即每步所转过的角度）可以由每步 90°低到每步 0.36°。另一方面，它能够精确地返回到原来的位置。

正因为步进电动机具有快速起停、精确步进及能直接接收数字量的特点，所以使其在定位场合中得到了广泛的应用。如在绘图机、打印机及光学仪器中，都采用步进电动机来定位绘图笔、印字头或光学镜头。特别是在工业过程控制的位置控制系统中，由于步进电动机精度高以及不用位移传感器就可达到精确的定位，因此其应用越来越广泛。

5.7.1　步进电动机的工作原理

步进电动机实际上可以看成是一个数字/角度转换器,也是一个串行的数/模变换器。

图 5-34 为一个三相步进电动机原理图。从图中可以看出,电机的定子上有 6 个等分的磁极:A、A′、B、B′、C、C′,相邻两个磁极间的夹角为 60°。相对的两个磁极组成一相,图中为三相步进电动机(AA′、BB′、CC′)。当某一绕组有电流通过时,该绕组相应的两个磁极立即形成 N 极和 S 极。

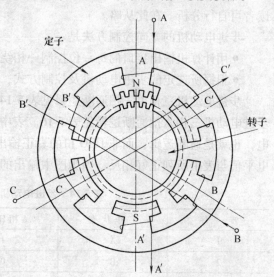

步进电动机的转子上没有绕组,而是有 40 个矩形小齿均匀分布在圆周上,相邻两齿之间的夹角为 9°。

当某相绕组通电时,对应的磁极就会产生磁场,并与转子形成磁路。若此时定子的小齿与转子的小齿没有对齐,则在磁场的作用下,转子转动一定的角度,使转子齿和定子齿对齐。由此可见,"错齿"是促使步进电动机旋转的根本原因。

图 5-34　三相步进电动机原理图

例如,在单三拍控制方式中,假如 A 相通电,B、C 两相不通电,在磁场的作用下,使转子齿和 A 相的定子齿对齐。若以此作为初始状态,设与 A 相磁极中心对齐的转子齿为 0 号齿,由于 B 相磁极与 A 相磁极相差 120°,且 120°/9° = 13 + 3/9 不为整数,所以,此时转子齿不能与 B 相定子齿对齐,只是 13 号小齿靠近 B 相的中心线,与中心线相差 3°,如果此时突然变为 B 相通电,而 A、C 两相都不通电,则 B 相磁极迫使 13 号转子齿与之对齐,整个转子就转动 3°,此时,称电机走了一步。

同理,按照→A→B→C 顺序通电一周,则转子转动 9°。

磁阻式步进电动机的步距角可由下面的公式求得:

$$Q_s = \frac{360°}{NZ_r}$$

式中,$N = M_C \cdot C$ 为运行拍数,其中 M_C 为控制绕组相数;C 为状态系数。采用单三拍或双三拍时,$C = 1$;采用单六拍时,$C = 2$。Z_r 为转子齿数。

5.7.2　步进电动机的方向控制

常用的步进电动机有三相、四相、五相、六相 4 种,其旋转方向与内部绕组的通电顺序有关。下面以三相步进电动机为例进行讲述。

三相步进电动机有 3 种工作方式:

* 三相单三拍,通电顺序为 A→B→C→A;
* 三相双三拍,通电顺序为 AB→BC→CA→AB;
* 三相六拍,通电顺序为 A→AB→B→BC→C→CA→A。

如果按上述三种通电方式和通电顺序进行通电,则步进电动机正向转动;反之,如果通电方向与上述顺序相反,则步进电动机反向转动。

关于四相、五相、六相的步进电动机,其通电方式和通电顺序与三相步进电动机相似,读者可自行分析。在此从略。

步进电动机的方向控制方法是

- 用计算机输出接口的每一位控制一相绕组,如利用 MCS - 96 系列单片机的 HSO 口;
- 根据所选定的步进电动机及控制方式,写出相应的控制方式的数学模型。

步进电动机三相单三拍通断逻辑见表 5-14,步进电动机三相双三拍通断逻辑见表 5-15,步进电动机三相六拍通断逻辑见表 5-16。表中的"1"代表相应相通电,"0"代表相应相断电,也就是通断逻辑,而非 HSO 口的真正输出的高、低电平。如图 5-35 所示 HSO 所输出的电平值与表中所列正好相反,因为图中输出的值经过了 1413/16 的反向驱动。

表 5-14 步进电动机三相单三拍通断逻辑

步　序	工作状态	A 相 HSO. 0	B 相 HSO. 1	C 相 HSO. 2
1	A	1	0	0
2	B	0	1	0
3	C	0	0	1

表 5-15 步进电动机三相双三拍通断逻辑

步　序	工作状态	A 相 HSO. 0	B 相 HSO. 1	C 相 HSO. 2
1	AB	1	1	0
2	BC	0	1	1
3	CA	1	0	1

表 5-16 步进电动机三相六拍通断逻辑

步　序	工作状态	A 相 HSO. 0	B 相 HSO. 1	C 相 HSO. 2
1	A	1	0	0
2	AB	1	1	0
3	B	0	1	0
4	BC	0	1	1
5	C	0	0	1
6	CA	1	0	1

以上为步进电动机正转时的控制顺序及数学模型,如果按上述逆顺序进行控制,则步进电动机将向相反方向转动。

5.7.3 步进电动机控制的软件设计

步进电动机控制的主要任务是:① 判断旋转方向;② 按顺序传送控制脉冲;③ 判断所要求的控制步数是否传送完毕。

1. 步进电动机控制速度的确定

如一台步进电动机转动 10 圈需要 2s，则每步需要的时间为

$$t = \frac{2000\text{ms}/10}{NZ_r} = \frac{200}{3 \times 2 \times 40}\text{ms} = 833\mu\text{s}$$

采用图 5-35 所示的驱动电路时，步进电动机的每相驱动电流应不大于 200mA。

2. 步进电动机步数的确定

用需要转动的角度除以步进电动机的步距角即可求得步进电动机的步数。

3. 步进电动机的变速控制

为了提高步进电动机控制的精度，步进电动机一般在起动和停止时采用变速控制，即控制步进电动机慢速起停。常用的变速控制有

1）改变控制方式的变速控制，在相同的变相控制下，起动和停止时用三相六拍，大约在 0.1s 后改用三相三拍的方式。

2）采用改变通断换相时间的变速控制，用 HSO 口可以方便地改变换相的延时时间。图 5-35 给出了三相步进电动机的控制驱动电路。

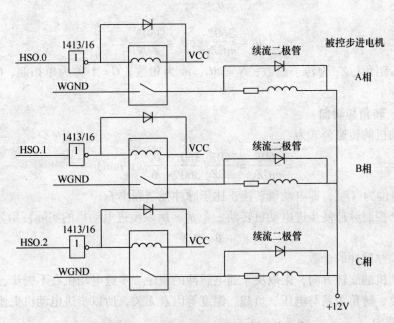

图 5-35   三相步进电动机的控制驱动电路

5.7.4   步进电动机的特点

从前面介绍的步进电动机原理，可以归纳出步进电动机具有以下一些特点。

1. 定子相绕组的供电脉冲频率 $f_{相} = f/N$

以三相单、双六拍为例，控制脉冲和各相供电脉冲波形如图 5-36 所示。控制脉冲 u_k 的频率为 f。显然，在每一个通电循环内控制脉冲的个数为 N（拍数），而每相绕组的供电脉冲个数却恒为 1，因而 $f_{相} = f/N$。

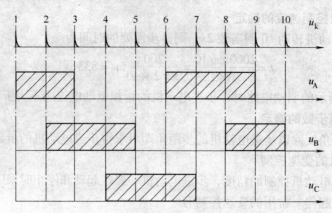

图 5-36 三相单、双六拍下控制脉冲和各相供电脉冲波形

2. 齿距角和步距角

齿距角 θ_t 和步距角 θ_b 的公式分别为

$$\theta_t = \frac{360°}{Z_k} \tag{5-1}$$

$$\theta_b = \frac{360°}{mCZ_k} \text{ 或 } \theta_b = \frac{360°}{Z_k N} \tag{5-2}$$

式中，θ_t 为齿距角；Z_k 为转子齿数；$N = mC$，m 为相数，$C = 1$ 称为单拍制，$C = 2$ 称为双拍制。

3. 转速、转角和转向

步进电动机的转速公式为

$$n = \frac{60f}{mCZ_k} = \frac{60f}{mCZ_k}\frac{360°}{360°} = \frac{\theta_b}{6}f\,(\text{r/min}) \tag{5-3}$$

式中，θ_b 的单位为（°），即电动机转速正比于脉冲控制频率 f。

既然每个控制脉冲使步进电动机转动一个 θ_b，所以步进电动机的实际转角为

$$\theta = \theta_b N' \tag{5-4}$$

式中，N' 为控制脉冲的个数。

步进电动机的旋转方向，则取决于通电脉冲的顺序。步进电动机在不失步、不丢步的前提下，其转速、转角关系与电压、负载、温度等因素无关，所以步进电动机更便于控制。

4. 自锁能力

当控制脉冲停止输入，且让最后一个控制脉冲的绕组继续通电，则步进电动机就可以保持在固定的位置上，即停在最后一个控制脉冲所控制的角位移的终点位置上，所以步进电动机具有带电自锁能力。

正因为步进电动机具有上述特点，因而控制方便、调速范围宽、运行不受环境变化的影响，所以在数字控制系统中获得广泛应用。

5.7.5 步进电动机的驱动

步进电动机要求把具有足够功率和一定频率的脉冲电压（电流）按着选定的顺序加给各控制绕组，这是通过步进电动机的控制器与驱动器完成的。驱动器的类型与优劣也在很大

程度上决定着步进电动机系统的性能。阻尼、最大转速、动态转矩、效率、功率损耗等性能都和驱动电路有关。

步进电动机控制器和驱动器的结构示意图如图 5-37 所示。控制器主要指脉冲发生器，有时也包括脉冲分配器。脉冲发生器过去多由电子电路做成，近年来多改由单片机产生，或在微机上用步进电动机运动控制卡产生。运动控制卡能根据输入的位置、速度、转向等信息，给出控制脉冲的个数、频率，防止失步。

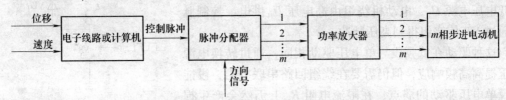

图 5-37　步进电动机控制器与驱动器的结构示意图

脉冲分配器接收控制脉冲和方向信号，并按步进电动机分配方式（状态转换表）要求的状态顺序产生各相控制绕组导通或截止的信号。脉冲分配器输出的信号数目与电机相数相同。每来一个控制脉冲，脉冲分配器的输出信号中至少有一个发生变化，其输出状态转换一次。输入的方向信号决定了输出的状态转换是按照正序还是按照反序，从而决定了步进电动机的转向。

步进电动机的驱动器一般包括脉冲分配器和功率放大器，功率放大器既要向绕组提供足够的电压、电流及正确的波形，还应当具有较高的效率、较小的功耗和较低的成本。功率放大器可以分别基于分立元件和集成芯片进行设计，下面分别介绍。

1. 基于分立元件的驱动电路设计

（1）单电压驱动

如图 5-38 所示，来自脉冲分配器的信号电压经过电流放电大后加到三极管 VT 的基极，控制 VT 的导通和截止，从而控制相绕组的通电和关断。R 和 VD 构成了相绕组断电时的续流回路。

由于存在电感，绕组的通电和断电不能瞬间完成。电流上升缓慢会导致电机的动态转矩下降，因此应缩短电流上升的时间常数，使电流前沿变陡。通常在绕组回路中串入电阻 R_s，以减小绕组回路的时间常数。为达到同样的稳态电流值，电源电压要相应提高。R_s 增大可使绕组的电流波形接近矩形，从而增大动态转矩，使起动和运行矩频特性下降缓慢。但增大 R_s 会使消耗在 R_s 的功率增大，从而降低整个电路的效率。

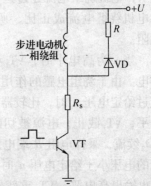

图 5-38　单电压驱动电路原理图

单电压驱动电路的优点是结构简单，元件少，成本低；主要缺点是串联电阻 R_s 要消耗可观的电能，损耗大，效率低，只适合于小功率步进电动机或性能要求不高的场合。

（2）双电压驱动

由于提高电压可使绕组中的电流上升变陡。双电压驱动的基本思路是在低频段使用较低的电压驱动，而在高频段使用较高的电压驱动，其电路原理如图5-39所示。

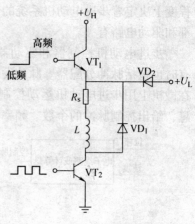

当步进电动机工作在低频时，给 VT_1 基极加低电平，使 VT_1 关断。这时电机绕组由低电压 U_L 供电，控制脉冲通过 VT_2 使绕组得到低压脉冲。当电机工作在高频段时，给 VT_1 加高电平，使 VT_1 导通。这时二极管 VD_2 反向截止，切断低电压电源 U_L，电动机绕组由高电压 U_H 供电，控制脉冲通过 VT_1 使绕组得到高压脉冲。

这种驱动在低频段与单电压驱动相同，通过转换电源电压提高高频响应，但仍需要在绕组回路串联电阻，没能摆脱单电压驱动的弱点，在限流电阻 R_s 上仍然会产生损耗和发热。同时，将频率划分为高、低两段后，特性不连续，存在突变。

图 5-39　双电压驱动电路原理图

（3）高低压驱动

在电机导通相的脉冲前沿施加高电压，提高脉冲前沿的电流上升率。前沿过后，电压迅速下降为低电压，用以维持绕组中的电流。这种控制方式能够提高步进电动机的效率和运行频率。为补偿脉冲后沿的电流下凹，可采用高压断续施加，它能够明显改善电机的机械特性。

（4）斩波恒流驱动

斩波恒流驱动是性能较好、目前使用较多的一种驱动方法。其优点是：无论电机处在锁定状态还是在低频段或高频段运行，均能使导通相绕组的电流保持额定值。

图 5-40 是斩波恒流驱动电路原理图。相绕组的通断由开关管 VT_1 和 VT_2 共同控制，VT_2 的发射极接一只小电阻 R，电机绕组电流经过这个电阻接地，该电阻的压降与电机绕组电流成正比，所以这个电阻即为电流采样电阻。

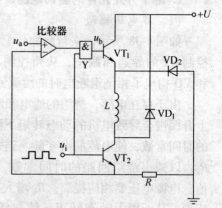

当 u_i 为高电平时，VT_1 和 VT_2 均导通，电源向绕组供电。由于绕组电感的作用，R 上的电压逐渐升高。当超过给定电压 u_a 时，比较器输出低电平，与门Y输出低电平，VT_1 截止，电源被切断，绕组电流经过 VT_2、R、VD_2 续流，采样电阻 R 端电压随之下降。当采样电阻 R 上的电压小于给定电压 u_a 时，比较器输出高电平，与门Y 也输出高电平，VT_1 重新导通，电源又开始向绕组供电。如此反复，绕组的电流就稳定在由给定电压所决定的数值上。

图 5-40　斩波恒流驱动电路原理图

当控制脉冲 u_i 变为低电平时，VT_1 和 VT_2 均截止，绕组中的电流经过二极管 VD_1、电源和二极管 VD_2 放电，电流迅速下降。

控制脉冲 u_i、VT_1 的基极电位 u_b 及绕组电流 i 的波形如图5-41所示。

VT_2 导通期间，电源以脉冲方式供电，所以这种驱动电路具有较高的效率。由于该方式下绕组电流恒定，电机的输出转矩均匀。这种驱动电路的另一个优点是能够有效地抑制共振，因为电机共振的基本原因是能量的过剩，而斩波恒流驱动的输入能量是随着绕组电流的变化自动调节的，可以有效地防止能量积聚。但由于电流波形为锯齿波，该驱动方式会产生较大的电磁噪声。

（5）调频调压驱动

该驱动方式能根据电机运行时脉冲频率变化自动调节电压值。高频时，采用高电压加快脉冲前沿的电流上升速度，提高驱动系统的高频响应；低频时，低电压绕组电流上升平缓，可以减少转子的振荡幅度，防止过冲。

2. 基于集成芯片的驱动电路设计

采用分立元件设计步进电动机驱动电路相对复杂，而且稳定性不高，下面介绍利用集成芯片设计斩波恒流驱动电路以提高步进电动机高频性能的方法。

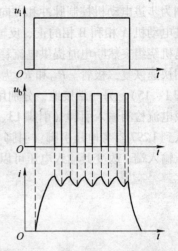

图 5-41　斩波恒流驱动的电流波形

L297 是由 ST 公司生产的步进电动机控制器，可产生 4 路驱动输出用于四相单极性驱动或两相双极性驱动，可实现四相八拍（半步）、四相单四拍和四相双四拍运行，并能实现正、反转控制。L297 内部还集成了斩波控制器，可实现两相斩波恒流驱动，驱动电流可根据需要进行调节。L297 可方便地与单片机接口，单片机只需输出脉冲和正、反转控制信号即可控制电机运行。图 5-42 为 L297 内部结构图，从图中可以看出 L297 内部包括用于脉冲分配的时序逻辑电路、斩波振荡器、输出逻辑电路等。

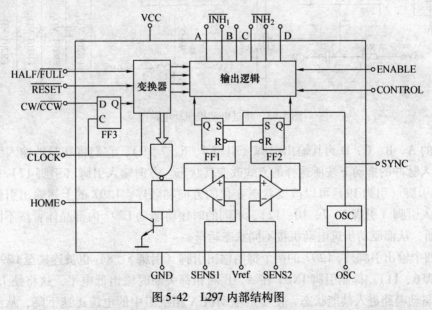

图 5-42　L297 内部结构图

L298 内部由两个 H 桥式驱动电路和相应的逻辑电路组成，通过在 L298 的输入引脚输入相应的逻辑就可以改变输出端的电压和方向。L298 内部还集成了过热保护电路，最大驱动电压为 46V，每相的最大持续电流为 2A，最大峰值电流可达 3A。

图 5-43 为 L297 与 L298 组成的两相混合式步进电动机的驱动电路，其中 L297 作为脉冲分配器，L298 作为功率驱动电路。图中 CLK 和 DIR 引脚连接到单片机的通用 I/O 接口，分

别为步进电动机控制脉冲和方向信号输入口，图中 XA、X $\overline{A}$、XB、X $\overline{B}$ 分别为两相混合式步进电动机 A 相和 B 相的正、反输入端。图中 VD$_6$ 等 8 个二极管为续流二极管，其作用是在电机绕组突然断电时提供电流释放回路。由于实际应用中步进速度较高，这些二极管必须选用快速恢复二极管。R_{37} 和 R_{38} 为电流取样电阻，电阻的一端连接 L298 的电流检测引脚（引脚 1、15），另一端接地，分别用以将 A、B 两相的电流转化为电压，该电压输入 L297 的负载电流检测输入引脚（引脚 13、14）作为斩波控制器的电流反馈。电位器 VR2 可以调节输入到 L297 参考电压引脚（引脚 15）的电压。此引脚连接到斩波控制器电压比较器的参考电压输入端，改变其输入电压可以控制绕组中的稳态电流。

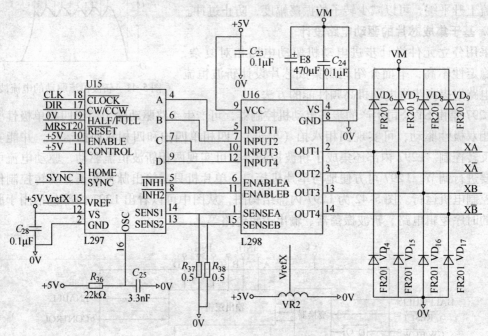

图 5-43　步进电动机驱动电路图

L297 的 A、B、C、D 为其输出引脚（引脚 4、6、7、9），它们将在时钟输入引脚（引脚 18）输入脉冲的推动下按所选择的方式改变其状态。方向输入引脚（引脚 17）以及整步/半步选择引脚（引脚 19）可以改变状态变化的方向和顺序。L297 的上述输出引脚连接至 L298 的输入引脚（引脚 5、7、10、12），不同的时序将驱动 L297 内部晶体管按不同的顺序导通和关断，从而驱动步进电动机按不同状态运行。

除了四个输出引脚外，L297 的两个抑制输出引脚（引脚 5、8）也被连接至 L298 的使能引脚（引脚 6、11）。抑制引脚 INH1 在 A、B 两相都关断时输出低电平，这将使 L298 的 A 组 H 桥式驱动电路进入禁能状态，使步进电动机 A 相绕组中的电流迅速下降，从而进一步提高电机的高频性能。

此外，在 L297 的复位引脚（引脚 20）输入低电平将使 A、B、C、D 四个输出引脚的状态初始化为 "1010"。控制引脚（引脚 11）输入低电平时可以选择斩波在抑制引脚（INH1 和 INH2）有效时使能，输入高电平可以选择斩波在输出引脚（A、B、C、D）有效时使能。合理选择可以减小在取样电阻上的能源损耗。

5.8　直流伺服电动机

计算机控制系统的执行机构是多种多样的，其中最常遇到的是伺服电动机、步进电动机、电磁阀等。执行机构往往具有较大的功率。执行机构接口设计的主要任务是设计或选择合适的功率放大器（或控制电路），并实现这一功率级与计算机的有效连接。

5.8.1　直流伺服电动机运行特性

对直流伺服电动机来说，电枢绕组就是控制绕组，控制电压 $U_k = U_a$。当励磁电压 U_f 不变并且不考虑电枢反应对磁通 $\varPhi$ 的影响时，电枢控制的直流伺服电动机的机械特性表示为

$$n = \frac{U_a}{C_e \varPhi} - \frac{R_a}{C_e C_T \varPhi^2} T = \frac{U_a}{K_e} - \frac{R_a}{K_e K_T} T = n_0 - \beta T \tag{5-5}$$

式中，T 为转矩；$K_e = C_e \varPhi$；$K_T = C_T \varPhi$。当 U_a 大小不同时，机械特性为一组平行的直线，如图 5-44a 所示。当 U_a 大小一定时，转矩 T 大时转速 n 低，转矩的增加与转速的下降成正比关系，这是十分理想的特性。

直流伺服电动机的另一重要特性是调节特性。所谓调节特性，是指在一定转矩下转速 n 与控制电压 U_k 的关系。从机械特性可以得到直流伺服电动机的调节特性也是一组平行线，如图 5-44b 所示。

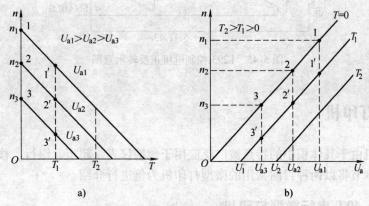

图 5-44　直流伺服电动机的特性

a）机械特性　b）调节特性

从调节特性上可以看出，转矩 T 一定时，控制电压 U_a 与转速 n 成正比关系。当 $n = 0$ 时，不同的转矩需要的控制电压 U_a 也不同。由式（5-6）可知，当 $n = 0$ 时，有

$$U_{a0} \mid_{n=0} = \frac{R_a}{K_T} T \tag{5-6}$$

例如，$T = T_1$，$U_{a0} = U_1$，表示只有当控制电压 $U_a > U_1$ 的条件下，电动机才能转起来，而在 $U_a = 0 \sim U_1$ 区间，电动机不转，该区间称为死区或失灵区，称 U_{a0} 为始动电压。T 不同，始动电压也不同，T 大的始动电压也大。$T = 0$，即电动机理想空载时，$U_{a0} = 0$，只要有信号电压 U_a，电动机就转动。为了提高伺服电动机控制的灵敏性，应尽量减小失灵区，减小灵敏区

可采取的方法为：① 减小直流伺服电动机电枢回路的电阻 R；② 减小直流伺服电动机的空载转矩。

5.8.2　直流伺服电动机接口

伺服电动机的任务是按控制要求带动机械调节环节（如阀门等）。因此，电动机是控制回路的一个组成部分。伺服电动机应按照给定值与实际值的差来驱动机械调整环节，使得被调量的实际值及时跟随给定值变化。

5.8.3　与执行机构配用的接口集成电路

目前已有专供电机控制用的大功率集成电路出售，如 L293、L293E、L298 等，每块这样的芯片包含 4 个带推挽输出级的功率放大器及相应的控制电路。图 5-45 为 L293 控制电机正反转示意图。

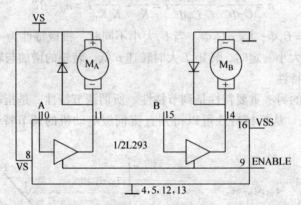

图 5-45　L293 控制电机正反转示意图

5.9　微型打印机

微型打印机由于其体积小的特点被广泛应用于便携仪表、超市、银行、移动警务及移动政务等系统。本节将以两种目前常用的微型打印机为例进行介绍。

5.9.1　TPup-40T 串行微型打印机

1. 概述

TPup-40T 串行微型打印机是一种超小型台式点阵打印机。由于使用了 Model-164 型机械式微型打印机机芯，并带有微型计算机，该机具有体积小、质量轻和功能强的特点。

TPup-40T 微型打印机虽然每行仅打印 8×8 点阵字符 18 个，但打印功能丰富，可打印 240 个字符，可通过程序命令任意更换行距和字符的大小，可自定义部分代码字符的式样并对库存代码进行换码，带自测检查和打印命令格式检错等功能。

TPup-40T 微型打印机是使用 RS-232 串行接口兼容的通用微型打印机，可以作为各种智能仪器仪表、各种微型计算机的打印输出设备。

2. 性能指标

- 打印系统：点阵式；
- 字符构成：8×8 点阵；
- 送纸方式：打印机离线（绿灯灭），按下"LF"键即可；
- 打印用纸：普通白纸，纸宽 55.5±0.5mm、厚 0.07mm，纸圈外径不大于 50mm；
- 色带盒：　　蓝色色带装于可拆卸色带盒中；
- 打印命令：ESC 键、十六进制和十进制三种形式；
- 接口：　　　RS-232 电平的 25 芯接口；
- 开关：　　　打印机离线/在线开关和走纸开关；
- 电源：　　　单一 +5V 电源，最大脉动输出电流为不大于 3A。

3. 硬件连接

由于 TPup-40T 微型打印机的工作电平为 232 电平，所以在系统板上加了这个电平转换电路。和单片机连接时，注意 232 电平和 TTL 电平之间的变换。

TPup-40T 微型打印机接口为 25 芯，其中 2-TXD、3-RXD、5-CTS、6-DSR、7-GND、8-DCD。CTS 和 DCD 为打印机"忙"信号，DSR 为打印机的在线信号。

TPup-40T 微型打印机内部有 6 个 DIP 开关，用于选择打印机的波特率、是否要校验位和握手方式。我们选择的握手方式为标志方式的形式，即在 DSR "MARK"的同时，CTS 和 DCD 同时为"MARK"打印机才能工作。由于在软件发送打印数据过程中采用的是延时的方式，所以与 80C196 接线时只接 TXD 和 GND。波特率选择为 9600，不要校验位。DIP 开关选择如下：

由左到右前三个为波特率选择开关（如图 5-46 所示为 9600），第四和第五个为校验位的选择，最后一个为握手方式的选择。

图 5-46　DIP 开关选择

TPup-40T 的命令有三种形式，我们采用的是十六进制命令。下面就以列表的方式介绍一下我们应用的主要命令的意义（见表 5-17）。

安装打印纸时，将纸头剪成三角形，塞进卷筒下，按下空打印命令将纸卷进即可。打印机接线：将带有 5 芯航插和 25 芯插头的导线，分别与仪器前面板的航插和打印机后面 25 芯插头相连并接上打印机电源（导线上的黑线）。

表 5-17　常用打印指令表

命令代码	格　式	说　明
1B 3A	1B 3A n	设置打印机空走 n 点行
0A	0A	换行
0D	0D	回车
1B 4B	1B 4B n1 n2	打印图形，n1 为打印点数的高位，n2 为低位
1B 40	1B 40	打印机初始化
1B 47	1B 47 n	设置行间距为 n 点行

4. 打印举例

（1）打印格式

检测结果：

　　　　1999 年 05 月 20 日

　　　　21 时 14 分 43 秒

　　　　机车号：1234

　　　　累计功率 = 680 千瓦·小时

　　　　累计油耗量 = 620 公斤

　　　　油耗率 = 911.7 克/千瓦小时

　　　　油耗量/万吨·公里 = 9.0 公斤/万吨·公里

　　　　结束时间：21 时 17 分 22 秒

（2）打印汉字表

图 5-47 为汉字"车"的点阵图。

TAB_1：　　　DCB 00H, 00H, 00H, 00H, 00H, 00H, 10H, 1FH

　　　　　　　DCB 3FH, 00H, 00H, 00H, 00H, 00H, 00H, 00H

　　　　　　　DCB 00H, 00H, 00H, 00H, 00H, 00H, 04H, 0FCH

　　　　　　　DCB 0FCH, 04H, 00H, 00H, 00H, 00H, 00H, 00H　　　；数字"1"

TAB_CHE：　　DCB 00H, 20H, 23H, 25H, 29H, 31H, 0E1H, 2FH

　　　　　　　DCB 21H, 21H, 23H, 21H, 60H, 20H, 00H, 00H

　　　　　　　DCB 20H, 20H, 20H, 20H, 20H, 20H, 20H, 0FFH

　　　　　　　DCB 20H, 20H, 20H, 20H, 20H, 60H, 20H, 00H　　　；汉字"车"

注：汉字和各种字符及数据的点阵可以用 UCDOS 的 MKHZ 程序获得。

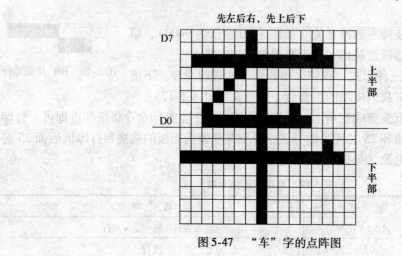

图 5-47　　"车"字的点阵图

5.9.2　RD-T 系列微型打印机

1. 概述

　　新荣达 RD-T 系列微型打印机是一种小型的台式点阵打印机，它体积小巧、操作简单，具有并行和串行接口。并行接口与 Centronics 标准兼容，接口连接器选用 DB-25 针座；串行接口采用 RS-232C 标准，兼容 TTL 电平，接口连接器选用 DB-25 孔座。打印控制命令与 IBM 和 EPSON 打印机兼容，配有内外两种纸架，可容纳不同直径的打印纸。

RD-T 系列微型打印机可打印 448 个字符、图块及 32 个用户自定义字符。它带有自检测功能，通过自带键盘可对打印机进行功能测试，自检出打印型号及相关信息。目前这种打印机广泛应用在医疗设备、消防报警、测量设备、电力仪器、电子衡器及票据打印等行业。

2. 性能指标

- 打印方式　热敏：热敏加热点阵打印；针式：针式撞击点阵打印。
- 字符数/行　热敏：64；针式：16/24/60。
- 打印字符　全部 448 个字符及图块，包括 96 个 ASCII 字符，希腊文、德文、俄文、法文等字母，日文片假名，部分中文字，数字符号，打印字符，块图符；32 个用户自定义字符。国标一、二级字库中全部汉字和西文字、图符共 8178 个。
- 字符大小　西文：5×7 点阵；块图符：6×8 点阵；用户自定义字符：6×8 点阵；汉字：24×24 点阵，16×16 点阵，12×12 点阵。
- 外接口形式　标准串行接口/标准并行接口。
- 电源　5V±5% 直流电源；普通针打≥1A，高速针打≥2A，热敏≥2A。

3. RD-T 系列微型打印机提供的命令简介

RD-T 系列微型打印机提供了多种打印命令，控制 EPSON 公司的 M-T153、M-T102 等打印头及 M-150-II、M-160、M-164、M-180、M-185、M-183、M-190、M-192、M-190G、M-192G 等针式机头完成各种功能。这些命令是由一字节控制码或 ESC（或 FS）控制码序列组成的。它们与市场上普通微型打印机的控制命令完全兼容，并增加了汉字打印、字符汉字旋转、字间距调整、条形码打印等功能。这里仅对其中部分命令格式进行介绍。

(1) 汉字打印命令

ESC 8 n　［选择不同点阵汉字打印］

格式：ASCII：ESC 8 n

十进制：27 56 n

十六进制：1B 38 n

打印机在接收该命令之后将根据 n 值选择不同点阵的汉字。在汉字打印方式中，打印机接收的汉字代码是 2 字节对应一个汉字的标准机内码，即打印机每接收 2 个字节的机内码可调出一个汉字。打印机先接收机内码的高位字节，再接收低位字节。

当 n=0 时，选择 16×16 点阵汉字打印；

当 n=4 时，选择 12×12 点汉字打印；

当 n=5 时，选择 6×12 点阵汉字打印；

当 n=6 时，选择 8×12 点阵 ASCII 字符打印；

当 n=7 时，选择 8×12 点阵 ASCII 字符打印；

n 的默认值为 0。

汉字采用标准机内码表示，机内码由 2 个字节组成。高字节数值范围为 A1H~F7H，对应 1~87 区汉字，计算方法为区码+A0H；低字节数值范围 A1H~FEH，对应汉字位码 1~94，计算方法为位码+A0H。当输入代码大于 A0H 时，如果下一字节小于 A1H，则选择国际标准 ASCII 码，否则打印汉字。

(2) 字符打印命令

ESC 6 ［选择字符集 1］

格式：ASCII：ESC 6

十进制：27 54

十六进制：1B 36

说明：在该命令输入之后的所有字符均使用字符集 1 中的字符打印，字符集 1 中有 6 × 8 点阵字符 224 个，包括 ASCII 字符及各种图形符号等。代码范围 20H ~ FFH （32 ~ 255）。字符集 1 在上电时或收到 ESC @ 命令时被选用。

ESC 7 ［选择字符集 2］

格式：ASCII：ESC 7

十进制：27 55

十六进制：1B 37

说明：在该命令输入之后的所有字符均使用字符集 2 中的字符打印，字符集 2 中有 6 × 8 点阵字符 224 个，包括德、法、俄文、日语片假名等。代码范围为 20H ~ FFH （32 ~ 255）。

（3）格式设置命令

ESC C ［设置页长］

格式：ASCII：ESC C n

十进制：27 67 n

十六进制：1B 43 n

说明：页长被设置为 n 个字符行，n 的值应在 0 ~ 255 之间，如果 $n = 0$，页长被定义为 256 行。默认值 $n = 40$。

ESC N ［设置装订长］

格式：ASCII：ESC N n

十进制：27 78 n

十六进制：1B 4E n

说明：装订长（页与页之间的空行数）被设置成 n 个字符行，n 值应在 0 ~ 255 之间，每个字符行占 16 + 行间距个点行，默认值 $n = 0$。

（4）初始化命令

ESC @ ［初始化打印机］

格式：ASCII：ESC @

十进制：27 64

十六进制：1B 40

说明：该命令初始化打印机下列内容：① 清除打印缓冲区；② 恢复默认值；③ 选择 16 ×16 点阵；④ 禁止上划线、下划线、侧划线和反白打印；⑤ 打印反向字符，打印方向（面板式）：由右向左；⑥ 行间距为 3，字间距为 0，页长为 40，装订长为 0。

（5）图形打印命令

ESC K ［打印点阵图形］

格式：ASCII：ESC K n1 n2 … data …

十进制：27 75 n1 n2 … data …

十六进制：1B 4B n1 n2 … data …

说明：该命令打印 n1 ×8 点阵图形。该图形的宽度为 n1 点，高度为 8 点。每一列的 8

个点可以由一个 8 位的字节来表示，最高位在上。n1、n2 的数值代表一个 16 位的二进制数，n1 为低 8 位字节，n2 为高 8 位字节，表示 ESC K 命令要打印的图形宽度为 n2 × 256 + n1。Data 中数据的个数为所打印的列数，数据按照图形从左向右排列，每列 8 个点，最高位在上，最低位在下。不足 8 点时用空点补齐，超过 8 点时分行打印。

以 16 × 16 点阵汉字"三"为例说明图形打印办法。图 5-48 是汉字"三"的字符点阵图，分两行打印，每行 16 列，n1 = 16，n2 = 0，打印序列为
ESC 'K' 16 0 00H 20H 21H 21H 21H 21H 21H 21H 21H 21H 21 H 21H 21H 20H 00H 00H
ESC 'K' 16 0 00H 04H 04H 04H 04H 04H 04H 04H 04H 04H 04H 04H 04H 04H 04H 00H

```
0000000000000000
0000000000000000
0**************0
0000000000000000
0000000000000000
0000000000000000
0000000000000000
00************000
0000000000000000
0000000000000000
0000000000000000
0000000000000000
0000000000000000
0*************0
0000000000000000
0000000000000000
```

图 5-48　汉字"三"的字符点阵图

（6）函数曲线打印命令

ESC 39

格式：ASCII：ESC39 m n1 n2 … nk CR

十进制：27 39 m n1 n2 … nk 13

十六进制：1B 27 m n1 n2 … nk 0D

说明：该命令用于沿走纸方向打印曲线图形，m 的数值是要打印的曲线条数。它应当在 1 到该机型每行最大点数之间。在一水平点行内，有 m 个曲线点 n1、n2、…、nk，代表这 m 个曲线的位置，nk 的数量应等于 m。最后的 CR（回车）代表回车十进制数值为 13，遇到 CR 就结束点行的打印。连续使用本命令可打印出任意长度的曲线。

4. 打印举例

RD 系列微型打印机采用标准并口、串口或 485 接口与单片机相连，以 C8051F 系列单片机为实例，打印机采用并行接口，连接方法可以设计为：8 位数据连接单片机的 P1 口，BUSY 信号接 P2.0，STB 信号接 P2.1，ASK 信号一般不需要使用，即认为数据只要送给打印机，就能正确地完成打印，不检查应答信号。

C51 汇编语言打印驱动程序如下：

```
BUSY EQU P2.0
STB EQU P2.1
PRINT：
JB BUSY,PRINT；           //BUSY = 1 表示打印机忙，需等待
```

```
MOV P1,ACC;                 //需打印的数据事先存入 ACC 累加器
CLR STB;                    //选通信号变为低电平
NOP                         //延时,选通信号保持为低电平
NOP;                        //延时,选通信号保持为低电平
SETB STB;                   //选通信号变为高电平,产生上升沿,打印
机接收数据
RET;                        //打印子程序返回
END;                        //打印子程序结束
```

打印正弦曲线。

设正弦曲线方程为 $Y = 100 + 50\sin x$,并打印坐标轴直线 $Y = 100$,共 2 条曲线,即 $m = 2$,打印一个周期,x 从 0 到 6.28,步长取 0.04,共打印 158 个点行,程序如下:

```
#include <c8051f000.h>
#define data8 P1
sbit BUSY = P2^0;
sbit STB = P2^1;
void printing(unsigned char ch)
{whlie(BUSY{};
data = ch;STB = 0;
ch + + ;ch - - ;
STB = 1;BUSY = 1;
}
void main(void)
{float x = 0.0,Y;
BUSY = 1;STB = 1;
while(x < =6.28)
{Y = 50.0 * sin(x);
printing(27);printing(39);printing(2);printing(100);
printing(100 + ticker(Y));printing(13);
}
x + = 0.04;
}
```

5.10   水阻极板控制输出电路实例

在机车水阻试验中需要对极板进行升降控制,即对极板升降机的正、反转进行自动控制,控制电路输出接口原理如图 5-49 所示,水阻极板升降电机控制如图 5-50 所示,图 5-49 和图 5-50 之间的连接关系如图 5-51 所示。

注意:图 5-49 中 UP + 和 UP - 以及 DOWN + 和 DOWN - 本没有"+"、"-"之分,这里只是网络标号而已。图 5-49 中输出的信号控制图 5-51 中的"自动升"和"自动降"。

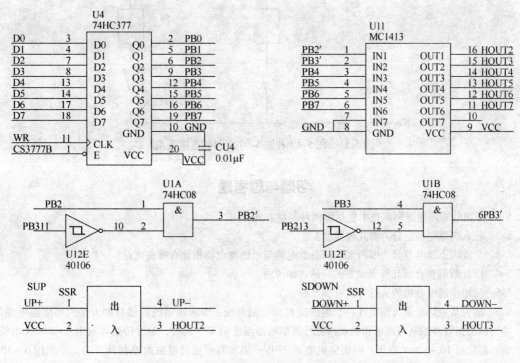

图 5-49　水阻极板控制电路输出接口原理图

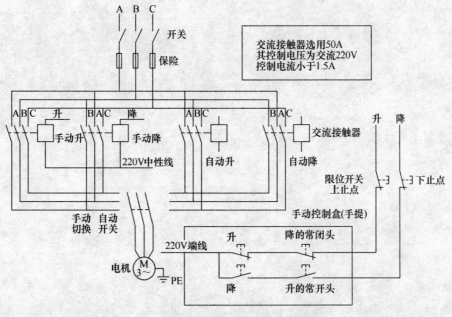

图 5-50　水阻极板升降电机控制图

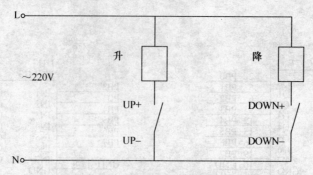

图 5-51 图 5-49 和图 5-50 之间的连接关系

习题与思考题

5-1 常用的输出通道隔离技术包括哪两种驱动方式?

5-2 什么叫继电器? 分为哪几种类型?

5-3 交流固态继电器分为哪两类? 固态继电器与电磁继电器相比有哪些优点?

5-4 LED 数码管有哪几种驱动方式? 请详细说明。

5-5 三相步进电动机的运行方式有哪几种?

5-6 请为某农场蔬菜大棚设计一套温湿度自动控制系统,要求该系统能够检测大棚内环境温度和湿度,并可以根据需要控制通风扇和洒水器进行简单的温湿度调节。其中,温度传感器输出 4～20mA 电流;湿度传感器输出 10～50mV 电压;风扇供电电源 220V;洒水器可通过电磁阀控制其开关,并利用 0～10V 直流电压控制其开度。请设计以 51 单片机为核心的控制系统,要求为输入信号设计合理的信号调理电路,为风扇和洒水器设计合理的输出控制电路。

第 6 章　总线接口技术

微处理器是智能控制系统的主要组成部分，能完成取指令、执行指令以及与外界存储器和逻辑部件交换信息等操作，在工业、农业、通信、交通、家用电器等各个领域中被广泛应用作为智能控制器件。为了构成一个完善的应用系统，不可避免地要在微处理器的基础上进行适当的外部扩展，从而满足应用系统的要求。常见的外部扩展包括：存储器扩展，I/O 接口扩展，定时/计数器扩展及其他特殊功能的扩展。

当进行系统外部扩展时，被传送的信息按照微处理器数据线的位数同时进行传送时，称为并行传送或并行传输；当被传送的信息按照一定的速率按位传送时，称为串行传送或串行传输。

在微型计算机系统中，信息传输的通路通常利用"总线"结构来实现。总线是微型计算机系统中模块到模块之间传输信息的一束信号线。单片机的信息传输也不例外。当采用并行传输时应用并行总线，当采用串行传输时应用串行总线。被传输的信息可以是数据信息、地址信息或命令控制信息，为了使信息发送部分和信息接收部分能进行完整、正确的通信，不产生信息丢失或出错，需要对总线的工作进行管理，即对硬件和软件作必要的规定。所谓硬件的规定包括总线接口引脚的定义、速率的设定、驱动能力的限制等；所谓软件的规定包括时序的安排、信息的格式约定等。

在本章中，将首先对总线的功能和有关概念进行必要的阐述，然后介绍几种不同标准的总线，包括串行总线、ISA 总线、PCI 总线、GPIB 总线、PXI 总线、VXI 总线的功能及应用。

6.1　总线的接口概述

在本节中，将论述总线的分类、总线功能、总线握手、总线约定和总线传输。

6.1.1　总线的分类

1. 按总线的功能分类

1）地址总线（AB），该总线用来传送地址信息。

2）数据总线（DB），该总线用来传送数据信息。

3）控制总线（CB），该总线用来传送各种控制信号。

2. 按总线的层次结构分类

1）内部总线：将处理器的所有结构单元内部相连，如用来在 CPU 和控制芯片之间或者存储控制器和 DRAM 之间进行连接，包括地址线、数据线和控制线。

2）系统总线：也称为 I/O 通道总线，包括地址线、数据线、控制线，用来连接扩充插槽上的各扩充板卡。系统总线有多种标准，以适用各种系统。

3）外部总线：用来连接外设控制芯片，如主机板上的 I/O 控制器和键盘控制器，包括地址线、数据线和控制线。

3. 按总线的通信方式分类

数据的通信方式可以分为并行通信和串行通信，因此对应的总线可以分为并行总线和串行总线。

1）并行总线通信速度好，实时性好，但由于占用的口线多，不适合小型化产品。

2）串行总线通信速率虽低，但在数据通信量不是很大的微处理器电路中，显得更加简易、方便和灵活。

6.1.2 总线功能

通过总线向目标模块传送的信息叫做基本信息，它们可能是地址信息、数据信息或命令信息。为了保证在总线操作期间这些基本信息得到准确无误的发送、接收和识别，就需要在总线操作期间增加一组辅助信息。这些辅助信息可能是时钟信息、读写控制信息、状态就绪否信息及由谁占用总线的判断信息等。在不同情况下，所需要的信息辅助信息可以包括上述内容的一部分或全部乃至更多的辅助信息。这些辅助信息，可以通过总线系统中的一组专用线来传送，也可通过传送基本信息的线路附加在基本信息的前面或后面来传送。在并行总线系统中，通常采用一组专用线来实现；而在串行总线系统中，采用专用线和通过基本信息前、后附加辅助信息相结合的方式实现。总之，总线的功能在于在辅助信息的协调下，实现对基本信息的正确传输。

为了保证总线功能的实现，必须十分注意以下两个方面。

1）连接在同一系统总线上的若干模块，在任一时刻最多只能有一个模块享有向总线输出的权利，即向总线执行"写"操作，此时，其他所有模块只能处于"读"或高阻浮空状态，否则，将出现多个模块同时向系统总线某一条位线进行信息输出的情况，导致系统不能正常工作，甚至发生短路事故。这种情况称为总线冲突。为了保证总线的正常工作，需要从软、硬件两方面制订相应的措施，通常称为总线裁定。

2）规定信息的传输形式。这里包含传输的速率、写操作与读操作控制和数据信息的配合，传输开始和结束的标志，以及对信息处理的有关规定等。在同一条系统总线上，只用这些规定取得所有模块的一致遵从，才能保证信息传输的正常进行，即实现总线应有的功能。

6.1.3 总线握手

总线握手信息是总线辅助信息中用于控制基本信息传送同步的信号。它包括基本信息传送开始和结束信号两个主要部分。

由于握手信息的主要功能是表明基本信息传送的开始和结束。因此，握手信息必须以某种形式的电位变化来标志这些时刻。有时，在一组总线上传送基本信息具有非常复杂的意义，因此要求其具有相应复杂的时序同步控制，即能够标明整个总线操作周期的起始和结束，并能标明在此期间的各个字周期的开始与结束。

最简单的握手信号是采用系统时钟信号，以时钟的上升沿和下降沿来标明一个总线周期的起始与结束。但在许多复杂情况下，以这种简单的同步信号作为握手信号不能满足要求，因而设计出多种不同的非同步握手信号，以满足传输的需要。

总线握手信息还用在对条件状态是否就绪的识别中，以便有效地保证在发送方法送信息时，接收方已做好接收准备。或者说，只有在接收方已做好接收准备的条件下，发送方才进行发送操作，并在确认信号已被接收的情况下，才结束这个操作周期。

6.1.4　总线约定或协议

总线约定或称总线协议包括了诸多方面的内容，但其作用归结为一点就是保证对传输的信息进行正确识别和可靠、无丢失的接收。

首先涉及的是传输速率。对于串行总线，要保证发送的位速率（波特率）和接收的位速率严格一致；对于并行总线，则要保证前一次发送至下一次发送之间的间隔符合接收的要求。在这里，为了解决快速的单片机与慢速的外部接口器件间的速度差异问题，经常采用总线缓冲技术，即设立发送或接收缓冲器以调节二者之间的速度。

其次涉及的是传输格式，包括基本信息的格式和辅助信息的格式。当信息格式符合预先的约定时，被认为执行某种操作或某种识别。

格式还被广泛用于对传送内容的纠错和检验，如累加和校验、奇偶校验都应用预定的格式来进行，在某一组信息发送完毕之后，附加送出对这一组信息的一个校验信息。接收方在接收了全部信息（包括校验信息）之后，按照预定的格式对基本信息进行相应的校验处理，并将校验结果与发送来的校验信息比较，若一致，即表明发送与接收是正确的。由此可见，此时格式必须严格一致。

6.1.5　同步总线传输与非同步总线传输

系统总线的主要任务是使各模块之间进行可靠的数据传输。在系统总线上，一个传输周期一般分为 4 个阶段。

1）申请阶段：要求占有总线的若干模块提出申请，由总线裁决部分确定把总线的使用权授给哪一个模块。当系统总线上只有一个主控模块时，则无需这一阶段。

2）寻址阶段：总线上传送的基本信息是地址信息，以启动另一个或几个从属模块，使之参与下一阶段的数据传输。

3）传输阶段：主模块和从属模块之间进行数据传输，总线上的基本信息是数据信息。

4）结束阶段：占用总线的主模块将传输信息从系统总线上撤除，让出总线。

在完成一个传输周期的过程中，依据基本信息和辅助信息的时序关系，可以分为同步传输、异步传输和半同步传输三种模式，目的是保证主控模块和从属模块的协调配合，最经济有效地完成传输任务。

1. 同步总线传输

在系统总线上，模块间的传输周期（完成一次传输所占用的时间）是严格固定的。传输过程中，时钟脉冲是唯一的控制各项传输操作的标准。这种总线传输方式称为同步总线传输。

由此可见，同步总线传输的基本特点在于每个时钟周期所执行的操作都有明确不变的规定。主控模块和从属模块之间的时间配合是强制同步的，必须在限定的时刻完成所规定的操作，且对所有的从属模块都是统一的。

在同步总线传输过程中，要使读、写操作控制与数据状态协调一致以保证传输正确，就要求数据状态具有一段相对稳定的时间。图 6-1 中抽象给出了对系统总线上存储器进行读、写两种操作时，地址信息、数据信息与时钟周期 T 的定时关系。

图 6-1 表明，若在时钟周期 T 的下降沿处对存储器执行"写"操作，在此之前，地址信息与数据信息均应稳定在相应的地址总线和数据总线上，直至"写"操作完成之后，即 T 的下降沿之后的一段时间，地址信息和数据信息才可从各自总线上撤除。图中虚线两侧部分是由于信息传输过程中产生的各种延迟造成的，如译码时间、缓冲器上逻辑建立所需的时间等。

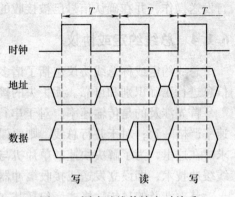

图 6-1 中还表明了在"读"操作时，数据状态稳定时间较短，且到来也迟（相对于"写"操作）。

图 6-1 同步总线传输定时关系

这是由于"读"操作是在地址信息有效译码选通之后才引起数据状态的有效，而"写"操作的数据信息是由主控模块提供的，可提前"放置"到数据总线上。

同步总线传输的优点体现在：规定明确、统一，模块之间的配合简单、一致。它的缺点在于对所有模块都强求采用同一时限，使设计缺乏灵活性，从而对外部器件要求相对比较严格甚至苛刻。有些器件有时表现在某一方面或某一操作速率不能满足要求，而在其他方面或其他操作上可满足主控模块的要求时，往往造成设计者在系统设计时发生失误，错认为该器件可用或不可用。

2. 异步总线传输

同步总线传输方式要求总线上的所有模块都必须采用同一的速率，对不同速率的模块适应能力很差。异步总线传输方式则克服了这一缺点，允许各个模块有灵活的选择余地，即快速的模块可以快速地完成读、写命令，而慢速的模块可以用较慢的速率来完成读、写命令。协调这一关系的关键环节是通过"请求"和"应答"两条信号线来实现的。

下面分别按读、写两种操作来分析异步总线传输的时序关系。设主控模块 A 为高速模块，从属模块 B 为低速模块，按并行传输异步方式传送数据。当主控模块 A 由从属模块 B 中读出某个数据时，主控模块先送出地址信息和读操作请求信息（设为低电平有效），在总线上的所有模块经地址译码等判断之后，B 模块被选中。B 模块送出数据到数据总线上，在数据送出至数据稳定这一阶段完全按照 B 模块的速率进行，直至数据在数据线上稳定之后，B 模块才发出应答信息至应答线上（设为低电平有效）。主控模块 A 收到应答有效信号后，执行读操作，从数据总线上读出数据，并使读操作请求失效（变高）。读操作请求失效使 B 模块应答信号失效（变高），表明 B 模块已"明白"送至总线上的数据已被取走，而结束一个总线传送周期。由于读操作请求和读操作信号在时序上可以完全同步，因而可简化为以读操作信号代表读操作请求信号，图 6-2 为上述过程的时序关系。写操作的异步总线传输与读操作有类似之处，如图 6-3 所示。

地址信号总是由主控模块提供的。此时主控模块 A 送出的操作请求为写操作请求，由于所写的数据由主控模块提供，因而可以在地址信息送出之后，"提前"将数据信息送至数据总线上，但此时慢速的 B 模块并不能同步接收这一写入操作，在 B 模块经地址译码判断选通之后，发出应答信号（低有效），表明已做好接收写操作的准备。主控模块 A 收到应答有效信号后，执行写操作，然后将写操作请求变高使之失效。此处以写信号代表写操作请

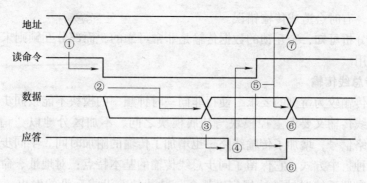

图 6-2　异步总线传输读操作时序关系

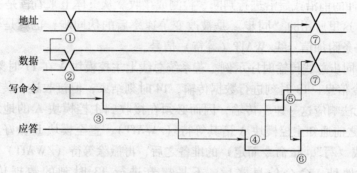

图 6-3　异步总线传输写操作时序关系

求，即在请求信号失效的同时，实现了用其后沿
（上升沿）锁存数据的操作，从而完成了一个异步
总线传输的写操作周期。由以上可以看出，"请
求"与"应答"是成对出现的，两条线上的信号
电平变化相互牵制，互为因果，一条线状态的变
化引起另一条线的变化。如上述两种操作中，若
"应答"信号线在有效之后，没有恢复高电平，即
变为失效之前，主模块就不可能发出下一个请求
信号。对这种关系，称为互锁关系。这种异步总

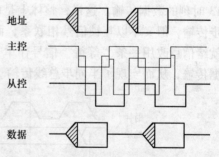

图 6-4　全互锁异步总线传输控制信号关系

线传输方式，称为全互锁异步总线传输。将全互锁控制信号描绘为如图 6-4 所示的关系。

　　全互锁异步总线传输的优点是可以根据各个模块的速率不同，自行控制传输速率，从而
使总线上的传输周期可变。其缺点是控制请求与应答信号要往来四次传送，才能完成一个总
线操作周期，耗费许多时间。因而又出现了一种部分互锁异步总线传输方式。如图 6-5 所示
为部分互锁异步总线传输控制信息关系，在这里我们不再详细对它的传输过程进行分析。其
特点是每个控制信号（请求或应答）只有一个有
效沿，而其另一个沿是无效的，从而可以减少控
制请求与应答信息传送的次数。但由图 6-5 可知：
当主控模块发出请求信号且得到应答之后，即由
主控模块自行安排随后的操作，而不再"听取"
应答状况。而下一个总线周期的起始，也由主模

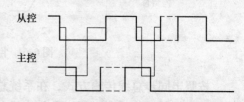

图 6-5　部分互锁异步总线传输控制信号关系

块决定。这样，有时会造成传输错误。

通过上述分析可知，全互锁的数据传输是非常可靠的，而部分互锁则未必，因而全互锁方式被广泛采用。

3. 半同步总线传输

同步总线传输较为苛刻的要求，使得非同一时钟频率的模块不能按同步总线传输方式工作。而异步总线传输又要求主控模块与从属模块之间，不加区分地以"请求"和"应答"来作为传输联络信号，增加了传输线路，也增加了传输的附加时间。半同步总线传输是介于二者之间的一种折中方式，它保留了同步总线传输的基本特点：对地址、命令或数据的发出时刻，都严格参照系统时钟脉冲规定"某个"脉冲的前沿或后沿的发出，并且也规定了在"某个"时钟脉冲的前沿或后沿进行判断、检测或接收。从整体上来看，是一个"同步"总线传输。然而，这里所用的"同步"是被改变了速率后的伪同步，也就是半同步。具体处理方式是增加一条附加信号线/WAIT（等待）信号。

图 6-6 为半同步总线传输时序示例。若系统总线上主控模块 A 在 T1 时刻发出地址信息，T2 时刻发出命令信息，T3 时刻进行数据传输，T4 时刻结束；但接收这一传输的从属模块 B 工作速度慢，无法响应这一速率传输，因而必须在接收到主控模块 A 的地址、命令信息之后，在 T3 时刻之前通知主控模块 A 请其等待（/WAIT），直至模块 B 做好发送或接收传输数据（"读"或"写"，依命令而定）的准备之后，再撤除等待（/WAIT）信号。这样，主控模块 A 发出地址、命令信息之后，不是接着进行 T3 时刻的数据传输，而是采样（/WAIT）信号，若当等待信号有效时，则自动插入等待周期，直至等待信号失效，再执行 T3 时刻的数据传输。这样，整体上是由 T1 ~ T4 的所谓同步传输，中间加入了等待信号的异步传输，但又不以互锁信号相联系，而把由"请求"和"应答"两条联络信号传递的是否就绪信息改用一条"等待"信号作单方向的状态传递，使之按延长传送周期的方式进行数据传输，从而实现了半同步总线传输。

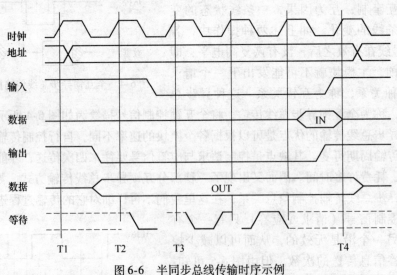

图 6-6 半同步总线传输时序示例

按照半同步总线传输方式，在系统总线上能够和主控模块采用相同速率进行数据传输的从属模块，可以实现真正的同步总线传输。而对于那些慢速的从属模块，则可以通过

（/WAIT）等待信号，强制主控模块延迟操作，插入等待周期（每个等待周期为一个时钟周期），以保证主控模块在固定的脉冲沿采样等待信号。根据等待信号的有效时间，可以插入若干等待周期，从而延长了整个传输周期的时间间隔。

半同步传输方式适用于系统工作速度不高，且包含了多种传输速率差异较大的设备系统。它的控制方式虽比同步方式复杂，但比异步方式简单。又由于系统中各个模块都工作在统一的系统时钟之下，因而系统整体是同步工作的，可靠性较高。其缺点是系统时钟频率不能太高，否则起始信息的传送可能发生错误；另外慢速模块必须适时发出/WAIT 等待信号给主控模块才能保证系统正常工作。因此，半同步的实质是地址，命令信息起、止同步，数据的发送与接收异步，以加长发送与接收之间的间隔来保证正常的传输。

6.2　串行总线接口技术

本章主要通过 SPI 总线、I²C 总线和 1-Wire 总线来介绍串行总线接口技术。

6.2.1　SPI 总线技术

1. SPI 总线概述

由同步串行外设接口（SPI）连成的串行总线是一种三线同步总线，总线上可以连接多个可作为主机的微控制器 MCU，装有 SPI 接口的输出设备、输入设备如液晶驱动、A/D 转换等外设，也可以连接简单到单个 TTL 移位寄存器的芯片。总线上允许连接多个能作为主机的设备，但在任一瞬间只允许有一个设备作为主机。总线的时钟线 SCK 由主机控制，另两根分别是主机输入/从机输出线 MISO 和主机输出/从机输入线 MOSI。其典型的结构如图6-7 所示。

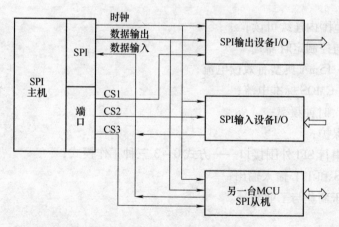

图 6-7　单主机 SPI 连接图

SPI 系统可以简单，也可以复杂，主要有以下几种形式。

1）一台主机 MCU 和若干台从机 MCU。

2）多台 MCU 互相连接成一个多主机系统，如图 6-8 所示。

3）一台主机和若干台从机外围设备。

主机和哪台从机通信由主机通过各从机的选通线进行选择。SPI 是全双工的，即主机在发送的同时也在接收数据，传送的速率由主机编程决定；时钟的极性和相位也是可选择的，具体的约定由设计人员根据总线上各设备接口的功能决定。

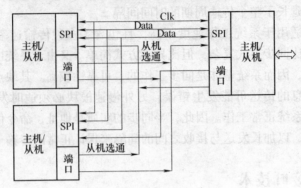

图 6-8 多主机 SPI 连接图

2. 以 AT45D041 为例介绍 SPI 总线

（1）特性

- 单一 4.5～5.5V 电源供电；
- 串行接口结构；
- 分页编程操作；
- 单一可循环编程（擦除和编程）；
- 2048 页（264byte/page）主存储器；
- 可选页和块擦除操作；
- 双 264byte 静态随机存储器数据缓冲器——在非易失性存储器重编程时允许接收数据；
- 在全阵列范围内连续可读；
- 内部编程与控制定时器；
- 低能耗——15mA 典型有效读电流；
- 10μA 典型 CMOS 标准电流；
- 10MHz 最大时钟频率；
- 硬件数据保护；
- 兼容其他串行 SPI 外围接口——方式 0～3 三种工作模式；
- 兼容 CMOS 和 TTL 输入输出；
- 广泛应用于商业与工业领域。

（2）概述

AT45D041 是一种单 5V 供电的串行接口的、适用于系统内刷新的闪速存储器。共 4MB 存储空间，分 2048 页，每页 264 字节，除主存外，AT45D041 还包括两个 264 字节数据缓冲器，该缓冲区在主存页内容被刷新时可接收数据。与常规的多地址线并行接口随机存取闪速存储器不同，这种数据闪速存储器采用串口顺序存取数据。这种单一串口便于硬件设计，提高了系统的可靠性，使转换噪声达到最小，减小了封装体积和有效引脚数目。该设备在多数工商业应用为最优选择，在高密度、低引脚数量、低工作电压和低功耗方面尤为突出。这种存储器的典型应用有：数字化声音存储、图像存储和数据存储。该器件在典型工作读电流 15mA 下，可工作于最大为 10MHz 的时钟频率下。AT45D041（见图6-9）可通过片选线使其工作，并借助于包括串行输入线（SI）、串行输出线（SO）和串行时钟线（SCK）的 SPI 三条线来实现其所有功能。

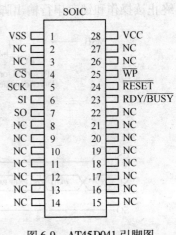

图6-9 AT45D041 引脚图

引脚定义如下：

$\overline{CS}$：片选；

SCK：时钟；

SI：数据输入；

SO：数据输出；

$\overline{WP}$：硬件页写保护；

$\overline{RESET}$：芯片复位；

RDY/$\overline{BUSY}$：忙线。

所有的写入流程均被自动设置，在写入前不需单独的擦除过程。

各种操作关系逻辑如图6-10 所示。

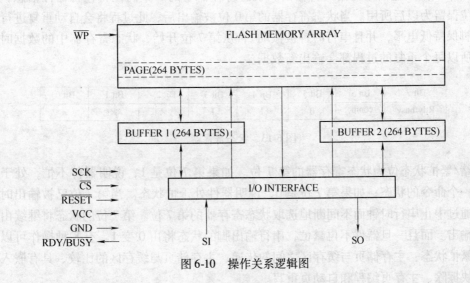

图6-10 操作关系逻辑图

（3）主要命令简介

1）主存储器页读取（52H）：主存储器读取允许用户直接从主存储器的 2048 页中的任何一页中直接读取数据，绕过两个数据缓冲区并保持其内容不变。进行页读取，必须先载入操作码 52H，随后跟 24 个地址码和 32 个任意码。24 位地址码序列如图6-11 所示。前四位为大容量芯片保留，接下来的 11 位（PA10 ~ PA0）指定页地址，再接下来的 9 位（BA8 ~ BA0）指定页内的起始地址；24 个地址码后的 32 个任意码被用于初始化读操作，在这 32 个任意位后，串行时钟引脚的附加脉冲将使串行输出引脚（SO）输出数据。在操作码、地址码、任意码被载入和读取数据过程中，片选脚必须始终保持低电平。在主存储器页读取中，当到达主存中当前页的末尾时，器件将继续从该页的起始位置重新读取。片选脚的上升沿将终止读操作和锁存串行输出脚，其时序如图 6-12 所示。

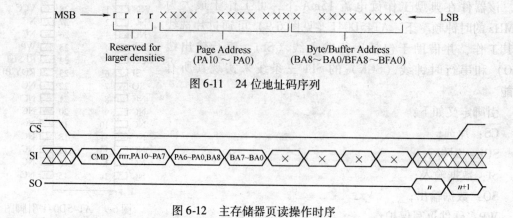

图 6-11   24 位地址码序列

图 6-12   主存储器页读操作时序

2）状态寄存器读取（57H）：如图 6-13 所示状态寄存器用来表示器件的就绪/繁忙状态，主存页与缓冲区比较操作的结果或器件的密度。要读取状态寄存器，必须将操作码 57H 载入器件。当操作码的最后一位被载入后，在接下来的 8 个时钟周期里，8 位状态寄存器从最高位（第 7 位）起由串行输出脚输出。状态寄存器中的 5 个高位将包含器件信息，而剩下的 3 位保留为以后所用。当状态寄存器的第 0 位被输出后，此过程将会自动重复进行（只要片选脚保持低电平，并且串行时钟被振动），从第 7 位开始，状态寄存器中的数据时刻被更新，所以每个重复的过程都会输出新数据。

Bit 7	Bit 6	Bit 5	Bit 4	Bit 3	Bit 2	Bit 1	Bit 0
Rdy/busy	comp	0	1	1	×	×	×

图 6-13   状态寄存器

就绪/繁忙状态位为状态寄存器的第 7 位。如果第 7 位是 1，说明器件不忙，处于准备接收下一个命令的状态；如果第 7 位是 0，说明器件处于忙状态。当第 7 位已被输出时，用户能够通过中止串行时钟而不间断地选取状态寄存器的第 7 位。第 7 位的状态将继续由串行输出脚输出。而且一旦器件不再繁忙，串行输出脚的状态将由 0 变 1。有 8 种操作可以使器件处于繁忙状态：主存储页与缓存区之间的传递、主存储页与缓存区的比较、具有嵌入擦除的缓存块擦除、主存页编程和自动页重写。

状态寄存器的第 6 位标识最近的主存与缓存区比较的结果。如果第 6 位为 0，说明主存中的数据与缓冲区的数据相匹配。如果第 6 位为 1，说明至少有一位数据不匹配。

状态寄存器的第 3、4、5 位标识器件的密度，对于 AT45D041AM，这三位固定为 0、1、1，这三位二进制数的十进制值并不是器件的密度；这三位代表一种复合代码，表明串行闪速数据存储器的不同密度，共允许 8 种不同的密度指数。

3）经过缓冲区写入主存（82H 或 85H）：此操作由缓冲区写入和具有内嵌擦除的缓冲区对主存的写入复合而成。数据首先由串行输入脚进入缓冲区 1 或 2，然后被写入指定的主存页。要进行此操作，必须由 8 位操作码（缓冲区 1 用 82H，缓冲区 2 用 85H）后跟 4 个保留位和 20 个地址位，11 个高地址位（PA10～PA0）选定要写的第一个字节。当所有的地址位都被载入后，此部分将从串行输入口接收数据，并将其存入一片缓冲区中。如果到达一个缓冲区的末尾，器件将自动返回此缓冲区的第一个字节重新读取。当片选脚上有一个上升沿产生时，此部分将先擦除所选的主存页，然后将存在缓冲区中的数据写入指定的主存页。页的擦除和写入都由内部自动定时，并且最长时间不超过最大值。在这段时间里，状态寄存器将标识此部分繁忙，时序如图 6-14 所示。

图 6-14　经缓冲区写入数据时序

（4）操作方式概要（参见表 6-1、表 6-2、表 6-3）

各种方式可分为两种：A 类：利用闪速存储阵列；B 类：不使用闪速存储阵列。

A 类包括：① 主存页读取；② 主存页到缓冲区 1（或 2）传送；③ 主存页与缓冲区 1（或 2）比较；④ 具有内嵌擦除的缓冲区 1（或 2）对主存页的写入；⑤ 不具有内嵌擦除的缓冲区 1（或 2）对主存页的写入；⑥ 页擦除；⑦ 块擦除；⑧ 通过缓冲区对主存页写入；⑨ 自动页重写。

B 类包括：① 缓冲区 1（或 2）读取；② 缓冲区 1（或 2）写入；③ 状态寄存器读取。

如果一次 A 类操作在进行中（未完全完成），另一次 A 类操作就不能开始。但是，在 A 类操作进行中，B 类操作可以开始。

这使得串行闪速存储器可以提供一串连续的数据流，当数据从缓冲区 1 向主存写入时，数据还可以装入缓冲区 2（反之亦然）。

表 6-1　读指令

指　　令	串行时钟方式	操　作　码
连续阵列读取	静态高（或低）时钟	68H
	串行外围接口方式 0 或 3	E8H
激活阵列读取	静态高（或低）时钟	68H
	串行外围接口方式 0 或 3	E8H
主存储页读取	静态高（或低）时钟	52H
	串行外围接口方式 0 或 3	D2H
缓冲区 1 读取	静态高（或低）时钟	54H
	串行外围接口方式 0 或 3	D4H
缓冲区 2 读取	静态高（或低）时钟	56H
	串行外围接口方式 0 或 3	D6H
状态寄存器读取	静态高（或低）时钟	57H
	串行外围接口方式 0 或 3	D7H

表6-2 写及擦除指令

指　令	串行时钟方式	操　作　码
缓冲区1写入	任意	84H
缓冲区2写入	任意	87H
具有嵌入擦除的缓冲区1对主存的写入	任意	83H
具有嵌入擦除的缓冲区2对主存的写入	任意	86H
不具有嵌入擦除的缓冲区1对主存的写入	任意	88H
不具有嵌入擦除的缓冲区2对主存的写入	任意	89H
页擦除	任意	81H
块擦除	任意	50H
经过缓冲区1对主存的写入	任意	82H
经过缓冲区2对主存的写入	任意	85H

表6-3 各命令地址序列明细表

操作码	操作码	地址字节 保留位 保留位 保留位 保留位 PA10 PA9 PA8 PA7	地址字节 PA6 PA5 PA4 PA3 PA2 PA1 PA0 BA8	地址字节 BA7 BA6 BA5 BA4 BA3 BA2 BA1 BA0	必需的附加任意位
52H	01010010	rrrrpppp	pppppppb	bbbbbbbb	4字节
53H	01010011	rrrrpppp	pppppppX	XXXXXXXX	无
54H	01010100	XXXXXXXX	XXXXXXXb	bbbbbbbb	1字节
55H	01010101	rrrrpppp	pppppppX	XXXXXXXX	无
56H	01010110	XXXXXXXX	XXXXXXXb	bbbbbbbb	1字节
57H	01010111	无	无	无	无
58H	01011000	rrrrpppp	pppppppX	XXXXXXXX	无
59H	01011001	rrrrpppp	pppppppX	XXXXXXXX	无
60H	01100000	rrrrpppp	pppppppX	XXXXXXXX	无
61H	01100001	rrrrpppp	pppppppX	XXXXXXXX	无
68H	01101000	rrrrpppp	pppppppb	bbbbbbbb	4字节
81H	10000001	rrrrpppp	pppppppX	XXXXXXXX	无
82H	10000010	rrrrpppp	pppppppb	bbbbbbbb	无

（续）

操作码	操作码	地址字节	地址字节	地址字节	必需的附加任意位
		保留位 保留位 保留位 保留位 PA10 PA9 PA8 PA7	PA6 PA5 PA4 PA3 PA2 PA1 PA0 BA8	BA7 BA6 BA5 BA4 BA3 BA2 BA1 BA0	
83H	10000011	rrrrpppp	pppppppX	XXXXXXXX	无
84H	10000100	XXXXXXXX	XXXXXXXb	bbbbbbbb	无
85H	10000101	rrrrpppp	pppppppb	bbbbbbbb	无
86H	10000110	rrrrpppp	pppppppX	XXXXXXXX	无
87H	10000111	XXXXXXXX	XXXXXXXb	bbbbbbbb	无
88H	10001000	rrrrpppp	pppppppb	XXXXXXXX	无
89H	10001001	rrrrpppp	pppppppX	XXXXXXXX	无
D2H	11010010	rrrrpppp	pppppppb	bbbbbbbb	4 字节
D4H	11010100	XXXXXXXX	XXXXXXXb	bbbbbbbb	1 字节
D6H	11010110	XXXXXXXX	XXXXXXXb	bbbbbbbb	1 字节
D7H	11010111	无	无	无	无
E8H	11101000	rrrrpppp	pppppppb	bbbbbbbb	4 字节

注：r—保留位；p—页地址位；b—字节/缓冲区地址位；X—任意位。

（5）软件例程

见本章后面的例程：45D041 操作源程序。

6.2.2　I^2C 总线技术

1. I^2C 总线结构

I^2C 串行总线只有两根信号线：一根是双向的数据线 SDA，另一根是时钟线 SCL。所有连接到 I^2C 总线上的设备的串行数据 SDA 都接到总线的 SDA 线，各设备的时钟线 SCL 接到总线的 SCL。典型的 I^2C 总线结构如图 6-15 示。

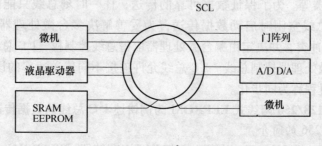

图 6-15　典型的 I^2C 总线结构

为了避免总线信号的混乱，要求各设备连接到总线的输出端必须是漏极开路输出或集电极开路输出的电路结构。设备与 I^2C 总线的接口电路如图 6-16 所示。

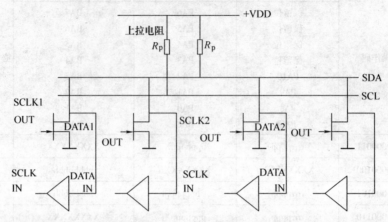

图 6-16　设备和 I^2C 总线的接口电路

设备上的串行数据线 SDA 接口电路应该是双向的，输出电路用于向总线上发送数据，输入电路用于接收总线上的数据。串行时钟线也应是双向的，作为控制总线数据传送的主机要通过 SCL 输出电路发送时钟信号，同时要检测总线上 SCL 上的电平以决定什么时候发下一个时钟脉冲电平；作为接收主机命令的从机，要按总线上 SCL 的信号发出或接收 SDA 上的信号，也可以向 SCL 线发出低电平信号以延长总线时钟信号的周期。总线空闲时，因各设备都是开漏输出的，上拉电阻 R_p 使 SDA 和 SCL 线都保持高电平。任一设备输出的低电平都使相应的总线信号线变低，也就是说，各设备的 SDA 是"与"关系，SCL 也是"与"关系。

总线对设备接口电路的制造工艺和电平都没有特殊要求（NMOS、CMOS 都可以兼容）。

数据传送速率按标准 I^2C 总线可高达每秒 10 万位，高速方式可高达每秒 40 万位。总线上允许连接的设备数以总线上的电容量不超过 400pF 为限。

总线的运行（数据传送）由主机控制。所谓主机，是指启动数据的传送（发出启动信号），发出时钟信号，传送结束时发出停止信号的设备，通常主机是微处理器。被主机寻访的设备都称为从机。为了进行通信，每个接到 I^2C 总线的设备都有一个唯一的地址，以便于主机寻访。主机和从机之间的数据传送，可以由主机发送数据到从机，也可以由从机发送数据到主机。凡是发送数据到总线的设备都称为发送器，从总线上接收数据的设备都称为接收器。

I^2C 总线上允许连接多个微处理器及各种外围设备，如存储器、LED 及 LCD 驱动器、A/D 及 D/A 转换器等。为了保证数据可靠的传送，任一时刻总线只能由某一台主机控制；各微处理器应在总线空闲时启动数据传送；为妥善解决多台微处理器同时发启数据传送（总线控制权）的冲突，并决定由哪台微处理器取得总线控制权，I^2C 总线通过仲裁（裁决）过程，决定哪台微处理器控制总线。I^2C 总线允许连接不同传送速率的设备，多台设备之间时钟信号的同步过程称为同步化。

2. 以 AT24C128/256 两线式 EEPROM 为例讲述 I^2C 总线的数据传送

（1）24C128/256 的简介

24C128/256 为 16k/32k×8bit 串行电可擦除只读存储器（EEPROM），它允许 4 个器件连接在同一个两线式总线上，它被广泛应用于低能耗、低电压的各种场合，引脚如图 6-17 所示。

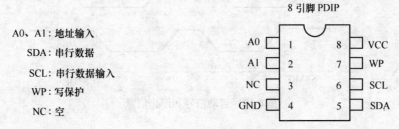

A0、A1：地址输入
SDA：串行数据
SCL：串行数据输入
WP：写保护
NC：空

图 6-17　24C128/256 引脚

（2）24C128/256 的特征

1）低电压标准电平操作：

5.0——（VCC = 4.5～5.5V）

2.7——（VCC = 2.7～5.5V）

1.8——（VCC = 1.8～3.6V）

2）内部容量 16k×8bit，32k×8bit；

3）两线式串行接口；

4）双向式数据传输协议；

5）1MHz（5V）、1MHz（2.7V）、400kHz（1.8V）多种频率兼容；

6）硬件写保护引脚和软件数据保护；

7）64 字节页写模式（允许部分页单独写）。

（3）一位数据的传送

I^2C 总线规定时钟线 SCL 上一个时钟周期只能传送一位数据，而且要求串行数据线 SDA 上的信号电平在 SCL 的高电平期间必须稳定（除启动信号和停止信号），数据线上的信号变化只允许在 SCL 的低电平期间发生，如图 6-18 所示。

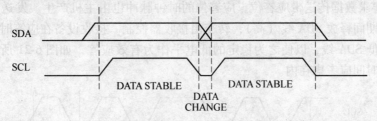

图 6-18　I^2C 总线上一位数据

（4）启动信号和停止信号

当 SCL 线是高电平时，向 SDA 线上送出一个由高到低的电平跳变，才是表示启动传送的信号。当 SCL 线为高电平时，向 SDA 线上送出的由低到高的电平跳变定义为停止信号，如图 6-19 所示，启动信号和停止信号是由主机产生的。总线上出现启动信号后，就认为总线处于工作状态；总线上出现停止信号一定时间后，就说总线处于不忙或空闲状态。

如果接到总线上的设备具备 I^2C 的接口硬件，就很容易检测到启动信号和停止信号。然而，有些微处理器没有 I^2C 接口电路，必须在每个时钟周期内至少采样二次，SDA 线才能检测到启动信号和停止信号。

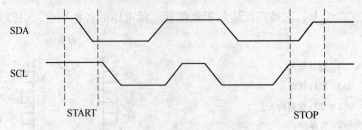

图 6-19　启动信号和停止信号

（5）数据字节的传送

一个数据字节由 8 位组成。总线对每次传送的字节数没有限制。但每个字节后必须跟一位应答位。数据传送首先传送最高位（MSB），如图 6-20 所示。如果正在接收数据的设备在完成某些操作前不能接收下一个字节的数据，例如正在进行内部中断，可以把 SCL 线拉为低电平，迫使发送进入等待状态。当接收器准备好接收下一个字节时再释放时钟线 SCL，使数据传送继续进行。

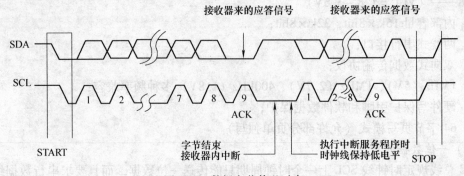

图 6-20　数据字节传送时序

（6）应答

I^2C 总线要求数据传送带应答位。应答位的时钟脉冲也由主机产生。发送设备在应答时钟脉冲高电平期间释放 SDA 线（高），转交由接收器控制。接收设备在应答时钟脉冲的高电平期间必须拉低 SDA 线，以使之为稳定的低电平作为有效应答，如图 6-21 所示。当然，建立时间和保持时间应考虑在内。

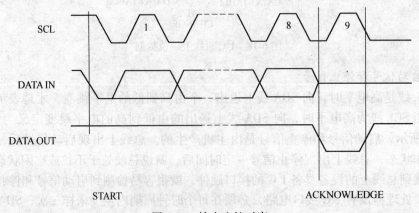

图 6-21　输出应答时序

（7）寻址及命令

串行总线和并行总线不同，并行总线中有地址总线，CPU 通过地址总线送出所要选择的设备地址，由地址译码器产生该设备的选通信号；I^2C 总线只有一根数据线，不另附地址或外设选通线，而是利用启动信号后的前几个字节数据传送地址信息及控制信息。

1）第一字节各位的定义：启动信号后主机至少要发送一个字节数据，从高位到低位的含义如图 6-22 所示。高 7 位是从机地址位，其中高 5 位为 10100，A1、A0 为芯片地址，第 8 位为传送方向位或称读/写位，为"0"表示主机写，即主机向从机发送数据；为"1"表示主机读，即从机向主机发送数据。

图 6-22 第一字节的定义

2）字节写：该操作要求在设备地址应答信号后后接两字节的具体地址值，并在这一信号应答位之后，写入 EEPROM 一个 8 位的数据，总线接到应答信号后，发送停止位。字节写操作时序如图 6-23 所示。

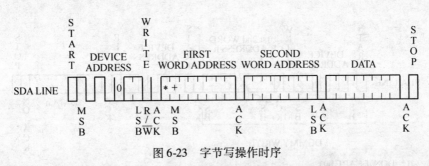

图 6-23 字节写操作时序

3）页写：页写和字节写类似，只是控制器在锁定第一个数据字节后，不发停止位，在接到第一个数据字节的应答位之后，控制器可再发 63 个字节的数据字节，EEPROM 在接收每个数据字节后都会向总线上发"0"作为应答信号，发完数据后，由微控制器发停止信号，如图 6-24 所示，在接到每一位数据后，低 6 位的数据地址指针自动加 1，高的数据地址位不变，保持当前的数据页，如果传到 EEPROM 的数据超过 64 字节，地址会由当前页的最后一个字节返回当前页的第一个字节且将以前的数据覆盖。

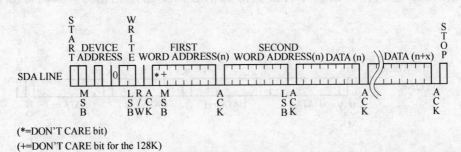

(*=DON'T CARE bit)

(+=DON'T CARE bit for the 128K)

图 6-24 页写操作时序

除了第一字节的第 8 位为 "1" 外，读操作和写操作完全相同。读操作分为三种：当前地址读、任意地址读和连续地址读。

综上，写字节时有三种情况要判断：字节前是否发启动信号，字节结束时是否接应答信号以及是否发停止信号，因此，可以在编写程序时做成通用的模块，即在程序中设置 3 个标记位，分别为启动标记、应答标记和停止标记，在发每个字节前分别判断 3 个标记位的值，从而决定发这个字节的具体格式。

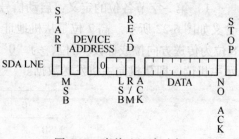

图 6-25　当前地址读时序

4）当前地址读：只要芯片的电源不断，指针将会保持在上次读或写操作的最后一个字节地址加 1 的状态。地址溢出时，指针将从最后一个存储区的最后一个地址跳到第一页的第一个地址。其时序图如图 6-25 所示。

5）任意地址读：任意地址读需要一个 "哑" 字节写序列来确定数据字节的地址。一旦设备地址和数据字节地址被 EEPROM 接收，微控制器必须发出另一个启动信号。这时微控制器通过将第一字节的读/写选择位置 "1"，启动当前地址读过程，其时序如图 6-26 所示。

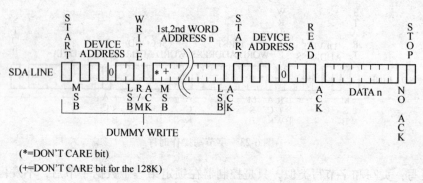

(*=DON'T CARE bit)
(+=DON'T CARE bit for the 128K)

图 6-26　任意地址读时序

6）连续地址读：连续地址读可以以当前地址读或任意地址读作为开始，微控制器收到一个数据字节后，它反送一个应答信号。只要 EEPROM 接到应答信号，它就连续地将当前数据地址指针自增 1，并读新的数据，当到达存储区的极限地址后，数据地址指针复位连续读继续，直到微控制器不再发送应答信号而发送停止信号。其时序如图 6-27 所示。

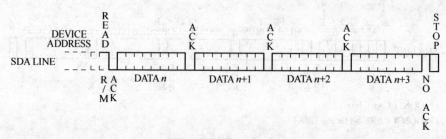

图 6-27　连续地址读时序

7）软件例程见本章后面的例程：I^2C 操作源程序。

3. 仲裁和时钟同步化

（1）时钟的同步

主机总是向 SCL 发送自己的时钟脉冲，以控制 I^2C 总线上的数据传送。由于设备是经过开路或集电极开路接到 SCL 线上的，所以多台主机同时发送时钟时，只要有两个设备向 SCL 输出低电平，SCL 线就是低电平；只有当所有向 SCL 输出时钟脉冲的设备都输出高电平时，SCL 线才是高电平，也就是"与"的关系。时钟同步就是利用电路上的这个特点。总线的 SCI 线上电平由高到低的变化，使 I^2C 接口硬件从这个下降沿起开始计算时钟的低电平时间，当低电平持续时间达到片内设定的时钟低电平时间时，就向 SCL 线输出高电平。但 SCL 线要等所有输出时钟的设备都输出为高时，才变高。SCL 线的低电平时间为时钟周期最长设备的低电平时间。各设备从 SCL 线由低变高的上升沿起开始计算高电平时间，当达到片内设定的高电平时间时，向 SCL 线送出低电平。尽管别的主机仍向 SCL 线输出高电平，但 SCL 线已变低。总线上 SCL 的电平变化如图 6-28 所示。

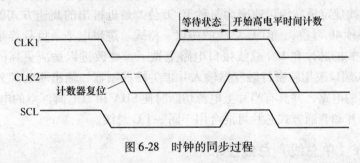

图 6-28　时钟的同步过程

由此可见，SCL 线的低电平时间等于时钟周期最长的主机时钟的低电平时间，SCL 线的低电平时间等于时钟周期最短的主机时钟的高电平时间。几台主机同时工作时，时钟就是按这种方式同步的。

（2）仲裁

为了保证 I^2C 上数据的可靠传送，在任一时刻总线应由一台主机控制，这就要求总线上连接的多个具有主机功能的设备在别的主机使用总线时，不应再向总线发送启动信号以试图控制总线。但几台主机有可能同时向总线发送启动信号，要求控制总线，这时就需要两个判断处理过程，决定哪些主机放弃总线控制权，而仅由一台主机控制总线。这个过程称为仲裁，仲裁过程和时钟的同步是同时进行的。

仲裁是一位一位进行的，如前所述，时钟线通过各主机时钟线的"与"关系实现同步。仲裁则利用各主机数据线的"与"关系来实现。当 SCL 线为高电平时，SDA 线上应出现稳定有效的数据电平。各主机在各自时钟的低电平期间送出各自要发送的数据到 SDA 线，并在 SCL 高电平时检测 SDA 线的状态。如果 SDA 线的状态与自己发出的数据不同，即发出的是"1"，而检测的是"0"（必然有别的主机发送"0"，因为 SDA 是各主机数据信号相"与"的结果），就失去仲裁，即自动放弃总线控制权，终止自己的主机工作方式。

仲裁从启动信号后的第一字节的第一位开始，一位一位进行。SDA 线在 SCL 线的高电平期间总是和发出不失去仲裁的主机数据相同。所以整个仲裁过程中，SDA 线上数据完全和最终取得总线控制权的主机发出的数据相同，并不影响该主机数据的传送。

I^2C 总线上各主机竞争的取胜与否取决于各主机送出的地址和数据，既没有中央主机也没主机的优先权次序。

（3）用时钟同步机制作握手信号

I^2C 总线上的数据传送过程中，发送器和接收器之间是按 SCL 线上的时钟脉冲同步进行的。发送器和接收器的处理速度会有差异，或各自有其他操作要执行，如中断、接收器要存收到的数据、发送器要准备下一个发送数据等。故要求对方在自己完成这些操作后再传送数据。这时，可以用拉低 SCL 线的方法迫使对方进入等待状态，到自己准备好后再释放 SCL 线，使传送继续进行。

片内无 I^2C 接口电路的设备也可以用拉低 SCL 线的方法延长总线时钟的低电平时间，减缓 I^2C 总线上数据传送的速率。由于运用了这种工作原理，不同速度的设备可以接在同一总线上，完成相互间数据的传送。

4. 高速方式

原有 I^2C 总线规定最高传送速率为每秒 10 万位，最近推出的高速方式的芯片，它的传输速率可高达每秒 40 万位，而 I^2C 总线的协议、格式、逻辑电平、负载容量等仍与普通方式相同。高速方式的芯片在 I^2C 总线接口电路上做了一些改进以适应更高的传送速率。在 SDA 和 SCL 输入端口改用施密特触发器输入并带尖峰抑制器，输出驱动部分装有改善上升沿、下降沿陡度的电路，并具有当片上电源切断时使 SDA 和 SCL 脚浮空的电路。

高速方式芯片和普通方式芯片可混合用于同一 I^2C 总线。

6.2.3 1-Wire（单总线）总线技术

以 DALLAS1820/B20 为例介绍 1-Wire 总线技术。

美国 DALLAS 公司生产的单线数字温度传感器 DS1820，可把温度信号直接转换成串行数字信号供微机处理。由于每片 DS1820 含有唯一的识别码，所以在一条总线上可挂接任意多个 DS1820 芯片。从 DS1820 读出的信息或写入 DS1820 的信息，仅需要一根口线（单线接口）。读写及温度变换功率来源于数据总线，总线本身也可以向所挂接的 DS1820 供电，而无需额外电源。DS1820 提供 9bit 温度值，构成多点温度检测系统而无需任何外围硬件。

1. DS1820 的特性

- 单线接口：仅需一根口线与 MCU 连接；
- 无需外围元件；
- 由总线提供电源；
- 测温范围为 $-55 \sim 75℃$，精度为 $0.5℃$；
- 9bit 温度值；
- A/D 变换时间为 200ms；
- 用户自设定温度报警上下限，其值是非易失性的；
- 报警搜索命令可识别哪片 DS1820 温度超限。

2. DS1820 引脚及功能

DS1820 的引脚如图 6-29 所示。

1 2 3
GND DQ VDD

图 6-29　DS1820 的 PR35 封装

- GND：地；
- DQ：数据输入/输出（单线接口，可作寄生供电）；
- VDD：电源电压。

3. DS1820 的工作原理

DS1820 的内部结构如图 6-30 所示。由图可知，DS1820 由电源监测、64bit ROM 和存储器三个主要数字器件组成。

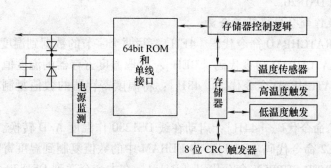

图 6-30 DS1820 内部结构

64bit 闪速 ROM 的结构如下：

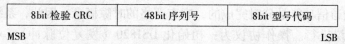

8bit 检验 CRC	48bit 序列号	8bit 型号代码
MSB		LSB

它既可寄生供电，也可由外部 5V 电源供电。在寄生供电情况下，当总线为高电平时，DS1820 从总线上获得能量并储存在内部电容上；当总线为低电平时，由电容向 DS1820 供电。

DS1820 的测温原理是：内部计数器对一个受温度影响的振荡器的脉冲计数，低温时振荡器的脉冲可以通过门电路，而当到达某一设置高温时振荡器的脉冲无法通过门电路。计数器设置为 -55℃时的值，如果计数器到达 0 之前，门电路未关闭，则温度寄存器的值将增加，这表示当前温度高于 -55℃。同时，计数器复位在当前温度值上，电路对振荡器的温度系数进行补偿，计数器重新开始计数直到回零。如果门电路仍然未关闭，则重复以上过程。温度表示值为 9bit，高位为符号位，其结构如下：

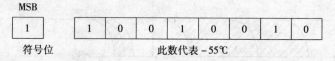

MSB

1		1	0	0	1	0	0	1	0

符号位　　　　　　　　　此数代表 -55℃

对 DS1820 的使用，多采用单片机实现数据采集。处理时，将 DS1820 信号线与单片机一位口线相连，单片机可挂接多片 DS1820，从而实现多点温度检测系统。

系统对 DS1820 的操作以 ROM 命令和存储器命令形式出现。

4. 操作指令

（1）ROM 命令代码及其含义

1）READROM 命令代码 [33H]：如果只有一片 DS1820，可用此命令读出其序列号，若在线 DS1820 多于一个，将发生冲突。

2）MATCHROM 命令代码［55H］：多个 DS1820 在线时，可用此命令匹配一个给定序列号的 DS1820，此后的命令就针对该 DS1820。

3）SKIPROM 命令代码［CCH］：此命令执行后的存储器操作将针对在线的所有 DS1820。

4）SEARCHROM 命令代码［FOH］：此命令用以读出所有在线的 DS1820 的序列号。

5）ALARMSEARCH 命令代码［ECH］：当温度值高于 TH 或低于 TL 中的数值时，此命令可以读出报警的 DS1820。

（2）存储器操作命令代码及其含义

1）WRITESCRATCHPAD 命令代码［4EH］：写两个字节的数据到温度寄存器。

2）READSCRATCHPAD 命令代码［BEH］：读取温度寄存器的温度值。

3）COPYSCRATCHPAD 命令代码［48H］：将温度寄存器的数值复制到 EERAM 中，保证温度值不丢失。

4）CONVERT 命令代码［44H］：启动在线 DS1280 作温度 A/D 转换。

5）RECALL E2 命令代码［B8H］：将 EERAM 中的数值复制到温度寄存器中。

6）READ POWER SUPPLY 命令代码［B4H］：在本命令送到 DS1820 之后的每一个读数据间隙，指出电源模式"0"为寄生电源，"1"为外部电源。

（3）DS1820 的读、写及初始化操作

DS1820 单线通信功能是分时完成的，它有严格的时隙概念。因此，系统对 DS1820 的各种操作必须按协议进行。操作协议为：初始化 DS1820（发复位脉冲）→ 发 ROM 功能命令→发存储器操作命令 → 处理数据。各种操作的时序如图 6-31 和图 6-32 所示。

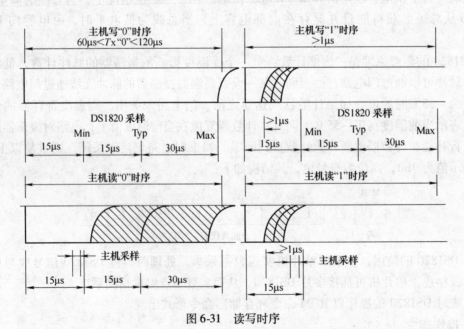

图 6-31 读写时序

下面以 C 语言程序为例，说明 DS1820 的读、写和初始化的操作方法。

1）// 向总线上写"1"

void Write1（void）

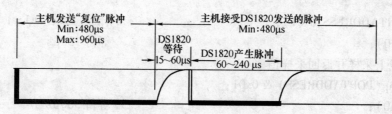

图 6-32　初始化 DS1820 时序

```
}
    outp( PORTADDRESS, 0x00 );                        //DQ = 0
    Waitx( 1 );                                       //等待 1μs
    outp( PORTADDRESS, 0x01 );                        //释放总线：DQ = 1
    Waitx( 59 );                                      //等待 59μs
}
2) //向总线上写"0"
void Write0( void )
{
    outp( PORTADDRESS, 0x00 );                        // DQ = 0
    Waitx( 55 );                                      //等待 55μs
    outp( PORTADDRESS, 0x01 );                        //释放总线：DQ = 1
    Waitx( 5 );                                       //等待 5μs
}
3) // 从总线上读取 1 个 bit
int Readx( void )
{
    int result;
    outp( PORTADDRESS, 0x00 );                        //DQ = 0
    Waitx( 1 );
    outp( PORTADDRESS, 0x01 );                        //释放总线：DQ = 1
    Waitx( 14 );
    //15μs 后从总线上采样
    result = inp( PORTADDRESS ) & 0x01; Waitx( 45 );
    return result;
}
4) //初始化 DS1820
int Reset( void )
{
    int result;
    outp( PORTADDRESS, 0x00 );                        //DQ = 0
    Waitx( 480 );                                     //等待 480μs
```

```
outp(PORTADDRESS,0x01);                          //释放总线：DQ=1
Waitx(120);                                       //等待120μs
//从总线上采样并返回采样值
result = inp(PORTADDRESS) & 0x01;
Waitx(360);                                       //等待360μs
return result;
}
```

5. 1-Wire 接口自动寻码技术

当总线上同时挂接多个 DS1820 时，利用自动寻码技术可读出所有在线的 DS1820 的硅串行序列号。其命令代码：SEARCHROM [F0H]

自动寻码的过程实质上是三个简单过程的重复：① 读取 1 个 bit 的原码；② 读取此 bit 的补码；③ 向总线上写入此 bit 的想得到的值"0"或"1"。主机重复此简单的三步操作 64 次，即可得到一个 DS1820 的 ROM 序列号。再如此重复，即可读出所有的 DS1820 的 ROM 序列号。

下面举例说明自动寻码的过程。假定总线上挂接了 4 个 DS1820，其 ROM 序列号分别为

ROM1   00110101...
ROM2   10101010...
ROM3   11110101...
ROM4   00010001...

寻码的过程如下：

1）主机对 DS1820 进行初始化。

2）主机向总线上发送"Search ROM（F0H）"命令。

3）主机从总线上读取 ROM 序列号的第 1 个 bit。此时每个 DS1820 都会向总线上送出自己的 ROM 序列号的第 1 个 bit，如 ROM1 和 ROM4 将会送出"0"，使得总线变为低电平；ROM2 和 ROM4 将会向总线上送出"1"，使得总线变为高电平，其结果是"与"的关系，因此主机将从总线上读到"0"。

主机继续进行从总线读取 1 个 bit 的操作，此时所有的 DS1820 将向总线上发送上次发出的 1 个 bit 的补码，如 ROM1 和 ROM4 将会送出"1"，使得总线变为高电平；ROM2 和 ROM4 将会向总线上送出"0"，使得总线变为低电平，其结果是"与"的关系，因此主机还将从总线上读到"0"。

根据这两次读出的两个 bit 的数据，主机可以判断总线上是否挂接了 DS1820，是否挂接了多个 DS1820。

对于这两个 bit 的数据组合有以下说明：

00   尚有多个未确定 ROM 序列号的 DS1820；

01   此位上所有总线上的 DS1820 的 ROM 序列号均为"0"；

10   此位上所有总线上的 DS1820 的 ROM 序列号均为"1"；

11   总线上没有挂接 DS1820。

4）主机向总线上写"0"，就可以排除 ROM2 和 ROM3，使得 ROM2 和 ROM3 不参与下面的寻码操作。此时总线上就相当于只挂接了 ROM1 和 ROM4。

5）主机重复第 3 步读取第 2bit，此时主机将获得数据 "01"，这表明 ROM1 和 ROM4 的第 2bit 均为 "0"。

6）主机向总线上写 "0"，继续选中 ROM1 和 ROM4。

7）主机重复第 3 步读取第 3bit，此时主机将获得数据 "00"，这表明 ROM1 和 ROM4 的第 3bit 的数据发生冲突，即 ROM1 和 ROM4 的第 3bit 既有 "0" 也有 "1"。

8）主机向总线上写 "0"，排除 ROM1 仅选中 ROM4。

9）可以重复上述方法读出 ROM4 序列号中剩余的所有 bit。

10）在得到 ROM4 的序列号之后，主机可对新的 ROM 进行寻码，先重复步骤 1~7。

11）主机向总线上写 "1"，排除 ROM4 仅选中 ROM1。

12）可以读出 ROM1 序列号中剩余的所有 bit。

13）在得到 ROM4 和 ROM1 的序列号之后，主机可对新的 ROM 再进行寻码，先重复步骤 1~3。

14）主机向总线上写 "1"，就可以排除 ROM1 和 ROM4，使得 ROM1 和 ROM4 不参与下面的寻码操作。此时总线上就相当于只挂接了 ROM2 和 ROM3。

15）主机重复第 3 步读取 ROM2 和 ROM3 第 2bit，此时主机将获得数据 "00"，这表明 ROM2 和 ROM3 的第 2bit 的数据发生冲突，即 ROM2 和 ROM3 的第 3bit 既有 "0" 也有 "1"。

16）主机向总线上写 "0"，排除 ROM3 仅选中 ROM2。

17）可以读出 ROM2 序列号中剩余的所有 bit。

18）在得到 ROM2 的序列号之后，主机可对 ROM3 进行寻码，先重复步骤 13~15。

19）主机向总线上写 "1"，排除 ROM2 仅选中 ROM3。

20）可以读出 ROM3 序列号中剩余的所有 bit。从而完成了多个 DS1820 的自动寻码。

6. 温度检测系统原理及程序流程图

温度检测系统原理如图 6-33 所示，采用寄生电源供电方式。为保证在有效的 DS1820 时钟周期内提供足够的电流，我们用一个 MOSFET 管和一个 I/O 口（P1.0）来完成对 DS1820 总线的上拉。当 DS1820 处于写存储器操作和温度 A/D 变换操作时，总线上必须有强的上拉，上拉开启时间最大为 10μs。采用寄生电源供电方式时 VDD 必须接地。由于单线制只有一根线，因此发送接收口必须是三态的，为了操作方便，用 P1.1 口作发送口 Tx，P1.2 口作接收口 Rx。通过试验我们发现此种方法可挂接 DS1820 数十片，距离可达到 50m，而用一个口时仅能挂接 10 片 DS1820，距离仅为 20m。同时，由于读、写在操作上是分开的，故不存在信号竞争问题。

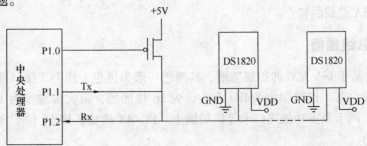

图 6-33　温度检测系统原理图

无论是单点还是多点温度检测，在系统安装及工作之前，应将主机逐个与 DS1820 挂接，读出其序列号。其工作过程为：主机 Tx 发一个脉冲，待 0 电平的持续时间大于 480μs 后，复位 DS1820，待 DS1820 所发响应脉冲由主机 Rx 接收后，主机 Tx 再发读 ROM 命令代码 33H（低位在前），然后发一个脉冲（15μs），并接着读取 DS1820 序列号的一位。用同样方法读取序列号的 56 位。对于图 6-33 所示系统的 DS1820 操作的总体流程如图 6-34 所示。它分三步完成：① 系统通过反复操作，搜索 DS1820 序列号；② 启动所有在线 DS1820 进行温度 A/D 变换；③ 逐个读出在线 DS1820 变换后的温度数据。

同时，也可利用串行通信口（RXD、TXD）与上位计算机进行通信，从而构成微机温度测量系统网。

6.3 ISA 总线

1985 年美国 IBM 公司在 IBM PC/XT 的基础上推出了 PC 第二代升级产品 IBM PC/AT（Advanced Technology）。它拥有比 PC/XT 更快的处理速度和大得多的存储器容量。

ISA（Industry Standard Architecture，工业标准体系结构）总线是 IBM 公司为 PC/AT 计算机而制定的总线标准。ISA 总线是对 PC/XT 总线的扩展，为 8/16 位的系统总线，数据传输率大约是 8Mbit/s，允许多个 CPU 共享系统资源。由于兼容性好，它在 20 世纪 80 年代是采用最广泛的系统总线。

本节主要介绍 ISA 总线插槽和引脚的功能定义、ISA 总线的特点。

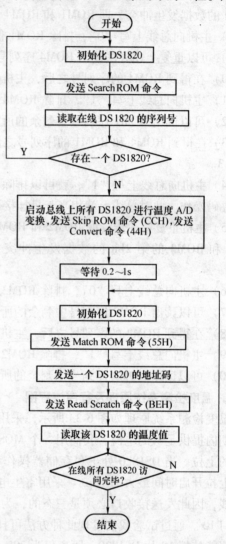

图 6-34　对图 6-33 所示系统的 DS1820 操作的总体流程图

6.3.1 ISA 总线插槽

ISA 插槽是基于 ISA 总线的扩展插槽，其颜色一般为黑色，比 PCI 接口插槽要长些，位于主板的最下端。其工作频率为 8MHz 左右，为 16 位插槽，最大传输率为 16Mbit/s，可插接显卡、声卡、网卡及多功能接口卡等扩展插卡。PC/AT 插槽扩展 16 位 I/O 接口扩展原理图如图 6-35 所示。

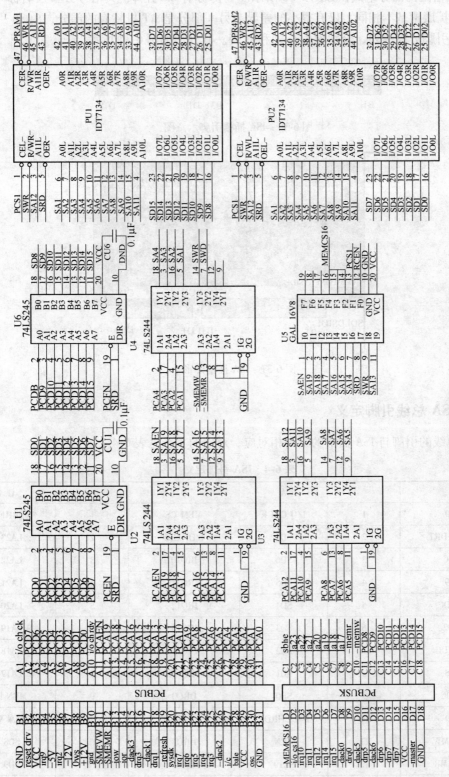

图 6-35 PC/AT 插槽扩展 16 位 I/O 接口扩展原理图

ISA 插槽由两部分组成，如图 6-36 所示。一部分有 62 引脚，其信号分布及名称与 PC/XT 总线的扩展槽基本相同，仅有很小的差异。另一部分是 AT 机特有的部分，由 36 引脚组成，这 36 引脚分成两列，分别称为 C 列和 D 列。其外形如图 6-37 所示。

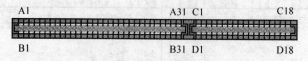

图 6-36　ISA 插槽引脚示意图

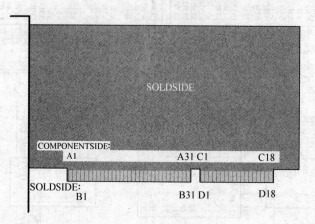

图 6-37　ISA 插槽外形

6.3.2　ISA 总线引脚定义

ISA 总线的引脚与 ISA 插槽的引脚相对应，对应的关系见表 6-4。

表 6-4　ISA 引脚定义

B		A	D		C
GND	1	I/O CHCK	MEM CS	1	SBHE
RESER DRT	2	SD7	I/O CS16	2	LA23
5VDC	3	SD6	IRQ10	3	LA22
IRQ9	4	SD5	IRQ11	4	LA21
−5VDC	5	SD4	IRQ12	5	LA20
DRQ2	6	SD3	IRQ15	6	LA19
−12VDC	7	SD2	IRQ14	7	LA18
OWS	8	SD1	−DACK0	8	LA17
12VDC	9	SD0	DRQ0	9	MEN R
GND	10	I/O CHRDY	−DACK5	10	MEN W
−SMEMW	11	AEN	DRQ5	11	SD8
−SMEMR	12	SA19	−DACK6	12	SD9
−IQW	13	SA18	DRQ6	13	SD10

（续）

B		A	D		C
– IQR	14	SA17	– DACK7	14	SD11
– DACK3	15	SA16	DRQ7	15	SD12
DRQ3	16	SA15	5VDC	16	SD13
DACK1	17	SA14	MASTER	17	SD14
DRQ1	18	SA13	GND	18	SD15
REFRESH	19	SA12			
CLK	20	SA11			
IRQ7	21	SA10			
IRQ6	22	SA9			
IRQ5	23	SA8			
IRQ4	24	SA7			
IRQ3	25	SA6			
– DACK2	26	SA5			
T/C	27	SA4			
BALE	28	SA3			
5VDC	29	SA2			
OSC	30	SA1			
GND	31	SA0			

（1）SA0 ~ SA19（I/O）

地址总线 0 位 ~ 19 位，用于寻址系统内的存储器和 I/O 设备，对应 ISA 插槽上的 A31 ~ A12。除这 20 条地址线外，还有 LA17 ~ LA23，允许存取多达 16MB 存储量。这些信号是由系统板内的 CPU 或 DMA 控制器产生的，也可以由 I/O 通道的其他微处理器或 DMA 控制器驱动。在 BALE 处于高电平时，PCA0 ~ PCA19 接到系统总线，并在 BALE 下降沿上锁存。

（2）LA17 ~ LA23（I/O）

地址总线 17 位 ~ 23 位，对应 ISA 插槽上的 C8 ~ C2，在 CPU 周期 LA17 ~ LA23 内容不锁存，用于寻址系统内的存储器和 I/O 设备，并给系统提供多达 16MB 的寻址能力。由-MASTER信号控制系统地址总线 LA17 ~ LA23 的方向。当-MASTER 为高电平时，由系统板上的微处理器或 DMA 控制器控制系统地址总线，此时局部总线上的 A17 ~ A23 送到系统总线上的 SA17 ~ SA23。当-MASTER 为低电平时，有 I/O 通道上的其他处理器或 DMA 控制器控制系统总线，此时系统总线上的 SA17 ~ SA23 送到局部总线上 A17 ~ A23。在 BALE 为高电平时，则 LA17 ~ LA23 才有效。在带有一个等待状态存储器周期内 LA17 ~ LA23 产生出存储器的译码，但 I/O 适配器需用 BALE 信号的下降沿来锁定这些信号。

（3）SD0 ~ SD15（I/O）

数据总线 0 位 ~ 15 位，这些信号给系统内的微处理器、存储器的 I/O 设备提供数据。其中 SD0 ~ SD7 对应 ISA 插槽的 A9 ~ A2 插口，其中 SD8 ~ SD15 对应 ISA 插槽的 C11 ~ C18 插口。SD0 是最低有效位，SD15 是最高有效位。当 CPU 控制系统总线时，系统数据总线的方向由总线控制器输出的 DT/-R 信号控制。CPU 既可按字传送，也可按字节传送。I/O 通道的 16 位设备使用 SD0 ~ SD15，I/O 通道的 8 位设备与 CPU 间的通信使用 SD0 ~ SD7。16 位 CPU 传输到

8 位设备将变换为两个 8 位传输，其中 SD8 ~ SD15 上的数据需要变换后送到 SD0 ~ SD7。

（4）-MEMR、-SMEMR

存储器读命令。其中-MEMR 对应 ISA 插槽的 C9 插口，-SMEMR 对应 ISA 插槽的 B12 插口。这些信号命令存储器将数据送到系统数据总线上。-MEMR 在所有存储器的读周期有效。-SMEMR取自-MEMR 和存储器的低 1MB 的译码，所以仅当存储译码在存储空间的低 1MB 时，-SMEMR 才有效。-MEMR 可由系统中任何一个（包括 I/O 通道）微处理器或 DMA 控制器驱动。

（5）-MEMW、-SMEMW

存储器写命令。其中-MEMW 对应 ISA 插槽的 C10 插口，-SMEMW 对应 ISA 插槽的 B11 插口。这些信号命令系统数据总线上存储到存储器。-MEMW 在所有存储器的写周期有效。-SMEMW取自-MEMW 和存储器的低 1MB 的译码，所以仅当存储译码器在存储空间的低 1MB 时，-SMEMW 才有效。-MEMW 可由系统中任何一个微处理器或 DMA 控制器驱动。

（6）-IQR

I/O 读命令，对应 ISA 插槽的 B14 插口。命令 I/O 设备把其数据送到系统总线。它可由系统板微处理器或 DMA 控制器，或者由 I/O 通道上的微处理器或 DMA 控制器驱动。

（7）-IQW

I/O 写命令，对应 ISA 插槽的 B13 插口。命令 I/O 设备写入系统总线上的数据。它可以由系统中的任何一个微处理器或 DMA 控制器驱动。

（8）BALE

允许锁存地址，对应 ISA 插槽的 B28 插口。由总线控制器提供的，用于在系统板上锁存从处理器来的有效地址。在 I/O 通道上，作为处理器或 DMA 地址的指示。该信号与 AEN 一起锁存处理器地址，并在 BALE 的下降沿锁存。

（9）AEN

地址允许信号，对应 ISA 插槽的 A11 插口。指示系统板 CPU 进入保持状态，以便进行 DMA 传送。此信号线有效时，由 DMA 控制器控制系统总线。AEN 为高电平时为 DMA 方式，AEN 为低电平时为 I/O 和 MEM 模式。

（10）SBHE

总线高字节允许，对应 ISA 插槽的 C1 插口。SBHE 为低电平表示数据在系统数据总线的高字节（PCD0 ~ PCD15）传输。16 位设备用 SBHE 信号控制数据总线缓冲器接到 PCD8 ~ PCD15。

（11）-MASTER

主设备信号，对应 ISA 插槽的 D17 插口。此信号由 I/O 通道上的设备产生。当其为低电平时，表明 I/O 通道上有一个有效的设备。此信号与 DRQ 线一起使用，以便控制系统。I/O 通道上设备将 DRQ 发送到系统板 DMA 通道，并接收-DACK 时，这个设备可使-MASTER 为低电平。在-MASTER 为低电平后，在控制地址和数据之前，I/O 的微处理器必须等待一个系统时钟周期。此外，在发出读或写命令之前，必须等待两个系统时钟周期。此信号保持低电平不得超过 15μs，因为系统存储器由于没有刷新周期可能失去数据。

（12）-MEMCS16

存储器 16 位芯片选中信号，它对应 ISA 插槽的 D1 插口。由 LA17 ~ LA23 的译码得到，在 1MB 位之内可由 PCA0 到 PCA19 译码得到。

（13）-I/O CS16

I/O16 位芯片选中信号，它是针对 16 位 1 个等待的 I/O 周期，对应 ISA 插槽的 D2 插口。它由地址译码器驱动。-MEMCS16 和-I/OCS16 都是低电平有效，并且应该由一个能够吸收 20mA 电流的集电极开路或三态驱动器来驱动。

（14）OWS

零等待状态，对应 ISA 插槽的 B8 插口。此信号通知微处理器，当前访问存储器的总线周期没有等待状态插入。为了无需等待状态将一个存储器周期运用于 16 位设备，-0WS 应取自由读或写命令来选通地址译码。

（15）I/O CHRDY

I/O 通道就绪，对应 ISA 插槽的 A10 插口。由 I/O 通道上存储器或 I/O 设备产生，为低电平时，表明 I/O 通道上设备没有准备好，必须插入等待状态。

（16）-I/O CHCK

I/O 通道检验信号，对应 ISA 插槽的 A1 插口。此信号有效表明 I/O 通道的存储器或设备检查出奇偶错误，向 CPU 提出不可屏蔽的中断请求。

（17）RESET DRT

复位驱动，对应 ISA 插槽的 B2 插口。此信号为系统清零信号，用于加电时使系统各部件复位或初始化。

（18）SYSCLK

系统时钟，对应 ISA 插槽的 B20 插口。它的频率为 6MHz。它与处理器的状态周期同步（167ns），可用于外设的时钟。

（19）OSC

振荡器，对应 ISA 插槽的 B30 插口。它是一个具有 70ns 的时钟周期，由晶振 14.31818MHz 产生。

（20）-REFRESH

刷新信号，对应 ISA 插槽的 B19 插口。此信号用来指示一个存储器刷新周期。

（21）IRQ3～7、IRQ9～12、IRQ14～15

中断请求。其中 IRQ3～7 对应 ISA 插槽的 B25～B21 插口，IRQ9～15 对应 ISA 插槽的 B4、D3～D7 插口。当 IRQ 线从低电平上升到高电平时，就产生一个中断请求。在微处理器响应中断请求之前，该线必须保持高电平。

（22）DRQ0-3、DRQ5-7

DMA 请求。其中 DRQ0 对应 D9，DRQ1 对应 B18，DRQ 对应 B6，DRQ5 对应 D11，DRQ6 对应 D13，DRQ7 对应 D15。

（23）-DACK0-3、-DACK5-7

用来响应 DMA 请求。它们是低电平有效。

（24）T/C

终点计数。在任何一个 DMA 通道的终点计数，计满时发出脉冲。

6.3.3　ISA 总线的特点

1）ISA 总线能支持 16 位 I/O 端口地址、24 位存储地址、8/16 位数据存取、15 级可屏蔽中断、7 级 DMA 通道及能产生 I/O 等待状态。ISA 总线的数据传送率为 8MByte/s。

2）ISA 总线是一种多主控（Multi master）总线，除 CPU 外，其他主控设备可以是 DMAC、DRAM 刷新控制器和一个代处理器的智能接口卡。

3）ISA 总线可以支持 8 种类型的总线周期，即 8/16 位存储器读周期、8/16 位存储器写周期、8/16 位 I/O 读周期、8/16 位 I/O 写周期、中断响应周期、DMA 周期、存储器刷新周期和总线仲裁周期。

6.4 PCI 总线

PCI 是 Intel 公司 1991 年推出的一种局部总线，从 1991 年创立至今，PCI 总线取代了早先的 ISA 总线，已成为计算机的一种标准总线。它有即插即用、中断共享等优点，下面将对 PCI 总线做一个详细的介绍。PCI 总线允许 10 个接插件，是目前最主流的一种接口类型。它支持 32 位与 64 位的数据宽度，总线时钟频率一般是 33.3MHz，最大可以达到 66MHz。

6.4.1 PCI 总线概述

PCI 总线支持 32 位与 64 位两种数据宽度，总线速度一般是 33.3MHz，最大可以达到 66MHz。传输效率的范围是 133～266MByte/s，存取时间延迟小，数据传输的完整性和可靠性高，独立于处理器，支持多个主控器，适用于多种机型，具有即插即用和中断共享的功能，成本低。由 PCI 总线构成的标准系统结构如图 6-38 所示。

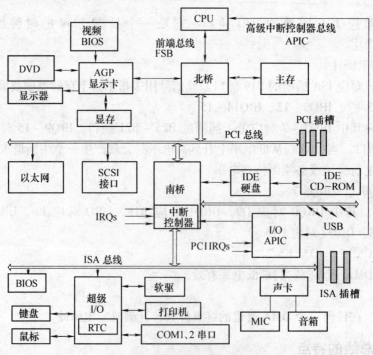

图 6-38 标准的 PCI 系统结构

　　所谓即插即用，是指当板卡插入系统时，系统会自动对板卡所需资源进行分配，如基地址、中断号等，并自动寻找相应的驱动程序，而不像旧的 ISA 板卡，需要进行复杂的手动配置。

　　中断共享的优点是相对于 ISA 总线而言的，ISA 卡的一个重要局限在于中断是独占的，而我们知道计算机的中断号只有 16 个，系统又用掉了一些，这样，当有多块 ISA 卡都用中断时就会出现问题。PCI 总线的中断共享由硬件和软件两部分组成。硬件上，采用电平触发的方法实现；软件上，采用中断链的方法实现。

1. PCI 总线的信号

PCI 总线的信号有 6 种类型：

IN：　　单向输入信号；

OUT：　单向输出信号；

T/S：　双向三态输入/输出信号；

S/T/S：持续且低电平有效的三态信号；

0/D：　漏极开路；

#：　　低电平有效。

　　在 PCI 总线中，取得总线控制权的设备为主设备，被主设备选中进行数据交换的设备为从设备。

　　PCI 总线标准所定义的信号线一共有 120 条，其中包括所需的信号线、可选的信号线及电源线、地线、保留引脚。其中必需信号线中 49 条为主设备所用，47 条为从设备所用。可选信号线总共用 51 条，主要用于 64 位扩展、中断请求、高速缓存支持等。图 6-39 为 PCI 总线接口信号。

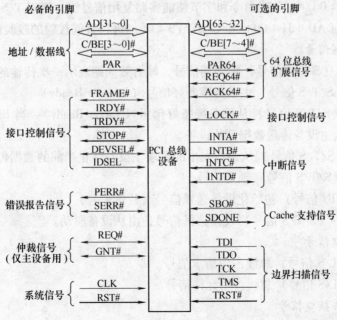

图 6-39　PCI 总线接口信号

（1）系统信号

1）CLK（Clock）：PCI 系统时钟信号，属于 IN 信号类型。PCI 总线上的所有操作都是与 PCI 时钟信号同步的，系统在 CLK 的上升沿采样 PCI 上设备的所有输入信号。时钟信号的频率范围是 0～33MHz 或 33.33～66.66MHz。而 66MHz 时钟仅支持 3.3V 的信号环境。时钟仅在节省电源状态下才会停止。

2）RST#：复位信号，低电平有效，属于 IN 信号类型。当复位信号有效时，将所有 PCI 专用的寄存器、定时器和信号复位到指定状态。一般情况下，全部输出信号处于高阻状态。

（2）地址/数据和命令信号

1）AD［31：0］：地址、数据多路复用的输入/输出信号，属于 T/S 信号类型。如图 6-40 所示为 PCI 数据传输时序。

在 FRAME#有效的第一个时钟，AD［31：0］上传送的是 32 位地址，称为地址期。

在 IRDY#和 TRDY#同时有效时，AD［31：0］上传送的是 32 位数据，称为数据期。

一次总线传输 = 地址期 + 数据期 + 数据期 + …

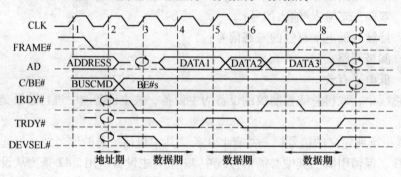

图 6-40　PCI 数据传输时序

2）C/BE［3：0］#：总线命令和字节使能多路复用信号线，属于 T/S 信号类型。

3）PAR：针对 AD［31：00］和 C/BE［3：0］#进行奇偶校验的校验位。

（3）接口控制信号

1）FRAME#：（S/T/S 信号）帧周期信号，帧有效周期表示一次传输的开始和持续。

2）IRDY#：（S/T/S 信号）主设备准备好信号（Initiator Ready）。

3）TRDY#：（S/T/S 信号）从设备准备好信号（Target Ready）。当 IRDY#和 TRDY#同时有效时，才能从主设备传送数据到从设备。

4）STOP#：（S/T/S 信号）从设备发出的要求主设备终止当前的数据传送的信号。

5）LOCK#：（S/T/S 信号）锁定信号。

6）IDSEL：（IN 信号）初始化设备选择信号（片选信号）。

7）DEVSEL#：（S/T/S 信号）设备选择信号，由从设备驱动。

（4）仲裁接口信号

1）REQ#：（T/S 信号）总线占用请求信号。

2）GNT#：（T/S 信号）总线占用允许信号。

（5）错误报告接口信号

1）PERR#：（S/T/S 信号）数据奇偶校验错误报告信号。

2）SERR#：（0/D 信号）系统错误报告信号。

（6）中断接口信号

PCI 有 4 条中短线，分别是 INTA#、INTB#、INTC#和 INTD#，电平触发，多功能设备可以任意选择一个或多个中短线，单功能设备只能用 INTA#。

（7）高速缓存支持信号

1）SB0#：（IN 信号）试探返回信号。

2）SDONE：（IN/OUT 信号）查询完成信号，用来表示当前查询的状态。

（8）64 位总线扩展信号

1）AD［63：32］：（T/S 信号）扩展的 32 位地址/数据多路复用线。

2）C/BE［7：4］：（T/S 信号）扩展的总线命令/字节使能多路复用线。

3）REQ64#：（S/T/S 信号）64 位传输请求信号。

4）ACK64#：（S/T/S 信号）64 位传输允许信号。

5）PAR64：（T/S 信号）奇偶双字节校验。

2. PCI 插槽

PCI 插槽是基于 PCI 局部总线的扩展插槽，其颜色一般为乳白色，位于主板上 AGP 插槽的下方，ISA 插槽的上方。图 6-41 所示为 PCI 插槽。

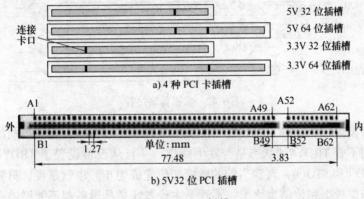

图 6-41　PCI 插槽

6.4.2　PCI 总线命令及总线协议

1. PCI 总线命令

PCI 总线命令见表 6-5。

表 6-5　PCI 总线命令

C/BE［3：0］#	命令类型说明	C/BE［3：0］#	命令类型说明
0000	中断相应	1000	保留
0001	特殊周期	1001	保留
0010	I/O 读（从 I/O 端口地址中读数据）	1010	配置读
0011	I/O 写（从 I/O 端口地址中写数据）	1011	配置写
0100	保留	1100	存储器多行读
0101	保留	1101	双地址周期
0110	存储器读（从内存空间映像中读数）	1110	存储器行读
0111	存储器写（向内存空间映像中写数）	1111	存储器行写并无效

2. PCI 总线协议

PCI 基本总线协议传输机制是猝发成组数据传输的，一个分组由一个地址相位和一个或多个数据相位组成。

（1）PCI 总线的传输控制遵循的管理规则

PCI 总线上所有的数据传输基本上都是由 FRAME#、IRDY#、TRDY#三条信号线控制的。如图 6-42 所示，当数据有效时，数据源设备需要无条件设置 IRDY#，接收方可以在适当的时候发出 IRDY#信号。FRAME#信号有效后的第一个时钟前沿是地址相位的开始，此时，开始传送地址信息和总线命令，下一个时钟前沿进入一个或多个数据相位。每当 IRDY# 和 TRDY#同时有效时，所对应的时钟前沿就使数据在主、从设备之间传送。在此期间，可由主设备或从设备分别利用 IRDY#和 TRDY#的无效而插入等待周期。

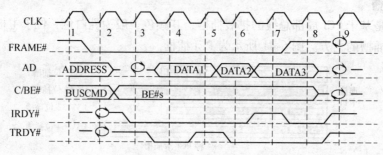

图 6-42 数据传输过程

一旦主设备设置了 IRDY#，将不能再改变 IRDY#和 FRAME#，直到当前的数据相位完成为止，而此期间不管 TRDY#的状态是否发生变化。一旦从设备设置了 TRDY#，就不能改变 DEVSEL#、TRDY#和 STOP#，直到当前的数据相位完成为止。也就是说，只要数据传输已经开始，那么在当前数据相位结束之前，不管是主设备还是从设备都不能撤销命令，必须完成数据传输。

最后一次数据传输时（可能紧接地址相位之后），主设备应撤销 FRAME#信号而建立 IRDY#，表明主设备已做好了最后一次数据传输的准备。当从设备发出 TRDY#信号，表明最后一次数据传输已经完成，接口转入空闲状态，此时 FRAME#和 IRDY#均被撤销。

对于 PCI 总线的传输，可总结出以下几条规则：

1）FRAME#和 IRDY#决定总线的忙/闲状态。当其中一个有效时，表示总线忙；当两个都无效时，总线进入空闲状态。

2）一旦 FRAME#被置为无效，在同一传输期间不能重新置为有效。

3）除非设置 IRDY#，一般情况下 FRAME#不能设置无效（在 FRAME#无效后的第一个时钟沿 IRDY#必须保持有效）。

4）一旦主设备已使 IRDY#有效，在当前数据相位完成前，不能改变 IRDY#或 FRAME# 的状态。

5）在完成最后一个数据相位之后的时钟周期，主设备必须使 IRDY#无效。

（2）PCI 总线的寻址

PCI 总线定义了三种物理地址空间：内存地址空间、I/O 地址空间及配置地址空间，前两种为通常意义的地址空间，第三种配置地址空间用以支持 PCI 的硬件配置。

在 I/O 地址空间，所有的 32 位地址都用来表示一个完整的字节地址。启动 I/O 传输的主设备应确保 AD [1~0] 正确指示本次传输的最低有效字节（即起始字节）。字节允许信号和 AD [1~0] 一起指明传输的数据宽度和双字中被选中的字节，表 6-6 示出了 AD [1~0] 和初始数据相位中字节允许的有效组合。

表 6-6　字节允许与 AD [1~0] 的编码

AD [1~0]	起 始 字 节	有效的 BE [3~0] 的组合
00	字节 0	XXX0 或 1111
01	字节 1	XX01 或 1111
10	字节 2	X011 或 1111
11	字节 3	0111 或 1111

在存储器地址空间，AD [31~2] 提供一个双字边界地址，而 AD [1~0] 不参与地址译码，用来指明主设备要求的数据传输顺序，见表 6-7。

在线性增加模式下，每个数据相位后，地址增加一个双字（即加 4，对 32 位传输）或增加两个双字（即加 8，对 64 位传输），直到传输结束。对于 Cache 行回卷（wayp）模式，传输可从 Cache 中任意地址偏移处开始，Cache 块的长度是由配置空间中的 Cache 块大小寄存器定义的。访问过程中每次地址增加一个双字（64 位传输中地址增加两个双字），一直到 Cache 块的末尾，然后回卷到同一 Cache 块的开始处，再进行到 Cache 块的剩余部分被传送完为止。

表 6-7　猝发顺序编码

AD1	AD0	猝 发 顺 序
0	0	线性增加模式
0	1	保留（在第一个数据相位后解除连接）
1	0	Cache 行回卷（warp）模式
1	1	保留（在第一个数据相位后解除连接）

在配置地址空间，由 AD [7~2] 寻址 64 个双字寄存器。当一条配置命令的地址被译码，IDSEL 有效且 AD [1~0] =00 时，设备判断是否寻址自己的配置寄存器，如果不是，则不理会当前操作。

（3）PCI 总线的过渡

从一个设备驱动 PCI 总线到另一个设备驱动 PCI 总线之间设备一个过渡期，又称为交换周期，以防止总线访问冲突。

6.4.3　PCI 总线的数据传输过程

PCI 采用地址/数据复用技术，每一个 PCI 总线传送由一个地址相位和一个或多个数据相位组成。地址相位由 FRAME#变为有效的时钟周期开始。在地址相位，总线主设备通过 C/BE [31~0] #发送总线命令。如果是总线读命令，在地址相位后需要一个交换周期，该周期过后，AD［31~0］改由从设备驱动，以接纳从设备的数据。对于写操作没有过渡期，直接从地址相位进入数据相位。数据相位的个数取决于要传送的数据个数，一个数据相位至少需要一个 PCI 时钟周期，在任何一个数据相位都可以插入等待周期。FRAME#从有效变成无效，表示当前正处于最后一个数据相位。总线操作结束有多种方式。在大多数情况下，由从设备和主设备共同撤销准备就绪信号 TRDY#和 IRDY#。如果从设备不能继续传送，可以设置 STOP#信号，表示从设备撤销与总线的连接。所寻址的从设备不存在或者 DEVSEL#信号一直为无效状态都可能导致主设备结束当前总线操作，使 FRAME#和 IRDY#变为无效，回到总线空闲状态。

1. PCI 总线上的读操作

图 6-43 所示是 PCI 总线读操作时序的一个例子。从图中可以看出，一旦 FRAME#信号有效，地址相位便开始，并在时钟 2 的上升沿处稳定有效。在地址相位内，AD［31~00］上包含有效地址，C/BE#［3~0］上包含一个有效的总线命令。数据相位是从时钟 3 的上升沿处开始的。在此期间，AD［31~00］上传送的是数据，C/BE#线上的信息用于指定数据线上哪些字节有效（即哪几个字节是当前要传输的）。需要强调的是，无论是读操作还是后面要讲的写操作，从数据相位的开始一直到传输完成，C/BE#的输出缓冲器（或锁存器）必须始终保持有效状态。

图 6-43 中的 DEVSEL#信号和 TRDY#信号由被地址相位内所发地址选中的从设备提供，但要保证 TRDY#在 DEVSEL#之

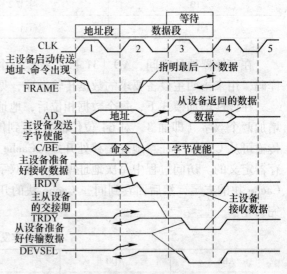

图 6-43 PCI 总线读操作时序

后出现，IRDY#信号是发起读操作的主设备根据总线的占用情况发出的。数据的真正传输是在 IRDY#和 TRDY#同时有效的时钟前沿进行的。当这两个信号之一无效时，就表示需要插入等待周期，此时，不进行数据传输。这说明一个数据相位可以包含一次数据传输和若干个等待周期。图中所示的时钟 4 处各进行了一次数据传输，而在时钟 3 处插入了等待周期。

在读操作中的地址相位和数据相位之间，AD 线上要有一个总线交换周期，这通过从设备强制 TRDY#实现，即让 TRDY#的发出比地址晚一拍。在交换周期过后且 DEVSEL#信号变为有效时，从设备必须驱动 AD 线。

尽管主设备在时钟 3 处已知道下一个数据相位是本次传送的最后一个，但由于某种原因，它暂时不能完成该次传输（此时 IRDY#无效），所以主设备还不能撤消 FRAME#，只有在时钟 4 处，IRDY#变为有效后，FRAME#信号才能撤消，从而通知从设备这是最后一个数据相位。

2. PCI 总线上的写操作

图 6-44 所示是 PCI 总线写操作时序的一个例子。从图中可以看出，总线上的写操作与

读操作相类似，也是 FRAME#的有效表示写操作周期中地址相位的开始，但地址相位后不需要交换周期，因为数据和地址都是由同一主设备提供的。

在图 6-44 中，数据相位中没有等待周期，告诉从设备最后一个数据相位的方法与读操作时相同，即当 FRAME#撤消后，还需要 IRDY#处于有效状态。这里，主设备在时钟 3 处使 IRDY#恢复有效，通知从设备这是最后一个数据相位。

从图 6-44 中 AD 和 C/BE#的波形可看出，主设备发送数据可以延迟，但字节允许信号不受等待周期的影响，不得延迟发送。

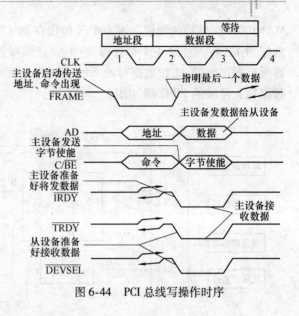

图 6-44　PCI 总线写操作时序

6.4.4　基于 PCI 总线的数据采集系统的应用

基于 PCI 总线的数据采集系统的原理框图如图 6-45 所示。置于监测现场的各种传感器将实时测量的非电信号转换为电信号并经滤波和放大后传送给 A/D 变换器，转换为 8 位的数字信号，然后数据通过 S5933 传送给 PCI 总线。当一个规定长度的数据块采集完毕，由 S5933 向 CPU 请求中断在中断服务程序中查询中断源，撤消中断请求信号，处理采集到的数据，然后启动另一次数据采集。

图 6-45　基于 PCI 总线的数据采集系统原理框图

本系统功能的实现是建立在高速数据采集的基础之上的，ISA、EISA 和 VESA 等总线类型的数据采集受到总线带宽、控制方式和实现难易程度的制约，限制了它们在高速数据采集中的应用。而 PCI 总线可以提供高达 132Mbit/s 的数据传送速度，故本系统采用 PCI 总线做数据传输总线。本系统中 PCI 总线控制器选用的是 AMCC 公司生产的 S5933，因为它的峰值传送速率可达到 132 Mbit/s（32 位 PCI 数据线）。考虑采集数据的高速要求，且根据性价比的比较，A/D 变换器采用了 MAX100，它是 8 位高速 A/D 变换器，变换速率达 250Mbit/s。该系统监测的各个环境参数分别由 Pt100 铂电阻温度传感器（－200～850℃）、湿度传感器（相对湿度量程：5%RH～98%RH）、谐振式气压传感器（500～1060hPa）和各种气敏传感器（由所测气体决定）来收集。

1. 系统硬件设计

本系统硬件连接如图 6-46 所示。由于 PCI 总线的最高传送速率是 132Mbit/s，为最大限度地利用 PCI 总线的带宽，在电路中将 PCI 系统时钟信号（33MHz/s）经 4 倍频后（132MHz/s）作为 MAX100 采样时钟信号。由 74LS161、74LS139 和 4 个 74LS373 组成 FIFO 缓存器，由 74LS161 构成的 4 进制计数器和 2-4 译码器 74LS139 产生数据锁存信号，分别将

MAX100 4 次转换的数据存入 4 个 8 位锁存器（74LS373）以产生 32 位数据。当第 4 次转换数据 Byte3 存入到第 4 个锁存器 B3 时，该锁存器的锁存信号经反相后作为 WRFIFO #信号，将缓存器产生的 32 位数据写入 S5933 内部的 FIFO 缓冲器。WRFULL 信号防止外加接口将数据写入已满的 FIFO 缓冲器。

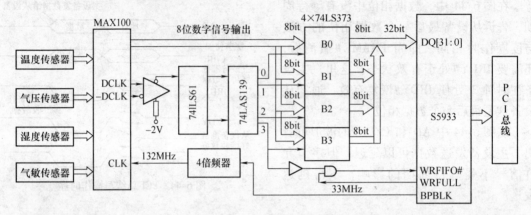

图 6-46 系统硬件连接图

2. 系统软件设计

系统软件分为两部分，一部分是主程序，另一部分是中断服务程序。在数据采集系统中，采集的数据以直接存储器存取（DMA）方式直接存入指定的主机存储区。该方式是一种完全由硬件执行 I/O 交换的工作方式。在这种方式中，DMA 控制器从 CPU 完全接管对总线的控制，数据交换直接在内存和 I/O 设备之间进行，在此期间不占用 CPU 时间，即提高了 CPU 的效率。当一个规定长度的数据块采集完毕，由 S5933 向 CPU 请求中断。在中断服务程序中查询中断源，撤消中断请求信号，处理采集到的数据，然后再启动另一次数据采集。

主程序流程图如图 6-47 所示。主程序的任务是完成 PCI 配置寄存器的设置、设置中断、设置 PCI 操作寄存器、从 PCI 总线启动第一次数据采集。

图 6-47 主程序流程图

（1）设置 PCI 配置寄存器

PCI 配置寄存器的内容可以从非挥发性（NV）存储器中下装，即在系统初始化时将接 VI 的配置参数预置到配置寄存器中，也可以在应用程序中重新配置。一般来说，一些相对固定的参数从 NV 存储器下装。在该数据采集系统中，除 PCI 基地址寄存器 0 和中断有关的寄存器需由应用程序设置外，其他参数都可以从 NV 存储器下装。需要设置的主要内容有

1）在 PCI 命令寄存器中将 S5933 设置成主控模式，允许 I/O 访问。

2）设置基地址寄存器 0，在 S5933 中，该基地址寄存器定义 PCI 操作寄存器在存储空间或 I/O 空间中的基地址。如果写入数据的最低位为 1，PCI 操作寄存器被映像到 I/O 空间；反之，映像到存储空间。

3）设置中断号寄存器和中断端寄存器，即分配中断号和安排中断请求端。

4）设置中断服务程序。

（2）设置 PCI 操作寄存器、启动数据采集内容

1）定义中断条件为：设置 INTCSR 寄存器的 bit14 为 1。

2）复位 FIFO 标志为：设置 MCSR 寄存器的 bit26 为 1。

3）定义 FIFO 管理机制为：设置 MCSR 寄存器的 bit9 为 1。

4）设置 FIF.0 指针前移条件为：INTCSR 寄存器的 bit27、bit26 为 11。

（3）定义目的地址

1）设置采集数据在内存中的存放基地址为：将该地址写入 MWAR 总线主控写地址寄存器。

2）定义传送字节数为：采集数据块的字节数写入 MWTC 写传送字节数计数器。

3）允许总线主控为：MCSR 寄存器的 bit10 为 1。

当执行完最后一条语句，数据采集立即开始，主机可执行其他任务，当规定的数据采集完毕，S5933 向 PCI 总线请求中断。

中断服务程序必须完成查询中断源，撤消中断请求信号。中断服务程序用来处理采集到的数据。如所测室内某一环境参数超出预定范围，CPU 将发出"异常信号"。中断服务程序流程图如图 6-48 所示。

以 PCI 总线控制器 S5933、FIFO 缓存器为核心，设计了环境实时监测系统。采用 PCI 总线结构，利用 MAX100 进行 A/D 转换，改善了高速数据采集系统的性能，提高了数据传输速率。应用表明，该系统能满足用户高速、实时及高效的要求。

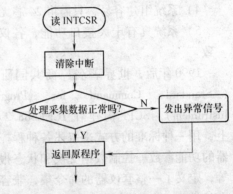

图 6-48 中断服务程序流程图

6.5 GPIB 总线

自动检测系统通常由测量、记录和控制三类仪器组成，每台仪器都有一个起通信联络和协调作用的设备，这一专用设备就是通用接口。其内部除包含一个功能完善的专用电路板外，还配备标准连接器与其他设备交换信息，即用国际标准总线［如通用接口总线（General Purpose Interface Bus，GPIB）］把带有通用接口的设备连起来，组成自动测试系统。

GPIB 称为一种面向程控仪器的通用接口总线，又称为 IEEE488 总线、IEC625 总线（欧洲标准），是由 HP 公司提出的一种仪器接口标准（HPIB），在 1975 年被改进为 IEEE 标准，该标准初步定义了接口标准的电气和机械属性及基本功能属性，规定了数据传输的三线握手方式。

6.5.1 GPIB 总线概述

GPIB 接口是目前最常用、最成熟的智能仪器接口，是自动监测系统的一个很重要的组成部分，用于将系统内的所用智能仪器设备连接成一个有机整体。利用智能仪器和 GPIB 组

成的测量系统，其结构和命令都比较简单，适合于精度要求高、但对传输速率要求不高的场合。

1. GPIB 标准

1987 年，IEEE488 标准发展为 IEEE488.1，该标准着重规定了 GPIB 的硬件部分；同年，IEEE 进一步将其发展为 IEEE488.2 标准，两种标准清晰地定义了 GPIB 的机械、硬件和电气协议，增加了最小配置命令、通用数据格式、状态报告机制、错误处理机制等软件部分，从而极大地方便了可编程仪器的互联，但没有解决器件消息标准化的问题。来自不同厂商的仪器首次通过一根标准的 GPIB 电缆连接在一起。目前广泛使用的协议是 IEEE488.2，其最高传输速度为 8MByte/s。

IEEE488 总线的主要特点为

1）8 为数据线可以传输 ASCII 码或二进制数，也可以传送必要的状态字和控制字。

2）允许系统中的任何两个设备之间直接通信。

3）采用为并行、字节串行、三线握手和异步传送等技术，允许不同速度的设备工作在同一系统内。

4）系统组建容易，只需将 24 芯无源电缆将系统内的各部件互联即可。

5）系统具有十大接口功能，各仪器可根据需要从 10 个接口功能中随意挑选，不需一致。

1990 年后，世界著名厂商共同研究制定了用于可程控仪器的标准命令集，即 SCPI（Srandard Command for Program Instrument）。SCPI 构建在 IEEE488.2 之上，用一种标准的方式来叙述各种程控仪器的功能参数、控制数据交换和状态报告等，定义了一整套仪器的命令集，兼容所有的带有 SCPI 的仪器，通用性、互换性和互操作性更强，从而大大减少了自动检测系统的程序设计和开发时间。此外，SCPI 联盟还在不断地对该标准扩充新的命令。SCPI 和 IEEE488.2 及 IEEE488.1 的关系如图 6-49 所示。

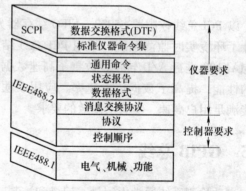

图 6-49 SCPI 和 IEEE488.2 及 IEEE488.1 的关系

2. GPIB 功能

通过 GPIB 来进行数据传输的设备，从功能上可分为讲者（Talker）、听者（Listener）和控者（Controller），或者一个仪器同时具有几个功能。其中，听者表示该仪器具有从总线上获得数据的功能，在一个总线上可以同时有一个或多个听者；讲者表示该仪器具有向总线上传输数据的能力，在任何时刻一个总线上只能有一个讲者；控者表示该仪器用于指定连在总线上的仪器（听者或讲者）何时向总线上获得数据或上传命令，在一个总线上可以使多台仪器具有控者的功能，但在任何时刻一个总线上只能有一台仪器为控者。

GPIB 仪器 IEEE-488 接口附近通常标有下列字符：SH1、AH1、T5、L3、SR1、RL1、C0，其意义是说明 GPIB 仪器所具有的接口功能。GPIB 的接口功能确保系统中各装置之间的正确通信，保证系统正常工作。GPIB 标准规定了 10 种接口功能，分别介绍如下。

1）源握手接口功能（Source Handshake Function，简称 SH 功能）：用于源方向受方进行联络，以保证多线消息的正确可靠传输。当讲者把数据送到数据线上时，源方用它向总线输出"数据有效"消息，并检测受方通过总线送来的"未准备好接收数据"消息和"未接收到数据"消息的握手信号线。SH 功能是讲者和控者必须配置的一种接口功能。

2）受方握手接口功能（Accepter Handshake Function，简称 AH 功能）：它赋予仪器能够正确接收多线消息的能力。它是数据传输的过程中受方向源方进行握手联络用的。用它向总线输出"未准备好接收数据"消息和"未接收到数据"消息，并检测由源方发来的"数据有效"信号线上的握手联络信号。AH 功能是系统中所有听者必须配备的一种功能。

3）讲者功能（Talk Function，简称 T 功能）：它将仪器的测量数据或状态字节、程控命令或控制数据通过接口发送给其他仪器，只有控者指定仪器为讲者时，它才具有讲功能。在具有双重地址的仪器接口中，还要设置扩展讲功能（Extended Talker Eunction，简称 TE 功能）。

4）听者功能（Listener Function，简称 L 功能）：当仪器被指定为听者时，它从总线上接收来自控者发布的程控命令或由讲者发送的测量数据。只有当该仪器被指定为听者时，才能从总线上接收消息。系统所有仪器都必须设置听功能。在具有双重听地址的仪器接口中，还要设置扩展听者功能（Control Function，简称 LF 功能）。

5）控者功能（Control Function 简称 C 功能）：该功能担负系统的控制任务，如发布通用命令，指定听、讲者，进行串行或并行点名，产生对系统的管理消息，接收各种仪器的服务请求和状态数据等。

6）远控/本控功能（Remote/Local Function，简称 R/L 功能）：仪器接收来自总线的命令称为远控，接收来自面板按键的人工操作称为本控。任何仪器在某一时刻只能有一种控制方式，并由控者通过总线配置。

7）并行点名功能（Parallel Poll Function，简称 PP 功能）：是为控者快速查询服务而设置的点名功能。在并行点名时，只有配置 PP 功能的仪器才能做出响应。

8）仪器清零功能（Device Clear Function，简称 DC 功能）：该功能将仪器恢复到预指定的初始状态（如某些仪器功能有选择地清除）。

9）仪器触发功能（Device Trigger Function，简称 DT 功能）：从总线接收触发消息，进行触发操作。

10）服务请求功能（Service Request Function，简称 SR 功能）：该功能允许仪器向控者发出服务请求信息，包括存储数据请求和故障处理请求。

总的来说，控者通过 C 寻址并指定讲者，讲者通过 SH 与听者联络，并将仪器测得的数据或状态字节等发送给指定的听者，听者通过 AH 向讲者说明当前状态，并从总线上接收控者的程控命令或讲者的测量数据。一台设备的接口只需配置其中的部分接口功能，除基本配置（1）～（5）外，可由设计者按照具体应用自行选择其他功能。在 GPIB 标准中，规定数据字节是按三线握手的方法控制传输。所以，控者、讲者和听者的基本功能配置如下：

计算机控者：C，T，SH，AH，L；

讲者设备：T，SH，AH；

听者设备：L，AH。

注意：讲者功能和听者功能只解决了系统仪器之间发送和接收数据的问题，要保证数据准确可靠的传送，必须要在仪器之间设置联络信号。因此，需应用源握手功能（SH 功能）和受方握手功能（AH 功能）。

3. GPIB 规范

GPIB 接口是一个 24 线的并行总线接口，如图 6-50 所示。它由 16 条信号先和 8 条地线（屏蔽线）构成。16 条信号线分为数据线（DIO1 ~ DIO8）8 条、握手线（DAV、NDAC、NRFD）3 条、接口管理线（ATN、EOI、IEC、REN、SRQ）5 条。

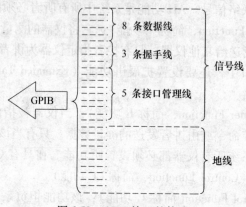

图 6-50　GPIB 接口的构成

GPIB 仪器之间通过 24 芯屏蔽电缆连接，电缆两端均带有插头和插座，其总线引脚分配见表 6-8。

表 6-8　GPIB 总线引脚分配

引脚号	信号分配	类型	引脚号	信号分配	类型
1	DIO1	数据线	13	DIO5	数据线
2	DIO2	数据线	14	DIO6	数据线
3	DIO3	数据线	15	DIO7	数据线
4	DIO4	数据线	16	DIO8	数据线
5	EOI	接口管理线	17	REN	接口管理线
6	DAV	握手线	18	GND	地线（与 DAV 相连）
7	NRFD	握手线	19	GND	地线（与 DRFD 相连）
8	NDAC	握手线	20	GND	地线（与 NDAC 相连）
9	IFC	接口管理线	21	GND	地线（与 SRQ 相连）
10	SRQ	接口管理线	22	GND	地线（与 REN 相连）
11	ATN	接口管理线	23	GND	地线（与 ATN 相连）
12	SHIELD	地线	24	GND	信号地

（1）数据线

8 条数据线（DIO0 ~ DIO8）传输数据和命令信息，由注意（ATN）线的状态确定该信息是数据还是命令。所有的命令和大部分数据都使用 7 位 ASCⅡ 码（美国信息交换标准代码）或者 ISO（国际标准化组织）代码集。在这种情况下，第 8 位（DIO8）或者闲置，或者用于奇偶校验。

（2）握手线

由于各设备的工作速度可能相差悬殊，为保证多线消息能双向、异步、准确可靠地传递，GPIB 系统中配置了 3 条数据字节传递控制总线，在我国称为三线握手控制传送，又称为握手总线，用于控制数据字节的传送。

1）未准备好接收数据线（Not Ready for Data，NRFD）：表示一台装置已经做好（或者未做好）接收信息字节的准备；这条线在接收命令时由全部装置驱动，在接收数据信息时由听者驱动。NRFD = 1 时，表示未准备好接收数据；NRFD = 0 时，表示所有接收设备均准备好接收数据。

2）未接收数据信号线（Not Data Accepted，NDAC）：表示已经接收（或者未接收）信息字节；这条线在接收命令时由全部装置驱动，在接收数据信息时由听者驱动。NDAC = 1 时，表示不接收数据或数据未接收；NDAC = 0 时，表示各接收设备都收到了数据。

3）数据有效信号线（Data Valid，DAV）：表示总线上的数据是否有效。当数据线上的信号稳定（有效）并且能够安全地由装置予以接收时发出通知；在发送命令时，由控制驱动 DAV 线；在发送数据信息时，由讲者驱动 DAV 线。DAV = 1 时，表示数据有效。

握手线决定了接口的数据交换模式，同时也决定了它的传输速度和流控模式。三线握手信号时序如图 6-51 所示。

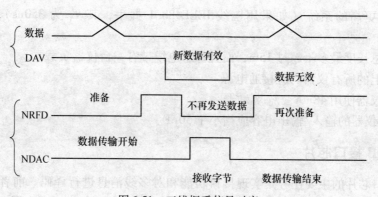

图 6-51　三线握手信号时序

设备将数据置于数据总线上，当所有的设备给出准备好接收信号时，DAV 信号有效，表示听设备可以接收；当所有的设备接收完毕，主设备就可以发送下一个数据。从所有的设备准备好的 DAV 信号有效之间的延迟时间定义为 T_1，它的数值决定了系统总线的传输速度；同时听设备可以通过确认 NRFD 信号来实现数据流控制。

（3）接口管理线

接口管理线，简称管理线，它们专门用于管理接口本身的工作，每条线都有自己的特殊用途。

1）注意线（Attention，ATN）：ATN = 0 时，表示控者使用数据线发送命令；ATN = 1 时，表示讲者发送数据信息。

2）服务请求线（Service Request，SRQ）：从设备向主设备请求服务，这是系统间交互的一种重要方式，类似中断。任何装有服务请求功能的设备都可以使这条线的电平变低，即请求控者中断当前的工作来为它服务。

3）结束或识别线（End or Identify，EOI）：与 ATN 线一起使用，它用两种用途：一是讲者使用 EOI 线标志信息串的结束；二是表示识别一个具体设备。

4）远程启动线（Remote Enalbe，REN）：系统控者驱动 REN 线，用于设定装置的工作方式远控编程或者本地编程。

5）接口清除线（Interface Clear，IFC）：接口清除，是设备回到初始状态。

注意：GPIB 采用具有 TTL 标准的负逻辑。例如，当 DAV 线为真（即 DAV = 0）时，表示 TTL 为低电平（≤0.8V）；当 DAV 线为假（即 DAV = 1）时，表示 TTL 为高电平（≥2.0V）。

4. GPIB 配置要求

GPIB 的设计目标之一是提高数据传输速率。因此，在总线上连接的仪器数量和仪器之间的物理距离，都是有一定限制的。

1）总线上任意两台仪器之间的最大间隔为 4m，在整个总线范围内各个仪器之间的平均间隔为 2m。

2）电缆总长度最多不超过 20m。

3）每一总线上连接的装置负载，不应多于 15 台，而且，其中接通电源的设备不得少于 2/3。

对于速度更高的系统（如采用三线 IEEE488.1 握手，其 T_1 为 350ns），应遵守下列规定。

1）电缆总长度最多不超过 15m，而且每米电缆带有一台仪器负载。

2）总线上的所有仪器均应接通电源。

3）所用仪器使用 48mA 三态驱动器。

4）GPIB 仪器的输入/输出电容应当小于 50pF。

6.5.2 GPIB 接口芯片

GPIB 接口芯片的主要任务是实现接口功能和对多线消息进行译码。前者由接口功能时序电路组成，完成器件设计者选定的接口功能子集中规定的功能；后者由译码电路组成，进行消息译码，包括 IEEE488.2 规定的地址、通用指令、专用指令、副地址和副指令，把总线上传来的多线接口消息变为单线信号或者改写成相应的状态寄存器数值，供接口的其他部分使用。

实现上述功能的 GPIB 接口芯片分为两类：一类为不可编程接口芯片；另一类为可编程接口芯片。下面分别予以介绍。

不可编程接口芯片不需要微处理器的支持，各种接口功能均由硬件逻辑电路完成。主要型号有：Fairchild 公司的 96LS488、NPC 公司的 M8530B 和 Philips 公司的 HEF4738 等。

可编程接口芯片不需要微处理器配合使用。这类芯片主要有 Motorola 公司的 MC68488，Intel 公司的 8291、8292 和 8293，NEC 公司的 μPD7210 和 TI 公司的 TMS9914 等。由于 488 接口要求信号线为三态，所以上述两接口芯片都需要外加专用的驱动芯片（或称收发器）。例如，TI 公司的 SN75160 和 SN75162 或 SN75161，一个用于数据总线，另一个用于握手线和控制线；另外 NI，公司还生产了与上述两种均兼容的 NAT7210、Trubo488、NAT4882、TNT4882C、NAT9914 等芯片，上述芯片都能在两种工作方式（7210 和 9914 工作模式下）进行切换，两种模式的工作寄存器的设置很类似，只有一些细微的差别。

　　一般来说，可编程接口芯片的功能较强，硬件连接简单，不需要复杂的附加电路即可实现与微处理器的接口，主要用来设计计算机 GPIB 接口和智能化仪表的 GPIB 接口；不可编程接口芯片的功能相对较弱，与仪器连接比较复杂，但不需要微处理器的支持，主要为老式的普通仪器配置 GPIB 接口。

　　本节主要介绍可编程接口芯片。可编程接口芯片为了实现状态转换，使内部计时器正确工作，芯片需要设置系统时钟；为了区分设备，需要设置地址、设备的查询相应模式。芯片处理器接口端写人的每一个辅助命令字都对应一个或几个本控消息，它的变化决定了系统状态的改变，从而实现模块的功能。芯片符合 Intel 接口和 Motorola 接口标准，与通用处理器互联方便。GPIB 接口芯片硬件电路如图 6-52 所示。

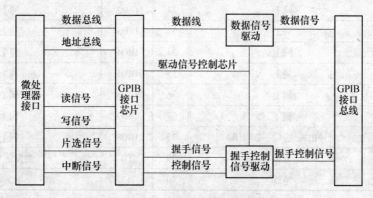

图 6-52　GPIB 接口芯片硬件电路

1. NAT9914 芯片

NAT9914 是为了完成 1987 年颁布的 IEEE488.2 标准协议所定义的接口功能而设计的一款芯片。该款芯片具有完整的讲、听、控功能，并且在软件上与 NEC 公司的 μPD7210 及 TI 公司的 TMS9914A 兼容。NAT9914 主要应用于带有微处理器的程控仪器，传输速率为 500kbit/s。

（1）NAT9914 的主要特点

1）NAT9914 的引脚与 TMS9914、μPD7210 的引脚完全兼容。

2）在软件上可以与 μPD7210 兼容。

3）低功耗，与 TTL 电平兼容的 CMOS 芯片。

4）能实现 GPIB 的 10 大接口功能。

5）数据发送速率可编程（延迟 350ns、500ns、111μs、112μs）。

6）自动处理 IEEE488 命令和未定义命令，满足 IEEE488.2 的附加要求和协议。

（2）NAT9914 的引脚说明

NAT9914 为 40 脚封装芯片，其主要引脚说明见表 6-9。

表 6-9　NAT9914 的引脚说明

引脚号	信号分配	类　型	引脚号	信号分配	类　型
1	ACCRQ	DMA 存取请求线	21	TE	讲可能线，控制数据传输方向
2	ACCGR	DMA 存取允许线，不用 DMA 时接 + 5V	22	REN	双向管理线，选择远程/本控
3	CE	芯片选通线	23	IFC	双向管理线，接口清零
4	WE	写信号线（低电平有效）	24	NDAC	双向握手信号线，表示不接收数据
5	DBIN	读信号线（低电平有效）	25	NRFD	双向握手信号线，表示未准备接收数据
6	RES0	内部读写寄存器选择地址线	26	DAV	双向握手信号线，表示数据有效
7	RES1	同上	27	EOI	双向管理线，表示结束或识别
8	RES2	同上	28	ATN	双向管理线，区分接口/器件消息
9	INT	中断请求线	29	SRQ	服务请求信号线
10	D0	双向数据线（与 CPU 相连）	30	CONT	控制总线管理信号
11	D1	同上	31	DIO1	数据线（与 SN75160 相连）
12	D2	同上	32	DIO2	同上
13	D3	同上	33	DIO3	同上
14	D4	同上	34	DIO4	同上
15	D5	同上	35	DIO5	同上
16	D6	同上	36	DIO6	同上
17	D7	同上	37	DIO7	同上
18	CLK	时钟出入线（2～20MHz）	38	DIO8	同上
19	RESET	复位	39	TR	触发信号线
20	GND	地线	40	VCC	电源线

2. NAT9914 接口芯片的工作原理

NAT9914 是通过写控制字到适当的寄存器中来管理 GPIB 总线的，而可读的状态寄存器又提供了操作反馈信息。NAT9914 共有 25 个可寻址的寄存器，主要包括 19 个工作寄存器，这 19 个工作寄存器包括 8 个只读寄存器和 11 个只写寄存器。CPU 通过地址选择端 RS0、RS1、RS2 和读写端 DBIN、WE 来选择这些寄存器，进行读写操作。NAT9914 寄存器的具体设置见表 6-10。当 WE 和 DBIN 均为低电平时，CPU 可对写寄存器执行操作；当 WE 和 DBIN 均为高电平时，CPU 可对读寄存器执行操作。只读寄存器用来保存 GPIB 总线传来的各种消息和 NAT9914 接口功能所在的状态，只写型寄存器用来控制 NAT9914 的工作方式并向 GPIB 总线传送消息。每种寄存器都有各自不同的功能，下面按照用途分类，对各类寄存器分别予以介绍。

表 6-10　NAT9914 寄存器的具体设置

寄存器名	页面命令	地　址	WE	DBIN
中断状态寄存器 0	无效	000	1	1
中断屏蔽寄存器 0	无效	000	0	0
中断状态寄存器 1	无效	001	1	1

（续）

寄存器名	页面命令	地　　址	WE	DBIN
中断屏蔽寄存器 1	无效	001	0	0
地址状态寄存器	无效	010	1	1
中断屏蔽寄存器 2	有效	010	0	0
结束符寄存器	有效	010	0	0
总线控制寄存器	有效	010	0	0
辅助寄存器	有效	010	0	0
总线状态寄存器	无效	011	1	1
辅助命令寄存器	无效	011	0	0
中断状态寄存器 2	有效	100	1	1
地址寄存器	无效	100	0	0
串行查询状态寄存器	有效	101	1	1
串行查询模式寄存器	无效	101	0	0
命令传送寄存器	无效	110	1	1
并行查询寄存器	无效	110	0	0
数据出入寄存器	无效	111	1	1
命令/数据输出寄存器	无效	111	0	0

（1）数据类寄存器

数据类寄存器负责在 GPIB 总线和微处理器之间传送命令和数据，如数据出入寄存器（DIR）用于从 GPIB 总线上接收数据；命令/数据输出寄存器（CDOR）负责向 GPIB 总线发送程控命令和数据；数据块结束符寄存器（EOSR）存储着一个 7 位或 8 位的字节，用它来判别数据块是否结束。NAT9914 正是通过这些寄存器来实现程控数据和命令的输入、输出操作的。

（2）中断类寄存器

中断类寄存器包括中断状态寄存器 0、1、2（ISR0、ISR1、ISR2）和中断屏蔽寄存器 0、1、2（IMR0、IMR1、IMR2）。在这些中断寄存器中包括诸如"字节输入（BI）"、"字节输出（BO）"、"结束状态"和"远控/本控状态改变"等中断状态位及其相应的屏蔽位。这些中断位监视总线状态，根据发生的事件使相应的状态位置 1。当某一事件发生，且相应的中断屏蔽位被置位时，中断状态将被置位且引起一次中断，这样 NAT9914 就可以用中断方式来处理接口功能。

（3）查询类寄存器

为相应接口功能中的串行查询和并行查询而设置，通过它们可以方便地实现各种接口功能。例如，串行查询模式寄存器（SPMR）中存放着 NAT9914 响应系统串行查询的字节，当系统发动串行查询时，将该寄存器的内容送到 GPIB 总线上，也可以通过串行查询状态寄存器（SPSR）读取这些状态字节；当系统的控者需进行并行查询时，NAT9914 将并行查询寄存器（PPR）中的内容送到 GPIB 总线上，以响应系统的并行查询。

（4）地址类寄存器

地址类寄存器用于控制 NAT9914 的寻址模式，保存其 GPIB 地址，并监视 GPIB 的寻址状态。例如,地址状态寄存器(ADSR)就用于监视 NAT9914 的地址状态,通过它可以知道芯片是处于远控状态还是处于本控状态,是被听寻址还是被讲寻址等地址信息。地址寄存器(ADR)中不但包含着 NAT9914 的地址,而且还可以设置芯片的只听或只讲模式。

(5)其他类型寄存器

其他类型寄存器用于辅助 NAT9914 完成接口功能。例如,辅助命令寄存器(AUCR)通过向其写入控制字可以使 NAT9914 执行诸如软件复位、返回本控、同步或异步取控、转换工作模式等辅助命令。又如,辅助寄存器(ACCR)是一个多重目的寄存器,写入不同的控制字可以对多个寄存器进行操作,它可以设置芯片的工作频率、中断电平的高低、数据块结束符的长短等辅助内容。微处理器还可以通过总线状态寄存器(BSR)监视 GPIB 总线的状态,也可以通过把总线控制寄存器(BCR)中的相应位置 1,而使"注意"、"远控可能"、"服务请求"等信号线有效。

NAT9914 通过这些读/写寄存器来使 GPIB 总线与 CPU 之间的全部通信。应用者可以通过对 NAT9914 的相应寄存器执行写操作来自动管理 IEEE488 总线,同时通过读相应状态寄存器来了解 NAT9914 的状态。

当 NAT9914 工作在 μPD7210 模式下时,其不但具有原 μPD7210 的所有寄存器,而且还增加了额外辅助寄存器和页面寄存器,可以像操作 μPD7210 的辅助寄存器一样对额外辅助寄存器进行操作。当发出页面辅助命令,使芯片工作在页面状态之后,即可对页面寄存器进行操作。下面以计算机为讲者,测试仪器为听者,由主控计算机向仪器传送程控数据为例,介绍以下微处理器是如何了解 GPIB 接口的工作状态,以及如何利用 GPIB 接口完成消息传递任务的。

当控制器在 GPIB 总线上发出听寻址命令后,GPIB 接口功能电路自动将听地址消息与NAT9914 地址寄存器中的内容进行比较。若相同,则 NAT9914 进入听者作用状态,仪器被寻址为听者。与此同时,主控计算机将自身寻址为讲者,开始向仪器发送程控数据。控者使ATN 线为假态,即发出 ATN 消息使系统进入数据工作方式,由受命的讲者(计算机)向受命的听者(测试仪器)传送程控数据。工作序列见表 6-11。

表 6-11 工作序列

ATN 线	DIO 线编码	符　号	助 记 符	说　明
1	×0111111	'?'	UNL	解除现行听者受命状态
1	×0100001	'!'	LAD	发仪器的听地址,使之受命为听者
1	×1010100	'T'	TAD	发计算机的讲地址,使之受命为听者
0	×0110101	5	DAB	计算机向仪器传送程控数据,先传高位,后传低位
0	×0110111	7	DAB	
0	×011011	:	结束符	数据结束

总线上的消息以三线互锁联络方式进入数据输入输出寄存器(DIR)。当 DIR 寄存器满时,ISR0 的 BI 位置位,向微处理器申请中断,通知微处理器取走数据。当微处理器读取数据后,BI 复位,等待下一次输入。仪器接收来自计算机的命令并做出相应的动作。输入数据时,如果总线上 EOI 为真,则 END 位伴随 BI 位置位而置位,以表现现在读入微处理器的是最后一个数据。

6.5.3 应用电路设计

应用 NAT9914 设计 GPIB 接口板，完成主控计算机和程控仪器之间的数据传输。

1. 硬件设计

GPIB 接口板由 AT89C51、74LS373、NAT9914、SN75160、SN75161 等芯片组成，NAT9914 可通过与其配套的驱动芯片（如 75160 和 75161）与 GPIB 总线连接。其系统框图如图 6-53 所示。其中，NAT9914 的数据线 D0 ~ D7 为分别对应于单片机的 P0.7 ~ P0.0 位。RS2 ~ RS0 为 NAT9914 的寄存器选择端，这 3 条线通过 74LS373 与 98C51 的低位地址线相连，并与读写操作线配合使用，以选择需要操作的寄存器。例如，若 RS2 = RS1 = RS0 = 0，WE = 0，DBIN = 0，则表示 IMR0 被选中，微处理器就可以对 IMR0 进行写操作了。图中 P2.7 与 NAT9914 的片选端 CS 相连，P2.6 经与非门与 74LS245 相连。当 P2.7 = 0，P2.6 = 0 时，选通 NAT9914；当 P2.7 = 1，P2.6 = 1 时，选通地址设定电路。INT 为中断请求线，直接与 89C51 的中断端相连，使 NAT9914 可以通过中断方式实现接口功能。当能够引起中断的时间出现并且该事件又未被屏蔽时，NAT9914 的 INT 线进入作用状态，微处理器接收到中断申请后，立即转向接口管理程序。

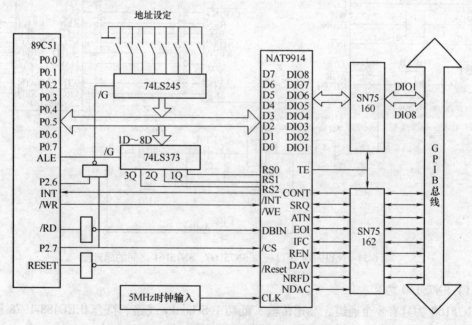

图 6-53 NAT9914 GPIB 接口电路系统框图

ATN、IFC、SRQ、EOI、REN 为 5 条管理线，用来管理信息流，使之有秩序地通过接口总线。TE 用来控制数据的传输方向。当 TE 为高电平时，NAT9914 从 GPIB 总线上接收数据，微处理器对 GPIB 接口板进行读操作；当 TE 为低电平时，微处理器对 GPIB 接口板进行写操作，将数据发送到 GPIB 总线上。NAT9914 接口板与 SN75160、SN75161 之间的原理如图 6-54 所示。

GPIB 系统采用双向数据总线，即仪器发送某一消息的信号线也是接收同一消息的信号线，因此对应于每一条信号线都应该有一个接收器和一个发送器，以便能通过总线发送或接收远控消息。GPIB 接口共有 16 条信号线，因此需要配备 16 对发收门。现在已经有许多集成电路厂商为 GPIB 接口生产了专门的集成电路收发门，其中较典型的有 Motorola 公司的 MC3448、TI 公司的 SN75160 和 SN75161 等。其中，SN75160 为数据总线收发器，SN75161 为控制总线收发器，前者集成了 4 对收发门而后者集成了 8 对收发门。总线收发器的电气性能都比较接近，选择的主要依据是能否从市场上买到、能否简便配合相应的接口芯片使用，本设计选用了 TI 公司的 SN75160 和 SN75161 作为总线收发器。下面分别予以介绍。

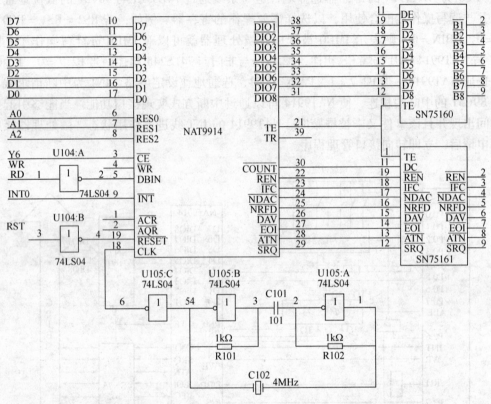

图 6-54　NAT9914 接口板与 SN75160、SN75161 之间的原理图

（1）SN75160 芯片

SN75160 为具有 8 个通道、高速传输、低功率 Schottky 线路、符合 IEEE488-1978 标准的单片集成收发器电路。

1）SN75160 芯片的主要特点：①符合 IEEE488-1978 标准（GPIB）；②8 个通道双向收发；③电源高/低保护（避免瞬时脉冲干扰）；④高速、低功率 Schottky 线路；⑤低功耗，每个通道最大功耗为 72mW；⑥传输时间快，最长传输时间为 22ns；⑦高阻抗 PNP 输入。

2）SN75160 的引脚说明：SN75160 芯片的 TE（Talk Enable）和 PE（Pullup）的引脚决定了接收器输出端工作在推挽状态或者三态模式状态，输出端状态见表 6-12。激励源负载输出电流约为 48mA。SN75160 引脚如图 6-55 所示。

表 6-12　SN75160 发生器或接收器真值表

发 生 器				接 收 器			
输 入			输 出	输 入			输 出
D	TE	PE	B	D	TE	PE	B
高	高	高	高	低	低	×	低
低	高	×	低	高	低	×	高
高	×	低	高阻态 +	×	高	×	高阻态
×	低	×	高阻态 +				

注：×表示无效，+表示高阻态，它通过调整内部电阻所接电源为 VCC 或者接地 GND 来控制三态输出是否为高阻态。

（2）SN75161 芯片

SN75161 为具有 8 个通道、高速传输、低功率 Schottky 线路、符合 IEEE488-1978 标准的单片集成收发器电路，可为单个或者多个控制器提供总线管理和数据传输信号，且每个收发器都具有三态输出。当与八进制总线收发器 SN75160B 结合使用时，可共同组成 IEEE-488 总线的 16 位接口。

1）SN75161 芯片的主要特点：①符合 IEEE488-1978 标准（GPIB）；②8 个通道双向收发；③电源高/低保护（避免瞬时脉冲干扰）；④执行控制总线接口；⑤SN75161 适用于单个控制器；⑥高速、低功耗 Schottky 线路；⑦低功耗，每个通道最大功耗为 72mW；⑧传输时间快，最长传输时间为 22ns；⑨高阻抗 PNP 输入。

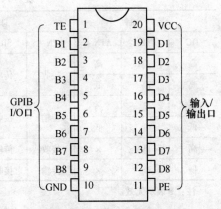

图 6-55　SN75160 引脚图

2）SN75161 的引脚说明：SN75161 的 DC 和 TE 引脚信号决定了收发数据的传输方向。SN75161 控制和总线引脚说明见表 6-13，其接收/传输真值表见表 6-14，其引脚如图 6-56 所示。

数据传输方向是从端子端到总线端，数据接收方向是从总线端到端子端。数据的传输不具有双向性。

ATN + 为收发通道引脚，当 DC 与 TE 端输入状态一致时，它兼作内部方向控制引脚或作为 EOI 讲者使能端；当 DC 与 TE 端输入状态相反时，ATN 仅用做收发器引脚。

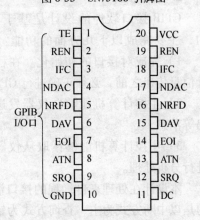

图 6-56　SN75161 引脚图

表 6-13　SN75161 控制和总线引脚说明

名　称	说　明	分　类
DC	方向控制	控制
TE	讲者允许	
ATN	注意	
SRQ	服务请求	

（续）

名　称	说　明	分　类
REN	远程访问允许	
IFC	接口清零	
EOI	结束或识别	总线管理
DAV	数据有效	
NDAC	未接收到数据	
NRFD	未准备好接收数据	数据传输

表 6-14　SN75161 接收/传输真值表

控　　制			总线管理通道				数据传输通道			
DC	TE	ATN +	ATN +	SRQ	REN	IFC	EOI	DAV	NDAC	NRFD
高	高	高	接收	传输	接收	接收	传输	传输	接收	接收
高	高	低					接收			
低	低	高	传输	接收	传输	传输	接收	传输	传输	传输
低	低	低					传输			
高	低	×	接收	传输	接收	接收	接收	接收	传输	传输
低	高	×	传输	接收	传输	传输	传输	传输	接收	接收

注：×表示无效。

2. 软件设计

GPIB 接口软件的设计是基于三线握手的方式而进行的，主要完成以下几方面的功能：

1）完成对接口的初始化。在程控仪器与计算机之间进行信息传递之前，必须正确进行 GPIB 接口板的初始化。

2）主控计算机能够向仪器发送各种命令、地址和程控码等消息。

3）主控计算机能够读取从仪器返回的数据，并对数据进行分析处理。

本设计在处理来自远程的接口消息和期间消息时，采取的是以中断方式为主、查询方式为辅的办法。即程序在远控状态时等待中断信号，通过执行中断子程序来完成对接口功能的处理。

488 总线上的设备在任何时刻只能有一个控者（或没有）、一个讲者、一个或多个听者。下面分别介绍听功能、讲功能的设计过程。利用 GPIB 编制接口板的主控程序流程图如图 6-57 所示。

（1）初始化

每当开机或复位后，NAT9914 的各个接口功能都处于空

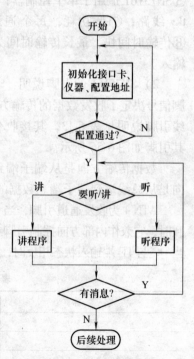

图 6-57　利用 GPIB 编制接口板的主控程序流程图

闲状态。因此，若使 NAT9914 正常完成接口功能，必须在复位后对其进行初始化。其初始化流程如图 6-58 所示。初始化的内容包括：设置本控消息、时钟频率、GPIB 地址、三线握手参数，初始化串并行查询响应寄存器内容、开中断等。

（2）听功能

听功能的工作过程已在前面介绍过，这里主要介绍听功能程序，其程序框图如图 6-59 所示。

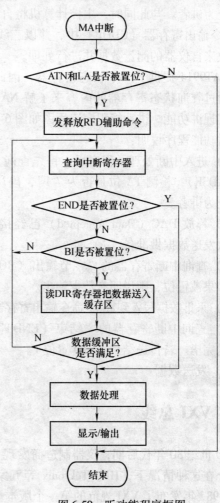

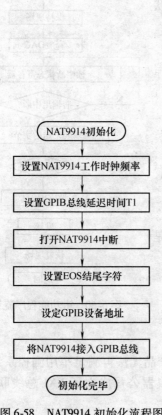

图 6-58　NAT9914 初始化流程图　　　　图 6-59　听功能程序框图

听功能程序说明：

1）进入中断处理子程序后，首先查询寻址状态寄存器 R4（ADSR），检测 LA 位是否为"1"，确认 NAT9914 是否被寻址为听者。

2）发释放 RFD（Ready For Data）准备好接收数据命令，为下次接收数据做准备。

3）查询中断寄存器的"字节输入"（BI）位是否被置位，如果被置位，则说明有数据输入。

4）从数据输入寄存器（DIR）中将数据取走，送入数据缓冲区。

5）查询中断寄存器的"结束"（END）位，看数据是否传送完毕。

6）若接收完数据，则进行数据处理。

（3）讲功能

实现讲功能，主要是将器件消息通过 NAT9914 发送到 GPIB 总线上，从而将数据传送给接在总线上的其他器件。讲功能的工作过程为

当控制器在 GPIB 总线上发出讲寻址命令后，GPIB 接口功能电路自动将讲地址消息与 NAT9914 的地址寄存器中的内容进行比较，若相同，则 NAT9914 进入讲者作用状态，仪器被寻址为讲者。与此同时，主控计算机将自身设为听者。微处理器将采集到的数据写入到数据/命令输出寄存器（CDOR）中，并以三线互锁联络方式把数据发送到总线上。主控计算机接收来自仪器的测量数据并进行处理。

NAT9914 提供了 7 个状态寄存器，因此应用者能很方便地通过查询状态寄存器的内容来了解 NAT9914 的现行状态，实现讲功能。讲功能程序流程图如图 6-60 所示。

讲功能程序说明：

1）进入中断处理子程序后，首先查询寻址状态寄存器 R4（ADSR），检测 TA 位是否为"1"，确认 NAT9914 是否被寻址为讲者。

2）释放 DAC（Data Accepted）已经接收的数据命令，为下次发送数据做准备。

3）查询中断寄存器的"字节输出（BO）"位是否被置位，如果被置位，则说明有数据输出。

4）采集数据写入到数据/命令输出寄存器（CDOR）中。

5）查询中断寄存器的"结束（END）"位，看数据是否传送完毕。若传送结束，EIO 置位 1。

6）发送数据。

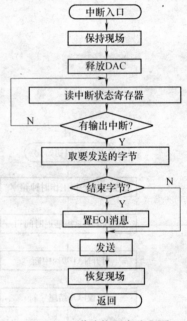

图 6-60　讲功能程序流程图

6.6　VXI 总线

20 世纪 80 年代后期，仪器制造商发现 GPIB 总线等产品无法再满足军用测控系统的需求了。在这种情况下，HP、Tekronix 等五家国际著名的仪器公司成立了 VXI 总线联合体，并于 1987 年发布了 VXI 规范的第一个版本。

VXI 总线（VXI bus）是 VME bus Extension mentation 的缩写，即 VME 总线在仪器领域的扩展。VXI 总线是一种全开放的、适用于多供货厂商环境的模块式仪器行业规范，它是继 IEEE488 总线之后，为适应测量仪器从分立的台式和机架式结构发展为更紧凑的模块式结构的需要，而推出的一种新的总线标准。VXI 总线集中了智能仪器、个人仪器和自动测试系统的很多特长，在系统结构及硬、软件开发技术等方面都采用了新思想和新技术，相对于其他传统总线，具有下列特点：

1）测试仪器模块化；

2）32 位数据总线，数据传输速率高；

3）系统可靠性高，可维修性好；

4）电磁兼容性好；

5）通用性强，标准化程度高；

6）灵活性强，兼容性好。

VXI 总线的出现使自动测试系统的尺寸大大缩小，测试速度大大提高，从而满足了目前自动测试系统向标准化、自动化、智能化、模块化、便携式方向的发展要求。因而，对 VXI 总线的研究具有重要的实际意义。

6.6.1　VXI 总线规范

1. VXI 总线系统结构

VXI 总线系统是一种计算机控制的功能系统，一般是由计算机、VXI 主机箱和 VXI 模块组成的。组成 VXI 总线系统的基本逻辑单元称为"器件"。一般来说，一个器件占据一块VXI 模块，也允许在一块模块上实现多个器件或者一个器件占据多块模块。

（1）VXI 总线系统的主计算机及其接口

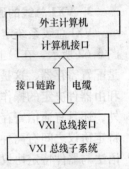

图 6-61　采用外部主计算机的系统结构

VXI 总线系统的主计算机可以分为外部和内嵌式两种。采用外部主计算机的系统结构如图 6-61 所示，图中计算机接口链路进行传输，最后 VXI 总线接口再把接收到信号转变成 VXI 总线命令。选择接口时应该考虑三个关键因素，即数据传输速率、控制器与子系统的距离、能否对多个 VXI 总线子系统控制。目前最常见的接口包括：GPIB 接口、RS-232C 接口、MXIbus 接口、IEEE1394 接口和 VMEbus 接口，其中 IEEE1394 接口以其优越的性能是当前最常用的一种控制方式。采用内嵌式主计算机，主要是直接寄存器存取方式工作，这种方式减少了系统体积，增加了工作速度，因而在技术上是很有吸引力的。

（2）器件

器件是 VXI 总线系统中的基本逻辑单元，根据其本身的性质、特点和它支持的通信规程，可分为寄存器基器件、消息基器件、存储器器件和扩展器件。在一个 VXI 系统中最多可有 256 个器件，每个器件有唯一的逻辑地址，逻辑地址编号从 0 到 255。在 VXI 系统中，可用 16 位、24 位和 32 位三种不同的地址线统一寻址。在 16 位地址空间的高 16K 字节中，系统为每个器件分配了 64 个字节的空间，器件利用这 64 个字节的可寻址单元与系统通信，这 64 个字节的空间就是器件基本的寄存器，其中包含了每个 VXI 器件必须具备的配置寄存器。而器件的逻辑地址就是用来确定这 64 个字节寻址空间位置的。

2. VXI 总线的构成和功能

VXI 总线是 VME 总线在仪器领域上的扩展，从功能上分，VXI 总线系统共有 8 种总线。①VME 计算机总线；②时钟和同步总线；③模块识别总线；④触发总线；⑤相加总线；⑥本地总线；⑦星形总线；⑧电源线。

VXI 规范定义了三个 96 针的 DIN 连接器 P1、P2 和 P3，P1 连接器是系统必备的，P2 和 P3 两个连接器可选。下面对 VXI 总线在 VME 总线基础上增加的用于高性能仪器的部分总线作一个简要的介绍。

1）CLK10 时钟线：是一个 10MHz 的系统时钟，用于模块之间的精确同步。该信号源于0 号槽，被分别差分送至各个模块插槽。

2）MODID 线：模块识别线，可以通过特有的物理位置或插槽类识别逻辑器件。这些线自 0 号槽分别送至 1 ~ 12 号槽。系统自动配置时必须用到 MODID 线。

3）TTL 触发线：包括 TTLTRG0 ~ TTLTRG7，是一组用于模块间通信的、集电极开路的 TTL 信号线。包括 0 号槽在内的所有模块都可以驱动这些线或者从这些线上接收信息。这是一组通用线，可用于触发、挂钩、时钟或逻辑状态的传送。

4）ECL 触发线：包括 ECLTRG0 ~ ECLTRG5，同 TTL 触发线一样，是一组用于模块之间通信和定时的信号线，但具有更高的工作速度。

5）LBUS：本地总线是一种菊花链总线，可以用于相邻安装模块的本地通信。

6）CLK100 和 SYNC100：分别是 100MHz 系统时钟和 100MHz 同步信号，用于系统中更高精度的定时和触发。

7）电源线：VXI 总线加大了 ±5V 和 ±12V 电压的供电功率，增加了 ±12V（为模拟电路提供）和 −2V、−5.2V（为 ECL 电路提供）电源线。

3. VXI 总线的通信协议

VXI 总线系统定义了一组分层的通信协议来适应不同层次的通信需要。分层通信协议如图 6-62 所示，在最上层均为器件特定协议，这些协议都是由器件设计者决定的；在最下层是配置寄存器，这是任何 VXI 器件都必须具备的。其中基于寄存器基器件只有配置寄存器和由器件决定的操作寄存器；基于消息基器件除了配置寄存器和由器件决定的操作寄存器外，还具有通信寄存器，通信寄存器的通信协议最主要的是字串行通信，字串行协议与器件特定协议之间有两种联系方式：一种是直接联系；另一种是通过 488-VXI 总线协议和 488.2 语法与器件特定协议联系。此外，基于消息基器件通过寄存器还支持一种共享存储器协议，这种方式是利用共享的存储器进行存、取，这不但明显提高了速度，还有利于节约成本。

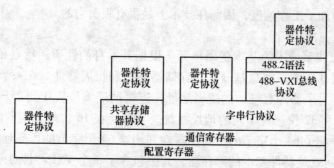

图 6-62　分层通信协议

（1）器件寄存器的基地址及地址分配

每个器件都支持 16 位的寻址方式，在 16 位地址空间中的高 16K 字节空间中为每个器件分配了 64 个字节的空间作为该器件的配置寄存器和操作寄存器，每个器件 64 字节的最小地址空间是在寄存器地址的基础上向上叠加的，如器件的逻辑地址为 V，则器件寄存器的基地址可由下式给出：器件寄存器基地址 $= 2^{15} + 2^{14} + V \times 64 = 49152 + V \times 64$，该式说明器件寄存器的基地址 A15 ~ A0 由三部分组成：

1）A15 和 A14 恒为 1，说明配置空间在 A16 寻址的 64K 字节之高端。

2）地址为 64 的整数倍，说明基地址低 6 位（A5 ~ A0）均为 0。它恰好使每个器件的寄存器最小地址空间为 64 个字节，即占用从基地址向上的 64 个字节。

3）中间的 8 位即 A13 ~ A6 与器件的逻辑地址相对应。

（2）配置寄存器及通信寄存器

图 6-63 给出了每个器件占据的 64 个字节寄存器分配图，其中地址为相对于基地址的地址。图中配置寄存器是 VXI 总线系统各种通信的基础，操作寄存器分为与器件相关的寄存器和与器件类别相关的寄存器。

基于消息基器件除了具有配置寄存器外，还有通信寄存器，基于消息基器件使用通信寄存器进行消息的传递。通信寄存器在 A16 地址空间的相对地址如图 6-64 所示。其中协议寄存器、响应寄存器和数据寄存器是必备的，而信号寄存器、数据扩展寄存器及数据高寄存器、A24、A32 指针是可选的。

| 与器件相关的寄存器 |
| 与器件类别相关的寄存器 |
| 偏移寄存器 |
| 状态/控制寄存器 |
| 器件型号寄存器 |
| ID/逻辑地址寄存器 |

图 6-63　寄存器分配图

| 由器件决定的寄存器 |
| VXI总线保留寄存器 |
| A32 |
| A24 |
| 数据低 |
| 数据高 |
| 响应/数据扩展寄存器 |
| 协议/信号寄存器 |
| 配置寄存器 |

图 6-64　通信寄存器在 A16 地址空间的相对地址

6.6.2　VXI 总线接口电路

开发研制 VXI 总线仪器，必须首先突破 VXI 总线接口电路的设计。由于目前仪器模块多为消息基器件或寄存器基器件，因此主要讨论这两种器件接口的设计方案。

1. 消息基器件的 VXI 总线接口方案

消息基器件不仅应具有 VXI 总线的配置寄存器，而且还应能进行更高级的通信，支持更复杂的协议。通常消息基器件内部有 CPU 以便接收、处理复杂的命令。这种器件接口寄存器多，而指令译码、接口电路复杂，执行速度较慢。针对消息基器件的特点，在其 VXI 总线接口部分，采用双端口 RAM 将有利于器件内部的 CPU 与 VXI 总线间的数据传输。消息基器件接口电路框图如图 6-65 所示。图中"控制逻辑 1"、"控制逻辑 2"和"存储器监视逻辑"均用 FPGA 芯片实现，控制逻辑用于控制数据通道、地址译码、DTACK* 及中断响应等。存储器监视逻辑用于向 CPU 产生中断（双端口 RAM、读/写数据寄存器、写控制寄存器）。其中，数据传输的接口部分以双端口 RAM 为中心，可以从两面同时读、写双端口 RAM 的存储单元，用双端口 RAM 来实现配置、通信寄存器。为了防止读/写双端口 RAM 的冲突，利用 BusY* 线，当其为低电平时则通过控制逻辑，在保证读/写可靠时，才控制 DTACK* 变低。而中断则是器件 CPU 驱动 IRQn* 线，VXI 总线中断管理器响应 IRQn* 后，将 IACKIN* 变低并传至申请中断的模块，模块对认可的请求级别进行判断，如一致则器件 CPU 发送中断向量，释放中断请求，VXI 总线中断管理器收到中断向量后，转入相应的中断服务。

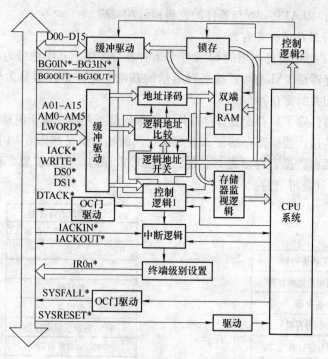

图 6-65　消息基器件接口电路框图

2. 寄存器基器件的 VXI 总线接口方案

寄存器基器件的 VXI 总线接口基本要求只需具有配置寄存器。与这种器件的通信是通过对器件寄存器的读、写来完成的。VXI 总线寄存器基器件接口电路框图如图 6-66 所示。数据线通过驱动电路按照译码电路的控制在相应的地址进行读写。译码电路采用分级译码的

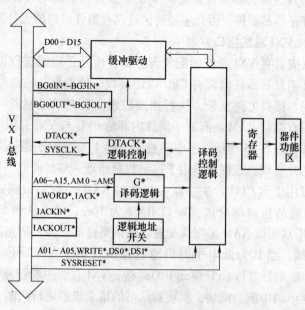

图 6-66　VXI 总线寄存器基器件接口电路框图

方法，设选中本电路可能的条件 G^* ，则 G^* 应满足

$$G^* = \overline{A15} + \overline{A14} + (A13 \oplus Q7) + (A12 \oplus Q6) + (A06 \oplus Q0) + \overline{LACK^0} + \overline{LWORD^0} +$$
$$\overline{AM5} + \cdots + AM4 + AM3 + AM1 + AM0$$

可用两片 8 位数据比较器（如 74LS688）串接来实现译码。DATCK* 控制逻辑在设计时以 DS0* 和 DS1* 的变低为准进行延时，并在 DS0* 和 DS1* 变高时立即释放 DTACK* ，因此采用 4D 触发器 74LS175 构成串行移位寄存器，用 16MHz SYSCLK 做同步时钟，延时时间可控制为 62.5ns 的整数倍。

为了使 VXI 总线更易于应用，NI 等 5 家公司联合发布了 VPP 规范，使 VXI 总线成为了一个真正的开放系统。与其他总线相比，VXI 总线具有结构紧凑、数据吞吐能力强、可靠性高等优点。随着自动化测试领域的不断发展，VXI 总线不仅在军工方面得到了普遍的应用，而且在民用方面的应用也将越来越广泛。

6.7　PXI 总线

随着广大仪器及自动设备用户对易于集成和使用的紧凑通用系统的性能、功能和可靠性要求的不断增长，由美国 NI 等几家公司于 1997 年推出了测控仪器总线标准 PXI 总线标准。PXI（PCIextensions for Instrumentatilon），它是 CompactPCI 在仪器领域的扩展。PXI 技术采用了不少现存工业标准以较低价格获取大量可用的元件。最重要的是，通过保持与工业标准个人计算机软件的兼容性，PXI 允许工业用户使用他们所熟悉的软件工具和环境。PXI 有效地为主流用户提供了模块化仪器。

PXI 规范由 PXI 系统联盟管理，定义了专门的电气、机械和软件特性。

（1）电气特性

许多仪器应用所要求的系统定时能力不能由标准桌面计算机主板总线如 ISA、PCI 或 PCMCIA 直接实现。PXI 采用标准 PCI 总线，在其基础上增加了仪器应用所需要的特定信号，包括总线式触发信号、指向槽的触发信号、一个专用的系统参考时钟以及插槽到插槽的本地总线以满足高级定时、同步和单边通信的需要。PXI 提供了与桌面 PCI 规范所规定相同的性能，只有以下一点例外。PXI 系统每个 33MHz 总线段可以有 8 个插槽，而桌面 PCI 系统每个 33MHz 总线段只能有最多不超过 5 个插槽。同样，PXI 系统每个 66MHz 总线段可以有 5 个插槽，而桌面 PCI 系统每个 66MHz 总线段只能有最多不超过 3 个插槽。PXI 具备的 PCI 特征主要有：33MHz/66MHz 性能；32 位和 64 位数据传输；132 ~ 528Mbyte/s 的峰值数据率；通过 PCI-PCI 桥的系统扩展；3.3V 工作电压；即插即用能力。所有这些总线位于 PXI 总线背板，其中星形总线是在系统槽右侧第一个仪器模块槽与其他 6 个仪器槽之间分别配置了一条唯一确定的触发线形成的。

（2）机械特性

与 VXI 规范的要求相似，PXI 规范定义了一个包括电源系统、冷却系统和安插模块槽位的一个标准机箱。PXI 在机械结构方面与 CompactPCI 的要求基本相同，采用 ANSI310-C、IEC-297 和 IEEE1101.1 等在工业环境下具有很长应用历史的 Eurocard 规范，支持 3U 和 6U 两种模块尺寸，它们分别与 VXIbus 的 A 尺寸和 B 尺寸相同。PXI 支持两种 Eurocard 尺寸的模块：3U，100×160mm；6U，233.35×160mm。3U 卡可以有 J1、J2 两个总线接

口连接器，J1 包括 32 位 PCI 本地总线信号，J2 包括 64 位 PCI 数据传所需的信号和用于实现 PCI 电气特征的信号。6U 卡还可以有另外两个 J3 和 J4 连接器，这两个连接器被 PXI 规范保留做将来扩展之用。PXI 系统主要由为 PXI 背板提供支持的机箱构成，PXI 背板提供支持 PXI 总线系统控制器模块和外设模块的手段。机箱必须具有一个系统插槽和一个或多个外设插槽。系统槽位于机箱左侧，在系统的左边可以有任意个数的控制扩展槽。如果使用可选的星形触发控制器，它必须从右侧紧贴系统控制器模块来作用，为其他外围模块提供非常精确的触发信号。如果不使用星形触发控制器，外调模块可以紧靠系统控制器模块作用。PXI 背板上装有总线连接器 P1、P2 等，并且提供系统控制器和外设模块间的互连。在一个 33MHz PXI 总线段最多可以有 7 个外设插槽，而在一个 66MHz PXI 总线段最多只能有 4 个外设插槽。为了增加 PXI 总线段，具备更多的扩展插槽，可以使用 PCI-PCI 桥。

（3）软件特性

与其他总线体系结构类似，PXI 规定了使多个厂家的产品在硬件接口级共同工作的标准。然而和其他规范不同的是，PXI 在总线级电气要求的基础上还规定了软件要求以进一步方便系统集成。这些要求包括对标准操作系统框架如 Windows 95、Windows 98、Windows NT 和 Windows 2000（WIN32）的支持，以及对由 VXI plug&play 系统联盟开发的仪器软件标准（VPP、VISA）的支持。所有的外设模块还需要有适当的驱动程序。PXI 规范制定了把 Windows 2000/98（WIN32）作为 PXI 系统软件框架。操作系统框架包括微软的 Windows 95、Windows 98、Windows NT 和 Windows 2000。工作在任何框架下的 PXI 系统控制器必须支持现成的其他操作系统并且将来可以升级。这个要求的好处是 PXI 系统控制器因此也能支持现在广泛使用的工业标准应用编程接口，如 Microsoft 和 BorlandC + +、Visual Basic、Lab VIEW 和 Lab Windows/CVI。PXI 还要求所有的外设模块具有运行在相应框架下的仪器驱动程序软件。PXI 标准要求所有厂商都要为积极开发的测试仪器模块开发相应的软件驱动程序，从而使用户从繁琐的仪器驱动程序工作中解脱出来。其他没有软件标准的工业总线的硬件供应商通常都不为其设备提供软件驱动程序，而只是给用户提供一本描写如何编写软件控制设备的手册。这样，用户就需要付出巨大的努力才能支持这些设备。PXI 通过要求厂商而不是用户来开发设备的驱动程序，从而省去了用户的一个巨大负担。

PXI 系统由主计算机、PXI 机箱和 PXI 模块构成。PXI 有两种控制方案：内嵌控制器和远程 MXI-3 控制器。根据不同的产品选择使用带有 MXI-3 的标准 PC 还是完全集成的内嵌计算机控制系统。如果产品不需要使用外部 PC，而且需要完全集成、紧凑的方案，那么就应该选择内嵌计算机。使用内嵌计算机就需要带有集成显示器的便携式机箱。NI 公司提供了多种内嵌计算机，用户按照处理器速度、I/O 结构、操作系统和应用程序开发软件的需求选择。所有的内嵌计算机都包括内置硬盘、软驱和显卡。外设端口如 USB、串口、并口、鼠标和键盘都是标准的。有些内嵌计算机还带有 GPIB 和 Ethernet 端口。MXI-3 提供了 PC 和 PXI 系统之间完全透明的连接。将 MXI-3 接口插入 PC，用电缆或者光纤连接到 PXI 系统 1 槽的 MXI-3 模块。MXI-3 以最高速扩展了 PCI 总线，因此不论 PXI 系统在 2m 还是 200m 外，PC 的处理器都可以透明地设置和控制 PXI 系统。MXI-3 是一个低成本的控制方案，使用户可以利用最新的 PC 技术。

6.7.1　PXI 总线接口

1. 接口概述

PXI 模块电路分为接口电路和器件功能电路两部分，如图 6-67 所示。

PXI 接口的作用是为了在 PXI 模块中完成 PXI 底板总线与功能电路之间的通信（逻辑时序转换），它被称为 PXI 总线与功能电路之间的桥梁。判读 PXI 接口的功能因素包括主设备和从设备的兼容性、是否支持中断及数据的传输速度。

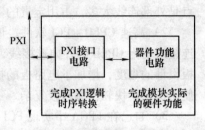

图 6-67　PXI 模块电路结构

PXI 总线同 PCI 总线一样定义了 3 个物理地址空间：内存地址空间、I/O 地址空间和配置地址空间。PXI 总线接口信号在 PCI 总线接口的基础上增加了 4 种不同的信号：

1）频率为 10MHz 的系统时钟信号；

2）功能模块间增加了 13 条 PXI 局部总线；

3）8 条触发总线；

4）星形触发线。

2. 总线命令

总线命令的作用是用来规定主、从设备之间的传输类型，它出现于地址周期的 C/BE [3：0] #线上。主设备是指通过仲裁而获得总线控制权的设备；从设备是指在 C/BE [3：0] #上出现命令时被 AD [31：0] 线上的地址或 IDSEL 所选中的设备。PXI 总线命令见表 6-15。

表 6-15　PXI 总线命令

C/BE [3：0] #	类 型 说 明
0000	中断应答（中断识别）
0001	特殊周期（总线广播）
0010	I/O 读（从 I/O 地址中读数据）
0011	I/O 写（向 I/O 地址空间写数据）
0100	保留
0101	保留
0110	存储器读（从内存空间印象中读数）
0111	存储器写（向内存空间印象写数据）
1000	保留
1001	保留
1010	配置空间读
1011	配置空间写
1100	存储器多行读
1101	双地址周期
1110	存储器一行读
1111	存储器写并无效

3. PXI 总线接口电路设计

PXI 总线接口电路的设计可以有以下三种方案。

1）专用 PCI 接口芯片 + CPLD/FPGA。该方案的优点是技术比较成熟，价格比较便宜，通过对支持 ISP 的 CPLD/FPGA 预留接口可减少新产品设计风险、加快产品升级速度。其缺点是外部连线太多，占用宝贵的 PCB 空间，且容易产生高频干扰。

2）高速 CPLD + PCI 软件。该方案的优点是 PCI 接口控制器与 CPLD 之间的一大批信号连接线变为 CPLD 的片内连接线，从而大大减小了外部信号连接线的数量，降低了印制电路板设计的难度，增加了电路板的抗干扰性和稳定性。其缺点是 PCI 软件包价格较昂贵，而且使用这一模块软件编程较复杂。

3）自己在 FPGA 中实现 PCI 协议及逻辑功能。该方案的优点是将包括 PCI 控制器在内的所有逻辑功能模块都在一块 FPGA 中实现，开发成本很低，外部信号线连接较少，抗干扰能力较强，硬件设计简单，而且可以根据实际需要只实现部分 PCI 接口功能。其缺点是由于 PCI 协议的复杂性，其接口的实现会比较困难，设计的周期会较长且很难在短时间内做到稳定。

专用的 PXI 接口芯片包括从设备芯片和主设备芯片。其中从设备芯片包括 9030、9052、9050，9030 是为嵌入式专门设计的，而 9052 和 9050 是面向 ISA 卡转 PCI 的市场设计的。主设备芯片包含 9054、9080、9060。其中 9060 是最早的 32 位 master 的 PCI 控制芯片，9080 在 9060 基础上的进一步改进和发展，而 9054 要更成熟一些。

6.7.2 PXI Express 总线

2005 年，PXISA 官方组织推出了 PXI Express 的软硬件标准，通过在背板使用 PCI Express 技术，PXI Express 能够将带宽整整提高 45 倍，从原来 PXI 的 132Mbit/s 提高到 6Gbit/s。除了 PXI 现有的定时和同步功能，PXI Express 还提供了附加的定时和触发总线，包括 100MHz 差分系统时钟、差分信号及差分星形触发等。通过使用差分时钟和触发，PXI Express 系统增加了对仪器时钟的抗噪声能力，并能传输更高频率的时钟信号。

除了上面性能上的提升，PXI Express 同时还保持了和原来 PXI 软、硬件上完全的兼容性。PCI Express 的软件兼容性使得 PXI 提供的标准软件框架同样适用于 PXI Express。为了保证硬件的兼容性，PXI Express 标准中定义了一种混合插槽，使工程师能够在同一个插槽中安装 PXI 或者 PXI Express 的模块。这些硬件和软件上的兼容性，最大限度地保留了用户在 PXI 系统和产品上现有的投资。

带宽的提升、附加的定时及同步功能，以及与 PXI 软、硬件上完全的兼容性，这些性能的提升，使 PXI Express 能够进入到更多以往被专用仪器所统治的一些应用领域。PXI Express 标准的拓展，使 PXI 平台能够进入到更多全新的应用领域。

1. 视频测试应用

PXI Express 标准可以更好地保证机箱中的每一块板卡都享有最小带宽保障。例如，采用 PXI 标准，一个视频卡很容易占用全部 132MB 的可用带宽，使机箱中的其他板卡无法使用，而在 PXI Express 系统中，这种情况就不太可能发生。随着符合 PXI Express 标准的设备越来越多，PXI/PXI Express 平台会更适合视频测试应用。比如，NI 推出的 PXIe-1065 18 槽机箱能提供高达 1Gbit/s 每插槽的专用带宽，并具有 PXI 和 PXI Express 的混合插槽，可以应用于通信情报、光谱测量、半导体芯片特性测量及视频测试应用等。

2. 数据的实时流盘应用

数据流盘就是将采集的原始数据存储，以便日后分析、调试及备份，这在一些高速测量中应用非常多，比如视频测试、多通道数据采集系统、RF/IF 信号的记录与回放、数字协议测试、连续的波形发生、碰撞测试等都是典型需要数据流盘的应用。在 PXI Express 出现之前，这些测量一般通过传统的昂贵的台式仪器来完成。传统的台式仪器虽然具有非常高的采样率和带宽，但由于板载内存容量的限制，其连续采集的时间和波形存储的容量有限，通过GPIB（或者以太网、USB）传回控制 PC 的往往也只是分析的结果，如果要传递原始的测量数据，将耗费大量的测试时间（GPIB 的带宽约为 1Mbit/s）。因此，用户要想拿到原始的数据，进行自定义的分析，必须付出昂贵的代价和时间成本。如今，借助于 PXI/PXI Express 的高带宽，用户可以轻松地采集大量的原始数据、通过总线传输回控制器并实时地存储在硬盘上，用于后续自定义的分析和数据备份。

3. 多通道的高速采集应用

工业及军工中有许多情况需要构建大型的测试系统，比如大桥的健康状态监测、空间卫星测试、风洞测试等，这些系统的共同特点是：需采集多个数据，且对采集速率和性能要求高；通道间需要同步、定时。可见，PXI/PXI Express 在这些领域具有绝对的优势：首先，模块化基于 PC 的架构可以提供灵活的扩展功能，用于扩展通道数；其次，PXI/PXI Express 背板提供了高达 6Gbit/s 的带宽，足以满足高速数据传输的需求；而且，由于 PXI Express 协议采用的是 100MHz 差分信号而不是 PXI 标准的 10MHz 单端信号，这将提高机箱中板与板之间的信号传递速度，使基于 PXI Express 的仪器触发水平达到皮秒级，而且可以极大地改善同步功能，从而实现更高精度的测量；最重要的一点是，市场上有丰富多样的高性能模块化仪器可供选择，这给用户构建自己测试系统提供了更多的选择。

4. RF 测试应用

PXI 向 PXI Express 的拓展，大大提高了数据传输带宽，使 PXI 平台的应用从中、低频段的高精度测量向高频乃至 RF 发展。今天，射频的应用已十分普遍，未来无线装置要支持各种空中接口和调制格式，要求测试设备必须具有高度的灵活性、可扩展性及强大的处理能力，而基于 PXI/PXI Express 的各种射频测试模块再配合相应软件，就可搭建成适应不同测试要求的灵活的射频测试平台。比如，利用 NI 5640R IF RIO 可重配置中频处理模块配合 NI PXI-5671 信号发生器及 NI PXI-5660 矢量信号分析仪，即可构建功能强大、多标准、可扩展的软件无线电平台，该平台拥有双通道 14 位精度 100MHz 高速 A/D 模拟信号输入通道、双通道 14 位精度 200MHz 的 D/A 模拟信号输出通道，并含有数字下变频及数字上变频模块，能够完成高速模拟信号的采集和处理，主要应用于性能要求较高的雷达、视频、软件无线电、通信系统的信号处理等。随着符合 PXI Express 标准的设备越来越多，基于 PXI/PXI Express 平台的 RF 测试应用也会越来越多。

PXI Express 基于 PCI Express 总线，随着 PCI Express 标准从 Gen1、Gen2 向 Gen3 发展，以及 Intel 等众多厂商的不断投资，PXI Express 设备的性能也必将因此获益而得到不断提升，再加上 PXI 联盟成员的大力研发投入和市场推广，这将促进 PXI/PXI Express 平台向更多新应用领域扩展。正如 NI 公司研发部高级副总裁 Tim Dehne 所言，PXI Express 标准将支持高性能仪表、RF 测试、机器视觉、监视系统以及我们还没想到的更多市场应用。

6.8 软件例程

6.8.1 45D041 操作源程序

```
;主程序
    ORG         2080H
FSTLINE:        DI
    LD          STACKP,#SPP         ;堆栈指针 5FFEH
    LDB         IOC0,#00000000B     ;开放 HSI.0 和 HSI.1 HSI.2
    LDB         IOC1,#00000000B     ;允许 T1 溢出中断
    LCALL       SET8255             ;初始化 8255
HERE:           NOP
    LD          DX,#4000H
    LD          EX,5000H[0]
    LD          CX,#264
    LCALL       IC_READ
    LD          DX,#4000H
    LD          EX,5002H[0]
    LD          CX,#264
    LCALL       IC_CARD
    SJMP        HERE
;----------------------------------------------
;初始化 8255
SET8255:LDB     AL,#10000010B       ;A-OUT B-IN C0.3-OUT C4.7-OUT
    STB         AL,PCOM[0]
    LDB         PCSTAT,#11111111B
    STB         PCSTAT,PC25[0]
        RET
;****************************
;* SPI 总线(IC卡)写数据子程序 *
;* 调用数据：DX RAM 数据区首址 *
;*           EX IC 卡数据区首址*
;*           CX 写数据 BYTE 数*
;* 返回数据：FL #0-OK #0FF-ERROR       *
;****************************
IC_CARD:        PUSH        CX
                PUSH        DX
                PUSH        EX
```

```
              LCALL       SET_CS_1
              LCALL       SET_SCK_1
              LCALL       SET_CS_0
              LDB         AL,#82H         ;OPCODE =82H，通过 BUFFER1 写卡
              LCALL       ICBW            ;写命令
              SHL         EX,#1           ;写卡地址调整
              LDB         AL,EH
              LCALL       ICBW            ;写 PAGE 地址高位
              LDB         AL,EL
              LCALL       ICBW            ;写 PAGE 地址低位
              LDB         AL,R0
              LCALL       ICBW            ;写 PAGE 起始 BYTE 地址
              LDB         CRC,R0          ;校验码清零
ICDATAL:          LDB          RX_D,[DX]
              LCALL       T_CRC           ;形成校验码
              LDB         AL,[DX] +
              LCALL       ICBW            ;写数据
              DEC         CX
              CMP         CX,R0
              JNE         ICDATAL
;             LDB         AL,CRC
;             LCALL       ICBW            ;写 CRC 校验码
              LDB         TCRC,CRC        ;存 RAM 数据校验码
              LCALL       SET_CS_1
ICLOOP:       LD          EX,#SPISCK
              LCALL       WAIT            ;延时 30ms，等待写入完成
              LCALL       SET_CS_0
              LDB         AL,#57H
              LCALL       ICBW            ;读状态命令
              LCALL       ICBR
              LCALL       SET_CS_1
              JBC         AL,7,ICLOOP
ICREADY:          POP          EX
              POP         DX
          POP    CX
IC_READ:      LCALL       SET_CS_1
              LCALL       SET_SCK_1
              LCALL       SET_CS_0
              LDB         AL,#52H         ;OPCODE =52H，读卡
```

```
             LCALL        ICBW           ;读命令
             SHL          EX,#1          ;读卡地址调整
             LDB          AL,EH
             LDB          AL,EL
             LCALL        ICBW           ;读 PAGE 地址低位
             LDB          AL,R0
             LCALL        ICBW           ;读 PAGE 起始 BYTE 地址
             LDB          AL,R0
             LCALL        ICBW
             LDB          AL,R0
             LCALL        ICBW
             LDB          AL,R0
             LCALL        ICBW
             LDB          AL,R0
             LCALL        ICBW
             LDB          CRC,R0         ;校验码清零
ICDATARL:    LCALL        ICBR
             STB          AL,[DX]+
             LDB          RX_D,AL
             LCALL        T_CRC          ;形成校验码
             DEC          CX
             CMP          CX,R0
             JNE          ICDATARL
             LCALL        SET_CS_1
             CMPB         CRC,TCRC       ;读/写校验码校对
             JE           ICOK
             LDB          FL,#0FFH
             SJMP         ICEND
ICOK:        LDB          FL,R0
ICEND:       RET
;****************************************
;* SPI 总线(IC 卡)写 BYTE 子程序      *
;*调用数据: AL BYTE 数据              *
;*          BL BIT 数                *
;****************************************
ICBW:        PUSH         EX
             LDB          BL,#8
ICBWL:       LCALL        SET_SCK_0
             LD           EX,#SPISCK
```

```
                    LCALL           WAIT
                    SHLB            AL,#1
                    JC              ICBW1
                    LCALL           SET_SI_0
                    SJMP            ICBWSCK
ICBW1:              LCALL           SET_SI_1
ICBWSCK:            LD              EX,#SPISI
                    LCALL           WAIT
                    LCALL           SET_SCK_1
                    LD              EX,#SPISCK
                    LCALL           WAIT
                    DJNZ            BL,ICBWL
                    POP             EX
                    RET
;*****************************************
;* SPI 总线(IC 卡)读 BYTE 子程序  *
;*返回数据:AL BYTE 数据           *
;*         BL BIT 数              *
;*****************************************
ICBR:               PUSH            EX
                    LDB             BL,#8
                    LDB             AL,R0
ICBRL:              LCALL           SET_SCK_0
                    LD              EX,#SPISCK
                    LCALL           WAIT
                    LCALL           SET_SCK_1
                    LD      EX,#SPISCK
                    LCALL   WAIT
                    LCALL           GET_SO_01
                    CMPB            AH,R0
                    JE              ICBRBL
                    ORB     AL,#00000001B
ICBRBL:             DJNZ    BL,ICBRSHL
                    SJMP    ICBREND
ICBRSHL:            SHLB    AL,#1
                    LD      EX,#SPISI
                    LCALL           WAIT
                    SJMP    ICBRL
ICBREND:            POP     EX
```

```
                RET
;*********************************
;IC PINS:1/2-test;3-VCC;4-GND;5-/RST;6-/CS;7-RD/BY;8-SCK;9-SO;10-SI
;CS-PC. 0        SCK-PC. 1        SI-PC. 2
;RD/BY-PB. 0     SO-PB. 1
;---------------------------------
GET_SO_01:      LDB             AH,PB25[0]
                ANDB            AH,#00000010B
                RET
;---------------------------------
GET_RD_BY:      LDB             AH,PB25[0]
                ANDB            AH,#00000001B
                RET
;---------------------------------
SET_CS_1:       ORB             PCSTAT,#00000001B
                STB             PCSTAT,PC25[0]
                RET
;---------------------------------
SET_CS_0:       ANDB            PCSTAT,#11111110B
                STB             PCSTAT,PC25[0]
                RET
;---------------------------------
SET_SCK_1:      ORB             PCSTAT,#00000010B
                STB             PCSTAT,PC25[0]
                RET
;---------------------------------
SET_SCK_0:      ANDB            PCSTAT,#11111101B
                STB             PCSTAT,PC25[0]
                RET
;---------------------------------
SET_SI_1:       ORB             PCSTAT,#00000100B
                STB             PCSTAT,PC25[0]
                RET
;---------------------------------
SET_SI_0:       ANDB            PCSTAT,#11111011B
                STB             PCSTAT,PC25[0]
                RET
;*********************************************
;*延时子程序                    *
```

```
;*调用数据：EX 延时次数        *
;*延时时间 T = ( EX − 1 )*2 + 3US *
;*********************************
WAIT:          RET
          DEC       EX
          CMP       EX,R0
              JNE      WAIT
          RET
          END
```

6.8.2   I²C 操作源程序

```
;*********************************
;*I²C 总线写数据子程序 *
;*调用数据：FL 数据寄存器 *
;*       FH 调用标志 *
;*     .0 = 1 写起始位 *
;*     .1 = 1 写停止位 *
;*     .2 = 1 要求应答 *
;*返回数据：FL = 00H   正确写入 *
;*       FL = 0FFH 写入错误 *
;*********************************
;
SDAWR:    JBC       FH,0,SDAWDAT
    LDB       AL,I2CPORT
    ORB       AL,#00000010B          ;SDA(P1.1)置1
    STB       AL,I2CPORT
    LDB       AL,I2CPORT             ;发起始位
    ORB       AL,#00000001B          ;SCL(P1.0)置1
    STB       AL,I2CPORT
    LDB       AL,I2CPORT
    JBC       AL,0,SDAWSER           ;判断 SDA、SCL 是否为1
    JBS       AL,1,SDAWSTA
SDAWSER:  LDB       FL,#0FFH
    SJMP       SDAWEND
SDAWSTA:  LD    EX,#2
    LCALL     WAIT
    LDB       AL,I2CPORT
    ANDB       AL,#11111101B          ;SDA(P1.1)清0
    STB       AL,I2CPORT
    LD        EX,#2
```

```
           LCALL     WAIT
           LDB       AL,I2CPORT
           ANDB      AL,#11111110B              ;SCL(P1.0)清 0
           STB       AL,I2CPORT
           LD        EX,#2
           LCALL     WAIT
SDAWDAT:   LDB                 CL,#8
SDAWTXLP:  CMPB                CL,R0
           JNE       SDAWNEXT
           SJMP      SDAWACK
SDAWNEXT:  JBC       FL,7,SDAWTX0
           LDB       AL,I2CPORT
           ORB       AL,#00000010B              ;SDA(P1.1)置 1
           STB       AL,I2CPORT
           SJMP      SDAWSCL
SDAWTX0:   LDB       AL,I2CPORT
           ANDB      AL,#11111101B              ;SDA(P1.1)清 0
           STB       AL,I2CPORT
SDAWSCL:   LD        EX,#2
           LCALL     WAIT
           LDB       AL,I2CPORT
           ORB       AL,#00000001B              ;SCL(P1.0)置 1
           STB       AL,I2CPORT
           LD        EX,#2
           LCALL     WAIT
           LDB       AL,I2CPORT
           ANDB      AL,#11111110B              ;SCL(P1.0)清 0
           STB       AL,I2CPORT
           LD        EX,#2
           LCALL     WAIT
           SHLB      FL,#1
           DECB      CL
           SJMP      SDAWTXLP
SDAWACK:   JBS       FH,2,SDAWACKB
           SJMP      SDAWSTOP
SDAWACKB:  LDB       AL,I2CPORT                 ;接收应答位
           ORB       AL,#00000010B              ;释放总线 SDA(P1.1)置 1
           STB       AL,I2CPORT
           LDB       AL,I2CPORT                 ;接收应答位
```

```
        ANDB    AL,#11111110B           ;SCL(P1.0)清0
        STB     AL,I2CPORT
        LDB     AL,I2CPORT
        ORB     AL,#00000001B           ;SCL(P1.0)置1
        STB     AL,I2CPORT
        LD      EX,#2
        LCALL   WAIT
        LDB     AL,I2CPORT              ;接收应答位
        JBC     AL,1,SDAWAOK
        LDB     FL,#0FFH                ;接收应答位错误
        SJMP    SDAWEND
SDAWAOK: LDB     AL,I2CPORT
        ANDB    AL,#11111110B           ;SCL(P1.0)清0
        STB     AL,I2CPORT
SDAWSTOP: JBS    FH,1,SDAWRSTO
        SJMP    SDAWOK
SDAWRSTO: LDB    AL,I2CPORT
        ANDB    AL,#11111101B           ;SDA(P1.1)清0
        STB     AL,I2CPORT
        LDB     AL,I2CPORT              ;发停止位
        ORB     AL,#00000001B           ;SCL(P1.0)置1
        STB     AL,I2CPORT
        LD      EX,#2
        LCALL   WAIT
        LDB     AL,I2CPORT
        ORB     AL,#00000010B           ;SDA(P1.1)置1
        STB     AL,I2CPORT
        LD      EX,#2
        LCALL   WAIT
SDAWOK:  LDB     FL,R0                  ; 返回数据 FL=00H，写入数据正确
SDAWEND: RET
; ************************************************
;
; * I²C 总线读数据子程序 *
; *调用数据：FH 调用标志 *
; *          .0=1 写起始位 *
; *          .1=1 写停止位 *
; *          .2=1 要求应答 *
; *返回数据：FL            *
; ************************************************
;
```

```
SDARD:     LDB       AL,I2CPORT
    ORB        AL,#00000010B           ;释放总线 SDA(P1.1)置 1
    STB        AL,I2CPORT
    LDB        FL,R0
    LDB        CL,#8
SDARBEG:   LDB       AL,I2CPORT
    ORB        AL,#00000001B           ;SCL(P1.0)置 1
    STB        AL,I2CPORT
    LD         EX,#4
    LCALL      WAIT
SDARIN:    LDB       AL,I2CPORT
    JBC        AL,1,SDARSHL
    ORB        FL,#00000001B           ;SDA = 1
SDARSHL:   DECB      CL
    CMPB       CL,R0
    JNE  SDARSHFL
    LDB        AL,I2CPORT
    ANDB       AL,#11111110B           ;SCL(P1.0)清 0
    STB        AL,I2CPORT
    LD         EX,#2
    LCALL      WAIT
    SJMP       SDARACK
SDARSHFL:  SHLB      FL,#1
    LDB        AL,I2CPORT
    ANDB       AL,#11111110B           ;SCL(P1.0)清 0
    STB        AL,I2CPORT
    LD         EX,#2
    LCALL      WAIT
    LDB        AL,I2CPORT
    ANDB       AL,#11111110B           ;SCL(P1.0)清 0
    STB        AL,I2CPORT
    LDB        AL,I2CPORT
    ORB        AL,#00000010B           ;释放总线 SDA(P1.1)置 1
    STB        AL,I2CPORT
;       LD         EX,#2
;       LCALL      WAIT
;       SJMP       SDARIN
    SJMP       SDARBEG
SDARACK:   JBC       FH,2,SDARSTOP
```

```
        LDB      AL,I2CPORT                    ;发送应答位
        ANDB     AL,#11111101B
        STB      AL,I2CPORT
        LD       EX,#2
        LCALL    WAIT
        LDB      AL,I2CPORT
        ORB      AL,#00000001B                 ;SCL(P1.0)置1
        STB      AL,I2CPORT
        LD       EX,#2
        LCALL    WAIT
        LDB      AL,I2CPORT                    ;主机应答
        ANDB     AL,#11111110B                 ;SCL(P1.0)清0
        STB      AL,I2CPORT
        LD       EX,#2
        LCALL    WAIT
        SJMP     SDAREND
SDARSTOP：JBC     FH,1,SDAREND
        LDB      AL,I2CPORT                    ;发送非应答位
        ORB      AL,#00000010B
        STB      AL,I2CPORT
        LD       EX,#2
        LCALL    WAIT
        LDB      AL,I2CPORT
        ORB      AL,#00000001B                 ;SCL(P1.0)置1
        STB      AL,I2CPORT
        LD       EX,#2
        LCALL    WAIT
        LDB      AL,I2CPORT                    ;主机应答
        ANDB     AL,#11111110B                 ;SCL(P1.0)清0
        STB      AL,I2CPORT
        LDB      AL,I2CPORT
        ANDB     AL,#11111101B                 ;SDA(P1.1)清0
        STB      AL,I2CPORT
        LD       EX,#2
        LCALL    WAIT
        LDB      AL,I2CPORT
        ORB      AL,#00000001B                 ;SCL(P1.0)置1
        STB      AL,I2CPORT
        LD       EX,#2
```

```
         LCALL      WAIT
         LDB        AL,I2CPORT
         ORB        AL,#00000010B              ;SDA(P1.1)置1
         STB        AL,I2CPORT
         LD         EX,#2
         LCALL      WAIT
SDAREND： RET
```

习题与思考题

6-1 什么是总线？总线可分为哪些类？

6-2 在总线上的数据传输周期分为哪几个阶段？分别实现什么功能？

6-3 简述串行总线中 SPI 总线的数据传输过程，并画出时序图。

6-4 简述串行总线中 I²C 总线的数据传输过程，并画出时序图。

6-5 ISA 总线的引脚有哪些？各自的作用是什么？

6-6 简述 PCI 总线的数据传输过程，并画出其读、写操作的时序图。

6-7 GPIB 标准有哪些接口功能？

第7章 通信技术

在微机检测与控制系统中，通信技术帮助系统完成信息的传递，是系统各部件有机结合并实现高度集成的基础。通信技术使测控系统的部件和构成很方便地由分立元器件发展到集成器件、个人仪器的仪器插件、嵌入式系统、多处理器自动化装置，再到目前的集散控制系统和网络化虚拟仪器。本章从并行通信技术、串行通信技术、现场总线技术和无线通信技术4个方面，介绍通信技术在微机检测与控制系统中的设计与应用。

7.1 并行通信设计

并行通信的特点是通信速度快，数据传送量大，占用 CPU 的时间少，可以使双 CPU 和多 CPU 实现数据共享。

7.1.1 用并行接口芯片 8255 实现并行通信

1. 用 C 口进行通信联络

图 7-1 所示为利用并行接口芯片 8255 的并行 I/O 口构成的并行通信接口电路。

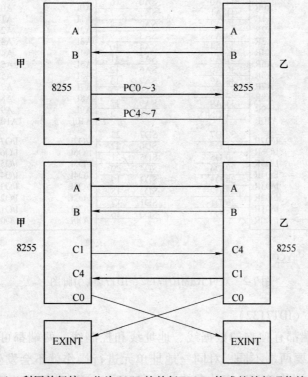

图 7-1 利用并行接口芯片 8255 的并行 I/O 口构成的并行通信接口电路

甲发一组数据给乙（乙发送给甲的过程相同），甲从 A 口发数据后，使 PC0 ~ 3 的值加 1，乙不断读取 PC0 ~ 3 的值，只要值已改变，则读取 A 口值一次，相当于有了新的数据。

控制发送数据的个数不是 16 的倍数，这样，如果 PC0 ~ 3 口的值从非 1111B 变为 0000B，则此时接收的数据为数据的"头"（即第一个字节）。

应注意的是，发送方在发各数之间必须插入足够长的间隔时间，防止对方漏读数据，若对方发现 PC0 ~ 3 的数据不连续，则有可能是漏读了数据。

2. 利用 CPU 的 EXINT 口来中断联络

甲发数据给乙，甲每发一个数据，在 PC.0 口上形成一个 CLK 信号，迫使乙外部中断读取 A 口数据，可用 PC.1 口和 PC.4 口交叉连接来实现对通信数据流的数据头判断，即发送数据头时，PC.1 口置 1，对方 PC.4 口读取的值为 1，则接收到的数据为数据的"头"。

7.1.2 利用 IDT7132/134 双口 RAM 实现并行通信

双口 RAM 是具有两组独立的地址线、数据线和控制线的双端口 RAM。利用它，可以简单可靠地实现主机与从机之间的数据共享。如图 7-2 所示，IDT7132 为 2K 的双口 RAM，IDT7134 为 4K 的双口 RAM。

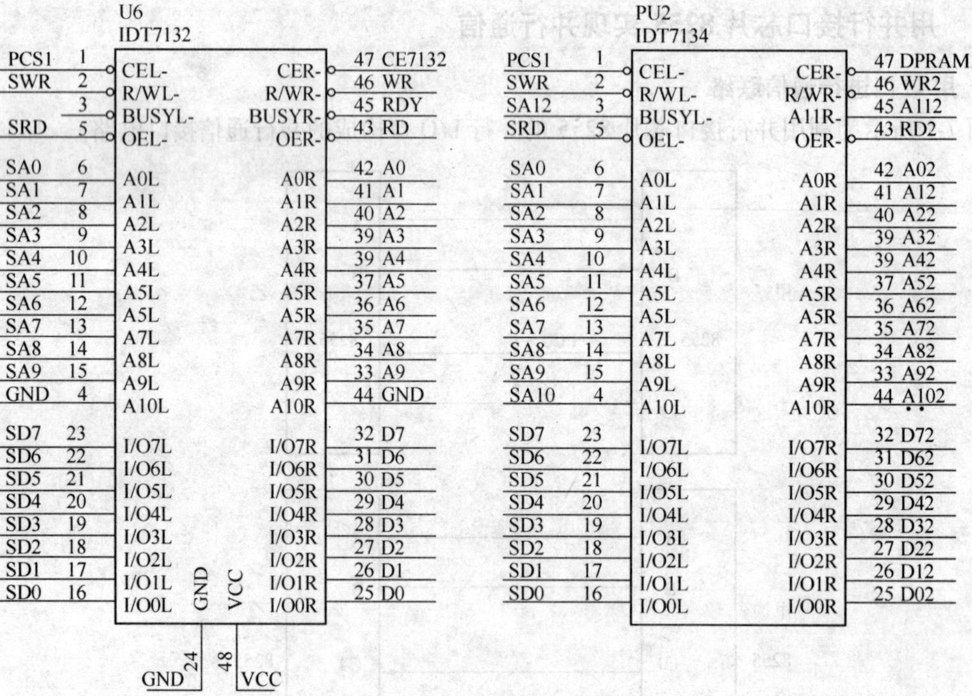

图 7-2　双口 RAMIDT7132、IDT7134 引脚图

1. 硬件通信协议（IDT7132）

双口 RAM 的两端都有独立的数据线、地址线和控制线，两端都可对双口 RAM 的任意单元进行操作。只要两端不同，对同一地址单元进行操作就不会发生冲突。当发生硬件冲突时，后操作一端的 BUSY 信号有效，常和 CPU 的 READY 线相连，迫使 CPU 插入等待周期。

2. 软件通信协议

为了防止双口 RAM 的两端发生硬件冲突和两端操作速度快慢造成接收方一帧数据可能为发送方两帧数据的混合，可采用表 7-1 所示的通信信箱格式。

表 7-1　通信信箱格式

可读写标记	55H→可操作，AAH→等待（或跳出）
覆盖次数	写者读出"+1"写入，读者读出后清"0"
通信内容	发送和接收的数据
备用字节	用于以后扩充通信的内容（写入 0FFH）
校验字节	从系统状态到备用字节的垂直异或或 CRC 校验，写者生成，读者再生成后比较

7.1.3　利用 DS1609 双口 RAM 进行并行通信

DS1609 为 256 个字节的双口 RAM，其数据线和地址线共
用，所以芯片结构紧凑，引脚少，其为 DIP24 的封装形式。

1. 芯片引脚图

DS1609 芯片引脚如图 7-3 所示。

2. DS1609 的读写时序逻辑

DS1609 读写时序逻辑如图 7-4 所示。

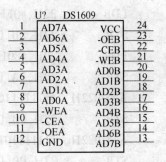

图 7-3　DS1609 芯片引脚图

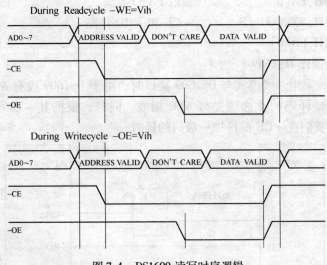

图 7-4　DS1609 读写时序逻辑

3. 以 I/O 口方式读写 DS1609

假设 PA 口为一个双向 8 位 I/O 口，如用 8255 的 PA 口，则必须根据需要改变其控制字，使其为输入和输出双向口。PB 口为输出口，如图 7-5 所示。

（1）向 50H 中写入 55H

```
LDB        22H,#0FFH          ;使控制线全为 1
STB        22H,PB[0]
LDB        20H,#50H           ;向 PA 送地址 50H
```

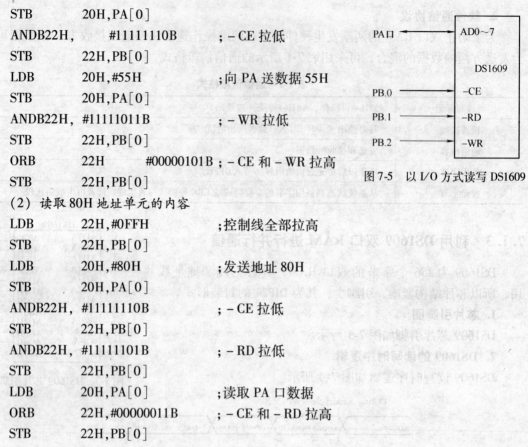

```
STB         20H,PA[0]
ANDB22H,        #11111110B        ; - CE 拉低
STB         22H,PB[0]
LDB         20H,#55H                  ;向 PA 送数据 55H
STB         20H,PA[0]
ANDB22H, #11111011B        ; - WR 拉低
STB         22H,PB[0]
ORB         22H        #00000101B ; - CE 和 - WR 拉高
STB         22H,PB[0]
```

图 7-5   以 I/O 方式读写 DS1609

（2）读取 80H 地址单元的内容

```
LDB         22H,#0FFH                ;控制线全部拉高
STB         22H,PB[0]
LDB         20H,#80H                  ;发送地址 80H
STB         20H,PA[0]
ANDB22H, #11111110B        ; - CE 拉低
STB         22H,PB[0]
ANDB22H, #11111101B        ; - RD 拉低
STB         22H,PB[0]
LDB         20H,PA[0]                  ;读取 PA 口数据
ORB         22H,#00000011B        ; - CE 和 - RD 拉高
STB         22H,PB[0]
```

4. 以总线模式操作 DS1609

如图 7-6 所示，采用总线模式与 DS1609 接口时，由于 DS1609 没有 ALE 地址锁存引脚，所以在片外需将地址译码的片选线先与 ALE 相或。同时，根据其 - CE 滞后于地址（Address）线的特点，我们在 - CE 前再加一级门的延时。

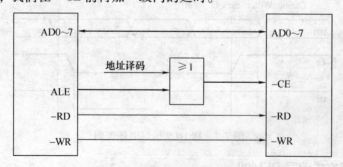

图 7-6   以总线模式操作 DS1609

7.2   串行通信技术

考虑微机测控系统的不同特点及具体工作的环境，很多情况下需要采用串行通信，如 PC 和 PC 之间的双机和多机通信、单片机和单片机之间以及 PC 和单片机之间的双机和多机通信。

7.2.1 串行异步通信方式下的三种同步机制

异步串行通信方式下有位同步、帧同步和数据包同步三种同步机制,这样才能保证两个或多个计算机之间的正确通信。

在异步通信方式下,位的同步是依靠相同的波特率来完成的,帧的同步是依靠预定的起始位、数据有效位、奇偶校验位、可编程的第9位和停止位等来完成的,数据包的同步是依靠特定的标识和预定的数据内容来完成的。

1. 相同的波特率

相同的波特率只是一个相对的概念,并不要求完全意义的相同,只要一帧数据中误差不超过1bit即可,也就是说,在一帧数据中不错位即可由预定的停止位和起始位校准一次。

2. 预定的起始位和停止位

同步预定的停止位和起始位可以在每帧数据之间同步一次。预定的停止位和起始位个数必须相同,如1个起始位、1个停止位或2个起始位、2个停止位等。

3. 数据包(数据块)的同步

数据包的同步方式一般有每帧多发1bit,如可依靠可编程的第9位为1来作为数据包的"头",其后的数据依靠可编程的第9位为0来实现数据包的同步。

也可以依靠多发特定的数据帧组合来实现数据包的同步,例如,可以发连续的99H、99H、99H、66H来识别数据包的头。

还有一种数据包的同步方式可以将数据转换为ASCII码进行通信,如要发送1234,可以将其转换为4BYTE的ASCII码进行通信,分别为31H、32H、33H、34H,在数据通信中如果出现了55H,则认为是数据的头。因为0~9的ASCII码为30H+(0~9),不可能为55H。

7.2.2 PC与单片机之间的双机串行通信技术

单片机和单片机之间的双机通信与PC和单片机之间的双机通信原理相同。在此重点介绍半双工模式,PC先发后收。

1. PC与单片机之间的串行接口

PC与单片机之间的串行接口示意图如图7-7所示。

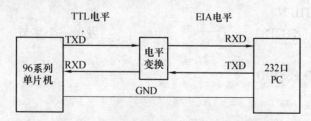

图7-7 PC与单片机之间的串行接口示意图

2. 通信块的定义

假设通信内容中没有连续的3个99H和1个66H的数据块。

1)块首码的定义。因为串行通信的发送和接收过程总在进行,PC定时将一组数发送给96单片机,96单片机收到一组正确的数后立即反送一组数给PC,96单片机采用中断收发方式。

如果PC发了一半数据之后死机,重新启机后再从头发送,这时96必须能够及时从上一次接收中实时检测此时 PC 又发来了一组新的数据，不然整个通信数据将引起混乱。

通信块的定义为：连续 3 个 99H，1 个 66H，通信内容，最后为校验字节，即

99H——99H——99H——66H——通信内容——校验字节

3 个 99H 和 1 个 66H 为块首码。

2）垂直异或校验字节，与并行通信的校验字节含义相同，从通信内容的第一个字节到备用字节的最后一个字节的垂直异或或校验。

3. PC 串行通信的软件

下面为用 Visual Basic 语言编制的 PC 串行通信例程。

```
DIM a(49):DIM b(49)                    ;定义发送和接收数组
OUT (&H2FB), &H80                      ;寻址波特率寄存器
OUT (&H2F8), &HC                       ;&h000C→BTS = 9600
OUT (&H2F9), 0
OUT (&H2FB), 3                         ;串口数据格式：1 个起始位，8 个数
                                        据位，1 个停止位，无奇偶校验
OUT (&H2FC), 3                         ;哑传所需的 DTR 和 RTS 有效信号
OUT (&H2F9), 0                         ;非中断模式
a(0) = &H99:a(1) = &H99:a(2) = &H99:a(3) = &H66   ;通信的呼叫码即"块首码"
a(4) = 4:b = a(4)                      ;生成异或校验码
FOR  i = 5 TO 37
    a(i) = I
    b = b XOR a(i)
NEXT
    a(38) = b


CXTX:
FOR  i = 0 TO 38                       ;发送数据(0~38)
FSSJDD:k = INP(&H2FD):k1 = k AND &H20  ;判断通信状态，可否发送
    IF k1 = &H20 THEN
            OUT (&H2F8), a(i)          ;发送一个字节
    ELSE
            GOTO FSSJDD
    END IF
NEXT
FOR  i = 0 TO  46                      ;接收数据(0~46)
m = 0

JSSJDD:
k = INP(&H2FD):k2 = k AND &H1          ;判断通信状态，有无数据可接收
    IF k2 = &H1 THEN
```

```
                b = INP(&H2F8)                      ;读取数据
        ELSE
            m = m + 1
            IF   m > 500   THEN   GOTO   CXTX       ;判断查询通信状态是否超时
            GOTOJSSJDD
        END IF
NEXT
FOR   i =   0 · TO  46                              ;打印接收到的数据
    PRINT      HEX $ (b(i))
NEXT


b = b(0)                                            ;对接收到的数据进行垂直异或校验
FOR   i = 0   TO  45
    b = b   XOR   b(i)
NEXT
IF      b = b(46) THEN
    PRINT"RIGHT"
ELSE
    PRINT"ERROR"
END   IF


GOTOCXTX                                            ;通信结束后返回相应的程序模块
```

4. 96 单片机双机通信软件

（1）在主程序中对串行口的初始化

```
MAIN:NOP
    DI
    LDB IOC0 ,#00010101B              ;开放 HSI. 0 和 HSI. 1
    LDB IOC1 ,#00100100B              ;允许 T1 溢出中断
    LDB SPCON ,#09H                   ;处于可接收数据的方式 1
    LDB BAUDRA ,#BAUDLO               ;设定和 PC 相同的波特率
    LDB BAUDRA ,#BAUDHI
    LDB TEMP ,#0                      ;清接收数据缓冲器
    STB SBUF , AL
    CLRBCS99
    LDB HSIMOD ,#00111101B            ;暂定 HSI. 0 每正跳变中断 1 口正负
    LDB HSOCOM ,#38H                  ;设置软件定时计算器 1 中断
    ADD HSOTIM ,TIMER1 ,#TIJG         ;设软件定时 10ms 中断
    LDB INTMAS ,#01100101B            ;开放 T1 HSI TIMER1 中断及串行口中断
    CLRB INTPEN
```

```
        EI
```
（2）串口中断服务程序

```
SERINT: PUSHF
RDAGA:LDB SPTEMP,SPSTAT
       ORB TEMP,SPTEMP
       ANDBSPTEMP,#60H
       JNE RDAGA                     ;确保清除了 RI 和 TI 标记
       JBS TEMP,5,TRANS              ;判断此次中断是发送或是接收中断
       JBS TEMP,6,GET
       SJMPSEROUT
GET:LDB CDATA,SBUF
       CMP JSDZ,#JSMDZ               ;判断是否接收结束
       JE JSOUT                      ;正常时最多为相等
       CMPBCDATA,#99H                ;99H 99H 99H 66H
       JNE        JSF99
       INCB       CS99
       SJMP       JXJS0
JSF99:CMPB     CDATA,#66H
       JNE JXJS00
       CMPB CS99,#3
       JNE JXJS00
       LD JSDZ,#JSSDZ+3             ;99 99 99 66 后将指针指向 66 后的地址指针
       SJMP JXJS0
JXJS00: CLRB  CS99
JXJS0: STB CDATA,[JSDZ]+
       SJMP       SEROUT

JSOUT:STB CDATA,[JSDZ]+
       DI
       LDB SPCON,#01H               ;接收结束后从机处于发送状态
       LDB BAUDRA,#BAUDLO
       LDB BAUDRA,#BAUDHI
       LDB TEMP,#0
       STB SBUF,CDATA
       LD FSDZ,#FSSDZ
       EI
       LCALL     FSSJDB             ;调用发送数据打包子程序
TRANS:LDB CDATA,[FSDZ]+
       CMP FSDZ,#FSMDZ+1
```

```
        JH JSKS1                    ;发送完毕后改为接收状态
        LCALL WAIT                  ;由于 PC 接收处理缓慢所以单片机插入等待
        STB CDATA,SBUF
        SJMPSEROUT                  ;发送结束立即改为接收状态


JSKS1:DI
        LDB SPCON,#09H              ;从机发送完毕后处于接收状态
        LDB BAUDRA,#BAUDLO
        LDB BAUDRA,#BAUDHI
        LDB TEMP,#0
        STB SBUF,CDATA
        LD JSDZ,#JSSDZ
        EI
        LCALL    JSSJJY             ;一次收发结束后对结束数据进行校验运用


SEROUT:CLRBTEMP
        POPF
        RET


WAIT:    LDB WATH,#3               ;根据不同的 CPU 和不同的编程环境调整合适的时间
LOOPW:   LDB WATL,#0FFH
LOOPW1:NOP
        DJNZ WATL,LOOPW1
        DJNZ WATH,LOOPW
        RET
```

　　注意：1）96 单片机先收后发；

　　　　　2）两次中断发送之间需插入足够的等待时间，因为 PC 的串行接收速度慢。

7.2.3　80C196KB 单片机与单片机之间的多机通信

　　单片机与单片机之间的多机通信可利用单片机串行通信方式 2 和 3 方式来实现，方式 2 和方式 3 的区别在于：方式 2 只有当接收到的可编程的第 9 位为 1 的情况下，才能发生接收中断，而方式 3 在接收到可编程的第 9 位无论为 1 还是 0 均中断。因此，在单片机多机通信中正好利用方式 2 来收发地址（可编程第 9 位为 1），利用方式 3 来收发数据（可编程第 9 位为 0）。下面以半双工的多机通信说明多机通信的原理及过程，并简单介绍多机通信中的"块首"定义及通信软件。

1. 半双工通信的原理及过程

　　半双工通信的收发过程不能同时进行，在多机通信中主机先发地址，后发数据，从机接收完主机数据后再将自己的数据发送给主机。具体原理和过程如下：

　　1）主机和从机全部工作于方式 2，即只有可编程的第 9 位 TB8 = 1 时才中断。

2）主机以方式 2 发送地址码（即从机号码），特征是可编程的第 9 位 TB8 = 1。

3）全部从机接收中断并判断主机是否呼叫自己，是，则立即转入方式 3 接收主机随后发送的数据，不是，则仍工作于方式 2，但不响应随后的数据（可编程第 9 位 TB8 = 0）。

4）主机发完地址码后改以方式 3（TB8 = 0）发送数据给指定从机，指定从机以方式 3 响应接收数据中断。

5）主机发完数据后转入方式 3 接收从机返回的数据，从机接收完数据后转入方式 3 发送数据给主机。

6）接收和发送完毕后，主机和从机再转入方式 2 待命。

2. "块首"的定义和通信数据块

在多机通信中完全可以以地址码（TB8 = 1）来判定数据的头，而且十分方便。

通信数据块的内容为

地址码（TB8 = 1）→通信内容（TB8 = 0）→校验字节（TB8 = 0）

应注意的是，在双机通信过程中也可以以多机通信的方式来完成，这样在程序"块首"的判断方面更加可靠和方便。

3. 通信软件

主机和从机的通信软件与 PC 和单片机双机通信的程序相似，也是主机定时呼叫某从机，全部从机中断收发数据，按照 7.2.2 节中的原理过程即可完成。

7.2.4 PC 为主机的多机通信

通过上述分析，要想进行多机通信，关键是需要将主机发出的"地址码"和"数据码"分开，以便单片机以与方式 2 或方式 3 不同的方式来接收。

1. 利用 8250 控制寄存器实现

当 PC 作为主机时，可通过控制 8250 控制寄存器来实现多机通信。8250 控制寄存器的定义如下：

D7	D6	D5	D4	D3	D2	D1	D0

通信线控制寄存器（3FBH）

D1、D0：字符代码的长度　　00→5 位　　　01→6 位　　　10→7 位　　　11→8 位

D2：停止位数目 0→1 位　　1→1.5 位（字符长度为 5 位时）、2 位（字符长度为 6、7、8 位时）

D3：奇偶校验　0→无　　　1→有

D4：奇偶校验类型 0→奇　　　1→偶校验

D5：附着奇偶校验 0→该位无效　1→奇偶校验位恒为 1（若 D3 = 1、D4 = 0）

奇偶校验位恒为 0（若 D3 = 1、D4 = 1）

无奇偶校验位　（若 D3 = 0）

D6：间断位设置　0→无效　　1→强迫连续输出空白状态（逻辑 0 电平）

D7：寻址位　　0→正常值　　1→寻址波特率除数寄存器

发送地址码时，使 D0 = 1、D1 = 1、D2 = 0、D3 = 1、D4 = 0、D5 = 1、D6 = 0、D7 = 0，使奇偶校验位恒为 1，相当于使可编程的第 9 位 TB8 = 1；

发送数据码时，使 D0 = 1、D1 = 1、D2 = 0、D3 = 1、D4 = 1、D5 = 1、D6 = 0、D7 = 0，

使奇偶校验位恒为 0，相当于使可编程的第 9 位 TB8 = 0。

2. 利用 VB 的 MSCOMM 控件实现

下面通过实例说明如何利用 VB 的 MSCOMM、TIMER 控件实现 PC 为主机、80C196 单片机为从机的多机通信。

（1）MSCOMM 控件及其属性设置

1）CommPort 通信口设置，可以选择串口 1（COM1）或串口 2（COM2）等。

2）InBufferSize 输入缓冲区大小，即 PC 接收数据区，当接收到的数据大于此值时，可产生数据溢出中断。

3）InputMode 接收数据类型选择二进制模式。

4）通信设置 Setting：接收时设为 38400，N，8，1，含义为波特率为 38400（波特率可根据需要自行改变如 9600 等），没有奇偶校验，8 个数据位，1 个停止位；发送时设为：38400，N，8，2，含义为波特率为 38400，没有奇偶校验，8 个数据位，2 个停止位；设置 2 个停止位主要是为了配合单片机的方式 2 通信，第 9 位为 1（TB8 = 1）的需要。

（2）Timer 定时器的应用

在 TIMER 定时器中，主要完成的功能为定时发送从机地址。发送时采用 8 个数据位、2 个停止位的方式。所有从机均接收此字节，并和自身的地址相比较，是呼叫自己，则转为发送状态，向 PC 发送数据。下面给出 VB 的例程。

```
Private Sub Timer1_Timer( )
Dim j（0）As Byte
Dim bb As Variant
If CjNum > 3 Then CjNum = 0
j（0）= CjNum
'CjNum = 1

'j（0）= 1
bb = j
MSComm1. InputLen = 0
MSComm1. Settings = "38400，n，8，2"
MSComm1. DTREnable = 1
MSComm1. Output = bb
Sleep（5）
MSComm1. Settings = " 38400，s，8，1"
MSComm1. DTREnable = 1
CjNum = CjNum + 1
End Sub
```

7.2.5　RS-485、RS-422 通信技术

1. RS-232 和 RS-422、RS-485 通信特性比较

RS-232 虽然使用很广，但因推出较早，在现代网络通信中已暴露出明显的缺点：数据

传输速率慢，最快传输速率仅为 20kbit/s；传送距离短，RS-232 接口一般装置之间电缆长度为 15m，即使有较好的线路器件、优良的信号质量，电缆长度也不会超过 60m。

为了进一步提高数据传输率和传送距离，又研制出了 RS-422 标准。RS-422 规定了双端电气接口形式，其标准是双端线传送信号。其中一条线是逻辑 1 状态，另一条为逻辑 0 状态。RS-422 最快传输速率可达 10Mbit/s，最大距离为 300m，适当降低速度，距离可达 1200m。这是因为 RS-232 采用单端线路传送，传送过程中有电压的降落和干扰影响电压，而 RS-422 采用双端线路传送模式，把逻辑电平转变为两条线路上的电位差。RS-422 电路由发送器、平衡连接电缆、电缆中断负载、接收器几部分组成。在电路中规定只许有一个发送器，可有多个接收器，因此通常采用点对点通信方式。该标准允许驱动器输出为 ±2 ~ ±6V，接收器可以监测到的输入信息电平可低到 200mV。

RS-485 是一种多发送器的电路标准，它扩展了 RS-422 的性能，允许双导线上一个发送器驱动 32 个负载设备。负载设备可以是被动发送器、接收器或收发器。RS-485 电路允许共用电话线通信。

2. RS-422 和 RS-485 通信接口电路

为了将逻辑电平转变为电位差值，常用的芯片有 MAX481、483、485、MAX1480/MAX1490 等。

（1）MAX483 芯片

1）一般说明：MAX483 是适用于恶劣环境下 RS-485 和 RS-422 通信的低功率收发器。每一个驱动器输出和接收器输入具有保护特性，能抗 ±15kV 静电放电（ESD）冲击而不会锁住。MAX483 包括一个驱动器和一个接收器，其驱动器具有转换速率低的特点，可使 EMI 最小且可以减少由于电缆终端不匹配引起的反射，在高达 250kbit/s 速率下可实现无误差的数据传输。MAX483 具有低电流的关闭方式，在此方式下它们仅消耗 0.1μA 的电流。器件采用单 +5V 电源工作。驱动器具有短路电路限制，它通过热关闭电路对超过功耗的情况实行保护，热关闭电路可把输出端置为高阻抗状态。接收器输入具有失效保护特性，如果输入端开路，保证输出为逻辑高电平。

2）应用范围：低功率 RS-485 收发器；低功率 RS-422 收发器；电平变换器；在对 EMI 敏感的应用中作为收发器；工业控制网络。

3）引脚排列与典型应用电路：①MAX483 的引脚如图 7-8 所示；②MAX483 的引脚功能见表 7-2；③MAX483 芯片的典型应用电路如图 7-9 所示。

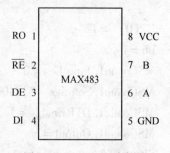

图 7-8　MAX483 引脚图

表 7-2　MAX483 的引脚功能

引　脚	名　称	功　能
1	RO	接收器输出。如果 A 大于 B 200mV，RO 为高电平；如果 A 小于 B 200mV，RO 为低电平
2	RE	接收器输出使能端。当 RE 为低电平时，使 RO 能工作；当 RE 为高电平时，RO 为高阻抗
3	DE	驱动器输出使能端
4	DI	驱动器输入端
5	GND	地

（续）

引 脚	名 称	功 能
6	A	非反相接收器输入端和非反相驱动器输出端
7	B	反相接收器输入端和反相驱动器输出端
8	VCC	正电源：$4.75V \leqslant V_{CC} \leqslant 5.25V$

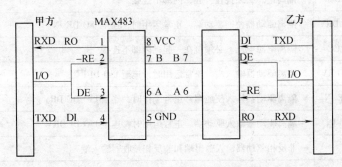

图 7-9 以 MAX483 完成 485 通信

（2）MAX1480

1）一般说明：MAX1480A/MAX1480B 是完整的、电气隔离的 RS-485/RS-422 通信数据接口。收发器、光耦合器和变压器提供了一个完整的、装在 28 脚双列直插式封装（DIP）内的接口。逻辑电路一侧的单 +5V 电源给接口两侧供电。MAX1480B 同 MAX483 一样具有减低转换速率驱动器，能减小由于电缆终端不匹配而引起的反射。MAX1480A 的驱动器转换速率不受限制，允许发送率为 2.5Mbit/s。

2）特点：①隔离的数据接口，典型值可达 1600V（均方根值，1 分钟）；②用于无误差数据传送的转换速率限制（MAX1480B）；③高速、隔离的、2.5Mbit/s 的 RS-485 接口（MAX1490A）；④相对隔离地的 $-7 \sim \pm 12V$ 共模输入电压范围；⑤单一 +5V 电源。

3）MAX1480B 芯片引脚功能及典型应用电路：引脚功能见表 7-3，典型应用电路如图 7-10 所示。

表 7-3 MAX1480B 的引脚功能

引 脚	名 称	功 能
1、2	VCC1	逻辑侧（非隔离侧）+5V 电源电压。内部已连接。正常工作时，接至 VCC2
8、10、14	VCC2	逻辑侧（非隔离侧）+5V 电源电压。必须连接在一起（在内部未连接），正常工作时，接至 VCC1
3、4	D1、D2	内部连接端。这些引脚用做空脚
5、12	GND	逻辑侧地。必须连在一起，内部未连接
6	FS	频率开关。如果 FS = VCC 或悬空，开关频率 = 350kHz；如果 FS = 0V，开关频率 = 200kHz
7	SD	关断。正常运用时接地。高电平时，电源振荡器被禁止
9	DI	驱动器输入
11	DE	驱动器使能

（续）

引　脚	名　称	功　能
13	RO	Receiver Output。如果 A 大于 B 200mV，RO 将为低电平；如果 A 小于 B 200mV，RO 将为高电平
15	ISO RO LED	隔离接收器输出 LED
16、20	ISO COM	隔离地。必须接在一起；内部不连接
17	ISO DE DRV	隔离驱动器使能驱动端。正常运用时，连至 ISO DE IN
18、26	ISO VCC	隔离电源电压。必须接在一起；内部不连接
19	ISO DID RV	隔离驱动器输入端。正常运用时，连至 ISO DI IN
21	ISO DE IN	隔离驱动器输入使能端。正常工作时，连至 ISO DE DRV
22	ISO DI IN	隔离驱动器输入驱动端。正常运用时，连至 ISO DI DRV
23	A	非反相驱动器输入输出端和非反相接收器输入端
24	ISO RO DRV	隔离接收器输出驱动端
25	B	反相驱动器输出和反相接收器输入
27、28	AC2、AC1	内部连接端。这些引脚用做空脚

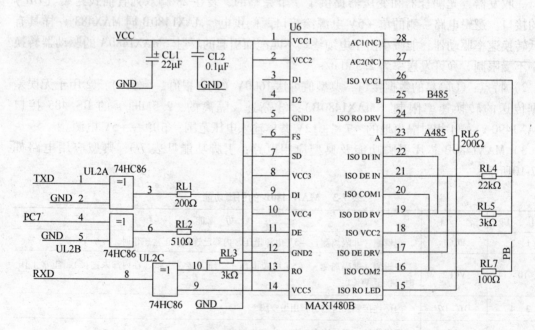

图 7-10　MAX1480 芯片的典型应用电路

（3）MAX1490B

MAX1490B 与 MAX1480B 的功能基本相同，但无输出使能端 DE，因此无法实现多点的 RS-485 通信，只能实现点对点通信。另外，与 MAX1480 不同的是，MAX1490B 为 24 脚的 DIP 封装。其引脚排列在这里不再赘述，图 7-11 给出了其典型应用电路。

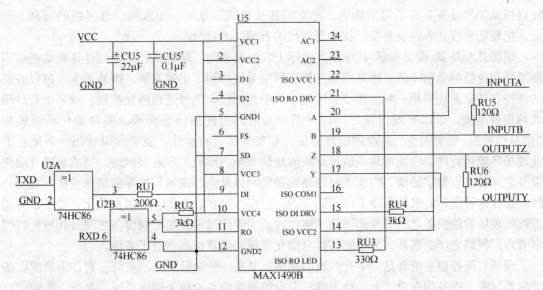

图 7-11 MAX1490B 芯片的典型应用电路

7.3 现场总线技术

随着控制、计算机、通信、网络等技术的发展，信息交换沟通的领域正在迅速覆盖从工厂的现场设备层到控制、管理的各个层次，覆盖工段、车间、工厂、企业乃至世界各地的市场。信息技术的飞速发展，引起了自动化系统结构的变革，逐步形成以网络集成自动化系统为基础的企业信息系统。现场总线（Field bus）就是顺应这一形势发展起来的新技术。

7.3.1 现场总线概述

1. 现场总线简介

现场总线是当今自动化领域技术发展的热点之一，被誉为自动化领域的计算机局域网。它的出现，标志着工业控制技术领域又一个新时代的开始，并将对该领域的发展产生重要影响。

（1）什么是现场总线

现场总线是应用在生产现场、在微机化测量控制设备之间实现双向串行多节点数字通信的系统，也被称为开放式、数字化、多点通信的底层控制网络。它在制造业、流程工业、交通、楼宇等自动化系统中具有广泛的应用前景。

现场总线技术将专用微处理器置入传统的测量控制仪表，使它们都具有了数字计算和数字通信能力，采用可进行简单连接的双绞线等作为总线，把多个测量控制仪表连接成网络系统，并按公开、规范的通信协议，在位于现场的多个微机化测量控制设备之间以及现场仪表与远程监控计算机之间，实现数据传输与信息交换，形成各种适应实际需要的自动控制系统。简言之，它把单个分散的测量设备变成网络节点，以现场总线为纽带，把它们连接成可以相互沟通信息、共同完成自控任务的网络系统与控制系统。它给自动化领域带来的变化，正如众多分散的计算机被网络连接在一起，使计算机的功能、作用发生的变化。现场总线则使自控系统与设备具有了通信能力，把它们连接成网络系统，加入到信息网络的行列。因此，把现场总线技术说成是控制技术新时代的开端并不过分。

现场总线是 20 世纪 80 年代中期在国际上发展起来的。随着微处理器与计算机功能的不断增强和价格的急剧降低，计算机与计算机网络系统得到了迅速发展，而处于生产过程底层的测控自动化系统采用一对一连线，用电压、电流的模拟信号进行测量控制，或采用自封闭式的集散系统，难以实现设备之间以及系统与外界之间的信息交换，使自动化系统成为"信息孤岛"。要实现整个企业的信息集成，要实施综合自动化，就必须设计出一种能在工业现场环境运行的、性能可靠、造价低廉的通信系统，形成工厂底层网络，完成现场自动化设备之间的多点数字通信，实现底层现场设备之间以及生产现场与外界的信息交换。现场总线就是在这种实际需求的驱动下应运而生的。它作为过程自动化、制造自动化、楼宇、交通等领域现场智能设备之间的互连通信网络，沟通了生产过程现场控制设备之间及其与更高控制管理层网络之间的联系，为彻底打破自动化系统的信息孤岛创造了条件。

现场总线控制系统既是一个开放通信网络，又是一种全分布控制系统。它作为智能设备的联系纽带，把挂接在总线上、作为网络节点的智能设备连接为网络系统，并进一步构成自动系统，实现基本控制、补偿计算、参数修改、报警、显示、监控、优化及控管一体化的综合自动化功能。这是一项以智能传感器、控制、计算机、数字通信、网络为主要内容的综合技术。

由于现场总线适应了工业控制系统向分散化、网络化、智能化发展的方向，它一经产生便成为全球工业自动化技术的热点，受到全世界的普遍关注。现场总线的出现，导致目前生产的自动化仪表、集散控制系统（DCS）、可编程控制器（PLC）在产品的体系结构、功能结构方面的较大变革，自动化设备的制造厂家被迫面临产品更新换代的又一次挑战。传统的模拟仪表将逐步让位于智能化数字仪表，并具备数字通信功能。出现了一批集检测、运算、控制功能于一体的变送控制器；出现了集检测温度、压力、流量于一体的多变量变送器；出现了带控制模块和具有故障信息的执行器，并由此大大改变了现有的设备维护管理方法。

（2）现场总线构造了网络集成式全分布控制系统

现场总线导致了传统控制系统结构的变革，形成了新型的网络集成式全分布控制系统——现场总线控制系统（Fieldbus Control System，FCS）。这是继基地式气动仪表控制系统、电动单元组合式模拟仪表控制系统、集中式数字控制系统、集散控制系统 DCS 后的新一代控制系统。

20 世纪 50 年代以前，由于当时的生产规模较小，检测控制仪表尚处于发展的初级阶段，所采用的仅仅是安装在生产设备现场、只具备简单测控功能的基地式气动仪表，其信号仅在本仪表内起作用，一般不能传送给别的仪表或系统，即各测控点只能成为封闭状态，无法与外界沟通信息，操作人员只能通过生产现场的巡视，了解生产过程的状况。

随着生产规模的扩大，操作人员需要综合掌握多点的运行参数与信息，需要同时按多点的信息实行操作控制，于是出现了气动、电动系列的单元组合式仪表，出现了集中控制室。生产现场各处的参数通过统一的模拟信号，如 0.02 ~ 0.1MPa 的气压信号，0 ~ 10mA、4 ~ 20mA 的直流电流信号，1 ~ 5V 直流电压信号等，送往集中控制室。操作人员可以坐在控制室纵观生产流程各处的状况，可以把各单元仪表的信号按需要组合成复杂控制系统。

由于模拟信号的传递需要一对一的物理连接，信号变化缓慢，提高计算速度与精度的开销、难度都较大，信号传输的抗干扰能力也较差，人们开始寻求用数字信号取代模拟信号，出现了直接数字控制。由于当时的数字计算机技术尚不发达，价格昂贵，人们企图用一台计算机取代控制室的几乎所有的仪表盘，于是出现了集中式数字控制系统。但由于当时数字计算机的可靠性还较差，一旦计算机出现某种故障，就会造成所有控制回路瘫痪、生产停产的严重局面，这种危险集中的系统结构很难为生产过程所接受。

随着计算机可靠性的提高、价格的大幅度下降，出现了数字调节器、可编程控制器（PLC）以及由多个计算机递阶构成的集中、分散相结合的集散控制系统（DCS）。这就是今天正在被许多企业采用的 DCS 系统。DCS 系统中，测量变送仪表一般为模拟仪表，因而它是一种模拟数字混合系统。这种系统在功能、性能上较模拟仪表、集中式数字控制系统有了很大进步，可在此基础上实现装置级、车间级的优化控制。但是，在 DCS 系统形成的过程中，由于受计算机系统早期存在的系统封闭这一缺陷的影响，各厂家的产品自成系统，不同厂家的设备不能互连在一起，难以实现互换与操作，组成更大范围信息共享的网络系统存在很多困难。

新型的现场总线控制系统则突破了 DCS 系统中通信由专用网络的封闭系统来实现所造成的缺陷，把基于封闭、专用的解决方案变成了基于公开化、标准化的解决方案，即可以把来自不同厂商而遵守同一协议规范的自动化设备，通过现场总线网络连接成系统，实现综合自动化的各种功能，把控制功能彻底下放到现场，依靠现场智能设备本身便可实现基本控制功能。

现场总线和以往的各种测量控制系统相比具有较高的测控能力，一是得益于仪表的微机化，二是得益于设备的通信能力。把微处理器置入现场自控设备、使设备具有数字计算和数字通信能力，一方面提高了信号的测量、控制和传输精度，同时为丰富控制信息的内容，实现其远程传送提供了条件。在现场总线的环境下，借助设备的计算、通信能力，在现场就可进行许多复杂计算，形成真正分散在现场的完整的控制系统，提高控制系统运行的可靠性。还可借助现场总线网段以及与之有通信连接的其他网段，实现异地远程自动控制，如操作远在数百千米之外的电气开关等。还可提供传统仪表所不能提供的如阀门开关动作次数、故障诊断等信息，便于操作管理人员更好、更深入地了解生产现场和自控设备的运行状态。

（3）现场总线是底层控制网络

现场总线是新型自动化系统，又是低带宽的底层控制网络。它可与因特网（Internet）、企业内部网（Intranet）相连，且位于生产控制和网络结构的底层，因而有人称之为底层网（Infranet）。它作为网络系统最显著的特征是具有开放统一的通信协议，肩负着生产运行一线测量控制的特殊任务。

现场总线与工厂现场设备直接连接，一方面将现场测量控制设备互连为通信网络，实现不同网段、不同现场通信设备间的信息共享，同时又将现场运行的各种信息传送到远离现场的控制室，并进一步实现与操作终端、上层控制管理网络的连接和信息共享。在把一个现场设备的运行参数、状态及故障信息等送往控制室的同时，又将各种控制、维护、组态命令，乃至现场设备的工作电源等送往各相关的现场设备，沟通了生产过程现场级控制设备之间及其与更高控制管理层次之间的联系。由于现场总线所肩负的是测量控制的特殊任务，因而它具有自己的特点。它要求信息传输的实时性强，可靠性高，且多为短帧传送，传输速率一般在几 kbit/s 至 10Mbit/s 之间。

现场总线网络集成自动化系统应该是开放的，可以由不同设备制造商提供的遵从相同通信协议的各种测量控制设备共同组成。由于历史的原因，在几大现场总线协议尚未完全统一之前，有可能在一个企业内部，在现场级形成不同通信协议的多个网段，这些网段之间可以通过网桥连接而互通信息，通过以太网或光纤通信网等与高速网段上的服务器、数据库、打印绘图外设等交换信息。值得指出的是，现场总线网段与其他网段间实现信息交换，必须有严格的保安措施与权限限制，以保证设备与系统的安全运行。

2. 现场总线将朝着开放系统、统一标准的方向发展

以微处理器芯片为基础的各种智能仪表，为现场信号的数字化及实现复杂的应用功能提供了条件。但不同厂商所提供的设备之间的通信标准不统一，严重束缚了工厂底层网络的发展。从用户到设备制造商都强烈要求形成统一的标准，组成开放互连网络，把不同厂商提供的自动化设备互连为系统。这里的开放意味着对同一标准的共同遵从，意味着这些来自不同厂商而遵从相同标准的设备可互连为一致通信系统。从这个意义上说，现场总线就是工厂自动化领域的开放互连系统。开发这项技术首先必须制定相应的统一标准。

1984 年，美国仪表协会（ISA）下属的标准与实施工作组中的 ISA/SP50 开始制定现场总线标准；1985 年，国际电工委员会决定由 Proway Working Group 负责现场总线体系结构与标准的研究制定工作；1986 年，德国开始制定过程现场总线（Process Fieldbus）标准，简称为 PROFIBUS，由此拉开了现场总线标准制定及其产品开发的序幕。

1992 年，由 Siemens、Rocemount、ABB、Foxboro、Yokogawa 等 80 家公司联合成立了 ISP（Interoperable System Protocol）组织，着手在 PROFIBUS 的基础上制定现场总线标准。1993 年，以 Honeywell、Bailey 等公司为首，成立了 World FIP（Factory Instrumentation Protocol）组织，有 120 多个公司加盟该组织，并以法国标准 FIP 为基础制定现场总线标准。此时各大公司均已清醒地认识到，现场总线应该有一个统一的国际标准，现场总线技术势在必行。但总线标准的制定工作并非一帆风顺，由于行业与地域发展历史等原因，加之各公司和企业集团受自身商业利益的驱使，致使总线的标准化工作进展缓慢。

1994 年，ISP 和 World FIP 北美部分合并，成立了现场总线基金协会（Fieldbus Foundation，简标 FF），推动了现场总线标准的制定和产品开发，于 1996 年第一季度颁布低速 H1 的标准，安装了示范系统，不同厂商的符合 FF 规范的仪表互连为控制系统和通信网络，使 H1 低速总线开始步入实用阶段。

与此同时，在不同行业还陆续派生出一些有影响的总线标准，如德国 Bosch 公司推出 CAN（Control Area Network）、美国 Echelon 公司推出的 LonWorks 等。它们大都在公司标准的基础上逐渐形成，并得到其他公司、厂商、用户以至于国际组织的支持。大千世界，众多行业，需求各异，加上要考虑已有各种总线产品的投资效益和各公司的商业利益，预计在今后一段时期内，会出现几种现场总线标准共存、同一生产现场有几种异构网络互连通信的局面。但发展共同遵从的统一的标准规范，真正形成开放互连系统，是大势所趋。

3. 现场总线的特点

（1）现场总线系统的结构特点

现场总线系统打破了传统控制系统的结构形式。传统模拟控制系统采用一对一的设备连线，按控制回路分别进行连接，位于现场的测量变送器与位于控制室的控制器之间，控制器与位于现场的执行器、开关、马达之间均为一对一的物理连接。

现场总线由于采用了智能现场设备，能够把原先 DCS 系统中处于控制室的控制模块、各输入输出模块置入现场设备，加上现场设备具有通信能力，现场的测量变送仪表可以与阀门等执行机构直接传送信号，因而控制系统功能能够不依赖控制室的计算机或控制仪表，直接在现场完成，实现了彻底的分散控制。图 7-12 为现场总线控制系统与传统控制系统的结构对比。

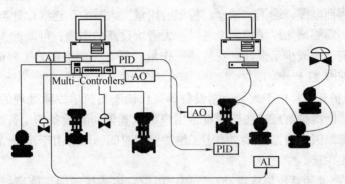

图 7-12　现场总线控制系统与传统控制系统的结构对比

由于采用数字信号替代模拟信号，因而可实现一对电线上传输多个信号（包括多个运行参数值、多个设备状态、故障信息），同时又为多个设备提供电源；现场设备以外不再需要 A/D、D/A 转换部件。这样就为简化系统结构、节约硬件设备、节约连接电缆与各种安装、维护费用创造了条件。

（2）现场总线系统的技术特点

1）系统的开放性：开放是指对相关标准的一致性、公开性，强调对标准的共识与遵从。一个开放系统，是指它可以与世界上任何地方遵守相同标准的其他设备或系统连接。通信协议一致公开，各不同厂家的设备之间可实现信息交换。现场总线开发者就是要致力于建立统一的工厂底层网络的开放系统。用户可按自己的需要和考虑，把来自不同供应商的产品组成大小随意的系统。通过现场总线构筑自动化领域的开放互连系统。

2）互可操作性与互用性：互可操作性，是指实现互连设备间、系统间的信息传送与沟通；而互用则意味着不同生产厂家的性能类似的设备可实现相互替换。

3）现场设备的智能化与功能自治性：它将传感测量、补偿计算、工程量处理与控制等功能分散到现场设备中完成，仅靠现场设备即可完成自动控制的基本功能，并可随时诊断设备的运行状态。

4）系统结构的高度分散性：现场总线已构成一种新的全分散性控制系统的体系结构，从根本上改变了现有 DCS 集中与分散相结合的集散控制系统体系，简化了系统结构，提高了可靠性。

5）对现场环境的适应性：工作在生产现场前端，作为工厂网络底层的现场总线，是专为现场环境而设计的，可支持双绞线、同轴电缆、光缆、射频、红外线、电力线等，具有较强的抗干扰能力，能采用两线制实现供电与通信，并可满足本质安全防爆的要求等。

（3）现场总线的优点

由于现场总线的以上特点，特别是现场总线系统结构的简化，使控制系统从设计、安装、投运到正常生产运行及其检修维护，都体现出优越性。

1）节省了硬件数量与投资：由于现场总线系统中分散在现场的智能设备能直接执行多种传感控制报警和计算功能，因而可减少变送器的数量，不再需要单独的调节器、计算单元等，也不再需要 DCS 系统的信号调理、转换、隔离等功能单元极其复杂接线，还可以用工控 PC 作为操作站，从而节省了一大笔硬件投资，并可减少控制室的占地面积。

2）节省了安装费用：现场总线系统的接线十分简单，一对双绞线或一条电缆上通常可挂接多个设备，因而电缆、端子、槽盒、桥架的用量大大减少，连线设计与接头校对的工作量也大大减少。当需要增加现场控制设备时，无需增设新的电缆，可就近连接在原有的电缆上，既节省了投资，也减少了设计、安装的工作量。据有关典型试验工程的测算资料表明，可节约安装费用 60% 以上。

3）节省了维护开销：由于现场控制设备具有自诊断与简单故障处理的能力，并通过数字通信将相关的诊断维护信息送往控制室，用户可以查询所有设备的运行，诊断维护信息，以便早期分析故障原因并快速排除，缩短了维护停工时间，同时由于系统结构简化，连线简单而减少了维护工作量。

4）用户具有高度的系统集成主动权：用户可以自由选择不同厂商所提供的设备来集成系统，避免因选择了某一品牌的产品而被"框死"了使用设备的选择范围，不会为系统集成中不兼容的协议、接口而一筹莫展，使系统集成过程中的主动权牢牢掌握在用户手中。

5）提高了系统的准确性与可靠性：由于现场总线设备的智能化、数字化，与模拟信号相比，它从根本上提高了测量与控制的精确度，减少了传送误差。同时，由于系统的结构简化，设备与连线减少，现场仪表内部功能加强，减少了信号的往返传输，提高了系统的工作可靠性。

此外，由于它的设备标准化，功能模块化，因而还具有设计简单、易于重构等优点。

（4）几种有影响的现场总线技术

1）基金会现场总线（Foundation Fieldbus，FF）：基金会现场总线（简称 FF）的体系结构参照 ISO/OSI 模型的第 1、2、7 层协议，即物理层、数据链路层和应用层，另外增加了用户层。FF 提供两种物理标准：H_1 和 H_2。H_1 为用于过程控制的低速总线，速率为 31.25kbit/s，传输距离为 200m、400m、1200m 和 1900m 四种。H_2 的传输速率可为 1Mbit/s 和 2.5Mbit/s 两种，其通信距离分别为 750m 和 500m。物理传输介质可支持双绞线、同轴电缆和光纤，其物理媒介的传输信号采用曼彻斯特码。基金会现场总线的主要技术内容包括 FF 通信协议；用于完成开放互连模式中第 2、7 层通信协议的通信栈；用于描述设备特性、参数、属性及操作接口的设备描述语言（Device Description Language，DDL）、设备描述字典；用于实现测量、控制、工程量转换等功能的功能块；实现系统组态、调度、管理等功能的系统软件技术以及构筑集成自动化系统、网络系统的系统集成技术等。

2）LonWorks 现场总线：Lon 总线由美国 Echelon 公司推出，并由 Motorola、Toshiba 公司共同倡导。它采用 ISO/OSI 模型的全部 7 层通信协议，采用面向对象的设计方法，通过网络变量把网络通信设计简化为参数设置，支持双绞线、同轴电缆、光缆和红外线等多种通信介质，通信速率从 300bit/s 至 1.5Mbit/s 不等，直接通信距离可达 2700m，被誉为通用控制网络。Lonworks 技术采用的 LonTalk 协议被封装到神经元芯片（Neuron Chip）中，采用 Lonworks 技术和神经元芯片的产品，被广泛应用在楼宇自动化、家庭自动化、保安系统、办公设备、交通运输、工业过程控制等行业。

3）过程现场总线 PROFIBUS（PROcess Field BUS）：PROFIBUS 现场总线标准既是德国国家标准（DIN19245），也是欧洲标准（EN50170），由 PROFIBUS-DP、PROFIBUS-FMS、PROFIBUS-PA 系列组成。DP 用于分散外设间高速数据传输，适用于加工自动化领域。FMS 用于车间级监控的令牌方式实时多主网络，适用于纺织、楼宇自动化、可编程控制器、低压开关等。PA 用于过程自动化的总线类型。PROFIBUS 支持主-从系统、纯主站系统、多主多从混合系统等几种传输方式。PROFIBUS 的传输速率为 9.6kbit/s ~ 12Mbit/s，最大传输距离在 12Mbit/s 下为 1000m，在 1.5Mbit/s 下为 400m，可采用中继器延长至 10km，传输介质为双绞线或者光缆，也可以是光缆，最多可挂接 127 个站点。

4）CAN（Control Area Network）总线：CAN 是由德国 BOSCH 公司最初为汽车工业的监视和控制而设计的，推出之初适用于汽车内部测量和执行部件之间的数据通信，例如汽车刹车防抱死系统、安全气囊等。由于对机动车辆总线和对工业现场总线的要求有许多相似之处，即成本要低、实时处理能力要强、强电磁干扰环境、可靠性高，因此 CAN 总线可广泛应用于离散控制领域中的过程监测和控制，特别是工业自动化的底层监控，以解决控制与测试之间的可靠性和实时数据交换的问题。

5）HART（Highway Addressable Remote Transducer）总线：HART 最早由美国 Rosemount 公司开发。HART 协议参照 ISO/OSI 模型的第 1、2、7 层，即物理层、数据链路层和应用层。HART 采用屏蔽双绞线作为介质，单台设备通信距离为 3km，多台设备互连距离为 1.5km，支持点对点主从应答方式和多点广播方式。HART 能利用总线供电，可满足本质安全防爆的要求。由于它采用模拟数字信号混合，因此难以开发通用的通信接口芯片。

7.3.2 CAN 总线

1. CAN 总线的性能特点

控制器局部网（Controller Area Network，CAN）属于现场总线范畴，它是一种有效支持分布式控制或实时控制的串行通信网络。CAN 的应用范围遍及从高速网络到低成本的多线路网络。在自动化电子领域的汽车发动机控制部件、传感器、抗滑系统等应用中，CAN 的最高通信速率可达 1Mbit/s。同时，它可以廉价地用于交通运载工具电器系统中，例如灯光聚束、电器窗口等以替代所需要的硬件连接。

与一般的通信总线相比，CAN 总线的数据通信具有突出的可靠性、实时性和灵活性。其特点可概括如下：

- CAN 为多主方式工作，网络上任一节点均可在任意时刻主动地向网络上其他节点发送信息，而不分主从，通信方式灵活，且无需占地址等节点信息。利用这一特点可方便地构成多机备份系统。

- CAN 网络上的节点信息分成不同的优先级，可满足不同的实时要求，高优先级的数据最多可在 134μs 内得到传输。

- CAN 采用非破坏性总线仲裁技术，当多个节点同时向总线发送信息时，优先级较低的节点会主动地退出发送，而最高优先级的节点可不受影响地继续传输数据，从而大大节省了总线冲突仲裁时间。尤其在网络负载很重的情况下，也不会出现网络瘫痪情况（以太网则可能）。

- CAN 只需通过报文滤波即可实现点对点、一点对多点及全局广播等几种方式传送接收数据, 无需专门的"调度"。

- CAN 的直接通信距离最远可达 10km (速率 5kbit/s 以下); 通信速率最高可达 1Mbit/s (此时通信距离最长为 40m)。
- CAN 上的节点数主要取决于总线驱动电路, 目前可达 110 个; 报文标识符可达 2032 种 (CAN2.0A), 而扩展标准 (CAN2.0B) 的报文标识符几乎不受限制。
- 采用短帧结构, 传输时间短, 受干扰概率低, 具有极好的检错效果。
- CAN 的每帧信息都有 CRC 校验及其他检错措施, 数据出错率极低。
- CAN 的通信介质可为双绞线、同轴电缆或光纤, 选择灵活。
- CAN 节点在错误严重的情况下具有自动关闭输出功能, 以使总线上其他节点的操作不受影响。

2. CAN 的分层及帧格式

(1) CAN 总线的逻辑状态

CAN 总线数值为两种互补的逻辑数值之一: "显性"或"隐性"。"显性"(Dominant) 数值表示逻辑"0", 而"隐性"(Recessive) 数值表示逻辑"1"。"显性"和"隐性"位同时发送, 最后总线数值将为"显性"。在"隐性"状态下, V_{CAN-H} 和 V_{CAN-L} 被固定于平均电压电平, V_{diff} 近似为 0。在总线空闲或"隐性"位期间, 发送"隐性"状态。"显性"状态以大于最小阈值的差分电压表示, 如图 7-13 所示。在"显性"位期间, "显性"状态改写"隐性"状态并发送。

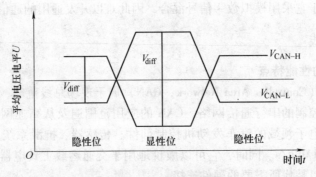

图 7-13   总线位的数值表示

(2) CAN 节点的分层结构

为使设计透明和执行灵活, 遵循 ISO/OSI 标准模型, CAN 分为数据链路层 (包括逻辑链路控制子层 LLC 和媒体访问控制子层 MAC) 和物理层, CAN 节点的分层结构和功能如图 7-14 所示。

LLC 子层的主要功能是: 为数据传送和远程数据请求提供服务, 确认由 LLC 子层接收的报文实际已被接收, 并为恢复管理和通知超载提供信息。在定义目标处理时, 存在许多灵活性。

MAC 子层的功能主要是传送规则, 亦即控制帧结构、执行仲裁、错误检测、出错标定和故障界定。MAC 子层也要确定, 为开始一次新的发送, 总线是否开放或者是否马上开始接收。位定时特性也是 MAC 子层的一部分。MAC 子层特性不存在修改的灵活性。物理层的功能是有关全部电气特性不同在节点间的实际传送。自然, 在一个网络内, 物理层的所有节

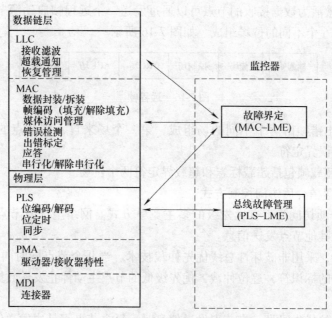

图 7-14 CAN 节点的分层结构和功能

点必须是相同的。然而，在选择物理层时存在很大的灵活性。

（3）报文传送及其帧结构

在进行数据传送时，发出报文的单元称为该报文的发送器。该单元在总线空闲或丢失仲裁前恒为发送器。如果一个单元不是报文发送器，并且总线不处于空闲状态，则该单元为接收器。

对于报文发送器和接收器，报文的实际有效时刻是不同的。对于发送器而言，如果直到帧结束末尾一直未出错，则对于发送器报文有效。如果报文受损，将允许按照优先权顺序自动重发送。为了能同其他报文进行总线访问竞争，总线一旦空闲，重发送立即开始。对于接收器而言，如果直到帧结束的最后一位一直未出错，则对于接收器报文有效。

构成一帧的帧起始、仲裁场、控制场、数据场和 CRC 序列均借助位填充规则进行编码。当发送器在发送的位流中检测到 5 位连续的相同数值时，将自动地在实际发送的位流中插入一个补码位。数据帧和远程帧的其余位场采用固定格式，不进行填充。出错帧和超载帧同样是固定格式，也不进行位填充。

报文中的位流按照非归零（NRZ）码方法编码，这意味着一个完整位的位电平要么是显性，要么是隐性。

报文传送由 4 种不同类型的帧表示和控制：数据帧携带数据由发送器至接收器；远程帧通过总线单元发送，以请求发送具有相同标识符的数据帧；出错帧由检测出总线错误的任何单元发送；超载帧用于提供当前的和后续的数据帧的附加延迟。

数据帧和远程帧借助帧间空间与当前帧分开。

1）数据帧：一个数据帧由 7 个不同位场构成，如图 7-15 所示。

帧起始	仲裁场	控制场	数据场	CRC场	ACK场	帧结束

图 7-15 数据帧结构

2）远程帧：激活为数据接收的节点可以通过发送一个远程帧启动源节点发送各自的数据。一个远程帧由 6 个不同的位场组成，如图 7-16 所示。

| 帧起始 | 仲裁场 | 控制场 | CRC场 | ACK场 | 帧结束 |

图 7-16　远程帧

3）出错帧：出错帧由两个不同的场组成，第一个场来自不同节点的错误标志叠加给出，第二个场为错误界定符。

4）超载帧：超载帧包括超载标志和超载界定符两个位场。

3. CAN 总线通信介质访问控制方式

CAN 的通信介质访问为带有优先级的多主竞争方式。网络上任意节点均可以在发现总线空闲时主动地往其他节点发送信息。

在发送冲突时，采用非破坏性总线优先仲裁技术。当几个节点同时向网络发送消息时，根据帧中开始部分的标识符，逐位仲裁，优先级低的节点主动停止发送数据，优先级高的节点继续发送信息。

例如，规定 0 的优先级高。在节点发送信息时，每个节点都是边发送信息边检测网络状态，当某一个节点发送 1 而检测到 0 时，此节点知道有更高优先级的信息在发送，它就停止发送信息，直到再一次检测到网络空闲。

CAN 的传输信号采用短帧结构（有效数据最多为 8 个字节），对高优先级的通信请求来说，在 1Mbit/s 通信速率时，最长的等待时间为 0.15ms，完全可以满足现场控制的实时性要求。

CAN 的通信协议主要由 CAN 总线控制器完成。CAN 控制器主要由实现 CAN 总线协议部分和微控制器接口部分电路组成。通过简单的连接即可完成 CAN 协议的物理层和数据链路层的所有功能，应用层功能由微控制器完成。CAN 总线上的节点既可以是基于控制器的智能节点，也可以是具有 CAN 接口的 I/O 器件。

4. 基于 SJA1000 的 CAN 智能节点

CAN 总线的突出优点使其在各个领域的应用得到迅速发展，这使得许多器件厂商竞相推出各种 CAN 总线的器件产品，已逐步形成系列。典型的芯片有：82C00 CAN 通信控制器，82527 CAN 通信控制器，8 位微控制器 P8XC529，16 位微控制器 87C196CA/CB，82C250 CAN 总线收发接口电路等。

在此介绍一种基于 SJA1000 和 82C250 的 CAN 总线智能节点的设计。SJA1000 是一个独立的 CAN 控制器，执行在 CAN 规范里规定的完整 CAN 协议。82C250 是支持差分模式的 CAN 总线收发器，控制从 CAN 控制器到总线物理层的逻辑电平信号。所有这些 CAN 功能可由一个单片机来控制，负责执行节点的应用层功能。因此，由单片机、SJA1000、82C250 可以构成一个最小的 CAN 总线智能节点。

（1）CAN 通信控制器 SJA1000 概述

SJA1000 是一种独立控制器。它是 PHILIPS 公司的 PCA82C200 CAN 控制器的替代产品。SJA1000 具有 Basic CAN 和 PeliCAN 两种工作方式。PeliCAN 工作方式支持具有很多新特性的 CAN2.0B 协议。SJA1000 在软件和引脚上都是与它的前一款 PCA82C200 独立 CAN 控制器兼容的，在此基础上增加了很多新的功能。为了实现软件兼容，SJA1000 采用了两种工作方式：Basic CAN 方式和 PeliCAN 方式。工作方式通过时钟分频寄存器中的 CAN 方式位来选择。上电复位默认工作方式是 Basic CAN 方式。Basic CAN 方式和 PeliCAN 方式的区别如下。

在 PeliCAN 方式下，SJA1000 有一个重新设计的含很多新功能的寄存器组。SJA1000 包含 PCA82C200 中的所有位，同时增加了一些新的功能位。PeliCAN 方式支持 CAN2.0B 协议规定的所有功能位。

SJA1000 的主要新功能如下：

- 标准结构和扩展结构报文的接收和发送；
- 64 字节的接收 FIFO；
- 标准和扩展帧格式都具有单/双接收滤波器（含接收屏蔽和接收码寄存器）；
- 可进行读/写访问的错误计数器；
- 可编程的错误报警限制；
- 最近一次的错误代码寄存器；
- 每一个 CAN 总线错误都可以产生错误中断；
- 具有丢失仲裁定位功能的丢失仲裁中断；
- 单发方式（当发生错误或丢失仲裁时不重发）；
- 只听方式（监听 CAN 总线，无应答，无错误标志）；
- 支持热插拔（无干扰软件驱动位速率检测）；
- 硬件禁止 CLKOUT 输出。

SJA1000 的引脚功能见表 7-4。

表 7-4　SJA1000 的引脚功能

引　　脚	名　　称	功　　能
AD7 ~ AD0	2、1、28 ~ 23	地址/数据复用总线
ALE	3	ALE 信号（Intel 方式）或 AS 信号（Motorola 方式）
CS	4	片选输入，低电平允许访问 SJA1000
RD	5	微控制器的读信号（Intel 方式）或使能信号（Motorola 方式）
WR	6	微控制器的写信号（Intel 方式）或读写信号（Motorola 方式）
CLKOUT	7	SJA1000 产生的提供给微控制器的时钟输出信号，时钟信号来源于内部振荡器，且通过编程驱动时钟控制寄存器的时钟关闭位可禁止该引脚
VSS1	8	逻辑电路地
XTAL1	9	输入到振荡器放大电路，外部振荡信号由此输入
XTAL2	10	振荡放大电路输出，使用外部振荡信号时做开路输出
MODE	11	模式选择：1 = Intel 模式，0 = Motorola 模式
VDD3	12	输出驱动器 5V 电压
TX0	13	从 CAN 输出驱动器 0 到物理总线的输出端
TX1	14	从 CAN 输出驱动器 1 到物理总线的输出端
VSS3	15	输出驱动器地
INT	16	中断输出端，用于向微控制器提供中断信号
RST	17	复位输入端，用于复位 CAN 接口（低电平有效）

（续）

引　脚	名　称	功　能
VDD2	18	输入比较器 5V 电源
RX0，RX1	19、20	从 CAN 的物理总线到 SJA1000 的输入比较器的输入端，显性电平将唤醒睡眠方式的 SJA1000。当 RX0 高于 RX1 时，读出为隐性电平，否则位显性电平
VSS2	21	输入比较器地
VDD1	22	逻辑电路 5V 电源

（2）智能节点的硬件电路

这里给出的智能节点方案采用 89C51 作为节点的微处理器。在 CAN 总线通信接口中，使用独立 CAN 通信控制器 SJA1000 和高性能 CAN 总线收发器 82C250。

如图 7-17 所示是 CAN 总线系统智能节点原理图中 SJA1000 与 82C250 的硬件电路原理图。在智能节点中，89C51 负责 SJA1000 的初始化，并通过控制 SJA1000 实现数据的接收与发送等通信任务。

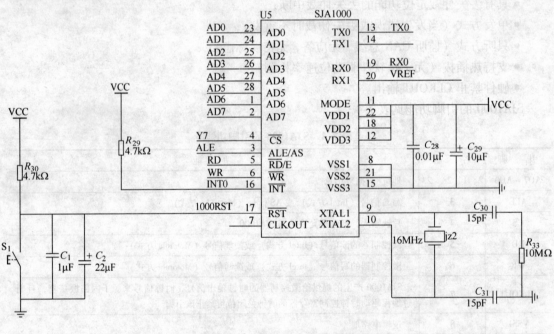

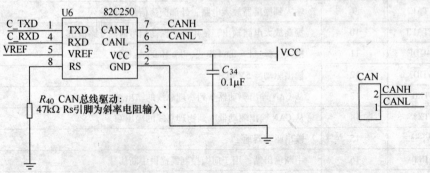

图 7-17　CAN 总线系统智能节点原理图中 SJA1000 与 82C250 的硬件电路原理图

SJA1000 的 AD0 ~ AD7 连接到 89C51 的 P0 口。CS 连接到 74LS138 译码器的输出 Y7，通过译码器分配的地址可对 SJA1000 执行相应的读写操作。SJA1000 的 RD、WR、ALE 分别与 89C51 的对应引脚相连，INT 接 89C51 的 INT0。89C51 也可通过中断方式访问 SJA1000。

为了增强总线节点的抗干扰能力，SJA1000 的 TX0 和 RX0 不要直接与 82C250 的 TXD 和 RXD 相连，而是通过高速光耦 6N137 后与 82C250 相连，这样就很好地实现了总线上各 CAN 节点间的电气隔离，提高了节点的稳定性和安全性。

82C250 与 CAN 总线的接口部分也可以采用了一定的安全和抗干扰措施，来提高节点的稳定性和安全性。比如，CANH 和 CANL 与地之间并联两个 30pF 的小电容，可以起到滤除总线上的高频干扰和一定的防电磁辐射的能力。82C250 的 RS 脚上接有一个斜率电阻，电阻的大小可根据总线通信速度适当调整，一般在 16 ~ 140kΩ 之间。这里的电阻取 47kΩ，如果 82C250 的 Rs 不接 47kΩ 电阻，则需接地。

7.3.3 LonWorks 技术与 LON 总线

LON（Local Operating Networks）总线是美国 Echelon 公司 1991 年推出的局部操作网络，为集散式监控系统提供了很强的实现手段。在其支持下，诞生了新一代的智能化低成本的现场测控产品。为支持 LON 总线，Echelon 公司开发了 LonWorks 技术，它为 LON 总线设计、成品化提供了一套完整的开发平台。目前采用 LonWorks 技术的产品广泛地应用在工业、楼宇、家庭、能源等自动化领域，LON 总线也成为当前最为流行的现场总线之一。

LonWorks 使用的开放式通信协议 LonTalk 为设备之间交换控制状态信息建立了一个通用的标准。这样在 LonTalk 协议的协调下，以往那些孤立的系统和产品融为一体，形成一个网络控制系统。LonTalk 协议最大的特点是对 OSI 的七层协议的支持，是直接面向对象的网络协议，这是以往的现场总线所不支持的。具体实现就采用网络变量这一形式。网络变量使节点之间的数据传递只是通过各个网络变量的互相连接便可完成。又由于硬件芯片的支持，实现了实时性和接口的直观、简捷的现场总线的应用要求。神经元芯片是 LonWorks 技术的核心，它不仅是 LON 总线的通信处理器，同时也可作为采集和控制的通用处理器，LonWorks 技术中所有关于网络的操作实际上都是通过它来完成的。按照 LonWorks 标准网络变量来定义数据结构，也可以解决和不同厂家产品的互操作性问题。LonMark 是与 Echelon 公司无关的 LonWorks 用户标准化组织，按照 LonMark 规范设计的 LonWorks 产品，均可非常容易地集成在一起，用户不必为网络日后的维护和扩展费用担心。

1. LonTalk 通信协议

网络装置间有意义的串行数据的转移要求编排一套规则和过程。这些规则和过程就称为通信协议，常常简称为协议。协议规定装置间传输的报文的格式和在一个装置向另一个装置发送报文时的行动。

（1）LonTalk 协议定义

LonTalk 通信协议是 LonWorks 技术的核心。该协议提供一套通信服务，使装置中的应用程序能在网上对其他装置发送和接收报文而无需知道网络拓扑、名称、地址或其他装置的功能，真正实现了端端通信。

LonTalk 协议是一个分层的以数据包为基础的对等的通信协议。像有关的以太网和因特网协议一样，它是一个公布的标准并遵守国际标准化组织（ISO）的分层体系结构要求。可是，LonTalk 协议设计用于控制系统而不是数据处理系统的特定的要求。每个包由可变数目的字节构成，长度不定，并且包含应用层（第 7 层）的信息以及寻址和其他信息。信道上的每个装置监视在信道上传输的每个包，以确定自己是否是收信人。假如自己是收信人，它处理该包，以判明它是节点应用程序所需的信息还是网络管理包。应用包中的数据是提供给应用程序的，如果合适，要发一个确认报文给发送装置。

为了处理网上报文冲突，LonTalk 使用类似以太网所用的"载波监听多路访问"（CSMA）算法。LonTalk 协议建立在 CSMA 基础上，提供介质访问协议，使得可以根据预测网络业务量发送优先级报文和动态调整时间槽的数目。通过动态调整网络带宽，称为预测性 P-persistent CSMA 协议的算法使网络能在极高网络业务量出现时继续运行，而在业务量较小时期不降低网络速度。

（2）LonTalk 协议寻址

为了简化网络配置和管理，可以把逻辑地址分配给节点。逻辑地址让用户把一个名字和物理装置或节点配合。使用 LonTalk 的控制网中的逻辑地址在网络配置时定义。所有逻辑地址有两个部分，其第 1 部分是指域的 ID（Domain ID）。所谓域就是节点的集合，常常是整个系统，它们可以互操作。逻辑地址的第 2 部分以独特的 15 位节点地址规定域中的一个单一的节点，或者以它独特的 8 位组地址规定一个预先定义的节点组。每个在网上传输的包，包含传输节点（源地址）的逻辑节点地址和接收节点地址（目的地址），它们可能是物理神经元地址、逻辑节点地址、组地址或广播地址。

（3）LonTalk 网络变量

LonTalk 协议体现网络变量（NV）的革新观念。NV 大大简化了多个销售商产品互可操作的 LonWorks 应用程序的设计工作，并方便了以信息为基础而不是以指令为基础的控制系统的设计。所谓网络变量，是指任何数据项（温度、开关值或执行器位置设定），它们是一个特定装置应用程序期望从网上其他装置得到的（输入 NV）或期望提供给网上其他装置的（输出 NV）。

装置中的应用程序根本不需要知道输入 NV 来自何处或输出 NV 走向何处。应用程序的输出 NV 的值变化时，它就只是把这个新值写入一个特定的存储单元。在网络设计和安装期间会发生一个叫做"捆绑"的过程，通过这个过程配置 LonTalk 固件，以确定网上要求 NV 的装置组或其他装置的逻辑地址，汇集和发送适当的包到这些装置。类似地，当 LonTalk 固件收到它的应用程序所需的输入 NV 的更新数值时，就把它放在一个特定的存储单元。应用程序知道在这个单元总是能找到最新数据。这样，捆绑过程就在一个装置中的输出 NV 和另一装置或装置组的输入 NV 之间建立了逻辑连接。连接可想象为"虚拟线路"。假如一个节点有一个物理开关和相应的称为"开关 on/off"的输出 NV，而另一节点驱动有称为"灯 on/off"的输入 NV 的一个灯泡，连接这两个 NV 建立一个逻辑连接，其功能效应就如同从开关到灯泡连接一条物理线路，如图 7-18 所示。

网络变量的定义如下：

开关节点　network output int switch;

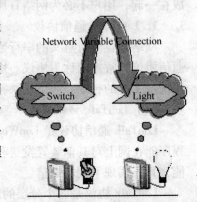

图 7-18　网络变量举例

灯节点　　　　network input int light；

在开发平台上通过开发工具实现两个网络变量的捆绑。

（4）LonTalk 报文类型

LonTalk 协议提供 3 种基本报文服务并且支持鉴别的报文。最优化的网络会经常使用这些业务。第 1 类的报文服务提供端到端的确认，称为确认的报文发送。在使用确认的报文发送时，一个报文发送给一个节点或节点组，并期望从每个接收者得到各自的确认。假如未收到确认，发送者做超时安排并重试事务处理。重试和超时安排的次数都是可选择的。第 2 类报文是不确认的重复报文。使用这类报文可把一个报文发送到节点或节点组许多次。这个业务通常在向一个大的节点组广播信息时使用，因为确认报文会造成所有的接收节点同时尝试发出一个响应。第 3 类报文简单地就是不确认报文，发送节点或节点组一次，并且不期望响应。报文鉴别服务使报文接收者能确定发送者是否有权发送这个报文。这样，鉴别就能防止对节点的未经授权的访问。鉴别功能是在安装时分布 48 位密钥到节点而设立的。

（5）LonTalk 信道类型

LonTalk 协议在设计上是独立于介质的，这使 LonWorks 系统可以在任何物理传输介质上通信。这点使网络设计者能充分利用提供给控制网的各种信道。例如在进行楼宇自动化设计时，可以利用电力线进行通信，而无需重新进行布线或改造线路，从而大大缩短了开发周期和开发费用。协议还提供了可改变的配置参数，以便折中某一特殊应用的性能、安全和可靠性。

信道是一个特殊的物理通信介质（诸如双绞线或电力线）。LonWorks 装置通过专用于此信道的收发器与其连接。每类信道在最多可连接的节点数、通信位速率和物理距离限值方面都有不同的特征。

（6）LonTalk 的特征和优点

总而言之，LonTalk 协议可从事的多种服务提高了可靠性、安全性和网络资源的优化。这些服务的特征和优点包括：

- 支持广泛范围的通信介质，包括双绞线和电力线。
- 支持可靠通信，包括防范未经授权使用系统。
- 不论网络规模，提供可预测的响应时间。
- 支持混合介质和不同通信速度构成的网络。
- 提供对节点透明的接口。
- 支持几万节点——但在只有几个节点的网络中同样有效。
- 允许节点间的任意连通。
- 允许对等通信，这样就使它可用于分布式控制系统中。
- 为产品的互可操作性提供有效机制，使来自一个制造商的产品能和其他制造商的产品共享标准物理量的信息。
- 实施协议内网络管理问题的解决方案。

2. LonWorks 节点

节点是指在网络中能够直接进行通信的智能设备。LonWorks 节点的结构框图如图 7-19 所示，它由三部分组成：实现通信和控制的 Neuron 芯片；一个或多个 I/O 设备的接口；一个收发器，以便连接到网络上。

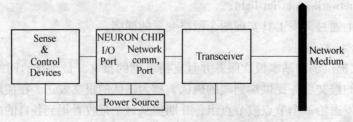

图 7-19　LonWorks 节点的结构框图

（1）Neuron 芯片

神经元芯片是 ECHELON 公司为了经济、标准化布置设计的。神经元芯片有两种类型：3120 和 3150，它们的结构基本相同，其结构框图如图 7-20 所示。

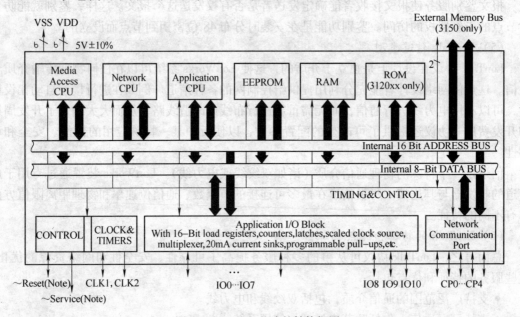

图 7-20　Neuron 芯片的结构框图

神经元芯片基本上是一个"芯片上的系统"，由多个微处理器、读写存储器和只读存储器（RAM 和 ROM）、通信和 I/O 接口组成。

以下针对图 7-20 对 Neuron 芯片做一个简单的介绍。

1）三个 8 位的 CPU：

第一个 CPU 是介质访问 CPU（MAC），它处理七层协议的第一层和第二层，即物理层和数据链路层。它的功能包括驱动通信子系统硬件和执行介质访问算法。

第二个 CPU 是网络 CPU（Network CPU），它处理七层协议的第三层到第六层，即网络层、传输层、会话层、表示层。它的功能包括网络变量的处理、寻址、事务的处理、软件定时及网络管理等。

第三个 CPU 是应用 CPU（Application CPU），它处理七层协议的最后一层，即应用层。它的功能是运行用户编写的应用代码。

在这三个 CPU 中，MAC 和 Network CPU 是不需要用户参与的，它们内部是已经固化的软件，包括 LonTalk 协议、系统固件及 I/O 对象驱动程序等。而用户真正需要关心的是应用 CPU。对于用户来说，只需要编写好每一个节点所对应的控制功能代码即可，而不需要对介质访问及网络等方面了解太多，这显然是一种非常友好的界面。另外，Neuron 芯片采用三个 CPU 并行处理的方式，它们各司其职，大大提高了运行处理速度，这同时也是网络通信所要求的。

2）存储器：如图 7-20 所示，Neuron 芯片内部有 2K 的 RAM 和 0.5K 的 EEPROM。EEP-ROM 内存放网络配置及寻址信息（绑定信息）、Neuron ID、一部分应用代码。显然，这对于一般的应用都是不够的，需要进行存储器的扩展。Neuron 提供了 58K 的存储器接口，其中 16K 的空间用来存放 LonTalk 协议、操作系统、I/O 功能数据库系统，剩下的 42K 的空间是真正留给用户使用的。

Neuron ID 是 Neuron 芯片全球唯一 48 位编址，它也是节点的物理地址，通常只用于初始安装和网络维护，而正常运行时采用的都是逻辑地址。

3）网络通信接口：Neuron 芯片的通信端口为 CP0 ~ CP4，为了适合不同的通信介质，可以将 5 个通信引脚配置三种不同的接口模式，以适合不同的编码方案和不同的波特率。这三种模式是单端（single-ended）、差分（differential）和专用模式（special purpose mode）。针对不同的信道及收发器选取不同的接口模式。例如单端模式一般适用于 RF、红外、光纤、同轴电缆等信道。

4）应用 I/O 对象：神经元芯片和其他设备的互连是通过它的 11 个 I/O 口——IO0 ~ IO10。这些引脚可以根据不同外部设备 I/O 的要求，灵活地配置输入输出方式。神经元芯片的 11 个 I/O 由 34 种预编程设置，可以很方便地实现测量、计时和控制等功能。这 34 种预编程设置大体可分为以下几种类型。

- 位操作；
- 字节操作；
- 半字节操作；
- 并行 I/O；
- 串行 I/O；
- 定时/计数器。

IO4 ~ IO7 可以通过编程设置成上拉；IO0 ~ IO3 带有高电流（20mA）接收（High Current Sink）；IO0 ~ IO7 带有 TTL 标准的迟滞输入及低电平监测锁存。

（2）信道和收发器

信道（Channel）是特殊的物理通信介质。LonWorks 可以使用的信道有双绞线（TP）、无线频率（RF）、红外（Infrared）、同轴电缆、光纤、电力线等。每类信道在最多可连接的节点数、波特率和节点间的物理距离方面都有不同的特征，不同的信道之间要用路由器连接。

收发器（Transceiver）是一个电子模块，在神经元芯片通信端口和信道之间提供物理接口。收发器的功能是在发送过程中，将 Neuron 芯片的开关量转换为能在信道上进行长距离传输的信号；在接收过程中，将信道上的信号转化为 Neuron 芯片能接收的开关量。收发器的选取必须和信道相对应，也即每种信道都有专用于此信道的收发器。

（3）面向对象的编程语言——Neuron C

Neuron C 是一种编程语言，它以 ANSI C 为基础，专门为神经元芯片而设计，同时进行了扩展。

1）37 个额外的数据类型，35 个 I/O 对象，2 个定时器对象。

2）同时可用于显式和隐式报文格式的集成报文传送机制。隐式报文即网络变量，在使用这种机制时，用户只需在发送节点和接收节点中定义相匹配的网络变量即可，剩下的工作就由固件自动完成，当发送节点的网络变量发生变化时，它就自动地传给接收节点相应的网络变量。这种机制的局限性在于每次发送的字节数不能超过 31 个。在显式报文传送机制中，用户必须显式地建立、发送和接收报文，编写的程序比较复杂，用户必须了解更多的网络信息。但显式报文可以发送的字节数是可变的，适用于大数据量的传输。

3）Neuron C 任务调度式事件驱动（event driven）：当一个给定事件发生的条件为真时，与该事件关联的一段代码（称为任务）被执行。调度程序容许编程者定义事件，如输入引脚状态的改变、网络变量的更新、计数器的溢出等。这些事件可以定义优先级，以使一些重要事件能够优先得到响应。Neuron C 任务调度是非实时的，也就是说，如果低优先级事件的任务在运行，即使高优先级的事件发生，也必须等到低优先级事件的任务完成后，重新调度时才执行高优先级事件的任务。事件是通过 When 语句来定义的：

when（表达式）

{

    任务

}

一个 When 语句包含一个表达式，当表达式为真时，则表达式后面的任务被执行。在 Neuron C 中定义了 5 类事件：系统级事件、输入输出事件、定时器事件、网络变量和显示报文事件、用户自定义事件。

（4）LonWorks 的互可操作性

前面已经提到 LonWorks 技术提供了真正开放的互可操作性。互可操作性意味着来自同一个或不同制造商的多个装置能集成在单一的控制网中，而无需定制节点或定制编程。而这一点是由 ECHELON 公司的 LONMARK 协会通过制定 LONMARK 对象标准来实现的。

LONMARK 对象是一些功能模块，其标准框图如图 7-21 所示。每种功能模块提供了输入输出接口，规定了信息如何输入节点，如何从节点输出，如何与网上其他节点共享，从而构成了互可操作性的基础。现在已制定的 LONMARK 对象有 6 种：节点对象、开环传感器对象、闭环传感器对象、开环执行器对象、闭环执行器对象、控制器对象。对于这些器件的制造商来说，要生产符合 LONMARK 对象标准的产品，就必须严格地遵守不同功能模块的标准，给用户提供接口。而对于用户来说，在拿到这样的功能模块后，只需要对接口（也即网络变量）进行定义，并编写相应的功能程序即可。

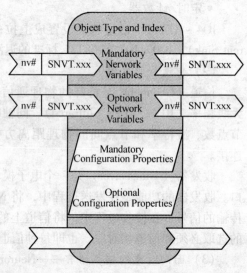

图 7-21　LONMARK 对象的标准框图

现在提供 LONMARK 对象功能模块的厂家已有 7000 多家。

（5）LonWorks 开发工具

为了使 LON 总线的使用者快速、方便地开发节点和联网，LonWorks 技术中还包含一系列的开发工具，包括单个节点的开发工具 NodeBuilder、节点开发和网络安装工具 LonBuilder、网络管理工具 LonManager 等。

（6）LonWorks 开发过程概述

- 确定问题，系统要实现的功能及网络资源，包括信道介质、节点位置等，这些都是要在设计前考虑好的。
- 确定节点并为其分配功能。
- 定义节点外部接口，也即定义要与其他节点共享的信息、网络变量。
- 编写节点应用程序。
- 用开发工具制作、调试和测试节点。
- 把节点集成到网络中并进行测试。

（7）LonWorks 应用举例

举一个简单的例子就可以对 LonWorks 应用有一个简单的认识。仍以前面的灯节点和开关节点为例，使用网络变量连接开关节点和灯节点。开关节点的输出代表该开关状态的网络变量；灯节点的输入是一个网络变量，它表示灯的状态。这两个网络变量必须有相同的网络变量类型。当在开关节点程序中说明网络变量时，nv_switch_state 被说明为一个输出网络变量；在灯节点的程序中，变量 nv_lamp_state 被说明为一个输出变量。这个例子的节点外部接口示意图如图 7-22 所示。

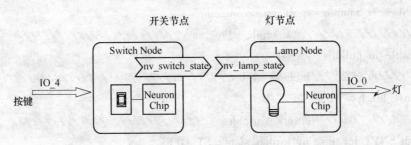

图 7-22　节点外部接口示意图

每个节点的网络变量的定义是互相独立的，每个开关节点有一个网络变量，用于传播开关的状态。开关节点的网络变量被命名为 nv_switch_state，nv_switch_state 将被用做一个开关节点的输出，以传播它的状态。

类似地，每个灯节点有一个控制灯的状态的网络变量。在这个例子中，灯节点的网络变量被命名为 nv_lamp_state。最后，网络变量将 nv_lamp_state 被用做一个灯节点的输入，告诉灯节点什么时候打开和关掉电灯。

1）任务：开关节点的任务是：当开关的实际状态改变时，发送新的开关状态。

灯节点的任务是：当从网络上接收到新的灯的状态，根据新的灯的状态控制应用的 I/O 硬件开启或关闭电灯。

2）硬件接口：在开关节点中，IO_4 连一个按键；在灯节点中，IO_0 连一个发光二极管。IO_4 和 IO_0 设置为 BIT 对象。

　　3）程序清单

```
// LAMP. NC——Sample lamp actuator program
/////////////////////////Include  Files/////////////////////////////
#include  < snvt_lev. h >
///////////////////////Network Variables/////////////////////////////
network input SNVT_lev_disc nv_lamp_state = ST_OFF;
///////////////////////Constants//////////////////////////////////////
#define   LED_ON      1
#define   LED_OFF     0
///////////////////////  I/O Object  /////////////////////////////////
IO_0 output bit ioLED_OFF;
///////////////////////    Tasks    //////////////////////////////////
//NV   updata task——handle updata to lamp state
//Use the network variable's value as the new state
//for the lamp
when ( nv_updata_occurs ( nv_lamp_state ))       {
     in_out ( ioLED, ( nv_lamp_state!  = ST_OFF) ? LED_ON: LED_OFF);
}


//SWITCH. NC—— Sample switch sensor program
/////////////////////// Compile  Programs /////////////////////////
#pragma   enable_io_pullups
///////////////////////Include  Files/////////////////////////////////
#include  < snvt_lev. h >
/////////////////////// Network Variables /////////////////////////////
network output SNVT_lcv_disc nv_switch_state = ST_OFF;
/////////////////////// Constants /////////////////////////////////////
#define   BUTTON_DOWN      1
#define   BUTTON_UP        0
/////////////////////// I/O Objects ///////////////////////////////////
IO_4 input bit ioButton = BUTTON_UP;
/////////////////////// Tasks ////////////////////////////////////////
//   I/O task—— handle pushbutton down event
when ( io_changes ( ioButton) to BUTTON_DOWN) {   //button pressed
   nv_switch_state = ( nv_switch_state!  = ST_OFF) ? ST_OFF: ST_ON;
                                            // toggle state
  }
```

7.4 无线通信技术

很多国家已经开始将 GPS、GPRS、CDMA 等无线通信技术相互结合，并应用于智能交通系统中，实现交通管理中的紧急事件管理和紧急车辆管理功能、出行者信息中的路径指导及导航服务功能，以及运营管理中车辆的监视与调度功能。但无线通信技术真正在测量与控制领域得到广泛的重视，则是由于近几年无线个人域网络（WPAN）和无线局域网（WLAN）技术的迅速发展。

实际上，针对某些特定的应用，专用通信协议的无线传输方案早已被采用，并且起到了良好效果。而当前发展的目标是追求无线传输在工控领域的普遍应用或成规模应用必须解决的主要问题，即传输的确定性、可互操作性、网络安全和网络投用的适应性等，而决非个别的解决方案。因此，发展的方向首先是通信协议的标准化。一般来说，对于可用于现场设备层的无线短程网，采用的主流协议是 WPAN（802.15 系列）通信协议，特别是IEEE802.15.4/ZigBee；而对于用于较大传输覆盖面积和较大信息传输量的无线局域网，采用的主流通信协议则是 WLAN（IEEE802.11 系列）。表 7-5 列出了测量与控制用的几种主要无线通信技术的比较。

表7-5 测量与控制用的几种主要无线通信技术的比较

Market Name Standard	GPRS/GSM 1 × RTT/CDMA	Wi-Fi 802.11b	Bluetooth 802.15.1	ZigBee 802.15.4
Application Focus	Wide Area Voice & Data	Web, E-mail, Video	Cable RePlacement	Monitoring & Control
System Resources	16MB +	1MB +	250KB +	4 ~ 32KB
Battery Life（day）	1 ~ 7	0.5 ~ 5	1 ~ 7	100 ~ 1000 +
Network Size	1	32	7	255/65000
Bandwidth（Kbps）	64 ~ 128 +	11000 +	720	20 ~ 250
Transmission Range（meter）	1000 +	1 ~ 100	1 ~ 10 +	1 ~ 100
Success Metrics	Reach, Quality	Speed Flexibility	Cost, Convenience	Reliability, Power, Cost

7.4.1 IEEE802.11b 协议

1997 年 6 月，IEEE 推出了全球第一代无线局域网标准，即 IEEE802.11 标准。随着以太网速率的不断提高，与之相适应，无线局域网必须能够支持更高的数据传输速率。由此IEEE 对 IEEE802.11 标准进行了修改和补充，制定了 IEEE802.11b 标准。IEEE802.11b 标准是 IEEE802.11 协议标准的扩展，它可以支持最高 11Mbit/s 的数据速率，运行在 2.4GHz 的ISM 频段上，采用补码编码键控（CCK）的调制方式。IEEE802.11b 是目前最流行的 WLAN协议标准。

1. IEEE802.11b 标准简介

IEEE802.11b 标准只影响 IEEE802.11 标准的物理层，它提供了更高的数据传输速率和更牢固的连接性。

IEEE802.11b 标准的通信速率除 1Mbit/s、2Mbit/s 以外，增加了两种新的通信速率——5.5Mbit/s 和 11Mbit/s。实际使用速率可以根据距离和信号强度来进行动态调节，在 150m 内速率只有 1～2Mbit/s，在 50m 内可达 11Mbit/s。由于起诉率最高可达 11Mbit/s，因此无线局域网移动用户就能达到以太网级别的网络性能、速率和可用性，管理者也可以将多种局域网技术进行无缝集成，扩大了无线局域网的应用领域。

为了提高通信速率，IEEE802.11 选择直接序列扩频技术，作为其唯一物理层技术，在 IEEE802.11b 标准中又重新进行了定义，并将之称为高速直接序列扩频技术（HR/DSSS）。而且 IEEE802.11b 标准抛弃了原有的 11 位的 Barker 序列，采用新的 CCK 技术进行扩频。CCK 由 64 个 8 位的码字组成。作为一个整体，这些码字具有自己独特的数据特性，即使在出现严重噪声和多径干扰的情况下，接收方也能够正确地予以区别。在使用 CCK 时，IEEE802.11b 规定：当通信速率为 5.5Mbit/s 时，对每个载波进行 4 位编码，当通信速率为 11Mbit/s 时，对每个载波进行 8 位编码。这两种速率都使用 QPSK 作为调制技术。IEEE802.11b 遵循 IEEE802.11 标准，在数据链路层的 MAC（媒介访问控制）子层采用的是 CSMA/CA（载波监听多址访问/冲突避免）技术。其原理与 IEEE802.3 以太网采用的 CSMA/CD（载波监听多址访问/冲突检测）技术类似，不同的是 IEEE802.11b 引进了 CA（冲突避免）协议，从而可以大幅度提高网络效率，避免网络冲突的发生。

在无线局域网中，由于网络业务是通过电磁波传播的，因此没有电缆传输那么安全。于是，IEEE802.11 标准委员会在 IEEE8002.11b 标准中增加了 WEP（有线对等加密）加密机制来解决这个问题。

IEEE802.11b 的物理层与 IEEE802.11 相比，只采用了直接序列扩频技术。但在协议结构、网络的拓扑结构、网络服务等方面，IEEE802.11b 遵循 IEEE802.11 标准的规定。

2. IEEE802.11 的协议结构

IEEE802.11 是针对无线局域网的特定环境制定的协议规范，主要对网络的物理层（PHY）和媒体访问控制子层（MAC）进行了规定，其协议结构如图 7-23 所示，它有关无线通信的特殊之处也集中在这两层中进行处理。

IEEE802.11 协议的上层是 LLC（逻辑链路控制）层。LLC 层具有错误控制和流控制特性。它提供了三种服务选择：不可靠的数据报服务、有确认的数据报服务和面向连接的可靠服务。LLC 层运行在 IEEE802.11 和其他 802 协议之上，以一种统一的格式向网络层提供一个接口，从而隐藏了各种 802 网络之间的差异。

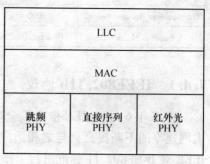

图 7-23 IEEE802.11 的协议结构

IEEE802.11 的物理层所采用的技术主要有三种：直接序列扩频、跳频扩频和红外线传输方法。所谓直接序列扩频，就是用高速率的扩频序列在发射端扩展信号的频谱，而在接收端用相同的扩频码序列进行解扩，把展开的扩频信号还原成原来的信号。采用 DSSS 的无线局域网可在很宽的频率范围内进行通信，支持 1～2Mbit/s 数据速率，在发送端和接收端都以窄带方式进行，而传输过程中则以宽带方式通信。而调频技术与直序扩频技术不同，调频的载频受一个伪随机码的控制，频率随机改变。接收端的频率也随机地发生变化，但接收端保持与发射端的变化规律一致。FHSS 局域网共有 22 组跳频图案，包括

79 个信道，支持 1Mbit/s 数据速率，而接收端通过对输出的同步载波解调，可获得发送端送来的信息。红外线局域网采用小于 1μm 波长的红外线作为传输媒体，有较强的方向性，受太阳光的干扰大。红外线支持 1 ~ 2Mbit/s 数据速率，适于近距离通信。当前，采用直接序列扩频技术以提供高达 11Mbit/s 的数据传输速率，所以它在 IEEE802.11 的物理层中使用的更广泛一些。

IEEE802.11 的 MAC 层可以分为数据通道和管理通道两个部分。考虑到无线传输媒体固有的特性及移动性的影响，无线局域网 MAC 的数据通道采用了一种具有冲突避免的载波监听多路访问（CSMA/CA）协议来实现无线信道的共享，它将使两个无线设备同时进行传输而导致冲突的可能性减到最小。在无线局域网中，并不是所有的站点都在其他站点的无线电波有效传输的范围之内。一个站点正在进行的无线数据传输可能不会被同一网络的其他某些站点检测到，这种未能检测出传输媒体上已存在信号的问题称为隐蔽站问题。为了避免这个问题，IEEE802.11 在 CSMA/CA 协议中添加了 RTS/CTS 机制，在 MAC 层对无线信道资源采取了预约的方式，消除了隐蔽站问题引起的无线数据的冲突。RTS/CTS 协议的工作机制如下：

1）工作站点在发送信息之前先发射一个发送请求控制帧，即 RTS 帧给目的站点。

2）如果信道空闲，目的站点发送响应控制帧，即 CTS 帧；如果检测到信道忙，则不发送 CTS。这样就避免了不同工作站点同时向同一目的站点发送信息的可能。

3）如果源站点收到 CTS 帧，证明信道空闲，它就可以继续发送数据帧。

4）如果该数据帧需要确认，目的站点在成功接收后，经过一个帧时间间隔后就发送确认帧 ACK；如果在规定的时间间隔后，源站点未能收到 ACK，那么就可判断信息发送失败，然后根据信道情况进行重传。

MAC 的管理通道针对无线局域网特有的业务进行管理。例如，为实现和有线网络一样的安全性而制定的通信授权和数据加密，为延长移动终端电池使用寿命而进行的功率管理等管理功能。

3. IEEE802.11 的拓扑结构

IEEE802.11 的拓扑结构主要由无线站点 STA（Station）、无线接入点 AP（Access Point）、独立基本服务集 IBSS（Independent Basic Service Set）、基本服务集 BSS（Basic Service Set）、分布式系统 DS（Distribution System）、扩展服务集 ESS（Extended Service Set）等组成。

无线站点 STA 是任何能够对无线媒体提供符合 IEEE802.11 标准所规定的 MAC 层和物理层接口的设备。STA 是 IEEE802.11 无线局域网最基本的构成单元。

无线接入点 AP 可以看成是一个无线的 Hub，其作用是提供 STA 和已经存在的其他网络之间的桥接，在无线 STA 和其他网络之间接收、缓存和转发数据。无线接入点通常能够覆盖几十至几百个用户，覆盖半径达上百米。

基本服务集 BSS 是 IEEE802.11 无线局域网的基本网络结构，只有一些 STA 组成，如图7-24 所示。BSS 提供一个覆盖区域，使 BSS 内的 STA 保持充分连接。一个 STA 可以在 BSS内自由地移动。但如果它离开了 BSS 区域，就不能够直接与其他 STA 建立连接了。

分布式系统 DS 和接入点如图 7-24 所示。物理层覆盖范围的限制决定了所能支持的 STA与 STA 之间直接通信的距离。为了解决这个问题，采用分布式系统构件来将多个 BSS 连接起来，构成一个扩大的通信网络。

独立基本服务集 IBSS 是 IEEE802.11 无线局域网的基本构成单元的另一种形式。它至少由两个 STA 组成，几个 STA 直接通信，当通信结束后，IBSS 便解散。

扩展服务集 ESS 如图 7-24 所示。BSS 只能覆盖一个较小的范围，不能覆盖一些更大的区域。因此，IEEE802.11 用 DS 把几个 BSS 连接起来构成一个任意大小的和复杂的无线网络，IEEE802.11 把这种网络成为 ESS 网络。

在同一个 ESS 网络中，即使两个 STA 不在同一个 BSS，它们也可以通过 AP 和 DS 来进行相互通信。扩展的服务区域是 IEEE802.11 网络所支持的最高级的抽象结构，由于移动站在两个 ESS 之间的移动超出了 IEEE802.11 协议的能力范围，所以 IEEE802.11 标准无法保证此时的继续连接。

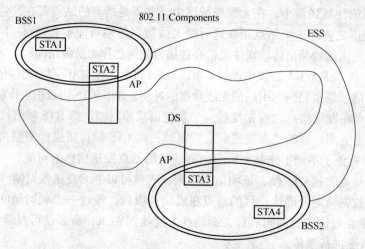

图 7-24　IEEE802.11 扩展服务集 ESS

4. IEEE802.11 的帧结构

按照帧使用时所处的不同状态，IEEE802.11 标准把帧分为三类：第一类帧可以在任何状态下传送，它为站点提供基本的操作；第二类帧只能在认证结束后使用，用来管理连接操作；第三类帧在成功建立连接关系后使用，可以使无线站点使用分布式系统所提供的服务。

IEEE802.11 标准还把帧分为数据帧、管理帧和控制帧三种类型。IEEE802.11MAC 层的服务就是通过这些帧的交换而实现的。为了满足无线环境下的通信要求，IEEE802.11 无线局域网的帧同以太网帧相比具有更复杂的结构，其 MAC 帧结构由 MAC 帧头、帧体和帧校验序列 FCS 组成。IEEE802.11 MAC 帧的一般结构如图 7-25 所示，图中的数字为每个字段的字节数。

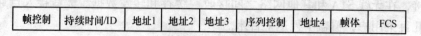

| 帧控制 | 持续时间/ID | 地址1 | 地址2 | 地址3 | 序列控制 | 地址4 | 帧体 | FCS |

图 7-25　IEEE802.11 MAC 帧的一般结构

7.4.2　蓝牙技术

蓝牙技术起源于 1994 年，是由爱立信、IBM、Intel、诺基亚和东芝等公司联合推出的一种低成本、短距离无线通信技术。2005 年 3 月，Bluetooth SIG 宣布采用蓝牙核心规范 2.0 版本及更高数据传输速率（EDR）。新规范使其数据传输速率提高了 3 倍（蓝牙 2.0 版提供

2～3Mbit/s的中等通信速率），并降低了功耗，从而延长了电池的使用时间。由于带宽增加，新规范提高了设备同时进行多项任务处理或同时连接多个蓝牙设备的能力，传输范围可达100m，最高速率达到10Mbit/s。蓝牙技术联盟（SIG）于2010年4月表示，蓝牙4.0技术规范已经于2010年7月发布。蓝牙4.0包括三个子规范，即传统蓝牙技术、高速蓝牙和新的蓝牙低功耗技术。蓝牙4.0的改进之处主要体现在三个方面：电池续航时间、节能和设备种类。此外，蓝牙4.0的有效传输距离也有所提升。当前，蓝牙的有效传输距离为10m，而蓝牙4.0的有效传输距离可达到60m。

蓝牙计划主要面向网络中的各类数据及语音设备，使用无线方式将它们连成一个微微网（Piconet），多个Piconet之间也可以互连形成一个分布式网（Scatternet），从而方便快速地实现各类设备之间的通信。蓝牙技术也使得通信器件当彼此进入一个范围时自动连接，从而建立临时的个人无线连接网络。

1. 蓝牙与IEEE802.15.1

最初，蓝牙不是一个国际标准，只是一个行业的规范。蓝牙SIG成立之时，为了省去漫长的标准化过程，尽快在全世界推广这一规范，采用了开放规范，使大多数厂商先接受这个规范，形成事实上的标准，之后再标准化。事实上，在1990年，IEEE就在研究无线个人区域网络（蓝牙现场设备）的标准化问题。1998年3月，IEEE802.15工作组成立，主要致力于研究个人区域网络和短距离无线网络标准化问题。IEEE802.15接受了蓝牙规范，并把它发展成标准。IEEE802.15主要研究用于蓝牙现场设备的无线媒体接入控制（MAC）和物理层规范。为了提高对文件的理解，除了把蓝牙协议纳入802标准模式外，还需要增加以下部分：概述、参考部分、定义、首字母缩写、总体描述和服务接入点。因为这些部分都是802标准必须具有的。

目前802.15有4个任务组（TG）。

1）TG1负责制定IEEE802.15.1，处理基于蓝牙v1.x版本的速率为1Mbit/s的蓝牙现场设备标准。

2）TG2负责制定IEEE802.15.2，处理在公用ISM频段内无线设备的共存问题。其主要目标是为IEEE802.15无线个人网络发展推荐应用，为其他802.15标准提供修改意见，以提高无线设备的共存性能。

3）TG3负责制定IEEE802.15.3，这个任务组的目标在于开发高于20Mbit/s速率的多媒体和数字图像应用，同时还保证低成本、低耗电，以与TG1合作，实现向下兼容。同时，TG3还成立了802.15.3a研究组（SG3a）来寻找更高速率的物理层替代方案。目前研究方兴未艾的超宽带（UWB）无线通信技术领域最有希望成为802.15.3a的PHY标准，提供高达500Mbit/s的超高传输速率。

4）TG4负责制定IEEE802.15.4，主要解决低电能消耗问题，以使电池寿命达到几个月甚至几年，它定位于低数据传输速率的应用设备，例如传感器、交互式玩具、智能交通、遥控和自动化等。这个任务组研究数据传输速率低于200kbit/s的现场设备应用。因此，本书中不区分IEEE802.15.1与蓝牙技术，即IEEE802.15.1与蓝牙技术具有相同含义。

2. 蓝牙协议栈组成

蓝牙协议栈结构如图7-26所示。蓝牙协议主要包括三个部分：蓝牙核心协议、蓝牙行规和蓝牙测试文档。蓝牙核心协议规定了蓝牙从无线层到最高应用层的具体要求和内容；蓝牙行规规定了某个具体应用在每个协议层次使用的具体功能和过程；蓝牙测试文档描述了蓝牙核心协议和蓝牙剖面实现的测试过程和方法，以保证不同厂家开发的产品与蓝牙规范一致，具有互操作性。

并不是所有应用程序都利用全部协议。相反，应用程序往往只利用协议栈中的某些部分，并且协议栈中的某些附加垂直协议子集恰恰是用于支持主要应用的服务，例如 TCS（语音控制规范）和 SDP（服务发现协议）等。实际上，图 7-26 所示结构描述的是当需要无线传输有效载荷时，利用其他协议服务过程中协议间的关系。这些协议应具有与其他协议之间的关联，例如，一些协议（如 L2CAP、TCS 二进制）当需要控制链路管理器时，可以使用 LMP（链路管理协议）。

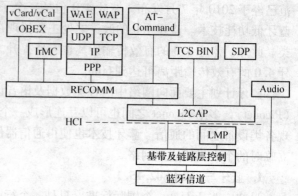

图 7-26　蓝牙协议栈结构

如图 7-26 所示，整个蓝牙协议栈包括蓝牙指定协议（LMP 和 L2CAP）和非蓝牙指定协议（如对象交换协议 OBEX 和用户数据报协议 UDP）。设计协议和协议栈的主要原则是尽可能利用现有的各种高层协议，保证现有协议与蓝牙技术的融合以及各种应用之间的互通性，充分利用兼容蓝牙技术规范的软、硬件系统。蓝牙技术规范的开放性保证了设备制造商可自由地选用其专有协议和公共协议，在蓝牙技术规范基础上开发新的应用。

蓝牙体系结构中的协议可分为 4 层。

- 核心协议：基带、LMP、L2CAP、SDP。
- 电缆替代协议：RFCOMM。
- 电话传送控制协议：TCS 二进制、AT 命令集。
- 可选协议：PPP、UDP/TCP/IP、OBEX、WAP、vCard/vCal、WAE。

除了上述协议外，规范还定义了主机控制器接口（HCI），为基带控制器、链路管理器、硬件状态和控制寄存器提供接口。在图 7-26 中，HCI 可以位于 L2CAP 的下层，也可位于 L2CAP 上层。蓝牙核心协议由 SIG 制定的蓝牙指定协议组成，绝大部分蓝牙设备都需要核心协议，而其他协议根据应用的需要而定。

（1）蓝牙核心协议

1）基带协议：基带和链路控制层确保微网内各蓝牙设备之间由射频构成物理连接。蓝牙的射频系统是一个跳频系统，任何一个分组都在指定时隙、指定频率上发送，使用查询和寻呼进程来使不同设备间的发送频率和时钟同步。基带数据分组提供两种物理连接方式：面向连接（SCO）和无连接（ACL）。而且在同一射频上可实现多路数据传送。ACL 适用于数据分组，SCO 适用于语音及数据/语音的组合，所有语音与数据分组都附有不同级别的前向纠错（FCC）和循环冗余校验（CRC），而且可进行加密。此外，不同数据类型都分配一个特殊通道。

可使用各种用户模式在蓝牙设备间传送语音，面向连接的语音分组只需要经过基带传输，而不到达 L2CAP。语音模式在蓝牙系统内相对简单，只需要开通语音连接，就可以传送语音。

2）链路管理协议（LMP）：链路管理协议负责蓝牙各设备间连接的建立和设置。通过连接的发起、交换、核实，进行身份验证和加密，通过协商确定基带数据分组大小。它还控制无线设备的节能模式和工作周期，以及微网内设备单元的连接状态。

3）逻辑链路控制与适配协议（L2CAP）：逻辑链路控制与适配协议是基带的上层协议，可以认为它与 LMP 并行工作。它们的区别在于当业务数据不经过 LMP 时，L2CAP 为上层提供服务。

面向连接的和面向无连接的数据服务时，采用多路复用技术、分段和重组技术。L2CAP 允许高层协议以 64kbit/s 收发数据分组。虽然基带协议提供了 SCO 和 ACL 两种连接类型，但是 L2CAP 只支持 ACL。

4）发现协议（SDP）：在蓝牙技术框架中服务发现协议起到至关重要的作用，是所有用户模式的基础。使用 SDP 可以查询到设备信息和服务类型，从而在蓝牙设备间建立相应的连接。

5）蓝牙网络封装协议（BNEP）：蓝牙网络封装协议是 2001 年 6 月由蓝牙 SIG 提出的一个全新的应用协议。它提供了构建蓝牙无线局域网的另一种应用模型，在这种解决方案中，网络层与 L2CAP 之间无需再插入 PPP 和 RFCOMM 层，而由 BNEP 完成从 IP 层到 L2CAP 层的映射。这种网络结构模型中，BNEP 不仅是 IP 层与 L2CAP 之间的数据通道，而且可向 L2CAP 层直接发出控制指令，通过这种方式实现蓝牙设备的组网功能。

（2）电缆替代协议

电缆替代协议（RFCOMM）是基于 TESI7.10 规范的串行仿真协议。"电缆替代"协议在蓝牙基带协议上仿真 RS-232 控制和数据信号，为使用串行线机制的上层协议（如 OBEX）提供服务。

（3）电话控制协议

电话控制协议（TCS 二进制或 TCS BIN）是面向比特的协议。它包括蓝牙设备间建立语音和数据呼叫的控制信令，以及蓝牙 TCS 设备群的移动管理进程。基于 ITU-TQ.931 建议的 TCS 二进制被指定为蓝牙的二元电话控制协议规范。

另外，SIG 还根据 ITU-TV.250 建议和 GSM07.07 定义了控制多用户模式下移动电话、调制解调器和可用于传真业务的 AT 命令集。

（4）选用协议

1）点对点协议（PPP）：在蓝牙技术中，PPP 位于 RFCOMM 上层，完成点对点的连接。

2）UDP/TCP/IP：UDP/TCP/IP 协议由工作任务组制定，广泛应用于互联网通信，在蓝牙设备中使用这些协议是为了与互联网连接的设备进行通信。

3）对象交换协议（OBEX）：IrOBEX（简称 OBEX）是由红外数据协会（IrDA）制定的会话层协议，采用简单、自发的方式交换对象。OBEX 是一种类似于 HTTP 的协议，这里假设传输层是可靠的，采用客户机/服务器模式，独立于传输机制和传输应用程序接口（API）。

4）电子名片交换格式（vCard）、电子日历及日程交换格式（vCal）都是开放性规范，没有定义传输机制，只是定义了数据传输模式。SIG 采用 vCard/vCal 规范是为了进一步促进个人信息交换。

5）无线应用协议（WAP）：无线应用协议是由无线应用协议论坛制定的，融合了各种广域无线网络技术，其目的是将互联网内容和电话业务传送到数字蜂窝电话和其他无线终端上。选用 WAP 可以充分利用为无线应用环境（WAE）开发的高层应用软件。

3. 蓝牙局域网

（1）自组织网络

蓝牙技术支持点到点或点到多点的语音、数据传输服务，使一组可移动的蓝牙设备共同形成一种自组织无线网络。蓝牙自组织网络分为微微网和散射网。

蓝牙微微网网络拓扑最多可以有 256 个蓝牙单元设备，其中只有一个蓝牙设备是主设备（Master）及 1 ~ 7 个激活的从设备（Slave），而其他设备则处于待机状态。当只有两个蓝牙设备进行交互时，为点到点通信；当有多个从设备时，网络拓扑为点到多点结构。蓝牙微微网网络拓扑结构如图 7-27 所示。

蓝牙技术支持几个互相独立且不同步的微微网以特定方式互连起来，构成一个分布式网络（Scatternet，又称为微微互联网或散射网），其结构示意图如图 7-28 所示。

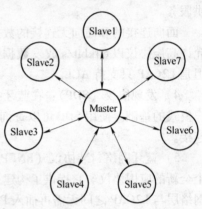

图 7-27　蓝牙微微网网络拓扑结构图

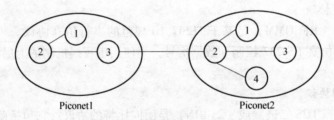

图 7-28　分布式网络结构示意图

（2）蓝牙接入网关

"蓝牙接入网关是蓝牙网络和其他网络（如 LAN、Internet 或 EPA 控制网络）之间进行互联的无线设备，具有相当于桥接器或路由器的功能，它可以是笔记本电脑、移动电话等。蓝牙设备可以连接到蓝牙接入网关，并通过蓝牙接入网关访问其他网络上的共享资源。"

蓝牙设备作为数据终端 DT（DataTerminal）或者蓝牙个域网客户端蓝牙设备（蓝牙设备用户）来访问蓝牙接入网关，蓝牙接入网关接入方式如图 7-29 所示，蓝牙接入网关为每一个所连接的蓝牙设备提供 LAN 或 Internet 网络服务。

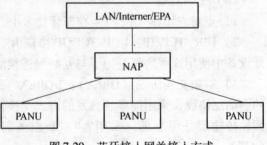

图 7-29　蓝牙接入网关接入方式

（3）蓝牙终端设备、蓝牙接入网关和对等网络组的关系

蓝牙设备的应用主要是将两个或者更多的蓝牙设备组成一个对等的自组网络（简称对等网，Adhoc），而且这些蓝牙设备能够通过一个网络接入点（蓝牙接入网关，Network Access Point）访问远程网络。因此，蓝牙设备可以是对等网络组（GN，Group Adhoc Networking）或个人局域网用户（Personal Area Network User，也称蓝牙终端设备）。蓝牙接入网关和对等网络组都具有转发数据的功能，蓝牙接入网关是一个传统的局域网数据接入点，而对等网络组则只能在一组蓝牙设备之间进行通信。也就是说，只有蓝牙接入网关、对等网络组和蓝牙终端设备之间能够互相通信，因为它们之间是主从关系，蓝牙终端设备只能作为从设备应用蓝牙接入网关或对等网络组的服务。

其实，蓝牙接入网关的作用相当于蓝牙网络和其他网络技术之间的网桥、代理服务器或者路由器。对于连接到接入点的设备来说，接入点的无线接收装置和主机控制器是通过总线直接连接到带接入点的网络平台设备上的。每个蓝牙接入网关都可以通过一定的技术（如 ISDN、Home PNA、Cellular 和 Cable Modem）去访问其他网络，于是蓝牙接入网关提供了这种服务并允许一个或多个设备进行访问。蓝牙接入网关的服务包括能够访问所有的局域网和共享资源。

对等网络组实际上相当于多个蓝牙设备组成的微微网。典型的对等网络组一般由一个主设备和最多 7 个被激活的从设备所组成，还可以有 200 多个处于休眠状态的从设备，主从设备间的通信方式取决于主设备是点对点还是点对多点的连接方式。对等网络组是一个设备齐全并且独立的组群网络，在这个组群网络中，设备间的互相通信不需要外界网络硬件的支持。

7.4.3　ZigBee 技术

1. ZigBee 技术概述

ZigBee 技术是一种具有统一技术标准的短距离无线通信技术，其物理层（PHY）和媒体访问控制层（MAC）协议为 IEEE802.15.4 协议，此协议与 ZigBee 的关系如图 7-30 所示，网络层以上协议由 ZigBee 技术联盟制定，应用层要根据用户自己的应用需要对其进行开发利用，因此该技术能够为用户提供机动、灵活的组网方式。

ZigBee 技术的特点突出在低功耗、低成本上，主要有以下几个方面。

1）低功耗：ZigBee 设备为低功耗设备，其发射输出为 0 ~ 3.6dBm，具有能量检测和链路质量指示能力，根据这些检测结果，设备可自动调整设备的发射功率，在保证链路质量的条件下，最小限度的消耗设备能量。在低耗电的待机模式下，2 节 5 号干电池可支持一个节点工作 6 ~ 24 个月，甚至更长。

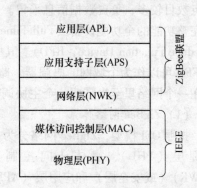

图 7-30　IEEE802.15.4 协议和 ZigBee 的关系

2）低成本：通过大幅简化协议（不到 Bluetooth 的 1/10），降低了对通信控制器的要求，按预测分析，以 8051 的 8 位微控制器测算，全功能的主节点需要 32KB 代码，子功能节点少至 4KB 代码，而且 ZigBee 免协议专利费。

3）低速率：ZigBee 工作在 20 ~ 250kbit/s 的较低速率，分别提供 250kbit/s（2.4GHz）、40kbit/s（915MHz）和 20kbit/s（868MHz）的原始数据吞吐率，满足低速率传输数据的应用需求。

4）近距离：传输范围一般介于 10～100m 之间，在增加 RF 发射功率后，也可增加到 1～3km。这指的是相邻节点间的距离。如果通过路由和节点间通信的接力，传输距离将可以更远。

5）短时延：ZigBee 的响应速度较快，一般从睡眠状态转入工作状态只需 15ms，节点连接进入网络只需 30ms，进一步节省了电能，相比较下，Wi-Fi 需要 3～10s，ZigBee 需要 3s。

6）高容量：ZigBee 可采用星状、树状和网状网络结构，由一个主节点管理若干子节点，最多一个主节点可管理 254 个子节点，同时主节点还可由上一层网络节点管理，最多可组成 65000 个节点的大型网络。

7）高安全：ZigBee 提供了三级安全模式，包括无安全设定、使用访问控制列表防止非法获取数据，以及采用高级加密标准（AES-128）的对称密钥，可以灵活确定其安全属性。

8）免执照频段：采用直接序列扩频方式工作在工业科学医疗（ISM）频段，此频段包括 2.4GHz（全球）、915MHz（美国）和 868MHz（欧洲）。

对于工业现场，无线数据传输必须是高可靠的，并能抵抗工业现场的各种电磁波干扰。ZigBee 技术使用网状网络拓扑结构、自动路由、动态组网、直接序列扩频等方式，正好满足了工业自动化控制现场的这种需要。可以说，ZigBee 技术是为了满足工业现场对低数据量、低成本、低功耗、高可靠性的无线数据通信的需求而提出的。由于 ZigBee 既可以进行点对点通信，也可以进行点对多点通信，同时还可以组建局域网，因而可以满足多种应用需求。ZigBee 技术可以是不同厂家生产的设备在没有电缆连接的情况下实现互连互通，这显然对改造传统的有线工业控制网络具有重要的实践意义和市场价值。

2. ZigBee 网络结构

利用 ZigBee 技术组建的是一种低数据传输速率的无线个域网，网络的基本成员称为"设备"（Device）。网络中的设备如果按照各自作用的不同，可以分为路由器节点、终端节点和协调器节点。路由器节点起到转发数据的作用，协调器是网络的中心控制阶段，而终端节点数目较多，负责数据信息采集。另外，网络中的设备按照具备功能的不同分为两类：具有完整功能的全功能设备（Full Function Device，FFD）和只具有部分功能的精简功能设备（Reduce Function Device，RFD）。其中 RFD 功能非常简单，可以用较低端的微控制器实现；而 FFD 可以作为个域网的协调器、路由器，功能较全，当然也可以作为终端设备使用。一般在一个网络里至少需要一个主协调器。

（1）ZigBee 网络体系

按照 OSI 模型，ZigBee 网络分为 4 层，从下向上分别为物理层（PHL）、媒体访问控制层（MAC）、网络层（NWK）（或安全层）和应用层（APL），如图 7-31 所示。

1）应用层：涵盖了服务（Service）的观念，所谓的服务，简单来看就是功能。包括 3 部分：与网络层连接的 APS（应用支持子层）、ZigBee 设备对象（ZDO）和装置应用行规。

图 7-31 ZigBee 网络分层

2）网络/安全层：确保 MAC 层的正确操作，提供合适的连接应用层的接口。包含两个服务入口：数据服务入口和管理入口。前者实现网络级协议数据单元、协议特定路由；后者实现配置一个新设备、启动一个网络、加入或离开网络、地址分配等。

3）媒体访问控制层：遵循 IEEE802.15.4 协议，负责设备间无线数据链路的建立、维护和结束，以及确认模式的数据传送和接收。通过选择时隙，实现低延迟传输；支持各种网络拓扑结构。在网络中每个设备采用 16 位地址寻址。

（2）ZigBee 网络拓扑

ZigBee 支持包含有主从设备的星形、树簇形和对等拓扑结构。虽然每一个 ZigBee 设备都有一个唯一的 64 位 IEEE 地址，并可以用这个地址在 PAN 中进行通信，但在从设备和网络协调器建立连接后会为它分配一个 16 位的短地址，此后可以用这个短地址在 PAN 内进行通信。64 位的 IEEE 地址是唯一的绝对地址，相当于计算机的 MAC 地址；而 16 位的短地址是相对地址，相当于 IP 地址。ZigBee 几种网络拓扑结构如图 7-32 所示。

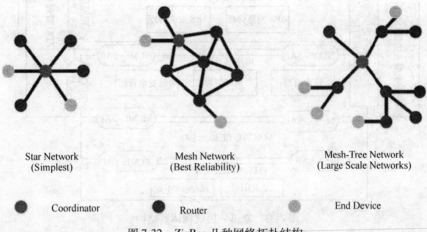

图 7-32　ZigBee 几种网络拓扑结构

星形网络中各节点彼此并不通信，所有信息都要通过协调器节点进行转发；树簇形网络中包括协调器节点、路由节点和终端节点，路由节点完成数据的路由功能，终端节点的信息一般要通过路由节点转发后才能到达协调器节点，同样协调器负责网络的管理；对等网络中节点间彼此互连互通，数据转发一般以多跳方式进行，每个节点都有转发功能，这是一种最复杂的网络结构。通常情况下星形网和树簇形网络是一点对多点，常用在短距离信息采集和监测等领域，而对于大面积监测，通常要通过对等网络来完成。

3. ZigBee 协议架构

ZigBee 协议栈体系结构如图 7-33 所示，协议栈的层和层之间通过服务接入点（SAP）进行通信。SAP 是某一特定层提供的服务与上层之间的接口。大多数层有两个接口：数据实体接口和管理实体接口。数据实体接口的目标是向上层提供所需的常规数据服务；管理实体接口的目标是向上层提供访问内部层参数、配置和管理数据的服务。

（1）物理层服务规范

物理层通过射频固件和硬件提供 MAC 层与物理无线信道之间的接口。从概念上说，物理层还应包括物理层管理实体（PLME），以提供调用物理层管理功能的管理服务接口；同时 PLME 还负责维护物理层 PAN 信息库（PHY PIB）。物理层通过物理层数据服务接入点（PD-SAP）提供物理层数据服务；通过物理层管理实体服务接入点（PLME-SAP）提供物理层管理服务。

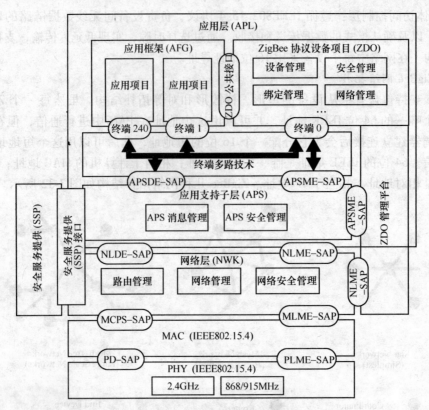

图 7-33　ZigBee 协议栈体系结构

（2）MAC 层服务规范

MAC 层提供特定服务会聚子层（SSCS）和物理层之间的接口。从概念上说，MAC 层还应包括 MAC 层管理实体（MLME），以提供调用 MAC 层管理功能的管理服务接口；同时 MLME 还负责维护 MAC PAN 信息库（MAC PIB）。MAC 层通过 MAC 公共部分子层（MCPS）的数据 SAP（MCPS-SAP）提供 MAC 数据服务；通过 MLME-SAP 提供 MAC 管理服务。这两种服务通过物理层 PD-SAP 和 PLME-SAP 提供了 SSCS 和 PHY 之间的接口。除了这些外部接口外，MCPS 和 MLME 之间还隐含了一个内部接口，用于 MLME 调用 MAC 数据服务。

（3）应用层规范

ZigBee 应用层包括 APS 子层、ZDO（包括 ZDO 管理平台）和厂商定义的应用对象。APS 提供了 NWK 和 APL 之间的接口，功能是通过 ZDO 和厂商定义的应用对象都可以使用的一组服务来实现。数据和管理实体分别由 APSDE-SAP 和 APSME-SAP 提供。APSDE 提供的数据传输服务在同一网络的两个或多个设备之间传输应用层 PDU；APSME 提供设备发现和绑定服务，并维护管理对象数据库——APS 信息库（AIB）。

（4）网络层规范

网络层应提供保证 IEEE802.15.4MAC 层正确工作的能力，并为应用层提供合适的服务接口。数据和管理实体分别由 NLDE-SAP 和 NLME-SAP 提供。具体来说，NLDE 提供的服务一是在应用支持子层 PDU 基础上添加适当的协议头产生网络协议数据单元（NP-

DU），二是根据路由拓扑，把 NPDU 发送到通信链路的目的地址设备或通信链路的下一跳。而 NLME 提供的服务包括配置新设备、创建新网络、设备请求加入/离开网络和 Zig-Bee 协调器或路由器请求设备离开网络、寻址、近邻发现、路由发现、接收控制等。网络层的数据和管理服务由 MCPS-SAP 和 MLME-SAP 提供了应用层 MAC 子层之间的接口。除了这些外部接口，在 NWK 内部 NLME 和 NLDE 之间还有一个同隐含接口，允许 NLME 使用 NWK 数据服务。

4. ZigBee 技术应用

ZigBee 技术是一种短距离、低复杂度、低功耗、低数据速率、低成本的双向无线通信网络技术，在工业控制、无线传感器网络、智能交通系统、智能建筑等领域均有用武之地。这里以 MaxStream 公司的无线模块芯片 The XBee PRO RF Modules 为例，介绍 ZigBee 技术的应用。

MaxStream 公司的无线模块芯片 The XBee PRO RF Modules 面向 IEEE802.15.4 标准设计，支持低成本、低功耗的无线传感器网络的应用需要，利用它可以简单地实现 ZigBee 数据接收和发送的功能。无线模块芯片 The XBee PRO RF Modules 如图 7-34 所示。

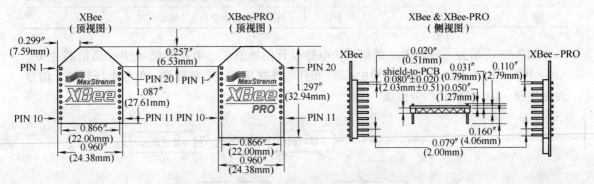

图 7-34 无线模块芯片 The XBee PRO RF Modules

无线模块芯片 The XBee PRO RF Modules 为 20 针引脚芯片，引脚功能见表 7-6。由于该芯片对 ZigBee 标准的高集成度，实现最基本的数据接收/发送功能只需要连接 VCC、GND、DIN、DOUT、RTS 和 DTR 引脚。在设计电路时还应注意，信号的 I/O 方向是针对 ZigBee 芯片来说的，即设计的电路要发送的数据引脚应连接 ZigBee 芯片的 DIN 引脚；未使用的引脚必须悬空。

表 7-6　ZigBee 芯片引脚功能

编　号	功　能	方　向	注　释
1	VCC	—	3V 直流供电
2	DOUT	O	通信数据输出
3	DIN	I	通信数据输入
4	DO8	O	输出引脚
5	RESET	I	芯片重启
6	PWM/RSS	O	接收信号强度输出
7	保留	—	悬空

（续）

编　号	功　能	方　向	注　释
8	保留	—	悬空
9	DTR/SLEEP/DI8	I	睡眠控制引脚/数字输入引脚
10	GND	—	地
11	AD4/DIO4	I/O	模拟量输出/数字量 I 输入输出引脚
12	CTS/DIO7	I/O	发送准备状态引脚/数字输入输出引脚
13	ON/SLEEP	O	工作状态检测引脚
14	VREF	I	输入电压比较引脚
15	ASSOCIATE/AD5/DIO5	I/O	模拟量输入/数字量输入输出引脚
16	RTS/AD6/DIO6	I/O	请求发送/模拟输入/数字输入输出引脚
17	AD3/DIO3	I/O	模拟量输入/数字量输入输出引脚
18	AD2/DIO2	I/O	模拟量输入/数字量输入输出引脚
19	AD1/DIO1	I/O	模拟量输入/数字量输入输出引脚
20	AD0/DIO0	I/O	模拟量输入/数字量输入输出引脚

图 7-35 所示为一种 ZigBee 通信模块电路设计的示意图。电路围绕 ZigBee 通信芯片 The XBee-PRO RF Modules 设计，主要由 CPU 和并联外挂接口、电源转换、信号电压转换、信号强度比较、I/O 接口几部分组成。

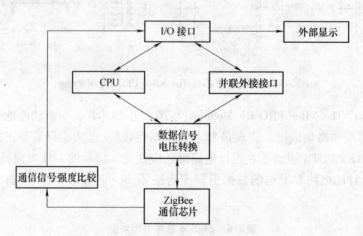

图 7-35　ZigBee 通信模块电路设计示意图

其中 CPU 采用 AT89C2051，为满足不同的 ZigBee 通信功能的需求，将 CPU 接口与外挂接口并联，并提供多个 I/O 外接接口，可实现不同的使用功能。由于 ZigBee 芯片的 RXD 和 TXD 引脚电压是 0～3.3V，而 AT89C2051 的 TXD 和 RXD 引脚电压是 0～5V，因此需要使用 74LVX4245 信号电压转换芯片。同时，使用电压比较器 MV339I 进行信号强度的处理。

习题与思考题

7-1 请详细说明如何利用 8255 的 I/O 口实现并行通信。

7-2 编程实现 DS1609 的总线时序。

7-3 请列举异步串行通信方式下的同步机制。

7-4 请设计一个基于 RS-485 的单片机串行通信接口。

7-5 请编写一个实现 PC 串口通信基本功能的 C 语言程序。

7-6 请举出几种有影响的现场总线技术，并列举控制系统的组成方式。

7-7 请说明 CAN 总线通信媒体的访问控制方式。

7-8 请设计一个基于 CAN 总线的简单网络。

7-9 请对比几种无线通信技术，说明它们的优缺点。

7-10 请简单说明 ZigBee 的网络分层。

7-11 请查阅相关材料，举例说明一种 ZigBee 在实际中的应用。

第8章 数据记录与转储技术

智能仪器仪表和传统仪表相比，最大的优势就是智能性，即在监测被测系统的同时可对数据进行记录分析和处理，如飞机的"黑匣子"、火车的"列车运行安全监控记录仪"、"机车录音装置"、"机车状态诊断记录装置"、"机车轴承温度监测报警装置"等。

记录与转储适用于安全监控、事故分析处理、状态诊断、统计分析等。

本章将从车载记录压缩算法和数据转储技术两方面加以论述。

8.1 数据记录压缩算法

数据记录首先应选取合适的记录介质，在不同环境下选取不同的存储介质，同时还要设计较优的压缩算法，以便在有限的介质容量下记录尽可能多的数据信息。下面介绍常用存储介质和压缩算法。

8.1.1 数据记录存储介质

数据记录内容通常以数字化数据为主，包括一般的数字化数据、图像、声音等。

存储的介质因应用的场合和数据的大小不同存在差异。地面数据记录和存储的介质有：硬盘、光盘、U盘、磁带等；随机数据记录和存储的介质有：一般RAM、ROM、NVRAM、E^2PROM、FlashRAM、IC卡、SD卡、大容量语音芯片等。

具体芯片如下：

6264、2764、27128、28FS010、S8FS040、AT49F1614（16M）、EEPROM AT17C020/A（2M）等；AD45D041（IC卡）；AT24C256/512（I^2C总线接口E^2PROM）；4003系列的语音芯片等。

本节重点介绍一种典型的FLASHRAM和SD卡芯片。

1. FlASHRAM

闪存是E^2PROM（电可擦除程序存储器）的一种，它使用浮动栅晶体管作为基本存储单元实现非易失存储，不需要特殊设备和方式即可实现实时擦写。闪存采用与CMOS工艺兼容的加工工艺，随着集成电路工艺技术的发展，闪存内部电路密度越来越大，每个晶体管的存储字节数也越来越多，从而使闪存的容量不断增大。近几年各种形式的基于闪存的存储设备如雨后春笋般诞生，它们的外形结构丰富多彩，尺寸越来越小，容量越来越大，接口方式越来越灵活。下面以三星公司的一款型号为K9F1208UOB的NAND-FlASH芯片为例来介绍FlASHRAM。

（1）组成结构及指令集

K9F1208UOB容量为64M字节，存储空间按128K页（行）、每页528个字节（列）排列，备用的16列位于列地址的512~527。K9F1208UOB还将存储空间分为块（BLOCK），每一块由32个页构成，一共有4096个块。这种"块-页"结构，恰好满足文件系统中划分簇和扇区的

结构要求。K9F1208UOB 的内部结构
如图 8-1 所示。

K9F1208UOB 的读和写都以页
为单位，擦除则以块为单位进行
操作。

K9F1208UOB 的地址通过 8 位
端口传送，有效地节省了引脚的数
量，并能够保持不同密度器件引脚
的一致性，系统可以在电路不做改
动的情况下升级为高容量存储
器件。

K9F1208UOB 通过 CLE 和 ALE
信号线实现 I/O 口上指令和地址的复

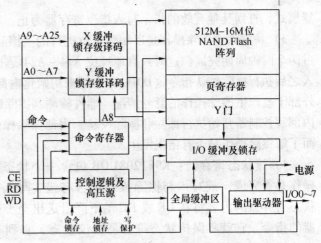

图 8-1　K9F1208UOB 的内部结构

用。指令、地址和数据都通过拉低 WE 和 CE 从 I/O 口写入器件中。有些指令只需要一个总
线周期完成，例如复位指令、读指令和状态读指令等；另外一些指令，例如页写入和块擦
除，则需要两个周期，其中一个周期用来启动，而另一个周期用来执行。

（2）FlASHRAM 操作

1）页读操作：在初始上电时，器件进入默认的"读方式 1 模式"。在这一模式下，页
读操作通过将 00h 指令写入指令寄存器，接着写入 3 个地址（1 个列地址，2 个行地址）来
启动。一旦页读指令被器件锁存，下面的页读操作就不需要再重复写入指令了。

写入指令和地址后，处理器可以通过对信号线 R/B 的分析来判断该操作是否完成。若
信号为低电平，则表示器件正"忙"；若信号为高电平，则说明器件内部操作完成，要读取
的数据已被送入数据寄存器。外部控制器可以在以 50ns 为周期的连续 RE 脉冲信号的控制
下，从 I/O 口依次读出数据。连续页读操作中，输出的数据是从指定的列地址开始，直到该
页最后一个列地址的数据为止。

2）页写操作：K9F1208UOB 的写入操作也以页为单位，写入必须在擦除之后，否则写
入将出错。

页写入周期总共包括 3 个步骤：写入串行数据输入指令（80H），然后写入 3 个字节的
地址信息，最后串行写入数据。串行写入的数据最多为 528 字节，它们首先被写入器件内的
页寄存器，接着器件进入一个内部写入过程，将数据从页寄存器写入存储单元。

串行数据写入完成后，需要写入"页写入确认"指令（10H），这条指令将初始化器件
的内部写入操作。如果单独写入 10H 而没有前面的步骤，则 10H 不起作用。10H 写入之后，
K9F1208UOB 的内部写控制器将自动执行内部写入和校验中必要的算法与时序，这时系统控
制器就可以去做别的事了。

内部写入操作开始后，器件自动进入"读状态寄存器"模式。在这一模式下，当 RE 和
CE 为低电平时，系统可以读取状态寄存器。可以通过检测 R/B 的输出，或读状态寄存器的
状态位（bit6）来判断内部写入是否结束。在器件进行内部写入操作时，只有读状态寄存器
指令和复位指令会被响应。当页写入操作完成，应该检测写状态位（bit0）的电平。

内部写校验只对没有成功地写为 0 的情况进行检测。指令寄存器始终保持着读状态寄存

器模式，直到其他有效的指令写入指令寄存器为止。

3）块擦除：擦除操作是以块为单位进行的。擦除的启动指令为 60H，块地址的输入通过两个时钟周期完成。这时只有地址位 A14 ~ A24 是有效的，A9 ~ A13 则被忽略。块地址载入之后执行擦除确认指令（D0H），它用来初始化内部擦除操作。擦除确认命令还用来防止外部干扰产生擦除操作的意外情况。器件检测到擦除确认命令输入后，在 WE 的上升沿启动内部写控制器开始执行擦除和擦除校验。内部擦除操作完成后，检测写状态位（Bit 0），从而了解擦除操作是否有错误发生。

4）读状态寄存器：K9F1208UOB 包含一个状态寄存器，该寄存器反映了写入与擦除操作是否完成，或写入与擦除操作是否有错。写入 70H 指令，启动读状态寄存器周期。状态寄存器的内容将在 CE 或 RE 的下降沿送出至 I/O 端口。器件一旦接收到读状态寄存器的指令，它就将保持状态寄存器在读状态，直到有其他的指令输入。因此，如果在任意读操作中采用了状态寄存器读操作，则在连续页读的过程中，必须重发 00H 或 50H 指令。

5）读器件 ID：K9F1208UOB 器件具有一个产品鉴定识别码（ID），系统控制器可以读出这个 ID，从而起到识别器件的作用。读 ID 的步骤是：写入 90H 指令，然后写入一个地址 00H。在两个读周期下，厂商代码和器件代码将被连续输出至 I/O 口。一旦进入这种命令模式，器件将保持这种命令状态，直到接收到其他的指令为止。

6）复位：器件提供一个复位（RESET）指令，通过向指令寄存器写入 FFH 来完成对器件的复位。当器件处于任意读模式、写入或擦除模式的忙状态时，发送复位指令可以使器件中止当前的操作，正在被修改的存储器宏单元的内容不再有效，指令寄存器被清零并等待下一条指令的到来。当 WP 为高时，状态寄存器被清为 C0H。

（3）硬件连接

硬件连接以列车制动信息同步采集与记录分析系统中的数据记录单元为例。该系统就是采用 K9F1208UOB 进行存储，由于芯片的工作电压为 3.3V，而 CPU 的工作电压为 5V，因此通过 74LVC4245 电平变换芯片对数据及控制总线进行电平变换，其电路如图 8-2 所示。

2. SD 卡

SD 卡（Secure Digital Memory Card）中文翻译为安全数码卡，是一种基于半导体快闪记忆器的新一代记忆设备，被广泛应用于数码相机、个人数码助理（PDA）和多媒体播放器等便携式装置上。SD 卡由日本松下、东芝及美国 SanDisk 公司于 1999 年 8 月共同开发研制。大小犹如一张邮票的 SD 记忆卡，质量只有 2g，但却拥有高记忆容量、快速数据传输率、极大的移动灵活性及很好的安全性。

（1）速率等级

SD 卡提供不同的速率，它是按 CD-ROM 的 150kByte/s 为 1 倍速的速率来计算的。基本上，它们能够比标准 CD-ROM 的传输速率快 6 倍（900kByte/s），而高速 SD 卡更能传输 66 ×（10 MByte/s）及 133 ×或更高的速率。

（2）SD 卡的使用

SD 卡应用于以下手提数码装置：

• 数码相机储存相片及短片；

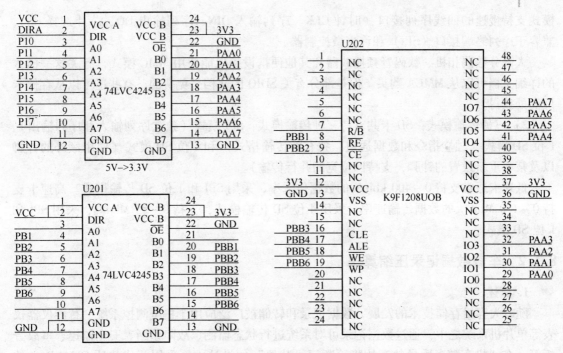

图 8-2　存储记录电路原理图

- 数码摄录机储存相片及短片;
- 个人数码助理(PDA)储存各类资料;
- 手提电话储存相片、铃声、音乐、短片等资料;
- 多媒体播放器。

(3)覆写保护开关

在 SD 卡上通常有一个覆写保护开关,当覆写保护开关拔下时,SD 卡将受到覆写保护,资料只能阅读。当覆写保护开关在上面位置,便可以覆写资料。由于这种保护开关是选择性的,有些品牌的 SD 卡没有此开关。

覆写保护开关的原理与卡式录音带、VHS 录像带、电脑磁片上的覆写保护类似。关闭状态表示可覆写,而开启状态表示被保护。

(4)开放标准

与其他存储卡格式一样,SD 卡也有众多的专利和注册商标保护,只能由安全数字卡联盟进行授权。安全数字卡联盟现在的授权协议并不允许开放源代码的 SD 驱动程序,这种状况产生了很多关于开放源代码和免费软件的争论。通行的做法是开发一个开放源代码的外壳,但核心是针对特定平台的封闭源代码 SD 驱动程序,这种做法与期望的开放标准差异太大。

这说明 SD 卡的开放度比 CF 卡或闪存低,上述两种格式几乎免费,仅需要使用联盟标志和注册商标的授权费。但比 XD 卡或记忆棒的开放度高得多,这两种格式根本不提供公开文档支持。

(5)技术说明

1)慢速的四线序列接口:所有 SD 和 SDIO 卡都必须支持较老的 SPI/MMC 模式。这个模式支持慢速的四线序列接口（时钟 CLK、序列输入 DIN、序列输出 DO、芯片选择 CS），兼容于序列终端接口（SPI）和许多微控制器。

大部分数码相机、数码音频播放器和其他便携设备仅能使用 MMC 模式，有关这一模式的详细文档可以从 MMCA 购买。但是部分有关 SDIO 的文档是免费的，有些还可以从存储卡厂商处获得。

2）三种传输模式：SD 卡共支持三种传输模式：SPI 模式（独立序列输入和序列输出）、1 位 SD 模式（独立指令和数据通道，独有的传输格式）和 4 位 SD 模式（使用额外的针脚以及某些重新设置的针脚，支持四位宽的并行传输）。

低速卡通常支持 0～400 kbit/s 的数据传输率，采用 SPI 和 1 位 SD 传输模式。高速卡支持 0～100 Mbit/s 的数据传输速率，采用 4 位 SD 传输模式；支持 0～25 Mbit/s，采用 SPI 和 1 位 SD 模式。

8.1.2 车载数据记录压缩算法

1. 概述

随着大容量存储技术的发展，数据记录和转储被广泛应用于机电测控系统、智能仪器仪表等单片机系统之中，通过数据记录可对系统进行状态监测、故障诊断、安全监控、事故分析等。在"机车随车质量状态故障诊断记录装置"的设计中，采用两片共计 1024KByte 的 FLASHRAM 28SF040，对机车运用中的司机号、车号、车次号、起始站、终止站、牵引质量、出退勤时间等缓变信息的记录，以及机车质量状态故障监测诊断的 32 路实时数据信息以 16 位精度每 5s 的实时记录。为了满足连续记录 50h 以上的实际需求，提出了缓变系统信息和实时数据信息分区存储的方案，对系统信息采用了定长非压缩算法，对实时数据信息采用了非定长的行间压缩算法；并对数据记录信息进行了长度校核，同时对数据进行了 CRC 校验。

本节详细论述缓变系统信息和实时测控数据信息分区存储的方案，对系统信息采用定长非压缩算法，同时对数据信息采用非定长的行间压缩算法，并将此方案成功地运用在"机车随车质量状态故障诊断记录装置"中，满足装置利用 1024KByte 的存储空间，以 16 位精度每隔 5s 记录一次 32 路实时参数变化及大量系统信息，且连续记录时间大于 50h 的要求。

2. 车载数据记录内容及各参数记录频度分析

机车随车质量状态诊断记录仪需要记录的运用信息内容包括：车号（0～9999）、司机代码号（0～99999）、车次号（0～99999）、起始站代码（0～999）、终止站代码（0～999）、牵引质量（0～9999），共计 14Byte。

实时状态参数包括：年、月、日、时、分、秒，6Byte，以及柴油机转速、主电流、6 个分电流、电压、轴温、油水温度、总管温度、增压压力、进回油（油耗）、马达转速、火情报警等 32 路实时参数，各 2Byte。共计 6Byte + 2 × 32Byte = 70Byte。

机车运用信息，其记录的频度是非常低的，大约每 10h 记录一次，记录的条件为系统上电、司机参数输入，即输入新的车号、司机代码等。

机车实时状态参数，记录频度为每 5s 全部记录一次。但 32 路实时参数中，每次最多只有 1/4，即 8 个左右的量满足记录变化条件，且进回油参数必须每 5s 记录一次。

3. 几种常用数据记录算法分析

(1) 非分区非压缩算法

非分区非压缩算法的记录模式如图 8-3 所示。

第0条记录

年月日时分秒 (6Byte)	系统信息 (共计 14Byte)	数据信息 (共计 64Byte)

第1条记录

年月日时分秒 (6Byte)	系统信息 (共计 14Byte)	数据信息 (共计 64Byte)

⋮

第n条记录

年月日时分秒 (6Byte)	系统信息 (共计 14Byte)	数据信息 (共计 64Byte)

图 8-3 非分区非压缩算法的记录模式

通过以上分析，如果将全部参数不采用任何压缩记录算法，则每 5s 记录的数据长度将达 $6\text{Byte} + 14\text{Byte} + 64\text{Byte} = 84\text{Byte}$。这样全部 1024KByte 的记录容量只能记录

$$1024\text{KByte} \div 84\text{Byte} = 1024 \times 1024 \div 84 = 12483 \text{ 次}$$

记录时间为

$$12483 \times 5\text{s} = 62415\text{s} = 1040\text{min} = 17\text{h}$$

(2) 分区非压缩算法

将系统 1024KByte 的存储空间分成：0 ~ 63 页，每页 16KByte 的分区存储格式。将机车运用信息 14Byte 和上电时间或司机输入参数时间及其他系统参数，如报警门限、标定系数、DS1820/B20 传感器代码等记录在系统的 0 ~ 63 页的 0 页，共计 16KByte 的空间，因为系统信息只有在上电、复位和参数输入时才需要记录，所以 16KByte 的系统记录区无需任何压缩算法将足以满足系统的使用。

系统分区的 0 页区为系统信息存储区，1 ~ 63 页为数据信息存储区，如果数据记录不采用压缩的算法，则每 5s 需要 70Byte 的存储空间，这样存储次数为

$$63 \times 16\text{KByte} \div 70\text{Byte} = 14745 \text{ 次}$$

记录时间为

$$14745 \times 5\text{s} = 73725\text{s} = 20\text{h}$$

(3) 分区压缩算法

采用和分区非压缩一样的分区方法，即将系统 1024KByte 的空间分区为 0 页 ~ 63 页区，每页 16KByte，第 0 页区用于存储系统信息如图 8-4 所示，第 1 ~ 63 页区存储数据信息如图 8-5 所示。

通过分区非压缩的分析，系统存储区的 16KByte 足以满足需要，关键在于数据信息的存储算法，对图 8-4 和图 8-5 的分析，可以分析出如下信息：

第0条系统信息

年月日时分秒 (6Byte)	系统信息 (共计 14Byte)

第1条系统信息

年月日时分秒 (6Byte)	系统信息 (共计 14Byte)

⋮

第n条系统信息

年月日时分秒 (6Byte)	系统信息 (共计 14Byte)

图 8-4 第 0 页系统信息的记录模式

　　1）系统信息的记录和数据信息的记录均需要记录时间信息。

　　2）数据信息记录的时间信息在系统信息不变的情况下，记录时间间隔固定为5s。

　　3）数据信息记录参数在数据不变的情况下重复记录相同的数值。

　　通过以上分析，我们可以取消数据信息记录中的时间信息，取消之后，只需要在记录系统信息的同时，在系统记录中记录下数据信息的起始页区和起始地址，这样就可以通过系统信息定位数据信息的起始记录位置和时间，以后每条记录的时间间隔为5s，记录模式如图8-6所示。

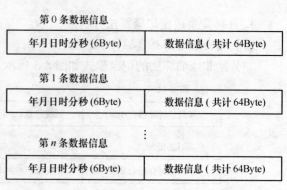

图8-5　第1~63页数据信息非压缩的记录模式

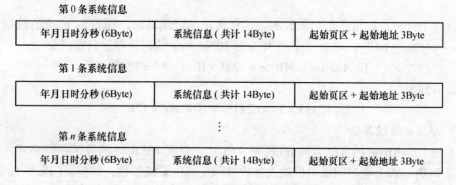

图8-6　第0页系统信息包含数据信息的起始地址记录模式

　　通过一个32位的标记信息，标记每个数据信息的变化与否，如果某一数据没有发生变化，标记为0，变化则标记为1，同时记录下变化后的数值。

　　如图8-7所示，如D0代表柴油机转速，当D0＝0时，表示当前记录中的柴油机转速和上次的相同，此次无需记录柴油机转速值；当D0＝1时，表示柴油机转速发生了变化，则需要记录一次柴油机转速。

D31　　　　　　　　　　　　　　　　　　　D8 D7 D6 D5 D4 D3 D2 D1 D0

Dn—第n号参数和上次不同/相同
4Byte=32bit，D0~D31，分别对应第0号~第31号参数

图8-7　4字节的标记对应关系图

　　例如，司机号为1234的司机，2001年2月12日11时54分30秒上车，系统记录区中记录一条系统信息，其中记录下此时数据记录区中的起始页区号（1Byte，第1~63个16KByte，假设为第30页）和起始地址（2Byte，在当前页区16KByte的地址，假设起始地址为2E5FH）。他出乘时的第一条记录从第30页的2E5FH开始必须记录全部32路参数的初始值，其32路的标记单位全部为1。5s后，第1号参数和第5、7号参数发生了变化，需要

记录，则记录标记中只有的 D1 = 1、D5 = 1、D7 = 1，其他各位为 0，随后依次记录第 1 号参数和第 5、7 号参数各 2Byte 的数值。记录格式如图 8-8 所示。

1234 号司机出乘时系统信息的记录内容　记录长度固定 23Byte

年月日时分秒 (6Byte)	系统信息 (共计 14Byte)	起始页区 + 起始地址 3Byte

01 02 12 11 54 30　　　　　　1234…　　　　　　　　1DH(页) 2E5FH(页内地址)

1234 号司机的从第 1DH 页的 2E5FH 地址开始记录的第 1 条记录格式　共计 71Byte

FFFFH 的数据记录块首	4Byte 的变化标记	变化的数据各 2Byte	CRC

FFFFH 固定为 2Byte　　11111111111111111111111111111111　　32 参数×2Byte=64Byte

第 2 条记录格式　共计 13Byte

FFFFH 的数据记录块首	4Byte 的变化标记	变化的数据各 2Byte	CRC

FFFFH 固定为 2Byte　　00000000000000000000000010100010　　1、5、7 号参数各 2Byte

图 8-8　分区压缩算法中的系统信息和数据信息存储格式

（4）非分区定长压缩记录算法

在机车轴温监测报警装置中，采用了非分区定长数据记录算法，即系统信息和数据信息记录帧长度全部为 7Byte，有关详细内容见 IC 卡转储技术举例。

1）系统时间记录：时间记录用于记录开机（复位）、关机、调整时钟等事件，记录结构为

标志、年、月、日、时、分、秒

标志字节定义：

B0H：开机标志；

B1H：调整标志，后面的时间为调整值；

B2H：关机标志。

2）数据状态记录：用于记录对应轴位、温度值（传感器状态及对应的起始时间）。记录条件为：上电时全部记录一遍初始值、每路变化 2℃记录一次、开路及短路时。记录结构为

轴位、温度值、符号位、日、时、分、秒

轴位定义：

10、20（环境温度 1、2）；

11 ~ 16，21 ~ 26，61 ~ 66（机车轴位）；

温度值：传感器温度值源码（未经处理）；

符号位：

FxH，表示温度值为负；

0xH，表示温度值为正；

C0H，传感器开路；

CCH, 传感器短路;

其他, 未知信息 (温度值出错)。

4. 分区压缩算法的解压缩算法

以图 8-6 为例说明分区压缩算法的解压缩算法。

装置通过数据转储进入 PC 数据分析处理系统后, 根据前述的分区压缩算法, 分析系统首先在第 0 页中, 依次以 23Byte 为一条系统记录, 分别读取各司机出乘时的起始时间、系统信息以及对应数据记录区的起始页区和起始地址, 然后到对应位置读取第一条数据信息, 首先读取 2Byte 的 FFFFH 记录块首, 然后第 1 条信息中 4Byte 的数据变化标记信息判定当前记录中对应参数的变化记录情况, 并在标记之后依次读取对应变化参数的各 2Byte, 接着读取第 1 记录的 CRC 校验码 1Byte。

依照以上方法, 依次读取数据记录区的第 2 条数据记录, 没有变化的参数值依然等于第 1 条记录对应的参数值。第 1 条记录的记录时间为系统记录中的时间, 第 2 条记录的时间等于第 1 记录时间 +5s, 依次类推, 分别读取以下数据记录, 并计算出记录的时间。

(1) 数据记录长度校验

在数据记录中增加了固定的 2Byte 的 FFFFH, 同时在参数记录中限定记录的参数值不大于 0FFFFH, 这样, 当读取 4Byte 参数变化标记时, 假定有 n 个参数变化记录, 则在 4Byte 的参数变化标记之后应该正好有 n 个非 0FFFFH 的参数值, 多于 n 或小于 n 都认为此记录有误, 此记录的全部参数和上一条记录相同, 时间上加 5s。

(2) 数据记录 CRC 校验

数据压缩记录时, 从 0FFFFH 块首开始到最后一个变化参数的记录数据采用 8bit 的 CRC 校验算法, 如图 8-9 所示。

$$CRC = X^8 + X^5 + X^4 + 1$$

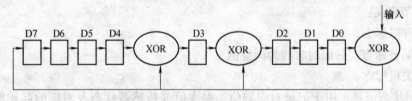

图 8-9 CRC 校验码生成的示意图

5. 数据地面处理

地面数据处理首先需要对车载记录数据进行读取和存储, 建立数据库, 数据库可采用 Access、Visual Fox (DBASE 系列)、Oracle、SYBASE 等。

数据的分析和处理的主要功能包括

- 数据的数字化显示;
- 数据的图形化显示;
- 数据分析和统计, 故障诊断等;
- 数据报表和打印。

6. 小节

基于分区压缩算法, 在机车随车质量状态诊断记录装置中, 数据记录区无需记录时间,记录参数也采用了压缩记录的算法，在 32 个参数中每 5s 平均最多只有 8 个参数发生变化，需要记录则记录，则平均每条数据记录的长度为 23Byte，因此，第 1 页 ~ 第 63 页的数据记录可以存储的记录条数为

$$63 \times 16\text{KByte} \div 23\text{Byte} = 44877 \text{ 次}$$

连续记录时间为

$$44877 \times 5s = 224385s = 62h$$

连续记录 62h，满足了装置连续记录 50h 的要求，且系统采用了记录长度校核算法及较为严格的 CRC 校验算法，提高了装置记录数据的可靠性，该装置已通过郑州铁路局技术鉴定，该装置在一年半的装车实际运用中，记录可靠，由于机车每天实际运行时间小于 15h，且每条记录平均变化数小于假定的 8 个，因此，实际记录时间为 6 ~ 7 天。

8.2 数据转储技术

记录于车载装置中的数据可以通过多种方式进行数据的转储，常用的方式有：通过 PC（尤其是便携机）的串口直接进行数据转储；通过 IC 卡进行数据转储，通过 USB 进行数据转储等，通道的选取常有接触式和非接触式（如红外、射频等）两种。

8.2.1 串行口转储技术

在车载记录主机上扩展 RS232 口，通过 PC（尤其是便携机）的 COM 串口直接和主机引出的 RS232 口相接，PC 发送需要转储数据的起始地址和字节数，车载主机收到命令后，将指定地址的数据连续发送给 PC 即可。此转储技术是一个典型的 PC 和单片机之间的双机通信过程，有关硬件和软件控制参见相关章节。下面以机车随车质量状态诊断记录装置为例来进行说明。

车载主机数据存储器共计 1024KByte，分为第 0 页 ~ 第 63 页，每页 16KByte 的数据，例如 PC 需要转储车载第 5 页数据，只需要简单地发送一个字节的数据 05H 给车载主机即可，车载主机接收到 05H 后，将第 5 页的 16KByte 数据连续发送给 PC，如果在规定的时间内不能正确地接收到规定的数据内容，PC 可以再次发送 05H 给车载主机，如果数据校验正确，则接着发送下一页的页码号 06H……

1. 串行转储单片机例程

串行口中断服务子程序的基本功能包括

1）接收 PC 发送的时钟、报警门限、标定系数、传感器代号等初始化数据及转储数据的页号代码等。

2）如果接收到 PC 发送的转储页号命令，则进行连续的数据转储。

3）如果不是在数据转储状态下，则每隔 5s 通过串口向外发送全部的实时采集参数和部分系统信息一次。

```
SERINT：PUSHF
        DI
        CLRB   TEMP
RDAGA：LDB SPTEMP,SPSTAT
```

```
        ORB TEMP,SPTEMP
        ANDB    SPTEMP,#60H
        JNE     RDAGA
        JBS     TEMP,6,RECEIVE
        JBS     TEMP,5,TO_TRANS
        SJMP    SEROUT
TO_TRANS:SJMP   TRANS
;
RECEIVE:LDB     CDATA,SBUF
;
        CMP SETCLK,#0'        ; SETCLK < >0，则连续7Byte 为 PC 发送给 UP 的系统时钟
        JE      PD_CLK
;
        LDB     TEMP,SERTXBJ[0]
        CMPB    TEMP,#200               ;200 SETCLK
        JE      REC_CLK
        CMPB    TEMP,#202
        JE      TO_ALERT
        CMPB    TEMP,#201
        JE      TO_MARK
        CMPB    TEMP,#204               ;204 RECEIVE CODE OF T
        JE      TO_CODE
        SJMP    SEROUT
TO_ALERT:SJMP REC_ALERT
TO_MARK:SJMP    REC_MARK
TO_CODE:SJMP    REC_CODE;
PD_CLK: CMPB    CDATA,#203      ; 接收标记为 203，则全部清除系统的 FLASHRAM
        JNE     PD_SETC
        LDB     BH_F,#0BBH      ; 5FFFH＝0BBH，则全部清除系统的 FLASHRAM
        STB     BH_F,5FFFH[0]
        CLR     SDFW
        CLR     SJHAOBJ
        RST
;
PD_SETC:CMPBCDATA,#200          ; 接收标记为 200，则以下 7Byte 为修改系统时钟
        JNE     PD_ALERT
        LD      SETCLK,#DZ_CLK
        LDB     TEMP,#200
        STB     TEMP,SERTXBJ[0]
```

```
              SJMP   SEROUT;
PD_ALERT:CMPB   CDATA,#202;
        JNE    PD_MARK
        LD     SETCLK,#DZ_ALERT
        LDB    TEMP,#202
        STB    TEMP,SERTXBJ[0]
        SJMP   SEROUT;
PD_MARK:CMPB    CDATA,#201
        JNE    PD_CODE
        LD     SETCLK,#DZ_MARK
        LDB    TEMP,#201
        STB    TEMP,SERTXBJ[0]
        SJMP   SEROUT;
PD_CODE:CMPB    CDATA,#204
        JNE    PD_PAGE
        LD     SETCLK,#DZ_CODE
        LDB    TEMP,#204
        STB    TEMP,SERTXBJ[0]
        SJMP   SEROUT
;
PD_PAGE:CMPB    CDATA,#63
        JNH    NOR_TR
TO_SEROUT:SJMP  SEROUT
;
REC_CLK:STB   CDATA,[SETCLK]+
        CMP   SETCLK,#DZ_CLK+8    ;8+1XOR-1
        JNH   TO_SEROUT
;
        LD    SETCLK,#DZ_CLK
        LDB   TEMP,[SETCLK]+
JX_XOR: XORB  TEMP,[SETCLK]+
        CMP   SETCLK,#DZ_CLK+7
        JNH   JX_XOR
        CMPB  TEMP,[SETCLK]
        JNE   TO_SEROUT
;
        LD    SETCLK,#DZ_CLK
        LD    0B0H,[SETCLK]+
        LD    0B2H,[SETCLK]+
```

```
        LD      0B4H,[SETCLK]+
        LD      0B6H,[SETCLK]+
        ORB     0B4H,#10H
        LDB     BH_F,#055H              ; 5FFFH=055H, 修改系统时钟
        STB     BH_F,5FFFH[0]
        CLR     SETCLK
;
        LDB     AL,#26                  ; 26=接收实时时钟完毕
        LCALL   SER_YY
        RST
;
REC_ALERT:STB CDATA,[SETCLK]+
        CMP     SETCLK,#DZ_ALERT+58     ;2*29+1XOR-1
        JNH     TO_SEROUT
;
        CLR     SETCLK
        LCALL   JY_ALERT
        SJMP    SEROUT
;
REC_MARK:STB    CDATA,[SETCLK]+
        CMP     SETCLK,#DZ_MARK+192     ;3*32*2+1XOR-1
        JNH     TO_SEROUT
;
        CLR     SETCLK
        LCALL   JY_MARK
        SJMP    SEROUT
;
REC_CODE:STBCDATA,[SETCLK]+
        CMP     SETCLK,#DZ_CODE+400     ;50*8+1XOR-1
        JNH     TO_SEROUT
;
        CLR     SETCLK
        LCALL   JY_CODE
TT_SOUT:SJMP    SEROUT
;
NOR_TR: CLR     SETCLK
        LDB     PAGE_PC,CDATA           ; 0 PC 准备接收
        CMPB    PAGE_PC,#63             ; 页码大于64, 则不发送
        JH      TT_SOUT
```

```
            LDB     XTZCBJ,#55H          ；XTZCBJ＝55H，则系统处于转储状态
            CLRB    DSZDCS
            LDB     PASTAT,PAGE_PC
            STB     PASTAT,PA25[0]
            LD      FSDZ,#FSSDZ
;
            LCALL   QIN691
            PUSH    BX_F
            LDB     BL_F,#100
            LCALL   DELAY40
            POP     BX_F
;
TRANS：CMPB  XTZCBJ,#55H
            JNE     TRAN_LX              ；5s 一次的连续发送
            CMPB    FSDZ,#0
            JNE     TR_Q691
            LCALL   QIN691
TR_Q691：LDB PASTAT,PAGE_PC
            STB     PASTAT,PA25[0]
            LDB     CDATA,[FSDZ]＋
            CMP     FSDZ,#FSMDZ＋1
            JH      JSREADY
            CMPB    PAGE_PC,#0
            JNE     TRANSNM
            CMP     FSDZ,#FSMDZ－3
            JE      TR_CH0
            CMP     FSDZ,#FSMDZ－2
            JE      TR_CH1
            CMP     FSDZ,#FSMDZ－1
            JE      TR_CH2
            CMP     FSDZ,#FSMDZ
            JE      TR_CH3
            CMP     FSDZ,#FSMDZ＋1
            JE      TR_PB25
            SJMP    TRANSNM
TR_CH0：LDB   CDATA,XSSRSJ＋44[0]
            SJMPTRANSNM
TR_CH1：LDB   CDATA,XSSRSJ＋45[0]
            SJMP    TRANSNM
```

```
TR_CH2: LDB   CDATA,XSSRSJ +46[0]
        SJMPTRANSNM
TR_CH3: LDB   CDATA,XSSRSJ +47[0]
        SJMPTRANSNM
TR_PB25:LDB   CDATA,PB25[0]          ;PB25 = NO. OF TRAINNUMBER
TRANSNM:STB   CDATA,SBUF
        SJMP  SEROUT
;
TRAN_LX:LDB   CDATA,[FSDZ] +
        CMP   FSDZ,#FSMDZ0 +1
        JH    JS_RDY
        STB   CDATA,SBUF
        SJMP  SEROUT
;
JSREADY:NOP
JS_RDY: LDB   SPCON,#09H
        LDB   BAUDRA,#BAUDLO
        LDB   BAUDRA,#BAUDHI
        LDB   TEMP,#0
        STB   SBUF,CDATA
SEROUT: CLRB  TEMP
        EI
        POPF
        RET
```

2. 串行转储 PC 例程

PC 运行环境为 VB6.0。

（1）PC 数据发送模块

```
PuBlIC SuB CommunICAtE(CommAnD As BytE)
DIm I(0) As BytE
DIm BB As VArIAnt
DIm BuFFErCountBj As LonG
DIm CommTImE As DAtE
On Error GoTo CommError
MSComm1. InputLEn = 0           ' OpEn tHE port.
    MSComm1. PortOpEn = TruE    ' SEnD tHE AttEntIon CommAnD to tHE moDEm.
    I(0) = CommAnD

    BB = I
    MSComm1. Output = BB        ' WAIt For DAtA to ComE BACk to tHE sErIAl port.
```

```
        BuFFErCountBj = 0
        CommTImE = TImE
        CommOvErTImE = FAlsE
        Do
            pBAr16k. VAluE = MSComm1. InBuFFErCount / 1024
            DoEvEnts
            IF MSComm1. InBuFFErCount > 1 AnD MSComm1. InBuFFErCount < 1024 * 16 AnD
                BuFFErCountBj < > MSComm1. InBuFFErCount THEn
                BuFFErCountBj = MSComm1. InBuFFErCount
                CommTImE = TImE
            ElsEIF MSComm1. InBuFFErCount > 1 AnD MSComm1. InBuFFErCount < 1024 * 16
            THEn
                IF (TImE - CommTImE) * 24 * 3600 > 2 THEn
                    CommOvErTImE = TruE: GoTo ClosEComm
                EnD IF
            EnD IF
        Loop UntIl MSComm1. InBuFFErCount > = 1024 * 16

        BB = MSComm1. Input              ' ClosE tHE sErIAl port.
        CommBuFFEr = BB
ClosEComm:
        MSComm1. PortOpEn = FAlsE
        ExIt SuB

CommError:
        MsGBox "通信错误"
        On Error GoTo 0
EnD SuB
```

（2）PC 数据接收模块

```
PrIvAtE SuB CmDRECEIvE_ClICk( )
DIm I As BytE        ', Fn As IntEGEr
DIm RECorDErNo As BytE
DIm CurrEntTImE As DAtE, NExtADD As LonG, NExtInDEx As LonG
DIm RECorDSEtFAult As BoolEAn
DIm CurrEntLonG As LonG
DIm REAlItEms As LonG
DIm NExtADDBj As BoolEAn
DIm TEmpStrInG As StrInG
```

```
DIm DBsDAtA As DAtABAsE
DIm rstDAtA As RECorDsEt
DIm j As LonG, FF As LonG, CHAnGEDItEms As IntEGEr
DIm LAst_DAtA(0 To 40) As VArIAnt
'On Error GoTo RECEIvEError
'下载数据至<tEmp. DAt>文件
lABInFor. VIsIBlE = TruE
Fn = FrEEFIlE
IF ConvErtDAt = FAlsE AnD DIr("C:\BAoFEnG\tEmp. DAt") < > "" THEn KIll "C:\
BAoFEnG\tEmp. DAt" OpEn "C:\BAoFEnG\tEmp. DAt" For BInAry As #Fn
IF ConvErtDAt = FAlsE THEn
    For I = 0 To 63
REComm:
        CommunICAtE COMM_DownloAD + I
        IF CommOvErTImE = TruE THEn GoTo REComm

        IF (CommBuFFEr(0) = &HC Or CommBuFFEr(0) = &H7C) AnD (CommBuFFEr
(1) = &HC Or CommBuFFEr(1) = &H7C) AnD _
            (CommBuFFEr(2) = &HC Or CommBuFFEr(2) = &H7C) AnD (CommBuFFEr
(3) = &HC Or CommBuFFEr(3) = &H7C) AnD _
            (CommBuFFEr(4) = &HC Or CommBuFFEr(4) = &H7C) AnD (CommBuFFEr
(5) = &HC Or CommBuFFEr(5) = &H7C) AnD _
            (CommBuFFEr(6) = &HC Or CommBuFFEr(6) = &H7C) AnD (CommBuFFEr
(7) = &HC Or CommBuFFEr(7) = &H7C) THEn
            MsGBox "请将记录器重新上电后再转储一次!", vBOKOnly, "记录器需复位"
            ExIt SuB
        EnD IF
        IF I < > 0 AnD CommBuFFEr(0) = &HFF AnD CommBuFFEr(1) = &HFF AnD
CommBuFFEr(2) = &HFF AnD CommBuFFEr(3) = &HFF _
            AnD CommBuFFEr(4) = &HFF AnD CommBuFFEr(5) = &HFF AnD Com-
mBuFFEr(6) = &HFF AnD CommBuFFEr(7) = &HFF THEn
            DAtA_Num = I
            DAtA_Num = DAtA_Num * 16 * 1024
            REDIm upBuFFEr(1 To DAtA_Num)
            ExIt For
        EnD IF
        Put #Fn, , CommBuFFEr
        pBArPErCEnt. VAluE = I + 1
    NExt I
```

```
    pBArPErCEnt. VAluE  = 0
    pBAr16k. VAluE  = 0
    MsGBox "接收完毕"，vBOKOnly，"接收数据"
ElsE
    F_NAmE. nAmE  = "C：\BAoFEnG\tEmp. DAt"
    DAtA_Num  = GtFIlESIzE(F_NAmE)
    REDIm upBuFFEr(1 To DAtA_Num)
EnD IF
lABInFor. VIsIBlE  = FAlsE
GEt #Fn，1，upBuFFEr
ClosE #Fn
EnD suB
```

8. 2. 2　USB 转储技术

USB 是英文 Universal Serial Bus（通用串行总线）的缩写，这是一个外部总线标准，用于规范计算机与外部设备的连接和通信。USB 是由 Intel、Compaq、Digital、IBM、Microsoft、NEC、Northern Telecom 等 7 家世界著名的计算机和通信公司共同推出的一种新型接口标准。它基于通用连接技术，实现外设的简单快速连接，达到方便用户、降低成本、扩展 PC 连接外设范围的目的。它还可以为外设提供电源，而不像普通的使用串、并口的设备需要单独的供电系统。USB 有传输速度快（USB1. 1 是 12Mbit/s，USB2. 0 是 480Mbit/s，USB3. 0 是 5 Gbit/s）、使用方便、支持热插拔、连接灵活、独立供电等优点，可以连接鼠标、键盘、打印机、扫描仪、摄像头、闪存盘、MP3、手机、数码相机、移动硬盘、外置光软驱、USB 网卡、ADSL Modem、Cable Modem 等几乎所有的外部设备。

基于 USB 总线的数据传输一般需要 USB 接口芯片连接传输的两端，一种 USB 接口芯片需要用户来编写固件程序及设备驱动程序等，另一种则在芯片上已经集成了全部的 USB 通信协议，因此不需要特殊 USB 固件程序的支持，大大降低了开发难度。本节将通过两个例子分别说明这两种不同的运用。

1. PHILIPS 公司的 USB 接口芯片 PDIUSBD12

（1）PDIUSBD12 芯片的特点

PDIUSBD12 是一个性能优化的 USB 器件，完全符合 USB1. 1 规范，内部封装了 USB 串行接口引擎（SIE）、FIFO 和并行接口，通常用于基于微控制器的系统，并通过高速通用并行接口与微控制器进行通信，而且支持本地 DMA 传输。PDIUSBD12 还集成了 SoftConnect、GoodLink、可编程时钟输出、低频晶振和终端电阻等特性。所有这些特性都能在系统实现时节省成本，同时在外围设备上很容易实现更高级的 USB 功能。

（2）固件编程的主要工作

固件 FIRMWARE 实际上是单片机的程序文件，可以采用 C 或汇编语言。它的操作方式与硬件联系紧密，包括 USB 设备的连接协议、中断处理等，它不是单纯的软件，而是软件和硬件的结合，开发者需要对端口、中断和硬件结构非常熟悉。固件程序一般放入 MCU 中，当把设备连接到主机上时，上位机可以发现新设备，然后建立连接。因此，编写固件程序的一个最主要的目的就是让 Windows 可以检测和识别设备。

USB 固件程序有三部分组成：

1）初始化单片机和所有的外围电路（包括 PDIUSBD12）。

2）主循环部分，其任务是可以中断的。

3）中断服务程序，其任务是对时间敏感的，必须马上执行。

单片机与 PDIUSBD12 的连接电路如图 8-10 所示。

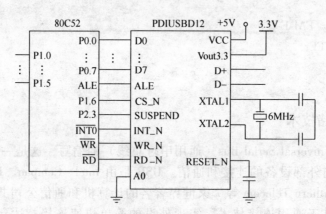

图 8-10　单片机与 PDIUSBD12 的连接电路

根据 USB 协议，任何传输都是由主机开始的。单片机做它的前台工作，等待中断。主机首先要发令牌包给 USB 设备（这里是 PDIUSBD12），PDIUSBD12 接收到令牌包后就给单片机发中断。单片机进入中断服务程序，首先读 PDIUSBD12 的中断寄存器，判断 USB 令牌包的类型，然后执行相应的操作。在 USB 单片机程序中，要完成对各种令牌包的响应，其中比较难处理的是 SETUP 包，主要是端口 0 的编程。

单片机与 PDIUSBD12 的通信主要是靠单片机给 PDIUSBD12 发命令和数据来实现的。PDIUSBD12 的命令字分为三种：初始化命令字、数据流命令字和通用命令字。PDIUSBD12 数据手册给出了各种命令的代码和地址。单片机先给 PDIUSBD12 的命令地址发命令，然后根据不同命令的要求发送或读出不同的数据。因此，可以将每种命令做成函数，用函数实现各个命令，以后直接调用函数即可。

（3）PDIUSBD12 固件程序的编写

USB 设备启动流程如下：

● USB 设备接入 USB 口，发出连接 USB 命令；

● 主机发出读设备描述符两次；

● 主机根据设备描述——厂商 ID、产品 ID，启动相应设备驱动程序；

● 设备驱动程序初始化 USB 设备：读设备描述符，读配置描述符，选择接口、端点（管道），确定传输方式。

2. ADI 公司的 USB 芯片 FT245BL

FT245BL 在芯片上集成了全部的 USB 通信协议，因此不需要特殊 USB 固件程序的支持，大大降低了开发难度。同时，FTDI 公司免费提供了 VCP 和 D2XX 两种驱动程序模式，使上位机编程更加简单。在 VCP 驱动下传输速率是 300KByte/s，在 D2XX 驱动下传输速率可达 1MByte/s。

FT245BL 芯片内部结构如图 8-11 所示，主要由 USB 收发器、串行接口引擎、USB 协议引擎、接收发送缓存和 FIFO 控制器组成。USB 收发器提供 USB1.1/2.0 的全速物理接口到 USB 总线；串行接口引擎主要用于完成 USB 数据的串/并双向转换；384 字节的发送缓冲区和 128 字节的接收缓冲区用于实现高速数据传输；USB 协议引擎管理来自 USB 设备控制端口的数据流；FIFO 控制器处理外部接口和收发缓冲区间的数据转换。此外，还可以在芯片上外加一片可选的 EEPROM（93C46/56/66），用于存储产品的 VID、PID、设备序列号以及一些说明性文字等。

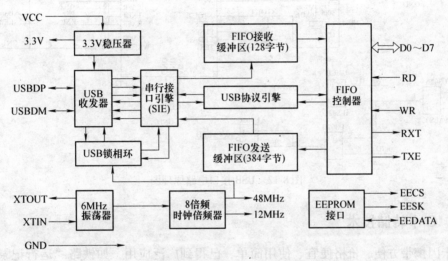

图 8-11　FT245BL 芯片内部结构

在进行 USB 端口硬件设计时，将 FT245BL 的 D0～D7 口直接挂接到单片机总线或 8 位并行口上，当挂接到总线上时，由于 FT245BL 没有片选引脚，因此需要利用单片机的 A13 地址线与读写信号 RD/WR 的组合逻辑生成 FT245BL 的读写信号，间接确定其地址空间。FT245BL 的另一端可以直接连接 PC 的 USB 端口，其电路原理如图 8-12 所示。

上位机要接收单片机发来的数据，首先需要安装 FT245BL 的驱动程序（VCP 或 D2XX 模式）。VCP 模式安装完毕后会在计算机上形成一个虚拟的串口，此时可以像操作串口一样应用 MSComm 控件进行软件设计。只要设置好它的 RtHrEsHolD 属性值，通过触发 CommEvEnt 事件，利用 Input 方法就可以读入数据了。此时 MSComm 的 SEttInGs 属性可设为"9600，n，8，1"，但实际上 VCP 驱动程序总是使数据以最快的速率传输。

为了进一步提高系统传输速率，可以采用 D2XX 驱动模式。它提供了一个动态链接库，利用其中的函数即可读写数据。底层发送来的数据放置在一个数据缓冲区中，它不仅包括 FT245BL 本身的 384 字节的缓冲区，系统还会从内存中开辟一个默认 4096 字节的缓冲区（可以通过 FT–SEtUSBPArAmEtErs 函数进行修改）。在调用打开设备函数以后，就可以利用 FT–READ 函数读出缓冲区内的数据。

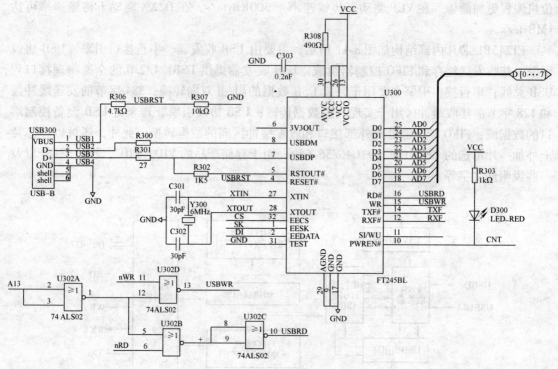

图 8-12　USB 接口电路原理图

8.2.3　IC 卡转储技术

IC 卡因携带方便、价格便宜、使用简单，已得到广泛应用，如铁路"运行记录器"数据 IC 卡转储、"机车轴温监测报警装置"数据 IC 卡转储等；又如"智能电度表"等。

在设计中，根据实际需要可以选取合适容量的 IC 卡。

以 AT45D041 容量为 4M 位的 IC 卡为例，有关 AT45D041 的详细内容，请参见总线接口技术中的 SPI 总线接口所列举的实例。

1. 读写卡座

读写卡座常有"插拔式"、"推推式"等，其对外接口一般为 10 芯的扁平电缆，卡座的金属头和与其接触的引出脚对应，不同的 IC 卡引出脚的定义不同，以 45D041 卡为例，10 芯电缆定义如下：

- 1、2 脚，IC 卡已插的检测引脚，插上 1、2 短接，拔出 1、2 开路；
- 3 脚为电源；
- 4 脚为地；
- 5 脚为复位引脚；
- 6 脚为片选；
- 7 脚为空闲/忙；
- 8 脚为 SCK 时钟；
- 9 脚为 SO 数据输出；
- 10 脚为 SI 数据输入。

2. IC 卡专用读卡器

数据通过车载设备的 IC 卡座写入 IC 卡后，需要专门的读卡器和地面 PC 相连，PC 通过读卡器，将 IC 卡上转储的数据读入 PC 中进行数据分析处理。

1）通过智能读卡器的 RS232 串行口和 PC 进行串行数据转储。智能读卡器的单片机先通过卡座读取 IC 卡上的数据，后通过扩展的 RS232 口和 PC 进行串行数据交换。

2）通过 PC 的并行口直接读写 IC 卡的数据。常用的方法有

- 通过 PC 的并行打印口读写 IC 卡，有关控制方法参见相关章节；
- 通过 PC 的总线扩展并行 I/O 读写 IC 卡。

以上各方法都需要 IC 卡座，同时需要电源，电源可以外接 5V 电源，也可以借用 PC 电源，方法如下：

- 通过 PC 的键盘或鼠标的电源引出；
- 通过 PC 电源直接引出；
- 通过 PC 的总线扩展卡引出。

8.2.4　无线智能卡技术

无线智能卡（又称为射频卡）是一种无源（免供电）内藏特殊密匙数码的密码卡，它利用双向无线电射频技术，完成卡的数码识别，也即代表了持卡人的身份和相关信息。这种新科技因具有诸多优点，正在逐步取代光电卡、磁卡、接触 IC 卡等，是未来智能 IC 卡发展的主流方向。它广泛应用在身份鉴别、信用鉴别、自动化控制、安全防范等领域，其安全性、保密性、实用性是目前各种通用防范电路无法比拟的。

1. 无线智能卡

本节介绍的无线智能卡属于无源加密存储器只读方式，其芯片内除带有 64bit 的加密串行 EPROM 外，还带有调制码发生器输出端口，与外围射频电路共同组成无线连接式数据的发送。它的最大特点是无需电池供电，依靠无线电磁波提供系统所需的能源。

无线智能卡的芯片体积只有 4mm×8mm×1mm，因此，可根据用户需要制成存放在钱包里的名片卡、挂在职员胸前的出入卡、联在匙扣的匙牌卡，甚至可以做成饰物礼品卡、超微型隐藏卡。它与无线读卡模块及主机读写器甚至电脑联网系统配合，可以组建高性能、智能化身份管理识别系统。

2. 无线读卡模块

无线读卡模块如图 8-13 所示。无线智能卡与主机读写识别系统要完成信息交流，必须依赖无线电波作为运输工具，显然无线电发射与接收电路在此系统中占有举足轻重的作用。模块化的无线读卡电路将不易调制制作的高频无线收发电路固态化，使智能卡及读写识别系统制作大为简化。

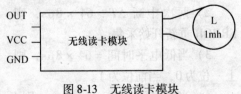

图 8-13　无线读卡模块

3. RF01 射频卡数据输出 EM 格式

（1）EM 代码格式

EM 代码格式见表 8-1。

表 8-1　EM 代码格式

1	1	1	1	1	1	1	1	1
			ROW0	D00	D01	D02	D03	PR0
			ROW1	D10	D11	D12	D13	PR1
			ROW2	D20	D21	D22	D23	PR2
			ROW3	D30	D31	D32	D33	PR3
			ROW4	D40	D41	D42	D43	PR4
			ROW5	D50	D51	D52	D53	PR5
			ROW6	D60	D61	D62	D63	PR6
			ROW7	D70	D71	D72	D73	PR7
			ROW8	D80	D81	D82	D83	PR8
			ROW9	D90	D91	D92	D93	PR9
				PC0	PC1	PC2	PC3	0

（2）说明

1）D00 ~ D93 为用户有效位。

2）PR 是各行的偶校验。

例如，当 D00 ~ D03 为 0101 时，PR0 = 0。

偶校验：使 1 的个数为偶数；

奇校验：使 1 的个数为奇数。

3）PC 为各列的偶校验。

4. 数据输出的时序（MANCHESTER 电平）

数据输出的时序如图 8-14 所示。

5. 数据采集逻辑

如图 8-14 所示，RF01 输入的电平逻辑为 MANCHESTER 电平，采用 80C196 的高速输入口来采集数据，有关逻辑描述如下：

1）每个跳变均中断。

2）两次中断 $\Delta T > 64 \times 8 \mu s$，则 ERROR 重新开始采集。

3）当低电平时间 = $64 \times 8 \mu s$，则上一位为 0，当前位为 1。

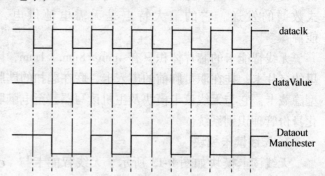

图 8-14　RF01 数据输出的时序

注：dataclk 周期 = 64rFClk 射频周期 = $64 \times 8 \mu s$。

4）当高电平时间 = $64 \times 8 \mu s$，则上一位为 1，当前位为 0。

5）当高、低电平 = $1/2 \times 64 \times 8 \mu s$，则当前位 = 上一位。

6. MANCHESTER 电平数据采集的单片机例程

对于 MANCHESTER 电平，即正跳变和负跳变脉冲信号的采集，可以利用 96 单片机的高速输入中断进行采集，实例程序如下。

(1) HSIINT 高速输入中断服务子程序

```
HSIFH_H:SJMPHSIFH
;
HSIINT:   PUSHF
          LDB       DL ,HSISTA
          JBS       DL ,0 ,HI0              ; 判断是否 0 口中断
          ST        HSITIM ,DX
          SJMP      HSI_FH
HI0:      ST        HSITIM ,THSICURR       ; 读时间到 CURRENT 中
          SUB       TEMP_HSI,THSICURR ,THSILAST
          ST        THSICURR ,THSILAST
          CMP       TEMP_HSI,#IDCLK_HALF - 25
          JNH       CLK_ERR
          CMP       TEMP_HSI,#IDCLK_HALF + 48
          JNH       HALF_CLK
          CMP       TEMP_HSI,#IDCLK + 25
          JNH       FULL_CLK
;
CLK_ERR:SJMP        ID_RESETE
;
HALF_CLK: CMPB      ID_BIT_01 ,#1
          JE        JUMP_0_1              ;IF LASTBIT = 1 JUMP_0_1 THEN WRITE
                                            CURRENTBIT = 1 ELSE NO WRITE
          JBC       DL,1,HSIFH_H          ;0 IS 0 - - >1    1 IS 1 - - >0
          SJMP      WRITE_HALF_01         ;IF ID_BIT_01 = 0 JUMP_1_0 THEN WRITE 0
                                            ELSE NO WRITE
JUMP_0_1:JBS        DL,1,HSIFH_H
;
          INCB      ID_ONE_NUM            ;IF ID_BIT_01 = 1 THEN ID_ONE_NUM +1
          CMPB      ID_ONE_NUM,#7         ;7 +1 = 8 PLUS FULLCLK 1   TOTAL1 =9
          JNH       WRITE_HALF_01
          LD        IDCODE,#IDCODEADD +8      ;WRITE LAST 1 TO IDCODEADD +8
          LDB       IDCODE_NUM,#8         ;IDCODE_NUM = 8 +1
          LDB       ID_ONE_9 ,#55H        ;HAS FIND 9 SERIES 1 THEN MARK
                                            ID_ONE_9 =55H
;
WRITE_HALF_01: STB  ID_BIT_01 ,[ IDCODE ] +
          INCB      IDCODE_NUM
          SJMP      HSIFH
```

```
;
FULL_CLK:       CLRB   ID_ONE_NUM   ;IF CLK = FULL_CLK THEN ID_BIT_01 WILL
                                              BE CHANGED, SO CLEAR ID_ONE_NUM
        JBC    DL,1,CURR_BIT_1      ;HSI.1 = 0 THEN CURRENT TRIGER IS
                                        POSITIVE(0 - - > 1), SO ID_BIT_01 WILL
                                        BE 1
        LDB    TEMP_HSI,#0          ;HSI.1 = 1 THEN CURRENT TRIGER IS
                                        NEGATIVE(1 - - > 0), SO ID_BIT_01 WILL BE 0
        SJMP   WRITE_FULL_01
CURR_BIT_1:LDB TEMP_HSI,#1
WRITE_FULL_01:STB    TEMP_HSI,[IDCODE] +
        INCB   IDCODE_NUM
        CMPB   TEMP_HSI,ID_BIT_01   ;IF A FULL_CLK HAs DEtECtED THEN
                                        CURRENT BIT < > LAST BIT, ELSE nEED to CHAnGE
        JNE    NO_CHANGE_BEFORE;BIts BEForE wHICH ArE EquAl to CurrEnt BIt
;
CHANGE_BEFORE:LD     TEMP_HSI,IDCODE
        SUB    TEMP_HSI,#2          ;RETURN TO LAST BIT
CHANGE_LAST_LP:LDB DL,[TEMP_HSI]
        CMPB   DL,ID_BIT_01
        JNE    HSIFH
;
        XORB   DL,#00000001B        ;
        STB    DL,[TEMP_HSI]
        SUB    TEMP_HSI,#1
        CMP    TEMP_HSI,#IDCODEADD - 1     ;CHAnGED BIt Don't < IDCODEADD
        JNH    HSIFH
        SJMP   CHANGE_LAST_LP
;
NO_CHANGE_BEFORE: XORB   ID_BIT_01,#00000001B ;FULL_CLK NEED
                                                TO CHANGED THE ID_BIT_01
;
HSIFH:  CMPB   IDCODE_NUM,#64
        JNE    ID_NO_HLPD
        CMPB   ID_ONE_9,#55H
        JNE    ID_NO_HLPD
ID_HLPD:LCALL ID_READ
        SJMP   ID_RESET
ID_NO_HLPD:CMPB   IDCODE_NUM,#127
```

```
          JNH      HSI_FH
ID_RESET: NOP
ID_RESETE:CLRB IDCODE_NUM
          CLRB     ID_ONE_NUM
          CLRB     ID_ONE_9
          LD       IDCODE,#IDCODEADD
          LDB      ID_BIT_01,#1
HSI_FH:  POPF
          RET
```

（2）收到 64bit 数据后的数据校验子程序

```
ID_READ_OUTT:SJMP    ID_READ_OUT
;
ID_READ:DI
          CMPB     ID_BIT_01,#0          ;64BIT = =0
          JNE      ID_READ_OUTT
          LD       IDCODE,#IDCODEADD+9
ID_ROW_NE: LDB        AL,[IDCODE]+
          LDB      AH,#3
ID_ROW_LP: ADDB   AL,[IDCODE]+
          DJNZ     AH,ID_ROW_LP
          ANDB     AL,#00000001B
          CMPB     AL,[IDCODE]+
          JNE      ID_READ_OUTT
          CMP      IDCODE,#IDCODEADD+58
          JH       PD_ID_COL
          SJMP     ID_ROW_NE
;
PD_ID_COL:CLR        BX
ID_COL_NE:ADD   IDCODE,BX,#IDCODEADD+9
          LDB      AL,[IDCODE]
          LDB      AH,#9
ID_COL_LP: ADD  IDCODE,#5
          ADDB     AL,[IDCODE]
          DJNZ     AH,ID_COL_LP
          ANDB     AL,#00000001B
          CMPB     AL,5[IDCODE]
          JNE      ID_READ_OUTT
          INC      BX
          CMP      BX,#3
```

```
        JNH     ID_COL_NE
;
        LD      IDCODE,#IDCODEADD+9
        LD      BX,#IDNEWCODE
ID_NE_BYTE:CLRB   AL
        CLRB    CL
ID_CO_BYTE:SHLB   AL,#1
        LDB     AH,[IDCODE]+
        JBC     AH,0,ID_CO_0
        ORB     AL,#00000001B
ID_CO_0:INCB    CL
        CMPB    CL,#4
        JNE     ID_CO_9
        ADD     IDCODE,#1
ID_CO_9:CMPB    CL,#7
        JNH     ID_CO_BYTE
        STB     AL,[BX]+
        ADD     IDCODE,#1
        CMP     BX,#IDNEWCODE+4
        JNH     ID_NE_BYTE
;
        LD      AX,#IDNEWCODE
        LD      BX,#IDSENDCODE
PD_NEW_LP:      LDB     CX,[AX]+
        CMPB    CX,[BX]+
        JNE     FIND_NEW_CODE
        CMP     AX,#IDNEWCODE+4
        JNH     PD_NEW_LP
        SJMP    ID_READ_OUT
;
FIND_NEW_CODE:LD      CX,#IDNEWCODE
        LD      DX,#IDSENDCODE
        CLRB    CRC
MO_NEW_LP:      LDB     RX_D,[CX]+
        STB     RX_D,[DX]+
        LCALL   T_CRC
        CMP     CX,#IDNEWCODE+4
        JNH     MO_NEW_LP
        LDB     RX_D,CPU_NUM        ;NUMBER OF SLAVE_CPU
```

```
        STB     RX_D,[DX]+
        LCALL   T_CRC
        LDB     RX_D,#55H              ;BJ=55H
        STB     RX_D,[DX]+
        LCALL   T_CRC
        STB     CRC,[DX]+
;
ID_READ_OUT：EI
        RET
```

习题与思考题

8-1 常用的数据记录介质有哪些?

8-2 常用的车载数据压缩算法有哪几种? 请说明各自的优缺点。

8-3 常用的数据转储方法有哪几种?

8-4 某型机车需要对如下信号进行采集并记录,包括:两路 0～2000r/min 的转速信号,8 路 -25～100℃的温度信号,6 路 600V 交流电压信号,6 路 2000A 交流电流信号,4 路 110V 直流开关信号。请设计车载数据采集记录装置,要求数据采集记录精度为 0.1%,能够连续记录至少 7 天的数据,请选择合适的存储介质,设计合适的存储及转储方法。

第 9 章　微机系统抗干扰技术

9.1　微机系统抗干扰设计

微机系统的可靠性是由多种因素决定的，其中抗干扰性能是系统可靠性的重要指标。随着微机在工业测控系统中应用愈来愈广泛，微机系统的可靠性已成为人们关注的一个重要课题。因此，抗干扰设计是微机应用系统研制中不可忽视的一个重要内容。

9.1.1　主要干扰源

工业生产中的干扰一般都是以脉冲的形式进入微机的，干扰窜入系统的渠道主要有三种，如图 9-1 所示，即供电系统干扰，包括电源干扰、地线干扰；过程通道干扰，干扰通过与主机相连的前向通道、后向通道及与其他主机的相互通道进入；空间干扰（场干扰），通过电磁波辐射窜入系统，如静电干扰、电磁干扰。一般情况下，空间干扰在强度上远小于其他两个渠道窜入的干扰，而且空间干扰可用良好的屏蔽与正确的接地、高频滤波加以解决，故微机系统中应重点防止供电系统与过程通道的干扰。

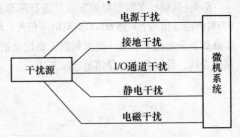

图 9-1　微机系统的主要干扰源

9.1.2　电源干扰和接地干扰

1. 电源干扰

任何电源及输电线路都存在内阻，正是这些内阻才引起了电源的噪声干扰。如果没有内阻存在，无论何种噪声都会被电源短路吸收，在线路中不会建立任何干扰电压。如果把电源电压变化持续时间定为 ΔT，那么，根据 ΔT 的大小可以把电源干扰分为

1）过电压、欠电压、停电：$\Delta T > 1\text{s}$；

2）浪涌、下陷、降出：$10\text{ms} < \Delta T < 1\text{s}$；

3）尖峰电压：ΔT 为微秒级；

4）射频干扰：ΔT 为毫秒级；

5）其他：半周内的停电或过电压等。

过电压、欠电压、停电的危害是显而易见的，解决的方法是使用各种稳压器、电源调节器，对付短暂时间的停电可配置不间断电源（UPS）。

浪涌与下陷是电压的快速变化，如果幅度过大，也会破坏系统。解决的办法是使用快速响应的交流电源调压器。

尖峰电压持续很短，一般不会毁坏系统，但对微机系统正常运行危害很大，会造成逻辑

功能紊乱，甚至破坏源程序。解决的办法是使用具有噪声抑制能力的交流电源调节器、参数稳压器或隔离变压器。

射频干扰对微机系统影响不大，一般加接 2～3 阶低通滤波器即可解决。

2. 接地干扰

由于导线电阻可能使电路中的两个接地点之间存在电压差，严重时可导致系统逻辑错误。接地是电路或系统正常工作的基本技术要求，因为电流需经过地线形成回路，而地线或接地平面总有一定的阻抗，该阻抗使两接地点间形成一定的电压，产生接地干扰。而恰当的接地方式可以给高频干扰信号形成低阻抗通路，从而抑制干扰。接地技术是至关重要的，其中包括接地点的选择、电路组合接地的设计和抑制接地干扰措施的合理应用等。

3. 微机电源和接地抗干扰设计

（1）采用交流稳压，防过电压和欠电压（UPS）。

（2）使用双隔离变压器，减小高频噪声在变压器的初级和次级线圈中的互感耦合。

（3）整流之后加多级滤波，加大、小电容（如在微机电源的引入端并入 $1000\mu F$ 和 $0.1\mu F$ 的电解电容）滤去不同频率的干扰。

（4）采用进板处的分离稳压块，如 7805、7905、7812 等。

（5）采用高抗干扰稳压电源。

（6）电源监控、掉电保护及复位电路（以 MAX691 举例）

如图 9-2 所示，电源输入脚同时也是电源检测脚。当 $V_{CC} \leq 4.75V$ 时，MAX691 对 CPU 进行 –RESET（不断进行），所以要对 VCC 脚进行大小电容滤波保护，防止其误动作。WDI 脚在正常工作时，CPU 每隔固定的时间将其状态跳变一次，相当于给监视定时器不断清"0"，在规定时间内无跳变，则 MAX691 会连续发 RESET 脉冲使 CPU 复位，直至 WDI 跳变正常。当 MAX691 正常工作时，CEOUT = CEIN，非正常工作时 CEOUT =1，形成对 RAM 的片选保护。

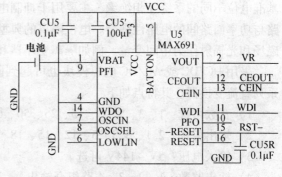

图 9-2 MAX691 连接电路图

（7）接地技术

在电子设备中，接地是控制干扰的重要方法。如能将接地和屏蔽正确结合起来使用，可解决大部分干扰问题。电子设备中地线结构大致有系统地、机壳地（屏蔽地）、数字地（逻辑地）和模拟地等。在地线设计中应注意以下几点：

1）正确选择单点接地与多点接地。在低频电路中，信号的工作频率小于 1MHz，其布线和器件间的电感影响较小，而接地电路形成的环流对干扰影响较大，因而应采用一点接地。当信号工作频率大于 10MHz 时，地线阻抗变得很大，此时应尽量降低地线阻抗，应采用就近多点接地。当工作频率在 1～10MHz 时，如果采用一点接地，其地线长度不应超过波长的 1/20，否则应采用多点接地法。

2）将数字电路与模拟电路分开。电路板上既有高速逻辑电路，又有线性电路，应使它们尽量分开，而两者的地线不要相混，分别与电源端地线相连。要尽量加大线性电路的接地面积。

3）尽量加粗接地线。若接地线很细，接地电位则随电流的变化而变化，致使电子设备的定时信号电平不稳，抗噪声性能变坏。因此，应将接地线尽量加粗，使它能通过三倍于印制电路板的允许电流。如有可能，接地线的宽度应大于3mm。

4）将接地线构成闭环路。设计只由数字电路组成的印制电路板的地线系统时，将接地线做成闭环路可以明显地提高抗噪声能力。其原因在于：印制电路板上有很多集成电路组件，尤其遇有耗电多的组件时，因受接地线粗细的限制，会在地结上产生较大的电位差，引起抗噪声能力下降，若将接地结构成环路，则会缩小电位差值，提高电子设备的抗噪声能力。

（8）自恢复保险丝

自恢复保险丝是用一种新型高分子聚合材料制成的器件，当电流低于其额定值时，它的直流电阻只有零点几欧。而电流大到一定程度，它的阻值迅速升高，引起发热，而且越热电阻越大，从而阻断电源电流。当温度降下来以后能自动恢复正常。这种器件可防止CMOS器件在遇到强冲击型干扰时引起触发现象。

4. 电源隔离 DC/DC 模块（AC/DC 模块）

隔离是抑制干扰耦合的一种技术措施，包括电路的空间隔离和电位隔离。空间隔离是减少电路间电磁耦合的最简单而有效的方法；电位隔离是指两个或多个系统的电路去耦，以及基准电位不同的系统互相绝缘，主要用于抑制电平相差较大的两回路间的耦合，例如信号回路与功率回路间的电路性耦合。电位隔离的典型方法是将电信号转变为其他物理量，通常用磁场和光辐射作为中间变量，例如隔离变压器和光电耦合器。

采用 DC/DC 或 AC/DC 电源模块也可起到防止电源干扰的作用。常用的有 SMP（LN）系列直流变换器。其特点如下：

1）瓦数可选：1、3、5、6、15、25、50、60W 等。

2）输出可选：2.1、3.3、5、12、15、18、24、48V 等（正负都有）。

3）输入电压：5V ~ 144V 可选。

4）输出路数：1、2、3、4 路组合输出。

图 9-3 所示为 DC/DC 典型连接电路图。

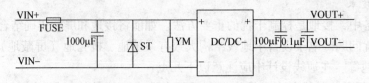

图 9-3 DC/DC 典型连接电路

注：1）根据输出负载的大小选取合适的保险（FUSE）；

2）1000μF 的电容一般选耐压高的电解电容；

3）ST 为瞬态二极管，滤除 VIN 中的瞬态尖峰干扰；

4）YM 为压敏电阻，其耐压一般选取比正常 VIN 大 10 ~ 20V，其特点是：当 VIN 超过其耐压时，其电阻为 0；

5）电源输出在板子电源的进端一般加一大一小两个高频和低频滤波电容。

9.1.3　I/O 通道干扰

过程通道是前向通道、后向接口与主机系统相互之间进行信息传输的途径，在过程通道中长线传输的干扰是主要因素。通常采用隔离开关量、模拟量和电源的方法，前面几章已经有详细的论述，在此从略。

在此主要介绍 I/O 通道的干扰源及布线。

1. 防止线间串扰措施

1）强电信号线和弱电信号线分开。

2）高频和低频分开。

3）交流和直流分开。

4）电源线和信号线分开。

5）经过噪声处理后的和未处理者分开。

6）传输线应尽量远离变压器、接触器、继电器及电源等大功率器件。

7）传输线应尽量短。

8）采用双绞线传输。

2. 双绞线传输

在微机实时系统的长线传输中，双绞线是一种较常用的传输线。其波阻抗高、抗共模干扰能力强，一去一回的双绞线结构使电磁干扰在各个小环的电磁感应干扰相互抵消。其分布电容为几十皮法，距离信号源近，可起到积分作用，故双绞线对电磁场具有一定抑制效果，但对接地与节距有一定要求。

9.1.4　空间静电干扰

静电的起因是两种不同物质的物体互相摩擦时，正负电荷分别积累在两种物体上。在电子控制设备外壳上放电是经常见到的放电现象，放电电流流过金属外壳，产生电场和磁场，通过分布阻抗耦合到壳内的电源线、信号线等内部走线，引起误动作。电子控制设备的信号线或地线上也可直接放电，如键盘或显示装置等接口处的放电，其干扰后果更为严重。

微机测控系统中广泛使用 CMOS 芯片，是最易受静电干扰的器件。尽管现在应用的大多数 CMOS 器件采取了一些保护措施来防止静电干扰，但是，由于器件本身结构的特点，对静电引起的破坏仍然不可掉以轻心。

完全杜绝静电放电现象是比较困难的。但在线路原理、结构设计、安装环境和操作步骤等方面采取措施，可使静电放电的危害减至最低。抑制静电放电干扰的措施有如下几种：

1）CMOS 器件在使用中应注意防止静电。其一，输入引脚不能浮空；其二，设法降低输入电阻；其三，当用 CMOS 器件与长线连接时，应通过一个 TTL 缓冲门电路后再与长传输线相连。

2）环境湿度以维持在 45% ~65% 为宜。环境越干燥，越容易产生静电。

3）机房地板应使用绝缘性差的材料。

4）焊接元器件时，务必使用烙铁头接地的电烙铁。其他设备、测试仪器及工具也应有良好的接地措施。

9.1.5 印制电路板抗干扰设计

1. 印制板的尺寸与器件布置

印制电路板尺寸要适中，过大时，印刷线条长，阻抗增加，不仅抗噪声能力下降，成本也高；若过小，则散热不好，同时易受邻近线条干扰。

在器件布置方面，与其他逻辑电路一样，应把相互有关的器件尽量放得靠近些，能获得较好的抗噪声效果。易产生噪声的器件、小电流电路、大电流电路等应尽量远离计算机逻辑电路，如有可能，应另做电路板。

2. 布线

1）选择合理的导线宽度，电源线应尽量加粗，电源线和地线走向与数据传递方向一致，将有助于增强抗噪声的能力。由于瞬变电流在印制线条上所产生的冲击干扰主要是由印制导线的电感成分造成的，因此应尽量减小印制导线的电感量。印制导线的电感量与其长度成正比，与其宽度成反比，因而短而精的导线对抑制干扰是有利的。时钟引线、行驱动器或总线驱动器的信号线常常载有大的瞬变电流，印制导线要尽可能地短。对于分立组件电路，印制导线宽度在 1.5mm 左右时，即可完全满足要求；对于集成电路，印制导线宽度可在 0.2～1.0mm 之间选择。

2）采用正确的布线策略，采用平等走线可以减少导线电感，但导线之间的互感和分布电容增加，如果布局允许，最好采用井字形网状布线结构，具体的做法是印制板的一面横向布线，另一面纵向布线，然后在交叉孔处用金属化孔相连。为了抑制印制板导线之间的串扰，在设计布线时应尽量避免长距离的平等走线。

3. 去耦电容配置

在印制电路板的各个关键部位配置去耦电容应视为印制电路板设计的一项常规做法。在直流电源回路中，负载的变化会引起电源噪声。例如在数字电路中，当电路从一个状态转换为另一种状态时，就会在电源线上产生一个很大的尖峰电流，形成瞬变的噪声电压。配置去耦电容可以抑制因负载变化而产生的噪声，是印制电路板可靠性设计的一种常规做法，配置原则如下：

1）电源输入端跨接一个 10～100μF 的电解电容器，如果印制电路板的位置允许，采用100μF 以上的电解电容器的抗干扰效果会更好。

2）为每个集成电路芯片配置一个 0.01μF 的陶瓷电容器。如遇到印制电路板空间小而装不下时，可每 4～10 个芯片配置一个 1～10μF 钽电解电容器，这种器件的高频阻抗特别小，在 500kHz～20MHz 范围内阻抗小于 1Ω，而且漏电流很小（0.5μA 以下）。

3）对于抗噪声能力弱、关断时电流变化大的器件和 ROM、RAM 等存储型器件，应在芯片的电源线（VCC）和地线（GND）间直接接入去耦电容。

4）去耦电容的引线不能过长，特别是高频旁路电容不能带引线。

4. 其他抗干扰措施

微机系统中的电路抗干扰设计与具体电路有密切关系，并无一定之规，要注意积累点滴经验，例如：

1）地址和数据线交错排布，这是因为地址和数据线信号不会同时变化；

2）RESET 引脚接 0.1μF 的滤波电容，防止无谓复位；

3）CMOS 的空置输入脚接地，防止悬空输入干扰；

4）按钮、继电器、接触器等有火花器件利用 RC 电路加以吸收，或者加续流二极管和压敏电阻等，其方法如图 9-4 所示。

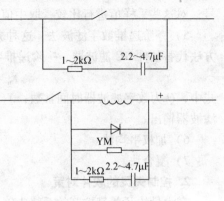

图 9-4　开关防抖和续流

5. 散热设计

从有利于散热的角度出发，印制版最好是直立安装，板与板之间的距离一般不应小于 2cm，而且器件在印制版上的排列方式应遵循一定的规则。

1）对于采用自由对流空气冷却的设备，最好是将集成电路（或其他器件）按纵长方式排列；对于采用强制空气冷却的设备，最好是将集成电路（或其他器件）按横长方式排列。

2）同一块印制板上的器件应尽可能按其发热量大小及散热程度分区排列，发热量小或耐热性差的器件（如小信号晶体管、小规模集成电路、电解电容等）放在冷却气流的最上流（入口处），发热量大或耐热性好的器件（如功率晶体管、大规模集成电路等）放在冷却气流最下游。

3）在水平方向上，大功率器件尽量靠近印制板边沿布置，以便缩短传热路径；在垂直方向上，大功率器件尽量靠近印制板上方布置，以便减少这些器件工作时对其他器件温度的影响。

4）对温度比较敏感的器件最好安置在温度最低的区域（如设备的底部），千万不要将它放在发热器件的正上方，多个器件最好是在水平面上交错布局。

5）设备内印制板的散热主要依靠空气流动，所以在设计时要研究空气流动路径，合理配置器件或印制电路板。空气流动时总是趋向于阻力小的地方流动，所以在印制电路板上配置器件时，要避免在某个区域留有较大的空域。

9.1.6　软件抗干扰设计

微机应用系统在工业现场使用时，大量的干扰源虽不能造成硬件系统的损坏，但常常使微机系统不能正常运行，致使控制失灵，造成重大事故。微机系统的抗干扰不可能完全通过硬件解决，因此，软件抗干扰问题的研究越来越引起人们的重视。

1. 数字滤波

1）程序判断。通过程序将明显不合理者剔除。

2）算术平均值法。对一点数据连续采样多次，计算其平均值，以其平均值作为该点的采样结果。这种方法可以减少系统的随机干扰对采集结果的影响。一般取 3 ~ 5 次平均值即可。

3）比较舍取法。当控制系统测量结果的个别数据存在偏差时，为了剔除个别错误数据，可采用比较取舍法，即对每个采样点连续采样几次，根据所采数据的变化规律，确定取舍办法来剔除偏差数据。例如，"采三取二"即对每个采样点连续采样三次，取两次相同数据为采样结果。

4）中值法。根据干扰造成采样数据偏大或偏小的情况，对一个采样点连续采集多个信号，对这些采样值进行比较，取中值作为该点的采样结果。

5）一阶递推数字滤波法。这种方法利用软件完成 RC 低通滤波器的算法，实现用软件方法代替硬件 RC 滤波器。一阶递推数字滤波公式为

$$Y_n = QX_n + （1+Q）Y_{n-1}$$

式中，Q 为数字滤波器时间常数；X_n 为第 n 次采样时的滤波器输入；Y_n 为第 n 次采样时的滤波器输出。

6）加权平均法。

7）复合法。

2. 控制失灵的软件对策

在大量的开关量控制的系统中，人们关注的问题是能否确保正常的控制状态。如果干扰进入系统，会影响各种控制条件。造成控制输出失误，或直接影响输出信号造成控制失误。为了确保系统安全，可以采取下述软件抗干扰措施：

1）软件冗余。变一次处理控制为循环采样控制。

2）设置输出状态寄存器，如例程中的"STAT25"标记。

3）设自检程序。

3. 程序跑飞

为防止程序跑飞，可采取以下措施：

1）减少中断及中断处理内容，随开随关，不用的中断入口处写入 RESET（0FFH）。

2）设置监视跟踪定时器，如使用 WATCHDOG（9816ms）或 MAX691 硬件看门狗。

3）设置软件陷阱，不用处写入 0FFH→RST 复位。

4）开关信号加延时去抖判断。

5）通信中应加同步判断、垂直异或判断等，有时还要加表决、比较等处理。

9.2 型式试验与电磁兼容

9.2.1 型式试验

型式试验是为了验证产品是否符合用户与制造厂的合同所规定的要求，以及为了验证产品能否满足技术规范的全部要求所进行的试验。它是新产品鉴定中必不可少的一个环节。只有通过型式试验，该产品才能正式投入生产，然而对产品认证来说，一般不对再设计的新产品进行认证。为了达到认证目的而进行的型式试验，是对一个或多个具有代表性的样品利用试验手段进行合格性评定。型式试验的依据是产品标准。试验所需样品的数量由论证机构确定，试验样品从制造厂的最终产品中随机抽取。

1. 试验的分类

试验分为型式试验、例行试验和研究性试验三类。

（1）型式试验

• 新产品定型、投入批量生产前进行全部项目的型式试验，包括外观检查、绝缘试验、工作性能试验、浪涌电压试验、低温试验、高温试验、湿热试验、振动和冲击试验、耐受腐蚀性大气试验、灰尘、湿热和高温综合试验、水密性试验、装车运行试验。

● 经常生产的定型产品，每隔三年应进行外观检查、绝缘试验、工作性能试验、浪涌电压试验、低温试验、高温试验、湿热试验、振动和冲击试验、耐受腐蚀性大气试验、灰尘、湿热和高温综合试验、水密性试验。

● 不经常生产的定型产品，间隔三年或三年以上再生产时，应进行外观检查、绝缘试验、工作性能试验、浪涌电压试验、低温试验、高温试验、湿热试验、振动和冲击试验、耐受腐蚀性大气试验、灰尘、湿热和高温综合试验、水密性试验。

● 定型产品的结构、工艺、材料或生产厂家改变可能影响产品质量时，应进行外观检查、绝缘试验、工作性能试验、浪涌电压试验、低温试验、高温试验、湿热试验、振动和冲击试验、耐受腐蚀性大气试验、灰尘、湿热和高温综合试验、水密性试验中部分项目或全部项目的型式试验。

● 定型产品用于其他型号机车时，应进行性能试验和浪涌保护检验。

（2）例行试验

对每台出厂的电子装置，制造厂都应进行例行试验。经用户与制造厂双方协商，用户也可以在交货的产品中进行抽样检查试验，以验证例行试验结果。

（3）研究性试验

用户与制造厂有特殊要求时，可以进行某些项目的研究性试验，以获得某些特殊资料和数据，供设计、制造和使用时参考。研究性试验的结果不能作为评判产品合格与否的依据。

2. 机车轴承温度检测报警装置检验细则

（1）总则

1）本细则仅适用于机车轴承温度检测报警装置（以下简称装置）检验。

2）本细则编制依据：

TB/T1394—1993 铁道机车动车电子装置；

机车轴承温度检测报警装置技术条件（暂行）。

（2）试样

1）抽样方案：[2；0，1]，其中 2 为样本数，0 为合格判定数，1 为不合格判定数。

2）试样来源：根据铁道部运输局、科教司运装技验 [2000] 170 号文件要求，试验样品由生产企业送样。

3）试样要求：试样应是近期生产未经使用并检验合格的产品。网络连接线长度不得短于 300m，主从机连线不得短于 100m。

4）试样数量：2 套（包括主、副机，网络连线），备用传感器两只。

（3）检验项目及要求

检验项目、检验顺序及不合格分类见表9-1。

表 9-1　机车轴承温度检测报警装置检验项目

序　　号	检 验 项 目	不合格类型
1	外观检查	B
2	绝缘电阻测量及介电强度试验	A
3	工作性能试验	A
4	浪涌电压试验	A

（续）

序　号	检 验 项 目	不合格类型
5	低温试验	A
6	高温试验	A
7	湿热试验	A
8	振动与冲击试验	A

检验要求包括以下几个方面。

1）外观检查

外观质量不应有影响使用的缺陷，外形尺寸、安装尺寸、布线、零部件安装、焊接质量应符合图纸要求。电路板的原件安装、表面涂敷、接线和焊接质量应符合图纸要求。

2）绝缘电阻测量及介电强度试验

用500V兆欧表分别测量装置的110V电路部分对低压电路（总线插座、通信插座）及机壳间的绝缘电阻不小于2MΩ；低压电路对机壳间的绝缘电阻不小于2MΩ。

在110V电路部分与低压电路及机壳间施加工频电压1000V，历时1min，装置应无击穿与闪络现象。

在低压电路与机壳间施加工频电压500V，历时1min，装置应无击穿与闪络现象。

3）工作性能试验

自检：连接好装置的总线、通信线、电源线，装置接通电源时应能自动进入自检程序：显示并可调整时间信息，检查传感器、蜂鸣器、发光二极管并报告状态信息。

• 温度循检试验

装置进入温度检测程序后，在循环显示方式下，在 $-55 \sim +125℃$ 的温度范围内各轴位温度检测误差应不大于 $±2℃$。

• 循环检测周期测试

在最高温度值及现显示方式下，任选一轴位温度传感器对其进行加热，控制其温升速率不小于 $1℃/3s$，记录最高温度显示变化10次所用时间 t，计算循环检测周期 $T = t/10$ 应不大于3s。

• 超温报警试验

当某一轴承温升超过55K时，主机面板应固定显示此轴承的温度值及位置；当有两个或两个以上的轴承温升超过55K时，则循环显示此两个及两个以上轴承的温度值及位置。相应位置的发光二极管发光，同时蜂鸣器报警。

当某一轴承温度超过90℃时，主机面板应固定显示此轴承的温度值及位置；当有两个或两个以上的轴承温升超过90℃时，则循环显示此两个及两个以上轴承的温度值及位置。相应位置的发光二极管发光，同时蜂鸣器报警。

• 开路、短路、复位试验

装置进入温度检测程序后，断开任一温度传感器，装置主、从机应显示开路信息。恢复传感器为正常状态，装置温度显示应正常；装置进入温度检测程序后，短路任一温度传感器，装置主、从机应显示短路信息。恢复传感器为正常状态，装置温度显示应正常；拔掉任意两个传感器，按"复位"键，自检信息应能显示所拔掉的传感器的轴位号及开路信息。

● 工作电压范围检查

将装置输入电压分别调为 72V DC、144V DC 时，重复前四条试验。

● 传感器编码及替换试验

对备用的两个传感器进行编码，再用这两个传感器替换网路中的传感器，装置应能正常工作。

● 密封性能试验

装置在循环显示方式下，将接线盒、传感器、连线浸入不低于 0.5m 深的水槽中，装置应能正常工作 1 小时以上，各点温度显示应无异常。

● 转储功能试验

将 IC 卡插入 IC 卡插口，面板应显示 IC，按 "转存" 键，应显示 "IC COPY"。转储完毕，应显示 "IC PASS"。

● 记录功能检查

对装置进行如下操作并做好记录。

a）开机，记录开机时间；

b）调整时钟，记录调整时间；

c）将任一传感器开路，记录开路时间；

d）将任一传感器短路，记录短路时间；

e）记录环境温度值；

f）任选一温度传感器将其缓慢升温到 90℃ 以上，记录升温传感器轴位、报警温度值、报警时间；用专用读卡器读出转存到 IC 卡上的数据，并将其与实际操作记录相比较，不应有数据丢失，时间记录误差应不超过 6s，温度记录误差不超过 2℃，轴位记录不应有错误。

4）浪涌电压试验

按 TB/T1394—1993 第 5.5 条的规定进行：浪涌电压加在装置上与外部电路直接连接的端子或连线与电源零电位点之间。采用图 9-5 所示电容放电电路产生的波形进行试验，参数如下：

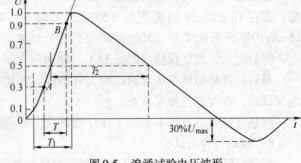

图 9-5　浪涌试验电压波形

幅值：$U = 1.8\text{kV} \pm 3\%$　　　持续时间：$D = 50\mu s \pm 20\%$

阻抗：$Z = 100\Omega \pm 20\%$　　　$d = 1\mu s \pm 20\%$

浪涌试验时，以正极性与负极性对被试装置分别施加浪涌电压，每种极性至少三次，试验后装置应能正常工作。

5）低温性能试验

按 TB/T1394—1993 第 5.6 条的规定进行：将装置放入低温试验箱内，装置不接通任何电源。在等于或大于 0.5h 内将箱温从正常试验环境（25±10）℃ 逐渐降至（−25±10）℃，并在此温度下保持 2h，这个期间从低温箱内几个温度测量仪表测得的温度一致时开始计算。在 2h 之末给装置接通电源，检查其工作性能。检查完毕切断装置电源，将箱温再降到（−40±3）℃，在此温度下保持 16h，然后取出被试装置，除去水滴，在正常的大气条件下恢复

1～2h，然后再次检查其工作性能。

在 –25℃环境条件下，重复本细则工作性能试验中的第1项和第4项试验。

在经 –40℃存放恢复后，重复本细则工作性能试验中的第1、2、4项试验。

6）高温性能试验

按 TB/T1394—1993 第5.7条的规定进行：将装置放入高温试验箱内，给装置接通电源，使之处于工作状态。随后在等于或大于0.5h内将箱温从正常试验环境温度（25±10）℃逐渐升高到（70±2）℃。达到这个温度后装置在箱内保持6h，这个期间应从高温试验箱内几个温度测量仪测得的温度一致时开始计算。这个期间之末，在箱温保持（70±2）℃的情况下，检查其工作性能。

在 +70℃环境条件下各点显示温度应正常，重复本细则工作性能试验中的第4项试验。

7）湿热试验

按 TB/T1394—1993 第5.8条的规定进行：将通过工作性能试验的样品放入湿热试验箱内，装置不接通电源不加包装，将箱温调至（25±3）℃并保持此值，相对湿度调至45%～75%进行2～6h稳定温度处理。在最后1h内，将箱内相对湿度提高到≥95%，温度仍保持(25±3)℃。

稳定阶段之后循环开始，使箱温在2.5～3.5h内由（25±3）℃连续升到（55±2）℃，这期间除最后15min内相对湿度不低于90%外，升温阶段相对湿度都不应低于95%，以使试样表面产生凝露。然后，在温度为（55±2）℃的高温高湿环境下保持到从循环开始计算起（12±0.5）h止。这一阶段的相对湿度，除最初的15min和最后的15min不低于90%外，均应为93%±3%。

然后在3～6h内，将箱温由（55±2）℃降至（25±3）℃。在开始1.5h内按下述速度降温，即在3h±15min内温度从（55±2）℃降至（25±3）℃。这期间的相对湿度除最初的15min内不低于90%外，其他时间均不低于95%。

降温之后，温度保持（25±3）℃，相对湿度不低于95%，直至24h循环结束。

最后，将样品放在正常的试验大气条件下恢复1～2h，恢复后立即进行工作性能试验和绝缘试验，并要进行外观检查。

湿热试验后，重复本细则工作性能试验中的第1、2、4项试验。

8）振动与冲击试验

按 TB/T1394—1993 第5.9条的规定对装置进行振动与冲击试验：装置安装在试验台上，调节振动试验台频率（f），使之在不少于4min时间内，由1Hz逐渐变化到100Hz，其振幅（A）按如下规定调整：

$$A = 25/f, 单位 mm, f = 1 \sim 10Hz$$
$$A = 250/f^2, 单位 mm, f = 10 \sim 100Hz$$

若发生共振，则应在相应频率上持续数分钟。

装置接通电源处于工作状态，在三个方向分别承受2h的耐振试验。若已找出共振频率，耐振试验应在共振频率下进行。若找不到共振频率，就在10Hz频率下进行。振幅按上述规定调整。装置应无紧固件松动及机械损伤，各点温度显示应正常，无误报警等异常现象。

温度传感器及接线盒应能承受相对于机车横向、垂向、纵向加速度为30g的冲击400次，装置应无开路、短路及误报警等异常现象。各点温度显示应正常。冲击试验后，重复本细则工作性能试验中的第 8 项试验。

（4）结果判定

两套试样都能通过本试验细则第 1 至第 8 项试验，则判定本次试验合格，否则判定本次试验为不合格。

9.2.2　电磁兼容

从电磁场的观点看，我们所处的外部环境是个十分复杂的电磁空间。在这个电磁环境中，有来自大自然的各种放电现象、宇宙空间的各种电磁变化，也有人类利用电和电磁场所进行的各种活动。各种各样的电子设备、微机系统对周围电磁环境的变化都十分敏感。也就是说，空间电磁场的变化对各种应用电子设备都会造成不同程度的干扰。从产生干扰和被干扰的角度，可将设备分为三类：一类为本身能产生干扰的干扰源，但却不受其他干扰的影响，如大功率电力设备、工业高频炉等；第二类设备既是干扰源，本身又受其他电磁干扰，如各种通信设备；第三类设备是基本不干扰其他设备，而以被干扰为主，如小功率电子设备、单片机应用系统等，这类设备应以防护免受干扰为主。

1. 电磁兼容性设计及内容

所谓电磁兼容性（Electromagnetic Compatibility，简称 EMC，俗称抗电磁干扰或抗干扰），是指电子装置在预定的工作环境下，既不受周围电磁场的影响，也不影响周围环境，不发生性能变异或误动作，而按设计要求正常工作的能力。电磁兼容性又称为电磁相容性。

由此可见，使处于复杂电磁环境中的设备不受周围电磁环境的影响是电磁兼容性技术的核心内容。电磁兼容性设计也就是研究如何设计电子设备使其不受电磁干扰的影响。具体来说，就是研究如何使干扰信号不损害有用信息、不影响系统正常工作前提下与有用信号"和平共处"，互不影响。通俗地说，就是抗干扰设计。电磁兼容的影响范围如图 9-6 所示。

电磁兼容性设计主要包括以下内容。

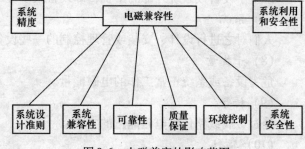

图 9-6　电磁兼容的影响范围

- EMC 的基本测试项目及测试过程；
- EMC 的标准；
- 硬件知识，对电路（主控、接口）了解；
- EMC 设计整改元器件的作用；
- 系统结构屏蔽设计方法。

对周围电磁干扰物理特性进行估算和测定，要求对电子设备所处电磁环境进行评估，要研究电磁干扰源的特性及传播途径，估算和测定出现有环境条件下可能出现的最大干扰强度。在此基础上，采用必要的措施抑制干扰源或者阻断干扰源的传播途径，使干扰强度不至于影响整个系统或设备的正常工作。

电磁干扰能力要求对可能受干扰影响的设备的抗干扰能力做出评价，利用分析计算方法或者试验测量求得设备承受电磁干扰的极限值和噪声敏感度。

抗电磁干扰设计要求对上述两方面内容进行比较权衡，寻求效果最佳而成本最低的方案。电磁兼容性设计要求可用下列不等式来说明：

$$干扰源强度 \times 传播衰减因子 < 设备抗干扰能力$$

"电磁相容性不等式"中的三个因素可以分别或同时采取措施，使不等式成立。设计就是要减小不等式左边的两个因子，提高不等式右边的能力（即降低设备对干扰的敏感度），并使效果最佳而代价最小。

2. 常用名词术语

（1）噪声

叠加于有用信号之上，使原来有用信号发生畸变的变化电量称为电噪声，简称噪声。

（2）干扰

由于噪声在一定条件下影响和破坏设备或系统的正常工作，所以通常把具有危害性的噪声称为干扰。

（3）干扰源

产生干扰的主体称为干扰源。

（4）受扰体

指受到干扰危害的设备或系统，也称为干扰对象或受干扰对象。

（5）内部干扰

产生于设备或系统内部的干扰。

（6）外部干扰

产生于设备或系统外部的干扰，即设备或系统之间的电磁干扰。

（7）系统

人们对之进行设计、安装或管理控制的一些设备、装置的综合体。

（8）干扰量

危害设备或系统正常工作的电磁能量。

（9）传导

经过金属线路传输电磁能量的方式。

（10）辐射

经由自由空间传播电磁能量的形式。

（11）传导干扰

沿导体传播的电磁能量干扰。

（12）辐射干扰

通过自由空间传播电磁能量而造成的干扰。

（13）耦合

泛指两个或两个以上体系或运动形式之间相互作用而彼此发生关联的现象。这里指干扰源和受扰体之间通过电磁量产生联系的现象，或者说受扰体获得干扰的方式。

（14）传导耦合

指电导性（欧姆解除）、电容性、电感性耦合之一或二、三者结合。

（15）电感耦合

干扰源和受扰体之间通过交变磁场产生的耦合。

（16）电容耦合

干扰源和受扰体之间通过电场能量产生的耦合。

（17）公共阻抗耦合

干扰源和受扰体之间通过公共导线的电阻、感抗、容抗产生的耦合。

（18）波阻抗耦合

由传导的电磁波或辐射的电磁波与受扰体之间产生的耦合。

（19）屏蔽

用金属外罩把元器件、电路或设备等封闭并与地相连，以避免外来电磁波干扰侵入或内部产生的高频信号向外辐射的方法。

（20）平衡

使电路结构保持对称的措施。

（21）敏感度

设备或系统对于电磁干扰能量的相应特性，即保证设备和系统正常运行时所允许噪声存在的最大限度，也称为抗扰度。

3. 电磁兼容试验

EMC 测试内容包括以下几个方面。

（1）高频电磁骚扰的发射测试

0.15～30MHz 的交流电源线传导骚扰测试；

0.15～30MHz 的交流电源线断续骚扰测试（仅家用电器产品有此要求）；

0.15～30MHz 的信号线、控制线、直流电源线传导骚扰测试；

30～1000MHz 的辐射骚扰测试（对家用电器和电动工具做 30～300MHz 的辐射骚扰功率测试）。

（2）低频电磁骚扰的发射测试

0～2kHz 的工频谐波、电压波动和闪烁测试。

（3）产品的抗扰度试验

静电放电试验；

高频辐射电磁场试验；

电快速瞬变脉冲群试验；

雷击浪涌试验；

由射频场感应所引起的高频传导试验；

电压跌落试验；

工频磁场试验等。

（4）抗扰度试验后试品性能的评定

情况 A：试品在试验中和试验后都能正常工作，无性能下降和低于制造商规定的性能等级现象发生。

情况 B：试品在试验后可以正常工作，且无性能下降和低于制造商所规定的性能等级现象发生。

情况 C：允许试品有暂时性的性能降低，只要这种功能是可以通过控制操作、人工复位，甚至是关机后恢复的。

（5）电磁兼容常用抗扰度测试

1）静电放电抗扰度试验

静电放电抗扰度试验模拟两种情况：一是直接放电，即设备操作人员直接触摸设备时对设备放电及放电对设备工作的影响；二是间接放电（或空气放电），即设备操作人员触摸邻近设备放电对本设备的影响。试验等级有 4 级，对直接放电分别为 2kV、4kV、6kV、8kV，对间接放电分别为 2kV、4kV、8kV、15kV。放电平台示意图如图 9-7 所示。

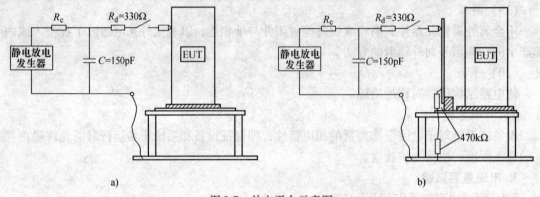

图 9-7　放电平台示意图

a）直接放电　b）间接放电

2）电快速瞬变脉冲群抗扰度试验

机械开关投切电感性负载时，往往产生成群脉冲干扰，其重复频率较高，波形的上升时间很短。单个脉冲能量较小，但脉冲成群出现时，能量积累到一定程度，会引起线路的误动作。

在电源线上试验时，分别取 0.5kV（5kHz）、1kV（5kHz）、2kV（5kHz）、4kV（2.5kHz）及待定值；在信号线、控制线上试验时，分别取 0.25kV（5kHz）、0.5kV（5kHz）、1kV（5kHz）、2kV（5kHz）及待定值。脉冲群发生器产生的波形如图 9-8 所示。

在"机车轴温监测报警装置"的电磁兼容试验中，采用了欧盟的 EN50121-3-2 标准。试验内容见表 9-2。

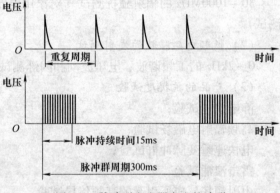

图 9-8　脉冲群发生器产生的波形

表 9-2　"机车轴温监测报警装置"的电磁兼容试验内容

序　号	试验项目	等　级	限　值	性能评判
1	浪涌抗扰度	3 级 2kV	—	B
2	电快速瞬变脉冲群抗扰度	电源线：3 级 2kV 信号线：4 级 2kV	—	A
3	静电放电抗扰度	3 级接触放电 6kV 空气放电 8kV	—	B

（续）

序　号	试验项目	等　级	限　值	性能评判
4	射频电磁场辐射抗扰度	20V/M	—	A
5	电源端骚扰电压	—	79/73dBμV	—
6	射频场感应的传导骚扰抗扰度	3 级 10V	—	A
7	电磁辐射骚扰	—	40/47dBμV/m	—

4. 电磁兼容性标准

由于电子技术的迅速发展和各种电子设备、电气设备的广泛应用，人类所处的电磁环境日益恶化。面对这种情况，对电子、电气设备的抗干扰能力的要求也越来越高。随着世界经济全球化进程的加快，为了促使各种电子产品的交流与发展，对产品的 EMC 性能的要求和检测方法的标准化工作显得更为迫切与重要。EMC 标准分类如图 9-9 所示。

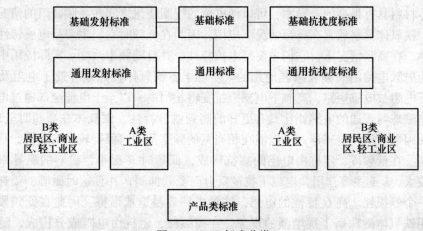

图 9-9　EMC 标准分类

国外电磁兼容性的标准化工作起步较早，目前制定电磁标准的组织和机构很多，具有代表性的是国际无线电干扰特别委员会（CISPR）和国际电工委员会（IEC）。我国也制定了对应 CISPR 和 IEC61000-4 等标准的一系列国家标准，以及结合我国一些其他的 EMC 国家标准。

由于影响 IEC 的因素很多，产生机理的认识不同就可能导致标准的差异。不同的标准采用不同的测量方法、参数和仪器，对同一设备测得的数据缺乏可比性。这样对技术和产品的交流是不利的。因此，目前 IEC 标准化发展中的一个趋势是国际标准化，即各国标准都趋向于等效采用国际标准。

5. EMC 常用元件介绍

（1）共模电感

由于 EMC 所面临解决问题大多是共模干扰，因此共模电感也是我们常用的有利元件之一。共模电感是一个以铁氧体为磁心的共模干扰抑制器件，它由两个尺寸相同、匝数相同的线圈对称地绕制在同一个铁氧体环形磁心上，形成一个四端器件。当流过共模电流时，磁环中的磁通相互叠加，从而具有相当大的电感量，对共模电流起到抑制作用；而当两线圈流过差模电流时，磁环中的磁通相互抵消，几乎没有电感量，所以差模电流可以无衰减地通过。因此，共模电感在平衡线路中能有效地抑制共模干扰信号，而对线路正常传输的差模信号无影响。

共模电感在制作时应满足以下要求。

1）绕制在线圈磁心上的导线要相互绝缘，以保证在瞬时过电压作用下线圈的匝间不发生击穿短路。

2）当线圈流过瞬时大电流时，磁心不要出现饱和。

3）线圈中的磁心应与线圈绝缘，以防止在瞬时过电压作用下两者之间发生击穿。

4）线圈应尽可能绕制单层，这样做可减小线圈的寄生电容，增强线圈对瞬时过电压的忍受能力。

通常情况下，同时注意选择所需滤波的频段，共模阻抗越大越好，因此我们在选择共模电感时需要看器件资料，主要根据阻抗频率曲线选择。另外，选择时注意考虑差模阻抗对信号的影响，主要关注差模阻抗，特别注意高速端口。

（2）磁珠

铁氧体材料具有很高的磁导率，可以使电感的线圈绕组之间在高频高阻的情况下产生的电容最小。铁氧体材料通常在高频情况下应用，因为在低频时它们主要呈电感特性，使线上的损耗很小。在高频情况下，它们主要呈电抗特性，并且随频率改变。实际应用中，铁氧体材料是作为射频电路的高频衰减器使用的。实际上，铁氧体较好地等效于电阻及电感的并联，低频下电阻被电感短路，高频下电感阻抗变得相当高，以至于电流全部通过电阻。

铁氧体磁珠与普通的电感相比具有更好的高频滤波特性。铁氧体在高频时呈现电阻性，相当于品质因数很低的电感器，所以能在相当宽的频率范围内保持较高的阻抗，从而提高高频滤波效能。在低频段，阻抗由电感的感抗构成，低频时 R 很小，磁心的磁导率较高，因此电感量较大，L 起主要作用，电磁干扰被反射而受到抑制；并且这时磁心的损耗较小，整个器件是一个低损耗、高 Q 特性的电感，这种电感容易造成谐振，因此在低频段，有时可能出现使用铁氧体磁珠后干扰增强的现象。在高频段，阻抗由电阻成分构成，随着频率升高，磁心的磁导率降低，导致电感的电感量减小，感抗成分减小。但是，这时磁心的损耗增加，电阻成分增加，导致总的阻抗增加，当高频信号通过铁氧体时，电磁干扰被吸收并转换成热能的形式耗散掉。

铁氧体抑制元件广泛应用于印制电路板、电源线和数据线上。如在印制板的电源线入口端加上铁氧体抑制元件，就可以滤除高频干扰。铁氧体磁环或磁珠专用于抑制信号线、电源线上的高频干扰和尖峰干扰，它也具有吸收静电放电脉冲干扰的能力。

磁珠的单位是欧姆，因为磁珠的单位是按照它在某一频率产生的阻抗来标称的。磁珠的数据手册上一般会提供频率和阻抗的特性曲线图，一般以 100MHz 为标准，比如在 100MHz 频率时磁珠的阻抗相当于 1000Ω。针对我们所要滤波的频段，需要选取磁珠阻抗越大越好，通常情况下选取 600Ω 阻抗以上的。

另外，选择磁珠时需要注意磁珠的通流量，一般需要下降 80% 处理，用在电源电路时要考虑直流阻抗对压降影响。

（3）滤波电容器

滤波是压缩信号回路干扰频谱的一种方法，当干扰频谱成分不同于有用信号的频带时，可用滤波器将无用的干扰信号滤除。滤波器对与有用信号频率不同的那些频率成分有良好的抑制作用，借助滤波器可明显减小传导干扰电平，若滤波器把有用信号和干扰信号的频谱隔离的越完善，它对减少有用信号回路内的干扰信号的效果就越好，因此恰当地设计、选择和正确地使用滤波器对抑制干扰是非常重要的。

尽管从滤除高频噪声的角度看，电容的谐振是不希望的，但是电容的谐振并不是总是有害的。当要滤除的噪声频率确定时，可以通过调整电容的容量，使谐振点刚好落在骚扰频率上。

在实际工程中，要滤除的电磁噪声频率往往高达数百 MHz，甚至超过 1GHz。对这样高频的电磁噪声，必须使用穿心电容才能有效地滤除。普通电容之所以不能有效地滤除高频噪声，是因为两个原因：一个原因是电容引线电感造成电容谐振，对高频信号呈现较大的阻抗，削弱了对高频信号的旁路作用；另一个原因是导线之间的寄生电容使高频信号发生耦合，降低了滤波效果。

穿心电容之所以能有效地滤除高频噪声，是因为穿心电容不仅没有引线电感造成电容谐振频率过低的问题，而且穿心电容可以直接安装在金属面板上，利用金属面板起到高频隔离的作用。但是在使用穿心电容时，要注意的问题是安装问题。穿心电容最大的弱点是怕高温和温度冲击，这在将穿心电容往金属面板上焊接时造成很大困难。许多电容在焊接过程中发生损坏。特别是当需要将大量的穿心电容安装在面板上时，只要有一个损坏，就很难修复，因为在将损坏的电容拆下时，会造成邻近其他电容的损坏。

随着电子设备复杂程度的提高，设备内部强弱电混合安装、数字逻辑电路混合安装的情况越来越多，电路模块之间的相互骚扰成为严重的问题。解决这种电路模块相互骚扰的方法之一是用金属隔离舱将不同性质的电路隔离开。但是所有穿过隔离舱的导线要通过穿心电容，否则会造成隔离失效。当不同电路模块之间有大量的连线时，在隔离舱上安装大量的穿心电容是十分困难的事情。为了解决这个问题，国外许多厂商开发了"滤波阵列板"，这是用特殊工艺事先将穿心电容焊接在一块金属板构成的器件，使用滤波阵列板能够轻而易举地解决大量导线穿过金属面板的问题。

（4）TVS（瞬态电压抑制器）二极管

TVS 二极管是一种固态二极管，适用于 ESD 保护。一般选择工作电压大于或等于电路正常工作电压的器件。TVS 二极管是和被保护电路并联的，当瞬态电压超过电路的正常工作电压时，二极管发生雪崩，为瞬态电流提供通路，使内部电路免遭超额电压的击穿或超额电流的过热烧毁。由于 TVS 二极管的结面积较大，使得它具有泄放瞬态大电流的优点，具有理想的保护作用。但同时必须注意，结面积大造成结电容增大，因而不适合高频信号电路的保护。改进后的 TVS 二极管还具有适应低压电路（<5V）的特点，且封装集成度高，适用于在印制电路板面积紧张的情况下使用。这些特点决定了它有广泛的适用范围，尤其在高档便携设备的接口电路中有很好的使用价值。

6. 结构屏蔽设计

设备一般都需要进行屏蔽，这是因为结构本身存在一些槽和缝隙。所需屏蔽可通过一些基本原则确定，但是理论与现实之间还是有差别。例如在计算某个频率下衬垫的大小和间距时还必须考虑信号的强度，如同在一个设备中使用了多个处理器时的情形。表面处理及垫片设计是保持长期屏蔽以实现 EMC 性能的关键因素。

屏蔽是通过各种屏蔽材料吸收及反射外来电磁能量来防止外来干扰的侵入（被动屏蔽），或将设备辐射的电磁能量限制在一定区域内，以防止干扰其他设备（主动屏蔽）。屏蔽不仅对辐射干扰有良好的抑制效果，而且对静电干扰和干扰的电容性耦合、电感性耦合均有明显的抑制作用，因此屏蔽是抑制电磁干扰的重要技术，在实际工程设计中，必须在保证通风、散热要求的条件下实现良好的电磁屏蔽。

在高频电场下，采用薄层金属作为外壳或内衬材料可达到良好的屏蔽效果，但条件是屏蔽必须连续，并将敏感部分完全遮盖住，没有缺口或缝隙（形成一个法拉第笼）。然而，在实际中要制造一个无接缝及缺口的屏蔽罩是不可能的，由于屏蔽罩要分成多个部分进行制作，因此就会有缝隙需要接合。另外，通常还得在屏蔽罩上打孔，以便安装与插卡或装配组件的连线。尽管沟槽和缝隙不可避免，但在屏蔽设计中对与电路工作频率波长有关的沟槽长度进行仔细考虑是很有好处的。

习题与思考题

9-1　微机测控系统的主要干扰源有哪些？

9-2　如何减少电源和接地造成的干扰？

9-3　在设计印制电路板时应采取哪些措施来提高抗干扰能力？

9-4　型式试验包括哪些内容？

9-5　简述什么是电磁兼容设计，其主要内容有哪些？

第10章 微机检测与控制系统应用实例

10.1 电力机务段车顶钥匙管理系统设计

10.1.1 应用背景

电力机务段检修人员在段内整备、检修电力机车时，经常需要在机车顶部作业。由于机车顶部接近25kV接触网，安全距离只有1.5m，在检修人员登上车顶前，必须先操作隔离开关切断接触网高压，确认接触网断电之后才能登上车顶作业，否则将无法保证人员的生命安全。因此，电力机车车顶钥匙的管理一直是机务段管理工作的重点之一。

目前，国内车顶钥匙管理流程中的信息登记、确认、传达等步骤都采用人工方式。其中，机车车号的录入、机车停放股道的核对、对高压接触网的上下电操作、接地杆状态的核对等操作由监控人员亲自完成。人的疏忽或情感因素会增加系统的不安全因素，给生产过程带来很大的安全隐患。车顶钥匙管理系统是通过计算机实现上述流程控制的，在前面步骤没有完成的情况下无法进行后续步骤的操作，从而保证了检修人员的生命安全，提高了检修工作的安全系数。

10.1.2 系统总体方案设计

车顶钥匙管理系统包括室外智能监控节点、室内钥匙管理柜和中央控制计算机三个部分，系统总体结构如图10-1所示。

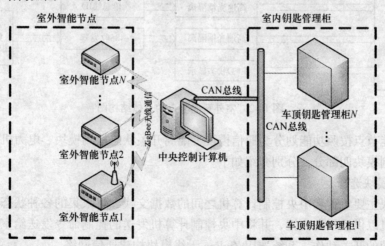

图10-1 车顶钥匙管理系统总体结构

系统中一个室外智能监控节点（以下简称室外智能节点）对应一个股道，其功能是采集对应股道的车号、车辆停放位置、备品箱、操作箱、接触网及接地杆状态，并通过ZigBee

无线网络将上述状态传送到中央控制计算机，根据中央控制计算机分配的权限对股道设备进行控制，防止工作人员的误操作，保证隔离开关的操作按照正确的流程安全地进行。

室内钥匙管理柜的主要功能是读取各个电子钥匙箱内存放的电子钥匙类型（车顶钥匙或机车钥匙），并通过 CAN 总线将各个箱体的状态发送给中央控制计算机。同时，电子钥匙管理柜响应中央控制计算机的控制命令，实现电子钥匙的半自动存取。

中央控制计算机的功能是对室外智能监控节点和室内钥匙管理柜的数据进行综合处理和逻辑判断，根据判断结果发送对应操作权限给室外智能节点或室内钥匙柜节点。同时，中央控制计算机对采集的状态进行图形化显示，对整个操作流程的关键步骤进行日志记录，提供日志查询功能。

10.1.3 室外智能节点设计

室外智能节点的主要功能是采集股道信息并监控隔离开关的操作流程，采集的信息包括：电力机车车号及停放位置，电子钥匙申请信息，接触网状态，工具箱状态，操作箱状态和接地杆状态。为防止误操作，室外智能节点还要对工具箱锁、操作箱锁、接地杆锁进行控制。室外智能节点的总体结构如图 10-2 所示。

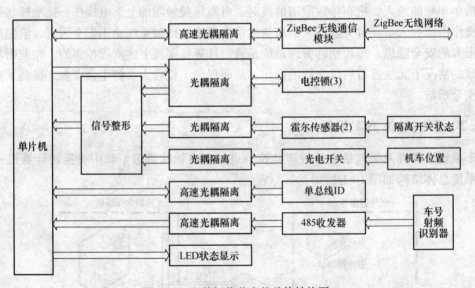

图 10-2 室外智能节点的总体结构图

室外智能节点按照功能划分为通信模块、隔离开关状态检测模块、电力机车信息采集模块和智能控制模块四部分，分别介绍如下。

1. 通信模块选择

通信模块主要负责和中央控制计算机之间的数据交换，将采集的各种状态信息发送给中央控制计算机以供显示和决策，并将中央控制计算机发送的控制命令发送给室外节点，从而控制各电控锁的开关动作。系统选用 ZigBee 无线模块构建通信网络。

ZigBee 是一种短距离、低复杂度、低功耗、低数据速率、低成本的双向无线通信网络技术，是 IEEE 802.15.4 协议的代名词。ZigBee 网络主要是为工业现场自动化控制数据传输而建立的，因而具有简单、使用方便、工作可靠、价格低的特点。一个 ZigBee 网络可包括多达 65000 个无线通信模块，各模块间可以相互通信。

整个系统采用主从通信模式，中央控制计算机为主机，室外智能节点为从机，主机定期轮询各从机并接收从机发送的状态信息，若需要进行控制，主机则传送控制命令到从机。

2. 隔离开关状态检测模块设计

高压接触网的带电状态是车顶钥匙发放的依据，也是确保检修人员人身安全的关键。接触网电压很高，直接测量存在困难，由于接触网上下电操作通过旋转隔离开关操作杆来完成，因此可通过检测隔离开关操作杆的旋转角度来判断接触网的通断状态。

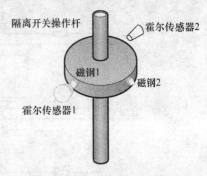

图 10-3　霍尔传感器安装示意图

隔离开关操作杆上有一个圆盘，每次接触网下电，圆盘要顺时针旋转 90°；上电时，圆盘则逆时针回转 90°。因此，在圆盘上安装两个相隔 90° 的磁钢，同时以一个磁钢为基点，相隔 180° 安装两个霍尔传感器，如图 10-3 所示。

假设高压接触网断电时，状态如图 10-3 所示，霍尔传感器 1 输出低电平，霍尔传感器 2 输出高电平；进行上电操作时，旋转隔离开关操作杆，圆盘逆时针转动 90°，则磁钢 1 离开霍尔传感器 1 检测范围，霍尔传感器 1 输出高电平，霍尔传感器 2 检测到磁钢 2 而输出低电平。根据两个霍尔传感器的输出变化可以判断隔离开关操作杆的位置，从而判断接触网的通断状态。

3. 电力机车信息采集模块

电力机车信息采集模块的作用是采集指定股道上停放机车的车号和位置。

（1）车号信息采集模块

车号是确定车辆唯一性的关键信息。本系统采用射频识别技术来取代传统的人工抄送车号的方式，提高了工作效率和可靠性。

RFID 射频识别是一种非接触式的自动识别技术，它通过射频信号自动识别目标对象并获取相关数据，识别工作无需人工干预，可工作于各种恶劣环境。

系统采用的是上海秀派电子科技有限公司的 SP-D200 射频识别器（如图 10-4 所示），SP-D200 射频识别器采用 "Super RFID" 技术，其技术性能如下：

图 10-4　SP-D200 射频识别器

- 远距离，有效识别距离从 0m 到 80m 可调。
- 极高的防冲突性，可同时识别 200 个以上不同的射频识别卡。
- 高速度，检测移动时速可达 200km 以上。
- 智能化，RFID 与收发器之间可实现双向高速数据交换。
- 高可靠，适应工矿工作环境（ –40 ~ 85℃），防水，防冲击。
- 超低功耗，采用全球开放的 ISM 微波频段，无需申请和付费。
- 高抗干扰性，对现场各种干扰源无特殊要求。

系统在每个股道安装一台 SP – D200 射频识别器，每台机车上安装射频卡（电子标签），当列车达到射频识别器的识别范围内以后，其就能检测到电子标签上 5 个字节的车号信息。

识别器提供 485 通信接口，为了提高系统的抗干扰性，采用两路光耦隔离器件 6N137 隔离 TXD、RXD 数据线后接入室外智能监控节点 CPU。CPU 的 P1.6 口作为 485 发送接收状态的控制线，采用 TLP521 进行光耦隔离。其电路如图 10-5 所示。

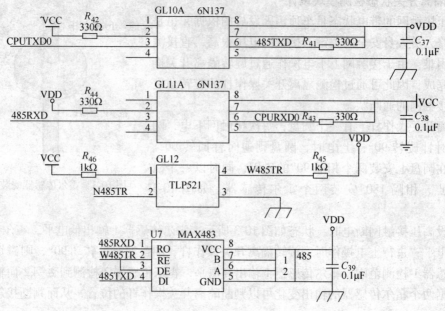

图 10-5　485 隔离接口电路

（2）机车位置采集模块

机车位置是确定相应股道隔离开关操作权限的重要信息，系统采用光电开关来检测机车位置。

光电开关分为对射式、镜面反射式和漫反射式。其中漫反射式的通用性好，对被测物表面材质要求低。为此，系统采用了 OPTEX 公司的漫反射式 VD-250N 红外光电开关（如图 10-6 所示），具体技术参数如下：

- 探测范围：40～2500mm；
- 供电电压：直流 10～30V，可承受 2700V 交流浪涌；
- 消耗功率：5mA；
- 反应时间：5ms；
- 系统光源：红外线；
- 输入测试：是；
- 环境温度：−25～+55℃；
- 环境光照：35%～85% RH。

图 10-6　VD-250N
红外光电开关

传感器通过双绞线屏蔽电缆与智能节点连接，将股道车辆的停放信息以开关量的形式通过 TLP521 进行光耦隔离后输入室外智能节点的微处理器。

4. 智能控制模块的设计

智能控制模块是检修人员与系统设备的一个交互接口。检修人员将机车钥匙（电子钥匙）插入身份识别接口，申请进行隔离开关的操作。申请获得系统通过后，系统会根据目前的股道信息状态，打开相应的电控锁，使检修人员能够按照规范的流程进行隔离开关操作。

智能控制模块分为身份识别模块和电控锁控制模块两个部分，以下分别进行介绍。

（1）身份识别模块设计

身份识别模块由电子钥匙和识别接口组成，替代原有机械锁的作用。检修人员要进行隔离开关的操作时，将机车钥匙（电子钥匙）插入识别接口，系统对目前机车和股道的状态进行自动逻辑判断。若股道状态符合操作权限要求，则响应检修人员的操作请求；否则，拒绝检修人员的操作要求。

电子钥匙采用 DALLAS 公司带 VCC 输入引脚的硅序列码芯片 DS2411 作为机车钥匙和车顶钥匙身份的唯一匹配标识。

DS2411 是可由外部供电的单总线电子注册码芯片，它能用最少的电子接口提供绝对唯一的电子身份标识。DS2411 的注册码是由工厂激光刻制的 64 位 ROM 码，数据按照 Dallas Semiconductor 的单总线协议传输。

DS2411 采用独立供电模式，防止窃电模式可能对数据传输造成的影响。CPU 的两路 I/O 口线使用 6N137 进行高速光电隔离连接单总线数据线，防止信号干扰，其电路连接如图 10-7 所示。

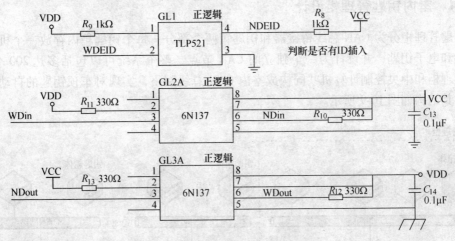

图 10-7　单总线隔离接口电路连接图

电子钥匙没插入识别接口时，识别接口模块端口 3 输出高电平。由于单总线电子钥匙采用 4 线连接的方式，端口 3 与地短接。一旦电子钥匙插入识别接口，识别接口模块端口 3 将被强行拉至低电平，这作为电子钥匙是否插入识别接口的依据。

（2）电控锁控制模块设计

为保证安全，工具箱、隔离箱和接地杆都安装电控锁。电控锁模块和身份识别模块共同构成了智能控制模块，可经 ZigBee 无线网络进行远程控制。为保证系统安全，系统采用的 OC3101L 电控锁为断电上锁，通电开锁，系统断电时，设备箱和隔离箱都处于锁闭状态，系统处于安全状态。电控锁还带有状态输出，从而进行锁闭状态的反馈检测。

单片机的 I/O 经 MC1413 驱动芯片来启动电控锁的打开和锁闭。单片机送高电平时，锁上电控锁，LED 指示灯灭；单片机送低电平时，打开电控锁，LED 指示灯亮。单个电控锁电路接口如图 10-8 所示。

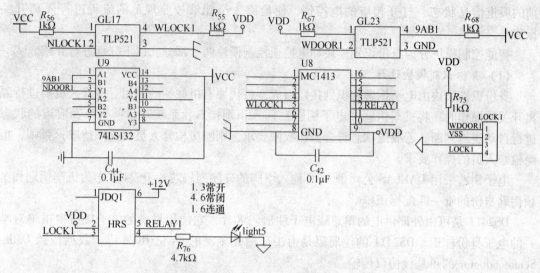

图 10-8　单个电控锁电路接口图

10.1.4　室内钥匙管理柜设计

钥匙管理柜分为 CAN 总线桥接器和钥匙箱两个部分。每个钥匙箱内存放一个机车的车顶钥匙和电子钥匙，并设计为一个独立的 CAN 节点，整个系统可以包括多达 200 个节点，钥匙管理柜和中央控制计算机共同构成室内 CAN 总线网络，实现对车顶钥匙的自动化安全管理，其结构如图 10-9 所示。

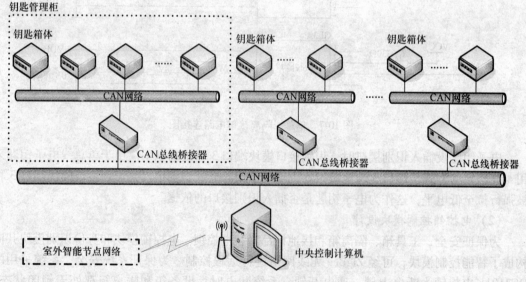

图 10-9　室内钥匙管理柜系统结构图

1. 钥匙箱 CAN 节点设计

钥匙柜的功能是负责监控车顶钥匙和机车钥匙。车顶钥匙和机车钥匙都有全球唯一的 64 位码光刻序列号（DS2411），插入钥匙柜对应的钥匙箱内。由箱体里面的单片机读取目前的钥匙状态，并通过 CAN 总线把数据发回给中央控制计算机。

　　每个钥匙箱必须有 1 个电子钥匙存放其中（车顶钥匙或者机车钥匙），否则钥匙箱检测到箱体为空状态，并发送报警信息给中央计算机，中央计算机发出命令锁闭系统，并作为工作事故记入系统日志。

　　钥匙箱硬件电路采用 Atmel 公司的 AT89C52 单片机作为微处理器，每个钥匙箱按照功能划分为 CAN 总线通信模块、钥匙识别接口模块、电控锁控制模块。

　　CAN 总线通信模块实现钥匙箱与对应 CAN 总线桥接器的数据通信。CAN 通信控制器采用 SJA1000，CAN 总线驱动器采用 82C250。SJA1000 与 82C250 之间通过高速光耦 6N137 进行光电隔离，以降低干扰，保证通信的正确性。

　　电子钥匙识别接口模块的主要功能是识别目前钥匙箱内电子钥匙的状态，从而对车顶钥匙或机车钥匙进行有效、安全的监控。钥匙识别接口模块采用单总线电子注册码芯片，设计方案类似于室外控制模块中身份识别的设计。

　　电控锁控制模块主要用于自动打开或锁闭钥匙箱，实现电子钥匙的连锁管理。为了匹配钥匙箱的尺寸，选用的电控锁尺寸较小。电控锁常态为锁闭状态，通电则锁舌吸合。由于电控锁不带门锁状态反馈信息，单片机无法判断钥匙门的开关状态，所以在钥匙箱门板上安装一个有效检测距离为 1cm 的漫发射式的光电开关来检测门的状态。钥匙箱打开，光电开关没有障碍物遮挡，输出高电平；钥匙箱关闭，光电开关 1cm 内有障碍物遮挡，输出为低电平。

　　电控锁的控制由单片机的 I/O 口经 TLP521 光电隔离和 MC1413 反向驱动放大由继电器输出进行控制。继电器的两端要反向并接一个续流二极管，防止电控锁动作时造成的反向电动势干扰电路的正常运行。

2. 中央控制计算机 CAN 接口设计

　　中央控制计算机是整个系统的管理控制中心。其功能包括接收、显示室内钥匙柜和室外智能节点采集的状态信息；并向相应的节点发送控制命令；记录室内外操作人员动作日志等。

　　为了和钥匙柜的 CAN 节点交换状态信息和控制命令，中央控制计算机采用 CAN 总线适配器实现 CAN 总线接口设计。

　　图 10-10 所示的 KPCI-8110 是适用于各种计算机（PCI 总线）的长距离、高传输速率、多站点的 CAN 总线通信板，采用光电隔离技术，使用两根线，每路可连接 110 个工作站。

　　其主要技术指标如下：

- 通信协议：CAN2.0B（PeliCAN）兼容 CAN2.0A，符合 ISO/ISO11898 规范。
- 通信距离：最长 10km。
- 传输速率：最高 1Mbit/s。
- 电源电压：5±10% V（PCI 总线提供）。
- 隔离电压：1000V。
- CAN 接口：孔型 DB9，符合 CIA 标准。

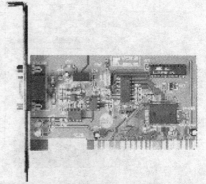

图 10-10　CAN 总线适配器 KPCI-8110

10.1.5 中央控制计算机软件设计

中央控制计算机软件是车顶钥匙管理系统的核心部分，室内、室外下位机的数据全部汇总到中央控制计算机，由上位机软件进行数据的解调并实现图形化显示；同时，下位机的操作申请也由中央控制计算机进行仲裁，决定是否响应操作人员的操作申请；除了上述功能，上位机软件还实现了重要数据信息数据库记录，并以水晶报表的形式实现数据输出。

上位机软件采用面向对象技术的 Visual C++ 进行软件开发。图 10-11 为根据活动图编写的上位机软件用户界面，图 10-12 是系统自动生成的水晶报表。

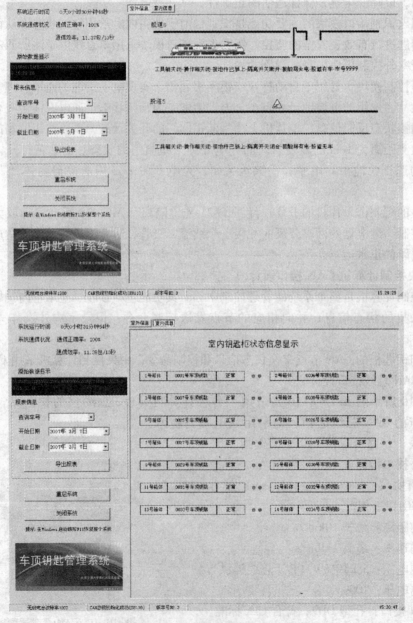

图 10-11 上位机软件用户界面

运行记录单

表单编号： 1

车号	内容	日期	时间	软件运行时间
0001	05股道—0001ID钥匙插入	2007-03-26	10:52:12	0天0小时0分钟17秒
0001	05股道—工具箱打开	2007-03-26	10:52:14	0天0小时0分钟18秒
0001	05股道—隔离箱打开	2007-03-26	10:52:18	0天0小时0分钟22秒
0001	05股道—隔离开关断开	2007-03-26	10:52:24	0天0小时0分钟28秒
0001	05股道—隔离箱关闭	2007-03-26	10:52:32	0天0小时0分钟36秒
0001	05股道—接地杆挂上	2007-03-26	10:52:36	0天0小时0分钟40秒
0001	05股道—ID钥匙拔出	2007-03-26	10:52:42	0天0小时0分钟46秒
0001	05股道—工具箱关闭	2007-03-26	10:52:48	0天0小时0分钟52秒

图 10-12　系统自动生成的水晶报表

10.2　铁路线路限界检测系统设计

10.2.1　应用背景

由于地质变形、自然灾害如大雨山洪等造成的滑坡、运行车辆的动力冲击、落物，以及设施的非正常突出和缺失等，轨道、隧道、桥梁等基础设施经常发生变形、倾陷现象，严重威胁到轨道交通的畅通和安全。在地质条件恶劣地区，如极易发生沉降的青藏铁路，这种威胁更为严重。因此，掌握基础设施的全断面尺寸及其发展趋势是确保轨道交通安全的基础。为发现这些安全隐患，目前一般采取日常巡检、定期全面普查与少量关键地点实时监测相结合的方式，运用静态测量仪器设备对基础设施状态进行检测。由于这种传统方式无法同时保证检测的及时性与全面性，因而无法从根本上满足大量繁忙线路的安全状态监测需求。

为满足轨道交通基础设施全断面测量的需求，车载式的高速动态测量技术受到了广泛的重视。最初，断面测量多采用激光辅助的三角形测量原理，此方法的缺点是需要改造的专用车体，测量易受振动和阳光干扰，而且测量的断面参数不全、探测范围小，难以满足对各种线路环境测量的要求。

随着光电技术的发展，目前国外高速铁路普遍采用了基于光传播时间原理的旋转激光扫描测距传感器。这种传感器体积小、安装方便，抗外界光线干扰，对人眼无害，可直接加装于正常运营的车辆或专用检测车辆上。经振动补偿后，可准确获得线路全断面尺寸，包括道床断面、桥隧涵轮廓、接触网高度及临线间距等尺寸。结合车辆测速定位系统，将断面限界进行基于时间和公里标的对应记录，通过统计分析线路断面尺寸及其发展趋势，实现对线路全断面的状态监测。

10.2.2　系统总体方案设计

本课题即采用了这种非接触式测量技术，研究线路全断面非接触式测量技术，主要内容包括以下几方面。

1）全断面检测技术：研究基于光传播时间原理的旋转激光扫描测距仪应用于线路全断面测量的基本原理及方法，建立动态测量的模型和参数计算方法、旋转激光扫描测距仪的选取及其车载式加装方案和系统标定方法。

2）数据采集与管理系统：研制车载式数据采集系统硬软件，实现包括激光测距传感器、陀螺仪、加速度计、摄像机等的实时采集、数据处理和综合分析管理。

车载全断面测量系统由断面测量设备、动态基准测量设备、测速定位设备和数据采集设备 4 部分组成，下面分别介绍。系统总体结构如图 10-13 所示。

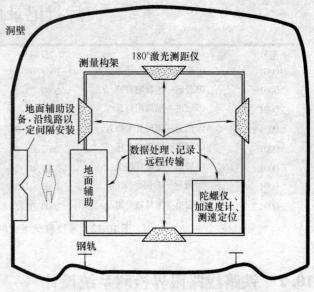

图 10-13　全断面车载动态测量系统示意图

1. 断面测量设备

本系统采用德国 SICK 公司的脉冲式激光测距仪 LMS200 作为断面测量设备。LMS200 具有体积小、安装方便，抗外界光线干扰，对人眼无害，可直接加装于正常运营的车辆或专用检测车辆等优点，可以实现 180°范围内的扫描，重复测量误差小于 ±5mm，采样点间距最小为 1°。在扫描频率为 75Hz 时，每秒采样点数为 13575。为获得线路全断面尺寸，在车体四周安装 4 台 LMS200，通过同步装置可实现同步扫描上下左右 4 个方向上的线路断面。LMS200 量测得到的数据通过 RS422 接口以 500kbit/s 的速率向外实时传输。

2. 动态基准测量设备

经典的运动物体姿态测量方式是使用惯性基准测量，如利用机械陀螺、激光陀螺或光纤陀螺等，测量运动物体绕三维坐标轴旋转的角度变化率，以及利用加速度传感器测量物体直线运动加速度，进而通过积分间接算出 6 个自由度的绝对变化量。由于陀螺仪存在零点漂移等系统误差，因此在积分过程中，系统误差被累积在测量结果中，造成测量误差随着时间的推移而逐渐变大。这种惯性导航的方式不适合长距离的测量任务。为克服惯性导航的这一缺点，需要一种能与之配合、可直接测量运动物体 6 个自由度绝对值的方法。这种方法的输出频率不需要很高，只需在惯性基准系统累计误差超出允许值以前，重新校准惯性导航系统即可。由于轨道交通的特殊性，现有的姿态测量技术无法同时满足量程、精度、探测距离和车载安装等要求。为此，本系统采用了一种新颖的高速运动物体瞬时姿态精确测量技术，其测量装置包括无源和有源两部分设备。无源部分由结构简单的反射镜构成，以一定间隔固定于轨道旁，如每个车站可安装一个。有源部分由激光器、幕布、摄像机和图像处理设备等组成，车载安装。此技术可以实时测量 0 ~ 300km/h 运行列车相对于反射镜的 6 自由度姿态，线位移偏差测量精度达到亚毫米级，角位移精度优于 0.2°，应用方便可靠，不影响轨道交通的正常运营。

综合以上讨论，本系统的动态基准测量设备由捷联式惯性基准系统和地面辅助的车体瞬时姿态测量系统组成。陀螺仪主要用于测量车体动态中的角度变化，由此获得车体的角度偏差；三轴加速度计用于测量车体相对于惯性基准的加速度，在进行角度修正后获得车体振动的线位移；基于地面的车体瞬时姿态测量设备测量车体通过特定地面基准点（反射镜）时的 6 自由度姿态，获取系统初始状态、定点清除惯性基准系统的累计误差。

3. 测速定位设备

车辆的动态定位主要依靠轮轴转速传感器。转速传感器安装在车辆无制动装置的从动轮对上，每圈可以输出 1000 ~ 2000 个脉冲。根据采集到的脉冲数量和车轮直径可以计算出车辆走行的公里数，实际应用中可采用频率周期法、防空转打滑算法、多传感器融合算法等多种算法来提高定位的精度。同时，测速定位系统还能够根据车体瞬时姿态测量系统的输出，计算系统初始位置，定点清除动态测量过程中的累计误差。

4. 数据采集处理设备

工控 PC 通过数据接口卡，将所有传感器发来的数据进行基于时间和公里标的对应记录，融合断面、动态基准和定位数据获取精确的线路三维全断面尺寸，通过统计，分析其发展趋势，实现对线路全断面的安全状态监测。

10.2.3　基于 FPGA 的限界检测系统 PCI 同步采集卡设计

在上述车载线路全断面检测系统中，需要采集的信息包括：激光测距传感器输出的二维距离信息、速度传感器测量的速度和位置信息、陀螺仪和位移传感器测量的车体姿态数据。这些数据在采集时必须精确同步，否则将影响限界尺寸测量结果的准确性。

目前，常用的数据采集方法是采用数据采集卡，如采用高速串口卡采集激光测距传感器和陀螺仪的数据、A/D 采集卡采集位移计的数据、高速 IO 卡采集速度传感器的数据。这种模式下，各个采集卡采集的数据采用 PC 时钟进行同步，由于各采集卡内部有缓存和延时，难以实现高精度的数据同步。为实现各个数据信息之间的高精度采集同步，设计了基于 FPGA 的高速 PCI 数据采集同步卡，该采集卡将高速串口、A/D 采集、高速 I/O 信号采集等功能集成在一片 FPGA 中，同时在 FPGA 内部产生一个 1kHz 的同步脉冲，用 4Byte 寄存器存储同步脉冲的实时计数值，在每个数据信息包采集完成时，自动在数据包的尾部附加 4Byte 的同步脉冲计数值，有效地实现了各传感器信息的同步采集，同步精度达到 1ms。

1. 硬件设计

PCI 数据采集同步卡硬件电路主要包括信号调理及数据采集电路、FPGA 芯片选择、PCI 接口芯片等部分。其总体结构如图 10-14 所示。

（1）信号调理及数据采集

根据传感器输出信号的类型，信号调理部分可分为以下三类。

1）激光测距传感器和陀螺仪：激光测距传感器和陀螺仪通过 485 串行接口输出测量结果，激光测距传感器的通信波特率为 500Kbit/s，陀螺仪波特率为 115200bit/s。系统首先采用 MAX490 作为电平转换芯片，将 485 信号转换成 TTL 电平信号，然后通过光耦 TLP113 将 TTL 信号隔离后再送入 FPGA 的 I/O 口。

2）位移计：位移计输出的是 4 ~ 20mA 的模拟信号，经 120Ω 精密电阻，转成 0.48 ~ 2.4V 电压信号，再经过电容滤波及限压保护电路，输入给 AD7888，AD7888 的 SPI 接口经光耦隔离后，与 FPGA 的 I/O 口连接。FPGA 根据 AD7888 的时序编写 IP 核，可以读出 12 位的 A/D 测量结果。

3）速度传感器：速度传感器输出的两路脉冲信号，相位相差 90°，将两路脉冲信号经

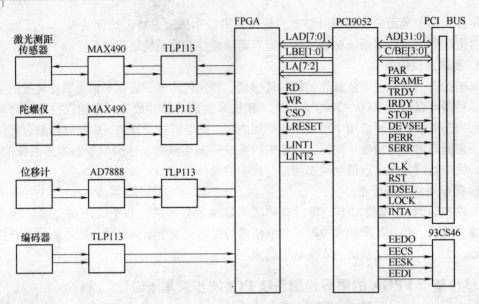

图 10-14 PCI 数据采集同步卡硬件电路总体结构图

光耦隔离后直接接入 FPGA 的 I/O 口。取其中一路脉冲信号用于脉冲计数和里程计算，根据两路脉冲信号相位差的正负来判断车辆车轮的正反转。

（2）FPGA 芯片选择

FPGA 芯片是系统的核心模块，系统选用了 ALTERA 公司的 Cyclone 系列 FPGA——EP1C12，该 FPGA 有 12060 个逻辑单元、52 个 M4KRAM、总 RAM 位数 239616bit、2 个锁相环、249 个用户可用 I/O 引脚。设计时，只需将 FPGA 的 I/O 口和外部对应的接口相连，然后根据系统需求设计内部逻辑程序即可。在设计过程中，如果需求变动，程序改动方便灵活，彻底改变了以前设计过程中因硬件需求改动，反复改版造成的时间、经济上的浪费，大大提高了设计效率。系统所有的数据信息采集、同步脉冲产生、FIFO、PCI 接口时序等功能都是在 FPGA 内部实现的。

（3）PCI 接口芯片

PCI9052 是美国 PLX 公司生产的 PCI 总线通用接口芯片，采用专用的接口芯片，可以不必进行复杂的 PCI 协议的开发，只需要开发系统的硬件和驱动程序，大大缩短了开发周期。PCI9052 符合 PCI2.1 规范，突发传输速率达到 132MByte/s，有相对独立的 PCI9052 局部总线和 PCI 总线时钟，方便了高低速设备的兼容。PCI9052 包含 4 个局部设备片选信号和 5 个局部地址空间，片选和地址空间均可通过 EEPROM 或者主机对其编程设置，局部总线支持复用和 8、16 或 32 位的非复用模式。

（4）硬件设计注意事项

1）系统 PCI 接口采用 8 位总线模式，需将 LBE1、LBE0 作为低位地址线接入 FPGA 的 I/O口。

2）PCI BUS 上 PRSNT1、PRSNT2 两个引脚至少有一个要接地，否则 PCI 卡插入 PC 后，系统无法识别。

3）在选择配置芯片时，PLX 公司推荐了 93CS46，可连续读写，93C46 则不可以。

4）PCI9052 的工作电压为 5V，FPGA 的 I/O 电压为 3.3V，在 FPGA 与 PCI9052 之间要

增加电平转换接口芯片，如 74HC245，能够对 FPGA 的 I/O 口起到保护作用。

5）PCB 布线时，要注意 PCI BUS 信号线的长度要求：64 位卡的 32 位信号具备的最大连线长度是 1500mil，64 位扩展信号的附加信号的连线长度为 2000mil，PCI 的 CLK 长度为 2500 ± 100mil，如果不够长度，可以绕蛇行线。

2. PCI 卡配置

PCI 接口芯片 PCI9052 提供了两种寄存器：PCI 配置寄存器和本地端配置寄存器。

PCI 配置寄存器提供了配置 PCI 的一些信息。其中 VenderID、DeviceID、RevisionID、HeaderType、ClassCode 用于 PCI 设备的识别。6 个基地址寄存器用来访问配置寄存器和本地端所接的芯片，将本地的芯片映射到系统的内存或 I/O 口，这样应用程序操作这一段内存（或 I/O）实际上就是对本地的芯片操作。

本地端配置寄存器提供了本地端的一些信息，PCI9052 工作时需要一个配置芯片 EEP-ROM，以便在 PCI 卡上电的时候配置 PCI 9052，主要配置 PCI 卡的 VendorID 和 DeviceID，这是系统用来标识 PCI 卡的。另外，还需要其他寄存器，主要起到对 PCI9052 初始化的作用。这里重点介绍 EEPROM 的配置方法。

需要进行配置的 EEPROM 寄存器见表 10-1。

表 10-1　EEPROM 配置寄存器

EEPROM	寄 存 器	内　容	说　明
0h	PCI 02h	121C	Device ID
2h	PCI 00h	10B5	Vendor ID
4h	PCI 0Ah	0680	Class Code
6h	PCI 08h	0001	Class Code (revision is not loadable)
8h	PCI 2Eh	9050	Subsystem ID
Ah	PCI 2Ch	10B5	Subsystem Vendor ID
Ch	PCI 3Eh	0000	(Maximum Latency and Minimum Grant are not loadable)
Eh	PCI 3Ch	0100	Interrupt Pin (Interrupt Line Routing is not loadable)
10h	LOCAL 02h	FFFF	MSW of Range for PCI – to – Local Address Space 0 (1 MB)
12h	LOCAL 00h	FFE1	LSW of Range for PCI – to – Local Address Space 0 (1 MB)
38h	LOCAL 2Ah	D011	MSW of Bus Region Descriptors for Local Address Space 0
3Ah	LOCAL 28h	8940	LSW of Bus Region Descriptors for Local Address Space 0
4Ch	LOCAL 3Eh	0000	MSW of Chip Select (CS) 0 Base and Range
4Eh	LOCAL 3Ch	0011	LSW of Chip Select (CS) 0 Base and Range

（1）PCI 配置寄存器

00H ~ 0FH 用于配置 PCI 配置寄存器，用户只用根据自己的设计更改 00H 的内容，其他采用默认设置就可以。在向 EEPROM 中写入配置数据时，应注意低位在前，高位在后，如 2H、3H 中写入 10B5 时，2H = 0xB5，3H = 0x10。

（2）本地地址空间

EEPROM 中 10H、12H 用于配置本地地址空间范围，设置为 FFFFFFE1。配置结果如下：

- 本地地址空间 0 映射到 PCI 的 I/O 空间。
- 本地采用 32 位 PCI 地址模式。
- 本地有效地址范围：00H～1FH。

（3）本地地址总线描述

EEPROM 中 38H、3AH 用于配置本地地址总线。设置为 D0118940，采用 8bit PCI 总线模式。

（4）本地地址片选配置

EEPROM 中 4CH、4EH 用于配置本地地址片选信号的基地址和范围，设置为 00000011，使能 CS0 片选信号，并设置本地有效地址信号为 A4～A0。

3. FPGA 程序设计

FPGA 程序设计主要包括串口 IP 核、A/D 采集 IP 核、PCI 接口时序、速度传感器采集、毫秒计数、边沿检测电路等几个部分。

（1）串口 IP 核设计

串口 IP 核主要实现对激光测距传感器数据和陀螺仪数据的接收、打包、同步，并通过 FIFO 完成与 PCI 接口的数据交换。下面以激光测距传感器为例说明串口 IP 核的设计。

串口 IP 核的原理图如图 10-15 所示。

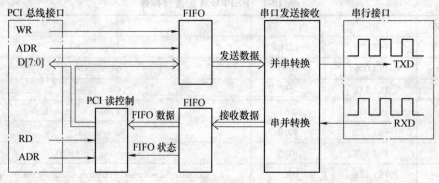

图 10-15　串口 IP 核原理图

1）发送数据：系统需要通过 PCI 接口向激光测试传感器发送启动采集命令，因为发送的数据量较小，且 FIFO 空间较大，不需要检测 FIFO 满的状态。当发送数据写入 FIFO 之后，串口发送模块从 FIFO 中读出要发送的数据，按规定的波特率将数据串行送出。

2）接收数据：激光测距传感器输出为 500Kbit/s 波特率的串口数据，每个数据包为 732 字节，每秒 37.5 包数据。为了准确无误地接收到串行数据，并在每包数据尾部添加同步脉冲计数值，系统需要完成以下部分工作。

① 产生波特率倍频时钟。串行数据通信是按照一定的波特率进行数据传输的异步通信模式，数据接收方需要按照规定的波特率进行检波，从而获取通信数据。因在获取串行数据的同时，还需要进行起始位、停止位判断，以及数据移位、添加同步脉冲计数值等工作，因此需要使用波特率倍频时钟作为系统工作时钟，用 1～2 个 CLK 完成数据检测，余下的 CLK 完成其他功能，一般采用 16 倍、32 倍倍频时钟，本系统采用 32 倍波特率时钟。

② 串并转换。激光测距传感器输出的串行数据格式为：1 个起始位，8 个数据位，1 个停止位，无奇偶校验位。根据波特率检测到的串行数据，需要根据数据格式转换成并行数据

信息。首先要检测有效的起始位，即在 32 倍波特率时钟的前 16 个 CLK 周期内起始位均为 0，则认为起始位有效。之后将后续 8 个 bit 数据依次移位到并行存储器中，并确认停止位有效，此时认为当前接收的字节数据为有效数据。

③ 添加同步脉冲计数值。在接收完一个字节数据之后，系统在 16 个 CLK 时钟周期内，判断当前数据字节和上一个数据字节的组合是否满足数据包的尾部标志，如果满足，在本字节写入 FIFO 之后，将同步脉冲的计数值——4 个字节也写入到 FIFO 中，等待 PC 读取数据。

（2）A/D 采集

A/D 采用的是美国 Analog Devices 公司的 AD7888，其 SCLK 最高频率为 2MHz，采集频率最大为 125KByte/s。系统使用 A/D 采集位移计的变化，8 个通道全部采集一次的采集频率定为 125Hz，则单通道采集频率为 1kHz，需提供给 SCLK 16kHz 的时钟。

FPGA 的主时钟经分频后输出 16kHz 的脉冲，输入至 SCLK，FPGA 的 3 个 I/O 口分别和 AD7888 的 CS、DIN、DOUT 连接，按照 AD7888 的时序要求，分别读出 8 个通道的 A/D 转换结果，送至 ADFIFO 的输入端，ADFIFO 的输出端和 PCI9052 的 LOCAL 总线连接，PC 检测到 A/D 有数据时，可以从 ADFIFO 端读出转换结果。每一组 A/D 结果都附加了当前同步脉冲计数值，用于和其他采集数据进行同步。

（3）PCI 读时序

需要从 PCI 总线读出的数据包括：激光测距传感器的测量结果、A/D 测量结果、陀螺仪测量值、速度传感器脉冲计数值。这些数据之间通过地址选通区分。读时序设计时，需严格按照 PCI 规范中的要求，否则可能出现读一组数据时，造成其他组数据丢失的现象。下面以读激光测距传感器测量结果的 FIFO 为例（其读地址为 0），说明图 10-16 所示两种读时序的差别。

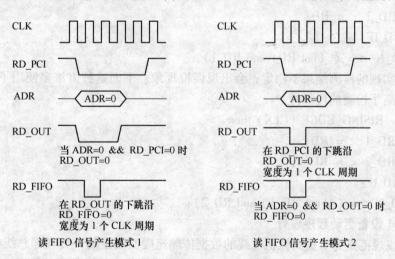

图 10-16 PCI 读时序的两种模式

CLK 同步卡系统时钟，40MHz

RD_PCI PCI9052 本地读信号

ADR PCI9052 本地读的地址信号

RD_OUT FPGA 程序中间变量

RD_FIFO FIFO 的读信号，在 RD_FIFO =0 时，每个 CLK 上升沿读出 1 个 Byte

PCI 读取激光测距传感器的测量结果时，RD_PCI 输出 0，ADR 输出 0。模式 1 先判断 RD_PCI 和 ADR 同时为 0 时，输出中间变量 RD_OUT = 0，再对 RD_OUT 进行下降沿检测得到读 FIFO 信号。模式 2 先对 RD_PCI 进行下降沿检测得到中间变量 RD_OUT，再判断当 RD_OUT 和 ADR 同时为 0 时，输出读 FIFO 信号。

模式 1 存在一个问题，如图 10-17 虚框所示。ADR 在跳变时，状态是不稳定的，而此时 RD_PCI 还是低电平，此时 ADR 如果出现等于其他数据的有效地址时，就会产生错误的读其他数据 FIFO 的信号，造成其他数据地址 FIFO 中的数据被读出而产生丢数现象。

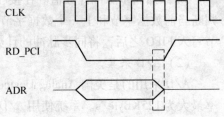

图 10-17　PCI 读时序中不稳定状态

（4）边沿检测电路

系统设计时多处用到边沿检测电路，下面以上升沿检测电路为例，说明如何使用 VHDL 语言实现可靠的边沿检测。上升沿检测电路的转换时序如图 10-18 所示。

图 10-18　上升沿检测电路时转换时序

用 VHDL 语言实现上升沿检测，最简单的方法是

  IF RISING_EDGE（CLK）then

   RD_1 < = RD；

  END IF；

  RD_N < = （（not RD）and RD_1）；

但这种方法实现的检测结果不稳定，会出现误检现象。下面这种方法多使用了一组寄存器，但是大大提高了检测的可靠性。

  IF RISING_EDGE（CLK）then

   RD_1 < = RD；

   RD_2 < = RD_1；

  END IF；

  RD_N < = （（not RD_1）and RD_2）；

4. WDM 设备驱动程序设计

PCI 总线规范是为了提高微机总线的数据传输速度而制定的一种局部总线标准。在设计自行开发的基于 PCI 总线的数据传输设备时，需要开发相应的设备驱动程序。设备驱动程序是一种可以使计算机和设备通信的特殊程序，PC 操作程序只有通过这个接口，才能读取 FPGA 采集完成后放入 FIFO 中的数据信息。

通常开发 PCI 设备驱动程序有多种模式，在 Windows XP 环境下，主要采用 WDM 模式。本系统驱动程序是在 Windows XP 操作系统下，使用 DriverStudio 软件编写的。该驱动程序符合 WDM 模式的 PCI 数据传输卡驱动程序。驱动程序主要包括初始化例程、清理例程、派遣例程、数据传输例程、中断服务例程和 DPC 例程等。Driverstudio 为驱动程序设计提供了

DriverWizard 向导，可以很方便地建立一个完整的驱动程序框架，下面简单介绍驱动程序开发的主要过程。

（1）安装工具包

基于 VC + +6.0 开发 Windows XP 下的 WDM 驱动程序所用到的工具包有：Windows XP XP1 DDK、Windows XP Platform SP2 SDK、Compuware DriverStudio v3.1，依次安装这些工具包。安装完成后，在 VC + +6.0 编程环境下将会增加 DriverStudio 菜单。

（2）建立 WDM 编程环境

1）用 VC + +打开 "VdwLibs. dsw" 工程。

2）选择 "DriverStudio" 菜单下的 "DDK Build Setting"，设置 DDK 所在的目录：C：\ WINDDK \ 2600。

3）选择 "Build" 菜单下的 "Batch Build"，只选择后4项，单击 "Rebuild All"，创建自己的库文件。

（3）创建 WDM 驱动程序

1）打开 DriverStudio 菜单下的 DriverWizards。

2）在 Step4 中输入 "Device ID，Vender ID，Subsystem ID，Reversion ID" 信息，注意此信息一定要与配置 EEPROM 中的信息相同。

3）在 Step 9 中单击 "Add I/O Port"，系统使用 I/O 空间访问本地地址空间。

PCI 共6个基地址空间 0~5，对应关系如图 10-19 所示。

PCI Base Address 0 for Memory Accesses to Local Configuration Registers
PCI Base Address 1 for I/O Accesses to Local Configuration Registers
PCI Base Address 2 for Accesses to Local Address Space 0
PCI Base Address 3 for Accesses to Local Address Space 1
PCI Base Address 4 for Accesses to Local Address Space 2
PCI Base Address 5 for Accesses to Local Address Space 3

图 10-19 PCI 基地址空间和本地地址空间映射关系

这里用基地址1、基地址2，分别访问 PCI9052 的本地配置空间和本地 CS0。程序生成两个变量：

```
KIoRange       m_IoPortRange0;              //对应基地址1，用于访问本地配置空间
KIoRange       m_IoPortRange1;              //对应基地址2，用于访问本地 CS0
```

4）添加 IO Control Code，用于编写用户程序。

这里创建 3 个 IO Control Code：

```
PCI_IOCTL_READCFG        //用于读取配置信息
PCI_IOCTL_READIO         //用于读取本地数据
PCI_IOCTL_WRITEIO        //用于写入本地数据
```

（4）编写驱动程序

以读取本地数据为例介绍驱动程序的编写。

在 PCI1C12_IOCTL_READIO_Handler（KIrp I）函数中添加代码：

```
unsigned char addr;
```

```
unsigned char * paddr;
unsigned char i,j;
/ * 获取用户要读取的本地数据的地址 */
paddr = ( unsigned char * )I. IoctlBuffer( );
addr = * paddr;
addr = addr&0xff;
i = * ( paddr + 1 );
/ * 读取数据 */
for( j = 0; j < i; j + + )
{
    / * 将数据写入缓冲区 */
    paddr[ j] = m_IoPortRange1. inb( addr);
}
```

(5) 编写应用程序

编写 PCI_READ 函数, 有 3 个参数:

```
unsigned char adr            //读取数据所在的地址
unsigned char num            //连续读取的个数
unsigned char * buf          //读取到的数据存放的地址
```

函数声明为 PCI_READ(unsigned char adr, unsigned char num, unsigned char * buf); 函数中的代码如下:

```
    CHAR   bufInput[256];               //向驱动程序传递的数据
    CHAR   bufOutput[256];              //驱动程序返回的数据
    ULONG nOutput = 0;                  //驱动程序返回的数据个数
    //
    bufInput[0] = adr;                  //将读取的地址传递给驱动程序
    bufInput[1] = num;                  //将读取的数据个数传递给驱动程序
    if (! DeviceIoControl( hDevice[ cardnum],    //调用驱动程序
            PCI1C12_IOCTL_READIO,       //对应的 IO Control Code
            bufInput,
            256,
            bufOutput,
            256,
            &nOutput,
            NULL)
    )
    return 0;                                    //出错返回
else{
    memcpy( buf, bufOutput, num);               //将读取的数据放到 buf 中
    return 1;
```

```
}
```

如果从本地地址 0 中连续读取 5 个字节的数据，可使用以下调用方法：

unsigned char buf[5]；

PCI_READ(0,5,buf)；

通过对比 PCI_READ 函数和 PCI1C12_IOCTL_READIO_Handler 函数，可以深入理解驱动程序和调用程序之间的关系。

10.2.4　现场实验

在 2006—2008 年，车载全断面检测系统先后参加了北京地铁 5 号线、10 号线、机场线的新线验收工作，承担了其中的线路限界三维尺寸的动态测量任务。对比地铁限界传统的接触式测量方式，本技术显示出测量精度高、安装方便、自动化程度高等特点。测量数据不但可以检测超限位置，而且可以给出准确的超限量，已经成为北京地铁新线整改的重要依据。在 2008 年 2 月至 6 月期间，课题组先后进行了北京—承德的既有线和京津城际高速铁路的线路限界检查试验，测量速度最高达到 145km/h。到目前为止，该系统已经在铁路现场累计试验超过 1000km。

在北京地铁 5 号线冷滑试验和复测试验中，限界测量系统采用了左右两台 180° 扫描的 LMS200，如图 10-20 所示，并借助前述标定系统将两台 LMS200 拼接、变换到轨道坐标系下，获得了理想的测量结果。在试验中，这种非接触式测量方式展现出易于安装、限界检测自动化程度高、可以获得高精度的线路三维尺寸数据等特点，为今后取代传统的接触式限界检测、提高测量精度和效率打下了良好的基础。

图 10-20　北京地铁 5 号线安装方案

图 10-21 为北京地铁 5 号线北苑路北站站内某位置的断面尺寸图。图中内侧光滑闭合曲线为标准的隧道限界，左侧曲线为左侧 LMS200 的测量结果，右侧曲线为右侧 LMS200 的测量结果。结果显示，此位置的站台屏蔽门超限约 15mm，超限点坐标在（1505，913）～（1514，761）之间，与事后的人工复测完全吻合。

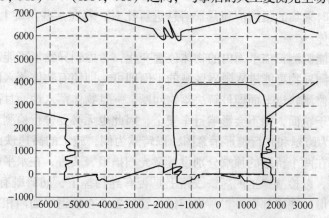

图 10-21　北苑路北站内某位置的断面尺寸图（单位：mm）

10.3 京沪高铁施工侵限报警装置设计

10.3.1 应用背景

随着高速铁路建设力度的日益加大和工程进度的不断加快，在新建铁路跨越既有线施工过程中，从桩基施工至桥面施工常常有大型机械、机具邻近铁路建筑限界施工作业，经常发生机械、机具、人员及施工材料侵入既有线限界的情况，对既有线的安全运营造成极大的安全隐患。这些情况发生时，常常会发生破坏铁路线既有建筑物，危及铁路行车安全，导致铁路行车中断或人员伤亡的情况，造成不可估计的损失。这对施工建设中的安全管理带来了新的挑战，单纯的人工巡检已经无法保证施工路段的安全。异物侵限检测报警技术就是与此紧密相关的重要安全防护技术。它能及时对施工过程中的侵界情况发出警报，提醒施工过程产生的安全隐患，以便于施工人员及时纠正，确保既有线行车和施工机械、人员的安全。

在京沪高速铁路建设施工过程中，存在着几十处跨越或并行既有京沪线的施工地段。本课题以此为背景，研发基于激光扫描的非接触式高密度异物侵限检测装置，实现京沪高速铁路跨越或并行既有线施工现场的异物侵限检测与报警。

10.3.2 系统总体方案

激光扫描是工业测量中一种重要的非接触式测量手段，具有测量精度高、速度快和不受光照影响的优点。本课题选用 LMS200 二维激光测距仪进行异物检测，它是基于光传播时间的原理进行测距的，图 10-22 为该装置进行物体位置检测的示意图。该测距仪可在 180°范围内以 0.5°的角度间隔测量 80m 内物体的位置，测量精度为 ±5mm。因此，每个激光器可以负责监测半径为 80m 的一个半圆平面，要想利用激光扫描监测空间区域，必须设计合理的监测方案。

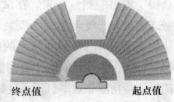

终点值　　　　起点值

图 10-22　LMS200 测距示意图

利用激光扫描进行异物检测是通过对比异物侵入前后激光扫描平面内测得距离值的变化实现的。系统工作之初，激光器需要采集一幅没有异物的环境作为背景信息存储起来，系统正常工作时，将实时采集的距离值和背景信息进行比对，若在某些角度上存在较大的差异，则说明此处有新物体。

由于激光器只能监测扫描平面内的物体位置变化，考虑到异物不可能悬空漂浮在空间之中，我们只需要监测异物可能进入限界区域的平面即可，即使有物体落入区域内，也会最终落到地面，因此，监测轨道平面即可解决落物问题。一旦物体落入地面且高于轨面，系统即可报警，若落物低于轨面，则不会影响行车安全，因此也无必要进行检测。

图 10-23 所示为跨越和并行情形示意图，以跨越为例，施工的高速铁路通过两个桥墩跨越在既有铁路上。在两个桥墩的顶端分别设置激光扫描报警装置，在水平面内相对的方向上进行扇面激光扫描，以检测施工的高铁线路上是否有异物掉下，妨碍既有线上的车辆运行。同样的，在两个桥墩的底端分别设置激光扫描报警装置，在轨道平面内相对的方向上进行扇面激光扫描，以检测既有线轨道平面内是否落有异物。同理，还需设置两个激光器在桥墩所

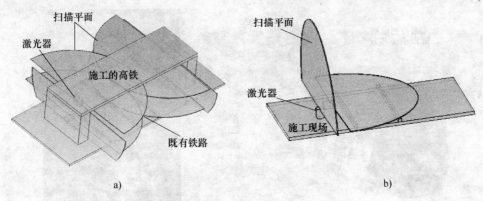

图 10-23　跨越施工激光检测方案

a）跨越情形　b）并行情形

在的竖直平面内进行扫描，以检测竖直平面对应区域内是否侵入异物。根据跨度不同，大跨度施工时可以采用 6 个激光扫描报警装置，小跨度施工时采用 4 个即可。

为了实现本地和远程两级报警，异物侵限检测系统包含了如图 10-24 所示的两级监控网络。每个施工点包括多个激光扫描装置和一个中继器，激光扫描检测装置与中继器通过 ZigBee 无线局域网相互连接，构成一个局域立体监测网。中继器采用轮循方式与各激光扫描报警装置进行通信，获取检测信息，并将远程服务器传来的标定和参数设置信息转发给各激光器。同时，中继器还通过 GPRS 方式将监测信息传输至远程监控服务器，并接收监控中心服务器的远程标定命令和设置参数，从而实现本地监测网络和监控中心服务器的信息交换。

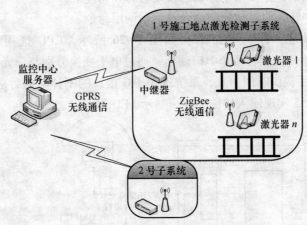

图 10-24　异物侵限检测系统结构图

10.3.3　异物侵限检测系统详细设计

本节将详细介绍激光扫描装置、中继器及监控中心服务器软件的设计。

1. 激光扫描检测装置

激光扫描检测装置是现场监测的核心，由德国 SICK 公司的 LMS200 激光器、ZigBee 无线通信模块和控制电路组成，其三维立体透视图和实物图如图 10-25 所示。

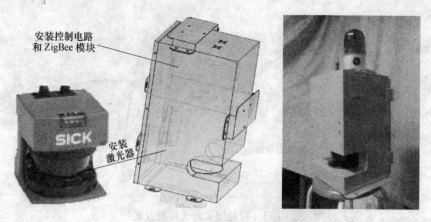

图 10-25　激光检测装置三维立体图和实物图

LMS200 激光器主要完成 180°平面上的二维测距，并将距离信息通过 422 串口方式发送出来。ZigBee 无线通信模块主要用于完成和中继器之间的通信。控制电路是该装置的核心，主要完成如下功能。

1）数据运算处理及信息传送。

2）发送控制命令给激光器，控制激光器工作。

3）检测激光器工作状态信息。

4）存储包括限界信息及数据处理所用到的工作参数。

5）分析处理激光器采集的数据并判断是否有异物侵界。

6）接收中继器轮询，并反馈工作状态及是否有异物侵限。

7）接收中继器中转来的其他控制命令及数据调用命令。

为了完成上述功能，控制电路结构如图 10-26 所示，CPU 选用 WINBOND 公司的 W77E58 单片机，该单片机拥有两个串口通信，通过电平变换分别与激光器和 ZigBee 通信模块之间进行通信。为了提供时间信息，系统选用 I²C 接口的不掉电时钟芯片 SD2405 作为时钟源，并通过一片 8255 实现输入按键和输出显示 LED 的扩展。

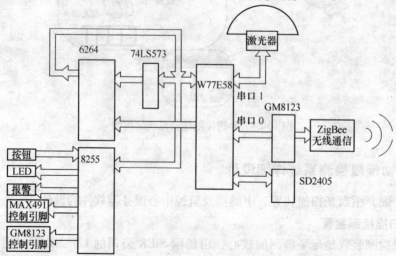

图 10-26　激光检测装置控制电路示意图

　　激光检测装置控制电路的工作是围绕两个串行口通信进行的，其中串口 0 负责与 ZigBee 无线模块通信，接收来自中继器的轮询命令及参数设置信息等，并向中继器发送应答信息及报警信息和数据；串口 1 负责与激光器的数据通信，主要是发送激光器的控制命令并接收激光器的测量数据。

　　同时，控制电路还要完成对侵入安全限界以内的物体的识别，CPU 接收到激光器的测量数据后，会将该信息与存储的标定边界数据比较，找出限界以内的特征点；接着计算物体特征点的轮廓参数，判断是异物侵限还是列车驶过，如果有异物侵入安全限界，则要进入报警程序流程。

　　报警流程是激光检测装置在轮询应答信息里加入报警标志，中继器接收到报警应答信息后，实现现场的声光报警，调取报警数据，并将报警信息及数据通过 GPRS 发送到远程监控服务器。激光检测设备控制电路工作流程如图 10-27 所示。

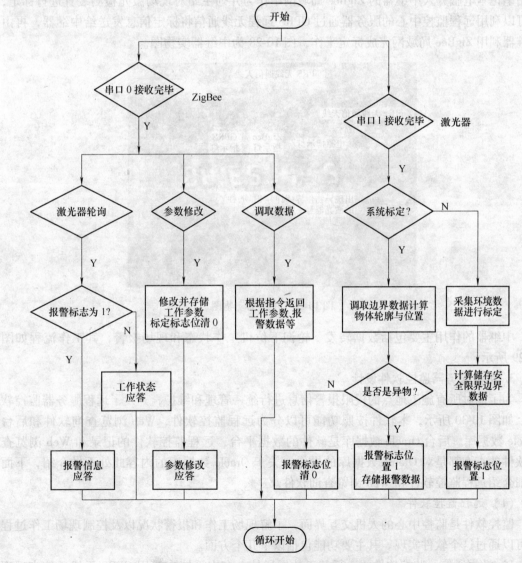

图 10-27　激光检测设备控制电路工作流程图

2. 中继器

中继器是由 ZigBee 无线通信模块、GPRS 远程无线通信模块、控制电路和人机接口显示模块组成的，主要功能是承担远程服务器与现场激光检测装置之间的信息交换。正常工作时，每个施工地点都会安装一台中继器和多台激光检测装置，远程服务器可以通过中继器对现场激光检测装置进行初始化设置，同时中继器作为 ZigBee 无线局域网的主站通过轮询的方式获取下位机的工作状态，中继器在 2s 内轮询一遍现场所有的激光检测装置，根据激光检测装置应答数据中的报警标志位来判断进入下次轮询还是调取报警数据。并利用每 30s 一包的心跳数据包通过 GPRS 无线通信发送给远程服务器，以报告施工地点的工作状态。当轮询过程中收到的应答中含有异物侵界报警标志时，则调取该激光检测装置的报警数据并通过 GPRS 无线通信转发给远程监控中心服务器。

此外，中继器还要完成对下位机激光检测装置的标定工作。系统工作前，既可以在现场使用笔记本电脑并入中继器的 ZigBee 局域网中作为并列主站对现场激光检测装置进行标定，也可以利用远程监控中心的服务器通过 GPRS 远程无线通信将标定信息发送给中继器，再由中继器利用 ZigBee 局域网完成标定工作，图 10-28 为中继器实物图。

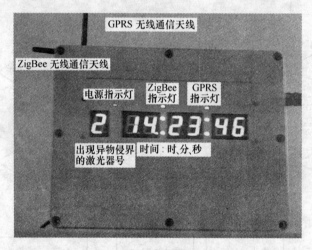

图 10-28　中继器实物图

中继器的作用主要包括数据转发、轮询下位机工作状态和现场报警，其工作流程如图 10-29 所示。

3. 远程服务器监控软件设计

为了能对所有施工地点的侵限报警信息进行统一管理和维护，开发了远程服务器监控软件。如图 10-30 所示，本软件按照功能可以分为远程监控软件、Web 浏览查询软件和后台 Oracle 数据库。后台 Oracle 数据库是软件的数据平台，远程监控软件的记录和 Web 浏览查询软件的查询都是对 Oracle 数据库的操作，关于 Oracle 数据库的内容此处不做介绍，下面详细介绍远程监控软件和 Web 浏览查询软件。

（1）远程监控软件

监控软件是监控中心的人机交互界面，了解现场工作和报警状况以及控制现场工作过程都可以通过这个软件实现。其主要功能包括以下几个方面。

1）数据通信。监控软件的运行基于数据通信，在本系统中采用 GPRS 无线通信实现现

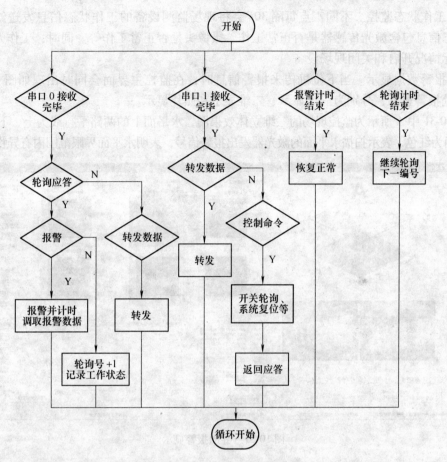

图 10-29　中继器工作流程图

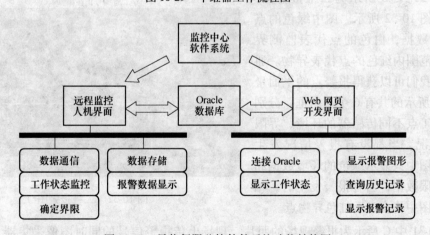

图 10-30　异物侵限监控软件系统功能结构图

场多工点与监控中心的数据传输。监测现场端用串口连接 GPRS 模块,实现与 Internet 的互通,同时远程监控端软件利用 WinSock API 函数实现网络通信,最终实现现场监测装置与监控中心的数据通信。通信采用监听/连接的方式,软件在一个端口监听客户端(监测现场)的请求,当接收到客户端的连接请求时,自动建立连接。

2）工作状态监控。不同工点每隔 30s 会将现场监测设备的工作状态信息发送给监控中心，状态信息包含激光传感器是否正常工作、摄像头是否正常工作等。同时，工作人员可以通过实际情况开启和关闭现场设备。

3）报警数据显示。当下位机传来报警信息时，在监控主界面会同时出现如图 10-31 所示的三处报警显示，分别为三维显示、二维显示和照片显示。

图 10-31 中 A 所示为监控现场的三维立体效果图，水平面上的两路平行线为上、下行钢轨。当水平面为红色，表示扫描水平面的激光器发出报警信号，表明水平面界限范围内有异物。

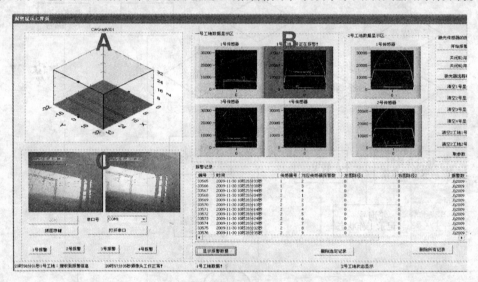

图 10-31　界面报警显示

图 10-31 中 B 所示为二维报警图，放大后如图 10-32 所示。图中绿色的点代表环境数据，白色的点代表监测界限，界限范围内红色的点代表异物。通过二维图我们可以获得报警点的平面坐标。同 B 所示的共有 6 个显示框，分别代表不同工点不同传感器的环境、界限和报警状况，当都没有报警情况发生时，二维图中只显示绿色的环境数据和白色的界限数据，当有报警发生时，相应的二维图中将会显示红色异物点。

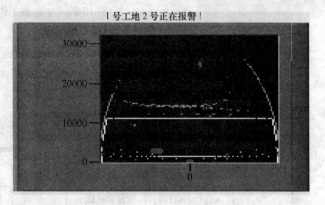

图 10-32　二维报警图

图 10-31 中 C 所示为报警现场的照片。现场上传报警信号的同时图像采集器（PC104）会采集图片，并将图片通过 GPRS 上传给监控中心，监控中心工作人员能通过图片直观地了解现场异物侵界的情况，同时软件对图片进行处理，可以测出异物的大小。

4）报警信息记录存储。软件的后台是 Oracle 9i 数据库，每次报警软件都会将详细的报警信息存入数据库，报警记录表格如图 10-33 所示。每条报警记录包含报警时间、报警发生地、报警传感器号、环境数据、报警数据、界限数据等重要字段。

报警记录				
编号	时间	报警发生地	报警传感器号	对应传感器报警数
1	2009-11-23 17:42:21	山东济南路段	1	23
2	2009-11-23 17:43:50	山东济南路段	2	24
3	2009-11-23 17:44:17	北京路段	3	25
5	2009-11-23 17:44:58	河北路段	5	27
6	2009-12-25 15:50:18	山东泰安路段	3	1
7	2009-12-25 16:04:20	山东泰安路段	3	1
8	2009-12-25 16:05:59	山东泰安路段	3	2
9	2009-12-25 16:06:44	山东泰安路段	3	3
10	2009-12-25 16:07:15	山东泰安路段	3	4
11	2009-12-25 16:07:26	山东泰安路段	3	5
12	2009-12-25 16:07:41	山东泰安路段	3	6
13	2009-12-25 16:08:33	山东泰安路段	3	7
14	2009-12-25 16:09:02	山东泰安路段	3	8

显示报警数据	删除选定记录	text

图 10-33　报警记录表格

5）远程标定。监控中心根据现场要求和采集的周围环境数据，通过相关算法获得监测界限。最后将界限数据通过 GPRS 发送给现场设备中继器，由中继器完成现场报警检测装置的远程标定。

（2）Web 浏览查询软件

Web 浏览查询软件主要用于各相关单位通过互联网查询报警信息。软件采用 B/S 模式即浏览器和服务器模式，客户端不需要安装任何用户程序，大大简化了客户端的计算机载荷，只要在服务器端运行程序，数据库的数据就会自动发布到网上，客户可根据自己的权限随时随地通过 Web 浏览器访问服务器数据库中相应的报警信息。Web 界面软件功能如下：

① 连接 Oracle 数据库。软件安装在服务器上后，会自动将数据库的信息发布到网上，各地可随时访问。

② 数据信息的显示。界面上可显示每个工点的工作状况、每次报警的详细信息等。

③ 查询历史报警记录。通过不同的字段查询报警记录的信息，可在线地显示报警异物的二维图像和现场照片。

参 考 文 献

[1] 胡泓，等. 机电一体化原理及应用 [M]. 北京：国防工业出版社，1999.

[2] 王福瑞，等. 单片微机测控系统设计大全 [M]. 北京：北京航空航天大学出版社，1998.

[3] 王幸之，等. 单片机应用系统抗干扰技术 [M]. 北京：北京航空航天大学出版社，1999.

[4] 阳宪惠. 现场总线技术及其应用 [M]. 北京：清华大学出版社，1999.

[5] 黄继昌，等. 传感器工作原理及应用实例 [M]. 北京：人民邮电出版社，1998.

[6] 张幽彤. MCS8098 系统使用大全 [M]. 北京：清华大学出版社，1993.

[7] 何立民. 单片机应用系统设计 [M]. 北京：北京航空航天大学出版社，1990.

[8] 李华. MCS-51 系列单片机使用接口技术 [M]. 北京：北京航空航天大学出版社，1993.

[9] 邬宽明. CAN 总线原理和应用系统设计 [M]. 北京：北京航空航天大学出版社，1996.

[10] 中华人民共和国铁道行业标准. TB/T 1394—1993 铁道机车动车电子装置 [S]. 北京：中国铁道出版社，1993.

[11] 徐爱钧. 智能化测量控制仪表原理与设计 [M]. 北京：北京航空航天大学出版社，1995.

[12] 于英民，等. 计算机接口技术 [M]. 北京：电子工业出版社，1996.

[13] 尤一鸣，等. 单片机总线扩展技术 [M]. 北京：北京航空航天大学出版社，1993.

[14] 李杏春，等. 8089 单片机原理及应用接口技术 [M]. 北京：北京航空航天大学出版社，1996.

[15] 方佩敏. 新编传感器原理·应用·电路详解 [M]. 北京：电子工业出版社，1994.

[16] 刘复华，等. 8097BH80C196 单片机及其应用 [M]. 北京：中国科学技术出版社，1993.

[17] 周才学. ABEL4.0 可编程逻辑器件设计语言教程 [M]. 北京：学苑出版社，1993.

[18] MAXIM 产品资料全集. 北京：（美国）美信集成产品公司北京办事处，2000.

[19] 孙晓云. 接口与通信技术原理与应用 [M]. 北京：中国电力出版社，2007.

[20] 贺小亮，等. 基于 ISA 总线的数据采集卡的设计及应用 [J]. 电子测量技术，2008，31（6）：129-132.

[21] 颜铤，等. 环境实时监控中基于 PCI 总线的数据采集系统的应用 [J]. 北方交通大学学报，2003，27（6）：52-54.

[22] 张勇，等. VXI 总线及其接口技术 [J]. 计算机测量与控制，2006，14（8）：1072-1074.

[23] 黄学鹏，等. USB 同步传输方式在多路实时数据采集中的应用 [J]. 微计算机应用，2007（5）：524-528.

[24] SanDisk Corporation. SanDisk secure digital card product manual [Z]. 2004.

[25] 王平，等. 测量与控制用无线通信技术 [M]. 北京：电子工业出版社，2008.

[26] 王先培，等. 测控系统通信与网络教程 [M]. 武汉：武汉大学出版社，2003.

[27] 王洋. 京沪高速铁路跨越或并行既有铁路施工异物侵限报警技术研究 [C] [硕士学位论文]. 北京交通大学，2010.

[28] 吴国庆，等. 现代测控技术及应用 [M]. 北京：电子工业出版社，2007.